KB156884

능호집 상

이인상李麟祥, 1710~1760

조선 후기의 문학가이며, 서화가이다. 자는 원령元靈이고, 호는 능호관凌壺觀·천보산인天寶山人·보산자寶山子·뇌상관雷象觀이다. 본관은 완산으로, 세종대왕의 열셋째 아들인 밀성군密城君 이침李琛의 후손이다. 고조부는 영의정을 지낸 백강白江 이경여李敬輿이나, 증조부가 서얼이다. 영조 때 음보蔭補로 북부 참봉에 제수되었으며, 음죽 현감을 지냈다. 처 덕수 장씨와의 사이에 4남 1녀를 두었으며, 평생 가난했음에도 가난을 말하지 않았다. 시·서·화는 물론이고 전각에도 빼어났지만, 전연 티를 내지 않았다. 문집으로 『능호집』이 전하며, 대표 작품으로 〈장백산도〉, 〈설송도〉, 〈구룡연도〉 등의 그림과 《원령필》, 《능호첩》, 《보산첩》 등의 글씨가 있다.

박희병

현재 서울대학교 국문학과 교수로 재직 중이다. 저서로 『한국고전인물전연구』, 『한국전기소설의 미학』, 『한국의 생태사상』, 『운화와 근대』, 『연암을 읽는다』, 『유교와 한국문학의 장르』, 『저항과 아만』, 『연암과 선귤당의 대화』, 『나는 골목길 부처다 – 이언진 평전』, 『범애와 평등』 등이 있으며, 『나의 아버지 박지원』, 『고추장 작은 단지를 보내니』, 『골목길 나의 집 – 이언진 시집』 등의 역서와 논문 다수가 있다.

능호집 상

이인상 지음, 박희병 옮김

2016년 7월 22일 초판 1쇄 발행

펴낸이 한철희 | 펴낸곳 돌베개 | 등록 1979년 8월 25일 제406-2003-000018호
주소 (10881) 경기도 파주시 회동길 77-20 (문발동 532-4)
전화 (031) 955-5020 | 팩스 (031) 955-5050
홈페이지 www.dolbegae.co.kr | 전자우편 book@dolbegae.co.kr
블로그 imdol79.blog.me | 트위터 @Dolbegae79

주간 김수한
편집 이경아
표지디자인 민진기 | 본문디자인 이은정·이연경·김동신
마케팅 심찬식·고운성·조원형 | 제작·관리 윤국중·이수민
인쇄 한영문화사 | 제본 경일제책사

ISBN 978-89-7199-731-4 (94810)
978-89-7199-733-8 (세트)

이 도서의 국립중앙도서관 출판예정도서목록(CIP)은 서지정보유통지원시스템 홈페이지(http://seoji.nl.go.kr)와 국가자료공동목록시스템(http://www.nl.go.kr/kolisnet)에서 이용하실 수 있습니다.
(CIP제어번호: CIP2016016394)

*이 책은 한국학술연구재단의 '99동서양학술명저번역지원사업'(NRF-1999-035-AZ0089)에 의하여 이루어졌음.

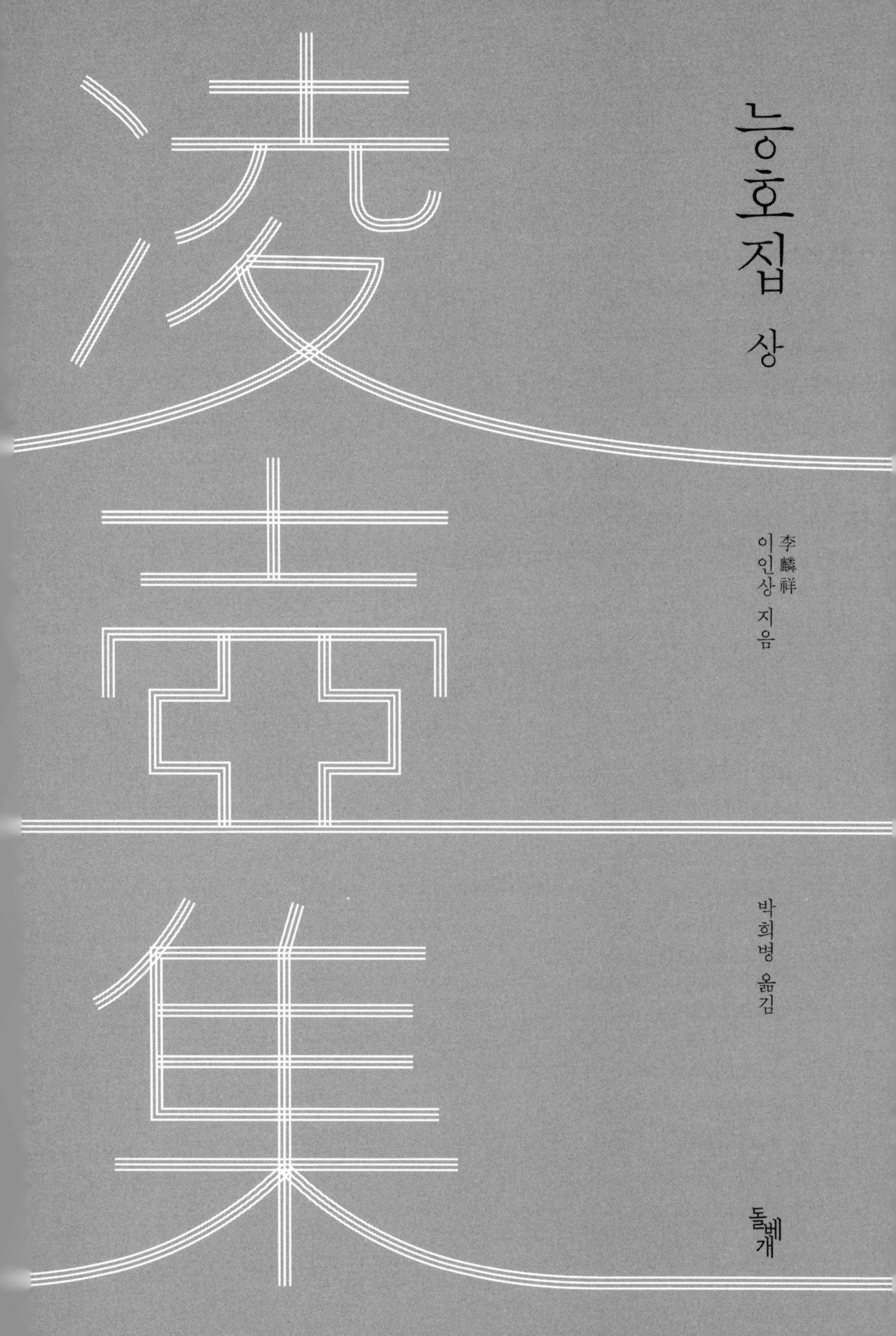

凌壺集
능호집 상
李麟祥
이인상 지음
박희병 옮김
돌베개

책머리에

능호관凌壺觀 이인상李麟祥(1710~1760)은 조선 시대에 가장 격조 높은 문인화를 그린 화가로 알려져 있으나 문인으로서의 면모는 별반 알려져 있지 않다. 당나라 왕유王維나 원나라 예찬倪瓚의 예에서 알 수 있듯, 그림과 문학은 결코 둘이 아니다. 왕유는 『왕우승집』王右丞集이라는 뛰어난 문집을 남겼고, 예찬은 『청비각집』淸閟閣集이라는 훌륭한 문집을 남겼다.

『능호집』凌壺集은 이인상의 문집이다. 이인상은 그림만 격조가 높은 것이 아니라 그 시문도 아주 격조가 높고 진실되다.

이인상이 붙들고 있던 이념은 일종의 아나크로니즘이었다. 하지만 소설가 이병주李炳注가 『관부연락선』에서 설파하고 있듯, "인간의 집념, 인간의 위대함, 인간의 특질"은 "아나크로니즘을 통해서 더욱 명료하게, 보다 빛나게 나타나는" 법이다. 그래서 『능호집』을 읽으면 슬프다.

나는 지난 세기 말인 1998년, 『능호집』의 번역에 착수했다. 내 나이 마흔세 살 때다. 나는 당시 연암 박지원의 문학에 흥미를 느껴 이런저런 자료를 보던 중 그 한 세대 위의 선배인 이인상에 주목하게 되었다.

지금도 크게 달라진 것 같진 않지만, 당시 우리 학계에서 박지원을 보는 시좌視座는 대개 '아래에서 위의' 방향으로 잡혀 있었다. 다시 말해 '근대'의 시각이 소급되어 들어와 있었다. 그래서 나는 반대의 방향, 즉 '위에서 아래의' 방향으로 박지원을 부감俯瞰하면 어떨까 하는 문제의식을 갖게 되었다. 이인상에 대한 주목은 전적으로 이 때문이었다.

『능호집』의 번역은 2000년 봄에 탈고되었다. 하지만 공부를 하다 보니, 좀 사정이 달라졌다. 이인상의 문학이 그의 서예 및 그림과 한 덩어리라는 사실을 깨닫게 된 것이다. 그래서 나는 잠시 『능호집』 번역의 출판을 보류하고, 이인상의 그림과 글씨를 모아 '이인상 시문서화집'을 내는 쪽으로 계획을 수정했다. 원래 박지원 문학 연구의 일환으로 이인상 연구를 시작했으나 시간이 흐르면서 이상하게도 나는 점점 이인상이라는 인간 자체에 매력을 느끼게 된 것이다.

운 좋게도 그 사이 나는 이인상의 후손가에서 그의 문집 초본草本인 『뇌상관고』雷象觀藁를 만날 수 있었다. 『뇌상관고』는 『능호집』보다 분량이 두어 배쯤 많았다. 나는 이 책을 통해 『능호집』을 좀 더 정확하게 읽을 수 있었으며, 이인상의 시詩·서書·화畵를 긴밀히 관련지어 이해하는 안목을 기를 수 있었다. 그러다 보니 또 하염없이 시간이 흘러갔다.

그래서 『능호집』 번역을 탈고한 지 무려 16년이나 지난 인제서야 책을 간행한다.

돌이켜 보면 『능호집』을 번역할 때가 참 행복한 시절이었다. 당시는 그런 줄 전연 몰랐지만. 매주 토요일이면 나의 집에 열 명 안팎의 동학들이 모였다. 서로 눈빛을 주고받으며 한담을 조금 나누다가 곧 『능호집』을 펼쳐 한 구절 한 구절씩 번역해 나갔다. 당시 내 집은 겨울이면 몹시 추웠지만 사람들의 온기 때문인지 통 추웠던 기억이 나지 않는다. 이미 추억 속의 사람들이 되어 버린 그분들에게 이 책을 바친다.

2016년 7월

박희병

차례

권1

시詩

취하여 읊조리며 질탕하게 놀아 몹시 즐거웠던 일이 기억났다. 봄날의 결사에서 강론하여 밝히던 일은 진작 그만두었으므로 서글픈 마음에 짓다

263 —— 매화

264 —— 이 선전관은 담옹의 맏아들이다. 준수하고 단아하며 문장에 능했으나 무장으로 천거되어 나가 왕명을 받들었으므로 벗들이 애석히 여겼다. 오래지 않아 병으로 세상을 떠나니 나이 갓 스물을 넘겼을 뿐이다. 담옹이 차마 아들의 자취를 인멸되게 할 수 없어 그의 문장과 덕행을 글로 써서 친척과 벗에게 보여주었다. 나는 그를 위해 만시를 지어 슬퍼한다

266 —— 국화주가 익었으나 마시지 못하고 꽃놀이 하는 시절 또한 끝났는지라, 누워서 병인년(1746) 봄에 송사행 형제가 옥주의 산에서 역질을 앓던 중 「술을 그리워하고 꽃을 애석해하며 읊은 잡시」를 지은 일을 생각하고, 마침내 그 시축詩軸의 시에 차운해 부치다

270 —— 송사행이 내자시의 숙직하는 곳으로 나를 찾아와 시를 지은바, 나중에 그 시에 차운해 부치다

271 —— 적간관 벼루. 송자에게 준 희작이다. 장구長句

273 —— 홍양지의 「시냇가 정자」에 화운和韻하다

275 —— 김제의 군루로 이윤지를 찾다

277 —— 운봉 여원치를 지나는데 길 옆의 바위에 "만력 계사년(1593) 한여름에 정왜도독 유정이 이곳을 지나다"라고 새겨져 있는지라 감회가 있어 시를 짓다

280 —— 촉석루 기행

281 —— 통신사를 전별하며

289 —— 통도사를 출발하며

291 —— 해운대

294 —— 몰운대

295 —— 문의현을 지나가는데 문의현에서 도곡까지는 몹시 가까우므로 즉석에서 시를 지어 송자 형제에게 부치다

298 —— 삼월 이십일 역사驛舍로 돌아와 밤에 문산의 소식을 듣고 기뻐서 짓다

301 —— 이윤지의 천왕봉 그림에 적다 장자화의 부채

302 —— 영남루

권2

시詩

일러두기

1. 본서는 1779년 평양 감영에서 간행된 이인상의 문집 『능호집』(凌壺集)을 전역(全譯)하고, 학술적 주석을 붙인 것이다.
2. 『능호집』은 원래 4권 2책으로 시(詩)와 문(文)이 각각 두 권씩이다. 이에 따라 본서에서는 시를 상권으로, 문을 하권으로 분책했다.
3. 원문을 교감하여 오자를 바로잡고, 결자(缺字)는 『뇌상관고』(雷象觀藁)를 참조하여 보충했다.
4. 본서의 연월일(年月日)은 모두 음력이다.
5. 필요할 경우 옛말이나 방언을 사용했다. 언어적 지평을 넓히기 위해서다.
6. 시 번역문의 띄어쓰기는 꼭 현행 한글 맞춤법 통일안을 따르지 않았다. 의미와 율격에 대한 고려 때문이다.
7. 상권에 이미 주석을 붙인 사항이라 하더라도 하권에 다시 주석을 붙인 경우가 많다. 독자들이 하권을 읽을 때 다시 상권을 뒤져보는 불편을 덜기 위해서다. 단, 이 경우 주석의 내용을 조금 달리하기도 했다.
8. 상권과 하권을 연결해서 보는 것이 필요하다고 판단되는 경우, 연관성을 부여했다. 이를테면 하권의 주석에서 상권을 참조할 것을 밝힌 따위가 그러하다.
9. 주석에 한문을 인용한 경우, 반드시 번역한 다음 원문을 함께 제시했다.
10. 하권의 부록으로 1970년 임창순 선생이 번역한 이인상의 간찰을 수록했다. 임창순 선생의 번역은 옛날 어투로 되어 있는데, 오늘날의 독자들이 이런 어투를 접하는 것도 나쁘지 않은 일이라고 판단해 그 어투를 바꾸지 않았다.
11. 이인상에 대한 이해를 돕기 위해 역자가 쓴 「능호관 이인상: 그 인간과 문학」이라는 글을 하권의 말미에 붙였다.
12. 상하권을 통합한 '찾아보기'를 하권의 말미에 붙였다.

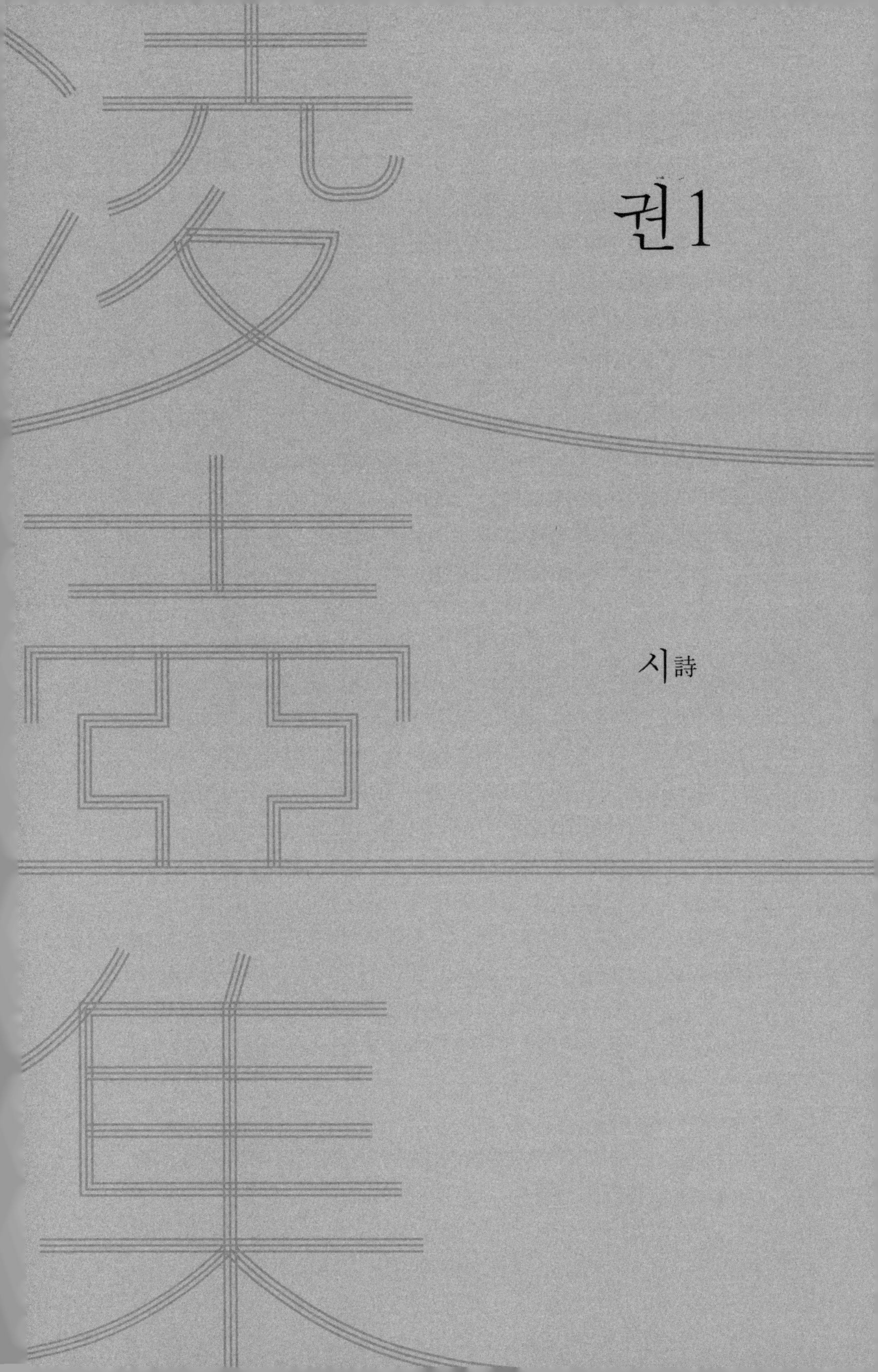

권1

시詩

밤에 앉아 병오년(1726)

하얀 달 구름가에 나오자
맑은 빛 높은 다락에 가득하네.
잠 깨어 발〔簾〕 걷고 앉으니
바람 고요한데 꽃잎 절로 지네.

夜坐 丙午

淡月來雲端, 淸輝滿高閣. 睡起捲簾坐, 風恬花自落.

성사의[1]에게 화답하다 계축년(1733)

맑은 밤 달빛이 산山 가득한데
물 동쪽 굽이[2]에 『주역』周易 보는 사람 있네.
추운 하늘 일만一萬 나무 생의生意 없으니
양기陽氣가 소생함[3] 믿을 수 없네.

和成士儀 範朝 癸丑

穆穆淸宵月滿山，有人看『易』水東灣.
寒天萬木無生意，不信輕雷動地間.

---

1 **성사의(成士儀)** 성범조(成範朝, ?~1753). '사의'(士儀)는 그 자(字). 『능호집』 권4에 수록된 「성사의 제문」(祭成士儀文)에 의하면, 이인상이 출사하기 전 시흥 모산(茅山)에 살 때 교유한 인물이다. 포의로 살다 죽은 처사형(處士型) 인물이다.

2 **물 동쪽 굽이** 시흥의 모산을 가리킨다. '물'은 지금의 물왕리 저수지로 흘러들어 가는 보통천을 가리키지 않나 추정된다. 물왕리 저수지는 근대에 와서 조성된 것이지만, 이인상이 살던 당시 물왕리의 보통천 주변에 못 내지 소택지(沼澤地)가 있었을 것으로 추정된다. '모산'이라는 땅 이름은 '못 안'이라는 우리말의 차자표기(借字表記)인바, 못 안에 있는 마을이라는 뜻이다. 지금의 물왕리 저수지 동쪽 물왕동 일대가 곧 모산이 아닐까 생각된다.

3 **양기(陽氣)가 소생함** 원문은 "輕雷動地間"인데, 『주역』(周易) 복괘(復卦)와 관련된 말이다. 복괘(䷗)는 곤(坤: ☷)이 위에 있고 진(震: ☳)이 아래에 있는 모양인데, 곤(坤)의 상(象)이 '지'(地)이고 진(震)의 상(象)이 '뇌'(雷)이기에 '지뢰복'(地雷復)이라 일컫는다. 지뢰복은 음(陰)의 기가 천지를 뒤덮고 있는 가운데 양(陽)의 기가 싹트기 시작하는 동지 때를 가리킨다. 따라서 본문의 '경뢰동지간'은 양기가 소생하는 기미를 말한다.

감회 갑인년(1734)

선인先人[1]의 옛집에 지금 뉘 사나?

남고南皐[2]를 지날 때면 옛날을 생각네.

벽에는 삼백 권 옛 책이 있고

뜰엔 매화와 도리桃李와 살구나무 있었지.

어릴 적 할아버지[3] 무릎에 누워

향로와 착도錯刀[4]도 갖고 놀았지.

십 년 동안 다섯 번 이사했건만

유독 남간南澗[5] 그 집을 꿈에 노니네.

온갖 일 어릴 때와 같지 않아서

---

1 선인(先人) 이인상의 조부를 말한다. 이인상의 조부는 이름이 수명(需命, 1658~1714)이다. 진사시에 합격했으며, 서부 주부(西部主簿)와 소촌 찰방(召村察訪)을 지냈다. 묘는 당시 경기도 양주목(楊州牧) 회암면(檜巖面) 모정리(茅汀里)에 있었다.

2 남고(南皐) 서울 남산을 말한다. 이인상 가(家)의 고택(古宅)이 바로 이곳에 있었다. 유년 시절 이인상은 조부 소유의 이 집에서 조부의 사랑을 듬뿍 받으며 자랐다. 이인상은 이 시절이 자기 집안의 '성시'(盛時)였다고 말한 바 있다. 이인상은 자신의 가족사와 관련해 이 시절을 가장 행복한 때로 기억하고 있는 것이다. 하지만 이 행복한 시절은 오래가지 못했다. 이인상이 다섯 살 때인 1714년 조부가 돌아가시자 가세는 기울기 시작하고, 이인상의 부친 이정지(李挺之, 1685~1718)는 이 집을 처분한 뒤 북산(北山: 북악)과 필교(筆橋: 서울시 중구 필동筆洞에 있던 다리) 부근의 집들로 이사했다. 엎친 데 덮친 격으로 4년 뒤인 1718년, 그러니까 이인상이 아홉 살 되던 해 부친마저 세상을 떴다. 이후 이인상은 극도의 가난 속에서 계부(季父) 이최지(李最之, 1696~1774)의 가르침을 받으며 성장했다.

3 할아버지 이인상의 조부 이수명(李需命)을 말한다.

4 착도(錯刀) 쇠로 만든 완구.

5 남간(南澗) 남산의 시내를 말한다.

목이 메고 눈물 참으니 맘이 괴롭네.

感懷 甲寅

先人弊廬今誰主? 行過南臯每懷古.
壁藏古經三百卷, 園有李梅桃杏樹.
幼時我臥王考膝, 香爐錯刀隨意取.
移家十年五易里, 夢游必在南澗戶.
萬事不如垂髫時, 呑聲忍淚心膈苦.

삼연[1] 시에 차운次韻하다

잠 깨어 옷깃 여미고 앉으니
서안書案 위 책들이 어수선하군.
높은 봉우리에 붉은 해 솟아오르고
높은 나무엔 매서운 바람이 부네.
가만히 매화를 보고 있으니
새소리 분분히 들려오누나.
중원中原[2]이 오랑캐 된 일 객客이 말하나니
관중管仲이 내 마음 격동시키네.[3]

---

1 삼연(三淵) 김창흡(金昌翕, 1653~1722). 자는 자익(子益), 호는 '삼연'으로, 영의정 김수항(金壽恒)의 셋째 아들이다. 1673년 진사시에 합격하였으나 1689년 기사환국 때 아버지 김수항이 사사(賜死)되자 영평(永平)에 은거, 평생 출사하지 않았다. 문집으로 『삼연집』(三淵集)이 있다. 이인상은 처사적(處士的) 삶을 살았던 노론계(老論系)의 이 선배 문인을 몹시 존경하였다.

2 중원(中原) 원문은 "遼薊"인데, '요'(遼)는 중국의 요동성(遼東省), '계'(薊)는 중국의 하북성(河北省) 일대를 가리킨다.

3 관중(管仲)이~격동시키네 원문의 '管氏'는 춘추시대 제(齊)나라의 재상 관중을 가리킨다. 관중은 부국강병에 힘쓰고 제후를 규합하여 환공(桓公)으로 하여금 천하를 바로잡고 오패(五覇)의 으뜸이 되게 하였다. 『논어』(論語) 「헌문」(憲問)편에 이런 말이 보인다. "공자께서 말씀하셨다: '관중이 환공(桓公)을 도와 제후(諸侯)의 패자(覇者)가 되게 해 한번 천하를 바로잡게 하여 백성들이 지금까지 그 혜택을 입고 있다. 관중이 없었더라면 나는 머리를 풀고 옷깃을 왼편으로 하는 오랑캐가 되었을 것이다.'"(子曰: '管仲相桓公, 覇諸侯, 一匡天下, 民到于今受其賜. 微管仲, 吾其被髮左衽矣.')

次三淵詩

睡起披襟坐, 床書縱復橫. 高峰紅日上, 喬木烈風行.

靜密觀梅萼, 紛綸聽鳥聲. 客談遼薊事, 管氏感余情.

월파정[1] 을묘년(1735)

외배 불러도 아스라해 타기 어렵고
다락은 맑은 기운 사이에 있군.
강물 동쪽에 흰 달이 돋아
구름 걷힌 도성 북쪽 청산과 만나네.
세월 깊어 마룻대의 글씨 이지러졌고
밤이 고요하니 노니는 이의 퉁소 소리 한가로워라.
아득히 모래톱 바라보니 먼 곳 생각이 많고
바람 슬픈 높은 나무에 들가마귀 돌아오네.

月波亭 乙卯

扁舟欲喚杳難攀, 樓在空明一氣間.
水積天東生皓月, 雲收京北會青山.
年深畵棟龍蛇變, 夜靜游人簫鼓閒.
極目長洲多遠思, 風悲喬木野烏還.

---

1 월파정(月波亭) 예조판서, 좌참찬 등을 지낸 장선징(張善瀓, 1614~1678)의 정자로, 지금의 노량진 수산시장 남쪽에 그 터가 남아 있다. 장선징은 본관이 덕수, 호가 두곡(杜谷)이며, 장유(張維, 1587~1638)의 아들이다. 그는 남인(南人)의 공격으로 귀양가게 된 송시열(宋時烈, 1607~1689)의 무죄를 주장하다 뜻을 이루지 못하자 향리인 시흥시 과림동 두곡(杜谷)으로 낙향했다. 이인상의 장인인 장진욱(張震煜)은 장선징의 서손(庶孫)이다.

충렬사[1]에서 임 장군[2] 영정에 절하다

동트기 전 사당 앞에 하마下馬하여서
횃불 높이 비추니 장군 화상畵像 또렷하다.
차가운 산 얼어붙어 얼굴에 노기 서리고
아침 물소리[3] 길게 들리니 신발이 우네.
임금님이 내리신 글[4]에 천지가 감복하고
전쟁에 남은 갑옷 귀신도 놀래키네.
동방 백대百代에 이 묘당廟堂 높여야 하리니
중원中原[5]에 의병 일어나길 기다리노라.

---

1 충렬사(忠烈祠) 조선 인조(仁祖) 때의 장군 임경업(林慶業)의 위패가 모셔진 사당으로 정식 명칭은 '임충민공 충렬사'(林忠愍公忠烈祠)이다. 임장군의 출생지인 충북 충주(忠州)에 있는 이 사당은 숙종(肅宗) 정축년(丁丑年: 1697)에 건립되었으며 영조(英祖) 정미년(丁未年: 1727)에 사액(賜額)되어 봄가을로 제사를 지냈다.

2 임 장군(林將軍) 임경업(1594~1646). 시호는 충민(忠愍), 본관은 평택(平澤)이다. 1618년(광해군 10)에 무과에 급제, 1624년(인조 2)에 이괄(李适)의 난을 진압하는 데 큰 공을 세웠으며, 병자호란 때는 명(明)과 내통하여 청(淸)에 대항코자 했으나 뜻을 이루지 못했다. 이후 명에 망명하였다가 청이 명의 남경(南京)을 함락시키자 포로가 되었으나 끝까지 충절을 굽히지 않았다. 후에 귀국하여 반대파인 김자점(金自點)의 모함으로 피살되었다.

3 물소리 인근에 달천강(達川江)이 있으므로 한 말이다.

4 임금님이 내리신 글 '충민'(忠愍)이란 시호를 내린 영조의 교지(敎旨)를 말한다.

5 중원(中原) 중국을 가리킨다.

忠烈祠拜林將軍像

下馬祠前日未生, 手擎高燭畵分明.

寒山氣結鬚眉怒, 朝水聲長履舃鳴.

王降寶書天地感, 戰餘金甲鬼神驚.

東方百代尊斯廟, 留待中原有義兵.

명곡[1] 동쪽 언덕에 올라 내키는 대로 읊조리다 정사년(1737)

꽃구경 같이 갈 벗이 없어서
홀로 가는 내 마음 서글프구나.
사람들 꽃 만개한 시절만 좇고
꽃 피지 않은 때는 즐기지 않네.
꽃 시들면 그만 싫증을 내어
모두 발길을 끊어 버리네.
봄 신神의 마음에 감복하노라
꽃 피우고 지게 함에 사사로움 없으니.
열흘 전 남쪽 누각[2]에서 바라볼 적에
일만 나무 한창 푸른 잎 돋아
그윽한 꽃향기는 내뿜지 않아도
버드나무 맵시 새로웠었지.
흡사 복희씨伏羲氏가 팔괘八卦 만들어
인문人文[3]이 차츰 열린 것 같고녀.
어느새 열흘이 지나고 보니

---

1 **명곡(明谷)** 서울의 명동(明洞). '洞'은 '谷'으로 표기되기도 했다. 우리말로 하면 다 '골'이 된다.

2 **남쪽 누각** 남산의 차계(叉溪)에 있던 수각(水閣)을 말한다. 이인상의 문집 초본인 『뇌상관고』(雷象觀藁)에는 이 시 바로 앞에 「삼월 계사일에 사람들과 차계의 수각에 오르다」(三月癸巳, 與人登叉溪水閣)라는 시가 실려 있다.

3 **인문(人文)** 인간 사회의 온갖 제도와 문화.

꽃이 많고 가지는 적게 보이네.
시냇가에 산수유 반짝거리고
바위엔 붉은 진달래 흐드러졌네.
보슬비 내리는 밤 기다렸더니
훈풍이 먼저 불어오누나.
영롱하여라 조물주 마음
꽃향기 있어 그 마음 아네.
함께 언덕 오른 벗 비록 없어도
우두커니 바라보며 홀로 즐거워하네.
맑은 아지랑이 대궐에 오르고
밝은 햇살 거리를 비추는구나.
밝고 화사한 이 봄 사랑하노니
흡사 태평성대 만난 것 같네.
내일이면 꽃이 난만할 테니
머물러 꽃 지는 걸 구경하리라.

上明谷東岡謾吟 丁巳

豈無看花件，獨行我心悲．人趨花盛節，不樂未開時．
花衰目已倦，陌上無春騎．感彼東君意，開落俱無私．
癸巳南閣望，萬木正葳蕤．幽馥未奮輝，新柳導春姿．
比如犧畫象，人文漸開之．如今經十日，花多少見枝．
澗黃初的爍，巖紅已陸離．待到微雨宵，薰風穆先吹．
玲瓏造化心，獨有凝香知．登岡有誰偕，佇望聊自怡．

淑氣浮雙闕, 晴輝麗長逵. 愛玆昭華節, 似是昇平期.

明辰固爛漫, 留余看花衰.

조산[1]에서 본 일을 적다

서암西巖[2] 근처 오니 낮술이 얼근도 한데
농부와 초동의 노래 마을에서 들려오네.
하늘 아스라한데 해학海鶴은 들녘에 옹기종기[3]
해 저무니 산룡山龍이 구름을 토하네.
길 굽이에 풀이 어둑하니 누구한테 길 물을까?
바람 자니 못은 절로 문채文采를 감추네.
아름다운 나무 아래 동네 노인 불러
비문을 읽어 주려 옛 무덤에 오르네.

鳥山記事

行近西巖午酒醺，農謳樵唱隔村聞.
天長海鶴拏荒野，日暮山龍吐旱雲.
徑曲草昏誰問路，池華風定自潛文.
偶逢嘉樹邀隣叟，爲讀殘碑上古墳.

---

1 **조산(鳥山)** 모산 부근의 산 이름으로 생각된다. 이인상은 생활이 너무 어려워 24세 때인 1733년 겨울에 아내 장씨(張氏)의 향리인 모산으로 이거(移居)했다가 2년 후인 1735년에 다시 서울로 이사하였다. 여기 있을 때 사귄 벗들이 성범조(成範朝), 장재(張在), 장지중(張至中), 장훈(張塤), 유언길(兪彦吉) 등이다.

2 **서암(西巖)** 조산 부근의 지명으로 생각된다.

3 **옹기종기** 원문은 "拏"인데 '서로 이끌다', '연속하다'는 뜻이 있다.

신읍[1] 촌노인을 기록하다

괴상한 꼬락서니 산협山峽 노인네
짧은 옷 입고 어린 손자 손에 이끌려 가네.
늙도록 목피木皮로 엮은 굴피집에 살며
물려받은 거라곤 한 뙈기 귀리밭.
흰 가을풀 사이에서 매 사냥하고
검은 떡갈나무 숲에서 호랑이 잡네.
몸으로 먹고사니 기릴 것 없건만
인사하는 그 풍모 오연傲然하기만.

記新邑村叟

峽翁形貌怪, 衣短弱孫牽. 終老木皮室, 傳家鬼麥田.
呼鷹秋草白, 射虎槲林玄. 勞力亦無譽, 拜人氣傲然.

---

1 **신읍(新邑)** 화천(花川)에서 마하령 가는 사이의 땅 이름으로, 지금의 강원도 금강군 신읍리에 해당한다. 본래 회양군 사동면 지역으로 우리말로는 '새골'이라 불렸다. 이인상은 1737년 겨울 금강산에 갈 때 이곳을 지났다.

마하령[1]에서 금강산을 바라보다

산등성이 오르니 천지가 희고
말(馬)은 하늘로 날아오를 듯.
산뜻한 가을하늘 구름이 가볍고
세찬 바람 새가 이기지 못하네.
아스라이 옥이 솟은 곤륜산崑崙山[2] 같고
얼음을 잘게 쪼갠 막고야藐姑射[3] 같네.
해는 바다를 비추며 지나고
맑은 하늘엔 만상萬象이 깨끗하다.
뭇 봉우리에 호연浩然한 기운[4] 분명하니
조물주가 공능功能을 한번 보였군.
몰래 삼신산三神山 골격 만드니
그 빼어남 오악五嶽[5]을 능가하다마다.
맑은 자태 해와 달에 또렷도하고
신령한 소리엔 대붕大鵬의 소리 들어 있어라.
덕성 빛나매 사람들 모두 우러르고

---

1 **마하령(磨霞嶺)** 내금강으로 들어가는 길목. 마회령(磨回嶺)이라고도 한다.

2 **곤륜산(崑崙山)** 중국의 서쪽에 있다는 전설상의 산. 이 산과 관련된 신화와 전설이 『산해경』(山海經)과 『신이경』(神異經)에 많이 보인다.

3 **막고야(藐姑射)** 원문에는 "姑射"로 되어 있다. 신선이 산다는 전설상의 산.

4 **호연(浩然)한 기운** 원문은 "浩氣". 삼라만상의 근원인 우주의 '일기'(一氣)를 가리킨다.

5 **오악(五嶽)** 중국의 태산(泰山: 동악東嶽), 화산(華山: 서악西嶽), 형산(衡山: 남악南嶽), 항산(恒山: 북악北嶽), 숭산(嵩山: 중악中嶽)을 가리킨다.

이름 존귀해 세상에 더할 수 없네.
우리 도道가 희미해도 근심치 않네
성인聖人이 나타남을 보는 것 같아.[6]
찬란함이 눈에 가득하지만
하도 높아 오르자니 두려운 마음.
학을 타고 한번 날아 봤으면
용을 타면 가히 올라가련만.
단발斷髮하면[7] 몸이 응당 정결해지고
욕심 버리면[8] 도道 절로 찾아들 테지.
곧장 올라 바다를 보면
발 아래 구릉이 작게만 보이리.

磨霞嶺望金剛山[9]

登岡天地白, 我馬欲飛騰. 秋霽雲無力, 風剛鳥不勝.
崑崙遙擢玉, 姑射細分氷. 照海孤光動, 開霄萬象澄.
衆巒分浩氣, 眞宰示良能. 秘斲三神骨, 秀摧五嶽稜.
淸輝分日月, 靈籟夾鵾鵬. 德耀人皆仰, 名尊世莫增.

---

6 **몰래 삼신산~보는 것 같아** 이상의 8구에는 조선 중화주의의 의식이 나타나 있다.

7 **단발(斷髮)하면** 근처에 단발령(斷髮嶺)이 있으므로 한 말.

8 **욕심 버리면** 원문은 "齋心"인데 '심재'(心齋)와 같은 말이다. '심재'는 『장자』(莊子) 「인간세」(人間世)에 나오는 말로, 일체의 사려와 욕망을 버린 청정무구한 마음의 상태를 뜻한다.

9 **磨霞嶺望金剛山** 이 시제(詩題)는 겸재 정선의 〈단발령망금강〉(斷髮嶺望金剛)이라는 그림의 화제(畵題)를 떠올리게 한다.

未愁吾道晦，如睹聖人興．爛燦徒盈目，巍峩竟怕登．
控思青鶴翥，驂欲火龍升．斷髮身應潔，齋心道自凝．
直登觀海水，俯視小丘陵．

체화[1]에게 주다

백화암白華菴[2]에 오니
백연자百淵子[3]가 생각나네.
기운은 비로봉毘盧峯[4] 능가하였고
눈으론 동해를 죄다 봤다지.
치웅致雄[5]은 대체 어떤 자길래
천하의 선비들과 결교結交하였나.
나무와 돌 사이에 소매를 나란히 했고
빙설氷雪 중에 불경을 풀이했다지.
남은 자취 빈 산에 가득하여서
꽃다운 이름 백대百代에 길이 전하네.
아아, 체화 상인上人[6]이여!
그대 얼굴 윤이 나고 아름답구려.

---

1 **체화(體華)** 백화암에 기거하고 있던 승려다.

2 **백화암(白華菴)** 내금강 삼불암을 지나 표훈사 못 미쳐 있던 암자로 일찍이 서산대사가 기거했다. 한때 그 영정이 있었는데, 지금은 절집과 함께 사라지고, 서산대사비를 비롯한 비석과 부도들만 남아 있다.

3 **백연자(百淵子)** 삼연 김창흡의 별호.

4 **비로봉(毘盧峯)** 내금강의 동북쪽에 있는 금강산의 최고봉.

5 **치웅(致雄)** 금강산의 승려로 법호가 몽월(夢月)이다. 삼연 김창흡과 세속을 초월해 교유했으며, 삼연이 백화암에 기거할 때 함께 『장자』를 읽곤 하였다. 『삼연집』 권13에 「백화암으로 돌아가는 치웅산인과 이별하며」(贈別致雄山人還白華菴)라는 시가 보이고, 권33에 「치웅산인 제문」(祭致雄山人文)이 보인다.

6 **상인(上人)** 불가의 중을 높여 부르는 말.

贈體華

我到白華菴，長懷百淵子．氣凌毘盧頂，目窮滄海水．

致雄何爲者，得交天下士？聯袂木石間，演經氷雪裏．

遺踪滿空山，流芬在百祀，嗟哉華上人，爾顏渥而美．

천일대[1]

붉은 놀 흩어지니 동천洞天[2]이 멀고
해 떨어진 높은 대臺엔 옷 가득 바람.
일만 여울 절로[3] 달빛 품어 쏟아지고
일천 봉우리 구름 되어 날고자 하네.
태을太乙[4]은 연잎 타고 왔나 싶어도
마고麻姑가 바다 보고 갔다는 말은 못 믿을레라.[5]
서글피 장송長松에 기대 사념思念 끝없는데
북두성은 아스라이 북쪽 산마루에 있네.

---

1 천일대(天一臺) 내금강의 표훈사에서 1km 정도 떨어진 정양사의 서남쪽 봉우리. 이곳에서 바라보는 내금강 경치는 아름답기로 유명하다.

2 동천(洞天) 신선이 산다는 복지(福地).

3 절로 원문은 "自"인데, 원주(原注)에 "'自'는 '爭'으로 쓴 곳도 있다"라고 했다. '爭'일 경우 그 뜻이 '다투어'가 된다.

4 태을(太乙) 태을은 태일(太一) 혹은 천일(天一)이라고도 하는데, 천신(天神) 특히 북극신(北極神)을 지칭한다. 여기서는 천일대라는 명칭에 착안하여 태을이 현신(現身)한 것처럼 서술하였다. 또 『고문진보』(古文眞寶) 전집(前集)의 「제태을진인연엽도」(題太乙眞人蓮葉圖)에 "태을진인이 연잎배를 탔는데/두건 벗은 맨머리에 찬바람 부네"(太乙眞人蓮葉舟, 脫巾露髮寒颼颼)라는 구절이 있다.

5 마고(麻姑)가~믿을레라 마고는 전설상의 선녀로 동해의 봉래산에 있었다고 한다.

天一臺

丹霞吹散洞天迥, 日落危臺風滿衣.
萬瀨自含明月瀉, 千峰欲化霽雲飛. 自一作爭
稍疑太乙浮蓮至, 未信麻姑看海歸.
悄倚長松無限思, 瑤琴遠在北山巍.

벽하담[1]

화룡火龍[2]이 깃든 소沼에
일만 폭포[3] 세차게 쏟아지누나.
비탈길 돌아가니 길 더욱 미끄럽고
두어 서너 담潭들은 깊고 서늘하네.
구렁 두른 노을은 진홍빛이고
길 양쪽의 푸른 나무 기다랗고녀.
널따란 동천洞天에 문득 놀라는데
해가 비쳐 휘황하여라.
가만히 서니 발소리 메아리치고
고개 드니 혼魂이 비상할 듯하네.
바위는 땅을 에워싸고
바람은 창공에 부딪네.
맑은 폭포소리 우레와 같은데
그 기운 쌓여 중향성衆香城[4]에 쏟아지누나.
날아오르는 물보라 그림자도 없이
사방으로 내뿜으며 피어오르네.
바위에 부딪쳐 여울 이루고

---

1 **벽하담(碧霞潭)** 내금강 만폭동 절경의 하나.

2 **화룡(火龍)** 온몸에 불을 띠고 있다는 전설상의 신룡(神龍).

3 **일만 폭포** 만폭동(萬瀑洞)의 물을 말한다.

4 **중향성(衆香城)** 내금강 동북쪽에 위치한 해발 1,300여m의 봉우리.

해에 닿아 빛을 발하네.
골짝의 이무기 여음餘音을 전하고
그윽한 새가 산그늘에서 화답을 하네.
마음 비우고 보니 스스로 즐거워
속세의 티끌 씻은 듯하네.
하지만 두렵네 세모歲暮가 닥쳐
얼음과 서리 낭떠러지 두르고 있어.
푸른 봉우리 아래로 발길 돌리며
쓸쓸히 맑은 노래 불러 본다네.

碧霞潭

火龍所滀渟, <u>萬瀑</u>注汪洋. 回磴徑轉滑, 數潭幽而凉.
繚壑彤霞深, 夾路翠木長. 忽驚洞天曠, 礙開雲日煌.
凝佇履欲響, 仰首神俱翔. 鎔石鎖中黃, 偃風磨穹蒼.
淸瀑轟成雷, 積氣瀉<u>衆香</u>. 翔舞不定影, 將噴更悠揚.
激石始成湍, 蕩日稍放光. 谷螭傳餘響, 幽鳥和陰岡.
冥觀意自得, 于以濯塵裳. 尙恐歲華晩, 幽崖鎖氷霜.
移杖蒼峰下, 悄悄發淸商.

마하연[1]에서 자다

눈 덮인 솔잎 지나는 바람 골짝 가득한데
고요한 밤 선원禪院에서 빈 술독을 안고 있네.
세속엔 우러를 성인聖人이 없건만
바닷가 신산神山[2]에는 아직 도道가 있어라.
취중에 구룡九龍 불러 해와 달을 끌게 하고
꿈속에 뭇 부처〔佛〕 몰아 곤륜산崑崙山을 찾아가네.
멀리 노니니 굴원屈原의 뜻에 느꺼움 있나니[3]
서울 집 돌아가면 원정園庭의 나무에 물이나 주리.

宿摩訶衍

雪葉風湍滿壑喧, 禪堂靜夜擁虛樽.
世無眞聖吾安仰, 海有神山道尙存.
醉喚九龍驂日月, 夢驅羣佛歷崑崙.
遠遊偏感靈均意, 漢上歸來灌我園.

---

1 마하연(摩訶衍) 금강산(金剛山) 내금강(內金剛)에 있던 암자.

2 바닷가 신산(神山) 금강산을 가리킨다.

3 멀리~있나니 『초사』(楚辭)에 굴원(屈原)의 「원유」(遠遊)편이 실려 있는데, 우울한 현실을 벗어나 상상의 세계에서 맘껏 노닌다는 내용이다.

안무재[1]에서 비로봉을 바라보다

첩첩이 쌓인 중향성은 읍揖하느라 수고롭고
거친 바람 끊임없이 허공에 물결 일으키네.
기운 아득히 피어올라 동쪽 하늘 조그맣고
맑은 빛 멀리서 쏟아져 북두성이 높네.
중원中原[2]의 흰 구름은 말이 멀리 지나가는 것 같고
동해의 붉은 해는 자라가 반쯤 잠긴 듯하네.
조그만 나라여도 산악은 장엄컨만
조물주가 인걸人傑을 내진 않았네.

內水站望毘盧峯

百疊香城拱揖勞, 勁風不斷轉虛濤.
蒸蟠灝氣東天小, 逈瀉晶光北斗高.
雲白中原遙度馬, 日紅瀛海半沈鼇.
偏邦亦有山嶽壯, 上帝無心降人豪.

---

1 **안무재** 금강산 동쪽 내금강에서 외금강으로 넘어가는 길목에 있는 고개.
2 **중원(中原)** 중국을 가리킨다.

구룡연[1]

맑은 빛 바라보니 아스라한데
그윽한 소리 숲에 앉아 듣네.
구렁에 이르니 뭇 여울 씩씩하고
하늘의 일기一氣[2] 신령스럽기만.
골짜기 어두워 쏟아지는 달빛 깊고
바위가 벌어져 하늘에 걸린 별이 작네.
헤아리기 어려워라 잠룡潛龍[3] 마음은
청명한 밤 어둑어둑 비가 내리니.

九龍淵

清光望已遠，幽響坐林聽．赴壑羣湍勇，翀霄一氣靈．
洞昏深瀉月，石坼細騰星．莫測潛龍意，晴宵雨晦冥．

---

1 **구룡연(九龍淵)** 외금강 구룡폭포(九龍瀑布) 밑에 있는 못. 이인상은 이 시를 쓴 2년 뒤인 1739년 음력 7월 보름 밤에 이윤영(李胤永)과 그 동생 이운영(李運永), 임매(任邁)와 그 동생 임과(任薖)와 함께 서지(西池)의 연꽃을 완상하고는 서지 인근에 있는 이윤영의 집으로 와 〈구룡연도〉(九龍淵圖) 대폭(大幅)과 〈삼일포도〉(三日浦圖)를 그렸다. 이 사실은 이윤영의 글 「서지에서 연꽃을 완상한 일을 기록하다」(西池賞荷記, 『丹陵遺稿』 권12)에 보인다. 한편 지금 전하는 이인상의 〈구룡연도〉는 그 뒤인 1752년에 그린 것이다. 박희병, 『능호관 이인상 서화평석 1: 회화편』(돌베개, 2016 간행 예정) 중 〈구룡연도〉의 평석 참조.

2 **일기(一氣)** 천지의 원기(元氣). 천지의 광대한 기운.

3 **잠룡(潛龍)** 승천(昇天)의 때를 기다리며 물속에 잠겨 있는 용.

삼일포[1]

가을물에 작은 배 띄워
사방을 돌아보니 산들이 아름답네.
흥을 좇아 남쪽 언덕 지나
북쪽 물가를 거슬러 오르네.
흰 새는 둥근 모래톱에 앉고
붉은 잉어는 맑은 물결에 뛰네.
노를 저어 섬에 이르니
푸른 나무가 정상을 가렸네.
깨끗한 바위는 노을에 둘러싸이고
약한 마름은 미풍에 한들거리네.
빙 두른 물을 누각樓閣에서 보니
가을하늘의 해가 잠겨 있어라.
구름은 반짝반짝 물에 비치고
창공은 몽몽히 연달았구나.
계수사桂樹辭[2] 그윽이 읊조리면서
저 옛날 신선을 생각한다네.

---

1 **삼일포** 신라의 사선(四仙)이 사흘간 놀고 갔다는 말이 전해지는 강원도 고성군에 있는 호수.

2 **계수사(桂樹辭)** 『초사』의 「초은사」(招隱士)를 가리킨다. 「초은사」는 "그윽한 산속에 계수나무가 떨기를 이뤘네"(桂樹叢生兮山之幽)라는 말로 시작되는데, 여기서 '계수나무'는 깊은 산 은자가 사는 곳을 암시한다.

술랑述郞[3]은 누구며
영랑永郞은 어느 때 사람이던가.
남랑南郞과 안상安詳 역시 아득도한데
돌에 새긴 옛 글자 희미하고나.
물 거슬러 올라도 찾을 수 없고
산에 높이 올라도 묘연하기만.
나의 패물을 바위에 버리고[4]
석문石門에서 다시 바지를 걷네.
날 저무니 물고기와 새 수심에 잠기고
산과 바다 엉기어 안개와 같네.

三日湖

輕舟漾秋水, 四顧山穆然. 隨意過南坨, 沿洄北渚邊.
素鳥止圓沙, 朱鯉躍淸漣. 盪槳至中嶼, 翠木蔭其顚.
巖淨明霞縈, 荇弱微風牽. 環流看畵閣, 倒影涵秋天.
蕩漾雲日暎, 冥濛空翠連. 幽吟桂樹辭, 永懷古游僊.
述郞何爲者, 永郞不知年. 南安亦渺茫, 古字迷石鐫.
溯洄不可求, 登高目杳綿. 巖臺遺余佩, 石門裳復褰.
日暮魚鳥愁, 山海凝如煙.

---

3 술랑(述郞) 신라 효소왕 때의 화랑으로, 영랑(永郎)·남랑(南郎)·안상(安詳)과 함께 삼일포에서 노닐었다고 전해지는 신라 사선(四仙)의 한 사람.
4 나의~버리고 『초사』 구가(九歌) 「상군」(湘君)에 "나의 옥패(玉佩)를 강에 던지고/나의 패물을 예포(醴浦)에 버린다"(捐余玦兮江中, 遺余佩兮醴浦)라는 구절이 있다.

옹천[1] 가는 길

눈에 드는 백사장 산뜻도 한데
쌍쌍이 나는 흰 새 아득히 보네.
오색구름 멀리 일본[2]에 이어지고
무너진 성은 반쯤 야인野人[3]의 하늘에 드네.
해에 닿을 듯한 큰 파도 고래등을 뒤덮고
구름처럼 겹겹한 산봉우리 말 앞에 옹위하네.
맑은 바람 겨드랑이에 임을 차츰 느끼니
굳이 하늘에서 신선 찾을 것 없네.

甕遷道中

明沙入望霽光鮮, 白鳥雙飛目杳然.
晴靄迥連徐市國, 崩城半入野人天.
洪濤沃日迷鯨背, 層嶂如雲擁馬前.
稍覺清風生兩腋, 不須虛廓問眞僊.

---

1 옹천(甕遷) 강원도 통천군 바닷가에 있는 돌산으로, 겨우 말 한 마리가 다닐 만한 길이 산중턱을 둘렀으며 절벽 밑의 파도가 높기로 유명하다.
2 일본 원문은 "徐市國"인데, 일본을 가리킨다.
3 야인(野人) 여진족을 가리킨다.

바다를 보다

1

드넓은 바다 어디서 그칠까?

우두커니 바라보니 몹시 슬프네.

지극히 고요해 원기元氣를 머금고

항상 맑아 성인聖人을 기다리네.[1]

대붕大鵬은 오지 않으나[2] 달은 둥글고

자라는 늙었으나[3] 섬에 봄꽃이 만발했네.

물결 따라가는 저 어부야

그대에게 나루를 물어볼꺼나.[4]

---

1 항상~기다리네 주(周)나라 성왕(成王) 때 주공(周公)이 섭정하여 천하가 태평하자 월상국(月裳國)의 사신이 흰 꿩을 가지고 와서 "하늘에는 폭풍우가 없고 바다에는 큰 파도가 일지 않은 지 3년이니 중국에 큰 성인(聖人)이 계셔서 그런가 합니다"(天之不迅風疾雨也, 海不波溢也, 三年於玆矣, 意者中國殆有聖人)라고 했다는 고사가 『한시외전』(韓詩外傳) 권5에 보인다.

2 대붕(大鵬)은 오지 않으나 원문은 "鵬遲"로, 『장자』「소요유」(逍遙遊)에 나오는 말. 대붕이 오지 않는다는 것은 성인이 떠나고 없음을 뜻한다.

3 자라는 늙었으나 원문은 "鰲老"인데, 『열자』(列子) 「탕문」(湯問)에 나오는 고사이다. 발해(渤海)의 동쪽에 대여(岱輿)·원교(員嶠)·방호(方壺)·영주(瀛洲)·봉래(蓬萊)라는 다섯 산이 있는데 이를 열다섯 마리의 자라가 머리로 떠받치고 있었다. 그런데 용백국(龍伯國)에 사는 거인이 한 번 낚시해 여섯 마리의 자라를 낚으니, 대여와 원교 두 산이 북극(北極)으로 떠내려갔다. 그 바람에 그 산에 살고 있던 선성(仙聖)들은 모두 다른 곳으로 옮겨갔다고 한다.

4 나루를 물어볼꺼나 원문은 "問津"으로, 도연명의 「도화원기」(桃花源記)에 나오는 말이다. 진(晉)나라 태원(太元) 때 무릉(武陵)의 어떤 어부가 시내에 배를 타고 가다 길을 잃었다. 그러다 홀연 복사꽃이 피어 있는 숲을 만났는데 꽃잎이 어지러이 흩날리고 있었다.

2

뗏목 타고[5] 어디로 갈꼬?
우리 도道는 암담하구나.
소리없이 넘실거리는 바다에
자욱한 기운이 오르네.
구름은 꽃 핀 땅에서 일고
고기는 하늘에 들어 노네.[6]
아득하여 가이없거늘
다못 파도가 말 앞에 있네.

3

어룡魚龍[7]이 일제히 춤추고
영괴靈怪[8]는 신군神君[9]을 기리네.
물에 잠긴 나무에선 좋은 향기 나고
바닷산의 신기루엔 구름이 이네.

그 숲을 지나 시냇물이 발원하는 곳에 이르자 산이 나타났으며 산의 입구로 들어서니 평화로운 낙원이 펼쳐졌다. 어부는 그곳에서 며칠을 지내다 돌아온 후 다시 그곳을 찾아갔는데 길을 찾을 수가 없었다. 그 뒤 남양(南陽)의 유자기(劉子驥)라는 고사(高士)가 이 이야기를 듣고 그곳을 찾아 나섰으나 뜻을 이루지 못하고 곧 병들어 죽었다. 그 후로는 아무도 나루를 묻는 자가 없었다고 한다.

5 뗏목 타고 도(道)가 행해지지 않아 세상을 떠나고 싶은 심정을 표현한 말. 『논어』「공야장」(公冶長)에, "공자께서 말씀하셨다: '도가 행해지지 않으니 나는 뗏목을 타고 바다로 가고자 한다'"(子曰: '道不行, 乘桴浮於海')라는 말이 보인다.

6 고기는~노네 고기가 하늘로 뛰어오른다는 뜻.

7 어룡(魚龍) 물고기와 용. 온갖 물고기를 일컫는 말.

8 영괴(靈怪) 바닷속에 있다는 이상한 온갖 괴물들.

9 신군(神君) 어진 고을 원을 이르는 말. 당시 이인상과 함께 금강산을 유람했던 임안세(任安世)를 가리키는 듯하다. 임안세는 인제 군수를 지낸 바 있다.

해 잠기니 먼 곳 소리 들리고
바람 고요하니 파문이 아름다워라.
총석정에 기대어 휘파람 부나니
학鶴 불러 등에 타고 무리를 지을까.[10]

觀海

其一

漭洋何所止? 凝望極傷神. 至靜含元氣, 常淸待聖人.
鵬遲僊月滿, 鰲老島花春. 逐浪漁舟子, 憑君欲問津.

其二

乘桴欲焉往, 吾道信悠悠. 蕩潏無聲處, 鴻濛有氣浮.
雲從花地起, 魚入蓋天游. 莽杳靡涯際, 瀾濤只馬頭.

其三

魚龍齊鼓舞, 靈怪贊神君. 沉木天香氣, 藏山蜃閣雲.
日涵凝遠響, 風靜爛淸文. 高嘯倚叢石, 招呼跨鶴羣.

---

10 무리를 지을까 한 무리가 되어 살고 싶다는 뜻.

삼부연[1]

들녘을 넘실넘실 흘러가는 물
세모歲暮에 수원水源 찾는 이 그 누구런가?
맑은 아침 옷을 차려입으니
마부는 길 어둑한 걸 근심하누나.
숨어 사는 은자를 그리워한 터
옛 길에는 서리와 눈 가득하구나.
긴 물가 거슬러 올라가
옷을 걷고 석문石門을 지나네.
둥근 소沼에서 높다란 절벽 우러러보니
폭포수 우레처럼 쏟아지누나.
산 기운 생기니 안개 자욱하고
신령한 뿌리[2] 있어 물을 머금었다 내보내네.
여울물이 골짜기를 찢으니
흐느끼는 소리 나의 마음 슬프게 하네.
늙은 이무기는 물에 잠겨 웅얼거리고
온갖 새는 짹짹 울어 대누나.
여울물 보며 현顯과 미微 깨닫게 되니[3]

---

1 삼부연(三釜淵) 철원에 있는 못. 폭포 아래 있는 못의 형상이 세 개의 가마솥과 비슷하다 하여 붙여진 이름. 이인상이 존경한 선배 문인인 김창흡이 이 부근에 은거한 적이 있다. '삼연'(三淵)이라는 김창흡의 호는 여기서 유래한다.

2 신령한 뿌리 원문은 "靈根". 신령한 나무 뿌리를 말한다.

묘용妙用[4]은 실로 말이 없어라.
산에선 꽃과 나무 적셔 준다면
바다로 흘러가선 배를 보존하네.
주야를 안 가리고 길이 흐르거늘[5]
그 뜻 뉘와 논한단 말가?
숨어 산 은자의 자취[6] 있으나
계수나무[7] 더위잡기 어찌 쉽겠나?
골짝 나서니 겨울 해 뉘엿뉘엿한데
서글피 높다란 봉우리 바라보누나.

三釜淵

泱泱野中水, 歲暮誰窮源? 淸曉褰余裳, 僕夫愁路昏.
永懷冥棲者, 古道霜雪繁. 溯洄遵長渚, 揭厲度石門.
穹壁仰圓泓, 瀑水風雷奔. 湮鬱生玄嵐, 湁㴔藏靈根.
振湍崖谷裂, 幽咽傷我魂. 老螭潛自吟, 百鳥啾相喧.

---

3 현(顯)과 미(微) 깨닫게 되니 「『역전』서」(易傳序)에 "현(顯)과 미(微)는 간격이 없다"(顯微无間)라는 말이 보인다. 도(道)는 현〔드러남〕과 미〔은미함〕에 두루 통하지 않음이 없다는 뜻이다.

4 묘용(妙用) 도의 오묘한 작용.

5 주야를~흐르거늘 공자는 흐르는 시냇물에 대해 말하기를, "흘러가는 것이 이와 같구나! 주야를 그치지 않는도다"(逝者如斯夫! 不舍晝夜)라고 했다. 이 말은 『논어』「자한」(子罕)편에 보인다.

6 은자의 자취 김창흡이 이곳에 은거한 적이 있다.

7 계수나무 깊은 산의 은자가 사는 곳을 암시한다.

憑湍悟顯微, 妙用固無言. 在山花木潤, 注海舟檝存,
悠悠流日夜, 此意共誰論? 巖棲空有跡, 桂樹難可援.
出洞寒日舒, 悵望數峰尊.

형님[1] 시에 차운하다

아우 아프니 형이 조산鳥山에 와 근심하는데[2]
겨울 숲에 바람 어둡고 구름은 파르스름.
병에서 일어나매 형이 없어 눈물 떨구고
아픈 몸 이끌고 문에 나가 귀조歸鳥를 보네.
때로 오는 편지글은 서글픈 말 일색인데
책 팔아 동곽東郭[3]에 두옥斗屋[4]을 장만하시겠다고.
어린 조카는 홑옷만 걸치고 종이 이불[5]은 구멍나고
형수씨 애써 밥을 하나 상에 나물조차 없네.
우환 속에 성공이 깃드는 법이니

---

1 형님 이인상의 형인 이기상(李麒祥, 1706～1778)을 말한다. 자는 사장(士長), 호는 담허재(湛虛齋) 혹은 모정자(茅汀子)이다. 진사시에 합격하여 종6품 벼슬인 찰방(察訪)을 지냈다. 꼬장꼬장한 면이 있었던 이인상과 달리 이기상은 성격이 원만한 편이었다고 한다. 이인상은 1735년 진사시에 합격하여 4년 뒤인 1739년에 음직(蔭職)으로 북부 참봉에 보임되어 서울에서 벼슬 생활을 시작하지만, 이기상은 6년 후인 1741년에야 진사시에 합격하였다. 1737년에 씌어진 이 시는 출사하기 전 이인상 형제의 간고한 생활상을 잘 드러내 보여준다.

2 아우~근심하는데 동생이 아프자 서울에 살던 형이 조산으로 찾아왔던 듯하다. 이인상은 1733년 겨울에 생활고를 못 이겨 서울을 떠나 아내의 향리 조산으로 내려왔으며, 1735년 조산에서 서울로 돌아왔다(이 해 진사시에 합격함). 이 시는 금강산을 읊은 시들 앞에 있어야 옳은데 차서(次序)가 잘못되었다.

3 동곽(東郭) 동대문 밖.

4 두옥(斗屋) 작은 집을 말한다.

5 종이 이불 옛날에 종이로 이불을 만든바, 여기서는 가난한 살림살이를 말한다.

눈썹 찡그리고 들보 보는 일[6]은 부디 마세요.
누워 생각하니 천지에는 원통한 마음 많고
예로부터 영웅은 또한 적막했지요.
시절이 위태로워 포의로 사는 게 영광임을 점차 깨닫게 되나니
선인들도 금서琴書의 즐거움을 으뜸으로 가르치지 않았나요?
형은 노래하고 아우는 까르르 웃어
날마다 어머닐[7] 위로해 즐겁게 해 드려야죠.
번성한 꽃 봄을 다투고 온갖 새 지저귀면
술 단지 들고 문을 나서 기분 좋게 취하리.
졸졸 흐르는 북간北磵[8]에서도 머리 감을 만하니
남산의 옛집엔 가지 마세요.
버드나무 가, 소나무 밑에서 나직이 읊조리다 돌아오면
아이는 서안書案을 정돈하고 저녁에 맞이하리.
현담玄談[9]을 나누며 고요히 『주역』을 보고
욕심 버리고 가만히 기氣를 기르리.
깊은 근심[10] 있어 함께 「영지곡」靈芝曲[11]에 화답하고

---

6 눈썹~일 '눈썹을 찡그림'은 근심에 잠겨 있음을 뜻하고 '들보를 본다' 함은 『후한서』(後漢書) 「한랑전」(寒朗傳)의 "들보를 쳐다보며 가만히 탄식한다"(仰屋竊歎)라는 구절에서 유래한 말로, 어떻게 해볼 방법이 없어 탄식함을 이른다.

7 어머닐 이인상의 어머니는 죽산 안씨(竹山安氏)다. 이인상은 아홉 살 때인 1718년에 부친을 여의었다.

8 북간(北磵) '磵'과 '澗'은 서로 통하는 글자다. 북악(北岳)의 시내를 이른다.

9 현담(玄談) 노장(老莊) 사상과 『주역』에 의거하여 명리(名理)를 변석(辨析)한 담론.

10 깊은 근심 은자의 근심을 뜻한다.

11 「영지곡」(靈芝曲) 주희(朱熹)의 시를 가리킨다. 주희가 순창(順昌) 땅을 지나다가 운당포(篔簹鋪)의 벽에 적힌 "아름다운 영지는/1년에 세 번 피는데/나는 홀로 어이하여/뜻을 이루지 못하나"(煌煌靈芝, 一年三秀. 予獨何爲, 有志不就)라는 글귀를 보고 마음에

가난하게 살며 대나무와 송백松栢을 사랑하리.
갈림길에 풀 무성해 수레 나아가지 못하니
시속時俗이 소인배[12] 따름을 더욱 슬퍼하네.
원컨댄 백발이 되도록 한 집에 살며
송국松菊의 맑은 빛 가까이 했으면.[13]

공감을 느껴 몹시 슬퍼한 적이 있는데, 40여 년 뒤 다시 그곳을 지나며 보니 이전의 그 글은 사라지고 없었다. 이에 주희는 다음과 같은 시를 지은 바 있다. "꿈같은 백년 얼마더뇨/영지는 세 번 피었는데 나는 무얼 하려 하나/금단(金丹: 신선이 빚는다는 장생불사의 영약)도 해 저물어 소식 없거늘/운당(篔簹)의 벽상(壁上) 시에 거듭 탄식하노라."(鼎鼎百年能幾時, 靈芝三秀欲何爲. 金丹歲晚無消息, 重歎篔簹壁上詩) 「영지곡」이란 바로 이 시를 말한다. 이상의 사실은 『주자대전』(朱子大全) 권84의 「원기중(袁機仲)이 교감한 참동계(參同契)의 뒤에 쓰다」(題袁機仲所校參同契後)라는 글에 보인다. 이인상은 영지 그림을 잘 그린 것으로 알려져 있는데〔『頤齋亂藁』 권18 신묘년(1771) 4월 17일 일기의 "李麟祥之芝、蓮, 俱偏才名家云"이라는 말 참조〕, 현재 전하는 이인상의 그림 중 영지가 그려진 것으로는 〈송지도〉(松芝圖)와 〈영지도〉가 있다. 박희병, 『능호관 이인상 서화평석 1: 회화편』 중 〈송지도〉 및 〈영지도〉의 평석 참조.

12 소인배 원문은 "雞鶩", 즉 오리와 따오기. 『초사』 구장(九章)의 「회사」(懷沙)에 "봉황이 광주리에 갇히고/오리와 따오기가 날아 춤추네"(鳳皇在笯兮, 雞鶩翔舞)라는 말이 있다. '오리와 따오기'는 소인배를 뜻한다.

13 형은 노래하고~가까이 했으면 이 구절은 이인상 형제가 한 집에서 사는 것을 상상해 노래한 것이다.

次伯氏韻

弟病兄愁鳥山中，風昏凍林雲碧色.
病起始泣兄不住，扶病出門望歸翼.
尺牘時來語悽苦，賣書東郭謀斗屋.
小郎衣單剝紙衾，長嫂勞飯盤無簌.
極知憂患將玉成，皺眉仰屋兄愼莫.
臥念天地多怨情，終古英雄更寂寞.
時危漸覺布韋榮，先人最訓琴書樂.
兄須緩歌弟善笑，日慰高堂歡無慽，
繁花競春百鳥和，携我朋酒出門適.
北磵洋洋堪濯髮，休向南山經故宅.
柳邊松下微吟歸，兒整書丌候將夕.
玄言靜觀包犧文，一氣潛養虛室白，
幽愁共和靈芝曲，寒棲自愛交竹栢.
歧路鬱鬱車難行，更嗟人情隨雞鶩.
願言白頭同一室，松菊淸華擥盈匊.

두메에 사는 벗 신자익[1]이 찾아와 함께 시를 짓다 무오년(1738)

고치叩齒[2]하며 백양伯陽[3]의 글 읽은 지 십 년[4]

남쪽 들 차조밭은 잡초로 무성하네.

겨울산 눈에 덮혀 난실蘭室이 그윽하고[5]

봄물에 꽃잎 분분하니 돌배〔石航〕[6]가 괴이하네.

게다가 무리 떠나 새와 짐승 따라 노닐며

때로 세상 조롱하며 어상漁商[7]을 배운다지.

그대와 함께 구담龜潭[8] 물에 발을 씻으며

갈필葛筆[9]로 너럭바위에 「벌목」伐木시[10] 쓰길 기약하네.

---

1 **신자익(申子翊)** 신사보(申思輔, 1713~1777). '자익'은 그 자(字). 1744년(영조 20) 생원시에 급제했다. 장진욱(張震煜)의 사위로, 이인상과는 동서간이다. 서족(庶族)이다.

2 **고치(叩齒)** 윗니와 아랫니를 딱딱 마주쳐서 머리를 맑게 하는 도가(道家) 양생술의 하나.

3 **백양(伯陽)** 『참동계』(參同契)를 지은 위백양(魏伯陽)을 이른다.

4 **고치(叩齒)하며~십 년** 신사보가 그리 했다는 말. 신사보는 충청북도 청풍의 능강동(淩江洞)에 은거하며 도가자류(道家者流)의 삶을 살았다. 박희병, 『능호관 이인상 서화평석 2: 서예편』(돌베개, 2016)의 '윤흡에게 보낸 간찰'의 평석 참조.

5 **난실(蘭室)이 그윽하고** 신사보의 호가 유란자(幽蘭子)이기에 한 말.

6 **돌배〔石航〕** 신사보가 거주한 능강동에 배 모양의 바위가 있었던 듯하다.

7 **어상(漁商)** 물고기를 팔러 다니는 장사치. 신사보가 물고기를 팔아 생계를 도모했기에 한 말.

8 **구담(龜潭)** 충북 단양의 구담봉(龜潭峯)과 옥순봉(玉筍峯) 일대의 강을 이른다. 강물의 바위가 모두 거북 무늬로 되어 있어 그런 이름이 붙었다고도 하고, 절벽의 돌이 모두 거북처럼 생겼기에 그런 이름이 붙었다고도 한다. 봄에 꽃이 피고 가을에 단풍이 들 때 아름다운 주변 경치가 물속에 비쳐서 배를 중류에 띄우고 놀면 아래위가 온통 꽃 속 같았다고 한다. 지금은 충주호가 생긴 바람에 이 경치가 사라져 버렸다.

9 **갈필(葛筆)** 칡으로 만든 붓.

峽友申子翊思輔來訪共賦 戊午

叩齒十年誦伯陽, 南原種秫草茅荒.

寒山雪擁幽蘭屋, 春水花迷怪石航.

且復離羣隨鳥獸, 時能翫世學漁商.

期君濯足龜潭上, 墨葛書磐「伐木」章.

---

10 **「벌목」(伐木)시** 『시경』(詩經) 소아(小雅) 「녹명」(鹿鳴)편의 시. 친한 벗들이 모여 연음(宴飮)할 때 부르던 노래라고 한다.

강춘

들새 울며 날아올라 하늘에 놀 때
용산龍山[1] 서쪽에 벗[2] 찾아가네.
봄이 따뜻해 기르는 말은 풀 따라 걷고
강이 고요해 아이들은 큰 배를 부리네.
바람이 없건만 늙은 버드나무 꽃 절로 지고
햇살에 취해 어린 복사꽃 한창 고우네.
한가로이 읊조리다 길 잃은 줄도 몰랐는데
먼 마을에 아스라이 저녁연기 이네.

江春

野鳥鳴飛弄雲天, 龍岡西畔訪同年.
春暄牧馬隨芳草, 江穩羣童運巨船.
老柳無風花自落, 夭桃醺日氣方姸.
閒吟未覺迷行徑, 遠巷依依起夕煙.

---

1 용산(龍山) 원문은 "龍岡".
2 벗 원문은 "同年". 동년배 친구 이봉환(李鳳煥, 1710~1770)을 가리킨다. 이인상은 당시 용산에 살았는데, 이봉환이 용산으로 새로 이사와 서로 교분을 맺게 되었다. 이인상과 이봉환은 인척간이다.

풍북해[1]의 낙화시[2]가 지극히 참신하고 공교工巧하여 시상詩想이 무궁하므로 내가 그것을 본뜨고자 했으나 겨우 세 편을 짓고 싫증이 나 그만두다

1

비바람 순해야 꽃이 피네만
순한 바람 윤택한 비가 꽃 지게도 하지.

---

1 풍북해(馮北海) 풍기(馮琦)를 가리킨다. '북해'(北海)는 그 호. 명나라 신종(神宗) 때의 문신으로, 자는 용온(用韞)이며, 또 다른 호는 탁암(琢庵)이다. 산동성 임구(臨朐) 사람으로, 명 만력(萬曆) 5년(1577)에 진사(進士)가 되어 편수(編修), 시강(侍講), 예부우시랑(禮部右侍郞), 예부상서 등의 직을 역임했으며, 문집으로 『종백집』(宗伯集)이 전한다. 그는 경세제민(經世濟民)의 사상을 지녔으며, 임금에게 직언해 시폐(時弊)를 간하는 용기가 있었다. 시는 오언고시(五言古詩)와 칠언고시를 좋아했으며, 악부시와 건안(建安)의 풍(風)을 숭상했다.

2 낙화시(落花詩) 심재(沈鋅)의 『송천필담』(松泉筆譚) 권4에, 영조 말년에 이봉환·남옥(南玉)·최익남(崔益南)이 낙화시를 잘 지었는데 성운(聲韻)이 극교(極巧)하고 기상(氣像)이 처참(悽慘)했다는 말이 보인다. 이봉환의 낙화시는 『우념재시문초』(雨念齋詩文鈔) 권2와 권5에 실려 있다. 권2에 실린 시의 제목은 다음과 같다: "고인(古人)이 혹 낙화를 읊조렸으나 모두 정태(情態)를 곡진히 드러내지는 못했다. 원령(이인상 – 인용자)이 말하기를, '일찍이 심석전(沈石田: 명의 화가 심주沈周 – 인용자)의 문집을 보니 낙화시를 읊은 게 있던데 그 역량을 따라갈 수가 없더구려'라고 했는데, 과연 어떤지 모르겠다. 봄이 이미 저물어 온 뜰이 모두 꽃인데 우리 무리는 모두 실의지인(失意之人)이라 근심과 개탄을 스스로 진정할 수가 없어 우연히 수창(酬唱)하여 각각 몇 편을 지었는데 알지 못괘라, 가장 실의한 처지에서 가장 득의의 시를 얻게 될는지"(古人或賦落花而皆未能曲盡情態. 元靈以爲曾見沈石田集, 有賦落花詩, 其力量殆不可及云, 而竟未知果何如也. 春序已晏, 萬庭皆花, 吾輩皆失意失之人, 愁慨不自定, 偶然酬唱, 各成幾篇, 抑未知最失意境, 得最得意詩否也) 이 시제(詩題)에서 알 수 있듯 이봉환의 낙화시는 서얼로서의 궁수(窮愁)와 불평지심(不平之心)을 낙화에 가탁한 것이다. 이른바 초림체(椒林體)의 시다. 이와 달리 이인상의 이 낙화시에는 그런 면이 보이지 않으며, 청고(淸高)함이 느껴진다. 이봉환 낙화시의

붉은빛 멀쩡한데 분분히 비 뿌리고
향기 아직 맑건만 바람이 몰아치네.
비단 자리에 떨어지면 종내 웃음 거두지만
진흙으로 변해도[3] 탄식하는 사람 없네.
꽃받침 남아 있고 화심花心[4]도 있지만
비바람 몰아치니 어이할꺼나?

2
창공에 하늘하늘 떠다니다가
나무로 돌아오기 부끄러운 듯 방자히 지네.
흙에 비치는 색깔 선명도 하고
아지랑이 기운 따라 이리저리 배회하네.
길거리의 버들개지가 어지러이 전송하고
맑은 못 부평초가 고요히 맞네.
고결한 성품이라 함께 놀 생각 없어
회오리바람에 꽃잎이 하늘로 오르네.

3
한 나무의 오동꽃도 성쇠가 달라
유독 서쪽 가지 꽃은 아침에 폈다 저녁에 지네.

성격에 대해서는 신익철, 「이봉환의 초림체와 '낙화시'에 대하여」(『한국한문학연구』 24, 1999)가 참조된다.

3 진흙으로 변해도 꽃잎이 우수수 땅에 떨어져 이개진 것을 말한다.

4 화심(花心) 원래 '꽃술'이라는 뜻이지만, '꽃의 마음'이라는 뜻도 함축되어 있다고 여겨진다.

까치 깃들이니 향을 나누어 주며[5] 떨어지고
꾀꼬리 우니 한 꼭지의 두 꽃송이가 지네.
모란꽃 필 녘에 소역邵易을 보고[6]
매실이 익을 무렵 「표유매」摽有梅[7]에 느껍네.
꽃향기 가득한 땅 무심히 쓸며
오동꽃 절로 질 때 기다리누나.

馮北海落花詩, 極其新巧, 出之無窮, 余欲效之, 纔得三篇, 倦而止

花發只憑風雨和, 和風膏雨更摧花.
餘紅未淡紛紛灑, 殘馥猶淸陣陣加.
飄落錦筵終斂笑, 濺成泥土亦無嗟.
花根不滅花心在, 雨急風顚奈爾何?

其二
橫空漠漠任飄颻, 返樹如羞落地驕.
照破虛塵分色相, 流隨野馬競逍遙.

---

5 향을 나누어 주며 조조(曹操)가 임종 때 여러 첩들에게 한 유언 중에 "남은 향을 여러 부인에게 나누어 줄 것이며"(餘香可分與諸夫人; 陸機, 「弔魏武帝文序」)라는 말이 보인다.
6 모란꽃~보고 '소역'(邵易)은 소강절(邵康節)이 저술한 『황극경세서』(皇極經世書)를 말한다. 소강절이 모란을 사랑하여 천하제일의 모란이 있다는 낙양(洛陽)으로 옮겨 와 살았기에 한 말.
7 「표유매」(摽有梅) 원문에는 "周詩"로 되어 있다. 『시경』 소남(召南)의 편명(篇名)으로, 아직 떨어지지 않은 매실의 갯수에 빗대어 장차 결혼해야 할 여성의 변화해 가는 심리 상태를 노래한 시다.

長街落絮紛來送, 淸沼浮萍靜相邀.
潔性終無依附想, 風回芳馥上雲霄.

其三
一樹桐花異盛衰, 朝敷暮落獨西枝.
偶藏喜鵲分香落, 忽囀嬌鶯並蒂虧.
數合牧丹觀邵[8]易, 節逢梅實感周詩.
蒂香滿地無心掃, 待到桐花自落時.

---

8 邵　원문에는 "卲"로 되어 있다.

원운백[1]에게 주다

맑은 밤 용악龍嶽[2]에는 흰 구름 날고
노 저어 도미나루[3] 지나고 있겠지.
오동꽃 다 지고 밝은 달 두렷
안개 낀 강가 흰 삽짝문 닫히어 있고.

贈元雲伯命龍

夜淸龍嶽白雲飛, 盪槳應過斗尾磯.
桐花落盡生明月, 獨掩煙江白板扉.

---

1 **원운백(元雲伯)** 운백(雲伯)은 자(字)이고, 이름은 명룡(命龍). 임진왜란 때 강원도 조방장(助防將)으로서 여강(驪江)의 구미포(龜尾浦) 전투에서 큰 공을 세운 원호(元豪)의 후손이다. 좌의정을 지낸 원두표(元斗杓)는 원호의 손자인데, 그 딸이 이민서(李敏敍)에게 시집갔다. 이민서는 이인상의 종증조부이니, 이인상과 원명룡은 척분이 있는 사이다. 원명룡은 서얼이며, 영조 30년(1754) 빙고(氷庫) 별제(別提)에, 영조 39년(1763) 승문원 제술관에, 영조 40년(1764) 평구 찰방(平丘察訪)에 각각 제수되었다.

2 **용악(龍嶽)** 용문산. 경기도 양평군에 있는 산.

3 **도미나루** 원문은 "斗尾". 경기도 하남시 배알미동에 있던 나루로, 지금의 팔당댐 부근이다.

여강驪江 가에서

서늘하고 맑은 이슬 오동에 내릴 때
풀 거츠른 강변 길 말 타고 가네.
용문산龍門山 나무의 가을구름 해를 가리고
구미포龜尾浦[1] 물에 비친 하늘이 맑네.
의창義倉[2]을 찾아가니 큰 나무가 있고
향사鄕射[3]를 구경하니 들판의 집이 외롭네.
내 마음 외려 어상漁商[4]이 부럽네
술과 물고기로 밤낮 즐기니.

---

1 구미포(龜尾浦) 경기도 여주(驪州) 남쪽의 구미포진(龜尾浦津)을 말한다. 후미개라고도 부른다. 지금의 행정구역상으로는 양평군 개군면 구미리에 속한다.

2 의창(義倉) 곡식을 저장해 둔 정부의 창고로, 흉년이나 비상시에 그 곡식을 가난한 백성들에게 빌려주었다. 여주의 양화역(楊花驛)에 있던 양화창(楊花倉)을 가리키지 않나 추정된다.

3 향사(鄕射) 마을의 선비나 한량들이 편을 갈라 활 쏘는 재주를 겨루는 것.

4 어상(漁商) 이 단어는 앞의 「두메에 사는 벗 신자익이 찾아와 함께 시를 짓다」라는 시에도 나왔다.

驪上

白露凄淸賈竹梧, 草荒江逕馬行紆.

秋雲日隱龍門樹, 積水天明龜尾湖.

行訪義倉喬木在, 來觀鄕射野堂孤.

我心却羨漁商客, 釃[5]酒包魚日夕娛.

---

5 釃 '釄'와 같다.

관강정[1] 아래에서 뱃놀이하다

저 동쪽 이릉二陵[2] 바라니 어둔 구름 평평하고
초승달 가득한 누정樓亭엔 하늘 기운 밝아라.
가을 물에서 고요히 천지의 뜻 보노라니
퉁소 소리 그윽해 봉황이 우네.[3]
외로운 기러기 이슬을 알리니[4] 은하수 찬란하고
늙은 잉어 바람에 웅얼거리니[5] 나무와 돌이 맑네.
이 좋은 밤 먼 곳 생각 견디기 어려우니
중류中流에서 뱃노래 연주치 마소.

---

1 관강정(冠江亭) 경기도 여주의 여강(驪江) 가에 있던 정자인 듯하나 정확한 소재지는 알 수 없다. 여주에 은거해 있던 김진상(金鎭商)은 「관강정차운」(冠江亭次韻)이라는 시를 남겼다(『退漁堂遺稿』 권3).

2 이릉(二陵) 경기도 여주군 능서면에 있는 영릉(英陵)과 영릉(寧陵)을 가리킨다. 영릉(英陵)은 세종(世宗)과 그 비(妃)인 소헌왕후(昭憲王后)의 능이고, 영릉(寧陵)은 효종(孝宗)과 그 비인 인선왕후(仁宣王后)의 능이다.

3 퉁소 소리~우네 옛날 중국 진(秦)나라 때 소사(蕭史)라는 인물이 퉁소를 불면 문득 봉황이 날아와 춤을 추었다는 고사가 있다.

4 외로운~알리니 기러기가 날아오면 가을이므로 한 말이다.

5 늙은~웅얼거리니 가을 바람, 특히 음력 9월에 부는 바람을 잉어바람〔鯉魚風〕이라고 한다.

舟游冠江亭下

二陵東望暝雲平，纖月盈樓灝氣明.
秋水靜看天地意，洞簫幽徹鳳凰鳴.
孤鴻警露星河燦，老鯉呻風木石淸.
良夜不堪思遠道，中流莫奏櫂歌聲.

신륵사 동대

텅 빈 모래톱 갈대꽃엔 서리가 희고
저물녘 암대巖臺[1]엔 잔잔한 바람.
달 보고 물고기 뛰니 별빛이 부서지고
노목老木에 구름 이니 산 기운과 통하네.
하도河圖[2]를 물으려니 가을 물이 먼데
부질없이 높은 탑에 불골佛骨[3]을 모셨군.
돛단배 지나가니 기러기 어슴푸레 돌아오고
먼 눈에 영릉寧陵[4]의 잣나무 울창히 보이네.

神勒寺東臺

露白葦花洲渚空, 巖臺日落灑微風.
潛鱗跳月星文碎, 老樹生雲嶽氣通.
欲問龍圖秋水逈, 空留佛骨石龕崇.
商颿過盡歸鴻暝, 陵栢蒼蒼極望中.

---

1 암대(巖臺) 높고 평평한 바위를 뜻한다.

2 하도(河圖) 옛날 복희씨 때 황하(黃河)에서 용마(龍馬)가 지고 나왔다는 쉰다섯 개의 점이 그려진 그림.

3 불골(佛骨) 부처의 사리를 말한다.

4 영릉(寧陵) 북벌을 추진한 효종(孝宗)과 그 비(妃)인 인선왕후의 능.

김자[1] 군보[2]에게 주다

사람이 몸을 맑게 하면
밟는 도道도 평탄하다지.
곧고 곧은 문충공文忠公[3]께서
밝은 덕으로 그대를 보살피리.
공경스런 마음으로 잠거潛居[4]하며
먼 곳의 벗을 생각하게.
말이 온화하고 진실되면
따르지 않는 것이 없으리.
행실이 없어 날로 외로워지는 건[5]
신명神明이 자네를 막은 거고
말마다 참되다면
하늘이 자네에게 물어 올걸세.
오동 베어 거문고 만들 때는

---

1 **김자(金子)** '자'(子)는 경칭. 이인상은 대개 벗들에게 이 경칭을 썼다.

2 **군보(君保)** 김철행(金喆行). '군보'는 그 자(字). 병자호란 때 강화성(江華城)에서 순절한 김상용(金尙容)의 5대손으로, 진사시에 합격하고 담양 현감(潭陽縣監)을 지냈다.

3 **문충공(文忠公)** '문충'은 김상용의 시호.

4 **잠거(潛居)** 이인상은 자신과 벗에 대해 말할 때 '은거'라는 단어보다는 '잠거'라는 단어를 애용했다. '은거'는 세상을 버리는 것도 포함하지만 '잠거'는 세상을 버리기보다 형편상 벼슬하지 않고 처사로 지낸다는 뜻이 강하다.

5 **행실이~외로워지는 건** 『논어』「이인」(里仁)에 "덕이 있는 사람은 외롭지 않다. 반드시 이웃이 있기 때문이다"(德不孤, 必有隣)라는 말이 보인다.

훌륭한 목공을 척도로 삼고
뽕나무 굽혀 활 만들 때는
성인聖人을 표적으로 삼게.
곧음을 숭상하고 사사로움 없애면
마음은 살지고 밝아질걸세.
지금 내 말은 아첨 아니니
감히 그대에게 당부하노라.

贈金子君保喆行

人之淑躬, 履道冲夷. 侃侃文忠, 昭德綏汝.
儆爾潛居, 念爾遠朋. 穆言和衷, 物無不從.
無行日孤, 神其軔汝. 無言不誠, 天其訊汝.
伐桐爲琴, 良工尺之. 揉桑爲射, 聖人的之.
尙貞無私, 神其內腴. 我言匪諛, 敢申僕夫.

대탄[1]

대탄을 건널 땐 잡담도 말며
키〔柂〕를 돌릴 땐 서지도 말 일.
깊은 여울 갑자기 불꽃을 뿜어
강이 꺼지고 해가 무너지는 듯하네.
배 양편 산봉우리들 쏜살처럼 닫고
물살이 돌을 굴려 우렛소리 낸다.
근심하노라 저 뱃사공이
목숨 건 채 외줄 잡고 있는 것[2]을.
오고 감은 이익 때문이지
위험한 일에 능해서가 아니라네.
그대는 보라! 밭 가는 일 즐기며
종신토록 언덕을 지키는 사람을.

---

1 대탄(大灘) 경기도 양근(楊根)에 있는 남한강의 여울 이름. 여강(驪江)의 하류 쪽인바, 남한강은 이곳을 지나 용진(龍津)의 북한강과 합류한다. 강중(江中)에 바위가 있어 물길이 둘로 나뉘는 바람에 물의 유속이 몹시 빨라 형세가 험하기로 유명했다.

2 목숨~있는 것 여울 양안(兩岸)에 줄을 연결해 놓고 그 줄을 잡아 배를 건너게 하는 장치였던 듯하다.

大灘

大灘莫交語, 椸轉愼莫興. 層湍忽噴焰, 江陷日色崩.
夾舟羣巒馳, 磵石雲雷騰. 回愁上水者, 捨命挐孤繩.
來往只爲利, 蹈危非其能. 君看耕田樂, 終歲守丘陵.

작은 염여퇴灩澦堆[1]의 물보라[2]

작은 염여퇴의 물보라 흩어져 우렛소리 내고
바위 크기 말만 하여[3] 쏜살같이 배가 도네.
새벽 구름은 용문산龍門山 스치며 흘러가고
달과 별은 흘러 여강驪江을 이루네.
하백河伯은 북소리 듣자[4] 큰 물고기 내보내고
상녀商女[5]가 부르는 노래에 산새가 슬퍼하네.

---

1 작은 염여퇴(灩澦堆) '염여퇴'는 중국 양자강의 삼협(三峽) 중 첫 번째 골짜기인 구당협(瞿塘峽) 입구에 있는 험한 여울로, 지금의 사천성(四川省) 봉절현(奉節縣) 동쪽에 해당한다. 여기서 '작은 염여퇴'라 한 것은, 비록 작기는 하지만 중국의 염여퇴처럼 험한 여울이라는 뜻. '澦'는 '예'로 읽기도 하나 '여'가 옳다. 정조(正祖) 때 간행된 『전운옥편』(全韻玉篇)에 '여'로 되어 있다.

2 물보라 원문은 "盤花"로, 원래 색실을 둘러 짠 꽃 모양의 공예품을 이르는 말인데, 여기서는 물살이 수중의 바위에 부딪치면서 생기는 물보라를 가리킨다.

3 바위 크기 말만 하여 두보의 「염여퇴」(灩澦堆: '灩'과 '灩'은 소字)라는 시에 "큰 바위가 강 가운데 있어/(…)/크기가 말만 하면 배 띄우는 것 경계하네"(巨石水中央, (…) 如馬戒舟航)라는 구절이 있다. 옛날 구당협의 뱃사공들이 "염여퇴의 바위 크기가 코끼리만 하면 배를 타고 올라가지 말고, 크기가 말만 하면 배를 타고 내려가지 말라"(灩澦大如象, 瞿唐不可上, 灩澦大如馬, 瞿唐不可下)고 하여, 물길을 재는 기준으로 삼았다고 한다.

4 하백(河伯)은 북소리 듣자 '하백'은 수신(水神). '북소리'는 옛날에 어부가 물고기를 몰기 위해 북을 쳤기에 한 말.

5 상녀(商女) 술집 여자. 당(唐)나라 두목(杜牧)의 「진회에 배를 대며」(泊秦淮)라는 시에 이 말이 보인다. 시를 소개하면 다음과 같다: "안개는 한수(寒水)를 에우고 달은 물가를 둘렀는데/밤 들어 진회(秦淮)에 배를 대니 주가(酒家)가 가깝네/상녀(商女)는 망국(亡國)의 한(恨) 알지 못하고/강 건너 후정화(後庭花)를 부르고 있네."(煙籠寒水月籠沙, 夜泊秦淮近酒家, 商女不知亡國恨, 隔江猶唱後庭花) '후정화'는 중국 남조(南朝)의 진(陳)나라 후주(後主)가 지은 악곡인데, 그 가사가 경박한 데다 음(音)이 몹시 구슬퍼 후대에 망

물결 타니 노 안 저어 좋긴 하다만
물가의 어부는 몹시 괴롭네.

細灎盤花

細灎盤花撒作雷, 石根如馬舟飛回.
雲煙曉擁龍門轉, 星月流成灑水來.
河神聽鼓長魚出, 商女凝歌幽鳥哀.
乘浪不煩持檝力, 沙頭漁者意勞哉.

국의 노래로 간주되었다.

삼가 고오헌[1]의 매화시에 차운하다

주름진 가지 빈 등걸은 늙어 더욱 새롭고
서늘한 꽃 떨쳐 피니 기운이 신묘하네.[2]
죽창竹窓 에운 맑은 광채 달빛과 통하고
술독에 쏟아지는 그림자[3]는 몰래 봄을 알리네.
몸을 숨긴 옛 뿌리 정결한 흙에 의지하고
멀리 풍기는 기이한 향기 은자隱者를 엄습하네.
아리따움 난초 같다 말하지 마소
그 열매 종내 음식 맛을 더해 주거늘.[4]

---

1 고오헌(高梧軒) 이인상이 20대 초반에 사귄 벗인 김상굉(金相肱, 1712~1734)의 부친 김성택(金聖澤)의 당호. 김상굉은 광산 김씨인 김익훈(金益勳)의 현손이며, 위암(韋菴) 김상악(金相岳)의 친형이다. 이인상은 김상굉의 요절에 크게 상심하여 그의 애사(哀辭)를 지은 바 있다. 이 시는 이인상이 1738년 겨울 고오헌에서 매화를 완상한 뒤 지은 것이다. 『뇌상관고』(雷象觀藁) 제4책에 실린 「관매기」(觀梅記)에서 그 점이 확인된다.

2 기운이 신묘하네 원문은 "氣機神". 그렇게 만드는 천지 자연의 기운이 신묘하다는 뜻이다.

3 죽창(竹窓)~그림자 '맑은 광채'와 '그림자'는 모두 매화를 가리킨다.

4 그~더해 주거늘 매실은 신맛이 있어 음식의 맛을 내는 데 썼다. 매화는 난초처럼 아리땁기만 한 것이 아니라 실제 생활에도 도움이 된다는 말이다. 『서경』(書經) 「열명」(說命) 하(下)에 "만약 국을 끓인다면, 네가 소금과 매실이 되어야 한다"(若作和羹, 爾惟鹽梅)는 말이 보인다.

敬次高梧軒梅花詩

蹩榦空査老更新, 寒花奮發氣機神.
光籠竹牖清通月, 影瀉金罇密漏春.
潛晦古根依潔土, 迥流奇馥襲幽人.
莫言芳郁同蘭蕙, 嘉實終看鼎鼐親.

칠월 보름날 임백현[1]·중관[2] 형제 및 이윤지[3]와 서지[4]에서 연꽃을 완상하며 함께 연꽃을 노래한 시를 지었는데, 나는 여덟 수를 얻었다 기미년(1739)

1

못의 동편 서편에 연꽃 향기 가득커늘
마름 떠 있는 섬, 여뀌 우거진 언덕, 일기一氣[5]에 싸여 있네.
색이 은하銀河[6]에 빛나니 물고기가 뛰고
향기가 맑은 달에 나니 까치가 나네.[7]

---

1 **임백현(任伯玄)** 임매(任邁, 1711~1779)를 말한다. '백현'(伯玄)은 그 자. 본관은 풍천(豐川), 호는 난실(蘭室) 혹은 보화재(葆和齋). 1754년(영조 30) 진사시에 합격했으며, 용담 현령(龍潭縣令)을 지냈다. 문집인 『보화재집』과 야담집인 『잡기고담』(雜記古談)이 전한다. 도가적 취향이 있던 인물이다.

2 **중관(仲寬)** 임과(任邁, 1713~1773)를 말한다. '중관'(仲寬)은 그 자. 본래 임매의 동생이나 출계(出系)하여 숙부 숭원(崇元)의 양자가 되었다. 상주 목사(尙州牧使)를 지냈다.

3 **이윤지(李胤之)** 조선 영조 때의 문인·서화가인 이윤영(李胤永, 1714~1759)을 말한다. '윤지'(胤之)는 그 자. 호는 단릉(丹陵) 혹은 담화재(澹華齋)이고 본관은 한산(韓山)이다. 이희조(李喜朝)의 문인인 이기중(李箕重, 1697~1761)의 아들이다. 평안감사와 호조판서를 지낸 이태중(李台重, 1694~1756)은 그 중부(仲父)다. 『주역』에 밝았고 여러 편의 산수기(山水記)를 남겼다. 또 전서(篆書)와 예서(隷書)에 능했으며 산수와 연꽃을 잘 그렸다. 박지원의 처숙(妻叔)인 이양천(李亮天)과 교유했으며, 만년에 박지원에게 『주역』을 가르친 바 있다. 문집으로 『단릉유고』(丹陵遺稿)가 전한다.

4 **서지(西池)** 1407년(태종 7) 서대문 밖 모화관(慕華館) 근처에 조성한 장방형의 연못이다. 1929년에 메워진 후 현재 그 자리에 금화(金華) 초등학교가 있다. 당시 서지 부근에 살았던 이윤영 역시 이날의 모임을 「서지에서 연꽃을 완상한 일을 기록하다」(西池賞荷記)라는 글로 남겼다.

5 **일기(一氣)** 천지의 원기(元氣). 천지의 광대한 기운.

6 **은하(銀河)** 원문은 "絳河"인데, 은하를 뜻한다.

유리잔의 촛불을 분홍 꽃 속에 넣어[8]
계피주에 설탕 타 잎자루로 마시네.[9]
패옥佩玉과 고운 옷[10] 서로 비추는데
아름다운 꽃을 따와 집안에 가득하네.

2

구름 깨끗한 연못에 이슬 촉촉한데
가을꽃 절로 피어 향기가 유동流動하네.
분홍꽃 따 돌아오니 바람이 손에 불더니만
청초한 구슬마냥 연못 가득 비가 내리네.
아름다운 수선水仙[11]이 보패寶佩[12]를 잃은 듯
금불金佛이 솟아올라 휘황한 빛을 뿜는 듯.[13]

---

7 색이~나네 '색'과 '향기'는 연꽃의 빛깔과 향기를 가리킨다.

8 유리잔의~넣어 당시 서호에서 노닐다 밤이 되자 이윤영의 집으로 가서는, 막 피려고 하는 연꽃 속에 유리 술잔을 집어넣은 다음 그 유리 술잔 속에 촛불을 넣고 불을 밝혀 서로 즐겼다는 사실이 이윤영의 「서지에서 연꽃을 완상한 일을 기록하다」라는 글에 보인다.

9 잎자루로 마시네 당시 임매가 위(魏)나라 사람 정공곡(鄭公穀)의 '벽통음'(碧筒飮: 연잎에 따른 술이 연잎자루로 흐르게 만든 다음 연잎자루에 입을 대어 술을 빨아 마시는 것)을 본떠 연잎에 술을 따른 후 연잎자루를 통(通)하게 하여 그리로 술을 빨아 마셨는데 향기로운 맛이 입에 가득했다고 한다. 이윤영이 쓴 「서지에서 연꽃을 완상한 일을 기록하다」라는 글에 이 사실이 보인다.

10 패옥(佩玉)과 고운 옷 '패옥'은 연잎의 이슬을, '고운 옷'은 연잎을 가리킨다.

11 수선(水仙) 물에 산다는 전설상의 선인(仙人).

12 보패(寶佩) 수선이 차고 다니는 패옥인데, 여기서는 비를 가리킨다. 정교보(鄭交甫: 주나라 때 인물)가 한수(漢水)에서 두 여인을 만나 이야기했는데 여인들에게 그 차고 있는 구슬을 달라고 했다. 교보가 그것을 받아 품에 넣어 수십 보쯤 가서 더듬어 보니 구슬은 사라지고 없었다. 돌아보니 그 여인들 역시 보이지 않았다는 고사가 『열선전』(列仙傳)에 보인다.

13 금불(金佛)이~뿜는 듯 연꽃을 비유한 말. 이 구절은 이윤영의 그림 〈하화수선도〉(荷花

호연浩然히 물결에 그림자 씻기며
옹용히 맑은 밤에 달빛이 길어라.

3
분홍빛 아름다운 꽃들 물에 비치어
물결에 그림자 흔들리니 비단처럼 영롱하네.
이슬 서늘하니 구슬에 달[14]이 맺히고
밤이 고요하니 사방의 바람에 향기가 이네.
비취새 홀로 와 연밥을 먹고
거북은 즐거움 알아 그윽한 떨기를 에워싸네.
맑은 향기 미인의 소매에 스미지 못하네
아침저녁 꽃을 꺾는 아이들 있으니.

4
물결 열며 고기 뛰고 구름은 드문드문
꽃이 너무 아름다워 일만 그루 살펴보네.
완연히 물에 있어[15] 흐르는 빛 아스라해
한 송이 꺾어 돌아가나 향기 즙긴 어려워라.

水仙圖)의 제화(題畫)에 보인다. 박희병, 『능호관 이인상 서화평석 1: 회화편』의 부록 1 '단릉 이윤영의 그림' 중 〈하화수선도〉의 평석 참조.

14 달 원문은 "千池月"인데 1천 개의 못에 비친 달이라는 뜻이다.

15 완연히 물에 있어 『시경』 진풍(秦風) 「겸가」(蒹葭)에 "갈대는 우거지고/이슬은 서리 되네/내 마음의 그분은/물 저쪽에 계시네/물길 거슬러 올라가려니/길은 멀고 험하고녀/물길 따라 내려오니/완연히 물 한가운데 그분이 계시네"(蒹葭蒼蒼, 白露爲想. 所謂伊人, 在水一方. 遡洄從之, 道阻且長. 遡游從之, 宛在水中央)라는 구절이 있다.

맑은 가을 자줏빛 기운은 용검龍劍이 잠긴 듯[16]
고요한 밤 금빛 줄기는 노반露盤[17]이 빛나는 듯.
미인에게 주고 싶어 허리춤에 꽃을 차나
좋은 시절 저문지라 서글피 난간에 기대노라.

5

난주蘭舟[18]는 오지 않고 버들엔 안개 끼었는데
저 홀로 아리따이 이슬에 씻겨 선연하네.
향기가 노을에 배어 초목이 향그럽고
그림자가 물결에 잠겨 하늘[19]이 난만하네.
흰 꽃[20]은 깨끗한 구름치마[21] 짠 듯하고
초록 잎은 둥그런 깁부채를 재단한 듯.
달빛 젖고 서리 맞아 일백 보화寶貨[22] 생기는데
연못의 가을물은 스스로 찰랑이네.

6

연못에 해 지니 비취빛 어둑하고

---

16 용검(龍劍)이 잠긴 듯 '용검'은 보검인 용천검(龍泉劍)을 말한다. 용천검이 잠긴 곳은 자기(紫氣)를 띤다고 한다. 서지에 분홍빛 연꽃이 피어 있는 것을 두고 한 말.

17 노반(露盤) 한(漢) 무제(武帝)가 이슬을 받기 위해 건장궁(建章宮)에 세운 동반(銅盤: 구리 소반)을 말한다. 연잎자루에 연잎이 달려 있는 것을 동반에 비유한 것.

18 난주(蘭舟) 은자(隱者)가 타는 조그만 배인 목란주(木蘭舟)를 말한다.

19 하늘 연못에 비친 하늘이다.

20 흰 꽃 흰 연꽃. 연꽃에는 흰색과 분홍색 두 가지가 있다.

21 구름치마 원문은 "雲裳"인데 선인(仙人)이 입는 옷이다. 선인이 구름으로 옷을 삼는다고 해서 한 말이다.

22 일백 보화(寶貨) 연밥을 가리킨다.

여뀌와 마름에는 이슬이 내렸네.
가을물은 고요히 어룡魚龍 기운 머금었고
연꽃에는 가만히 천지의 마음이 움직이네.
섬운纖雲은 광채 감추려[23] 꽃다운 물가 에워싸고
하얀 달은 빛 숨기려[24] 무성한 숲을 비추누나.[25]
자재自在한 맑은 향이 만물萬物을 고취커늘
사람 없는 누각에서 거문고를 연주하네.

7

연못에서 갓끈 씻으니[26]
향기로운 이슬 쏟아져 볼에 흘러라.
구름 밖 개인 봉峰엔 깨끗한 기운 통하고
버들 끝 아침해는 맑은 꽃을 씻어 주네.
동그란 구슬 한량없는 잎에 구르고
일만 꽃이 줄기가 달라 다투지 않네.[27]

---

23 광채 감추려 연꽃의 광채를 감추려 한다는 말. 『중용』(中庸)에 다음과 같은 말이 보인다: "『시경』에 이르기를, '비단옷을 입고 홑옷을 덧입는다'고 했으니, 그 광채가 너무 드러남을 싫어해서다. 그러므로 군자의 도는 은은하되 날로 드러나고, 소인의 도는 화려하되 날로 없어지는 것이다."(詩曰: '衣錦尙絅.' 惡其文之著也. 故君子之道闇然而日章, 小人之道的然而日亡)

24 빛 숨기려 원문은 "和光". 연꽃의 휘황함을 숨기려 한다는 뜻.

25 섬운(纖雲)은~비추누나 이 두 구는 아름다움을 감추고 담박함을 중시하는 이인상의 예술철학을 드러내 보이고 있다. 박희병, 『능호관 이인상 서화평석 1: 회화편』 중 〈서지하화도〉(西池荷花圖)의 평석 참조.

26 갓끈 씻으니 원문은 "濯纓". 맑은 물에 갓끈을 씻는다는 뜻인데, 고결함을 암시하는 말이다.

27 일만 꽃이~않네 연꽃이 일만 송이나 되지만 꽃이 달린 줄기가 제각각 달라 한 줄기에서 서로 먼저 피려고 꽃들이 다투는 일이 없다는 말. 연꽃은 한 줄기에 한 송이만 핀다.

바다 가까워 비린내 풍겨[28] 근심스레 널 보거늘
문산文山[29]이 묵란墨蘭만을 그린 건 아니라네.[30]

8

서리에도 느즈막히 꽃을 피워서
수레 멈추고 바라보는 군자를 만나네.
마른 잎 집어 드니 이슬 한 점 영롱하고
분홍빛 꽃향기 안 사라진 채 낙화에 스며 있네.
황국黃菊은 피어 고절苦節을 전하는데
깊은 못에 기운 쌓아 새싹을 준비하네.
연못의 물결 다해도 향기는 남으니
언덕의 여뀌, 물가의 부들이 탄식할밖에.

---

28 바다~풍겨 '바다'는 서해를 가리키고, '비린내'는 청나라가 오랑캐의 나라라고 해서 한 말이다.

29 문산(文山) 시(詩)·서(書)에 능했던 중국 남송(南宋) 말기의 재상인 문천상(文天祥, 1236~1282)을 가리킨다. 문산은 그 호다. 남송이 망한 후 원(元)에 벼슬하는 것을 거부하고 은거했으며, 후에 남송의 회복을 도모하다 체포되어 처형되었다. 『문산전집』(文山全集)이 전한다. 이인상은 화이론(華夷論)을 견지했기에 문천상을 몹시 존경하였다.

30 문산(文山)이~아니라네 문천상은 난초뿐만 아니라 연꽃도 그렸다는 말이다.

七月望日, 與任子伯玄邁、仲寬邁兄弟、李子胤之胤永, 賞荷西池, 共賦荷花詩, 余得八首 己未

芬芬郁郁水西東, 菱島蓼堤一氣籠.
色燦絳河魚潑浪, 香薰淸月鵲飜風.
琉璃擁燭移紅萼, 蔗桂和霜飲碧筒.
玉佩華衣相與映, 芳菲攬取滿堂中.

其二

雲淨平池白露滂, 秋花自動不禁香.
采歸紅萼風吹手, 灑落明珠雨滿塘.
惱殺水僊遺寶佩, 湧來金佛放祥光.
浩然濯影漣漪裏, 穆穆淸宵月彩長.

其三

燦燦瓊華照水紅, 雲波搖影錦玲瓏.
露寒珠斂千池月, 夜靜香生八面風.
翠鳥獨來餐寶粒, 玄龜知樂繞幽叢.
淸芬未襲佳人袖, 朝暮攀援有小童.

其四

浪開魚躍澹雲殘, 寶萼英英萬卉觀.
宛在水中流彩遠, 搴歸木末拾香難.
秋淸紫氣沈龍劒, 夜靜金莖晃露盤.
欲贈美人携結佩, 芳華晼晩悵憑欄.

其五

蘭舟不至柳拖煙, 獨自姸姸濯露鮮.

香裛澹霞薰草木, 影涵輕浪爛雲天.

素華織出雲裳淨, 綠翠裁勾紈扇圓.

沐月凝霜生百寶, 橫塘秋水自淪漣.

其六

華池日落翠陰陰, 紅蓼白蘋白露沈.

秋水靜含魚龍氣, 蓮花潛動天地心.

纖雲罩彩繞芳渚, 素月和光穿密林.

自在淸香鼓萬物, 無人虛閣弄瑤琴.

其七

濯纓已在蓮塘上, 香露瀉回注頰牙.

雲表霽峰通淑氣, 柳頭朝日浣淸華.

一團汞轉無量葉, 萬朶莖分不競花.

薄海腥薰愁看汝, 文山不獨墨蘭葩.

其八

霜露不禁擢晩華, 正逢君子駐游車.

珠明一點擎枯葉, 香守初紅沁落葩.

黃菊花開傳苦節, 玄淵氣積斂春芽.

池波有盡芳塵在, 岸蓼渚蒲爾可嗟.

서지에서 임任·이李 제공諸公과 더불어 짓다

서늘한 밤 언덕 위의 집
가을기운이 등나무를 에워쌌고나.
시절 곧 어룡魚龍이 동면할 때라
귀또리 우는 소리 요란하여라.
미풍 불어 연잎에 이슬이 지고
초승달 떠 전나무에 물결이 이네.[1]
구슬피 닭 울음소리 듣고 춤을 추나니[2]
그대에게 화답해 술 마시며 노래하네.

西池與任、李諸公賦

夜凉堤上宅, 秋氣繞雲蘿. 正當魚龍蟄, 不禁蟋蟀多.
微風荷墜露, 纖月檜生波. 惻惻聽鷄舞,[3] 和君對酒歌.

---

1 **물결이 이네** 원문은 "生波". 달빛이 일렁인다는 뜻.

2 **구슬피~추나니** 동진(東晉) 때 사람인 조적(祖逖)의 고사. 조적이 한밤중에 닭 울음소리를 듣고 일어나, 오랑캐에게 점거당한 중원을 수복할 조짐이라며 기뻐서 춤을 추었다고 한다. 이 시구는 이인상의 청(淸)에 대한 복수심을 드러내고 있다. 그렇긴 하나 '구슬피'라는 말에서 보듯 비관적인 심회(心懷)가 담겨 있다.

3 **舞** 『능호집』에는 '舞' 자가 빠져 있고, 작은 글씨로 '缺'이라고 되어 있다. 『뇌상관고』에 의거해 보충했다.

이백눌[1]에게 화답하다

1

오사모烏紗帽 쓰고 머리 숙이는 데 익숙한데[2]
집에 오면 졸음이 쏟아진다오.
수척한 아내가 눈살을 찌푸리건만
벗들은 데면데면 찾아오누나.
부미負米[3]하니 효성을 알겠고
양羊을 치니 만년의 재덕才德에 부끄럽고나.[4]
글이나 읽고 사무事務는 내버려두거늘
칠조개漆雕開[5]를 거듭 흠모한다네.

---

1 이백눌(李伯訥) 이민보(李敏輔, 1720~1799)를 말한다. '백눌'은 그 자. 본관은 연안(延安)이고, 호는 풍서(豊墅) 혹은 상와(常窩)다. 이조참판을 지낸 희조(喜朝)의 손자다. 진사시에 합격했으며, 음보(蔭補)로 군수가 되고, 호조참판·공조판서·형조판서를 지낸 후 보국숭록대부(輔國崇祿大夫)의 위계에까지 올랐다. 음보로 이런 높은 지위에까지 오른 건 아주 이례적인 일이다. 문집으로 『풍서집』(豊墅集)이 전하며, 노론의 시각에서 붕당정치를 논한 『충역변』(忠逆辨)이라는 저술이 있다.

2 오사모(烏紗帽)~익숙한데 '오사모'는 문무관이 상복(常服)에 착용하던 모자. 동진(東晉)의 도연명이 팽택령(彭澤令)이 되었다가, 약간의 녹(祿)을 얻기 위해 상관에게 굽신거릴 수 없다 하여 이내 사직하고 향리로 돌아온 일이 있다. 여기서는 북부 참봉이라는 미관말직을 하고 있는 이인상 자신을 가리켜 한 말.

3 부미(負米) 쌀을 등에 진다는 뜻. 공자의 제자인 자로(子路)가 100리 밖에서 쌀을 지고 와 부모를 봉양했다는 이야기가 『공자가어』(孔子家語)에 보인다.

4 양(羊)을~부끄럽고나 중국의 삼국시대 위(魏)나라 왕상(王象)이 남의 집 양을 치면서 부지런히 책을 읽었다고 한다.

5 칠조개(漆雕開) 공자의 제자. 공자가 벼슬을 하라고 하자 스스로의 부족함을 말하며 사양한 일이 『논어』「공야장」(公冶長)에 보인다.

2

비바람 속 새벽에 닭 울음소리 들리는데
미관말직이 근심을 자아내네.
긴 밤 앉아 외로운 등불 대하니
벌레 소리 잦아들고 맑은 가을에 느꺼웁네.
주사柱史는 말 타고 관문關門을 나갔고[6]
경쇠 치던 양襄은 배 타고 바다로 갔지.[7]
이 마음 끝내 쓸쓸도 한데
창주滄洲[8]로 가는 객을 전송하누나.

3

뭉게뭉게 피는 구름
아침나절 북쪽 언덕 에워쌌고나.
가을 햇볕에 쇠국衰菊이 서늘하고
소나기 내리니 잡화雜花가 빛나네.
『주역』을 지니니 삼성三聖[9]에 심취하고

---

6 주사(柱史)는~나갔고 '주사'(柱史)는 주하사(柱下史)를 말한다. 주하사는 주(周)나라 때 도서(圖書)를 관장하던 벼슬 이름인데, 노자(老子)가 이 벼슬을 한 적이 있다. 여기서는 노자를 가리킨다. 노자는 주나라가 쇠해지자 중국의 서쪽 관문인 함곡관을 나간 것으로 전한다.

7 경쇠~갔지 『논어』「미자」(微子)에 "경쇠를 치던 양(襄)은 해도(海島)로 들어갔다"(擊磬襄入於海)는 구절이 있는데, 현인(賢人)이 어지러운 세상을 피해 은둔한 것을 이른 말이다.

8 창주(滄洲) 창랑주(滄浪洲). 동해(東海) 중에 있으며 신선이 산다는 곳으로, 여기서는 금강산을 가리킨다.

9 삼성(三聖) 복희(伏羲)·문왕(文王)·공자(孔子)를 말한다. 모두 역(易)의 형성과 발전에 큰 공헌을 한 사람들로 전한다.

「이소」離騷[10]를 읊조리나 「구장」九章[11]은 폐했네.

오吳나라 계찰季札[12]을 길이 그리워하노라

중원中原 가서 음악을 논하였으니.

和李子伯訥敏輔

俛首烏紗慣, 還家睡思催. 瘦妻眉復攢, 親友簡疎來.

負米知眞孝, 牧羊愧晚才. 讀書遺會計, 重慕漆雕開.

其二

風雨雞聲曉, 微官動我愁. 燈孤坐永夜, 蟲歇感淸秋.

柱史出關馭, 磬襄入海舟. 此心竟寥落, 送客涉滄洲.

---

10 **「이소」(離騷)** 『초사』의 편명(篇名)이다. 초나라 굴원(屈原)이 참소를 당하여 조정에서 쫓겨난 후 충신의 마음을 읊은 시다.

11 **「구장」(九章)** 『초사』에 수록된 시편의 하나. 굴원이 강남으로 추방되고 나서도 임금과 나라를 걱정하는 마음이 끝이 없어 다시 「구장」을 지었다. 모두 9편의 시로 이루어져 있는데 『초사』에 수록된 시편 가운데 우국충분(憂國忠憤)의 정조(情調)가 가장 강한 작품이다. 이인상 역시 우국충분이 강했으므로, 「이소」는 읊어도 「구장」은 폐했다고 반어적으로 말한 것이다.

12 **계찰(季札)** 춘추시대 오나라 사람이다. 오나라 왕인 수몽(壽夢)의 넷째 아들로 부친이 그의 현명함을 보고 왕위를 물려주려 하였으나 받지 않았다. 후에 연릉(延陵)에 봉(封)해져 연릉계자(延陵季子)라고도 한다. 상국(上國)을 두루 다니며 당세(當世)의 어진 선비들과 교유하였고, 노(魯)나라에 사신 가서 주(周)나라의 악(樂)을 듣고는 열국(列國)의 치란흥망(治亂興亡)을 알았다고 한다. 이 고사에서 '주나라의 악(樂)'은 중화문명의 상징으로서의 의미를 갖는다.

其三

鬱鬱繁雲色, 崇朝鎖北岡. 秋陽衰菊冷, 驟雨褋花光.

抱易迷三聖, 吟「騷」廢「九章」. 永懷吳季子, 論樂及中方.

자익이 화첩을 얻었는데,[1] 낙관을 살펴보니 모두 중국인의 것이었다. 내가 고예古隸[2]로 '담지산백'啖脂山栢[3]이라 표제를 쓰고, 그림마다 짤막한 시를 적어 뜻을 부쳤다. 그 다섯 수를 기록한다

하문황[4]이 예청비[5]를 본뜨다

빈 강에 그윽한 꽃향기 흩어지고
오가는 배 보이지 않네.
누가 곁에 두어 그루 나무 있어

---

1 **자익(子翊)이 화첩(畵帖)을 얻었는데** 신사보에게는 서화 수집의 벽(癖)이 있었다. 박희병, 『능호관 이인상 서화평석 2: 서예편』 중 '윤흡에게 보낸 간찰'의 평석 참조.

2 **고예(古隸)** 원래 진(秦)과 서한(西漢) 전기의 파책(波磔)이 없는 소박한 예서를 가리키는 말인데, 이인상은 파책이 있되 약하게 있고 전미(篆味)가 강한 예서를 가리키는 말로 이 말을 썼다. 박희병, 『능호관 이인상 서화평석 2: 서예편』 중 '호극기 시'의 평석 참조.

3 **담지산백(啖脂山栢)** '잣나무의 수지(樹脂)를 씹다'라는 뜻. '산백'(山栢)은 고산(高山)의 잣나무요, '지'(脂)는 그 수지를 말한다. 은(殷)나라 탕(湯)임금 때 정(柾) 벼슬을 한 복생(伏生)이 늘 송지(松脂)를 씹어 먹었다는 사실이 『열선전』(列仙傳)에 보인다. 여기서는 선인(仙人)이 고고하게 송지를 씹듯 담박한 화의(畵意)를 맛본다는 정도의 뜻으로 쓴 말이다.

4 **하문황(何文煌)** 청대(淸代) 사람으로, 안휘성(安徽省) 해양(海陽) 출신이다. 자는 소하(昭夏), 호는 죽파(竹坡). 청초(淸初) 유민 화가(遺民畵家)인 사사표(査士標, 1615~1698)의 제자로, 서화와 시에 능했다.

5 **예청비(倪淸閟)** 예찬(倪瓚, 1301~1374)을 말한다. '청비'(淸閟)는 그 호. 원나라 말기의 화가로, 황공망(黃公望), 왕몽(王蒙), 오진(吳鎭)과 더불어 '원말 4대가'로 불린다. 강소성 무석현(無錫縣) 출신. '청비' 외에도 운림(雲林), 나찬재(懶瓚齋) 등의 호가 있다. 산수화에 뛰어났다. 젊어서 동원(董源)을 배웠으나 만년에 자기만의 풍격(風格)을 성취해 일가를 이뤘다. 유원(幽遠)과 간담(簡淡)을 중시하는 그의 화풍은 후대 산수화가들에게 많은 영향을 끼쳤다. 집에 청비각(淸閟閣)을 두고, 수많은 법첩(法帖: 모범이 될 만한 명필의 서첩)과 명화(名畵)를 간직했다.

예찬倪瓚의 솜씨를 본받은 듯하네.

사채[6]가 백호[7]를 본뜨다

지팡이 짚고 가을나무 보나니
그늘에 앉은 이 아무도 없네.
가슴속 품은 정회情懷 낙엽에 적으니
외로운 읊조림 숲새가 듣네.

반간[8]이 먹을 뿌려 그림을 그리다[9]

푸른 산 맞닿은 곳 객客 돌아가고
고요한 산중에 맑은 폭포 쏟아지네.
누樓에 올라 그대 탄 말 바라보노니
일만 나무에 무성한 구름이 이네.

하문황의 소경산수[10]

넘실넘실 문 밖의 강물

---

6 사채(謝採) 미상. 명말청초(明末淸初)의 인물일 듯하다.
7 백호(伯虎) 당인(唐寅, 1470~1523)의 자. 명대(明代) 사람으로 강소성 소주(蘇州) 출신. 백호 외에 자외(子畏)라는 자를 쓰기도 했으며, 호는 육여(六如, 육여거사六如居士)·도화암(桃花菴)·노국당생(魯國唐生)·도선선리(逃禪仙吏)·강남제일풍류자(江南第一風流子) 등 여럿이 있다. 회시(會試)에 응시했다가 부정행위에 연루되어 제명되었다. 그 후 명산대천을 두루 유람하며 작화(作畵)에 힘써, 그림을 팔아 생계를 유지했다. 재정(才情)이 걸출했고, 문장도 뛰어났다. 저서로 『육여거사전집』(六如居士全集)이 전한다.
8 반간(潘澗) 청대 화가. 금릉(金陵: 지금의 남경) 출신. 자는 운초(雲樵), 호는 이천(二泉).
9 먹을~그리다 원문은 "潑墨". 우경(雨景) 산수 등을 그리기 위해 먹을 뿌려 그림을 그리는 회화 기법. 당나라 왕흡(王洽)이 처음 시작했다.
10 소경산수(小景山水) 소폭(小幅)의 산수를 이르는 말.

구름이 첩첩이라 소리만 들리네.
동쪽 성곽 길로 그대 보내니
나무 사이 비스듬히 다리가 있네.

사여[11]가 벼루 씻는 걸 보고 있는 도인을 백묘법[12]으로 그리다

고목 뿌리 쭉 뻗은 샘에
동자가 손으로 벼루를 씻네.
도서道書[13]의 일만 글자 쓰느라
와연瓦硯[14]에 먹 갈아 머리가 희네.

子翊得畵帖, 考其印識, 皆中州人. 余用古隸, 題裱曰啖脂山栢, 逐幅寫小詩, 以寓意. 錄五首

何文煌效倪淸閟

空江散幽馥, 不見畵舫來. 倚閣數株樹, 猶疑懶瓚裁.

謝探效伯虎

植杖看秋樹, 無人坐薄陰. 有懷題落葉, 林鳥聽孤吟.

---

11 **사여(謝璵)** 명나라 말의 상담(湘潭) 사람. 숭정(崇禎) 때의 거인(擧人: 향시鄕試 합격생)으로 그림을 잘 그렸다. 청군(淸軍)에 성(城)이 함락될 때 순절했다.

12 **백묘법(白描法)** 농담(濃淡) 없이 선(線)만을 먹으로 그리는 회화 기법.

13 **도서(道書)** 도가(道家)의 책.

14 **와연(瓦硯)** 원문은 "古瓦片". 옛 궁궐의 기와를 갈아 만든 벼루. 당송(唐宋) 이후 생겨났다.

潘潤潑墨

客歸青嶂合, 山靜落淸瀑. 登樓望君馬, 繁雲生萬木.

何文煌小景雲水

湛湛門外水, 雲重只聞聲. 送君東郭路, 樹際有橋橫.

謝璵[15]白描道人看洗硯

老樹根通泉, 小童手洗硯. 道函書萬字, 頭白古瓦片.

---

15 璵 원문은 "嶼"로 되어 있다.

가을에 감회가 있어 이백눌에게 화답하고, 인하여 해악유인[1]을 그리워하다

1

뉘엿뉘엿 해 지고 별이 나오니
가을소리 맑고 온 숲이 같네.[2]
천둥과 비에 노룡老龍은 바다로 가 몸 서리고
구름 낀 하늘 서늘한 전나무엔 바람이 드세네.
흰머리 자라니 검객劍客[3]이 늙었고
국화 지지 않았건만 술잔은 다했네.
이 밤 벗님은 잠 못 이루고
달빛 속에 산과 바다 보고 있겠지.

2

기러기 울음 연이어 먼 허공에 울리는데

---

1 **해악유인(海嶽游人)** 이명환(李明煥, 1718~1764)을 가리킨다. 본관은 전주이고, 자는 사회(士晦) 혹은 사휘(士輝)다. 1752년 문과에 합격한 후 문학(文學)·정언(正言)·사서(司書)를 지냈으며, 교리·수찬·사간 등을 역임하였다. 문집으로 『해악집』(海嶽集)이 전한다.

2 **온 숲이 같네** 모든 숲이 동색(同色)으로 하나처럼 보인다는 말. 가을 저녁의 정치(情致)를 회화적으로 잘 표현했다.

3 **검객(劍客)** 이인상 자신을 가리킨다. 이 단어는 이 시 제2수의 7·8구와 결부시켜 보아야 한다. 이인상은 「소화사」(素華辭) 제3수(본서 하권 182면)에서도 자신을 "보산(寶山)의 칼"(寶山之劍)이라 칭하고 있다.

남산의 저녁 경치 뉘와 함께 바라볼꼬?

온갖 티끌 사라지고 가을해 밝은데

이기二氣는 나뉘고[4] 멀리 바람이 부네.

박달나무 베니[5] 산목山木과 함께 늙을 만하고

뗏목 타니[6] 바다 멀리 떠나고 싶네.

생각노라 연燕나라 저자의 슬픈 노래 부르던 이들

술집에서 서로 만나 칼 찌르며 뽐내던 일.[7]

感秋和李伯訥, 因懷海嶽游人

落景依依星出空, 秋聲淸澈萬林同.

老龍雷雨蟠歸海, 寒檜雲天鬱送風.

---

4 이기(二氣)는 나뉘고 음양이 서로 나뉜다는 말이다.

5 박달나무 베니 원문은 "伐輻"으로, 수레바퀴살감의 박달나무를 벤다는 뜻이다. 이 말은 『시경』 위풍(魏風) 「벌단」(伐檀)의, "쾅쾅 바퀴살감을 도끼로 베어/황하 기슭에 쌓아 두었네"(坎坎伐輻兮, 寘之河之側兮)에서 유래한다. 이 시는 무위도식하지 않고 스스로 힘써 살아가는 군자를 노래한 것으로 알려져 있다.

6 뗏목 타니 도(道)가 행해지지 않아 세상을 떠나고 싶은 심정을 말한 것이다. 본서 53면 주5를 참조할 것.

7 생각노라~뽐내던 일 전국시대(戰國時代) 형가(荊軻)와 고점리(高漸離)의 일을 말한다. 형가는 위(衛)나라 사람으로 독서와 격검(擊劍)을 좋아하였는데 후에 연(燕)나라로 갔다. 그곳에서 축(筑)을 잘 연주하는 고점리와 친하게 지내 날마다 저자에서 술을 마시며 놀았다. 술이 얼큰해지면 고점리는 축을 타고 형가는 그 소리에 맞춰 노래 부르다가 서로 울곤 하여 마치 그들 곁에 사람이 없는 듯 행동했다. 후에 형가는 연나라의 태자 단(丹)을 위해 진시황(秦始皇)을 죽이려다 도리어 진시황에게 죽임을 당하고 고점리 역시 형가의 뒤를 이어 진시황을 죽이려다 실패하여 주살(誅殺)되었다. 이들은 모두 비분강개지사(悲憤慷慨之士)라고 할 수 있다. 강한 배청의식(排淸意識)을 지녔던 이인상은 자신의 강개지심(慷慨之心)을 이들 협객의 고사에 빗대어 표현하였다.

白髮應長劒客老, 黃花未歇酒杯窮.
故人此夜能無睡, 巨嶽洪溟看月中.

其二

霜鴈連聲下遠空, 南皐晚眺與誰同?
萬塵消歇明秋日, 二氣橫分騁遠風.
伐輻可堪山木老, 乘桴欲略海雲窮.
緬懷燕市悲歌侶, 擊劒相邀酒肆中.

이윤지의 「서지하화」 축軸[1]에 연이어 적다 경신년(1740)

1

저물녘 만발한 꽃 곁에 수선水仙을 기다리다
녹운綠雲[2] 가에서 연꽃을 따서 주네.
붉은 입술 달을 토하니 그윽한 향기 멀리 가고
패옥佩玉[3]이 바람 쐬니 보배로운 빛 둥글구나.
우아한 자태는 청조靑鳥[4] 저편 바라보는 듯하고
맵시 있는 모습은 마름(白蘋)을 대한 듯하네.
알겠노라 조출한 그 본성 바꾸기 어려워
더러움 끊고 연못 위에 솟아 깨끗한 꽃 피운 것을.

2

아득한 천지에 부평초[5] 가득커늘
뉘라서 꽃잎 질 때 백금百金을 아끼리.
훈풍이 맑다 보니 만발한 꽃 희고
옥 같은 이슬 송알송알 일만 잎이 푸르네.

---

1 축(軸) 두루마리. 작년 7월 보름에 이인상은 임매·임과 형제와 서지 부근에 있는 이윤영의 집에서 아회(雅會)를 갖고 서지의 연꽃을 완상했다. 이들은 이때 연꽃을 읊은 시를 여러 편 지었는데 이윤영이 이것을 수습해 시축(詩軸)을 만들었다.

2 녹운(綠雲) 녹운정(綠雲亭)을 말한다. 서지(西池) 가에 있던 이윤영의 정자이다.

3 패옥(佩玉) 연잎의 이슬을 가리킨다.

4 청조(靑鳥) 선녀(仙女)인 서왕모(西王母)의 소식을 전하는 새.

5 부평초 소인을 가리킨다.

고심하여 정련精鍊하니[6] 가을하늘 맑고
꽃다운 뿌리 생겨날 때 탁한 물이 신령하네.
이곳은 향해香海[7]와 통한 적 없으니
담복薝蔔[8] 일천一千 숲이 어찌 너를 비리게 하리.[9]

續題李胤之「西池荷花」軸 庚申

暮倚繁花候水僊, 芳華采贈綠雲邊.
絳唇吐月幽香遠, 珠佩臨風寶彩圓.
宛轉却望青鳥外, 輕盈如近白蘋前.
極知芳潔難移性, 剪取塵裾濯上淵.

其二
漠漠乾坤多浮萍, 百金誰惜片蕚零.
薰風濯淨繁花素, 玉露磨圓萬葉青.
苦意鍊到秋天肅, 芳根生時濁水靈.
此地曾不通香海, 薝蔔千林奈爾腥?

---

6 **고심하여 정련(精鍊)하니** 연밥이 생기는 것을 이른 듯하다.
7 **향해(香海)** 향기로 가득한 바다로, 불가(佛家)에서 말하는 상상의 세계.
8 **담복(薝蔔)** 불가에서 치자꽃을 일컫는 말.
9 **이곳은~하리** 서지의 연꽃은 불교와 아무 관계가 없다는 말.

송사행[1]에게 주다

벼슬 그만두고 귀거래하는 그대
포의의 마음 한시도 잃은 적 없지.[2]
벗들은 이 일 서로 기뻐들 하고
마을 사람은 고사高士라 칭송하누나.
짐짓 고향 그리워서라[3] 말을 하지만
처음부터 은둔에 뜻이 있었지.
다만 두렵네 후대 사람이
시절 슬퍼해 그대 무리를 애처로이 여길까봐.
예악禮樂은 마침내 재야在野에 있고[4]

---

1 송사행(宋士行) 송문흠(宋文欽, 1710~1752)을 말한다. '사행'(士行)은 그 자. 호는 한정당(閒靜堂)이고, 본관은 은진(恩津). 준길(浚吉)의 현손이고 요좌(堯佐)의 아들이며 이재(李縡)의 문인이다. 영조 9년(1733) 사마시(司馬試)에 급제해, 영조 15년(1739) 9월 세자익위사(世子翊衛司) 시직(侍直)에 제수되었으며, 영조 18년(1742) 3월 세자익위사 부수(副率)에, 영조 20년(1744) 12월 세자익위사 시직에, 영조 22년(1746) 2월 다시 세자익위사 시직에, 영조 23년(1747) 6월 형조좌랑에, 동년 12월 문의 현령(文義縣令)에 각각 제수되었다. 시문에 능했으며, 글씨는 특히 팔분(八分)을 잘 썼다. 문집 『한정당집』(閒靜堂集)이 전한다.

2 벼슬~없지 원문의 "布袍"는 여름 베옷과 겨울 솜옷이라는 뜻인데, '포의위대지사'(布衣韋帶之士)와 상통하는 의미로 벼슬하지 않은 선비를 가리킨다. 이 구절은 송문흠이 1739년 세자익위사 시직에 제수되었으나 신임사화(辛壬士禍)의 원흉으로 지목된 조태구(趙泰耉)의 아들 조현빈(趙顯彬)이 같은 관서에 세마(洗馬)로 있음을 혐의(嫌疑)해 관직을 그만둔 일을 가리킨다.

3 고향 그리워서라 원문의 "哂塞馬"는 고향에 돌아가기를 바라는 마음을 뜻한다.

4 예악(禮樂)은~있고 한 세대 뒤의 인물인 박지원(朴趾源)도 '예실구야'(禮失求野: 예가 사라지면 초야에서 찾아야 한다는 뜻)라 하여 비슷한 취지의 말을 한 적이 있다(『연암집』

하늘의 뜻은 초야에서나 볼 수 있구려.
중화와 오랑캐가 뒤섞여 버려
어둔 세상 선불僊佛[5]도 숨어 버렸네.
오랑캐의 천지 된 것[6] 애통하지만
노력해서[7] 세상을 이롭게 해야지.
물러나 몸 닦아도 도道 안 펴진다면
어찌 몸 수고로이 함[8]을 애석히 여기리.
말단 벼슬아치 출처出處[9] 지키고[10]
선류善類[11]는 「이소」離騷[12]를 읊고 있구나.
진흙길을 다녀도 불의不義를 꺼리니
일세一世가 같은 꾸러미임을 부끄러워하네.
아! 나는 나가도 갈 곳이 없고
근래는 남산南山도 즐겁지 않네.[13]

권8, 放璚閣外傳 중「虞裳傳」의 自序).

5 선불(僊佛) 선인(仙人)과 부처.

6 오랑캐의 천지 된 것 원문의 "被髮"은 오랑캐의 풍속을 뜻한다. 여진족이 중원을 차지해 청나라를 세운 것을 가리킨다.

7 노력해서 원문은 "拔毛". 『열자』「양주」(楊朱)에서 유래한 말로, 자신의 작은 수고로 세상을 이롭게 함을 이르는 말.

8 몸 수고로이 함 원문은 "身長勞"인데 벼슬하는 것을 이른다.

9 출처(出處) 선비가 세상에 나아가 벼슬할 만할 때 벼슬하고 세상에서 물러나 벼슬을 그만두어야 할 때 그만두는 도리를 가리키는 말.

10 물러나~지키고 이 세 구절에는 이인상의 출처관 및 벼슬에 대한 태도가 표명되어 있다. 이인상과 송문흠은 출처의 문제에 대해 편지를 주고받으며 진지하게 의견을 교환한 바 있다. 『한정당집』 권3에 실린 이인상에게 보낸 세 번째 편지와 네 번째 편지 참조.

11 선류(善類) 선인(善人), 즉 군자를 가리킨다.

12 「이소」(離騷) 『초사』의 한 편. 굴원이 지은 시로, 벼슬에서 쫓겨난 충신의 비분강개한 마음을 읊었다.

13 근래는~않네 당시 이인상은 종종 벗들과 남산의 시내에 모여 문회(文會)를 갖곤 했다.

세 든 집 뜰의 국화와 구기자나무 황량하고
말단 벼슬에 처자妻子는 구시렁대네.
도道를 익히나 공孔 · 주朱[14]를 근심하고
시에 화답하나 소邵 · 도陶를 폐하였네.[15]
독행獨行[16]하니 후회가 감히 적고
귀거래歸去來 결정하니 기운 응당 호기롭네.
봄빛은 남녘 성곽 버드나무에 움직이고
얼음은 동銅 · 량梁[17]의 물결에 갈라지네.
수레와 배가 가는 대로 내맡겨 두니
근심과 우환 버릴 만하겠네.
작은 절개라고 여기지 말고
잠거潛居하여 덕업德業을 굳게 닦으소.
충고의 말 그대 어찌 모르리오만
세월은 도도히 흘러간다오.
탄식하네 금설琴說[18]이 길기는 해도
초은招隱의 노래에 화답 못해서.[19]

---

14 **공(孔) · 주(朱)** 공자와 주자.

15 **소(邵) · 도(陶)를 폐하였네** 소(邵) · 도(陶)는 중국 북송(北宋)의 도학자인 소강절(邵康節)과 동진(東晉)의 문인인 도연명(陶淵明)을 가리킨다. 자신이 소강절과 도연명처럼 재야의 선비로 지내지 못하고 있음을 뜻한다.

16 **독행(獨行)** 지조를 굳게 지켜 세속에 좌우되지 않는 것.

17 **동(銅) · 량(梁)** 동작진과 노량진.

18 **금설(琴說)** '금언'(琴言)을 가리키는 듯하다. '금언'은 금(琴) 소리에 담겨 있는 뜻을 이른다. 여기서는 자신의 시를 가리키는 것으로 여겨진다.

19 **초은(招隱)의~못해서** 『초사』에 「초은사」(招隱士)라는 시가 있다. 여기서는 송사행의 귀거래(歸去來)에 자기가 호응하지 못한 것을 빗대어 한 말이다.

贈宋子士行文欽

之子休官歸，不失一布袍．朋知相與喜，里人或謂高．
外慕哂塞馬，初志問誅茅．只恐後之人，悶時惜爾曹．
禮樂竟在野，天意長蓬蒿．澒洞華夷交，沉冥僊佛逃．
痛心見被髮，善世族拔毛．退修道猶畜，豈惜身長勞．
小官秉出處，善類賦「離騷」．泥行畏不義，一世羞同包．
慨余出無適，近不樂南皐．儆園杞菊荒，微官妻子嗷．
講道憂孔、朱，和詩廢邵、陶．獨行悔敢寡，決歸氣應豪．
春動南郭柳，氷決銅、梁濤．舟車任所之，憂患堪長抛．
未謂爲小節，潛居德業牢．箴言豈不諒，日月逝滔滔．
尙歎琴說長，未和招隱操．

김유문[1]에게 화답하다

낙목落木과 한천寒泉의 소리 더욱 서글픈데
거친 언덕에 말 타고 뉘 돌아가나?
분盆에 옮겨 가을[2] 국화 살뜰히 기르고
문 닫고 앉아 시월 우레에 자주 놀라네.
좋은 술은 긴 밤 시름 달래게 하나
썩은 선비[3]는 천재天災에 답할 계책이 없네.
책 쓰고 도道 논하는 덴 좋은 벗이 있어야 하니
겨울에 싸락눈 쌓임을 어찌 원망하리.

和金子孺文純澤

落木寒泉響轉哀, 荒岡車馬有誰廻?
移盆最護重陽菊, 閉戶頻驚十月雷.

---

1 김유문(金孺文) 김순택(金純澤, 1714~1787)을 말한다. '유문'(孺文)은 그 자(字). 또 '지소'(志素)라는 별자(別字)가 있다. 호는 설계(雪溪), 본관은 광산(光山). 반(槃)의 여섯째 아들인 익경(益炅)의 증손, 무택(茂澤)의 재종형이며, 남공철(南公轍)의 고모부다. 광택(光澤)·양택(陽澤)·열택(說澤) 등과는 팔촌간이다. 1744년(영조 20) 진사시에 합격했으며, 벼슬은 낭천 현감(狼川縣監)과 무주 부사(茂州府使)를 지냈다. 문집으로 『지소유고』(志素遺稿)가 전한다.
2 가을 원문은 "重陽"인데, 음력 9월 9일을 가리키는 말이다.
3 썩은 선비 자기 자신을 가리키는 말이다. 겸양의 말로 쓰였다.

醇酒爲人銷夜永，腐儒無計答天災.

著書論道須良友，敢怨玄冬霰雪堆?

연경에 가는 김 진사 일진[1]을 전별하다

1

칼 지고[2] 책 휴대하니 고정苦情이 많거늘
세모歲暮에 중국 감을 서글퍼하네.
가련하다 계찰季札처럼 사신으로 가[3]
역수易水[4]에서 형가荊軻를 조문하리니.

2

대릉하大凌河[5] 물은 수레가 다 튀기고
낭자산狼子山[6] 구름은 말을 먹여 쇠잔할 테지.

---

1 **김 진사 일진(日進)** 김익겸(金益謙, 1701~1747)을 말한다. '일진'(日進)은 그 자. 호는 잠재(潛齋)이고, 본관은 안동이며, 김수증(金壽增)의 서손(庶孫)이다. 1735년 진사시에 합격하고 벼슬은 상의별제(尙衣別提)와 찰방을 지냈다. 문집으로 『잠재고』(潛齋稿)가 전한다.

2 **칼 지고** 원문은 "負劍". 자제군관(子弟軍官)의 복식을 형용한 말. 김익겸은 1740년 겨울에 연경(燕京)에 갔다.

3 **계찰(季札)처럼 사신으로 가** 원문은 "季子觀周路". 오(吳)나라의 공자였던 계찰이 노(魯)나라에 사신으로 가 주(周)의 문물을 접한 일을 가리킨다.

4 **역수(易水)** 자객 형가가 진시황을 암살하려고 진나라로 향하면서 벗 고점리 및 연나라 태자 단(丹)과 이별한 곳이다. 연경을 비롯해 사행의 여정을 이루는 일부 지역이 연나라의 옛 강역이므로 형가의 고사를 들어 썼다. 이를 통해 청나라에 대한 적대감을 드러내고 있다.

5 **대릉하(大凌河)** 요녕성(遼寧省) 금주(錦州) 동쪽을 흐르는 강이다. '대릉하'(大陵河), '영하'(靈河)로도 불리며, 옛 이름은 '백랑하'(白狼河)이다.

6 **낭자산(狼子山)** 요동성(遼東省) 청석령(靑石嶺) 너머에 있는 산이다.

가련하다 해마다 조공朝貢[7] 가지만
요서遼西[8] 길 어려움 말하지 않으니.

3
들판의 도깨비불 대개 한인漢人 유골이라
수레에서 밤잠 자며 홀로 탄식하리.
비바람 어둑해 닭도 안 우나[9]
등촉 밝혀 몰래 만촌晩村[10]의 책 읽을 테지.

4
세모라 심하深河[11]에는 늙은 버들 누워 있고

---

7 조공(朝貢) 원문은 "金繒役". '금증'(金繒)은 금붙이와 비단으로, 조공의 물품을 의미한다.

8 요서(遼西) 지금의 하북성(河北省) 일대, 즉 북경(北京) 북쪽 지역을 말한다.

9 닭도 안 우나 본서 91면 주2를 참조할 것.

10 만촌(晩村) 명말청초의 문인 여유량(呂留良)을 말한다. '만촌'은 그 호. 나라 잃은 울분과 청나라 비판의 글을 많이 남겼는데 나중에 문자옥(文字獄)에 연루되어 부관참시(剖棺斬屍)되었다. 이 때문에 그의 저술은 금서가 되었다. 유저로 『만촌문집』(晩村文集)이 전한다. 이인상의 시 「연경에 가는 역정(譯正) 김홍량을 증별(贈別)하다」(金譯正弘梁赴燕贈別: 『뇌상관고』 제1책, 1742년작)에 "『만촌고』(晩村稿)를 구입해 돌아오기를"(販歸晩村稿)이라 하여 『만촌고』(晩村稿)를 사올 것을 당부하는 말이 보인다. 또 「연경에 가는 서장관 정공(鄭公)을 봉별(奉別)하며 드린 계(啓)」(奉別行臺鄭公基安赴燕啓: 『뇌상관고』 제5책, 1752년작)라는 글에서도 "만촌의 책을 사서 돌아와 우리나라를 이롭게 하시길"(買還晩村之書, 惠我東土)이라 하여 이 책을 구입해 올 것을 청하고 있다. 이인상의 시 「눈 속에 정여소(鄭汝素)가 내방하여 함께 『만촌고』를 보다」(雪中, 鄭汝素履和來訪, 共閱晩邨稿: 『뇌상관고』 제2책, 1755년작)에서 확인되듯 그는 1755년에 벗과 함께 『만촌고』를 읽고 있다.

11 심하(深河) 광해군 때 명나라를 원조하기 위해 출전했던 김응하(金應河)가 후금(後金: 뒤의 청淸)의 군대에 맞서 싸웠던 곳이다. 그는 이곳의 버드나무에 기대어 끝까지 활을 쏘며 저항하다 전사했는데 훗날 사람들은 그를 기려 유수장군(柳樹將軍)이라 칭했다.

추운 겨울 화표주華表柱[12]엔 선인仙人 자취 아득하리.
강남 일만 리에 붉은 구름 다했으니
해질녘 망해정望海亭[13]엔 오르지 마소.

5

갖옷에 어지러이 부딪혀 눈꽃이 아롱진데
산해관山海關[14] 날 어둡고 바람이 구슬프네.
관문 밖은 화려한 수레 끊이지 않는데
애가哀歌 부르며 뉘라서 계문란季文蘭[15]을 묻나?

6

경전經典 사니 절반은 오랑캐 글[16]이라
차마 갖고 와 자손들 못 가르칠레라.
비바람에 주왕周王 묘비墓碑 침식됐어도

---

12 화표주(華表柱) 묘 앞에 세우는 석물(石物). 한(漢)나라 때 사람인 정령위(丁令威)가 도를 닦아 신선이 된 후 학으로 변해 고향인 요동으로 날아가 그곳의 화표주 위에 앉았다는 고사가 있다.

13 망해정(望海亭) 산해관에서 10여 리 남쪽에 위치한 정자로 명나라 장군 서달(徐達)이 축성했다.

14 산해관(山海關) 하북성(河北省) 임유현(臨榆縣)의 동문(東門)으로, 만리장성의 동쪽 끝자리에 위치해 있다. 명나라 홍무(洪武) 15년(1382)에 설치되었으며, 북으론 각산(角山)을 등지고 동으론 발해(渤海)를 면하고 있어 '산해관'이라 이름지었다. 동북 지역과 하북 지역의 수비를 위한 요충지였다.

15 계문란(季文蘭) 청초(淸初)의 인물로 남편을 여의고 만족(滿族)에게 팔린 몸이 되어 심양(瀋陽)으로 끌려갔다. 자신의 가련한 처지를 알려 인정 있는 자의 도움을 구하고자 진자점(榛子店) 벽면에 시와 소서(小序)를 남겼다고 한다. 김창업(金昌業)을 비롯한 조선의 여러 사신들이 진자점을 지나며 화답하는 글을 남긴 바 있다.

16 오랑캐 글 만주 문자를 이른다.

공자[17] 사당은 외려 남았네.

7

파도도 오호도嗚呼島[18]는 못 갈앉히고

안시성安市城[19]은 흙으로 되쌓을 수 있지만

굳센 병사와 의로운 선비 다 죽였으니

요동이라 사천 리 길 누가 열겠소?

送金進士日進益謙游燕

負劍携書多苦情, 憐君歲暮入長城.

可憐季子觀周路, 易水前頭弔慶卿.

其二

大凌河水濺車盡, 狼子山雲秣馬殘.

可憐每歲金繒役, 不道遼西行路難.

---

17 공자 원문은 "文宣"으로 공자에게 추증된 시호이다.

18 오호도(嗚呼島) 한(漢) 고조(高祖)가 천하를 거의 다 평정해 갈 무렵 제왕(齊王) 전횡(田横)을 위협해 자기에게 오라고 했다. 전횡은 낙양 근처까지 갔다가 그만 자살해 버렸다. 이 소식을 들은 전횡의 무리 500여 인은 일제히 목숨을 끊었는데, 그 장소가 오호도이다. 산동성 앞바다에 있는 섬이라고 하는데, 일설에는 강소성 앞바다에 있다고 한다.

19 안시성(安市城) 고구려 때 쌓은 산성이다. 그 소재지에 대해선 여러 설이 있으나, 심양 근방에 위치한 영성자(英城子) 산성으로 추정하는 견해가 가장 일반적이다. 이곳에서 고구려 보장왕(寶藏王)이 당(唐)과의 전쟁에서 승리한 일이 유명한데, 그때의 성주(城主)는 양만춘(梁萬春)이었고 당 태종은 이 싸움에서 눈에 화살을 맞았다고 한다.

其三

野燐蒼蒼多漢骨, 車中夜宿獨歎歔.
風雨晦冥雞不唱, 篝燈暗誦晩村書

其四

歲暮深河臥老柳, 天寒華柱杳僊翎.
江南萬里紅雲盡, 落日休登望海亭.

其五

貂裘亂撲雪花斑, 日黑風悲山海關.
關外錦車流不斷, 哀歌誰問季文蘭?

其六

市經半褋胡音翻, 未忍携來教子孫.
雨磨土蝕周王碣, 猶守文宣古廟門.

其七

海波不沒鳴呼島, 野土可增安市城.
殺盡强兵與義士, 誰開遼瀋四千程?

남단[1] 신유년(1741)

봄날에 남단南壇 찾으니
옛 들에 푸른 소나무 서늘하여라.
눈에 드는 경치에 근심스런 느낌 많아
서글피 자주 목을 빼어 바라보네.
신령한 문엔 가시나무 뒤덮였고
제단의 돌은 가지런하지 않네.
단壇 위에는 아지랑이 어지럽고
더러운 도랑물이 우물에 흘러드네.
한탄하네 청정淸靜한[2] 이곳
황량한 땅으로 변해 버려.
백 가지 상서로움에 어찌 근원이 없으리?
나라는 고례古禮를 지켜야 마땅.
임금을 성誠[3]으로 인도치 않으면

---

1 **남단(南壇)** '남방토룡단'(南方土龍壇)을 말한다. 풍(風)·운(雲)·뇌(雷)·우(雨)의 신 및 산천과 서낭신에게 제사 지내던 곳으로 조선조 때 설치한 다섯 토룡단(土龍壇)의 하나이다. 서울 남산의 남쪽 기슭에 있었다. 기우제를 열한 번 지냈어도 비가 오지 않을 때 열두 번째로 정3품 지위에서 제관(祭官)을 내어 동·서·남·북·중앙의 다섯 토룡단에서 각각 한날 한시에 기우제를 지냈는데 이를 오방토룡제(五方土龍祭)라고 한다.

2 **청정(淸靜)한** 원문은 "穆淸"으로 사당이 심원(深遠)하고 청정한 모양을 형용한 말이다. 『시경』 주송(周頌) 「청묘」(淸廟)편에 "오, 그윽하고 청정한 사당/엄숙하고 화평하게 제사 돕는/훌륭한 뭇 선비들"(於穆淸廟, 肅雝顯相, 濟濟多士)이라는 구절이 보인다.

3 **성(誠)** 『중용』에서는 '성'(誠)이 "하늘의 도"(天之道)라고 했다. 주희는 "진실되고 망녕됨이 없는 것"(眞實無妄)이 '성'이라고 했다.

어찌 하늘의 경고 없으랴?
건성으로 희생犧牲과 옥기玉器 진설했으니
봄에 이리도 가뭄이 들지.
아아! 일 맡은 신하들이여
깊이 생각해 반성하기를.

南壇 辛酉

春日尋南壇，古原青松冷．所遇多勞懷，悱惻屢引領．
神門纏荒棘，靈壝石不整．野馬滾上壇，汚渠通玄井．
慨此穆清地，便爲荒絶境．百祥豈不原？古禮國所秉．
未導仁后誠，豈無玄天警？牲玉徒自陳，霈澤違淑景．
嗟嗟有司臣，精念內自省．

나라의 의례에 매년 늦봄 임금님께서 친히 대보단[1]에 제사 지내는데 삼월 나흐렛날 반열을 따라 뫼시었다가 느낀 바 있어 시를 짓다. 이날 밤 비가 내리다

1

큰 덕에 밝게 보답하려는
그 고심苦心 대보단大報壇서 보게 되누나.
봄은 동해東海 가득 돌아와
깊은 북악北岳에도 꽃이 피었네.
신하들 모인 곳에 비 흐느끼고
하늘엔 경쇠와 피리 소리 들리네.
금상今上께선 충효忠孝 두터워
해마다 제사에 꼭 임하시네.

2

혁혁한 신명神明이 흠향하누나
임금께서 하늘을 받드시니까.

---

1 **대보단(大報壇)** '황단'(皇壇)이라고도 부른다. 임진왜란 때 조선에 원병(援兵)을 보내준 명나라 신종(神宗)을 제사지내기 위해 쌓은 제단이다. 1704년(숙종 30) 예조판서 민진후(閔鎭厚)의 발의로 창덕궁(昌德宮) 안에 설치하였다. 건물이 없는 정방형의 제단으로 한쪽의 길이가 25척(7.5m)이고 높이는 5척(1.5m)이며 바닥에서 단까지는 네 개의 계단을 두었다. 1년에 한 번 제사를 지냈다. 영조 25년(1749)부터 신종 외에 명나라 창업주인 태조와 마지막 황제 의종(毅宗)을 함께 제사지냈다.

제단의 꽃엔 송자宋子[2] 눈물 어리어 있고
동산의 나무는 숙종肅宗께서 심으신 거네.
청묘淸廟에 거문고 소리 들려오는 듯
영대靈臺에 다시 북 울리는 듯.[3]
오늘밤 외려 너무 짧으니
누가 다시 춘추春秋[4]를 기억하려나.

國典每歲暮春親祀大報壇, 三月四日陪班感賦. 是夜雨

景德將明報, 荒壇監苦心. 春歸東海滿, 花到北山深.
雨泣冠裳會, 天聽磬管音. 嗣王篤忠孝, 歲祀必躬臨.

其二
爀爀神顧享, 后來昊天從. 壇花宋子淚, 園木肅王封.
淸廟如聞瑟, 靈臺復鼓鐘. 今宵猶苦短, 誰復記春冬?

---

2 송자(宋子) 송시열을 가리킨다. 대보단이 송시열의 유지(遺志)에서 비롯되었으므로 언급한 것이다. 1669년(현종 10) 청나라에 사신으로 갔던 민정중(閔鼎重)이 '비례불동'(非禮不動)이라고 쓴 의종(毅宗: 명나라 마지막 황제)의 친필을 구해 왔는데, 송시열은 이 글을 충청도의 화양동 절벽에 새기고 신종·의종 두 황제의 제사를 지냈다. 그 뒤 권상하(權尙夏)가 송시열의 유지를 받들어 인근의 유생들과 함께 사당을 세웠고, 뒤이어 국가적인 행사로 격상해야 한다는 여론이 일어나 조정에서 대보단을 세우게 되었다.

3 청묘(淸廟)에~울리는 듯 고례(古禮)에 따라 엄숙하게 제사를 올리는 모습이다. 청묘(淸廟)는 그윽하고 청정한 사당이라는 뜻이다. 본서 116면 주2를 참조할 것. 한편 영대(靈臺)는 주(周) 문왕(文王)의 대(臺)이다. 『시경』 대아(大雅) 「영대」(靈臺)편에 "쭉 늘어선 큰 북과 쇠북/즐거울사 연못가 궁전이여"(於論鼓鐘, 於樂辟廱)라는 구절이 보인다.

4 춘추(春秋) 춘추대의(春秋大義)를 말한다. 원문에는 "春冬"으로 되어 있는데, 운자(韻字)를 맞추느라고 '秋'자 대신 '冬'자를 썼다.

우연히 쓰다

꽃나무 어리비치는 한씨韓氏네 원정園庭
일 없이 산각山閣에서 동쪽 들을 보네.
풀잎 자리[1]에 친구 앉히는 것 혐의치 않고
스스로 초가집 사랑하니 시골 마을 같아라.
초록 이끼 뜰에 가득하고 봄비 가느다란데
솔 그림자 발(簾)에 옮겨 가고 저녁 구름 무성하네.
그윽한 심회에 매일 조금 취하고 싶거늘
웃으며 호리병 기울이나 술이 없어라.

偶書

花樹暎臨韓氏園, 無爲山閣眺東原.
不嫌草坐供親友, 自愛茅堂似野村.
苔綠滿庭春雨細, 松陰移箔暮雲繁.
幽懷日日思微醉, 笑倒葫蘆酒未存.

---

1 풀잎 자리 풀로 엮어 만든 자리. 가난한 선비의 생활을 암시하는 말이다.

오씨[1]의 별장 청령각[2]에서 윤자목[3]과 함께 짓다

빈 누각 맑디맑고 새벽 노을 환한데

돌못[4]의 봄물에 숲이 맑게 비치네.

바위의[5] 꽃 분분히 져 물결 따라 흘러가고

골짝은 비어 갓끈 함께 씻을[6] 이 없네.

吳氏別墅淸泠閣, 與尹子子穆冕東賦

虛閣澄澄曉靄明, 石泓春水漾林淸.

巖花亂落隨波盡, 空谷無人與濯纓. 巖一作繁

---

1 오씨(吳氏) 오원(吳瑗, 1700~1740)을 말한다. 영조 때의 문신으로, 자는 백옥(伯玉), 호는 월곡(月谷)이다. 이인상의 벗 오찬(吳瓚)의 형이다.

2 청령각(淸泠閣) 서울의 종암동에 있었다.

3 윤자목(尹子穆) 윤면동(尹冕東, 1720~1790)을 말한다. '자목'(子穆)은 그 자. 본관은 해평(海平), 호는 오헌(娛軒)이며, 통덕랑(通德郎) 득일(得一)의 아들이다. 일찍이 남한산사(南漢山寺)에 들어가 성리학을 공부하면서 강론에 힘썼다. 1760년(영조 36) 음보(蔭補)로 선공감 감역에 천거되었으나 나아가지 않았으며, 1780년(정조 4) 다시 동몽교관에 임명되었으나 사양한바, 평생 벼슬하지 않았다. 1790년 통정대부에 추은(推恩)되었다. 이인상의 사후에 그 글을 산정(刪定)하는 일을 맡아 했으며, 평안 감사로 있던 김종수(金鍾秀)에게 편지를 보내 이인상의 문집을 인행(印行)하게 했다. 문집으로 『오헌집』이 전한다.

4 돌못 바닥이 돌로 되어 있는 못.

5 바위의 원문은 "巖"인데, 원주(原注)에 "'巖'자는 어떤 데는 '繁'자로 되어 있다"라고 했다. '繁'일 경우 '번화한'이라는 뜻이 된다.

6 갓끈 함께 씻을 선비의 고결한 삶을 뜻하는 말.

우중雨中에 여러 공들[1]과 약속해 도봉산에 노닐다. '누'樓자 운을 나누어 받다

계곡물 날아 돌 움직이고 동천洞天[2]이 그윽한데
초록과 자줏빛이 떴네[3] 차가운 만장봉萬丈峰에.
골짝 에운 솔바람 소리 구슬피 끊이잖고
하늘 가득했던 꽃기운 어둑어둑 거두어지려 하네.
벗 아직 안 왔건만 구름이 길을 덮고
밝은 달 아직 안 떴건만 누각에 비 뿌린다.
무우대舞雩臺[4]에 올라 바라보지 마소
숲의 새만 저물녘 슬피 울 테니.

雨中約諸公游道峰. 分樓字

泉飛石動洞天幽，萬丈峰寒紫翠浮.
繞壑松聲悲不絶，滿空花氣黯將收.

---

1 여러 공들 당시 이인상은 이휘지(李徽之) 등과 도봉산에 놀러 갔다. 이휘지는 이인상의 사종숙(四從叔)이다.

2 동천(洞天) 산에 싸이고 내에 둘린 경치 좋은 곳을 말한다.

3 초록과 자줏빛이 떴네 초록빛 나뭇잎과 주홍빛 꽃이 어우러져 있다는 말이다.

4 무우대(舞雩臺) 도봉산 입구의 도봉서원 부근에 있는 대(臺) 이름. 수암(遂菴) 권상하(權尙夏, 1641~1721)가 계곡 바위에 '舞雩臺'라는 글씨를 남겼다.

良朋未到雲渾徑，皓月猶遲雨灑樓，
莫上舞雩臺上望，秖應林鳥暮哀啾.

또 설소[1]의 시에 차운하다

산귀山鬼[2]가 봄 읊으니 옛 골짝[3]이 그윽하고
잔경殘經은 절로 말려[4] 빈 누각에 가득하네.
쓸쓸하고 푸른 산봉우리는 하늘을 떠받치며 서 있고
슬피 우는 폭포는 돌을 안고 흐르네.
화이華夷는 고작 하나의 티끌, 꽃과 물 조촐하고
당우唐虞[5]는 겨우 반나절, 골짝의 구름 유유하네.
알괘라 선인仙人 기질[6] 오히려 환해
두성斗星[7]을 패옥 삼고 혜성을 깃발 삼아[8] 편안히 원유遠遊함을.

---

1 **설소(雪巢)** 이휘지(李徽之, 1715~1785)의 호. 자(字)는 미경(美卿)이고, 또 다른 호는 노포(老浦)·노정(露汀)이며, 좌의정 이관명(李觀命)의 아들이다. 1741년 사마시에 합격하여 1744년 숭릉참봉(崇陵參奉)에 제수되었으며, 1766년 문과에 급제하였다. 이후 이조참의, 대제학, 평안감사, 우의정 등을 역임하였다.

2 **산귀(山鬼)** 산중의 귀신. 『초사』 구가(九歌) 「산귀」(山鬼)에, "마치 사람 같은 것이 산모롱이에 있는데/노박덩굴〔薜荔〕을 걸치고 겨우살이〔女蘿〕를 둘렀도다"(若有人兮山之阿, 被薜荔兮帶女蘿)라는 구절이 보인다.

3 **옛 골짝** 도봉산 계곡을 말한다.

4 **잔경(殘經)은 절로 말려** '잔경'은 경전의 전질(全帙)을 다 갖추지 못하고 일부만 있는 것을 말한다. 고대에는 경서를 둘둘 말아 보관했기에 이런 표현을 썼다.

5 **당우(唐虞)** 요순시절을 말한다. '당'(唐)은 요임금이 세운 나라 이름이고, '우'(虞)는 순임금이 세운 나라 이름이다.

6 **선인(仙人) 기질** 원문은 "靈氣"인데 선인의 기질을 뜻한다. 곽박(郭璞)의 「유선」(遊仙)이라는 시에, "연소(燕昭)는 영기(靈氣)가 없고/한무(漢武)는 선재(仙才)가 없네"(燕昭無靈氣, 漢武非仙才)라는 구절이 있다.

7 **두성(斗星)** 북두성을 말한다.

8 **두성(斗星)을~삼아** 원문은 "瑤佩星旄". 『초사』 「원유」(遠遊)에 "혜성을 더위잡아 깃발

又次雪巢韻

山鬼唫春古壑幽, 殘經自卷滿虛樓.
林峰悄碧擎天立, 風瀑哀鳴抱石流.
夷夏一塵花水淨, 唐虞半日洞雲悠.
極知靈氣猶昭爛, 瑤佩星旌憺遠遊.

로 삼고/북두 자루 가져다가 깃대로 삼네"(擥彗星以爲旍兮, 擧斗柄以爲麾)라는 구절이 있다. 북두칠성의 일곱 번째 별 이름이 '요광'(瑤光)이다.

또 짓다

걷다가 꽃 줍고 물을 건너니
무우대 아래에 시냇물 콸콸 흐르네.
빈 산에 해 지고 검은 구름 모이는데
옛 묘당廟堂엔 봄이 깊어 푸른 나무 자라네.
꽃은 늙어 만력萬曆[1]이 지난 줄도 모르거늘
어둑한 풀 어디에서 삼왕三王[2]을 외칠꺼나.
가련하다 우리 도道를 거친 골짝에 부쳤으니[3]
제사 지내 성덕盛德 갚기 어렵겠구나.

又賦

步拾芳馨揭我裳，舞雩臺下水洋洋.
空山日落玄雲合，古廟春深翠木長.
花老不知經萬曆，草昏何處叫三王.
可憐吾道寄荒谷，籩豆難酬盛德章.

---

1 만력(萬曆) 명나라 신종(神宗, 재위 1573~1620)의 연호. 만력이 지난 줄 모른다는 것은 중국이 오랑캐 세상이 된 줄을 모른다는 뜻이다.
2 삼왕(三王) 명나라 의종(毅宗)이 죽은 후 들어선 남명(南明)의 세 임금인 복왕(福王), 당왕(唐王), 영명왕(永明王)을 이른다.
3 우리~부쳤으니 도봉산의 도봉서원에 우암 송시열이 배향되었기에 한 말.

현석의 창랑정[1]에서 담존자 이공[2]과 더불어 중국의 이 처사 개鍇[3]의 추회시[4]에 감회가 있어 차운하다

해지니 어룡魚龍이 안개비를 거두는데
중류中流에 노 저으며 무얼 구하는지 묻노라.
숲은 쏴아쏴 슬픈 소리 내고
구름 낀 산 쭉 이어져 어둔 수심 자아내네.

---

1 현석(玄石)의 창랑정(滄浪亭) 서울 마포구 현석동(玄石洞)에 있던 정자. 박세채(朴世采)의 호 '현석'(玄石)은 이 지명에서 취한 것이다. 박세채의 「현석창랑정기」(玄石滄浪亭記)에 따르면, 강변의 높은 곳에 위치해 있어 삼각산·남산·관악산·청계산을 모두 조망할 수 있었다고 한다.

2 이공(李公) 이명익(李明翼, 1702~1755)을 말한다. 자는 성보(聖輔)이고 호는 담존재(湛存齋)이며, 본관은 전주다. 임인옥(壬寅獄) 때 장폐(杖斃)된 포도대장 이홍술(李弘述, 1647~1722)의 손자다. 1721년(경종 1) 진사시에 합격했으며, 홍천 현감(洪川縣監)을 지냈다.

3 이 처사(李處士) 개(鍇) 이개(李鍇, 1686~1755)를 말한다. 중국 봉천(奉天) 사람. 자는 철군(鐵君), 호는 미산(眉山)·치청산인(豸青山人). 이여송(李如松)의 족증손이다. 벼슬을 하다가 장인 색액도(索額圖)가 태부(太傅)로서 권세가 너무 높아 멀리 반산(盤山)에 은거하였다. 저서로 『첩소집』(睫巢集)이 전한다.

4 추회시(秋懷詩) 이개가 지은 「추산구작」(秋山舊作)을 말한다. 영조 16년(1740)에 김익겸(金益謙)이 연경에 갔을 때 여관에서 우연히 이개(李鍇)를 만나 서로 막역한 지기(知己)가 되었는데, 하루는 이개가 탄식하며 이 시를 보여주었다. 시는 다음과 같다: "책상의 잔편(殘編) 게을러 수습 않고/시냇가의 물새와 말없이 벗이 되네/산을 보매 문득 천추의 눈물이 흐르고/물에 임하니 도리어 만 리의 시름만 더하네/늘그막의 심회 오로지 먼 일을 회상커늘/예부터 시부(詩賦)는 가을을 슬퍼했지/서당에서 함께 공부한 동학들 지금 뉘 살아 있나/다만 청산이 나의 백발을 비추누나."(几上殘編倦不收, 溪邊沙鳥默相求. 看山忽下千秋淚, 臨水翻增萬里愁. 老去襟懷偏憶遠, 古來詞賦已悲秋. 塾中同學今誰在? 獨許青山照白頭.) 『국역 청장관전서』 Ⅶ(민족문화추진회, 1980), 38~40면 참조.

강해江海에 어느 때나 거친 풍랑 잦아들까?
천지의 일기一氣[5] 참으로 맑은 가을이로세.
서릿달[6]이 호수 비추길 기다리면서
붉은 구기자와 노란 국화 곁에서 술에 취하네.

玄石滄浪亭與湛存子李公明翼, 感次中州李處士錯秋懷詩

日暮魚龍霧雨收, 中流鼓枻問何求.
風林轇轕悲生響, 雲岫聯綿黯動愁.
江海幾時無惡浪? 乾坤一氣信淸秋.
待來霜月湖心照, 朱杞黃花醉甕頭.

---

5 일기(一氣) 천지의 원기(元氣). 천지의 광대한 기운.
6 서릿달 원문은 "霜月". 서리 내리는 밤의 차가워 보이는 달.

김유문에 화답하다. 두보의 「심회를 적다」라는 시의 운을 사용하다

도道에 노닐면 문文은 절로 드러나고
도가 순후하지 않으면 속俗에 드네.
이利와 의義 그릇되이 함께 추구하면
몸과 뜻 검속檢束함을 잃고 만다네.
옛 책을 읽으나 뜻 더욱 어두운데
남은 날은 몹시 부족하구려.
입언立言[1]하자니 나라님께 참람할까 두렵고
시절을 근심하니 곡哭을 해야 마땅하리.
맹수[2]를 아직 몰아내지 못했으니
신룡神龍[3]이 어찌 세상을 밝히리.
세상에 이로움 끼침[4]은 종내 명命이 있는 법
몸을 맑게 해 욕됨을 멀리해야지.
실다운 이치는 밭에 씨를 뿌림에 비길 수 있고
참된 글은 곡식을 먹는 것과 같지 않겠소.

---

1 **입언(立言)** 후세에 교훈이 될 만한 말을 하거나 글을 짓는 것을 이른다.
2 **맹수** 중원을 차지한 여진족을 가리킨다.
3 **신룡(神龍)** 촉룡(燭龍)을 말한다. 중국 고대 신화에 나오는 신(神)의 이름으로, 『산해경』에 언급되어 있다. 촉룡이 눈을 감으면 세상이 어두워지고 눈을 뜨면 세상이 환해진다고 한다.
4 **세상에 이로움 끼침** 원문은 "善世". 『주역』 건괘(乾卦) 문언전(文言傳)에, "善世而不伐"(세상을 이롭게 하되 그 공을 자랑하지 않는다)이라는 말이 보인다.

골짝의 신령한 뿌리[5] 한번 번드치면
물은 콸콸 골짝에 달음질치리.
가을 못에는 별과 달이 잠기고
봄 산은 홍록紅綠을 발하네.[6]
운명은 큰 조화에 맡겨 두고서
뜻 조촐히 하며 절개를 지키리.
이 말 후회 않으리라 맹세하면서
벗에게 마음을 허여하노라.
오랑캐 땅[7]에도 살 만하나니
초동목부樵童牧夫와 섞여 사는 걸 부끄리지 않네.

和金孺文. 用工部「寫懷」韻

游道文自見, 漓之便入俗. 利義謬雙行, 身志失箝束.
古書讀罙晦, 來日苦不足. 立言懼王僭, 悶時發誼哭.
猛獸未之驅, 神龍將焉燭. 善世終有命, 淑身斯遠辱.
實理猶服田, 眞文卽味粟. 一反洞靈根, 浩然水趨谷.
秋潭涵星月, 春山發紅綠. 定命委大化, 濯志守貞獨.
斯言矢靡悔, 良友許衷曲. 可以處夷貉, 不愧混樵牧.

---

5 신령한 뿌리 원문은 "靈根". 신령한 나무 뿌리를 말한다.
6 홍록(紅綠)을 발하네 꽃이 피고 새 잎이 돋는다는 뜻.
7 오랑캐 땅 여기서는 조선을 가리킨다.

장張 어르신[1]의 「두곡정사[2]에서 짓다」라는 시에 차운하여 부치며 적다

1

두곡杜谷의 작은 연못 모퉁이에 집 문이 있어
날마다 문충공文忠公[3] 묘의 잣나무 살피고 돌아오네.
빠진 경전 보사補寫하여 자식 주어 읽게 하고
늘 좋은 술 간직하여 손님 오기 기다리네.
농사일에 몸을 숨겨 국화꽃 먹고[4]
고산孤山[5]의 집에는 오래전에 매화를 심었네.
말 타고 달던 젊을 때 일 이미 잊어서

---

1 **장(張) 어르신** 장진희(張震熙, 1677~1719)를 말한다. 원래 장선징(張善澂)의 손자요 장훤(張楦)의 차자(次子)로 장유(張維, 1587~1638)의 증손이었으나 출계하여 장재(張梓)의 양자가 되었다. 이인상의 장인인 장진욱(張震煜)과는 4촌간이다. 과거 시험에 합격하지 못했으며, 벼슬도 하지 못했다.

2 **두곡정사(杜谷精舍)** 시흥시 과림동(果林洞) 두곡(杜谷)에 있던 정자. 두곡은 두무절이라고도 부르며 판서와 좌참찬을 지낸 장선징이 거주한 곳이다. 장선징의 호 '두곡'은 이 지명을 취한 것이다. 장유의 묘는 현재 시흥시 조남동에 있다.

3 **문충공(文忠公)** 장유를 가리킨다. '문충'은 그 시호.

4 **국화꽃 먹고** 굴원의 「이소」에, "아침에 떨어지는 이슬을 마시고/저녁에 가을 국화의 떨어진 꽃을 먹네"(朝飮木蘭之墜露兮, 夕餐秋菊之落英)라는 구절이 보인다.

5 **고산(孤山)** 매화에 대한 혹애(酷愛)로 유명한 송나라 임포(林逋, 967~1028)가 은거했던 곳이 항주(杭州)의 서호(西湖)에 있던 고산(孤山)이다. 여기서는 시흥시 방산동의 고잔(高棧)을 가리키는 것으로 추정된다. 고잔(高棧)은 '곶 안'이라는 우리말의 차자(借字) 표기로, 그 일대가 곶(岬)이기에 붙여진 이름이다. 방산동 고잔은 두곡 인근이며, 매호(梅湖) 유언길이 살았던 매화동과도 가깝다. 근처에 오이도가 있다.

풀에 누운 화류마驊騮馬엔 이끼가 꼈네.

2

묘소 모퉁이 계곡에는 소나무 거친데
풀섶의 황량한 비碑에 옛일 추모하며 돌아오네.
사마천司馬遷 집안 영락해도 유초遺草는 남았고[6]
손숙오孫叔敖의 자손은 늙어 섶을 지었네.[7]
작은 밭에 힘을 쏟아 가을국화 빙 둘러 심고
좋은 손께 보여주려 병든 매화 돌보네.
야외에 초대되어 옛일 이야기했거늘
뜨락 깊은 길에 이끼 안 끼게 했으면.[8]

---

6 **사마천(司馬遷)~남았고** 사마천은 사관(史官)의 집안에서 태어났는데 아버지 사마담(司馬談)의 유업을 계승해 사관이 되었다. 이후 이릉(李陵)을 변호하다 궁형을 당했지만 부친의 유업을 계승하여 방대한 역사서『사기』(史記)를 완성하였다.

7 **손숙오(孫叔敖)의~지었네** 손숙오는 춘추시대 초(楚)나라 장왕(莊王)의 재상으로 장왕으로 하여금 패업을 이루게 한 인물이다. 재상이었던 손숙오는 초나라 악인(樂人)인 우맹(優孟)을 잘 대우했는데, 죽을 때 자신의 아들에게 생활이 어렵게 되면 우맹을 찾아가라는 유언을 남겼다. 손숙오가 죽자 아들은 곧 땔나무를 지는 신세가 되었고, 이에 우맹을 찾아갔다. 우맹은 그를 손숙오로 변장시켜 장왕의 연회에 참석케 하였고, 장왕은 그를 손숙오라 여겨 재상으로 삼으려 하였다. 이에 우맹이 나서서 말하길, 손숙오처럼 충성스럽고 청빈한 재상도 죽고 나자 그 아들이 땔나무를 지며 가난하게 사는 신세가 되었으니 죽느니만 못하다고 하였다. 이에 장왕은 우맹에게 사과하고 손숙오의 아들을 우대했다고 한다.

8 **뜨락~했으면** 자주 사람들을 초치(招致)하라는 뜻. 이 시는 두곡정사에 거주하던, 장진회의 아들 장재(張在, 1710～1750)에게 보낸 것으로 장재는 족보에는 '장지재'(張至在)로 표기되어 있다. 평생 처사로 지낸 인물이며, 이인상과 친분이 있었다.

次張丈震熙「杜谷精舍作」寄題

門臨杜谷小塘隈, 日數文忠墓柏廻.
自補遺經傳子讀, 恒留醇酒待賓來.
身藏老圃唯餐菊, 家在孤山舊種梅.
已忘飛騰少年事, 驊騮臥草綠沉苔.

其二

松荒谿谷墓門隈, 草際荒碑弔古廻.
司馬家殘遺草在, 叔敖孫老負薪來.
全輸小圃環秋菊, 爲待嘉賓護病梅.
野外招邀談故事, 莫教深徑長莓苔.

송사행이 술병을 소매에 넣고 와 뜨락의 국화를 감상했는데 송시해[1]가 뒤이어 오다

유거幽居하니 마음이 유독 괴로워
물독 안아[2] 뜨락의 국화에 물을 주누나.
가을이 깊어도 술이 없지만
꽃은 피어 내 집을 빙 둘렀네.
친구는 날 위해 술을 갖고 와
유거의 외로움 위로하누나.
뜰 가운데 자리 깔고서
연달은 봉우리 먼 눈으로 보네.
어두워질 즈음 초승달 오르고
마침 맑은 바람 숲에 불어오누나.
나는 옥돌잔을 내어 와서는
향그러운 꽃을 가득 따노라.
국화 먹으니 마음 맑아져
조금 취한 걸로 훈목薰沐[3]을 대신.

---

1 **송시해(宋時偕)** 송문흠(宋文欽)의 재종형(再從兄)인 송익흠(宋益欽, 1708~1757)을 말한다. '시해'는 그 자. 보은 현감을 지냈다.

2 **물독 안아** 원문은 "抱甕". 이 말은 『장자』「천지」(天地)의 다음 이야기에서 유래한다: 자공(子貢)이 한수(漢水) 남쪽을 지나다 우물물을 독에 담아 오는 노인을 보고 두레박틀의 편리함을 말하며 그것을 이용하라고 권했으나 그 노인은 도구는 사용할수록 꾀바른 마음만 늘고 인간이 원래 지닌 소박한 본성을 사라지게 한다고 하여 거부하였다.

3 **훈목(薰沐)** 향을 옷에 배게 하고 머리를 감아 몸을 깨끗이 하는 것을 말한다.

멀리 놀고픈 맘 이로써 달래고
시운時運이 악착함을 서글퍼 마소.

宋士行袖壺來, 賞庭菊, 宋子時偕益欽繼至

幽居心獨苦, 抱甕滋庭菊. 秋深而無酒, 花開遶我屋.
故人爲攜壺, 來與慰幽獨. 鋪席向中庭, 連峰延遐矚.
更際微月升, 會此林颸穆. 出我青石杯, 芳華攬盈匊.
一餐清心肝, 微醺代薰沐. 且慰遠遊心, 莫傷時運促.

능호관[1]에서 설중雪中에 내키는 대로 읊어 북쪽 이웃[2]에게 주다

벗이 지어 준[3] 나의 집
남산에 있네.
남쪽 창은 무성한 숲 빙 두르고
북쪽 창은 산색山色에 임했네.[4]

---

1 **능호관(凌壺觀)** 서울의 남산 높은 곳에 있던 이인상의 초가집 이름. 송문흠이 당나라 이백(李白)의 시 「단양(丹陽) 횡산(橫山)의 주 처사(周處士) 유장(惟長)에게 주다」(贈丹陽橫山周處士惟長)의 "주자(周子)는 횡산(橫山)에 숨었는데/문을 열면 성(城) 모퉁이 내려다뵈네/연달은 산봉우리 창에 들어/방호(方壺)보다 경치가 더 낫고말고"(周子橫山隱, 開門臨城隅, 連峯入戶牖, 勝槩凌方壺)에서 제4구를 취해 붙인 이름이다. '호'(壺)는 방호(方壺), 즉 신선이 산다는 전설상의 산인 방장산(方丈山)을 가리키니, '능호관'은 방장산보다 경치가 빼어난 집이라는 뜻이다.

2 **북쪽 이웃** 송문흠을 가리킨다. 당시 송문흠은 다시 벼슬길에 나서 남산 부근에 있던 윤흡(尹瀹)의 집에 우거(寓居)하고 있었다.

3 **벗이 지어 준** 오희상(吳熙常, 1763~1833)이 쓴 「능호 이공 행장」(凌壺李公行狀, 『老洲集』 권20)에 의하면, 이인상이 가난하여 남의 집에 세 들어 살므로 이인상의 친구인 송문흠과 신소(申韶)가 옛날 중국 송나라 때 소옹(邵雍)의 지인들이 소옹을 위해 낙양에 집을 구해 준 고사를 본떠 서울의 남산에 초가를 지어 주었다고 한다.

4 **산색(山色)에 임했네** 원문은 "臨嶽色". 『능호집』에는 이 세 글자가 빠져 있으며, 작은 글씨로 '缺'이라고 표시되어 있다. 『뇌상관고』 제1책에는 이 시에 별지(別紙)를 붙여 결락된 부분에 대해 다음과 같은 언급을 해 놓았다: "본초(本艸)에는 '北牖' 다음의 빠진 곳이 '臨嶽色'이라고 되어 있다." '본초'란 원래의 초고를 말한다. 이에 의거해 이 부분을 보충해 번역했다. 송문흠이 쓴 「능호관기」(凌壺觀記, 『閒靜堂集』 권7)에, "북쪽 창으로 바라뵈는 건 모두 도성(都城)의 배후인데, 정북으로는 백악(白岳)이 고고하고 원만하고 안존하고 영묘(英妙)하여 마치 단정한 사람과 올곧은 선비가 엄숙한 태도로 읍(揖)을 한 채 산처럼 굳건히 서 있는 듯하고, 또 그 북쪽으로는 삼각산이 높고 위엄이 있고 우뚝하여 마치 곰이 기어올라가고 호랑이와 표범이 걸터앉은 듯한 형세이며, 북동쪽으로는 도봉산이 있는데 아득

오늘 큰눈이 내려
등 시려도 볕을 쬘 수 없구나.
창호를 닫았으나 마뜩치 않아
한데 앉아 멀리 바라보노라.
쌓인 눈은 티끌 기운 싹 없애고
잇닿은 봉우리엔 옥빛이 찬연.
눈 덮인 가지는 앞이 창 끝과 같고
푸른 전나무는 기상 몹시 성대하여라.[5]
도리어 탄식하네 감실[6] 속 매화가
추위 꺼려 꽃을 피우지 못함을.
물성物性의 굳고 약함 다르긴 해도
고고하고 곧은 천의天意 간직하였네.
그대는 보게나 봄이 온 뒤에
누가 갈옷[7]이 부족타 하리.
자고로 어질고 밝은 사람은
쇠미한 세상에도 움츠리지 않았네.
이 뜻은 세모歲暮에도 다르지 않거늘

하기로는 난(鸞)새와 봉황이 춤추는 것 같고 괴이하기로는 칼을 뽑아들거나 창을 진열해 놓은 것 같다"(其北牖所望, 盡王都之背, 正北爲白岳孤圓靚妙, 若端人正士嚴拱山立, 又其北華山巖稜巉峻, 若攀熊羆而踞虎豹, 北東爲道峯, 縹緲如翔鸞舞鳳, 怪詭如劒拔矛列)라는 말이 보인다.

5 눈 덮인~성대하여라 이 두 구는 이인상이 그린 그림 중의 나무를 보는 듯하다.

6 감실 원문은 "龕". 매화분(梅花盆)을 추위로부터 보호하기 위해 방 안에 설치한 작은 장(欌)을 가리킨다. 종이나 나무로 만들었으며, 때로는 비단으로 밖을 두르기도 했다.

7 갈옷 거친 모직물로 만든 옷. 빈천한 사람이 입는 옷이다.

우리 도道를 깊은 골짝에 부쳤네그려.[8]
처마 아래서 탄식할 적에
차가운 노을이 아침해에 흩어지누나.

凌壺觀雪中謾述呈北隣

故人營我屋, 乃在南山側. 南牖環茂林, 北牖臨嶽色.[9]
今日大雨雪, 背寒不得曝. 閉牖而不可, 露坐延遐矚.
積素收塵氛, 連峰爛汞玉. 瓊枝前轇轕, 蒼檜氣甚穆.
却嗟龕中梅, 畏寒不放馥. 物性異貞脆, 天意存孤直.
君看陽春後, 褐衣誰不足. 自古明哲人, 不以衰世縮.
此意同歲暮, 吾道付窮谷. 沉歎茅檐下, 寒靄散朝旭.

---

8 **우리~부쳤네그려** 원문은 "吾道付窮谷". 앞에 나온 「또 짓다」의 제7구 "가련하다 우리 도(道)를 거친 골짝에 부쳤으니"(可憐吾道寄荒谷)와 유사한 표현이다. 하지만 여기서는 우리 도가 재야의 선비에 있다는 의미이다.

9 **臨嶽色** 『능호집』에는 이 세 글자가 빠졌으며 '缺'이라고 표시되어 있다. 『뇌상관고』 제1책의 별지에 "本艸 '北牖'下缺處, 作 '臨嶽色'"이라는 언급이 보인다. 이에 의거해 보충했다.

겨울이 따뜻해 눈이 오지 않다가 동지 지나 나흘 만에 큰눈이 내렸는데 하룻밤 지나자 녹아 버렸다. 근심스런 마음에 시를 지어 설소 집사[1]께 삼가 드리다

하늘에서 눈 내리니
거친 풀 조심스레 싹을 틔우네.
준마駿馬[2]는 바람보다 앞서 달려
어두한 공중에서 일거日車[3]를 끄네.
선인仙人의 소반에 옥가루를 타
부처의 손으로 금모래 뿌리네.
홀연 광한루廣寒樓[4]의 서늘함을 생각하고
멀리 변방을 걱정케 되네.
월越나라 개는 겨울 내내 짖지 않고[5]
해 여럿이라 요임금의 까마귀를 떨어뜨렸네.[6]

---

1 **집사(執事)** 존칭. 대개 노형(老兄)과 존장(尊長)의 중간에 해당하는 이를 높여 부르는 말.

2 **준마(駿馬)** 원문은 "驌驦"으로 명마(名馬)의 이름인데, 여기서는 구름을 비유한 말이다.

3 **일거(日車)** 해를 가리킨다.

4 **광한루(廣寒樓)** 원문은 "瓊樓". 천상(天上)의 옥황상제가 산다는 집. 여기서는 임금이 계신 궁궐을 이른다.

5 **월(越)나라~않고** 중국 남방에 있는 월나라는 겨울이 따뜻해 눈이 귀한지라 혹 눈이 오면 눈을 처음 본 개들이 짖었다고 한다. 여기서는 그동안 눈이 통 내리지 않아 한 말.

6 **해~떨어뜨렸네** 요임금 때 하늘에 열 개의 해가 나타나 초목이 말라죽어 가므로 요가 예(羿)에게 분부해 그 아홉 개를 활로 쏘아 떨어뜨리게 했더니 해 속의 아홉 까마귀가 모두 죽었다는 고사가 있다. '까마귀'란 곧 해를 가리킨다. 고대 중국 신화에서는 해에 까마귀가

매서운 추위는 원망 않지만
따뜻한 날씨엔 탄식하누나.
요사한 음陰의 기운 아지랑이 일으켜
마른 나무 봄꽃을 피우려 하네.
용이 싸우니[7] 미약한 양陽의 기운 다했고
거북이 숨으니 육기六氣[8]가 어그러졌네.
녹아 흘러 옥이 땅에 묻히고[9]
언 강도 풀려 살얼음[10]이 덮였네.
산이 검으니 높다란 전나무 넉넉하고
뜰이 황폐하니 늙은 거위 거리낌없네.
땅을 쓰니 흙이 뜨거움을 알겠거늘
상서로운 눈에 인색하누나.[11]
기후는 원래 어그러짐 많으나
하늘의 조화는 실로 보탤 게 없지.
높은 구름 뭉게뭉게 오르더니만
눈발이 몹시도 휘날리네.
나라님은 축하하며 몸 반성해 삼가지만

산다고 여겨 해와 까마귀를 동일시했다. 이 고사를 거론한 것은 그 해 겨울이 따뜻했음을 말하기 위해서다.

7 용이 싸우니 원문은 "龍戰". 음양의 기운이 교차함을 말하는 것으로, 『주역』 곤괘(坤卦) 상육(上六)의 효사(爻辭) "용이 들에서 싸우니, 그 피가 검고 누렇다"(龍戰于野, 其血玄黃)에서 따온 말이다.

8 육기(六氣) 음양의 여섯 가지 기운으로 한(寒)·서(暑)·조(燥)·습(濕)·풍(風)·우(雨)를 말한다.

9 녹아~묻히고 눈이 녹아 없어진 것을 말한다.

10 살얼음 원문은 "氷花"인데 결빙할 때 형성되는 꽃 모양의 결정을 말한다.

11 상서로운~인색하누나 날이 따뜻해 눈이 남아 있지 않음을 이른 말.

우맹愚氓은 서글퍼하며 등을 쬔 걸 자랑하네.

동지冬至엔 수레 타는 걸 삼가고[12]

율관律管의 재를 살펴 절기를 요량해야지.[13]

지덕至德[14]이 바야흐로 조화에 참예하니

제공諸公이 장차 집을 잊겠네.[15]

풍속을 되돌림은 일념一念에 달렸거늘[16]

가득한 눈기운이 뭇 사악함을 깨뜨리누나.

흰빛이 천지의 색을 돌이킨다면

맑은 기운은 달 비친 물가에 통하네.

동곽東郭의 해진 신발[17] 신을 만하고

거듭 자경子卿처럼 입을 헹구네.[18]

---

12 **동지(冬至)엔~삼가고** 『주역』 복괘(復卦)의 상사(象辭)에 "동지에 관문(關門)을 닫아 장사치와 여행자가 다니지 못하게 하며 임금은 사방을 시찰하지 않는다"(至日閉關, 商旅不行, 后不省方)라는 구절이 있다. 동지는 양(陽)의 기운이 처음 회복되는 때이기에 안정(安靜)하여 양을 기르기 위해서다.

13 **율관(律管)의~요량해야지** 옛날에 갈대를 태운 재를 율관(律管)에 채워 두고서 재가 바람에 날리는가를 살피어 절기를 측정하였다. 원문의 "吹葭"는 이를 말한다. '율관'은 대나무로 만든, 음(音)의 높낮이를 정하는 계측용(計測用) 용기를 이른다.

14 **지덕(至德)** 지극한 덕행이 있는 사람.

15 **집을 잊겠네** 정사(政事)에 전념하여 사사로운 일을 잊는다는 말.

16 **풍속을~달렸거늘** 한 생각을 어떻게 하느냐에 따라 선(善)으로 나아갈 수도 있고 악(惡)으로 나아갈 수도 있기에 한 말이다.

17 **동곽(東郭)의 해진 신발** 한(漢) 무제(武帝) 때 제(齊)나라 동곽선생(東郭先生)이 청빈하여 신발의 밑은 닳아 해지고 위만 남았다는 고사가 있다.

18 **거듭~헹구네** 한나라 때 흉노에 사신 가 끝까지 절개를 지켰던 소무(蘇武)의 고사에서 온 말. '자경'(子卿)은 소무의 자. 『한서』(漢書) 열전(列傳) 「소무전」에 "선우(單于: 흉노의 왕)는 소무를 굴복시키려는 마음이 더욱 심해져 그를 커다란 지하 굴에 가두고 음식을 끊어 버렸다. 마침 하늘에서 눈이 내렸는데, 소무는 누운 채 눈과 털옷의 보풀을 씹어 함께 삼키며 수일 동안 죽지 않았다. 이에 흉노족은 그를 신이라 생각했다"(單于愈益欲降之, 乃幽武置大窖中, 絶不飮食. 天雨雪, 武臥, 齧雪與旃毛并咽之, 數日不死. 匈奴以爲神)라는

산이 깨끗해 맑은 창에 어울리거늘
매화 소식 늦으나 언 꽃에 내맡겨 두네.[19]

冬暖無雪, 冬至後四日, 初雨大雪, 經宿已融消. 憂惻有賦, 謹呈雪巢執事

玄穹猶下雪, 荒草愼萌芽. 肅爽先風御, 冥濛夾日車.
僊盤和玉屑, 佛手鋪金沙. 忽憶瓊樓冷, 偏愁紫塞賒.
淹冬噤越犬, 併日墜堯鴉. 慄冽曾無怨, 融暄敢自嗟.
陰氛噓野馬, 枯木竊春華. 龍戰微陽盡, 龜藏六氣差.
鑠流埋玉土, 爛剝鏤氷花. 山黑餘高檜, 庭荒肆老鵝.
掃知糞壤熱, 遺惜寶瓊嘉. 氣候元多戾, 天功固莫加.
高雲猶鬱渤, 陰雨劇橫斜. 聖祝省躬惕, 愚憐曝背誇.
迎冬欽服輅, 調律驗吹葭. 至德方參化, 諸公且忘家.
反風由一念, 塞霧破羣邪. 皓返乾坤色, 淸通水月涯.
解穿東郭履, 重漱子卿牙. 嶽潔宜晴牖, 梅遲任凍葩.

말이 보인다.

19 동곽(東郭)의~내맡겨 두네 이인상 자신에 대해 말한 것이다. "맑은 창"은 남산에 있던 이인상의 집인 능호관의 창을 말한다.

언 매화나무를 장난삼아 읊어 송사행에게 보이다

임술년(1742)

동쪽 군郡의 순장巡將[1]은 거문고 잘 타는데
그 집 뜨락에 한 분盆의 고매古梅 있었네.
원래 남의 집에서 앗아온 건데
옮겨 심은 지 세 해에 몇 송이 꽃 피웠네.
꽃 크고 잎 푸르며 향기가 안개 같아
값 따질 수 없는 명화名花라 나는 여겼네.
그대[2] 호방하여 사모하는 게 없는지라
붓 휘둘러 〈송오도〉松梧圖를 그려 줬었지.
그윽하고 어여쁜 모습 보며 세모歲暮를 달래려
능호관 추운 방에 매화나무 옮겨 놨었네.[3]
뭇 책으로 빙 둘러 살뜰히 돌봐
굽어 나온 푸른 가지[4] 대처럼 기네.

---

1 **순장(巡將)** 야간에 궁궐이나 도성 안팎의 경계를 맡아 지휘하는 임시직 군관.

2 **그대** 순장을 가리킨다.

3 **능호관~옮겨 놨었네** 『뇌상관고』 제4책의 「관매기」(觀梅記)에 다음과 같은 말이 보인다: "신유년(1741) 봄, 나는 순장(巡將) 성모(成某)의 매화나무를 뜰에 심었는데, 송자(宋子) 사행(士行)이 분(盆)에 심어 완상할 것을 권했다. 나는 비로소 동매(冬梅)가 미양(微陽)을 간직함을 중히 여기게 되었으나 집이 추워 나무가 개화하지 않았다. 임술년(1742) 겨울에도 개화하지 않아 사행이 우거하던 집으로 옮겨 놓았으며, 꽃이 피면 가서 완상하고자 하였다. 나는 장난 삼아 「동매편」(冬梅篇)을 읊어 꽃을 기록하였다."

4 **푸른 가지** 매화나무는 꼭 새 가지에서만 꽃이 핀다.

물 주며 보니 서늘한 밑동 쇠로 빚은 듯한데[5]
풀이 시들고 나뭇잎 지자 꽃눈이 생겼네.
꽃봉오리 가지에 맺혔는데 구슬을 셀만 해[5]
이 나무의 신골神骨 참 굳건하다 생각했네.
능히 주인과 추위를 함께했고
땔나무 빌려 와 꽃 피우는 것 부끄럽게 여겼지.[7]
모진 바람 불고 사나운 눈 마구 날릴 때
집이 추워 객客 드문 것도 개의치 않았네.
꽃이 더디나 만절晩節의 굳음 기다렸나니
가지가 얼 줄은 생각도 못했네.
꽃봉오리 말라붙어 아무리 물 줘도
슬프게도 봄 신神의 마음 볼 수 없구나.
겨울 추위 한창이라 하소연하기도 어려워
서글퍼 나도 몰래 속이 타누나.
깨진 분[8] 안고서 아침볕 기다리나
아침볕 비쳐도 그 힘이 미약하네.
깊은 방에 안고 들어와 화로 들이라 재촉하며
추위에 떠는 처자는 안중에 없네.
이 나무 심성이 따뜻함[9]을 탄식하나

---

5 서늘한~듯한데 오래된 매화나무의 밑동이 짙은 밤색을 띠며 울퉁불퉁한 게 견고한 양감(量感)을 느끼게 하기에 한 말.

6 구슬을 셀만 해 꽃봉오리가 많지는 않으나 드문드문 달린 것을 말한다.

7 땔나무~여겼지 방에 불을 때어 매화가 피게 하는 것을 말한다.

8 깨진 분 원문은 "破盆". 좋은 것이 못 되는 분(盆)이라는 뜻.

9 이~따뜻함 이 매화나무의 성품이 따뜻함을 좋아하여 추운 데서 꽃을 피우지 않는다는 말. 이인상은 매화나무가 본래 '냉성'(冷性)이어서 추운 데서 고고하게 꽃을 피운다고 생

차마 아녀자 따르며 굴욕을 받게 하리?
거듭 나의 가난을 말하노니 꽃과 더불어 듣고
이웃집[10]에 보낸다고 날 원망치 말라.
가지 살리고 꽃 피우는 것 너에게 일임해
나 장차 술 들고 달밤에 찾아가리.
그대는 보지 못했는가 절벽에 있는 고송古松의 잎 실과 같으나
서리와 눈 견뎌 내며 남에게 의지 않는 것을.[11]

戲賦凍梅示宋士行 壬戌

東郡巡將能彈琴, 庭有一盆古梅樹.
始從人家力奪歸, 根傷三年數花吐.
花大蕚綠香如霧, 我謂名花不論價.
念君豪情無所慕, 放筆爲作「松梧圖」.

각했다.

10 이웃집 송문흠의 집을 말한다. 이인상의 이 시와 관련된 시가 송문흠의 문집(『한정당집』 권1)에 보이니, 「이원령의 집이 추워 매화나무가 얼어 거의 죽게 됐으므로 나에게 보내 간직하게 했는데, 이듬해 정월 열하룻 날 비로소 두어 송이가 피었다. 마침 원령이 〈추기도〉(秋氣圖) 소폭(小幅)을 보내온지라 이 시를 써서 사례하고 아울러 내 집에 와서 매화를 완상할 것을 청하다」(李元靈屋冷, 梅樹凍殊死, 寄藏於余, 翌年正月十一日, 始放數朶. 適元靈寄小幅秋氣圖, 書此爲謝, 仍請來賞)가 그것이다. 이 시 역시 1742년에 창작되었다. 시를 소개하면 다음과 같다: "오늘 아침과 같은 기쁜 일 올해 처음이니/매화를 보며 그대의 그림을 펼치네/가을바람 혹 꽃을 해칠까 싶어/매화 가까이에 이 그림 못 걸겠구려."(今朝喜事今年始, 對著梅花展君畫, 秋風卻恐侵花損, 不向梅花傍近掛)

11 그대는~않는 것을 '소나무'는 이인상의 심의(心意)를 드러내는 중요한 사물이다. 이 점은 시와 그림이 동일하다.

借看幽豔慰歲暮，移置凌壺之寒舘.
繞以羣書密衛護，青條屈出琅玕長.
寒楂灌看銅銕鑄，草樹賈落花心生.
菩蕾綴枝珠堪數，我謂此樹神骨勁.
能與主人受寒冱，羞借東薪偸天功.
獰風虐雪任吼怒，屋寒不嫌人客疎.
花遲正待晩節固，不謂枝幹暗受凍.
英華已竭勞灌注，慘憺莫見東君心.
玄陰漠漠難告訴，悵然不覺中心煩.
擁將破盆迎朝昫，朝昫照之力猶微.
抱入深房催溫具，凍妻寒兒幷不顧.
却歎此樹心性暖，忍使屈辱隨婦孺.
重謝家貧與花聽，寄送鄰家莫我忤.
枝活花開一任汝，我亦攜酒乘月赴.
君不見絶巘古松葉如絲，凌霜忍雪絶依附.

필운대[1]에서 꽃구경을 하다. '곡'曲, '경'徑, '통'通, '유'幽, '처'處[2] 다섯 운을 써서 다섯 수를 짓다

1

시내를 건넜으나 먼 줄을 몰라[3]
산등성이 올라 골짝을 내려다보네.
성곽과 궁궐은 어찌 저리 그윽한지
산하山河는 절로 서로 이어져 있네.
온화한 바람 천지에 불고
온갖 초목엔 홍록紅綠이 섞여 있어라.
말과 수레 탄 이는 즐거운 꽃구경 다하고
남녀는 다투어 노래하누나.
꽃잎이 하룻밤에 지고 나니까
왕래하던 발자욱 뚝 끊어지네.
경물景物에 느껴 슬픈 마음 더하거늘
옛일을 생각하며 먼 눈으로 바라보네.
저물녘 장송長松에 기대었는데

---

1 필운대(弼雲臺) 인왕산(仁王山) 서쪽 기슭에 있다. 석벽에 남아 있는 '弼雲臺'라는 각자(刻字)는 이항복(李恒福)의 글씨라고 전한다.

2 '곡'(曲)~'처'(處) '곡경통유처'(曲徑通幽處)는 당나라 시인인 상건(常建)이 지은 「파산사의 뒤에 있는 선원」(破山寺後禪院)이라는 시의 제3구에 해당한다.

3 시내를~몰라 진(晉)나라의 혜원법사(慧遠法師)가 자신을 찾아온 도연명과 육수정(陸修靜)을 배웅하면서 이야기에 정신이 팔려 자기도 모르는 사이에 호계(虎溪)를 건넌 사실을 알고 세 사람이 크게 웃었다는 고사가 있다.

하인이 귀갓길 재촉해 길이 탄식하네.

2

냇물은 굽이져 마을을 흐르고
산은 깊어 꽃기운 어둑하여라.
술 취해 돌아가니 말 탄 줄도 모르거늘
방초芳草가 숲 속 오솔길 양편에 우거져 있네.

3

푸르스름한 아지랑이 아득하고
산들산들 멀리 바람이 부네.
향기가 바다 이룬 걸 정말 보나니
색즉시공色卽是空이란 말 못 믿겠구려.
새벽 산은 희미하게 푸른 하늘 나누고
석양은 반사되어 붉게 비치네.
천지가 넓어도 근심치 않노라
봄기운[4] 절로 사방에 퍼지니.

4

비 막 개니 초록 깊고 주홍은 새뜻
구름 낀 산 찾아가니 길 더욱 그윽.
해마다 꽃구경에 옛 동무 아닌데
봄날의 새 근심 달랠 술이 없어라.

---

4 봄기운 원문은 "淑氣". 봄의 온화한 기운을 뜻한다.

손잡아 이끌며 산중의 즐거움 잊지 못하고
모임과 흩어짐 함께하며 종일 노니네.
물은 멀고 산은 길어 가이없는데
안개 속 겹겹 나무 누각을 에웠네.

5
편편히 꽃잎 지니 머리가 셀 듯
말〔馬〕로 낙화 밟고 어찌 차마 가리.
내년 처음 꽃 필 때 또 함께하리니
숲에 모여 술 마시던 곳 기억하세나.

弼雲臺看花, 韻用曲、徑、通、幽、處賦五篇

度谿不知遠, 登岡俯崖谷. 城闕何窈窕, 山河自相屬.
和風吹乾坤, 萬卉交紅綠. 車馬窮懽賞, 士女競歌曲.
榮華一夕歇, 往來成陳躅. 感物增惋傷, 懷古延遐矚.
日暮倚長松, 永歎起我僕.

其二
流水曲通村, 山深花氣暝. 醉歸不省馬, 芳草夾林逕.

其三
漠漠含淸靄, 菲菲送遠風. 眞看香作海, 未信色成空.
曉岫微分碧, 斜陽返照紅. 不愁天地闊, 淑氣自流通.

其四

綠深紅淡雨初收, 行訪雲岡路轉幽.

每歲看花非舊伴, 一春無酒慰新愁.

提攜莫忘斯丘樂, 聚散須同盡日遊.

水遠山長望不極, 重重煙樹繞朱樓.

其五

片花落地頭堪白, 馬踏落花那忍去.

來歲共賞花開初, 記取林壇攜酒處.

김자[1] 치공[2] 만시挽詩 계해년(1743)

그 옛날 자화씨子華氏[3]와
그대의 청풍각淸風閣[4] 방문했었지.
사귐을 논함은 깊고 두터웠고
보내온 시는 맑고 가팔라 사랑스러웠지.
종이는 일본산 명품을 썼고
새로 빚은 술에는 매화를 띄웠지.
문묵文墨의 유희 질탕하여서
잗단 법도에 얽매이지 않았네.
이런 일이 어찌 다시 있으리?
벗들이 하나둘 사라져 가니.
그대와 시냇가 집에서 곡哭을 할 적에
눈물 그때 이미 말라 버렸네.
나 홀로 남아 꽃을 볼 테니

---

1 김자(金子) '자'(子)는 경칭.

2 치공(稚恭) 김숙행(金肅行, 1713~1743)을 말한다. '치공'은 그 자. 선원(仙源) 김상용(金尙容)의 후손으로 모주(茅洲) 김시보(金時保, 1658~1734)의 아들이다.

3 자화씨(子華氏) '자화'(子華)는 이하상(李夏祥, 1710~1744)의 자(字). 이인상의 사종(四從) 형제. 원래 경여(敬輿)의 현손이며 현지(顯之)의 아들인데, 경여의 동생 정여(正輿)의 증손인 중지(重之)의 양자로 들어갔다.

4 청풍각(淸風閣) 일찍이 김상용(金尙容)이 서울의 인왕산 아래 청풍동(淸風洞)에 지은 집인데, 주변의 바위에 "大明日月, 百世淸風"이라는 송시열의 글씨가 새겨져 있었다고 한다. 현재 이 바위는 개인 주택 담장 안에 있는데 "百世淸風"이라는 네 글자만 남아 있다.

어찌 차마 서곽西郭을 지나다니리.
대가大家[5]의 성쇠 시운時運에 달렸고
착한 이는 대개 명命이 박하네.
문충공文忠公[6]의 옛집에 있는
대나무는 장차 뉘게 맡기나?
산골짝 비어 여울물 흐느끼고
매화나무는 말라 비에 이끼 떨어지네.
시문詩文[7]과 더불어 죄다 흩어져
평생 한 일 적막하고나.
뜨락의 전나무 나눠 심었거늘[8]
물 주고 북돋우나 뿌리 약해 슬퍼하네.

金子稚恭肅行挽 癸亥

昔與子華氏, 訪君淸風閣. 論交頗深湛, 傳詩愛淸削.
名䑛出日東, 新釀泛梅萼. 爛漫文墨戲, 脫略規繩縛.
玆事那復有? 朋知轉蕭索. 與君哭泉舍, 涕淚亦旣涸.
留我獨看花, 那忍經西郭? 大家關時運, 善類多命薄.
文忠舊池舘, 竹樹將焉托? 澗虛風湍咽, 梅枯雨蘚落.
並與琳琅散, 寂寥平生作. 庭檜有分植, 灌培悲根弱.

---

5 대가(大家) 공경대부(公卿大夫)의 집안.
6 문충공(文忠公) 김상용을 가리킨다. '문충'은 그 시호.
7 시문(詩文) 원문은 "琳琅". 아름다운 시문이나 진기한 서적을 가리키는 말이다.
8 뜨락의~심었거늘 김숙행의 아들 이형(履亨)이 자식이 없어 양자를 들였기에 한 말이다.

여러 벗들과 달밤에 배를 띄우기로 약속했으나 그러지 못해 이윤지의 백석산방[1]에 모여 운을 나누어 시를 짓다

밤비에 연지蓮池는 그득하고
물결에 잠긴 푸른 산빛 기다랗고녀.
본래 너른 호해湖海 기약했으나
비로 인해 서늘한 석단石壇[2]에 오게 되었네.
길에는 연둣빛 풀이 돋고
숲에는 작은 꽃잎이 지네.
알괘라 산새가 고요함에 익숙한 줄
그대 곁에 와 모이를 쪼니.

與諸子約泛月, 不諧, 集李胤之白石山房分韻

夜雨荷塘滿, 涵波嶽翠長. 本期湖海濶, 因赴石壇涼.
徑草抽輕碧, 林花落細芳. 山禽知習靜, 飮啄就君傍.

---

1 백석산방(白石山房) 서대문 밖 서지(西池) 부근에 있던 이윤영의 담화재(澹華齋)를 말한다. 집 주위에 흰 바위가 있어 이런 이름을 붙였다. 바로 다음 시 「담화재에 모여 운을 나누어 짓다」의 제4구 "흰 바위를 쓸어 놓아 술 깨어 돌아오네"(掃來白石取醒歸)에 '흰 바위'〔白石〕라는 말이 보인다. 담화재는 1741년에 조성되었다. 이인상이 쓴 「담화재의 편액(扁額) 뒤에 윤지(胤之)를 위해 쓰다」(書澹華齋扁後爲胤之: 『뇌상관고』 제5책)의 "鑿崖開室"이라는 말로 보아 벼랑을 뚫어 방을 낸 것 같다.

2 석단(石壇) 이윤지의 백석산방에 있던 흰 바위를 말한다.

담화재에 모여 운을 나누어 짓다

그늘진 숲의 짧은 처마에 뜨거운 햇빛 이를 때
손을 머물게 해 술병 기울이니 흥興이 적지 않네.
파초를 심어 놓아 누워서 눈소리 듣고[1]
흰 바위를 쓸어 놓아 술 깨어 돌아오네.
해 기니 꽃이 연문延門[2] 지나[3] 다하고
못 고요하니 구름이 태화산太華山[4]으로 옮겨 가네.
이렇듯 호복간상濠濮間想[5]이 있어
물고기며 새와 함께 기심機心[6]을 잊네.

---

1 파초를~듣고 당나라 문인화가 왕유(王維)의 그림에 〈설중파초도〉(雪中芭蕉圖)가 있기에 한 말이다. 원래 파초는 가을에 잎이 다 져 '설중파초'란 있을 수 없는 것이지만 상상으로 그린 것이다.

2 연문(延門) 경복궁의 서쪽 문인 연추문(延秋門)을 가리키는 것으로 보인다. 연추문은 '영추문'(迎秋門)이라고도 불렸다.

3 지나 원문은 "度". 원주(原注)에 "'度'는 어떤 데는 '落'으로 되어 있다"라고 했다. '落'일 경우 '연문에 떨어져'라는 뜻이 된다.

4 태화산(太華山) 삼각산을 말한다. '화산'(華山)이라고도 한다.

5 호복간상(濠濮間想) 욕심이 없이 한가하게 자연을 즐기는 마음을 뜻한다. '호복'(濠濮)은 호수(濠水)와 복수(濮水)를 이른다. 『세설신어』(世說新語) 언어(言語) 제이(第二)의 "마음에 맞는 것이 꼭 먼 곳에 있는 것만은 아니니, 울창한 숲과 물에 문득 절로 호(濠)와 복(濮)에 와 있는 듯한 생각이 드노라. 새와 물고기가 스스로 찾아와 사람과 친해지는구나"(會心處不必在遠. 翳然林水, 便自有濠濮間想也. 覺鳥獸禽魚, 自來親人)라는 말에서 유래한다. 『세설신어』의 이 말은 장자(莊子)가 호수(濠水)의 다리 위에서 물고기가 노는 것을 보며 즐거워했고, 또 복수(濮水) 가에서 낚시질을 하면서 초왕(楚王)이 부르는데도 응하지 않았다는 고사에 근거를 두고 있다.

6 기심(機心) 명리(名利)나 이욕(利欲)을 추구하는 마음.

會澹華齋分韻

短檐陰樾薄炎暉，留客傾壺興不微.
栽得綠蕉聽雪臥，掃來白石取醒歸.
日長花度延門盡，潭靜雲移太華飛. 度一作落
卽此已存濠、濮想，潛魚游鳥與忘機.

근래 담재[1]가 게으름이 버릇이 되어 시를 폐했다고 들었는데, 홀연 보내온 두 편의 시는 천진난만하고 감정이 강개하여 자신을 슬퍼하는 마음과 지기知己의 말을 지극히 그려 내었다. 아! 시어의 아로새김만을 훌륭한 것으로 여기고 말을 참되게 하지 않는 자가 어찌 담재 시의 고원함을 알 수 있겠는가

1

창연히 홀로 앉아 참으로 일이 없어서
어쩌다가 한가히 읊어 시를 이뤘네.
뱃속에 든 시서詩書야 나를 좇아 폐한다 해도
세상 근심과 즐거움 그대가 아는 것 인정하노라.
거친 언덕에 홀로 누우니 봄구름이 얇고
늙은 나무 바라보니 흰 달과 어울리네.
술 마시면 법에 걸릴까 저어되나니
높은 다락 밝은 달 뉘와 기약할꼬.

—당시에 금주령이 있었기에 담재의 뜻에 답하다.

2

종적 감춰 사귐을 끊음이 어찌 가능하리?

---

1 담재(湛齋) 담존재(湛存齋) 이명익(李明翼, 1702~1755)을 가리킨다. 본서 127면 주2를 참조할 것.

서글픈 마음으로 애오라지 그대 시에 화답하네.
벼슬아치는 우양牛羊과 함께함을 허여했거늘[2]
나의 간담肝膽을 초목에게 알게 하리라.
세밑에 영지靈芝는 누굴 위해 피었나?[3]
꿈속에 황석공黃石公[4]을 만나 보려네.
뜻을 드러내나[5] 감히 점占은 못 치고
서글피 국화 보며 수심에 잠기네.

近聞湛齋習懶廢詩, 而忽寄二篇, 天眞爛漫, 而俯仰感慨, 極寫悼躬之懷、知己之語. 嗟乎! 以雕鏤爲工而不誠其辭者, 豈知湛齋之詩之高也

悵然孤坐眞無事, 偶爾閒吟亦有時.
腹裏詩書從我廢, 世間憂樂許君知.

---

2 **벼슬아치는~허여했거늘** 조정의 벼슬아치들이 오랑캐인 청(淸)을 이미 승인했다는 뜻. '우양'(牛羊)은 오랑캐를 비유한 말이다.

3 **세밑에~피었나** '영지'가 피는 것은 상서로운 일이 있을 조짐으로 받아들여졌기에 한 말이다. 본서 59면 주11 참조.

4 **황석공(黃石公)** 중국 전국시대의 선인(仙人). 『사기』 「유후세가」(留侯世家)에 다음과 같은 고사가 전한다. 장량(張良)이 진시황을 저격하려 했으나 실패하고 하비(下邳) 땅으로 달아나 숨었을 때, 거친 삼베옷을 입은 노인이 『태공병법』(太公兵法)이라는 책을 주며, "13년 뒤 너는 나를 보게 될 텐데, 제수(濟水) 북쪽 곡성산(穀城山) 아래의 누런 돌이 바로 나일세"(十三年, 孺子見我, 濟北穀城山下黃石, 卽我矣)라고 말했다. 그 후 장량은 과연 제수에서 누런 돌을 보게 되어, 이를 가지고 와 보물처럼 받들고 매년 제사를 지내 주었다. 여기서는 황석공의 고사를 끌어와 중원의 회복을 바라는 시인의 염원을 드러냈다.

5 **뜻을 드러내나** 원문은 "將心". 마음을 드러낸다는 뜻이다.

荒丘獨臥春雲薄，老樹留看皓月宜.
既恐一醺還抵罪，高樓明月與誰期.
　時有酒禁，答其意.

　其二
閉影息交那可得? 悲來聊復和君詩.
衣冠已許牛羊共，肝膽應教草木知.
歲暮紫芝爲誰秀? 夢中黃石與余期.
將心不敢煩龜策，悄對黃花一攢眉.

박달나무를 심다

나 처음에 집 없었는데
벗이 날 위해 지어 주었지.
처음엔 나무도 없었던 내 집
이제는 날로 무성해지네.
복사나무 버드나무 그늘 드리우고
대나무 오동나무 어긋버긋 자랐네.
남의 집 뜰에서 뿌리 나눠 와
물 주고 북돋우는 일 손수 했었지.
힘들다 여긴 것 하루만이 아니니
집 없던 시절 생각하면 부끄럽기만.
뜰을 점검해 마음에 안 차면
좋은 나무를 심기도 하고 잡초도 뽑았네.
오래된 이 박달나무는
뭇사람 힘을 다해 옮겨 심었지.
벗이 준 이 나무[1] 어찌 잊으랴?
그 자태 실로 곧고 굳어라.
드리운 꽃은 처마의 구름에 스치고
그늘은 서안書案을 맑게 하누나.
우뚝하니 홀로 서 남 의지 않고

---

1 벗이 준 이 나무 이 박달나무는 윤면동의 집에 있던 여러 박달나무 중 한 그루다.

기이하고 좋은 향 간직하였네.
내 마음 기뻐 영탄詠歎하노니
나의 이 뜻 벗은 알리라.

樹檀

我初居無屋，故人實營之．我屋初無樹，而今日華滋．
桃柳遂掩翳，竹梧交參差．分根自他園，灌培從手爲．
弊心非一日，良愧無屋時．點檢有不慊，嘉植或芟夷．
惟玆古檀樹，不遺衆力移．敢忘良朋貽？實抱貞固姿．
垂華拂檐雲，轉陰淸書几．亭亭絶依附，內含香芬奇．
詠歎怡我情，此意故人知．

담재가 보내온 시에 차운하다

짙은 구름 걷혔다 다시 덮힐 때
성곽의 남쪽 산[1] 바라다보네.
도道를 근심하니 이 몸이 중대하고
하늘을 믿으니 만사萬事가 한가롭네.
요순시절[2]은 봄 다한 곳이요
화이華夷는 취하여 잠이 든 사이네.[3]
길이 양홍梁鴻을 흠모하노라
관문關門 나가 다시는 안 돌아왔으니.[4]

次湛齋寄贈韻

密雲開復翳，注目郭南山．憂道玆身大，信天萬事閒．
黃虞春盡處，夷夏醉眠間．永慕梁夫子，出關遂不還．

---

1 **성곽의 남쪽 산** 남산을 말한다.
2 **요순시절** 원문은 "黃虞". 상고시대의 성인(聖人)으로 일컬어지는 황제(黃帝)와 순(舜)을 가리킨다.
3 **화이(華夷)는~사이네** 지금 오랑캐인 청나라가 중원을 점거하고 있는 것은 역사의 긴 시간에서 볼 때 일시적인 현상이라는 이인상의 생각이 반영되어 있지 않나 한다.
4 **길이~돌아왔으니** 양홍(梁鴻)은 후한(後漢)의 고결한 선비로 부인 맹광(孟光)과 함께 패릉산(霸陵山)에 은거했다. 어느 날 북망(北邙)으로 가다가 궁궐의 화려함을 보고 백성의 고통을 대변한 노래인 「오희가」(五噫歌)를 부른 뒤 도성을 떠나 돌아오지 않았다고 한다.

경복궁[1]에서 이 도사 사호씨[2] 형제와 만나 함께 짓다

땅 주위엔 솔바람 소리 늙었고
온 하늘엔 푸른 산빛이 흐르네.
봉황 새긴 벽돌에는 꽃잎이 날고
돌에 기린麒麟 새긴 도랑에는 풀이 깊고나.
따뜻한 바람 아직도 물에 불어와
붉은 해 누각 비추던 일 기억나누나.
선왕先王은 백성에게
대소臺沼[3]에서 봄놀이하는 걸 허락하셨지.

景福宮會李都事士浩時中氏兄弟共賦

匝地松聲老，滿天嶽翠流．飛花雲鳳磚，深草石麟溝．
風暖猶吹水，日紅憶當樓．先王有民庶，臺沼許春游．

---

1 **경복궁** 임진왜란 때 전소되어 고종 때 대원군에 의해 재건되었다.
2 **사호(士浩)씨** 이시중(李時中, 1707~1777)을 말한다. '사호'(士浩)는 그 자이며, 또 다른 자는 의백(宜伯)이다. 본관은 전주(全州)이다. 영의정 이유(李濡)의 손자이고, 현감 이현응(李顯應)의 아들이다. 아래로 동생 이명중(李明中, 1712~1789)과 이최중(李最中, 1715~1784)이 있다. 이명중은 자(字)가 상경(尙褧)으로 영의정 김재로(金在魯)의 사위이고, 이최중은 자가 인부(仁夫), 호가 위암(韋菴)으로 이조판서를 지냈으며 저술로 『위암집』(韋菴集)과 『환범옹만록』(換凡翁漫錄)이 전한다.
3 **대소(臺沼)** 경복궁의 대(臺)와 소(沼)를 말한다.

이 주부[1] 만시

오늘 새벽 바람과 이슬 서늘하더니
이노李老[2] 그만 세상을 하직했고나.
평생 단출한 미관微官[3]을 지냈고
빛을 숨긴 미전米顚이었지.[4]
조그만 재주조차 안 드러냈으니
그 누가 훌륭한 이름 전해 줄꺼나.
순박한 모습 예스러웠고
화평한 심성 순전純全하였네.
집 앞의 안개 낀 강물 아득하였고
짧은 섬돌의 국화는 아리따웠지.

---

1 이주부(李主簿) 이정언(李廷彥)을 말한다. 이봉환의 부친이며, 이인상 종고모할머니의 사위다. 숙종 39년(1713)에 진사시에 급제했으며, 영조 때 남부참봉, 장흥고 봉사, 선공감 직장, 예빈시 주부 등의 벼슬을 지냈다.

2 이노(李老) '노'(老)는 나이 든 이의 존칭.

3 단출한 미관(微官) 원문은 "伶官簡". '영관'(伶官)은 악관(樂官)을 뜻한다. 『시경』 패풍(邶風) 「간혜」(簡兮)의 모서(毛序)에, "「간혜」는 현자(賢者)를 등용하지 않음을 풍자한 시이다. 위(衛)나라의 현자가 영관으로 벼슬하고 있었는데, 모두 왕을 받들어 섬길 만했다"(「簡兮」, 刺不用賢也. 衛之賢者, 仕於伶官, 皆可以承事王者也)라는 말이 보인다. 그러므로 이 구절의 "簡"은 『시경』의 「간혜」라는 시와 연관이 있다. 하지만 이정언이 악관을 지냈던 것은 아니다.

4 빛을 숨긴 미전(米顚)이었지 미불(米芾)과 같은 재주가 있었지만 그걸 숨겼다는 말. '미전'(米顚)은 북송 때의 인물인 미불을 가리킨다. 서화에 능했고, 서화의 탁월한 감식가이기도 했다. 이정언에게 화벽(畫癖)이 있었음은 강백(姜栢)이 지은 「이정언 만시」(李美伯廷彥挽, 『愚谷集』 권6) 참조.

한 사람 겨우 탈 작은 낚싯배에서
술잔 들며 천명天命을 믿으셨다네.
강산의 풍속 천박하지만
빈천해도 전현前賢에 의지하였지.
미소지으며 『잠부론』潛夫論[5] 읽고
오연히 「걸식편」乞食篇[6]을 읊조렸었지.
하늘이 교성巧星[7]으로 임명하여서
궁한 귀신이 자리에서 잡아 이끄네.
학사學舍[8]의 새 얼굴에 서글퍼지고
분수汾水는 박토薄土를 그리워하네.[9]
슬퍼할 백발의 그 분은 없지만[10]
대를 잇는 자식은 있군.
곡하고 함께 돌아간 뒤엔

---

5 **『잠부론』(潛夫論)** 후한(後漢) 왕부(王符)의 저작으로 모두 36편 10권이다. 일생 동안 관직에 나가지 않았던 왕부의 울분과 정치에 대한 비판이 담겨 있다. '잠부론'이란 제명(題名)은 세상에 이름을 밝히고 싶지 않다는 뜻에서 붙여진 것이다. 왕충(王充)의 『논형』(論衡) 및 중장통(仲長統)의 『창언』(昌言)과 더불어 후한 시대의 가장 영향력 있는 학술 저작으로 꼽힌다.

6 **「걸식편」(乞食篇)** 도연명이 쓴 시로, 굶주린 자신에게 은혜를 베푼 어떤 사람에게 감사의 정을 표한 것이다.

7 **교성(巧星)** 천후(天后)를 이른다. 별의 하나로, 도교에서는 천후진군(天后眞君)을 가리킨다.

8 **학사(學舍)** 학생이나 생도들이 학업을 배우던 장소.

9 **분수(汾水)는~그리워하네** 예전 사람을 그리워한다는 뜻. 분수(汾水)는 산서성(山西省) 영무현(寧武縣)에서 발원하여 황하(黃河)로 흘러들어 가는 강인데, 황하와 합쳐진 후에는 산동성(山東省)의 비옥한 땅을 지난다. 따라서 박토(薄土)는 발원지인 산서성 영무현의 거칠고 메마른 땅을 지칭한다.

10 **슬퍼할~없지만** 백발의 이정언이 죽은 것을 이리 말했다.

하늘과 땅 곱절이나 쓸쓸하구나.
고인을 그리워한다 길이 말하나
누가 다시 새 무덤을 기억하리
눈물 흘리며 명정銘旌[11]을 씀은
통가通家의 옛 소년이어서라네.[12]

李主簿廷彦挽

今晨風露冷, 李老入重泉. 沒世伶官簡, 和光米氏顚.
曾無微伎見, 誰許盛名傳. 樸野貌仍古, 沖夷性固全.
前湖煙水濶, 短砌菊花鮮. 釣艇眞容我, 酒杯敢信天.
江山存薄俗, 貧賤賴前賢. 笑讀『潛夫論』, 傲吟「乞食篇」.
巧星宵有命, 窮鬼座相延. 學舍悲新面, 汾河戀薄田.
無人憐白髮, 有子托青氈. 歌哭同歸盡, 乾坤倍廓然,
永言懷故老, 誰復誌新阡. 泣涕書丹旐, 通家舊少年.

---

11 **명정(銘旌)** 원문은 "丹旐". 붉은 천에 흰 글씨로 죽은 사람의 관직이나 성명 따위를 쓴 조기(弔旗).

12 **통가(通家)의~소년이어서라네** '통가'는 선조 때부터 서로 친하게 사귀어 온 집안을 말한다. 이정언은 이인상 종고모할머니의 사위이다. 이인상이 옛날 소년 시절부터 이정언을 알았기에 이리 말했다.

매호[1] 유 처사[2] 만시

거친 모래의 흰이슬 가을하늘에 자욱한데
바닷가에 와 매옹梅翁[3]을 곡하네.
뇌우雷雨 소리 그치니 뭇 풀들 남아 있고
교룡蛟龍이 자취 감추자 깊은 못이 고요하네.
조종조祖宗朝에 키운 선비 이제 다 죽었으니
조야朝野의 유사遺史를 뉘라서 편찬할꼬?
실로 편언片言으로 포폄을 하였고[4]
식견 있어 『주역』 점[5]을 풀이했었지.[6]
시절이 태평하면 소옹邵雍[7]도 베개 높이 벴고

---

1 **매호(梅湖)** 원래 지금의 시흥시 매화동은 바닷가 인근 지역으로서 그 앞이 만(灣)이었던바, 이곳을 이르는 듯하다. 서해에 있는 만(灣)에 '호'(湖)라는 명칭을 붙인 예는 드물지 않다. 유처사(兪處士)는 이를 자신의 호로 삼았던 것 같다. 매호는 지금 매립되어 옛날의 흔적을 찾을 수 없다.

2 **유 처사(兪處士)** 유언길(兪彦吉, 1695~1743)을 말한다. 자는 태중(泰中)이고, 호는 매호(梅湖)이며, 진사 유택기(兪宅基)의 아들이다. 1717년(숙종 43) 생원시와 진사시에 모두 합격했다. 부친이 신임사화에 휘말려 유배지 홍원(洪原)에서 별세한 후, 세상에 뜻이 없어 매호에서 시와 술로 자오(自娛)하다 생을 마쳤다.

3 **매옹(梅翁)** 매호 유언길을 가리킨다.

4 **편언(片言)으로~하였고** '편언'은 간단하고 짤막한 글이나 말을 이른다. '포폄'의 원문은 "褒鉞"인데 선악이나 시비를 평가하는 것을 이른다.

5 **『주역』 점** 원문은 "瓊篿". 옛날 초(楚)나라 사람들이 신령한 풀을 엮고 댓가지를 꺾어 사람의 일을 점친 것을 '전'(篿)이라 하였다.

6 **실로~풀이했었지** 유언길이 그리했다는 말이다.

7 **소옹(邵雍)** 생몰년 1011~1077. 자는 요부(堯夫), 호는 안락와(安樂窩), 시호는 강절(康節). 주렴계(周濂溪)·정명도(程明道)·정이천(程伊川)과 함께 북송(北宋)의 대표적

세상이 혼탁하면 굴원屈原[8]도 신선을 배우려 했지.

가을 국화의 이슬 맺힌 꽃 홀로 먹었고

부용芙蓉의 가지 끝은 날 저물어 더위잡기 어려웠네.

제왕帝王의 공업功業이 적막한지라

풍화설월風花雪月[9]을 노래한 시도 쓸쓸하구려.

반평생 초동목부 속에 이름 감추고

죽는 날까지 나물국 앞에서 나라 걱정했네.

조정에선 조래徂徠[10]의 올바름 알지 못했지만

당론黨論 높여 도를 온전히 했네.

매화 몹시 사랑했어도 심은 적 없고

역상易象[11] 가만히 살폈어도 발설치 않았네.

삼광三光[12]이 빛을 잃자 캄캄한 어둠 슬퍼했고

만상萬象의 소멸 보고 일원一圓을 깨달았네.

홀연 심산深山에서 통곡할 생각하고

맑은 잠 깨어 한밤에 홀로 슬퍼했었네.

「오희가」五噫歌[13]를 부르니 길이 마음 괴롭고

철학자. 상수역학(象數易學) 관련 저서인 『황극경세서』(皇極經世書)와 시집 『이천격양집』(伊川擊壤集)이 전한다.

8 **굴원(屈原)** 원문의 "靈均"은 그 자(字).

9 **풍화설월(風花雪月)** 바람과 꽃과 눈과 달. 사계절의 경치를 두루 이르는 말.

10 **조래(徂徠)** 석개(石介)를 가리킨다. 송대(宋代)의 문신으로, 태자중윤(太子中允)을 지냈다. 부모를 걱정하여 몸소 조래산(徂徠山) 아래에서 밭을 갈고 『주역』을 공부하며 살았다고 하여 사람들이 조래선생(徂徠先生)이라 불렀다. 저서에 『조래집』(徂徠集)이 있다.

11 **역상(易象)** 『주역』의 괘상(卦象)이나 효상(爻象)을 가리킨다. 옛사람들은 시초(蓍草) 등으로 점을 쳐 괘와 효의 상(象)으로 시세의 운수를 예견했다.

12 **삼광(三光)** 해, 달, 별을 가리킨다.

13 **「오희가」(五噫歌)** 동한(東漢)의 양홍(梁鴻)이 지은 노래로 매구마다 '噫' 자가 나와 이

〈삼소도〉三笑圖[14]가 전해지니 사는 곳 본디 외졌네.
빈 골짝에 오두막 지어 길몽吉夢을 점쳤고
황폐한 이랑에 김을 매어 풍년을 이뤘네.
전가田家의 좋은 술 일만 말이고
군자의 아름다운 벼 삼백 묶음이었네.[15]
얼굴 좋게 하는 푸른 쌀밥[16] 있겠나마는
남의 동정 살 흰머리는 없었네.
택중澤中[17]의 궁한 선비[18] 서로 함께하고
두곡杜谷의 촌 늙은이[19] 즐겨 찾아왔었지.[20]

런 이름이 붙었다. 백성들을 수고롭게 하는 왕실의 사치를 탄식한 내용이다.

14 〈삼소도〉(三笑圖) 진(晉)의 도잠(陶潛)과 육정수(陸靜修)가 승려 혜원(慧遠)을 방문하였다. 이들이 돌아갈 때 혜원은 함께 이야기를 나누며 배웅했는데 그러다가 그만 호계(虎溪)를 건너 버렸다. 혜원은 호계를 건너는 법이 없었다. 그래서 세 사람은 크게 웃고 헤어졌다는 고사가 있다. 〈삼소도〉는 이 고사를 그린 그림이다.

15 군자의~묶음이었네 『시경』 위풍(魏風) 「벌단」(伐檀)에 "심지도 않고 거두지도 않고서/어떻게 벼 삼백 묶음을 차지했나?"(不稼不穡, 胡取禾三百廛兮)라는 구절이 있다.

16 푸른 쌀밥 원문은 "青精". 남천(南天)의 가지와 잎사귀로 낸 즙에 쌀을 담갔다가 쪄서 말리면 푸른색이 되는데 이것을 '청정반'(青精飯)이라 한다. 도가에서는 이것을 오래 먹으면 장수하고 낯빛도 좋아진다고 한다. 두보의 시 「이백에게 주다」(贈李白)에 다음과 같은 구절이 있다: "어찌 푸른 쌀밥 없을꼬/내 안색 좋게 하는."(豈無青精飯, 使我顏色好)

17 택중(澤中) 모산(茅山)을 가리키는 것으로 추정된다. '모산'과 '택중'(澤中)은 모두 '못 안'이라는 우리말의 차자 표기인바, 동일 지명일 것이다. 모산에 대해서는 앞에 나온 시 「성사의에게 화답하다」의 주(본서 24면 주2)를 참조할 것.

18 궁한 선비 이인상·장지중(張至中, 자 계심季心)·장훈(張塤, 자 자화子和)·성범조(成範朝) 등을 가리킨다. 이인상이 모산에서 농사지으며 어렵게 생활할 때 이들과 절친하게 지냈다.

19 두곡(杜谷)의 촌 늙은이 두곡정사(杜谷精舍)에 거주하던 장재(張在)를 가리킨다. 앞에 나온 「장 어르신의 「두곡정사에서 짓다」라는 시에 차운하여 부치며 적다」라는 시(본서 131면)를 참조할 것.

20 즐겨 찾아왔었지 원문은 "肯惠然". 『시경』 패풍(邶風) 「종풍」(終風)의 "종일 바람 불고 흙비 내리나/즐겨 찾아오네"(終風且霾, 惠然肯來)에서 따온 말이다.

닭 잡고 돼지 잡아 늘 정답게 지내며
농가農歌 어가漁歌 부르면서 오래들 머물렀지.
가련하다 황폐한 골짝에 풍아風雅[21]를 부쳤으나
공언空言[22]으로 성현聖賢을 질정하던 말 누가 허여할꼬?
해내海內의 형제 모두 뜻 커 쓰이지 못한 채
세월이 감을 꿈속에서 통곡했었지.
이제 만사가 물거품 됐지만
생전의 단심丹心은 수은처럼 빛나네.
종자기鍾子期[23] 죽으니 거문고 탈 일 없고
연릉군延陵君의 칼[24]은 누굴 위해 걸려 있나.
꽃 피는 아침이면 나의 능호관 찾아왔고
바다에 달 뜨면 배에다 술 싣고 기약했었지.
자동紫洞[25]의 아침노을 아름다웠고

---

21 풍아(風雅) 노래나 시를 가리킨다.

22 공언(空言) 논리적·이념적으로 포폄과 시비를 논한 말을 일컫는다. 이러한 용례는 사마천의 「태사공자서」(太史公自序)에 보인다. 이 단어는 본서 327면의 시 「감회. 이윤지에게 화답하다」(感懷. 和李胤之)의 제11수에도 보인다(본서 338면 참조).

23 종자기(鍾子期) 춘추시대 초(楚)나라 사람으로 백아(伯牙)의 벗이다. 그는 백아가 타는 거문고 소리를 듣고는 그 마음속까지 알았다고 한다. 백아는 종자기가 죽자 거문고의 줄을 끊어 버리고 더 이상 연주하지 않았다.

24 연릉군(延陵君)의 칼 연릉군은 오(吳)나라의 계찰(季札)을 가리키는데, 신의를 중히 여긴 인물로 유명하다. 계찰이 상국(上國)으로 사신 가는 도중에 서국(徐國)을 지났는데 그 나라 임금이 그의 칼을 보고는 갖고 싶어하므로 마음속으로 장차 주려고 생각하였다. 하지만 귀국할 때 서국에 들렀더니 그 나라 임금이 그 사이 죽었으므로 계찰은 칼을 무덤 옆의 나무에 걸어 두고 갔다고 한다.

25 자동(紫洞) 지금의 화성군 송산면 칠곡리 양지말 일대의 옛 지명이 자곡동(紫谷洞)인바, 여기를 가리키지 않나 생각된다. 지금은 부근의 만(灣)이 매립되어 옛 모습을 상상하기 어렵지만 당시는 바닷가의 땅이었다.

오산烏山[26]의 낙조는 어찌 그리 연면하던지.
심회 말한 후 칠성산七星山[27]에 절하려 하니
훔치는 눈물 방석천方石泉[28]에 더해지누나.
막막한 풍진에 금경禽慶과 상장尙長[29]처럼 지내자 약속했고
머리 희도록 완조阮肇와 유신劉晨[30]의 인연이었네.
만나고 헤어짐은 고금이 없거늘
누가 먼저 죽고 누가 뒤에 죽었는지 말해 뭐하리.
달빛 싸늘한 밤바다에서 경쇠 치나니[31]
봄산 어디메서 나란히 밭 간단 말가?[32]

---

26 오산(烏山) 오이도(烏耳島)를 가리킨다. 원래 육지에서 상당히 떨어져 있던 섬이었으나 일제강점기 때인 1922년 염전을 만들기 위해 이곳과 안산시 사이에 제방을 쌓은 뒤로 육지와 연결되었다. 섬 전체가 해발 72.9m를 최고봉으로 하는 낮은 야산으로 이루어져 있었으며 남북으로 약간 길게 늘어진 형상이었으나 지금은 주변의 바다가 매립되어 흔적을 찾기 어렵다. 현재의 행정구역상으로는 경기도 시흥시 정왕동에 속한다. 이인상 개인의 정신사에서 오이도는 남간(南澗), 구담(龜潭), 종강(鐘岡)과 함께 퍽 중요한 의미를 지닌다. 『능호집』 권4에 실려 있는 「매호의 또 다른 제문」(又祭梅湖文)에 "저는 오산(烏山)에 올라 공(公)이 옛적 노닐던 곳을 어루만져 보고"(余登烏山, 而撫公之舊游)라는 구절이 보인다(본서 하권 201면 참조).

27 칠성산(七星山) 미상. 매호(梅湖) 부근의 산으로 짐작된다.

28 방석천(方石泉) 미상. 매호 부근의 시내로 짐작된다.

29 금경(禽慶)과 상장(尙長) '금경'은 한(漢)나라 북해(北海) 사람. 자는 자하(子夏). 유생(儒生)으로서, 왕망(王莽) 밑에서 벼슬하지 않고 고결함을 지켰다. '상장'은 한나라 하내(河內) 조가(朝歌) 사람. 자는 자평(子平). 『주역』에 능했으며, 평생 벼슬하지 않고 은거하였다. 둘은 뜻이 맞아 오악(五嶽) 명산을 함께 노닐었다고 한다.

30 완조(阮肇)와 유신(劉晨) 둘 다 후한 때 사람. 약초를 캐러 함께 천태산(天台山)에 들어갔다가 선녀를 만나 즐겁게 지내다 돌아와 보니 이미 7대나 지났더라는 고사가 전한다.

31 밤바다에서 경쇠 치나니 세상이 어지러워져 현인이 은둔함을 말한다. 자세한 것은 본서 93면 주7을 참조할 것.

32 봄산~말가 『논어』 「미자」(微子)편에 "장저(長沮)와 걸닉(桀溺)이 나란히 밭을 갈았다"(長沮桀溺耦而耕)라는 말이 있다. 두 사람은 공자와 동시대의 은자였다.

한恨은 동적銅狄[33]에 의지해 천겁千劫을 가고
혼은 옥규玉虯[34]를 타고 우주를 돌아보리.
다못 포의로 정려鼎呂[35]를 높였으니
기이한 그 기운 의당 구름으로 화化할 테지.

梅湖兪處士彥吉挽

荒沙白露莽秋天, 來哭梅翁大海邊.
雷雨收聲餘衆草, 蛟龍斂跡閟玄淵.
祖宗養士今俱盡, 朝野遺乘孰謹編?
實有片言爲袞鉞, 曾持明見釋瓊篿.
時平邵子猶高臥, 世濁靈均欲學僊.
秋菊露華聊獨飮, 芙蓉木末暮難搴.
蕭條帝伯皇王業, 寥落風花雪月篇.
半世藏名樵牧裏, 沒身憂國菜羹前.
朝論未識徂徠正, 黨議惟尊有道全.

---

33 **동적(銅狄)** 동한(東漢)의 계자훈(薊子訓)은 신술(神術)을 지녔는데 일찍이 한 노옹(老翁)과 함께 장안(長安)에 있는 동적인(銅狄人: 청동으로 만든 적인狄人 형상)을 쓰다듬으며, "이걸 주조하는 걸 본 지 이미 오백 년이구나"라고 했다는 고사가 있다.

34 **옥규(玉虯)** 옥(玉) 재갈을 한 용마(龍馬). 「이소」(離騷)에 "옥 재갈을 한 네 필의 용마를 몰며 봉황에 올라타/문득 먼지 바람 날리며 위로 올라가도다"(駟玉虯以乘鷖兮, 溘埃風余上征)라는 구절이 있다.

35 **정려(鼎呂)** '구정대려'(九鼎大呂)의 준말로, 나라의 보기(寶器)를 가리킨다. 구정(九鼎)은 하(夏)나라 우왕(禹王)이 구주(九州)의 쇠를 모아 주조한 9개의 솥으로 하(夏)·은(殷)·주(周) 삼대(三代)에 걸쳐 전한 보물이고, 대려(大呂)는 주(周)의 종묘에 있던 대종(大鐘)이다. 여기서는 명나라를 암유(暗喩)하는 말로 쓰였다.

苦愛梅花曾不種，潛觀易象莫須傳.
三光晦蝕悲純黑，萬象磨礱悟一圓.
忽向深山思痛哭，獨悲中夜警淸眠.
「五噫歌」發心長苦，「三笑圖」傳地故偏.
空谷結廬占吉夢，荒畦鋤草有豊年.
田家美酒十千斗，君子嘉禾三百廛.
豈有靑精使我好，曾無白髮受人憐.
澤中窮士惟相與，杜谷村翁肯惠然.
雞社豚壇頻款曲，農謳漁唱共留連.
可憐荒谷寄風雅，誰許空言質聖賢?
海內弟兄俱濩落，夢中歌哭日推遷.
秖今萬事歸泡幻，宿世丹心照汞鉛.
鍾子琴亡無處鼓，延陵劒在有誰懸.
花朝訪我凌壺觀，海月留期載酒船.
紫洞明霞深窈窕，烏山落照極聯綿.
陳辭欲拜七星嶂，抆淚應添方石泉.
漠漠風塵禽慶約，星星鬢髮阮、劉緣.
極知離合無今古，更道存亡孰後先?
寒月此宵擊磬海，春山何處耦耕田?
恨憑銅狄經千劫，魂駕玉虯覽八埏.
直是布衣尊鼎呂，猶應奇氣化雲煙.

가을밤에 신자익을 능호관에 머물러 자게 하며 함께 짓다

남쪽 골짝 방아 찧는 소리 밤에 더욱 울리는데

북성北城[1]에 은하수 도는 걸 누워서 보네.

추운 산에 낙엽 져 마음이 아스라한데

흰 이슬의 노란 국화 눈에 가득 환하네.

어찌하면 옛사람처럼 외론 등불 함께해

맑은 달 기다리며 술잔을 들꼬.

가을 회포 있어 「의란조」猗蘭操[2]에 화답코자 하니

갑匣 속의 칼과 서안書案의 책이 불평을 발하네.

秋夜留申子翊宿凌壺觀共賦

南洞舂杵夜猶鳴, 臥看星河轉北城.

寒山落木將心迥, 白露黃花滿眼明.

安得古人共孤燭, 待來淸月把深觥?

秋懷欲和「猗蘭操」, 匣劒牀書動不平.

---

1 **북성(北城)** 북한산성.

2 **「의란조」(猗蘭操)** 거문고의 곡조 이름. 때를 만나지 못한 것을 슬퍼하는 내용으로 공자가 지은 것이라 전한다. 공자는 위(衛)나라에서 노(魯)나라로 돌아온 후, 골짜기에 향란(香蘭)이 홀로 우거져 있는 것을 보고 "난초는 왕자(王者)의 향(香)인데 이제 홀로 우거져 뭇 풀들과 섞여 있구나"(蘭當爲王者香, 今乃獨茂, 與衆草爲伍)라며 탄식하고는 수레를 멈추게 해 거문고를 타면서 자신이 때를 만나지 못한 것을 향란에 가탁하여 슬퍼했다고 한다.

우연히 써서 송사행에게 보이다

1

고상하기 노중련魯仲連[1] 같아 벗으로 허여하나
주자朱子 같은 분 안 계시니 누굴 스승 삼나?
문득 빈 산의 돌 어르신께 절하고[2]
백화百花며 시조時鳥랑 함께하누나.

2

창窓을 하나 더 냈다 웃지 마소 그대
밤에 누우면 바람 소리 많아 잠에서 깰 거라고.
일천 봉우리에 달 뜨면 눈 오는 밤에 어울리고
백화가 향기를 봄하늘에 보낸다오.

3

새벽달과 잔성殘星의 빛 뚝뚝 듣는 듯하더니만
하늘 가득 붉은 해 돋아 점점 따뜻해지네.

---

1 노중련(魯仲連) 전국시대 제(齊)나라의 지조 높은 고사(高士). 글로 연(燕)나라 장수를 항복시키는 공을 세워 제나라 왕이 벼슬을 내렸으나 나가지 않고 해상(海上)에 숨었다. 여기서는 송문흠을 비유한 말.

2 돌 어르신께 절하고 원문은 "拜石丈". 송나라 화가 미불(米芾)의 고사를 말한다. 미불이 고을 수령이 되어 처음 관아에 이르렀을 때 거기에 있는 입석(立石)이 자못 기이한 것을 보고는 좌우의 사람들로 하여금 절을 하게 했으며, 매양 '돌 어르신'〔石丈〕이라고 불렀다고 한다. 이에 연유하여 흔히 기이하게 생긴 돌을 '석장'(石丈)이라고 한다.

참새는 덤불에서 짹짹거리고
산인山人[3]은 잠에 빠져 삽짝이 닫혔네.

4
땅이 새카매져 먼지만 폴폴
하늘이여 신년新年에 눈 내리소서.
열흘간 따순 바람 내 뜰에 불어
한 송이 꽃 사라질 때마다 눈물 떨구네.

偶書示宋士行

高似魯連堪許友, 世無朱子孰爲師?
便向空山拜石丈, 百花時鳥與余期.

其二
更添一牖君休笑, 夜臥多風警睡眠.
千嶂月來宜雪夕, 百花香送向春天.

其三
淡月殘星光欲滴, 滿天紅旭漸生暄.
雀喧已在叢薄裏, 牢睡山人不開門.

---

3 산인(山人) 이인상 자신을 가리킨다.

其四

下土昏黑更多塵, 願天經年六花墜.

十日瀜風吹我庭, 一花銷盡一垂淚.

송자[1]의 집에서 눈이 온 뒤에 내키는 대로 쓰다. 장구長句[2]

시월에 우레와 비 사납더니만
동짓달[3] 돼도 눈은 내리지 않네.
홀로 남쪽 창 열고 부질없이 탄식하며
따스한 숲에 꽃 필까 봐 걱정했었네.
오늘에야 하늘이 첫눈을 내려
바람도 없이 눈 자욱하네.
소리 없이 펄펄 눈은 내려서
옥가루 쌓아 아름다운 세계 만들었구나.
신이한 공력 두루 미치니 즐거움이 없을쏜가?
차가운 소나무와 푸른 대는 기운 더욱 매섭고[4]
작은 풀은 감히 새싹 틔우지 못하네.
일어나 삼각산 보며 탄성을 발하거늘
새하얀 일만 봉우리 허공에 우뚝하네.
인근의 벗과 기약해 말 타고 가서
구리솥에 나물 데치고 술잔을 씻네.
취한 뒤 초승달 동방에 돋으니
온 천지 희어 마음까지 깨끗하네.

---

1 **송자(宋子)** 송문흠을 가리킨다.
2 **장구(長句)** 칠언고시(七言古詩)를 일컫는 말이다.
3 **동짓달** 원문의 "黃鐘"은 음력 11월의 별칭이다.
4 **차가운~매섭고** 이 구절은 이인상의 그림 〈설송도〉(雪松圖)를 떠올리게 한다.

차가운 달빛 처마 밑의 구기자나무 비추니
굽은 쇠 같은 늙은 가지 하얗게 빛나네.
처마 돌며 밤새 시 읊으면서
한기寒氣 입에 사무쳐도 아랑곳 않네.
두 손으로 가득 눈을 쓸어서
바람과 달에 둥글게 뭉쳐 가늘게 씹노라.
위장을 씻는 그 즐거움 어떠한가?
현주玄酒와 대갱大羹[5]은 비교도 안 되고
분분한 속인俗人이 여름 벌레처럼 보이네.[6]
오늘 밤 하늘의 운행 바름을 얻어
맑고 엄한 일기一氣[7]가 탁기濁氣를 쓸어내네.
문득 일어나 서늘한 매화나무 아래 춤을 추면서
거친 시詩 크게 휘갈겨 써 산을 흔들고 싶어라.[8]

---

5 **현주(玄酒)와 대갱(大羹)** '현주'는 제사 때 술 대신 올리는 맑은 물이고, '대갱'은 고대의 제사 때에 쓰던, 간을 하지 않은 육즙을 말한다.

6 **여름 벌레처럼 보이네** 여름 한철밖에 살지 못하는 벌레는 겨울에 어는 얼음이 어떤 것인지 알지 못한다. 흔히 식견이 좁고 견문이 부족해 고루한 사람을 가리킬 때 쓰는 말이다. 『장자』「추수」(秋水)에, "여름 벌레에게 얼음을 말할 수 없는 것은 때에 구속되어 있기 때문이다"(夏蟲不可以語於冰者, 篤於時也)라는 말이 보인다.

7 **일기(一氣)** 천지의 원기(元氣). 천지의 광대한 기운.

8 **거친~싶어라** 이인상의 시고(詩稿) 묵적(墨跡)이 현재 몇 편 전하고 있다. 박희병, 『능호관 이인상 서화평석 2: 서예편』 중 '유행주귀래, 여김자신부부'(游杏州歸來, 與金子愼夫賻), '회담화재분운'(會澹華齋分韻), '춘일동원박·자목 방담화재'(春日同元博、子穆訪澹華齋), '과운봉여은치'(過雲峰如恩峙), '익일여제공입북영'(翼日與諸公入北營), '탁락관소집'(卓犖觀小集), '이화'(移花) 등 참조.

宋子堂雪後漫書. 長句

孟冬十月雷雨惡, 黃鐘已動雪不作.
獨開南牖坐歎息, 直愁陽林吐華蕚.
今日皇天初下雪, 微風不起雪漠漠.
雰霏密灑寂無聲, 堆瓊積玉窮雕琢,
神功普遍得無樂?
寒松碧竹氣彌烈, 微草不敢動甲坼.
起望北山便叫奇, 萬峰皚皚參廖廓.
騎馬走赴隣朋期, 銅鼎煮蔬洗石爵.
醉後微月出東方, 六極晶瑩心魄濯.
寒光轉映枸杞檐, 老榦屈鐵光嚼皪.
巡檐永夜吟不輟, 不愁寒凍透齦齶.
雙手掃得瓊粉多, 團風摶月仍細嚼.
濯腸浣胃樂何如?
玄酒大羹功力薄, 俗子紛紛夏蟲若.
此夜天時眞得正, 一氣肅爽刷氛濁.
便欲起舞寒梅下, 麤詩大筆撼山嶽.

송사행이 보낸 시에 이르기를,

"월왕의 회잔어[1] 은화[2]처럼 어지럽고
남쪽땅 쌀[3]은 설색雪色에다 향기로워라.
게다가 국맛을 낼 옥비玉妃가 있으니[4]
그대 기다려 흰밥을 맛봤으면 하네."[5]

라 하였으니, 내가 빙백어[6]와 흰밥을 좋아하기 때문이다. 또 조갱調羹[7]으로써 부른 것은 송나라 사람의 희어戲語를 쓴 것이다.[8] 내가 요즘 눈〔雪〕을 먹고 잣을 쪄 먹어 장신臟神[9]의 하소연을 들을까 걱정이므로 송사행이 보낸 시에 화답하여 한 번 웃는다

---

1 **회잔어(鱠殘魚)** 원문은 "殘膾"인데, 회잔어(鱠殘魚), 즉 은어(銀魚)를 가리킨다. 중국 오(吳)나라 왕 합려(闔閭)가 생선회를 먹은 후 그 남은 것을 강에다 버렸는데 그것이 이 물고기로 화(化)했다는 전설이 있어 '회잔어'(鱠殘魚)라는 이름이 붙었다. "월왕"(越王)은 곧 오나라 합려를 가리킨다.

2 **은화(銀花)** 인동덩굴의 흰 꽃을 말한다.

3 **쌀** 원문은 "長腰"인데, 쌀을 일컫는 말이다.

4 **게다가~있으니** 송문흠이 자신의 집 분매(盆梅)가 핀 것을 장난스럽게 표현한 말이다. 원문의 "玉妃"는 매화를 뜻하는 말이고, "和羹手"는 조갱수(調羹手)와 같은 뜻인바 국의 맛을 내는 데 쓰는 매실을 가리키는 말이다.

5 **월왕(越王)의~하네** 이 시는 송문흠의 『한정당집』 권1에 「편지로 이원령을 부르다」(簡邀李元靈)라는 제목으로 실려 있다.

6 **빙백어(氷白魚)** 은어의 다른 이름.

7 **조갱(調羹)** 국의 맛을 낸다는 뜻인데, 매화를 가리킨다. 매실의 신맛이 국의 맛을 낸다고 해서 생긴 말이다. 원문에는 '調'가 '設'로 되어 있는데, 글자 모양이 비슷해서 생긴 착오다.

8 **조갱(調羹)으로써~것이다** 『양송명현소집』(兩宋名賢小集) 권270에 수록된 강기(姜夔)의 「기상장참정」(寄上張參政)이라는 시의 제1·2구가 "姑蘇臺下梅花樹, 應爲調羹故早開"이며, 또 같은 책 권295에 수록된 시추(施樞)의 시 「화유사화모군옥송묵매운」(和庾使和毛君玉送墨梅韻)의 제7·8구가 "春在小窓横幅裏, 調羹深意許誰知"이다.

9 **장신(臟神)** 위장(胃腸)을 말한다.

차가운 차[10] 씹어 먹으니 눈꽃이 희고
고반苦飯[11]을 많이 찌니 잣잎이 향기롭네.
알괘라 수척한 몸에 궁상 읊으니
은어회와 흰밥으로 나를 맞아 대접하려 함을.

宋士行寄詩曰: "越王殘鱠銀花亂, 南土長腰雪色香. 更有玉妃和羹手, 請將晶飯待君嘗." 爲余嗜氷白魚·白精飯. 又調[12]羹以速之, 用宋人戲語也. 余近嚼雪蒸栢, 恐被臟神之訴, 和寄一笑

冷茶嚼盡雪花素, 苦飯蒸多栢葉香.
極知瘦骨賦窮相, 銀鱠玉炊訝許嘗.

---

10 **차가운 차** 원문은 "冷茶". 여기서는 눈[雪]을 뜻한다.
11 **고반(苦飯)** 잣을 찐 것을 가리키는 말이다.
12 **調** 원문에는 "設"로 되어 있다.

송사행을 위해 부채에 〈산거도〉를 그리고, 홍양지[1]와 함께 연구聯句[2]를 지어 부채에다 썼다. 구절마다 운을 붙였는데 유창한가 난삽한가에 구애됨이 없이 그림 속의 한 사물도 빠뜨리지 않고 읊는 것을 규칙으로 삼았다. 그림의 세밀하기는 실낱 같았고, 글자의 세밀하기는 깨알 같았다[3]

묘경妙境[4]에 마음이 움직여
고상한 뜻 은자隱者에 향하네. -양지
가슴에 품고 일천 봉우리에 이르매
누대를 한 점 티끌에 부쳤네. -사행
깊은 곳 찾으니 구름이 지척이고
멀리 건너도 바다는 가이없구나. -원령[5]
구혈仇穴[6]이 말로 전함은 망녕된 게 아니요

---

1 홍양지(洪養之) 홍자(洪梓, 1707~1781)를 말한다. '양지'(養之)는 그 자. 본관은 남양(南陽)이다. 1753년(영조 29) 문과에 급제한 후 정언·수찬·대사간·승지·대사헌을 역임하였다. 담헌 홍대용의 종백부이고, 미호 김원행의 처남이다.

2 연구(聯句) 두 사람 혹은 그 이상의 사람이 한 구(句)나 여러 구를 차례로 돌아가며 읊어 완성한 시.

3 이 시는 송문흠의 『한정당집』에도 실려 있다. 『한정당집』에는 이 연구가 1743년(영조 19)에 창작된 것으로 명기되어 있다.

4 묘경(妙境) 그림의 묘한 경지.

5 원령 이인상의 자(字).

6 구혈(仇穴) '구지혈'(仇池穴)을 말한다. 중국의 태주(泰州)에 있다는 복지(福地)로, 피세(避世)할 만함이 도원(桃源)과 같다고 전한다. 두보의 「태주잡시(泰州雜詩) 20수」의 제17수에 "萬古仇池穴, 潛通小有天. 神魚人不見, 福地語眞傳"이라는 구절이 보인다.

도원桃源에 앉아 정신을 소일하네.-양지
골짜기 굽어 도니 땅이 기이한 줄 알겠고
봉우리 아스라해 하늘과 가까운가 의심하네.-사행
야인野人의 옷에 옛 법이 남아 있고
숲의 꽃이 따로 봄을 기록하네.-원령
골짝의 맑은 바람소리 은은하고
뜨락의 녹음에 꽃다운 자리 깔았네.-양지
석상石床에는 연꽃 기운 향기롭고
차 끓이는 화로는 잣나무 곁에 있네.-사행
빈 못은 한 개의 거울처럼 환하고
허공의 폭포에는 두 개의 띠가 드리워 있네.-원령
초동樵童은 멀리 있어 저녁 노래 수고롭고
절은 높아 새벽 종소리 운치가 있네.-양지
언덕의 서리 단풍에 쌓이고
원림園林에 부는 바람 송죽松竹을 에워싸네.-사행
암혈巖穴의 집은 사립문 닫혀 있고
안개 낀 소로小路에는 지나가는 수레 적네.-원령
산 높고 물 맑아 홀로 즐거우니
살림살이 가난타 말하지 마오.-양지
학은 춤추다가 숲에 머물고
사슴을 타고 가다 풀에서 쉬네.-사행
마음을 길러 꿩 좇아 샘물 마시고
덕을 숨겨 용龍처럼 나는 걸 사양하누나.-원령
깊은 띠집에 편안히 앉아
갈건葛巾[7]도 안 쓴 채 먼 곳을 보네.-양지

시를 지어 종에게 들려주고

술로 시내의 손을 맞네. -사행

자욱이 구름 흘러 산을 두르고

뾰족뾰족 석순石筍이 솟아 있고나. -원령

산빛은 옥덩이를 품고

시내의 무지개는 보물을 감추었네. -양지

하는 일은 고작 소를 치는 일

무심하니 새와 친해지네. -사행

내관內觀하여[8] 나를 잊나니

현묘한 이치는 환幻이지 진眞이 아닐세. -원령

복지福地라 신령도 꺼리고

온전한 그 공력功力 조물주도 화를 내네. -양지

회남淮南에선 여전히 개를 쫓고[9]

화서華胥[10]에는 아직도 유민遺民이 있어라.[11] -사행

선침仙枕[12]이 산하에 숨겨져 있고

---

7 **갈건(葛巾)** 갈포로 만든 두건. 흔히 '갈건야복'(葛巾野服: 갈건과 베옷)이라 하여 처사나 은자의 의관을 일컫는 말로 쓴다.

8 **내관(內觀)하여** 원문은 "冥觀". 자기 자신의 마음을 고요히 응시하는 것을 말한다.

9 **회남(淮南)에선~쫓고** 회남의 개가 짖으면 뭇 닭들이 따라 운다는 중국의 옛 전설이 있다.

10 **화서(華胥)** 전설상의 태평한 나라 화서국(華胥國)을 말한다. 황제(黃帝)가 낮잠을 자다가 꿈속에 화서국에서 놀며 태평한 광경을 보았다는 고사가 있다.

11 **회남(淮南)에선~있어라** 〈산거도〉 속 인물이 태평스럽게 잠을 자고 있음을 가리킨 말이다.

12 **선침(仙枕)** 유선침(遊仙枕)을 말한다. 당(唐) 현종(玄宗) 때 구자국(龜茲國)에서 베개 하나를 진상했는데, 그걸 베면 선인(仙人)이 사는 십삼주(十三洲)와 삼도(三島)가 모두 꿈속에 보여서 '유선침'(遊仙枕)이라 했다고 한다.

신루神樓[13]엔 일월이 새롭네. -원령

드넓은 우주에 노닐 것 없이

여기서 순박한 기운 보존해야지. -양지

무성한 나무 보니 집 지어 살고 싶고

빈 배를 대하니 나루가 어딘지 묻고 싶어라.[14] -사행

만나서 나누는 말에 도타운 정 부쳤고

말없이 마주하니 은둔을 배우게 되네. -원령

오吳 땅에서 음악 찾은 건 오래된 일인데[15]

거문고 숭상해 그 타는 소리 자주 들리네. -양지

가을 날씨 다시 더워 괴로울지언정

해와 서로 친해짐을 깨닫게 되네. -사행

움츠리고 폄에 우리 도道 잘 보전하여

앞날에 천명天命을 믿어 보세나. -원령

---

13 신루(神樓) 명(明)나라 가정(嘉靖) 연간의 인물인 유린(劉麟)의 고사. 유린이 벼슬을 그만두고 집에 있은 것이 30여 년인데 만년에는 누각에서 지내기를 좋아했다. 하지만 누각을 지을 힘이 없었으므로 들보 모퉁이에 가마를 매달아 놓고 그 속에 누워 지내면서 그것을 '신루'(神樓)라고 이름했다고 한다. 문징명(文徵明)이 이를 그림으로 그려 유린에게 보낸 일이 있다.

14 나루가 어딘지 묻고 싶어라 본서 52면 주4를 참조할 것.

15 오(吳) 땅에서~오랜데 백거이(白居易)의 고사. 백거이가 심양(潯陽)의 강주사마(江州司馬)로 좌천되어 가 있을 때 비파를 연주하는 한 기구한 여인을 만난 적이 있다.

爲宋士行, 扇上作「山居圖」, 與洪子養之梓題聯句以記之. 逐句拈韻, 不拘夷澀, 以不漏畵中一物爲令. 畵細如絲, 字細如豆

靈襟運妙境, 雅意嚮幽人. 養

懷袖赴千嶂, 樓臺寄一塵. 行

冥尋雲不隔, 極涉海無濱. 靈

仇穴傳非妄, 桃源坐送神. 養

洞[16]回知地異, 峰迴訝天鄰. 行

野服應存古, 林[17]花別紀春. 靈

峒陰隱泠珮, 庭綠薦芳茵. 養

石榻薰荷氣, 茶爐近柏身. 行

虛池開一鑑, 空瀑拖雙紳. 靈

樵遠勞歌夕, 寺高韻磬晨. 養

岸霜貯楓檞, 園籟鎖松筠. 行

巖構屛衡木, 煙蹊[18]少過輪. 靈

泓峥輸獨樂, 經濟未云貧. 養

舞罷林停鶴, 騎餘草歇麢. 行

頤神隨雉飮, 潛德謝龍伸. 靈

燕坐深茅棟, 遐觀岸葛巾. 養

詩應聽山僕, 酒爲迓溪賓. 行

杳瀰雲淙繞, 嶙峋石筍陳.[19] 靈

---

16 洞　송문흠의 『한정당집』에는 "溪"로 되어 있다.

17 林　『한정당집』에는 "蹊"로 되어 있다.

18 蹊　『한정당집』에는 "橋"로 되어 있다.

19 杳瀰雲淙繞, 嶙峋石筍陳　『한정당집』에는 "風臥堪號柳, 雲眠豈姓陳"으로 되어 있다.

嵐光看抱璞, 川蜺識藏珍. 養

有事惟牛牧, 無心定鳥馴. 行

冥觀吾喪我, 竗諦幻非[20]眞. 靈

福地神靈諱,[21] 全功造化嗔. 養

淮南仍驅犬, 華胥尚遺民. 行

偎枕山河秘, 神樓日月新. 靈

未須游汗漫, 卽此葆厖[22]淳. 養

密樹思因屋,[23] 虛舟欲問津. 行

寤言托[24]情素, 玄對學沈淪. 靈

吳壁尋聲久, 宗琴撫響頻. 養

寧勞秋再熱, 但覺日相親. 行

舒卷存吾道,[25] 前期信大匀. 靈

---

20 非 『한정당집』에는 "歸"로 되어 있다.

21 諱 『한정당집』에는 "護"로 되어 있다.

22 葆厖 『한정당집』에는 "保眞"으로 되어 있다.

23 密樹思因屋 『한정당집』에는 "嘉樹思仍屋"으로 되어 있다.

24 寤言托 『한정당집』에는 "冥棲託"으로 되어 있다.

25 吾道 『한정당집』에는 "丘壑"으로 되어 있다.

설날 아침에 종묘의 제사를 마치고 집에 돌아오니 송자[1]가 잣술과 생선젓을 보내왔다. 등불을 대하여 한번 취하매 문득 가는 세월에 대한 유감이 풀렸다. 또 들으니 전날 저녁에 행주[2]의 김신부[3]가 손수 쓴 「태극도」를 보냈다고 한다. 마침내 시 한 수를 지어 두 군자의 후의에 감사드린다 갑자년(1744)

설날 아침에 좋은 선물 받았으니
편지 한 통과 술 한 병이라.
송자宋子는 근심 많은 나를 걱정해서고
김자金子는 공부 거친 나를 경계해서지.
작은 해서楷書로 빽빽이 쓴 글씨 힘이 넘치고[4]
찬 샘물로 빚은 술은 송유松腴[5]가 분명하다.

---

1 송자(宋子) 송문흠.

2 행주(杏洲) 현 경기도 고양시 덕양구 행주외동 일대. 부근에 행주산성이 있다. 행주의 봉정(鳳汀: '鳳頂'이라고도 표기함)에 김근행의 조부인 김성대(金盛大)가 세운 유사정(流沙亭)과 김근행의 백씨(伯氏) 김현행(金顯行, 1700~1753)이 건립한 연체당(聯棣堂)이 있었다. 한편 김근행은 1742년 가을에 봉정에 새로 초당을 하나 지어 '고심정'(古心亭)이라 이름 하였다. 김근행, 『용재집』(庸齋集) 권1의 「오동나무 아래에 모옥(茅屋)을 새로 짓다」(梧下茅屋新成)라는 시 참조.

3 김신부(金愼夫) 김근행(金謹行, 1713~1784)을 말한다. '신부'(愼夫)는 그 자. 또 다른 자는 상부(常夫). 호는 용재(庸齋), 본관은 안동이며, 김시서(金時敍)의 아들이다. 1740년 진사시에 합격했으며, 김포 군수와 인천 부사를 지냈고, 경전에 밝아 세마(洗馬)에 천배(薦拜)된 바 있다. 이인상이 20대 초반 이래 교유해 온 벗이다.

4 힘이 넘치고 원문은 "送銀鉤". '은구'(銀鉤)는 서법(書法)이 강경(剛勁)함을 일컫는 말이다.

5 송유(松腴) 송진. 이것을 단약(丹藥)으로 정제하여 먹으면 장수한다고 한다.

소옹邵雍[6]의 태화탕太和湯[7]보다 훨씬 낫고

주렴계周濂溪의 「태극도」太極圖를 분변해 알겠네.

후의에 느꺼워 감사하고서

책상 쓸고 조금 마신 후 길이 탄식하네.

슬프다! 삼 년 동안 옛 책 폐했고

하루도 기쁘게 즐긴 일 없으니.[8]

국화는 많으나 좋은 술 없고

금단金丹[9]도 이루기 전에 늙어 버렸네.

한 번 근심에 흰머리 하나씩 늘고

한 해가 갈수록 요堯·순舜[10]에서 더 멀어지네.

다시 또 봄 맞으니 왜 안 슬프리?

눈 가득한 백화百花는 참으로 잠시.

홀연 붓 태우고 글을 폐한 뒤

옷을 찢어 천한 종을 따르고 싶네.[11]

백 동이 술이 있고 만권서萬卷書를 읽었어도

술 다하면 근심 일고 마음이 메마르네.

---

6 **소옹(邵雍)** 북송(北宋)의 철학자. 사시(私諡)가 '강절'(康節)인바, 흔히 '소강절'(邵康節)로 불린다.

7 **태화탕(太和湯)** 술의 별칭(別稱). 소옹의 「무명공전」(無名公傳)에 이 말이 보인다.

8 **슬프다~없으니** 벼슬살이 하느라 그렇게 되었다는 말.

9 **금단(金丹)** 원래 도사가 금으로 조제한 불로장생의 묘약을 가리키는데, 여기서는 학문적인 성취를 의미한다.

10 **요(堯)·순(舜)** 원문은 "黃虞". '황'은 황제(黃帝)를, '우'는 우순(虞舜), 즉 순임금을 가리킨다. 이들이 통치하던 때는 최고의 태평성세로 간주되었다.

11 **옷을~싶네** 은나라 주왕(紂王)이 폭정을 일삼자 기자(箕子)는 일부러 미친 척하며 노예가 되었다. 『논어』 「미자」(微子)편에, "기자는 종이 되었다"(箕子爲之奴)라는 말이 보인다. 여기서는 청(淸)에 반발해 한 말.

나를 향한 벗의 깊은 마음에 거듭 감사하고
우리 도道가 외로움을 가난한 집에서 탄식하네.
술동이 다해도 슬퍼하지 않고
「태극도」 손에 있으니 홀로 기뻐하네.
취하여 밤새 노래 부르고 글을 쓰나니
붉은 해 숲에서 나와 서늘한 부엌[12]을 비추네.

元曉, 罷太廟祀班還家, 宋子餉柏酒魚鮓, 對燈一醺, 頓釋流年之感. 又聞前夕杏洲金愼夫謹行**寄贈手書「太極圖」. 遂作一詩, 謝二君子厚意** 甲子

元日淸晨拜嘉貺, 封書一函酒滿壺.
宋子念我足憂愁, 金子儆我學荒蕪.
密排細楷送銀鉤, 釀取寒泉分松腴.
絶勝邵子太和湯, 辨知濂溪「太極圖」.
感歎厚意若爲謝, 拂丌細酌仍長吁.
憐我三年廢古書, 未有一日作歡娛.
黃菊種多無醇酒, 金丹未就成老顱.
一愁一添生白髮, 一年一得遠黃虞.
陽春又到能不悲? 百花滿眼眞須臾.
忽欲焚筆廢著書, 便將裂裳隨庸奴.
使有百壺了萬卷, 酒盡卽愁心便枯.

---

12 서늘한 부엌 집이 가난함을 이르는 말.

重感良友向我深, 窮廬敢歎吾道孤.

樽罍告罄不永傷, 殘編在手獨自愉.

放歌醉墨了一燈, 紅旭出林照寒廚.

동작나루를 건너며 원방[1]씨와 함께 짓다

푸른 풀과 흰 모래가 강 양쪽 언덕을 둘렀는데
삼각산의 새벽빛을 붉은 해가 여네.
장강長江[2]에 밤비 내려 쏜살같이 배 닫거늘
봄물은 저 멀리 사군四郡[3]에서 흘러오네.

渡銅雀津同元房駿祥氏賦

青草白沙夾岸廻, 華峰曉色紫暾開.
長江夜雨行舟駛, 春水遙從四郡來.

---

1 원방(元房) 이준상(李駿祥, 1705～1778)을 말한다. '원방'은 그 자. 호는 천식재(泉食齋). 첨정(僉正)을 지낸 이중언(李重彥)의 아들로, 진사시에 합격하여 정랑(正郎) 등을 지냈다. 이인상의 오종형(五從兄)이다.

2 장강(長江) 한강을 이른다.

3 사군(四郡) 남한강의 상류에 있는 단양(丹陽)·청풍(淸風)·영춘(永春)·제천(堤川)을 말한다.

얼음재[1]의 이충무공 무덤을 지나며

해는 땅에 지고
골짜기는 구불구불.
충무공 묘 찾아가
높다란 얼음재 우러르며 탄식하네.
저 옛날 임진란 때
온 나라에 왜놈이 가득했었지.
능침陵寢의 석물石物은 어지럽고[2]
임금의 수레는 압록강을 향했네.
나라가 중흥된 건 몇몇 분들이
기운 나라 구하겠다 맹세한 덕분.
의병장으론 중봉重峰[3]이 매서웠고
훌륭한 장수로는 충무공이 독보獨步였네.
주검 가운데서 군사들 떨쳐 일으키고
불탄 숲에서 적들을 무찔렀다네.
청주 싸움[4]에서 나라 건지고

---

1 **얼음재** 이순신의 묘가 있는 충청남도 아산군 음봉면 어라산(於羅山)을 말한다.

2 **능침(陵寢)의 석물(石物)은 어지럽고** 왜군이 성종(成宗)과 정종(定宗)의 무덤을 파헤친 일을 가리킨다.

3 **중봉(重峰)** 조헌(趙憲, 1544~1592)을 말한다. 자는 여식(汝式), 호는 중봉. 임진왜란이 발발하자 의병 700명을 이끌고 고바야카와 타카카게(小早川隆景)의 왜군과 금산에서 전투를 벌여, 의병 전원과 함께 전사했다.

한산대첩[5]에서 왜적을 위축시켰지.
간사한 이의 모함을 받아[6]
병기兵機[7]가 그만 움츠러들어
열사烈士는 싸우다 죽고
충신忠臣은 옥에 갇혔네.
구사일생 다시 군사軍士를 수습하니[8]
하늘은 그 고심 통촉하누나.
충순忠純하기로는 곽분양郭汾陽[9]이요
노련하기로는 조충국趙充國[10]일세.
한산도 그 싸움 아직도 기억하나니
숨 거두면서도 기운이 늠름했네.
북소리 바다에 둥둥 울리나
나무 끝의 깃발은 빛을 잃었네.
대의에 감격하여
명나라 장수도 통곡했다지.[11]

---

4 청주 싸움 임진왜란 때 조헌이 영규대사(靈圭大師)의 승군(僧軍)과 합세하여 청주성을 수복한 일을 가리킨다.

5 한산대첩 1592년 7월 8일에 이순신의 수군이 와키자카 야스하루(脇坂安治)가 이끄는 일본 수군을 한산도에서 무찌른 싸움. 당시 왜선 70여 척이 격파되었다.

6 간사한~받아 강화(講和) 회담의 실패로 정유재란(1597)이 일어났을 때, 원균의 모함으로 이순신이 옥에 갇히게 된 일을 말한다.

7 병기(兵機) 용병(用兵)하는 책략.

8 구사일생~수습하니 이순신은 원균의 모함으로 옥에 갇히고 죽을 위기를 맞는다. 그러나 원균이 일본 수군과의 싸움에서 패한 후, 이항복이 이순신을 기용하자고 주장해 다시 통제사에 임용된 것을 말한다.

9 곽분양(郭汾陽) 당나라의 장군인 곽자의(郭子儀)를 말한다. 시호는 충무(忠武).

10 조충국(趙充國) 한(漢)나라의 장군. 나이 칠십에 장군으로 나서겠다고 한 인물.

11 명나라 장수도 통곡했다지 이순신과 합세한 명나라 도독(都督) 진린(陳璘)은 이순신이

공을 위해 좋은 터 잡아
이 산기슭에 유택을 조성하였네.
풀 하난들 어찌 감히 자를 수 있으랴?
만고에 길이 공경해야지.
옛 비석 앞에 하마下馬하려 하니
숲은 어두운데 눈에는 눈물이 가득.

過氷峙李忠武公舜臣塚

落日下平陸, 谷崖紛回複. 行尋忠武葬, 仰歎氷岡矗.
維昔龍蛇運, 八路交卉服. 陵園迷象設, 翠華指鴨綠.
中興賴數公, 誓心扶傾覆. 義旅重峰烈, 良將我公獨.
血尸起師徒, 焦林伐戈戟. 國存琅州捷, 寇有閒山蹙.
姦諛遂陰掣, 兵機有拘束. 烈士肝塗地, 忠臣繩縛腹.
九死再糾旅, 苦心天實燭. 忠純郭汾[12]陽, 練達趙充國.
尙憶島山戰, 身殉氣猶肅. 鼓角餘漲海, 旌旗變雲木.
大義有感激, 天將爲痛哭. 爲公卜佳兆, 乃營玆山麓.
一草誰敢剪? 萬古永爲式. 古碑欲下馬, 林昏涙滿矚.

죽었다는 소식을 듣자 통곡했다고 한다.

12 汾 원문에는 "河"로 되어 있으나 착오로 보인다. 곽하양(郭河陽)은 북송의 화가 곽희(郭熙)를 이른다.

온천

임금 머무신 신령스런 샘 여유로운데
옛 비석이 행궁行宮[1]을 지키고 있네.
붉은 물빛 봄에 안개 이루고
우로雨露[2]는 밤에 무지개를 만드네.
길이 세 임금[3]의 은택 입어서
오탕五湯[4]이 지금껏 마르지 않네.
백성과 함께 세수洗髓[5]하시어
모두가 태평[6]으로 돌아가리라.

溫泉

神泉餘駐蹕，古碑守行宮．丹液春成霧，雲膏夜飮虹．
永觀三聖澤，不渴五湯功．洗髓同黎庶，咸歸壽域中．

---

1 **행궁(行宮)** 임금이 거둥할 때에 임시로 머무는 별궁(別宮). 여기서는 온양(溫陽)의 온천 행궁을 가리킨다.

2 **우로(雨露)** 원문은 "雲膏"인데, 비와 이슬을 뜻한다.

3 **세 임금** 원문에는 "三聖"으로 되어 있는데, 온양 행궁에 거둥했던 현종(顯宗)·숙종(肅宗)·영조(英祖) 세 임금을 가리킨다.

4 **오탕(五湯)** 온양의 온천 행궁에 다섯 개의 탕(湯)이 있었던 듯하다.

5 **세수(洗髓)** 범인(凡人)의 골수를 깨끗이 씻어 선골(仙骨)로 변하는 것을 이른다.

6 **태평** 원문은 "壽域"인데, 사람마다 천세를 누린다는 태평성세를 이른다.

작천[1] 들판에서

아득히 보리바람[2] 불고
저녁놀 쫙 깔렸네.
잔산殘山 일천 점點 아스라하고
평야가 한눈에 동그랗구나.[3]
돌아가는 제비는 성城을 등지고
방목하는 소는 긴 내에 의지하네.
상당군上黨郡[4]을 찾아가
북쪽 정자 앞에서 옛날을 조문하네.[5]

鵲川野中

漭漭麥風動，霁霁夕靄連．殘山千點澗，平野一望圓．
歸燕背荒堞，牧牛信長川．行尋上黨郡，弔古北亭前．

---

1 **작천(鵲川)** 까치내. 청주의 중심부를 흘러온 무심천(無心川)이 미호천(美湖川)과 합류하는 일대의 하천을 일컫는 말. 작천을 지난 무심천은 금강으로 흘러들어 간다.
2 **보리바람** 원문은 "麥風". 초여름에 보리밭 위로 부는 바람을 말한다.
3 **평야가~동그랗구나** 지평선이 둥글기에 한 말.
4 **상당군(上黨郡)** 충청북도 청주의 옛 이름.
5 **북쪽~조문하네** 임진왜란 때 청주성을 수복하고 곧이어 금산전투에서 전사한 의병장 조헌(趙憲)을 염두에 두고 한 말인 듯하다.

화양동[1]에서 감회가 있어

골짝에 추적추적 비 늘 많은데
숲에 누우니 처처히 온갖 근심 이네.
만동묘萬東廟[2] 두른 검은 구름 창망히 바라보고
빈 누각에 지는 붉은 해를 근심하노라.
바위의 꽃 어지러이 져 봄은 다 가고
슬피 우는 시냇물은 밤낮이 없네.
벼랑에 가 임금의 친필[3] 읽으며
외로운 신하[4] 두견과 함께 피눈물 흘렸다지.

華陽洞有感

峒陰滴瀝恒多雨, 林臥凄凄生百憂.
悵望玄雲繞古廟, 忽愁紅日下虛樓.

---

1 **화양동(華陽洞)** 충청북도 괴산군 청천면 화양리의 땅 이름. 경치가 아름답기로 유명하다. 송시열이 이 골짝에 은거했다.

2 **만동묘(萬東廟)** 임진왜란 때 조선에 원군(援軍)을 보낸 명나라 신종(神宗)과 명나라의 마지막 황제 의종(毅宗)을 위하여 1717년(숙종 43)에 세운 사당. 송시열이 죽을 때 제자인 권상하(權尙夏)에게 묘(廟)를 세워 의종과 신종을 제사 지내도록 당부한바 권상하는 부근의 유생들과 함께 청주의 화양동(華陽洞)에 만동묘를 건립했다.

3 **임금의 친필** 송시열은 효종의 기일 때마다 효종이 자신에게 보낸 밀찰(密札)을 꺼내보며 통곡했다고 한다. 통곡을 한 곳은 훗날 '읍궁암'(泣弓巖)이라 불렸다.

4 **외로운 신하** 송시열을 가리킨다.

巖花亂落春全謝, 澗溜哀鳴夜未休.

循遍蒼崖讀宸翰, 孤臣血淚和鵑流.

암서재.[1] 홍양지의 시에 차운하다

디딜방아 절로 찧고[2] 새 그윽히 우는데
수단화水丹花[3] 가득하여 골짝길을 헤매네.
하늘 떠받친 벼랑에 석양이 지니
몽몽한 안개비만 시내에 가득하네.

巖棲齋. 次洪養之韻

雲碓自春鳥深啼, 水丹花密洞徑迷.
擎天壁上斜陽盡, 煙雨濛濛滿一溪.

---

1 암서재(巖棲齋) 1666년(현종 7) 송시열이 화양구곡(華陽九曲)의 제4곡(曲)인 금사담(金沙潭) 물가에 세운 정사(精舍) 이름.

2 디딜방아 절로 찧고 원문의 "雲碓"는 돌로 된 디딜방아를 말한다. 백거이(白居易)의 「곽도사를 찾아갔으나 만나지 못하다」(尋郭道士不遇)라는 시에 "운대(雲碓)는 사람이 없으나 물이 절로 찧네"(雲碓無人水自春)라는 구절이 있다.

3 수단화(水丹花) 연꽃의 별칭.

능강동[1]에서 자익[2]과 함께 짓다

넘실넘실 흐르는 강
물은 깊고 벼랑길은 좁네.
은자隱者[3]가 사는 골짝 탐방하다가
은거할 이 집[4] 얻게 됐다지.
동네는 숲에 의지하고
논밭 사이로 구불구불 시내가 흐르네.
마을에는 개나 닭 소리도 없고
사방은 온통 구름 낀 산이네.
언덕을 돌아 물 졸졸 흐르고
깊숙한 곳에 동문洞門이 열려 있어라.
솔바람 소리 쏴아쏴아 모이고
큰 바위 하얗게 어우러져 있네.
맑은 여울 콸콸 쏟아지니
물방울이 어지러이 튀네.
남은 소리 빈 산에 가득하나니

---

1 능강동(凌江洞) 충북 제천시 수산면과 단양군 적성면의 경계를 이루는 금수산(錦繡山, 높이 1,016m)의 계곡으로, 능강천이 흐르며, 그 남쪽에 단양의 구담봉과 옥순봉이 있다.

2 자익(子翊) 신사보의 자다.

3 은자(隱者) 원문은 "劉阮". 유신(劉晨)과 완조(阮肇)를 가리킨다. 본서 170면 주30을 참조할 것.

4 숨을 이 집 능강동에 있는 신사보의 집을 말한다.

그 발원發源 까마득한 옛날부터지.

오르내리며 내 손을 씻고

깨끗이 자리 쓸어 침석枕席을 대신하네.

암향暗香이 관목灌木에 흐르고

예쁜 새가 짹짹 울며[5] 날아가네.

구름 이는 곳 돌아보니

둥그스름한 푸른 봉우리 고요하여라.

우두커니 서서 누굴 기다리는 듯

맘이 즐거워 싫은 줄 모르네.

옛 정자에 안개와 여라女蘿[6] 어우러지며

벼랑에 조용히 저녁이 내리네.

淩江洞共子翊賦

渾渾蒼江流, 水深崖逕窄. 行尋劉阮洞, 得此隱淪宅.

墟里依林樾, 田疇紆川脉. 一村雞犬靜, 四顧雲巒積.

回岡水淪漣, 峆岈洞門闢. 穆穆松聲會, 磊磊交穹石.

淸溜注汪洋, 珠璣紛跳擲. 餘響滿空山, 發源自古昔.

上下濯余手, 灑掃代枕席. 暗馥流灌木, 和鳴振錦翮.

回望雲起處, 寂寂圓嶂碧. 佇立如有待, 怡神獨無射.

古亭煙蘿合, 蒼崖澹將夕.

---

5 짹짹 울며 원문은 "和鳴"인데 새들이 서로 화답하며 우는 것을 이른다.

6 여라(女蘿) 나무에 기생하는 이끼의 하나로, 줄기가 실처럼 가늘고 길다.

배를 타고 주포[1]로 내려갔는데 마을 사람들이 다투어 와 술을 권하기에 자익과 함께 짓다

배 타고 내려가니 여울물 소리 급하고
모래톱을 도니 석양이 지네.
연달은 봉우리 흘러감은 말이 닫는 듯하고
첩첩 물결은 기氣가 쪄 구름이 되네.
언덕에 이르니 숲 우거졌고
마을 찾으니 온갖 꽃 향기로워라.
노인들 술병 들고 많이 찾아와
인정스레 술 권해 조금 취하네.

舟下酒浦, 里人競來勸酒, 與子翊賦

舟下灘聲疾, 沙回落景曛. 連峰流似馬, 疊浪滃爲雲.
到岸嘉林翳, 尋村雜蕊薰. 提壺多故老, 款款勸微醺.

---

1 주포(酒浦) 충북 제천시 금성면(錦城面) 성내리(城內里) 지역.

구담의 배 안에서 송사행과 함께 지어 단양 군수[1]에게 사례하다

구담龜潭이라 물이 넓기도 하고
옥순玉筍[2]이라 잇단 봉우리 빽빽도 하지.
강산이 이리도 훌륭하지만
구름이 해 가려 근심이 이네.
물가 노인은 버들가지에 물고기 꿰고
고을 원은 배 가득 술 가져왔네.
서로 구구한 예禮 차리지 않고
모랫가에서 흠뻑 취하네.[3]

龜潭舟中, 與宋士行共賦, 謝李丹陽奎鎭

積水龜潭濶, 連峰玉筍稠. 江山於此大, 雲日自生愁.
谿叟魚穿柳, 使君酒滿舟. 相將簡禮數, 洗勺在沙頭.

---

1 단양 군수 이규진(李奎鎭, 1688~1760)을 가리킨다. 자는 중문(仲文) 혹은 유문(幼文)이고, 호는 낙촌(樂村)이며, 본관은 덕수(德水)이다. 이식(李植)의 증손이다. 그 형인 기진(箕鎭)은 출계(出系)하여 백부 번(蕃)의 양자가 되었다. 1721년(경종 1) 진사시에 급제했으며, 군자감정(軍資監正)과 단양 군수를 지냈다.
2 옥순(玉筍) 단양 서쪽 9km 지점의 장회리(長淮里)에 있는 옥순봉(玉筍峰). 구담과 함께 단양팔경의 하나로, 천여 척 되는 바위가 죽순(竹筍)처럼 솟아 이런 이름이 붙었다.
3 흠뻑 취하네 원문은 "洗勺"인데 5되 들이의 구기를 뜻한다. 술을 퍼는 기구이다.

화분의 국화가 활짝 폈지만 술도 없고 객도 없어 시름할 만하나 또한 즐거워할 만도 해 문 닫고 홀로 앉아 송사행을 생각하다

1

알괘라 술 없어도 시름 없는 건
국화에 흰머리가 없어서임을.
벽성僻性[1]이라 꽃 안 번화해도 걱정 않으니
꽃이 번화하면 간화객看花客이 찾아와서네.

2

얼굴을 불콰히 할 술은 없어도
맑은 물을 뿌리에 뿌려 주노라.
이 뿌리에 내년 다시 꽃이 피리니
다만 그윽한 향기로 빈 술독 채우네.

盆菊盛開, 無酒無客, 可愁而亦可怡悅, 閉戶孤坐, 有懷宋士行

卽知無酒猶無愁, 不有黃花鬢髮白.
僻性不愁花不繁, 繁花解引看花客.

---

1 **벽성(僻性)** 괴벽한 성격. 시속(時俗)을 따르지 않는 성격.

其二

未有醇醪沃我面, 且將淸水灌花根.
根到明年花更發, 但教幽馥滿虛樽.

삼가 형님의 시에 차운하다

산을 마주하니 옛집[1]인가 싶거늘
물가의 문 옛적에 열려 있었지.
눈병 있어 글씨가 가물가물하고
옛 베개 있어 근심스레 잠드네.
풍진風塵에 모두 머리 짧아져[2]
풍설風雪 속에 함께 술독을 비우네.
언제쯤 함께 서로 손잡고,
회촌檜村[3]에 돌아가 밭 갈며 늙을지.

謹次伯氏韻

對山疑故宅, 面水昔開門. 病眼殘書錯, 愁眠古枕存.
塵埃俱短髮, 風雪共虛樽. 安得同携手, 歸耕老檜村.

---

1 옛집 남산에 있던 이인상가(家)의 옛집을 말한다. 앞에 나온 「감회」라는 시에서 보듯 이인상은 늘 이 집을 회억(懷憶)했으며, 이 집에서 부조(父祖)와 함께 살던 어린 시절을 그리워하였다.

2 머리 짧아져 나이가 들면서 머리가 빠져 머리숱이 적어진 것을 말한다.

3 회촌(檜村) 이인상 집안의 선영이 있는 경기도 양주의 회암(檜巖)을 가리킨다. 그곳에 천보산(天寶山)이 있었으므로 이인상은 '천보산인'이라 자호하였다.

자익에게 주다

1

바람소리 물소리 그득하나니
금병산錦屛山[1] 신령이 밤에 악기를 타는군.
자고로 이 소리 들은 자 아무도 없으니
맑고 조화로운 그 소리[2] 뉘라서 알리.
큰 강은 콸콸 천둥소리 내며 흐르고
아름다운 운기雲氣 옥순봉에 피어오르네.
늙은 용 그 속에 서려 세월을 헤아리고
'洞天'이라고 쓴 붉은 전서篆書 풍우에 깎였네.
바위 아래 배를 대고 상심하누나
뱃노래와 장사치 북소리 시끄럽게 들려와.
넘어진 바위, 야윈 소나무 물결에 스쳐 서늘한데
잘라서 거문고와 경쇠 만들고 싶네.
그걸 연주하면 신령과 통하고 용龍이 와 배우리니.

2

네 고을[3] 산과 물 맑고 깊거늘
선동僊洞[4]과 운암雲巖[5]은 농사짓기 알맞은 땅이지.

---

1 금병산(錦屛山) 능강동 서북쪽에 있는 산으로 청풍(淸風)에서 가깝다.
2 맑고 조화로운 그 소리 원문은 "徵淸羽和". 치(徵)와 우(羽)는 각각 오음(五音)의 하나.
3 네 고을 청풍·단양·제천·영춘의 사군(四郡)을 가리킨다.

자고로 듣지 못했네 은둔한 자가
어염魚鹽 파느라 농사일 힘쓰지 않고[6]
잉어와 고사리 안 먹는단 말.
어이하면 단양과 청풍 어름에서 함께 농사지어
닭 울면 일어나고 해 지면 쉴꼬?
나의 서재[7]를 구담에 세우고[8]
설동雪洞[9] 북쪽에 다시 운루雲樓[10]를 지으리.
그곳에 고검古劍과 동정銅鼎[11]을 두고
황명皇明[12] 때 새긴 고서와 보전寶篆[13]도 두며.
뜰에 매화, 국화, 오동, 대를 나눠 심으리.

---

4 선동(僊洞) 단양군 괴평리 북쪽에 있는 골짜기인 운선동(雲僊洞)을 말한다. 이른바 운선 구곡(雲僊九曲)의 아홉번째 굽이이다. 뒤에 나오는 시 「이윤지 형제와 구담에서 배 타고 노닐다가 사인암으로 왔다. 단양에 살 곳을 정했는데 장차 교남 이화촌을 귀거래할 곳으로 삼다」의 시제(詩題) 중에 보이는 '이화촌'(梨花村)은 운선동의 마을 이름이다.

5 운암(雲巖) 운선 구곡의 제5곡인 도광벽(道光壁) 부근에 있는 바위를 가리킨다. 사인암에서 500m쯤 떨어져 있다.

6 어염(魚鹽)~않고 신사보가 어염을 팔아 생활했기에 한 말.

7 서재 원문은 "畵舫"인데, 원래 아름답게 꾸민 배를 뜻하나 여기서는 서재를 말한다. 송(宋) 구양수(歐陽脩)의 서재 이름이 '화방재'(畵舫齋)였다.

8 나의~세우고 이 구절 이하는 모두 바라는 바를 읊은 것이다. 이를 통해 이인상이 훗날 단양의 구담에 정자를 지은 것이 신사보와의 의논 끝에 이루어진 일임을 알 수 있다.

9 설동(雪洞) 연자산(燕子山: 제비봉)의 서쪽 골짜기인 설마동(雪馬洞)을 가리킨다. 단양읍 장회리에 있으며, 골짜기 양쪽에 화강암이 여러 겹으로 하늘을 뚫을 듯이 솟아 있어서 흰 눈이 쌓이면 소나무와 잘 어울려 멀리서 보면 흰말이 다니는 것 같다고 한다.

10 운루(雲樓) 실제 이인상은 몇 년 뒤인 1751년 1월 구담에 정자를 지어 '다백운루'(多白雲樓)라 이름하였으며 약칭 '운루'(雲樓)라고 하였다.

11 동정(銅鼎) 청동(靑銅) 고기(古器)를 말한다. 이인상은 중국의 골동고기(骨董古器)를 중화 문명의 상징으로 간주해 이를 수장(收藏)했다.

12 황명(皇明) 명나라를 높여 부른 말.

13 보전(寶篆) 봉황이 요임금에게 주었다는 전자(篆字) 모양의 글씨가 새겨진 도장.

아득한 운해雲海[14]와 시 주고받아도
만산滿山에 낙화뿐 아는 이 없으리.

贈子翊

靈籟玉溜聲澒洞, 錦屏山神夜作樂.
聽之者誰古無人, 徵淸羽和誰哉覺?
大江渾渾輾雲雷, 光氣欝浡玉筍嶽.
老龍中蟠數日月, 洞天丹篆風雨剝.
維舟巖下一傷神, 漁謳商鼓音啾濁.
倒石瘦松波撼寒, 我欲伐之琴磬斵,
鼓擊通神龍來學.

其二
四州山水淸而深, 僊洞、雲巖宜畊織.
古來未聞隱淪者, 走販魚鹽不力穡,
錦鱗松蕨不肯食.
安得與君耕桑丹、淸間 鷄鳴而起日入息?
着我畵舫龜潭中, 更架雲樓雪洞北.
中藏古劒與銅鼎, 古書寶篆皇明刻,
梅菊竹桐分庭植.
雲濤杳冥相和唱, 落花滿山無人識.

---

14 **운해(雲海)** 원문은 "雲濤". 파도처럼 번드치며 역동적으로 움직이는 구름을 일컫는 말.

갑자년(1744) 겨울에 오경보[1]가 두 조카[2]를 데리고 계산동桂山洞[3]에서 책을 읽었는데 이윤지·김유문·윤자목[4]과 내가 모두 가서 모였다. 책을 가지고 와서 묻는 동자가 셋이었다. 자목은 『논어』를 읽고 유문은 『맹자』를 읽고 나머지 사람은 『서전』[5]을 읽었으며 아침 식사 후에는 함께 주자의 편지글을 몇 편 읽었는데 무릇 한 달이 넘어서야 파했다. 골짜기는 깊고 날은 고요하여 찾아오는 손이 드물었다. 오직 송사행과 김원박[6]이 한번 오면 밤새워 이야기했고 권형숙[7]은 해가 기울어

---

1 오경보(吳敬父) 오찬(吳瓚, 1717~1751)을 말한다. 경보는 자이며 별자(別字)가 청수(淸修)이고, 호는 수재(修齋), 본관은 해주(海州)이다. 대제학을 지낸 월곡(月谷) 오원(吳瑗, 1700~1740)의 아우이며 판서 양곡(陽谷) 오두인(吳斗寅)의 손자이고 농암(農巖) 김창협(金昌協)의 외손이다. 영조 27년(1751) 문과에 장원급제하여, 그해 5월 18일 정언(正言)으로 있을 때 임인옥사(壬寅獄事)에 책임이 있는 자의 처벌을 엄히 하고 시비를 분명히 할 것을 청하면서 이광좌(李光佐)·조태억(趙泰億)의 관작을 추탈(追奪)해야 한다는 상소를 올렸다가 영조의 분노를 사 함경도 삼수부(三水府)로 귀양 가 그해 11월에 죽었다. 이인상, 이윤영과 절친한 사이로 이들과 계산동 자신의 집에서 여러 차례 아회(雅會)를 가졌다.

2 두 조카 오원(吳瑗)의 아들인 오재순(吳載純, 1727~1792)과 오재유(吳載維, 1729~1764)를 가리킨다. 오재순은 자는 문경(文卿)이고, 호는 순암(醇庵) 혹은 우불급재(愚不及齋)이다. 음보(蔭補)로 벼슬에 임명되었으나 사퇴하고 학문에 전심하다가 1772년 문과에 급제했으며, 1783년 문안부사(問安副使)로 청나라에 다녀와 이듬해 규장각 직제학(直提學)이 되었다. 이어 양관대제학(兩館大提學)이 되었으며 1790년 이조판서를 거쳐 판중추부사(判中樞府事)가 되었다. 오재유는 오재순의 동생으로, 자는 지경(持卿)이고 호는 운초(雲樵)다. 생부는 오원이나 후에 백부 오완(吳琬)에게로 출계(出系)하였다. 음직으로 진산 군수(珍山郡守)를 지냈다.

3 계산동(桂山洞) 지금의 서울 가회동(嘉會洞). 계동(桂洞) 혹은 제생동(濟生洞)이라고도 한다.

4 윤자목(尹子穆) 본서 121면 주3을 참조할 것.

5 『서전』(書傳) 『서경』에 대한 주석서인 채침(蔡沈)의 『서경집전』(書經集傳)을 말한다.

6 김원박(金元博) 김무택(金茂澤, 1715~1778)을 말한다. '원박'은 그 자. 본관은 광산. 반(槃)의 여섯째 아들인 익경(益炅)의 증손으로, 순택(純澤)과는 재종간이다. 훗날 음보

서야 돌아갔으며 오성임[8]은 병 때문에 참석하지 못하여 간간이 오갔다. 또 매감梅龕[9]과 죽석竹石[10]을 옮겨 와 자리 구석에 놓아 두어 분초盆蕉[11]의 짝이 되게 하였다. 집이 매우 따뜻하여 파초잎이 시들지 않고 푸르렀으며, 항아리에는 금붕어 대여섯 마리를 길렀는데 활발히 헤엄치고 다녀 완상할 만했다. 향로와 보검, 문방사구가 다 갖추어져 있어 때때로 이를 품평하고 완상하느라 시간을 보내 일과가 간혹 중단되기도 했으므로 듣는 이들이 웃었다. 그러나 강론하고 익히는 즐거움은 이보다 나은 모임이 없었다. 매양 한가로운 날 당세의 일과 벗들의 출처出處의 의리[12]를 논할 때면 통절하고도 깊고 은미하여 간담을 다 토로했으며, 벗들의 고요함과 들렘, 굳셈과 연약함이라든가 말과 의론의 나뉘고 합함과 같고 다름[13]을 모두 환하게 분석했으니, 이 모임에서 얻은 것이

로 선공감 감역을 지냈다.

7 권형숙(權亨叔) 권진응(權震應, 1711～1775)을 말한다. '형숙'(亨叔)은 그 자. 호는 산수헌(山水軒)이고, 본관은 안동. 수암(遂菴) 권상하(權尙夏)의 증손이며, 한원진(韓元震)의 문하에서 수업했다. 송문흠의 이종사촌 동생이다. 독서에 전념하여 과거 시험을 보지 않았으나 초선(抄選)에 뽑혀 자의(諮議)가 되었다. 1771년, 영조가 저술한 『유곤록』(裕昆錄)에 대해 언급한 상소를 올렸다가 영조의 노여움을 사서 제주의 대정(大靜)에 유배되었다. 몇 해 뒤에 풀려나 돌아왔으나, 곧 병으로 죽었다.

8 오성임(吳聖任) 오재홍(吳載弘, 1722～1746)을 말한다. '성임'(聖任)은 그 자. 호는 백운(白雲). 오찬의 조카다.

9 매감(梅龕) 분매(盆梅)를 넣어 둔 작은 장(欌: 감실). 추위로부터 보호하기 위한 것이다.

10 죽석(竹石) 돌 옆에 대를 심어 놓은 분(盆)을 말한다.

11 분초(盆蕉) 분에 심은 파초.

12 출처(出處)의 의리 선비가 벼슬에 나아감과 물러남에 있어 지켜야 할 도리. 공자는 벼슬에 나아갈 만하면 벼슬하고, 벼슬에서 물러날 만하면 물러나는 게 옳다고 했다.

많았다. 대개 뜻이 같은 이들과 한 방에서 공부하며 오래도록 거처하매 기거어묵起居語黙의 사이[14]에 더욱 천진을 볼 수 있었다. 2년 뒤인 병인년 내가 당시 얻은 시 두어 편을 적어 그 모임을 기록한다[15]

매화

황량한 다리 곁 고목古木에 석양이 가깝고
강남 소식 전하는 벽운碧雲 기다랗구나.
달빛에 거문고 타는데 그 누가 찾아오나?
향로의 향기 잠기고 밤은 깊었네.
집 에워싼 겨울산은 먼 바람을 머금었고
숲 너머 외론 학은 맑은 서리에 잠을 깨네.
천지 막막하고 눈보라 심한데
한 그루 나무의 그윽한 꽃[16]에 맘이 슬프네.

---

13 말과~다름 호락분기(湖洛分岐)와 인물성동이(人物性同異)를 가리키는 듯하다.

14 기거어묵(起居語默)의 사이 기거동작과 말하고 침묵하는 사이라는 뜻.

15 그 모임을 기록한다 이인상은 당시의 일을 시로만 기록한 것이 아니라 그림으로 그리기도 했으니, 〈북동아회도〉(北洞雅會圖)가 곧 그것이다. 당시 모임에 참여했던 김순택은 이 그림에 제화(題畵)를 붙여 그림 속 인물과 기물(器物)을 자세히 밝혀 놓았다. 김순택의 이 제화는 오재순이 쓴 「북동아회도 후지」(北洞雅會圖後識)에 전재(轉載)되어 있다. 오재순은 당시로부터 48년이 지난 시점에 이 그림을 우연히 입수했는데, 그림 속의 8인 중 살아남은 사람은 자기 하나뿐이라며 비감(悲感)을 토로하고 있다. 〈북동아회도〉는 현재 전하지 않지만, 비슷한 그림이 국립중앙박물관에 소장되어 있다. 이 그림은 포치(布置)만 약간 다를 뿐 그 내용은 〈북동아회도〉와 큰 차이가 없는 것으로 여겨진다. 이에 대해서는 박희병, 『능호관 이인상 서화평석 1: 회화편』 중 〈북동강회도〉(北洞講會圖)의 평석을 참조할 것.

기사記事

매화가 지는 건 견디지 못하나[17]
파초잎은 자랄 것 없지.
쓸지 않으니 뜨락에 눈 쌓여 있고
관冠이 해져 향이 스며 나오네.[18]
숨어 지내도 일이 있어
거리낌없이 말해 혹 문장을 이루네.
경쇠 안고[19] 떠나려 해도 갈 곳 없으니
운루雲樓에 누워 처량하기만.

'정'停자로 분운分韻[20]하다. 당시 동지가 가까웠다

거친 뜰에서 객 보내니 저문 산이 푸른데
오피궤烏皮几[21]에 책 놓이고 문 고요히 닫혔네.
남쪽 해 길어지니 파초잎 몰래 자라고
북풍이 멈추니 매화가 조금 움직이네.[22]

---

16 한 그루 나무의 그윽한 꽃 매분(梅盆)의 매화를 말한다. 절개와 고고함의 표상인 매화는 이인상의 정신세계에서 대단히 중요한 의미를 지닌다. 특히 이인상이 가장 가깝게 지낸 벗의 한 사람인 오찬과의 관계에서 매화는 운명적이면서 비극적인, 그리하여 처절하기까지 한 뉘앙스를 띤다. 이 매화에 얽힌 사연은 박희병, 위의 책, 〈산천재야매도〉(山川齋夜梅圖)의 평석을 참조할 것.

17 견디지 못하나 원문은 "不禁"인데, 견디지 못한다는 뜻이다.

18 관(冠)이~나오네 관이 해져 향로에 사른 향 냄새가 스며 나온다는 뜻.

19 경쇠 안고 멀리 은둔하는 것을 뜻한다. 자세한 것은 본서 95면 주7을 참조할 것.

20 분운(分韻) 여러 개의 운자(韻字)를 정한 후 여러 사람이 그걸 나누어 집힌 운자로 즉석에서 시를 짓는 일.

21 오피궤(烏皮几) 검은 양가죽을 씌운 작은 궤(几).

22 매화가 조금 움직이네 매화가 피려 한다는 뜻.

꿈 속에 향로의 향香 피어올라 주나라 조정에 조회하고[23]
칼기운〔劍氣〕 하늘 돌아 북두성을 에워싸네.
회고시懷古詩 지어도 마음만 괴로울 뿐
빈 골짝에 슬피 읊지만 뉘 들으리.

甲子冬, 吳子敬父瓚, 攜其二姪載純·載維, 讀書于桂山洞, 李胤之、金孺文、尹子穆與麟祥皆往會. 童子執書來問者, 三人. 子穆讀『論語』, 孺文讀『孟子』, 餘人讀『書傳』, 朝飯後, 共讀『朱書』數篇, 凡逾月而罷. 谷深日靜, 人客少至. 惟宋士行金元博茂澤一至卜夜, 權亨叔震應移日而去, 吳聖任載弘以病不能會, 間日來往. 又移梅龕竹石, 擁置座隅, 配以盆蕉. 屋甚煖, 蕉葉猶瑩碧不凋, 缸中養文鯽五六頭, 潑潑可翫. 香鼎、星劒、文房雅具皆備, 有時評翫移晷, 書課或斷, 聞者笑之. 然講磨之樂, 莫尙於此會. 每於暇日, 講當世之事、朋友出處之義, 痛切深微, 畢殫肝腑, 而朋友之靜躁堅脆, 言論之分合異同者, 皆爛漫剖析, 得於此會者, 爲多. 盖與同志, 講業一室, 而久與之處, 起居語默之間, 尤見其天眞耳. 後二年丙寅, 麟祥錄其所得詩數篇, 而識其會

23 향로의~조회하고 이인상의 존명배청(尊明排淸) 의식을 보여준다.

梅[24]

古木荒橋近夕陽, 江南消息碧雲長.
瑤琴月照誰相問? 寶鼎香沈夜未央.
繞屋寒山含遠籟, 隔林孤鶴警淸霜.
乾坤漠漠饒風雪, 一樹幽芳使我傷.

記事

梅花不禁墜, 蕉葉莫須長. 廢掃存庭雪, 毀冠漉燒香.
潛居猶有事, 放意或成章. 抱磬歸無地, 雲樓臥處凉.

分停字, 時近冬至

荒庭送客暮岑靑, 竹簡烏皮靜掩扃.
蕉葉暗舒南日長, 梅花微動北風停.
爐香和夢朝周廟, 劒氣回宵繞斗星.
懷古詩成心獨苦, 悲吟空谷有誰聽.

---

24 **梅** 『능호집』에는 이 제목이 없으나 『뇌상관고』에는 있기에 보충했다. "甲子冬"으로 시작해 "而識其會"로 끝나는 앞의 글은 일종의 총제(總題)에 해당하며, 이 총제 아래에 「梅」, 「記事」, 「分停字, 時近冬至」 세 편의 시가 배치된 것으로 보아야 할 듯하다.

유파주[1] 만시

야밤에 낭랑히 「상경」尙褧편[2] 읽는 소리
담 너머 듣고서 공의 어짊에 탄복했었지.
옥玉을 차고 있으면서 맑은 문채 숨겼고[3]
북소리 둥둥 적과의 싸움에서 장략壯略[4]을 폈지.[5]
느긋이 시서詩書 부연해 옛 벽에 숨겼고[6]
능연각凌煙閣에 이름 빛남[7] 우습게 봤네.

---

1 **유파주(兪坡州)** 유언철(兪彦哲, 1687~1744)을 말한다. 파주 목사를 지냈기에 '유파주'라고 했다. 자는 원명(原明)이고, 본관은 기계(杞溪). 부윤(府尹)을 지낸 명일(命一)의 손자이며, 덕기(德基)의 아들. 1717년(숙종 43) 사마시에 급제하여 다음 해 정릉참봉에 제수되었다. 형조좌랑을 거쳐 고령 현감이 되었으며, 1728년(영조 4) 이인좌(李麟佐) 등이 난을 일으키자 고령·지례 두 곳의 군사들을 이끌고 합천에서 대승을 거두었다. 이 공으로 분무원종공신(奮武原從功臣) 1등에 녹훈(錄勳)되었다. 매호 유언길의 종형이다.

2 **「상경」(尙褧)편** 『시경』 위풍(衛風) 「석인」(碩人)을 가리킨다. 그 제1장에 "석인(碩人)이 키가 훤칠하니/비단옷을 입고 그 위에 홑옷을 덧입었도다"(碩人其頎, 衣錦褧衣)라는 말이 보인다. '비단옷을 입고 그 위에 홑옷을 덧입'은 것은 문채가 너무 현저해 그것을 감추기 위해서다. 이인상은 『시경』의 이 구절을 아주 중시하였다. 모름지기 선비가 가져야 할 자세라고 생각했기 때문이다.

3 **옥(玉)을~숨겼고** 스스로의 덕과 아름다움을 감추고자 하는 이인상의 존재론적 지향이 잘 드러난다. 이 존재론적 지향은 그의 미학과 직결된다. 그래서 '아름다움'은 드러내지 않고 감춤으로써 진정으로 아름다울 수 있다는 역설이 성립된다.

4 **장략(壯略)** 웅장한 계략.

5 **북소리~폈지** 유언철이 이인좌의 난 때 큰 공을 세웠기에 한 말이다.

6 **시서(詩書)~숨겼고** 한(漢)나라 때 공자 집의 벽에서 책이 발견되었는데 진시황의 분서(焚書)를 피하기 위해 공자의 후손이 감췄던 것이라 한다. 여기서는 유언철이 경전을 풀이한 책을 써서 집에 남겼다는 말이다.

7 **능연각(凌煙閣)에 이름 빛남** '능연각'은 한(漢)나라 때 공신을 기리기 위해 만든 누각. 유

가을꽃이 밭에 늙었고 눈 수북히 왔는데
버들 드리운 삽짝문 먼 하늘에 비치네.
술 들고 와 고인故人을 떠나보내니[8]
가업家業 이은 자식[9]이 통곡하누나.
매옹梅翁[10]의 유고는 누가 손보지?[11]
호수의 달과 언덕의 구름이 참담히 이끄네.[12]

兪坡州彦哲挽

夜誦琅然「尙褧」篇，墻頭竊聽歎公賢.
瓊琚在佩淸文晦，金鼓臨戎壯略宣.
懶補詩書藏古壁，笑看冠劒耀凌煙.
秋花老圃餘繁雪，垂柳衡門照遠天.
送葬故人齎漬酒，傳經孤子泣遺氈.
梅翁爛藁憑誰正？湖月坡雲恨黯牽.

언철이 이인좌의 난 때 공을 세워 분무원종공신 1등에 녹훈되었기에 한 말이다.

8 떠나보내니 원문은 "送葬"인데, 영구(靈柩)를 장지로 떠나보냄을 이른다.

9 가업(家業) 이은 자식 유언철의 아들 한정(漢鼎)이 양자이기에 한 말이다.

10 매옹(梅翁) 처사 유언길(兪彦吉)을 가리킨다.

11 매옹(梅翁)의~손보지 매옹의 유고를 정리해야 할 유언철이 그만 타계해 버려 안타깝다는 말. 유언철과 유언길이 종형제간이기에 한 말이다.

12 호수의~이끄네 달과 구름이 장지로 향하는 영구를 인도한다는 뜻이다.

숭릉[1] 재사.[2] 삼가 설소의 시에 차운하다

지당池塘의 꽃 푸른 하늘에 담박하고
숲의 해 차츰 밝아라.
갓 피어나니 꽃기운 성하고
스스로 날아드니 새소리 고와라.
신문神門[3]에는 봄바람 불고
능침陵寢[4]에는 새벽 구름 이네.
삼엄한 능 앞의 송백松栢은
우로雨露의 정情[5]을 머금고 있네.

崇陵齋舍. 謹次雪巢韻

池華澹空綠, 林日遞微明. 初發繁花氣, 自來好鳥聲.
神門春籟合, 象設曉雲生. 肅肅陵前栢, 猶含雨露情.

---

1 **숭릉(崇陵)** 조선 현종(顯宗)과 그 비(妃) 명성왕후(明聖王后) 김씨의 능. 경기도 구리시 인창동에 있다. 설소 이휘지는 1744년에 숭릉참봉에 제수되었다. 이 시는 1745년에 창작되었다.

2 **재사(齋舍)** 재실(齋室)이라고도 한다. 무덤이나 사당 옆에 제사를 위해 지은 집.

3 **신문(神門)** 능의 입구에 세운 문.

4 **능침(陵寢)** 임금이나 왕후의 무덤.

5 **우로(雨露)의 정(情)** 임금의 마음을 뜻한다.

조산초당을 지나다가 유태중,[1] 장계심[2]과 옛날에 함께 노닐던 일을 생각하고 벽 위에 써 놓은 시에 느낌이 있어 차운하다

십 년 만에 다시 조산鳥山에 오니
못물에 아련히 저녁 하늘 비치네.
매옹梅翁[3]의 맑은 글 옛 벽에 남아 있고
좋은 술 담갔던 계심季心의 높은 풍모 떠오르네.
울타리 곁 누운 버들은 일천 가지가 푸르고
굽잇길의 성근 꽃은 두어 송이가 붉네.
계수나무 노래[4] 길게 부르나 뉘 화답하리?
사슴이 그윽한 초목과 벗하고 있을 뿐.

---

1 유태중(兪泰中) 유언길(兪彦吉)을 말한다. '태중'(泰中)은 그 자. 자세한 것은 본서 166면 주2를 참조할 것.

2 장계심(張季心) 장지중(張至中, 1710~1750)을 말한다. '계심'(季心)은 그 자, 본관은 덕수. 계곡 장유의 현손이요, 군수를 지낸 진환(震煥)의 아들로, 북부 봉사(北部奉事)를 지냈다. 이인상의 장인인 진욱(震煜)의 종질이다.

3 매옹(梅翁) 유언길을 가리킨다. 원문은 "梅老". 그 호가 '매호'(梅湖)이므로 '매로'(梅老)라고 했다. '노'(老)는 존칭이다.

4 계수나무 노래 은자의 노래. 계수나무는 은자가 사는 곳을 상징하는 나무.

過烏山草堂, 憶俞泰中、張季心至中舊游, 感次壁上韻

十年重到烏山中, 雲沼依依照晩空.

梅老淸文餘古壁, 季心醇酒憶高風.

籬邊臥柳千條碧, 徑曲疎花數朶紅.

桂樹歌長誰共和, 獨敎麋鹿伴幽叢.

뒤에 석산[1] 어르신의 시에 차운하여 영춘과 영월에서 노닌 일을 기록하다

1

백화정百花亭 아래 큰 강이 돌아 흐르고
하늘에 솟은 가파른 절벽 운무에 가렸네.
춘주春州[2] 태수 풍류가 넉넉해
좋은 술 마련해 가벼운 배에 객客 싣고 왔네.

—북벽北壁[3]을 기록한 것이다.

2

운치 있는 승지勝地라 자꾸 고개 돌리지만
세사世事는 구름 같아 비 뿌려 모습 안 드러내네.
어이하면 다시 동주굴銅柱窟[4] 구경한 후에
풍류 잡혀 뱃전 두드리며 돌아오려나.

---

1 **석산(石山)** 이보상(李普祥, 1698~1775)을 말한다. '석산'은 그 호이고, 또 다른 호는 수은당(修隱堂)이며, 본관은 전주이다. 함원부원군(咸原府院君) 어유귀(魚有龜)의 사위. 음보로 관직에 나가 영춘 현감, 한성부 서윤, 첨지중추부사, 오위장, 동중추부사 등을 지냈다. 그 처가 경종의 계비인 선의왕후(宣懿王后)와 동기간인지라 왕실로부터 융숭한 대접을 받았다. 이인상의 오종형(五從兄)이다.

2 **춘주(春州)** 춘천의 옛 이름.

3 **북벽(北壁)** 단양에서 남한강을 따라 북동쪽으로 30여km 지점에 있는 강가의 석벽(石壁)으로, 병풍처럼 늘어서 있어 장관을 이룬다. 영춘면의 북쪽에 있다.

4 **동주굴(銅柱窟)** 신선이 산다는 전설상의 동굴.

—남굴南窟[5]을 읊은 것이다.

3

어풍대御風臺[6] 아스라한데 읊조리며 돌아보니
꿈에 선산仙山을 배회하듯 벽옥碧玉이 열리네.[7]
절벽 가득했던 공公들의 시詩 상기도 기억거늘
산인山人[8]이 배 타고 온 일 잊지 말기를.

—정연亭淵[9]을 읊은 것이다.

追次石山丈普祥韻, 記永春寧越游事

百花亭下大江回, 穹壁參天削不開.
春州太守風流足, 美酒輕船載客來. 記北壁

---

5 **남굴(南窟)** 단양군 영춘면 하리에 있는 총 길이 585m의 자연 동굴. 석굴남굴(石窟南窟)이라고도 불렀으며, 요즘에는 온달동굴이라 부른다.

6 **어풍대(御風臺)** 영월의 동남쪽인 경상북도 봉화에 있는 청량산 12대(臺)의 하나. 금탑봉의 중간층에 있으며, 절벽 중간에 길이 있어 안팎의 청량산을 연결한다. 예로부터 선비들이 많이 찾아 풍월을 읊조린 곳으로 유명하다.

7 **벽옥(碧玉)이 열리네** '벽옥'은 푸른 옥 같은 산을 이른다. 푸른 산이 모습을 드러냄을 뜻한다.

8 **산인(山人)** 이인상 자신을 가리킨다. 이인상은 '천보산인'(天寶山人)이라 자호하였다.

9 **정연(亭淵)** 영월군 동강의 어라연을 가리킨다. 어라연은 일명 삼선암이라고도 하고 정자암이라고도 했다. 강의 상부, 중부, 하부에 3개의 소(沼)가 형성되어 있고 각 소의 중앙에 바위가 솟아 있으며, 강 옆에 촘촘히 서 있는 기암괴석들이 마치 사람 같기도 하고 짐승 같기도 해 천태만상을 연출한다. 『능호집』 권3의 「부정기」(桴亭記)에도 이 지명이 보인다. 이인상의 그림 〈정연추단도〉(亭淵秋湍圖)는 바로 이 정연의 풍광을 선면(扇面)에 담은 것이다.

其二

風流勝地首重回, 世事如雲潑不開.

安得重探銅柱窟, 叩舷一聽五音來. 記南窟

其三

御風臺逈朗吟回, 夢繞僊岑碧玉開.

尙記諸公詩滿壁, 莫忘山客挐舟來. 記亭淵

조산의 여러 어르신들과 서해의 오이도[1]로 놀러 갈 것을 약속한바 도중에 짓다

소 끌고 와 시냇물 먹이고
뿔을 두드리니[2] 내 마음 느껍네.[3]
나란히 밭 가는 사람에게 묻고[4]
경쇠 안고 떠난 일 길이 생각네.[5]
들꽃은 비 맞아 촉촉하고
섬에는 밀물 따라 달이 돈누나.
매옹[6]이 살던 마을 울며 지나니
다시 한 번 만가挽歌를 짓고 싶어라.

---

1 오이도(烏耳島) 본서 170면 주26을 참조할 것.

2 뿔을 두드리니 춘추시대 영척(甯戚)이 제(齊)나라 환공(桓公)에게 벼슬하고자 했으나 방법이 없었다. 그래서 영척은 어느 날 환공이 나올 때를 기다려 소뿔을 두드리며 노래를 불렀다. 영척은 이 일로 인해 환공의 상객(上客)이 되어 국사(國事)에 참예했다는 고사가 있다.

3 소~느껍네 길에서 본 시골 풍경에 가탁한 말이다.

4 나란히~묻고 본서 185면 주14를 참조할 것.

5 경쇠~생각네 세상이 어지러워지자 은둔한 악사(樂師) 양(襄)의 이야기. 자세한 것은 본서 93면 주7을 참조할 것.

6 매옹 유언길을 말한다.

約烏山諸丈游西海烏耳島, 路中有作

牽牛飮澗水, 叩角感余情. 憑問耦耕者, 永懷擊磬行.

野花經雨潤, 島月共潮生. 泣過梅翁里, 挽歌欲再成.

장경지[1]의 고산[2] 별장

전당錢塘[3]의 세류細柳 뜰을 둘렀고
버드나무 너머 아득히 하늘 가득 바다.
골짝의 창문은 저녁달이 어울리고
작은 동산에는 약초와 꽃이 봄바람에 자라네.
저녁 밀물 하얗게 오문吳門[4]에 밀려들고
지는 해 아스라히 붉은 약목若木[5] 머금었네.

---

1 장경지(張敬之) 장재(張在, 1710~1750)를 말한다. '경지'는 그 자. 이인상의 장인인 장진욱(張震煜)과 4촌간인 장진희(張震熙)의 아들이다. 벼슬은 하지 못했다. 『덕수장씨족보』(덕수장씨종친회, 1974)에는 장재(張在)의 이름이 '지재'(至在)로 기재되어 있다. 한때 이인상은 장재의 향리인 모산(茅山)에 우거(寓居)한 적이 있다. 『능호집』 권4에 수록된 「성사의 제문」(祭成士儀文)의 "아아, 생각건대 나와 그대는/곤궁한 데다 낙척(落拓)하여/함께 모산에 은거하며/아내에 의지해 살았지요/경지(敬之)의 고을/자화(子和)의 집에서/밭을 빌려 농사짓고/남의 동산에 꽃과 나무 심어/경서(經書)를 빌려 읽으니/즐거움이 그지없었지요"(嗚呼念我與子, 窮寠濩落, 偕隱茅山, 依婦而食. 敬之之里, 子和之宅, 傭田倦耕, 他園小植, 借經而讀, 樂亦無射)라는 구절에서 그 점이 확인된다.

2 고산(孤山) 본서 131면 주5를 참조할 것.

3 전당(錢塘) 중국 절강성(浙江省) 항주(杭州)를 이른다. 장재의 별장이 있던 '고산'(孤山)이 중국 항주의 서호(西湖)에 있던 고산(孤山)과 같은 이름이라 이 시에서 중국 전고(典故)를 많이 끌어들였다.

4 오문(吳門) 오(吳)나라 동문(東門)을 말한다. 오자서(伍子胥)의 고사에서 나온 말. 오자서는 초(楚)나라 사람인데 아버지와 형이 초나라 평왕(平王)에게 피살되자 오나라를 도와 초나라를 쳐서 원수를 갚았다. 그러나 후에 오나라 백비(伯嚭)의 모함으로 오왕에게 죽임을 당할 운명에 놓이자, 자신의 눈알을 도려내 오나라 동문에 걸어 두어서 월(越)나라 군사들이 오나라를 멸망시키는 것을 볼 수 있게 하라는 말을 남기고 스스로 목숨을 끊었다.

5 약목(若木) 곤륜산(崑崙山) 서쪽 끝의 해 지는 곳에 있다는 신목(神木)으로, 나무는 붉고 꽃은 푸르다고 한다.

슬피 중원을 바라보니 가시나무 어둑거늘
그 누가 서호西湖[6]에서 옛 매화나무 떨기 찾으리.

張敬之在孤山別業

錢塘細柳繞庭中, 柳外茫茫海滿空.
半壑窓櫳宜夕月, 小園花藥長春風.
晩潮近接吳門白, 落日遙㘅[7]若木紅.
悵望神州荊棘暗, 西湖誰問古梅叢.

---

6 서호(西湖)　절강성 항주에 있는 호수. 매화에 대한 혹애(酷愛)로 유명한 송(宋)나라 임포(林逋)가 이 호수 속에 있던 섬인 고산(孤山)에 은거했다.

7 㘅　銜과 同字.

서낭 석대[1]에 올라

쏴쏴 거센 바람 석대石臺에 부니
하늘 끝 외배에 아득히 수심이 이네.
한쪽에 해 비치니 붉은 구름 나오고
일만一萬 점點 산봉우리 바다 따라 흐르네.
방초 우거진 모래톱에서 제자帝子[2]를 생각하고
쇠잔한 꽃에 눈물 흘리며 중원을 바라보네.
높은 데 오르니 흰머리 느는 것 견딜 수 없어
그저 바다 향해 백구白鷗를 세네.

上船王石臺

拍拍勁風吹石頭, 孤舟天際涔生愁.
半邊日射彤雲出, 萬點山隨巨海流.
芳草汀洲懷帝子, 殘花涕淚望神州.
登高不耐生華髮, 且向滄波數白鷗.

---

1 서낭 석대(石臺) 서낭당의 석대(石臺)를 가리킨다. 원문에는 서낭이 "船王"으로 표기되어 있는데, 옛날에 서낭당(성황당)을 '선왕당'(船王堂)으로도 표기했다. 장재의 고산 별장 인근인 시흥시 군자동의 군자봉(君子峯, 높이 198m) 정상에 서낭대 유지(遺趾)가 지금도 남아 있다.

2 제자(帝子) 제왕의 아들

다음 날 다시 석대에 오르다

오이산烏耳山[1] 황량하니 흰머리를 견딜쏜가?
진흙 펄과 검은 언덕에 눈물이 옷깃을 적시네.
돌아오는 배에 조천로朝天路를 묻고자 하여
먼눈으로 근심스레 보니 석양이 빛나네.
옥 같은 풍모의 선생[2]은 어디로 갔나?
금릉金陵[3]의 왕기王氣[4]는 미약하구나.
가련하다 바닷가엔 그래도 봄이 찾아와
붉은 해당화 물가의 바위[5]에 빙 둘러 피었네.

---

1 오이산(烏耳山) 오이도(烏耳島)를 가리킨다. 오이도는 섬 전체가 하나의 야트막한 산이었다.

2 옥 같은 풍모의 선생 작고한 매호 유언길을 가리킨다.

3 금릉(金陵) 중국 남경(南京)의 옛 이름. 진(晉)·송(宋)·제(齊)·양(梁)·진(陳)이 모두 이곳에 도읍했다.

4 왕기(王氣) 제왕의 덕을 갖춘 사람이 나오는 땅에 나타난다고 하는 특수한 기운을 말한다.

5 물가의 바위 원문은 "漁磯"인데, 낚시질하기에 좋은 물가의 바위를 이른다.

翌日再上石臺

烏耳山荒堪晧首? 靑泥坂黑淚霑衣.

歸舟欲問朝天路, 極目愁看落日暉.

玉貌先生何處去, 金陵王氣望中微.

可憐海岸春猶到, 玫瑰花發繞漁磯.

섬 마을에서의 열사흗 밤

1

모래밭 꽃과 안개 속의 풀 흔적이 희미한데

바닷가 슬픈 바람 돌뿌리[1]를 찢네.

수선水仙[2]을 기다리니 흰머리만 늘고

산귀山鬼[3]도 못 만난 채 해가 저무네.

아득한 파도는 태곳적부터고

밝게 도는 은하수는 광한루廣寒樓[4]에 가깝네.

맑은 이슬 내리는 밤 홀로 어촌에 누워

「이소」離騷 한 번 읽을 때마다 애가 끊이네.

2

산[5] 꼭대기 다시 오르니 온통 바다고

멀리 맑은 하늘 보니 어둡지 않네.

어룡魚龍이 구렁에 뛰어오르니 외론 달 나오고

파도가 하늘에 넘실대는데 혼자 있어라.

구름티끌 다 씻어 하늘색 또렷하고

---

1 돌뿌리 원문은 "石根". 암석의 밑부분을 일컫는 말.

2 수선(水仙) 물에 산다는 선인(仙人).

3 산귀(山鬼) 산에 산다는 신령. 『초사』 구가(九歌)에 「산귀」(山鬼)편이 있다.

4 광한루(廣寒樓) 원문은 "九閽". 옥황상제가 거처하는 궁궐을 가리킨다.

5 산 오이도에 있는 산을 말한다.

맑은 이슬 많이 마셔 원기元氣를 접했네.
중류中流에 배 몰아[6] 멀리 나갈 만하니
성수星宿를 다 돌아 곤륜崑崙까지 가리.

島村十三夜

沙花煙草不分痕, 海岸悲風裂石根.
欲候水仙生白髮, 未逢山鬼到黃昏.
雲濤汗漫自千古, 星漢昭回近九閽.
獨臥漁村淸露夜, 「離騷」一讀一銷魂.

其二
更登高頂渾無地, 曠望淸宵不復昏.
跳壑魚龍孤月出, 漫天波浪一身存.
雲埃淨盡分空色, 沆瀣餐多接混元.
擊汰中流堪遠適, 便窮星宿到崑崙.

---

6 배 몰아 원문은 "擊汰". 『초사』 구장(九章)의 「섭강」(涉江)에 이 말이 보인다.

서지에 있는 이윤지의 원정園亭[1]에서 염운[2]하여 '용'用, '졸'拙, '존'存, '오'吾, '도'道 다섯 자를 얻었으나, 다만 '용'用자로만 시를 짓고 일이 있어 모임을 파하고 돌아오다

해 저물어 마음 더욱 서글픈 것은
졸박拙朴한 도道 지키는 사람 적어서라네.
산 의지해 함께 집을 짓고서[3]
풀과 나무 뜻에 맞게 심어 놓았네.
가을 과실 또한 절로 익어서
객客 이르면 약소한 접대에 보태 내놓네.
머물며 고금사古今事를 이야기하다
돌아오자 다시 근심하고 두려워하네.
운수 막힘은 실로 천명天命 때문이어늘[4]
글을 써 논하면 혹 다툼을 일으킬 테지.
옛 글을 이미 많이 잊었긴 해도

---

1 **이윤지의 원정(園亭)** 녹운정(綠雲亭)을 말한다.
2 **염운(拈韻)** 옛날 문인들이 모여 시를 짓는 방식의 하나로, '염제분운'(拈題分韻)의 준말이다. '염제'(拈題)란 시제(詩題)를 고르는 것으로, 모인 사람의 동의를 얻어 정하거나 시구(詩句)가 쓰인 죽간(竹簡)에서 제비를 뽑아 정하기도 한다. '분운'(分韻)이란 모인 사람이 운(韻)을 나누어 시를 짓는 것을 말한다. 여기서는 '用拙存吾道'(졸박함으로써 우리 도를 보존한다)라는 시제의 각 글자로 분운하였다. '用拙存吾道'는 두보의 시 「자취를 숨기다」(屛跡) 중 제1수 제1구에 해당한다.
3 **산~짓고서** 이윤영과 이인상은 모두 원림(園林)에 집이 있었다.
4 **운수~때문이어늘** 오랑캐인 여진족이 중국을 지배하고 있는 것을 가리킨 말이다.

몇 편은 아직 암송한다네.
일사逸史[5]는 전모典謨[6]를 잇고
촌부村夫의 노래는 죄다 아송雅頌[7]이라네.
다시 산정刪定할 이[8] 기다리나니
중화와 오랑캐 뉘 분변하리?
빈궁한 집에서 깊이 탄식하지만
이 뜻을 함께할 사람이 없네.
야인野人의 옷[9]을 오히려 기뻐하고
임천林泉[10]의 소중함을 차츰 알겠네.
재야在野의 말은 감히 거리낌이 없으니
오히려 기杞·송宋에서 징험할 만하네.[11]

---

5 일사(逸史) 야사.

6 전모(典謨) 『서경』의 우서(虞書)가 「요전」(堯典)·「순전」(舜典)·「대우모」(大禹謨)·「고요모」(皐陶謨)로 시작하는 데서 유래하는 말로, 흔히 『서경』을 가리키는 말로 쓴다.

7 아송(雅頌) 아(雅)와 송(頌)은 『시경』의 시를 분류하는 명칭이지만 통칭하여 『시경』을 가리키기도 한다.

8 다시 산정(刪定)할 이 공자가 『서경』과 『시경』을 산정하였다.

9 야인(野人)의 옷 원문은 "冠裳博"인데, 비천한 사람의 복장을 가리킨다.

10 임천(林泉) 산림과 천석(泉石). 은거하는 곳을 이르는 말.

11 재야(在野)의~징험할 만하네 재야 선비들의 글이나 말 속에 청(淸)에게 멸망한 명(明)을 숭상하는 춘추대의의 정신이 잘 간직되어 있다는 뜻이다. 『논어』「팔일」(八佾)에, "공자가 말했다: 내가 능히 하(夏)나라의 예(禮)를 말할 수 있으나 기(杞)가 징험이 되기에 부족하고, 내가 능히 은(殷)나라의 예(禮)를 말할 수 있으나 송(宋)이 징험이 되기에 부족하다. 이는 문헌이 부족하기 때문이니, 만일 문헌이 충분하다면 내가 능히 징험할 수 있을 것이다"(子曰: '夏禮, 吾能言之, 杞不足徵也, 殷禮, 吾能言之, 宋不足徵也, 文獻不足故也, 足則吾能徵之矣)라는 구절이 있다. 기(杞)는 하나라 후손의 나라이고, 송(宋)은 은나라 후손의 나라다.

西池李胤之園亭拈韻, 得用、拙、存、吾、道, 只賦用字, 有事罷還

歲晏心轉悽, 拙道寡人用. 依山共結屋, 卉木隨意種.

秋實亦自成, 客至助寒供. 留與談今昔, 旣歸還憂恐.

茝晦固有命, 論著或近訟. 古書多已忘, 數篇猶暗誦.

爛史續典謨, 村歌渾雅頌. 更待删正手, 誰分夷夏統?

況歎窮廬中, 此意無人共. 尙欣冠裳博, 漸知林泉重.

野言敢無諱, 猶堪徵杞、宋.

송사행의 계방[1]잡시에 화답하다[2]

1

산수간山水間에 좋은 터도 안 정해 놓고
시골로 돌아갈 생각만 하네.
낮은 관직[3] 뉘우침과 부끄러움만 더하니
박주薄酒 마시며 희비喜悲에 잠기네.
매미 고요하니 숲이 어둡고
개구리 소리 요란하니 골짝의 비가 서늘하네.
진창이 깊어 무릎까지 빠지는 속에
많은 선비들 나라님께 상소上疏[4]했다지.

2

관직이 낮아 임금 은혜 갚기 어렵고

---

1 **계방(桂坊)** 조선 시대에 왕세자를 모시고 호위하는 임무를 맡았던 관청인 세자익위사를 달리 부르는 말. 송문흠은 1733년 사마시에 급제, 1739년 세자익위사 시직에, 1742년에 부수에, 1744년 시직에 제수된 바 있다.

2 **송사행의 계방잡시에 화답하다** 이 시의 제1수는 송문흠의 『한정당집』 권1에 수록된 「익위사에 숙직하며 지은 잡시. 백씨에게 올리다」(翊衛司直廬雜詩. 上伯氏) 7수 연작 중 그 제1수에 대한 화답시다. 『한정당집』에는 이 시가 영조 21년인 1745년에 창작된 것이라고 명기되어 있다.

3 **낮은 관직** 이인상은 당시 내자시(內資寺) 주부(主簿)로 있었다. 종6품 벼슬이다.

4 **상소(上疏)** 『영조실록』에 의하면 영조 21년(1745) 6월 2일, 4일, 10일, 11일, 13일에 각각 송시열과 송준길(宋浚吉)의 문묘(文廟) 종향(從享)을 청하는 성균관 유생들의 상소가 있었다.

몸이 병드니 노모老母[5] 나이 더욱 느끼네.
쟁기 지고 돌아갈 땅이 없으니
책 안고 저문 하늘만 보네.
북악의 구름이 눈에 드는 곳
남간南澗에 새로 집[6]을 옮겼네.
선조의 사당[7] 곁에서 채소 가꾸니
어머니께서 한결 기뻐하시네.

和宋士行桂坊雜詩

未卜溪山勝, 思歸稻蟹鄕. 微官增悔吝, 薄酒汨歡傷.
蟬寂林暉暗, 蛙繁洞雨凉. 泥塗深沒膝, 多士有封章.

其二
官微難報主, 身病感親年. 負耒無歸土, 抱書對暮天.
北山雲在望, 南澗屋新遷. 種蔬先廟側, 慈母一懽然.

---

5 노모(老母) 이인상은 아홉 살 때 부친을 여윈바 홀어머니를 극진히 섬긴 것으로 알려져 있다. 하지만 이인상은 어머니보다 먼저 세상을 떴다.
6 새로 집 신소와 송문흠이 남산에 지어 준 집을 말한다. 1741년의 일이다.
7 선조의 사당 이인상의 고조부 이경여(李敬輿)의 사당이 남산 기슭에 있었다. 유본예(柳本藝)의 『한경지략』(漢京識略) 권2의 '각동'(各洞) 참조.

숙직 중에 심회를 적어 송시해에게 부치다

서리와 이슬 천문天門[1]에 내린 날 새벽에 일어나
저물녘 관아에 가니 말발굽이 느릿.
단풍잎 아래 누우니 시원한 바람소리 들리고
흰 구름 맑게 뵈고 먼 누각이 희미하네.
강남江南은 매화 소식 차츰 가까워질 텐데
산중山中의 기국杞菊[2] 심은 밭은 외려 황량하여라.
벗 불러 책을 강론할 한가한 날 생각하며
고란사皐蘭寺[3] 북쪽에 은거할 곳 보아 두었네.

直中寫懷, 寄宋時偕

天門霜露候晨雞, 晚到公堂倦馬蹄.
紅葉臥聽凉籟過, 白雲晴望遠樓迷.
江南漸近梅花信, 山裏猶荒杞菊畦.
邀友講書思暇日, 皐蘭寺北卜幽棲.

---

1 **천문(天門)** 궁궐의 문을 말한다.
2 **기국(杞菊)** 구기자나무와 국화.
3 **고란사(皐蘭寺)** 충남 부여 백마강 절벽 위에 있는 조그만 암자.

숙직 중에

마음이 쇠퇴하니 잠이 적고
가을밤이라 때를 분간 못하겠네.[1]
국화는 이슬 머금어 무겁고
흰 달은 구름 사이 천천히 흐르네.
문득 중원의 일에 느꺼워
두어 벗의 시詩를 서글퍼하네.
강남엔 낙토樂土 많으니
오동과 대나무 심기 좋겠지.

直中

衰懷竟少睡, 秋夜不分時. 黃花含露重, 晧月漏雲遲.
忽感中州事, 因憐數子詩. 江南多樂土, 梧竹種栽宜.

---

1 **때를 분간 못하겠네** 밤이 길다는 뜻.

가을날에 감회가 있어 송사행에게 써서 주다

전가田家에 즐거운 일 하 많을 텐데
구구하게 벼슬하니 밝은 시대[1]에 부끄럽네.
경전經典 궁구할 시간 늘 모자라고
농사 짓는 일 늦어짐[2]을 다못 슬퍼하네.
국화꽃 공연히 스스로 먹고
단풍잎에 부질없이 시 많이 읊네.
서암西巖[3]의 오솔길 우연히 드니
시냇물에 입 헹구고 발 씻을 만하군.

秋日有感, 書贈宋士行

田家多樂事, 竊祿愧明時. 常少窮經暇, 偏憐力穡遲.
黃花空自服, 紅葉謾多詩. 偶入西巖徑, 秋泉漱濯宜.

---

1 **밝은 시대** 원문은 "明時"인데, 자기가 섬기는 조정을 칭송할 때 쓰는 의례적인 말이다.
2 **농사 짓는 일 늦어짐** 벼슬을 그만두고 귀거래하는 일이 늦어지고 있다는 말.
3 **서암(西巖)** 남간(南澗)의 지명이다. 『뇌상관고』 제1책에 실린 「몇몇 벗들과 소호(小壺)의 남쪽 언덕에 올라」(與數友上小壺南崗)라는 시의 제7구 "數仞西巖瀑" 중에 '서암'이라는 지명이 보인다. 종강(鐘崗)의 시내가 발원하는 소호천(小壺泉) 부근으로, 폭포가 있던 곳임을 알 수 있다.

신성보[1]가 부쳐 준 시에 차운하다

기나긴 밤[2] 언제 다하려나?

서늘한 야주野酒[3] 세 사발로 소견消遣하노라.[4]

늙은 전나무 희미하고 달그림자 쇠잔한데

새벽 구름 가의 샛별을 서글피 바라보네.

산을 마주해 파옹芭翁[5]의 영정影幀 대하고

국화 곁에서 석실石室[6]이 남긴 글을 보네.

멀리 빙설氷雪 속 장하漳河[7]를 생각거늘

---

1 신성보(申成甫) 신소(申韶, 1715~1755)를 말한다. '성보'(成甫)는 그 자(字). 호는 함일재(涵一齋)이고, 본관은 평산이며, 사건(思建)의 아들이다. 젊어서 무예와 병법을 좋아했고 음악과 시를 즐겼으며 자잘한 예법에 구애받지 않았다. 송문흠·이인상과 교유하였으며 임성주(任聖周)와 경학 토론을 벌여 당대에 명성이 높았다. 『능호집』 권4에 수록된 「신성보 제문」에 따르면, 엄격히 출처(出處)를 따져 과거에 응시하지 않았다고 한다. 대명의리론을 철저히 견지했던 인물이며, 협기(俠氣)가 있어 남을 돕기를 좋아하였다. 이인상이 집이 없어 이곳저곳 세들어 사는 것을 딱하게 여겨 송문흠과 힘을 합해 남산에 집을 조성해 주기도 했다. 그 아들 광온(光蘊)은 박지원과 절친한 사이였다. 광온은 송문흠의 재종제인 익흠(益欽)의 딸에게 장가갔으며, 그 사이에서 난 딸이 홍대용의 아들 원(薳)에게 시집갔다.

2 기나긴 밤 이인상과 그의 벗들은 청(淸)이 중원을 점거한 당시의 동아시아 현실을 '밤'으로 인식했다.

3 야주(野酒) 시골에서 빚은 술.

4 소견(消遣)하노라 원문은 "消取"인데, '소견'이라는 뜻.

5 파옹(芭翁) 송시열의 호. 청주 화양동에 있는 파곶(芭串)이라는 지명에서 취한 호다.

6 석실(石室) 청음(淸陰) 김상헌(金尙憲, 1570~1652)을 가리킨다. 김상헌은 중년 이후 경기도 양주의 석실에 퇴거(退去)해 있을 때 '석실산인'(石室山人)이라는 호를 사용했다. 김상헌은 숭명배청(崇明排淸)의 입장을 견지했으며, 이후 그의 후손들은 노론의 핵심적 위치에서 춘추대의를 강조하는 방향으로 조선의 정치와 문예를 이끌었다.

선인仙人이 눈물 흘려 구리 소반 축축하겠지.[8]

次申子成甫韶寄贈韻

漫漫長夜幾時闌? 消取三甌野酒寒.

老檜微分殘月影, 明星悵望曉雲端.

芭翁素像參山對, 石室遺書倚菊看.

遙念漳河氷雪裏, 僊人涕淚濕銅盤.

---

7 장하(漳河) 중국의 공동산(崆峒山)에 흐르는 강. 공동산은 감숙성(甘肅省) 주천현(酒泉縣) 동남쪽에 있는 산으로, 옛날 서융(西戎)의 땅이다. 북위(北魏)를 세운 탁발씨(拓跋氏)의 마사장(馬射場: 말을 타고 달리면서 활쏘기 연습을 하는 곳)이 이 산정(山頂) 가까이에 있었다고 한다.

8 선인(仙人)이~축축하겠지 '구리 소반'은 한 무제가 이슬을 받기 위해 건장궁에 건립한 승로반(承露盤)을 말한다. 승로반은 선인이 손으로 떠받치고 있는 형상을 취하고 있었다고 한다. 당나라 이하(李賀)가 지은 「금동선인이 한나라를 떠난 일을 노래하다」(金銅仙人辭漢歌)라는 시의 서(序)에, "위(魏)나라 명제(明帝) 때인 청룡(靑龍: 위 명제의 연호) 원년(233) 8월에 환관에게 조칙을 내려 한 무제의 승로반 선인을 동쪽에서 수레로 옮겨와 궁궐 앞에 두고자 하였다. 환관이 동반(銅盤: 구리 소반)을 분리하자 선인은 수레에 실리면서 눈물을 줄줄 흘렸다"(魏明帝靑龍元年八月, 詔宮官牽車西取漢孝武捧露盤仙人, 欲立置前殿, 宮官旣折盤, 仙人臨載乃潸然淚下)라는 말이 보인다. 위(魏)나라는 북방의 이민족이 세운 나라인 북위(北魏)를 가리킨다. 여기서는 명나라가 여진족인 청나라에 망해 중화의 문물이 빛을 잃었음을 비유한 말이다.

이백눌이 벗을 노래하며 감회를 읊은 시에 차운해 답하다

맘으로만 사귀었고 만난 적은 없어라[1]
지금의 우도友道는 얼굴빛만 꾸며대건만.
이자李子[2]가 향골香骨[3]을 수습하여서
지산芝山[4]에 무덤 새로 단장하였네.
언덕에 올라 경박한 풍속 슬퍼하노라
상엿줄 잡으러 온 벗 얼마 안 되니.
옷은 해져도 좋은 말 타고 다녔거늘
뉘라서 우뚝한 그 흉회胸懷 슬피 여기리.

—이헌가李獻可[5]

해악海嶽에 비바람 심해[6]

---

1 맘으로만~없어라 이인상과 이헌보(李獻輔)가 그러하다는 말.

2 이자(李子) 이민보(李敏輔)를 말한다.

3 향골(香骨) 유골을 말한다.

4 지산(芝山) 이헌보의 묘지가 있는 경기도 양주(楊州)의 영지산(靈芝山)을 가리킨다. 송문흠은 「이헌가 묘지명」(『한정당집』 권8)에서 영지산이 풍양역(豐壤驛: 지금의 남양주시 진건읍 일대) 서쪽에 있다고 했다.

5 이헌가(李獻可) 이헌보(李獻輔, 1709~1731)를 말한다. '헌가'는 그 자, 본관은 연안. 지촌(芝村) 이희조(李喜朝)의 손자이며, 대사간을 지낸 이양신(李亮臣)의 아들이다. 이민보(자 백눌伯訥)와는 사촌간이다. 1726년 문과에 급제했으나 당대 벼슬아치들의 행태에 염증을 느껴 관직에 나아가지 않았다. 23세의 나이에 요절했다. 송문흠·황경원(黃景源)과 절친했다.

배와 수레로 건너기 위태로워 몹시 두렵네.
집에 돌아오면 즐거움 있으리니
갈림길에서도 슬퍼할 것 없네.[7]
사우師友의 도道는 키워야 하고
문자의 격조는 기이함을 버려야 하네.
그대 불러 계수나무[8] 숲에 살았으면 하니
회옹晦翁도 「초은조」招隱操를 남겼지 않나.[9]

—이백눌李伯訥의 자술自述

휘장을 열치면 서적이 있어
한가롭고 편안하게 도道와 함께하네.
벗 부르니 도연명의 삼경三徑[10]이 있고
시절을 슬퍼해 굴원의 『초사』를 폐했네.
이윤伊尹과 주공周公의 옛 솥은 작고
우虞와 하夏의 한 송이 꽃[11] 기이도 하지.[12]

---

6 해악(海嶽)에 비바람 심해 '해악'은 금강산을 이른다. 이민보가 금강산에 갔기에 한 말이다.

7 갈림길에서도~없네 중국의 전국시대 때 양주(楊朱)가 갈림길 앞에서 울었다는 고사가 있다. 남으로도 갈 수 있고 북으로도 갈 수 있기 때문이었다고 한다.

8 계수나무 은자가 사는 산속에 있는 나무.

9 회옹(晦翁)도~않나 '회옹'은 주희(朱熹)의 호. 주희의 「초은조」(招隱操)에, "남산(南山)의 그윽한 곳/계수나무 우거졌네"(南山之幽, 桂樹之稠)라는 구절이 있다.

10 삼경(三徑) 뜰에 난 세 개의 길이라는 뜻인데, 은자의 거처를 상징한다. 도연명의 「귀거래사」에 "삼경은 거칠어졌으나/송국(松菊)은 그대로 있네"(三徑就荒, 松菊猶存)라는 구절이 있다.

11 한 송이 꽃 원문은 "片花". 꽃 모양의 고대 유물 같은데 무언지는 미상.

12 이윤(伊尹)과~기이도 하지 이윤영은 중국 고대의 골동품을 수집하는 취미가 있었으니, 이는 그의 존주대의(尊周大義)의 이념과 깊은 연관이 있다.

먹 희롱하여 때로 세상 놀래키니
나찬懶瓚과 대치大癡[13]를 배웠다 하겠네.
　　—이윤지李胤之

베옷[14] 몸에 친숙하고
작은 방엔 절로 바람이 이네.
창해滄海[15]에 자취를 숨겼나니
백운白雲[16]의 뜻이 몹시도 크지.
책은 부질없이 벽에 있고
약으로 몸을 보존하누나.[17]
잡패雜佩를 주지는 못해도[18]
초야에 도道 우뚝 높아라.
　　—신성보申成甫

곤궁과 영달은 내 명命에 달린 것
선철先哲도 그 까닭 말하지 않았지.

---

13 나찬(懶瓚)과 대치(大癡)　'나찬'은 원(元)나라 때의 화가인 예찬(倪瓚, 1306~1374)을 가리키며, '대치'는 원나라 때의 화가인 황공망(黃公望, 1269~1358)을 가리킨다. 예찬은 보통 운림(雲林)이라는 호로 알려져 있지만, 스스로 '예우'(倪迂), '나찬'이라 일컫기도 하였다. 이인상과 이윤영은 모두 예찬의 화풍에 큰 영향을 받았다.
14 베옷　재야의 선비가 입는 옷.
15 창해(滄海)　조선을 말한다.
16 백운(白雲)　은거를 상징하는 말.
17 약으로 몸을 보존하누나　신소가 초년에 병을 얻어 늘 약을 달고 산 것을 말한다.
18 잡패(雜佩)를 주지는 못해도　초치하지는 못한다는 말. '잡패'는 여러 개의 옥을 연결해서 만든 물건인데, 허리에 차게 되어 있다. 『시경』 정풍(鄭風) 「여왈계명」(女曰雞鳴)에 "당신이 초치하신 분임을 알진댄/잡패를 드리리"(知子之來之, 雜佩以贈之)라는 구절이 있다.

원례元禮의 문門[19]은 헛되이 높고
양명陽明[20]의 학문은 순수치 못하네.
장차 문도文道[21]의 책임 떠맡고
의당 공孔·주朱[22]의 신하가 되어야 하리.
세상 운수 궁박한 운뢰雲雷 상象[23]이라
천지간에 자폐인自閉人으로 살아가누나.[24]

—송사행宋士行

次答李伯訥詠友述懷

神交未識面, 友道競修容. 李子存香骨, 芝山改斧封.
升丘悲薄俗, 執紼少游從. 弊褐與名馬, 誰憐磈磊胸?

---

19 원례(元禮)의 문(門) '원례'는 후한(後漢) 환제(桓帝) 때의 인물인 이응(李膺)의 자. 고사(高士)로 이름이 높아 선비들이 그를 만나는 것을 '등용문'(登龍門)이라고 하였다.

20 양명(陽明) 왕수인(王守仁)을 가리킨다. '양명'은 그 호. 사물의 이치에 대한 궁구(窮究)를 거쳐야 도에 이를 수 있다고 주장한 주희의 학설에 반대해 마음=양지(良知)를 닦는 것만으로 도에 이를 수 있다는 학설을 펼쳤다. 중국에서는 명말청초(明末淸初)에 왕수인의 사상을 급진적으로 계승한 왕학좌파(王學左派)가 문예에 큰 영향을 끼쳤고, 이러한 풍조는 조선에도 파급되어 이인상이 활동한 18세기 문학 공간에 큰 파란을 일으켰으며 그 결과 감정과 자아를 적극적으로 긍정하는 새로운 문예 조류가 형성되고 있었다.

21 문도(文道) 문(文)과 도(道). 주자학도들은 기본적으로 '문이재도'(文以載道: 문에다 도를 싣는다)의 입장을 취했다. 이인상도 이런 입장이었다.

22 공(孔)·주(朱) 공자와 주자를 말한다.

23 운뢰(雲雷) 상(象) 『주역』 둔괘(屯卦)의 상을 말한다. 둔괘는 ☵(감坎)이 위에 있고 ☳(진震)이 아래에 있는 모양이다. '운뢰상'은 음양이 처음 사귀되 서로 잘 통하지 못함을 가리키는 것으로 천하가 고난에 허덕여 형통하지 못한 때를 상징한다.

24 천지간에 자폐인(自閉人)으로 살아가누나 스스로를 감추고 산다는 뜻.

—右李子獻可獻輔

海嶽多風雨, 舟車怕涉危. 還家知有樂, 岐路莫須悲.
師友道堪息, 文章格舍奇. 招君棲桂樹, 晦父有遺辭.

—右李子自述

披帷圖史在, 閒靖道偕之. 喚友存陶徑, 哀時廢屈辭.
伊､周古鼎小, 虞､夏片花奇. 墨戲時驚俗, 謂君學懶､癡.

—右李子胤之

布衣與近體, 斗室自生風. 滄海尋蹤泯, 白雲立志洪.
簡編空在壁, 藥餌且存躬. 雜佩休相贈, 道尊草澤中.

—右申子成甫

窮通存吾命, 先哲不言因. 元禮門空峻, 陽明學未醇.
且憑文道責, 須作孔､朱臣. 寂寞雲雷象, 乾坤自閉人.

—右宋子士行

남단[1]에 비 온 뒤 김원박[2]이 내방해 함께 짓다

들녘 바라보니 아름다운 나무 많고
성곽 밖의 산 차츰 또렷해지네.
말은 풀섶을 달리고
꾀꼬리는 산기슭에서 지저귀네.
비 기뻐해 가져온 술에 취하여
먼 밭을 산책하고 돌아오네.
부들은 저리도 살랑거리고
도랑물은 콸콸 흘러가누나.

南壇雨後, 金元博來訪共賦

野望多嘉樹, 稍分郭外山. 馬行青草裏, 鶯囀翠微間.
喜雨携壺醉, 深田散策還. 綠蒲何獵獵, 溝水自汪瀯.

---

1 남단(南壇) 풍(風), 운(雲), 뇌(雷), 우(雨)의 신 및 산천과 서낭신에게 제사 지내던 곳으로, 조선 시대에 설치한 다섯 토룡단(土龍檀)의 하나이다. 남산 남쪽 기슭에 있었으며, 이곳에서 오방토룡제(五方土龍祭)의 하나인 남방토룡제(南方土龍祭)를 지냈다.
2 김원박(金元博) 김무택(金茂澤)을 말한다. '원박'은 그 자.

평안도 관찰사로 부임하는 목곡 이공[1]을 삼가 전별하다

공이 서루西樓[2]에 코골고 자면 나라님 근심없고
가시고 오시는 길 육정六丁[3]이 함께하리.
꽃 만발한 대동강에 대장군 기旗[4] 머물러도
전야田野에 풀 자라면 소 치는 일 그리우리.
아랫사람 부를 때 예법 까다로이 하지 않고
은미한 말로 임금의 군사軍事 보필할 테지.
백아곡白鴉谷 입구의 산 그림과 같거늘

---

1 이공(李公) 이기진(李箕鎭, 1687~1755)을 말한다. 숙종·경종·영조 때의 문신. 자는 군범(君範), 호는 목곡(牧谷), 본관은 덕수(德水). 1717년에 진사가 되고 같은 해 문과에 급제하여 예문관·홍문관에 재직하였다. 1721년 헌납으로 있을 때 왕세제(王世弟)로 책봉된 연잉군(延礽君: 훗날의 영조)에 대하여 나쁜 말을 퍼뜨린 유봉휘(柳鳳輝)의 처벌을 주장하다가 신임사화 때 파직되었다. 1724년 영조가 즉위하자 다시 등용되어 홍문관 교리가 되고 이듬해 시독관(試讀官)이 되어 신임사화를 일으킨 소론에 대한 논죄를 철저히 하여 그 시비를 명백히 밝힐 것을 극언함으로써 한때 영조의 노여움을 사기도 하였다. 1725년에 승지를 지내고 이조참의를 거쳐 1727년에 부제학을 역임하고 강화부 유수가 되었으나 왕세자의 관례(冠禮) 때 봉전문(封箋文)을 빠뜨린 일로 파면당하였다. 그 뒤 향리에 머물고 있던 중 1728년에 이인좌 등 소론 일파가 밀풍군(密豊君) 탄(坦: 소현세자의 적손)을 추대해 반란을 일으키자 급거 상경하여 대사성에 임명되었다. 이 반란이 평정되자 다시 고향으로 내려가 있다가 1729년 재차 벼슬길에 올라 함경도 관찰사를 지내고 이어서 대사간을 지내고 경상도 관찰사, 형조판서, 경기도 관찰사 등을 역임하였다. 1744년 홍주 목사를 거쳐 이듬해 다시 경기도 관찰사, 판의금부사를 지내고 이어 평안도 관찰사를 거쳐 1749년에 동지사로 청나라에 다녀왔다.

2 서루(西樓) 평안도의 누각을 말한다.

3 육정(六丁) 하늘의 신장(神將).

4 대장군 기(旗) 원문은 "牙纛". 원래 대장군의 기(旗)를 가리키는 말이나, 여기서는 관찰사의 기를 뜻한다.

가벼운 배로 공公을 맞아 급류를 지나네.[5]

敬賭牧谷李公箕鎭按節西關

鼾睡西樓釋主憂, 公來公去六丁謀.

花濃浿岸停牙纛, 草長湖田戀牧牛.

却引小官寬禮數, 敢將微語贊戎籌.

白鵶谷口山如畫, 迎取輕舟過急流.

---

5 백아곡(白鵶谷)~지나네 새로 평안감사에 제수된 이기진이 배편으로 모셔져 간다는 뜻. 『영조실록』에 의하면 이기진은 1746년(영조 22) 1월 29일 평안도 관찰사에 제수되었다. 이기진은 지평군 상동면(지금의 양평군 양동면 석곡 2리)의 목곡(牧谷)에 거주한바, 이 지명을 취해 자신의 호로 삼았다. 목곡 인근인 지금의 양동면 쌍학리에 이기진의 선조인 이식의 택풍당(澤風堂)이 자리하고 있는데 이 일대가 바로 백아곡이다.

김원박이 왔길래 동산에서 지내는 생활을 읊다

잣나무 그림자 땅 가득한데
초여름날 숲속의 방[1] 소제하노라.
푸른 덩굴은 산을 에워싸고
햇빛이 쏟아져 파초잎이 환하네.
밭 옆의 시내에서 물을 길으니
골짝의 새가 다가와 평상平牀에 옮겨 앉네.
담장 아래 뒷짐지고서
새로 핀 꽃 은미한 향내 맡아 보누나.

金元博來, 賦園居

柏陰已滿地, 淸夏掃林房. 蔓綠縈山翠, 蕉明瀉日光.
畦泉承灌勺, 谷鳥近移牀. 負手頹墻下, 新花嗅細香.

---

1 숲속의 방 남산에 있던 능호관의 방을 말한다.

배 타고 행주로 내려가 김 진사 신부愼夫의 초당[1]에서 자고, 일찍 일어나 시를 남기고 이별하다. 창석자[2]와 함께 짓다

물가의 집에서 하룻밤 묵고
아침에 기이한 대나무 품평하였네.
은거하려는 뜻[3] 부질없고
바다로 가려던 기약[4] 아득하구나.
골짝의 비 어둑어둑 꽃에 뿌리고
물가의 구름 천천히 버드나무 지날 테지.
남간南澗에 돌아가 달 기다리다가

---

1 **초당(草堂)** 김근행은 1742년 가을에 자신이 살던 행주의 봉정(鳳汀)에 새로 초당을 하나 건립하여 '고심정'(古心亭)이라 이름하였다. '봉정'은 지금의 경기도 고양시 덕양구 행주외동에 속한 지명으로, 행호(杏湖)가 내려다보이는 구릉이다. 김근행의 초당 동편에 관란정(觀瀾亭)이 있었다. 김근행과 이인상은 여러 번 행호(杏湖)에 배를 띄워 노닐었다. 『용재집』 권13의 「봉정연월기」(鳳汀沿月記) 참조.

2 **창석자(蒼石子)** 이연상(李衍祥, 1719~1782)을 가리킨다. 자(字)는 천여(天汝), '창석'은 그 호이고, 본관은 전주. 이경여(李敬輿)의 현손(玄孫). 신임사화 때 노론 4대신의 한 사람으로 유배지에서 사사(賜死)된 건명(健命)의 셋째 아들인 술지(述之)의 차남인데, 뒤에 출계(出系)하여 성지(性之: 원래 건명의 둘째 아들인데 진명晋命에게로 출계했음)의 양자가 되었다. 이인상과는 8촌간이다. 1759년(영조 35) 생원시에 급제하고 1771년 문과에 급제했다. 사서·정언·승지를 거쳐 경상도 관찰사로 나갔으며, 대사헌·대사성·한성부 판윤을 지냈고, 경기도 관찰사·이조판서·우참찬을 역임했다.

3 **은거하려는 뜻** 원문의 "買山"은 벼슬을 그만두고 향리(鄕里)로 돌아가기 위해 산을 산다는 의미.

4 **바다로 가려던 기약** 원문의 "浮海"는 혼탁한 세상을 떠나 은둔하고자 하는 마음을 가리킨다. 『논어』 「공야장」(公冶長)편에 "도가 행해지지 않아 뗏목을 타고 바다로 가려 하나니"(道不行, 乘桴浮于海)라는 공자의 말이 보인다.

누대에 기대어 그대를 생각할 때면.

舟下杏洲, 宿金進士愼夫草堂, 早起留詩爲別. 與蒼石子共賦

夜向水廬宿, 朝評竹樹奇. 買山空夙志, 浮海杳前期.

洞雨吹花暗, 渚雲度柳遲. 澗阿歸待月, 懷子倚樓時.

천여씨는 취객을 싫어했으나 독한 술을 조금 따라 마시길 좋아하였다. 나는 내자시[1]에 숙직할 때 날마다 소주 한 병씩을 마셨는데 그 술을 갖다 주면서 장난삼아 짓다

샘물처럼 맑은 내자시內資寺 술 한 병
남곽南郭[2]의 창석공[3]에게 가져가 권했지.
공이 가진 술은 몹시 독하여
한 잔 술에 사람들 거나해지지.
사탕수수 즙과 계육桂肉[4] 섞어 곤 술이라
연지와 석류처럼 불그레하네.
약한 사내와 열혈한에겐 못 마시게 하며[5]
나의 술 싱거워 가슴을 못 적신다 꾸짖네.

---

1 **내자시(內資寺)** 조선 시대에 왕실에서 소용되는 각종 물자를 관장하던 호조 소속의 관아. 이인상은 36세 때인 1745년 내자시 주부(主簿)에 보임되어 1747년 사근역(沙斤驛) 찰방으로 나갈 때까지 이 직책에 있었다.

2 **남곽(南郭)** 도성 남쪽을 말한다.

3 **창석공** '창석'(蒼石)은 천여(天汝) 이연상(李衍祥)의 호.

4 **계육(桂肉)** 계수나무 줄기의 껍질을 제거한 것을 말한다.

5 **약한~하며** 이연상이 곤 독한 술에 대해 한 말이다.

天汝衍祥氏, 惡醉客而喜淺斟烈酒. 余直內資時, 日飲白燒酒一壺, 取贈戲賦

內醞一壺淸如泉, 持勸南郭蒼石公.
石公有酒氣彌烈, 一酌令人氣如虹.
蔗漿桂肉相和煎, 臙脂火榴如染紅.
懶夫熱客不許飮, 嗔我酒薄未澆胸.

김계윤[1]에게 화답하다 병인년(1746)

1

문장은 교화敎化에 관계된 것만 허여하고
도학은 삼가 실천을 숭상해야지.
집에 가득한 책[2] 믿지 않음은
번다한 말 예부터 명리名利에 가까워서지.

2

도를 실어야 문이 이루어지니 둘이 본래 한 길이요[3]
성현의 천 마디 말은 본성을 회복하란 것.[4]

---

1 김계윤(金季潤) 김상숙(金相肅, 1717~1792)을 말한다. '계윤'은 그 자(字). 호는 배와(坏窩) 또는 초루(草樓)이고, 본관은 광산(光山)이다. 김장생(金長生)의 6대손이며, 판윤(判尹) 김원택(金元澤)의 아들이고, 우의정 김상복(金相福)의 아우다. 1744년(영조 20) 진사시에 급제했으며 관직은 참봉(參奉)과 사어(司禦)를 거쳐 첨지중추부사(僉知中樞府事)에 이르렀다. 고시(古詩)를 즐겨 읽었고, 특히 도연명과 두보의 시를 애독했다. 도가에 경도되어 과욕(寡欲)과 청담(淸淡)을 실천하였다. 서법(書法)은 종요(鍾繇)를 본받았는데, 단아하고 고담(古澹)한 맛이 있었다 한다. 그의 서체를 세칭 직하체(稷下體)라 하였으니, 그가 서울 사직동(社稷洞)에 살았기 때문이다. 『필결』(筆訣), 『중언』(重言) 등을 저술하였다.

2 책 원문은 "縹緗". '표'(縹)는 묽은 청색이고, '상'(緗)은 연한 황색인데, 옛날 책갑(冊匣)이 보통 이 색이었던 데서 책을 지칭하는 말로 쓴다.

3 도를~길이요 유교에서는 '문이재도'(文以載道)라 하여 문장에 유교적 도를 실어야 한다는 효용론적이고 도덕적인 문학론이 주장되어 왔는데, 주자학은 이러한 주장을 한층 강화하였다.

4 본성을 회복하란 것 원문은 "復其初". 모든 인간이 본래 하늘로부터 부여받은 순수하고 선한 본성을 되찾으라는 말.

선진先秦과 양한兩漢[5]도 취取함이 없는데
세인世人들은 『팔가서』八家書를 외우고 있군.[6]

3

도道 밝히고 몸 맑게 함은 강토講討[7] 덕이니
참된 사귐은 정情의 심천深淺에 있지 않다네.
그대는 보게나 경박한 세태에 지기知己 많아도
한번 웃고 한번 찡그림 모두 명리名利 때문임을.

---

5 선진(先秦)과 양한(兩漢) 선진시대(先秦時代)와 서한(西漢)·동한(東漢)의 고문(古文)을 가리킨다. 『장자』·『국어』(國語)·『전국책』(戰國策)·『좌전』(左傳)이 선진(先秦)의 고문에 해당하고, 『사기』·『한서』(漢書)가 양한(兩漢)의 고문에 해당한다.

6 세인(世人)들은~있군 『팔가서』(八家書)는 명나라 모곤(茅坤)이 편찬한 『당송팔가문초』(唐宋八家文抄)를 이른다. 이인상은 「감회. 이윤지에게 화답하다」(感懷. 和李胤之)라는 시의 제4수에서, "사마천과 반고엔 부박(浮薄)함과 참이 뒤섞여 있고/한유와 소식은 허탄한 게 많았네"(遷固紛澆眞, 韓蘇多涉虛)라고 읊었다. 또 이 시의 제6수에서, "제자백가 가운데 누굴 높이리/만 번 읽어도 공연히 자기를 해칠 뿐"(百家誰抗尊, 萬遍空自傷)이라고 읊었다. 이에서 알 수 있듯 이인상은 당송고문(唐宋古文)과 진한고문(秦漢古文) 모두에 비판적 거리를 취하였다. 이인상은 문장 학습에서 육경(六經)을 중시하였다. 「감회. 이윤지에게 화답하다」의 제6수에서 그 점이 확인된다. 이인상은 또한 『맹자』를 존숭하였다. 이 점은 『뇌상관고』 제4책에 실린 「관매기」(觀梅記)의 "余曰: '文章亦當尊孟子'"라는 말에서 확인된다. 노주(老洲) 오희상(吳熙常)은 「능호이공행장」(『老洲集』 권20)에서 이인상의 문장을 평하길, "고인(古人)의 법도에 구애되지 않았으며, 신정(神情)이 독창적이어서 스스로 능히 진부한 것을 변화시켜 새로운 것을 만들어냈다"(弗規規於古人法度, 而神情獨造, 自能化腐而爲新)라고 하였다. 이 말에서 알 수 있듯 이인상은 특정한 유파에 속하지 않고 자기대로의 문장을 구사하였다. 이는 그의 전서(篆書)가 당전(唐篆)과 진전(秦篆)을 넘어 금문(金文)을 추구함으로써 그만의 독특한 경지를 이룩한 일과 짝을 이룬다고 생각된다.

7 강토(講討) 벗들과 함께 학문을 익히고 토구(討究)하는 것을 이르는 말.

和金子季潤相肅 丙寅

文章只許關風教, 道學惟尊謹踐履.
無賴縹緗盈棟宇, 繁辭從古近名利.

其二

道載文成元一轍, 聖賢千語復其初.
先秦兩漢猶無取, 世人傳誦八家書.

其三

明道淑身資講討, 眞交不在淺深情.
君看薄俗多知己, 一笑一嚬總爲名.

비를 기다리다가 계윤씨의 원예園藝를 장난삼아 읊어 받들어 부치다

서늘한 바람 비를 뿌리지 않아
게으른 농부 부질없는 근심이 많네.
오이는 쓴 꼭지가 많고
국화 모종은 반이나 고개를 숙였네.
섬돌의 패랭이꽃
어린 딸더러 수놓게 마소.[1]
딸이 치마 펴면 예쁜 얼굴 수척할 테니.[2]

待雨戲賦季潤氏園政奉寄

凉風不宜雨, 懶農多閑愁. 瓜子多苦蔕, 菊苗半垂頭.
蔓堦石竹花, 莫敎小女繡. 少女布裙嬌顔瘦.

---

1 섬돌의~마소 패랭이꽃은 종종 옛 의복에 수놓는 문양으로 쓰였으므로 이런 말을 했다.
2 딸이~수척할 테니 치마에 수놓은 아름다운 패랭이꽃 때문에 예쁜 딸아이 얼굴이 무색해질 것이라는 말. 장난삼아 한 말임.

천여씨와 함께 홍여범[1]의 매화음梅花飮[2]에 갔다. 매화는 이미 시들었으나 조동[3]씨가 행주에서 와 함께 취하니, 안사정,[4] 김신부, 천여, 심성유[5] 등 여러 군자들과 서호西湖에서 결사하여 봄가을로 책을 강론하던 일[6]과 정미년(1727)[7] 정월 대보름 밤 신부와 앞 강에 배를 띄웠을 때 조동이 와서 함께 배를 타고 취하여 읊조리며 질탕하게 놀아 몹시 즐거웠던 일이 기억났다. 봄날의 결사에서 강론하여 밝히던 일[8]은 진작 그만두었으므로 서글픈 마음에 짓다 정묘년(1747)

---

1 **홍여범(洪汝範)** 홍주해(洪疇海)를 말한다. '여범'은 그 자, 본관은 남양(南陽). 수허재(守虛齋) 홍계적(洪啓廸)의 아들로, 벼슬은 장악원(掌樂院) 주부(主簿)를 지냈다. 홍계적은 1721년(경종 1) 대사헌으로 노론의 선봉이 되어 세제(世弟: 훗날의 영조)의 대리청정을 주장하여 소론과 대립, 이 해 흑산도에 유배되었다가 이듬해 역모에 가담했다는 죄로 서울에 압송되어 문초를 받다가 옥사했으며, 영조 원년에 신원되고 이조판서에 추증되었다.

2 **매화음(梅花飮)** 매화가 피었을 때 갖는 술자리인 '매화연'(梅花宴)을 말한다.

3 **조동(祖東)** 홍기해(洪箕海, 1712~1750)를 말한다. '조동'은 그 자, 본관은 남양. 『능호집』 권4에 「홍조동 애사」(洪祖東哀辭)가 실려 있다.

4 **안사정(安士定)** 안표(安杓, 1710~1773)를 말한다. '사정'은 그 자, 본관은 죽산(竹山). 안종해(安宗海)의 아들이다. 한원진(韓元震)의 문인으로, 1754년(영조 30) 문과에 급제했고, 1764년 서장관으로 청나라에 다녀왔다. 대사간·병조참의·여주 목사를 지냈다.

5 **심성유(沈聖游)** 심관(沈觀)을 말한다. '성유'는 그 자.

6 **안사정(安士定)~일** 이 결사(結社)는 1739년에 이루어졌다. 『능호집』 권3에 「서호 결사의 약조(約條)에 부친 서」(西湖結社序)가 수록되어 있어 이 점이 확인된다.

7 **정미년(1727)** 이 말에는 착오가 있는 듯하다. 1740년 이후의 일이라고 해야 옳다.

8 **강론하여 밝히던 일** 경전의 은미한 뜻을 강토(講討)한 일을 가리킨다. 원문의 "信"은 밝히다는 뜻.

구름 희고 계곡은 고요한데
해 서늘하고 숲은 비어 있어라.
매화 피어 봄날의 수심愁心 모이거늘
벗들이 이르렀는데 주성酒性[9]이 다 같네.
취해 노래하매 기억나네 대보름 밤에
달빛 아래 서호西湖에 배 띄웠던 일.
우리의 옛 결사 누가 전할까?
술잔 멈추며 짧았던 모임 애석해하노라.

同天汝氏, 赴洪汝範疇海梅花飲. 梅已衰謝, 而祖東箕海氏來自杏洲共醉, 記與安士定杓、金愼夫、天汝、沈聖游觀諸君子, 結社湖上, 春秋講書, 而丁未上元, 與愼夫泛月前湖, 祖東來共舟, 醉吟跌宕, 甚爲樂. 春社講信已廢, 悵然有作 丁卯

淡雲一壑靜, 寒日萬林空. 梅發春愁集, 朋來酒性同.
醉歌記元夕, 棹月在湖中. 舊社誰傳信? 停杯惜短叢.

---

9 **주성(酒性)** 술을 좋아하는 기질을 이른다.

매화

간단없이 맑은 향기 보내고
아리따이 고원한 사념思念 품었어라.
시원한 바람과 원래 어울리고[1]
흰 달과 이렇듯 기약하였네.
피는 시절 이르니 정녕 사랑스럽고
늦게 지니 머물며 바라보네.
등걸을 덮은 이끼 예스럽건만
외려 추위를 견디고 있네.

梅

脉脉送淸馥, 葳蕤結遠思. 微飂元自襲, 皎月若爲期.
正愛開時早, 留看落處遲. 護査苔蘚古, 猶作耐寒姿.

---

1 **어울리고** 원문은 "襲"인데, 조화되다 · 합하다는 뜻.

이 선전관[1]은 담옹[2]의 맏아들이다. 준수하고 단아하며 문장에 능했으나 무장으로 천거되어 나가 왕명을 받들었으므로 벗들이 애석히 여겼다. 오래지 않아 병으로 세상을 떠나니 나이 갓 스물을 넘겼을 뿐이다. 담옹이 차마 아들의 자취를 인멸되게 할 수 없어 그의 문장과 덕행을 글로 써서 친척과 벗에게 보여주었다. 나는 그를 위해 만시를 지어 슬퍼한다

옥처럼 맑은 이 같은 얼굴 여항에 없나니
손에 활 잡고 임금께 숙배肅拜했었지.[3]
어려서부터 나라 위한 큰 뜻 품었거늘
성대聖代에는 용맹한 장수 많은 법이지.
준마와 보도寶刀 부질없이 땅에 버려졌으니
번화한 꽃과 늘어진 버들 뉘 위한 봄인가?
슬퍼하네 시서詩書 공부한 저 극곡郤縠[4]이

---

1 **이 선전관(宣傳官)** 이형덕(李亨德)을 가리킨다. '선전관'은 조선 시대에 형명(形名: 깃발과 북으로 군대의 여러 가지 행동을 지시하는 것), 계라(啓螺: 임금의 거둥 때 취타를 울리는 것), 시위(侍衛), 전명(傳命) 및 부신(符信)의 출납을 담당했던 무관직.

2 **담옹(澹翁)** 담존재(湛存齋) 이명익(李明翼)을 가리킨다. 본서 127면 주2를 참조할 것.

3 **손에~숙배(肅拜)했었지** 이형덕이 선전관에 제수된 일을 가리킨다.

4 **극곡(郤縠)** 춘추시대 진(晉)나라 사람으로 시서와 예악에 조예가 깊었는데 진문공(晉文公)이 삼군(三軍)을 설치할 때 '극곡이 시서예악에 조예가 깊으니 필시 병법에도 능할 것'이라는 조최(趙衰)의 천거로 중군(中軍)의 대장에 임명됐다. 하지만 이 시의 이형덕처럼 일찍 세상을 떠났다. 여기서는 선비로서 무직(武職)에 있었던 이형덕을 암유(暗喩)한 말이다.

헛되이 중군中軍[5]의 대장[6]에 천거된 것을.

李宣傳亨德湛翁之長子也. 俊雅能文辭, 而以將薦, 出膺命, 士友惜之. 已而病卒, 年甫逾弱冠. 湛翁不忍泯其跡, 書其文行, 以示親戚故舊. 麟祥爲作挽詩以悲之

玉貌明眉巷無人, 雕弓在手拜紫宸.
髫齡自有鳳凰夢, 聖代曾多熊虎臣.
駿馬寶刀空委土, 繁花弱柳爲誰春?
可憐郤縠詩書業, 虛擬中權心膂親.

---

5 **중군(中軍)** 원문은 "中權"인데, 중군을 뜻하는 말이다. 중군은 상·중·하 삼군(三軍) 중 중앙의 부대로서, 주장(主將)이 거느리는 정예부대다.

6 **대장** 원문은 "心膂". 임금을 보필하는 주요 보직을 일컫는 말. 『서경』「군아」(君牙)에 "이제 너에게 명하노니, 너는 나를 도와서 고굉(股肱)과 심려(心膂)가 되어"(今命爾, 予翼, 作股肱心膂) 운운한 구절이 있다.

국화주가 익었으나 마시지 못하고 꽃놀이 하는 시절 또한 끝났는지라, 누워서 병인년(1746) 봄에 송사행 형제가 옥주[1]의 산에서 역질을 앓던 중 「술을 그리워하고 꽃을 애석해하며 읊은 잡시」를 지은 일을 생각하고, 마침내 그 시축詩軸의 시에 차운해 부치다

1

술단지 곁에서 세 번 구영九英의 향기[2] 맡으며
차공次公이 술 안 마셔도 미치광이였던 걸 웃네.[3]
가슴을 앓아[4] 청주를 견디지 못하니
장차 벗에게 술 권해 혼자 다 마시라 해야겠네.

2

먼 꽃에 구름 열어 봄 하늘 깨끗한데
깊은 버들에 안개 끼고 새벽 산등성이 기다랗네.

---

1 옥주(沃州) 충북 옥천(沃川). 송문흠의 향저(鄕邸)가 있던 곳이다.

2 구영(九英)의 향기 국화 향을 말한다.

3 차공(次公)이~웃네 '차공'은 한(漢)나라 때 인물인 개관요(蓋寬饒)의 자(字). 차공이 "저에게 술을 많이 권하지 마십시오. 저는 술을 마시면 광태를 부립니다"(無多酌我, 我酒酒狂)라고 하자, 위기후(魏其侯)가 "차공은 술을 안 마셔도 광태를 부리니 어찌 꼭 술을 마셔야 그러겠는가"(次公醒而狂, 何必酒也)라고 했다는 사실이 『한서』 권77 「개관요전」(蓋寬饒傳)에 보인다.

4 가슴을 앓아 이인상에게는 '격병'(膈病)이 있었는데, 이 무렵 생긴 게 아닌가 한다. '격병'은 식도협착증이나 위병을 말한다.

벗 오는가 이따금 창 열어 바라보나
새만 종일 침상 가까이서 지저대누나.

3

당버들과 편백扁柏은 신록을 띠었고
옥잠화와 금등金燈[5]은 고운 줄기 빽빽이 났네.[6]
실바람과 단비 몇 번 지나갔던고?
문 닫고 있어도 초목의 마음 알겠네.

4

호미는 뜰에 버려져 있고 신에는 이끼 끼어
정원을 거닐려 해도 흥이 안 나네.
병든 버드나무에 바람 그칠 때 없고
참새는 시기하듯 쇠잔한 꽃을 쪼네.

5

병에서 일어나니 꽃잎 뜰에 우수수 졌고
동쪽 언덕의 꽃 다 진 쌍리雙梨[7] 더욱 슬프네.
애달퍼라 광풍狂風 불어 모두 쓸어가
남은 향기 시내의 물결 위에 날려 떨어지니.

---

5 금등(金燈) 무릇의 일종. 산자고(山慈姑)라고도 불린다. 백합과의 여러해살이풀.
6 빽빽이 났네 원문은 "苞"인데, 무더기로 난 것을 뜻한다.
7 쌍리(雙梨) 두 그루 배나무.

6

다른 일은 서툴지만 나무는 잘 가꿔[8]
처마와 창문에 드리운 녹음 하늘을 가렸네.
꼭 죽은 듯 이불 덮고 누워 있어도
푸른 숲에서 좋은 바람 불어 오누나.

菊酒既熟不能飮, 花事又謝, 臥念丙寅春宋士行兄弟病癘沃州山有「懷酒惜花雜詩」, 遂次其軸中詩以寄

甕頭三嗅九英香, 笑道次公醒亦狂.
病胸不耐澆淸酒, 且勸親朋獨盡觴.

其二

遠花雲淡春天淨, 深柳煙拖曉岫長.
時憑客到開窗望, 終日鳥鳴近臥床.

其三

檉柳扁柏含新翠, 玉簪金燈苞嫩莖.
條風膏雨經幾度? 閉戶猶知草木情.

---

8 나무는 잘 가꿔 이인상은 화훼와 나무를 아주 잘 키웠다. 그 생리를 잘 알아 본성을 발휘하게 한 결과다. 이인상이 나무의 그림을 개성적으로 잘 그린 것은 그가 평소의 생활에서 보여준 나무 애호와 무관하지 않을 터이다.

其四

小鍤委庭屐沒苔，芳園欲涉興全衰.

風吹病柳無時已，雀啄殘花劇似猜.

其五

病起山庭落珮多，更憐雙梨謝東阿.

恨殺狂風吹掃盡，餘香飄落小溪波.

其六

作事雖疎種樹工，蔭檐垂戶翳雲空.

縱然宛死斜衾裏，却有青林送好風.

송사행이 내자시의 숙직하는 곳으로 나를 찾아와 시를 지은 바, 나중에 그 시에 차운해 부치다

관아官衙의 술로 한적한 맘 해칠 것 없어
푸르스레한 연무煙霧 낀 삼각산 드러누워 보네.
휘갈겨 쓴 그대 초서[1] 하나 얻어서
동루東樓에 '취산'醉山[2]이란 편액 걸었으면 하이.

宋士行訪內資直廬有賦, 追次以寄

不須官酒累心閒, 臥對三峰翠靄間.
煩君墨葛書顚草, 留鎭東樓扁醉山.

---

1 초서 원문은 "顚草"인데, 광초(狂草)를 뜻한다.
2 취산(醉山) '산에 취한다'라는 뜻.

적간관 벼루.[1] 송자[2]에게 준 희작이다. 장구長句[3]

쇠처럼 무거운 네모난 묵지墨池[4]의 커다란 벼루
일본국 적간관 물건이라네.
검은 구름의 자줏빛 기운이 바탕을 이루어
큰 파도에 젖어 신령한 산에 간직돼 있었네.
시커먼 먹 찍어 글씨를 써 보면
몽당붓 이즈러진 종이라도 빛이 나누만.
옥주沃州[5] 북쪽 들녘 그윽한 대숲의 그대 집에 간직하면
세상 놀래키는 글을 쓰는 데 도움이 되리.
고예古隸[6]는 엄중하고 초서草書는 날래

---

1 적간관(赤間關) 벼루 적간석(赤間石)으로 만든 벼루. 적간석은 일본 야마구치 현(山口縣)에서 나는 휘록응회암(輝綠凝灰岩)이다. 자색(紫色)·자청색(紫靑色)·적갈색 등이 있으며, 재질이 치밀하여 벼루를 만드는 데 많이 쓰인다. 적간관(赤間關, 아카마가세키)은 일본 야마구치 현 시모노세키(下關)의 옛 이름이다. 한편 송문흠의 『한정당집』 권7을 보면 '이원령의 잡기(雜器)에 써 준 명(銘)'(李元靈雜器銘)으로 분류된 글들이 있는데, 그중에 「일본 적간관 벼루」(日本赤間關硯)라는 글이 있다. 그 전문(全文)은 다음과 같다: "정성스러워 먹과 사이가 좋고, 온화하여 붓과 서로 해치지 않네. 남쪽 오랑캐의 소산(所産)이나 덕(德)을 갖추었으니, 어찌 버릴 수 있으랴."(懇懇乎其與墨相愛也, 溫溫乎其不與筆鎩也. 南蠻之産而德則備矣, 如之何廢也) 이인상은 집안에 전해 오던 이 벼루를 송문흠에게 선물로 주며 이 시를 지었다.

2 송자(宋子) 송문흠을 말한다.

3 장구(長句) 칠언고시(七言古詩)를 일컫는 말이다.

4 묵지(墨池) 벼루의 우묵한 부분을 가리킨다.

5 옥주(沃州) 충북 옥천(沃川). 송문흠의 향저가 있던 곳이다.

6 고예(古隸) 원래 진(秦)과 전한(前漢) 전기의 예서(隸書)를 가리킨다. 당(唐) 이후의 예서는 '금예'(今隸)라 한다. 이인상은 〈하승비〉(夏承碑)의 서체처럼 전서(篆書)의 유의

필묵이 임리淋漓[7]하고 붓놀림 한가롭네.

군자는 한 조각 돌도 쓸모있으면 버리지 않는 법

경쇠[8]며 거문고[9]와 함께 빛이 날 테지.

오오, 이 자줏빛 벼루는 남쪽 오랑캐 땅[10] 물건.

赤間關硯. 贈宋子戲作. 長句

方池大硯重如鐵, 乃生日東之國赤間關.

烏雲紫氣瀜成質, 潤浸洪濤芭神山.

黯黯引墨發淸華, 禿毫壞牋渾生顔.

藏君沃北之野幽篁室, 贊君造書驚區寰.

古隷嚴重草書疾, 筆雷墨雨驅使閒.

片石有功君子收, 浮磬槁桐同煸爛.

嗟哉紫硯生百蠻.

(遺意)가 많은 예서를 '고예'라고 여겼다.

7 임리(淋漓) 원문은 "筆雷墨雨". 글씨에 생동하는 기운이 있음을 형용한 말.

8 경쇠 원문은 "浮磬". 중국의 사수(泗水) 가에 어떤 바위가 있어 물속에서 그것을 보면 마치 물에 뜬 것처럼 보이는데 그것으로 편경(編磬)을 만들 수 있으므로 부경(浮磬)이라 불렸다고 한다.

9 거문고 원문은 "槁桐". 말라 죽은 오동나무라는 뜻이다. 말라 죽은 오동나무는 거문고를 만드는 데 좋은 재목이 되므로 흔히 거문고를 가리키는 말로 쓴다.

10 남쪽 오랑캐 땅 원문은 "百蠻"인데, 한족(漢族)이 남방의 소수민족을 총괄해서 부르던 명칭이다.

홍양지의 「시냇가 정자」에 화운和韻[1]하다

홍자洪子[2]가 남간南澗에 집을 세냈는데 곧 나의 선인先人[3]의 집으로서 주인이 거듭 바뀌었다. 누군가가 이 집 남쪽의 석간石澗[4]에다 초정草亭을 짓고는 '침천'枕泉[5]이라는 편액을 걸었는데, 홍자의 옛 청원당淸遠堂과 언덕 몇 개 사이였으며 임천林泉의 풍광이 엇비슷했다. 기억하건대 홍자와 더불어 아침저녁으로 안화晏華의 벽과 청청聽淸의 난간[6]에서 소요하며 즐거워한 적이 많았다. 내가 지금 옛집[7] 인근에 거주하고 있고 홍자가 여기에 살고 있어 서로 오가는 즐거움이 다시 있게 되어 기쁜 데다 어릴 적 놀던 일에 감회가 있어 마침내 홍자의 두 시에 화답하여 심회를 부친다. 그 한 수는 잃었다.

---

1 화운(和韻) 남이 지은 시의 운자를 써서 화답하는 시를 짓는 것을 이른다.

2 홍자(洪子) 홍자(洪梓, 1707~1781)를 말한다. '양지'(養之)는 그 자. 본서 177면 주1을 참조할 것.

3 선인(先人) 이인상의 조부 수명(需命, 1658~1714)을 말한다. 소촌 찰방(召村察訪)을 지냈다.

4 석간(石澗) 돌 위로 흐르는 산골짝 시내를 이르는 말.

5 침천(枕泉) 시내를 벤다는 뜻. 시냇가에 집이 있기에 한 말.

6 안화(晏華)의 벽과 청청(聽淸)의 난간 홍자(洪梓)가 예전에 살았던 남산 청원당(淸遠堂)의 담장과 난간 이름. 당시 홍자는 아취 있게 자기 집의 여기저기에 이름을 붙였다. 『뇌상관고』 제1책에 실린 시 「홍자 양지가 유씨의 청류당(聽流堂)을 구입해 거주했는데, 편액을 '하락'(河洛)으로 바꾸고, 난간은 '청청'(聽淸)이라 하고, 문은 '보광'(葆光)이라 하고, 벽은 '안화'(晏華)라 하고, 단(壇)은 '저음'(貯陰)이라 하였다. 집은 차계(叉溪)의 동쪽 언덕에 있었다」(洪子養之買柳氏聽流堂居之, 改扁'河洛', 檻曰'聽淸', 門曰'葆光', 壁曰'晏華', 壇曰'貯陰'. 堂在叉溪東岡) 참조. 홍자가 청원당에 살 때는 이인상이 아직 남산의 능호관에 살기 전이다.

7 옛집 옛날 조부의 집을 말한다.

긴 여름 찾아오는 이 적고
그윽한 거처엔 초목이 깊네.
맑은 구름 흐를 제 베개를 베고
골짝의 새가 모일 때 거문고 타지.
고요히 사는 벗[8] 가끔 찾아가
새로 빚은 술 함께 마시네.
평상 옮겨 꽃 속에 앉아
서북녘 푸른 산봉우리 바라보누나.

和洪養之「澗亭」韻

洪子南澗僦舍, 乃麟祥先人之廬, 而再易主. 有人就舍南石澗構草亭, 扁以枕泉, 與洪子淸遠舊堂隔數岡, 林泉之觀, 略相彷彿. 記與洪子晨夕逍遙於晏華之壁、聽淸之檻, 爲樂曾多. 余今隣近舊廬, 而洪子居之, 喜又有過從之樂, 而感念小少遊戲之事, 遂和洪子二詩以寄懷. 失其一首

長夏輪蹄少, 幽棲卉木深. 晴雲來倚枕, 谷鳥會鳴琴.
靜友時復過, 新醭與共斟. 移牀花裏坐, 西北眄青岑.

---

8 고요히 사는 벗 원문은 "靜友"인데, 조용하고 한가롭게 사는 벗을 이른다.

김제의 군루[1]로 이윤지를 찾다[2]

차령車嶺[3]의 골짝에서 말이 지치고
금강錦江의 모래톱에 배 주춤하네.
즐거워라 비바람 부는 오늘 저녁에
대숲 사이 누각에서 그대 마주해.
오래 헤어져 묵은 병病 가여워하고
가을 되니 새로운 근심이 많네.
낮은 벼슬[4] 하며 날마다 바쁘게 지내다
홀로 수양하는 그대 보니 부끄럽기만.
책 베고 자나[5] 경전 공부[6] 그만두었고
직첩職帖을 품으니 오랑캐 연호를 썼네.[7]

---

1 군루(郡樓) 군(郡)의 누정(樓亭).

2 김제(金堤)의~찾다 이윤영(자 '윤지')의 부친 이기중(李箕重)은 1746년 10월 김제 군수로 부임하였다. 당시 이윤영은 부친을 따라 김제에 와 있었다. 이인상은 1747년 7월 사근역(沙斤驛: 현 경남 함양군 수동면 화산리 소재) 찰방(察訪)으로 부임하였다. 이인상은 사근역 찰방 부임길에 김제의 이윤영을 찾았다.

3 차령(車嶺) 천안과 공주 사이에 있는 고개.

4 낮은 벼슬 이인상은 26세 때인 1735년(영조 11)에 진사시에 급제한 이래 북부 참봉, 전옥서 봉사, 사재감 직장, 통례원 인의(引儀) 등을 역임했으며, 1745년에 내자시 주부에 보임되어 3년간 근무했고, 1747년 7월에 사근역 찰방으로 부임하였다.

5 책 베고 자나 책과 벗이 되어 부지런히 공부하는 것을 일컫는 말. 백거이(白居易)의 「비성후청」(秘省後廳)이라는 시에, "후청(後廳)에 종일 일이 없어서/머리 허연 노감(老監)이 책 베고 자네"(儘日後廳無一事, 白頭老監枕書眠)라는 구절이 있다.

6 경전 공부 원문은 "魯經". 『논어』의 별칭.

7 직첩(職帖)을~썼네 원문의 "誥"는 '직첩', 즉 사령장을 말한다. 이인상이 받은 사근역 찰

곡절 많은 자취 밝히기 어려워
서글피 몰래 눈물 흘리네.
시절 운수가 이와 같으니
옛 도를 어디서 찾는단 말가?
오래 앉으니 풍경風磬[8] 소리 고요도 한데
새벽 창가에 생각은 먼 곳을 향하네.

訪李胤之於金堤郡樓

馬瘏車嶺谷，舟滯錦水洲．樂此風雨夕，對君竹間樓．
別久憐舊疾，秋至多新愁．微官日奔馳，愧君獨淸修．
枕書廢魯經，懷誥記虜酋．委蛇跡難明，愴怳淚潛流．
時命乃如此，古道將焉求？坐久風鐸靜，曉櫺思悠悠．

방의 임명장에 청나라 황제의 연호가 적힌 것을 수치스럽게 여겨 한 말이다. 당시 조선은 이미 멸망한 명나라를 그리워하고 청나라를 멸시하는 분위기였으나 현실을 무시할 수 없어 나라의 공문서에는 청나라 연호를 사용했다. 안석경(安錫儆, 1718~1774) 같은 인물은 벼슬에 임명될 때 임금이 내리는 교지(敎旨)에 청나라 황제의 연호가 적힌 것을 차마 볼 수 없다고 하여 평생 벼슬길에 나가지 않았다(성해응, 「世好錄」, 『硏經齋全集』 권49). 이인상의 벗 신소가 벼슬하지 않은 것도 같은 이유에서다.

8 풍경(風磬) 원문은 "風鐸". 처마 아래에 거는 방울로, 바람으로 인해 소리가 나므로 이런 이름이 붙었다.

운봉 여원치[1]를 지나는데 길 옆의 바위에 "만력[2] 계사년(1593) 한여름에 정왜도독[3] 유정[4]이 이곳을 지나다"라고 새겨져 있는지라 감회가 있어 시를 짓다[5]

뭇 산들 희미하게 겹쳐져 있고
해는 어둑하여 서늘하여라.
어지러운 급류의 물 말에 튀고
음산한 바람 옷을 찢누나.
옛 도는 날로 무너져 가고
전쟁터엔 구름이 잔뜩 끼었네.
그 옛날 명나라 도독都督 유정劉綎은
조칙 받들어 섬오랑캐 무찌르러 왔네.
오월에 운봉 땅을 지나갔었지

---

1 여원치 남원시 이백면 양가리와 운봉읍 장교리 사이에 있는 해발 477m의 고개다. 원문에는 '如恩峙'라 되어 있으나 한자로는 보통 '女院峙'라 표기한다. 『신증동국여지승람』 권39 「운봉현」 조에는 '女院峴'이라 표기되어 있다.

2 만력(萬曆) 명나라 신종(神宗)의 연호.

3 정왜도독(征倭都督) 직함 이름. 왜(倭)의 정벌을 맡은 도독(都督)이라는 뜻.

4 유정(劉綎) 명나라의 무장. 강서(江西) 출신. 임진왜란이 일어나자 이듬해 5천 명의 원병(援兵)을 이끌고 조선에 왔다. 1597년 정유재란 때 남원의 패보(敗報)가 전해지자 배편으로 강화를 거쳐 입국, 전세를 확인하고 돌아가 이듬해 제독(提督)이 되어 대군을 이끌고 왔다. 예교(曳橋)에서 왜군에게 패전했으며, 왜군이 철병한 뒤 귀국했다. 1619년 명나라와 조선의 연합군이 후금(後金: 뒤의 청나라)의 군사에 패한 만주의 부차(富車) 전투에서 전사했다.

5 운봉~짓다 이 시는 묵적(墨迹)이 전한다. 사근역 찰방 부임 직후 쓴 시로 보인다. 박희병, 『능호관 이인상 서화평석 2: 서예편』의 '과운봉여은치'(過雲峰如恩峙) 참조.

만리 밖 강남[6]을 떠나와서는.
갑마甲馬[7]는 몸에서 피땀 흘리고
창칼은 무더위에 녹을 듯했지.
금고金鼓[8] 잡아 천천히 말을 모나
돌아볼 젠 추상 같은 위엄 있었네.
세 길 높이의 커다란 바위
길가에 빛이 나네.
공公은 그 윗부분 다듬게 하여
또렷이 큰 글자 새기게 했네.
길이 만력萬曆 일 기록하여서
이남二南[9]의 땅을 진무鎭撫하였네.
초가을[10]이라 초목 성盛한데
간밤에 미친 풍우 지나갔었군.
빈 산의 이 돌
구름 기운 길게 뿜어 대누나.[11]
지나가는 이들 눈물 떨구며
여원치 고개를 설워하놋다.

---

6 **강남** 원문은 "吳閶". 원래 소주(蘇州)의 창문(閶門)을 뜻하는데, 흔히 오(吳) 땅을 가리키는 말로 썼다.

7 **갑마(甲馬)** 갑옷으로 무장한 전마(戰馬).

8 **금고(金鼓)** '금'(金)은 징으로 군사를 멈추게 하는 데 쓰며, '고'(鼓)는 북으로 군사를 나아가게 하는 데 쓴다. 금고를 잡은 장수는 삼군(三軍)을 호령하여 반적(叛賊)을 정토(征討)할 권한이 있었다.

9 **이남(二南)** 전라도와 경상도를 이른다.

10 **초가을** 원문은 '新秋'. 이 단어로 보아 1747년 7월에 쓴 시임을 알 수 있다. 음력으로는 7월이 초가을이다. 이인상은 1747년 7월에 사근역 찰방으로 부임하였다.

11 **빈 산의~뿜어 대누나** 옛날 사람들은 바위에서 구름이 생긴다고 생각했다.

過雲峰如恩峙, 路傍石上刻'萬曆癸巳歲仲夏月, 征倭都督劉綎過此', 感而有賦

荒荒衆山交, 赤暉黯生涼. 亂滐濺征鑣, 陰風裂客裳.
古道日崩坼, 戰墟雲漭洋. 維昔劉都督, 奉詔征蠻方.
五月度雲峰, 萬里辭吳閶. 血汗灑甲馬, 瘴氛鑠綠槍.
緩驅執金鼓, 顧眄生雪霜. 渾渾三丈石, 當途襲容光.
公命磨其顚, 大字刻琅璫. 永紀萬曆事, 鎭此二南疆.
新秋草樹繁, 前夜風雨狂. 玆石在空山, 猶噓雲氣長.
墜盡行人淚, 哀此如恩岡.

촉석루 기행

들국화 청초하고 나무 열매 붉은데
역정驛亭의 거친 대〔竹〕에 추풍이 이네.
아스라한 단성군丹城郡[1]은 안개와 모래톱 어우러지고
외로운 백마산白馬山[2]은 초목이 비었네.
구름 부딪친 찬 성벽은 쇠가 녹은 듯하고[3]
햇살에 반짝이는 긴 물결엔 무지개 누웠네.
촉석루라 그 앞의 남강南江을 찾아
슬피 울며 말〔馬〕이 진주晉州에 드네.

向矗石樓紀行

野菊斑斑木實紅，驛亭荒竹起秋風.
丹城郡遠煙沙合，白馬山孤草樹空.
寒壁盪雲鎔積鐵，長波閃日臥晴虹.
行尋矗石樓前水，征馬悲鳴入晉中.

---

1 단성군(丹城郡) 지금의 경상남도 산청군 단성면 지역.
2 백마산(白馬山) 경상남도 밀양군 단장면 고례리에 있는 산. 높이 772m.
3 쇠가 녹은 듯하고 성벽이 쇠처럼 검게 보인다는 뜻.

통신사를 전별하며[1]

1

오랑캐 비단 백 상자[2]가 내 맘을 근심케 하는데

대부大夫의 예복[3]에 장기瘴氣[4]가 깊이 스미네.

북쪽으로 주천周天[5]을 바라보니 해의 궤도가 기울었고[6]

서쪽의 갈석산碣石山[7]이 육침陸沈[8]해 「우공」禹貢을 슬퍼하네.

---

1 통신사(通信使)를 전별하며 당시 통신사 일행은 1747년 11월 28일 서울을 출발하여 이듬해 2월 16일 부산포에서 출범(出帆)하였다. 이인상은 동년 12월 13일 통신사를 수행(隨行)하여 부산까지 갔다가 12월 24일 사근역으로 돌아왔다. 통신사의 정사(正使)는 홍계희(洪啓禧), 부사(副使)는 남태기(南泰耆), 종사관(從事官)은 조명채(曺命采)였다. 조명채의 『봉사일본시문견록』(奉使日本時聞見錄)과 자제군관으로 수행했던 홍경해(洪景海)의 『수사일록』(隨使日錄)이 현재 전한다. 당시 홍계희는 이인상을 서기(書記)로 삼고자 했으나 이인상은 노모가 계신다는 이유로 응하지 않았다. 당시 통신사의 제술관은 박경행(朴敬行)이고, 서기(書記)는 이봉환(李鳳煥)·유후(柳逅)·이명계(李命啓)였다.

2 오랑캐 비단 백 상자 일본에 보내는 예물이다. 청나라에서 구입해 온 비단이기에 '오랑캐 비단'이라고 했다.

3 대부(大夫)의 예복 통신사행(通信使行)의 정사(正使)가 입은 옷을 가리킨다. '예복'의 원문은 "羔袖". '고'(羔)는 곧 고구(羔裘)를 말하는데, 이 옷은 중국 고대에 제후나 경(卿), 대부(大夫)의 조복(朝服)이었다.

4 장기(瘴氣) 습기에 의해 발생하는 독기를 말한다. 일본에 가기에 이 말을 썼다.

5 주천(周天) 천체의 궤도 360도를 말한다.

6 북쪽으로~기울었고 중국이 오랑캐에 점거된 것을 가리키는 말. 옛날에는 인간 세상의 일이 천문(天文)에 반영된다고 믿었기에 한 말이다.

7 갈석산(碣石山) 하북성(河北省) 창려현(昌黎縣) 바닷가에 있는 산. 『서경』「우공」(禹貢)편에 우(禹)임금이 먼저 기주(冀州) 지방을 다스리고 나서 오른쪽으로 갈석산을 끼고 황하를 따라 수도로 돌아왔다는 내용이 있다.

8 육침(陸沈) 영토가 적의 수중에 떨어진 것을 이르는 말.

사행길 점쳐[9] 소리素履[10]를 간직하고
일편단심 몸 바쳐 험지險地로 가네.
월越나라 산[11]에서 칡 캐는 일[12] 언제쯤 그칠꼬?
사신의 '우설음'雨雪吟[13]에 고달피 화답하네.

2

사신의 화려한 옷 홀로 슬퍼하고
서리 많은 정월에 봄신神을 노래하네.
하늘 다해 승사로乘槎路[14]는 알 수가 없고
남두성南斗星[15] 아스라해 공연히 서복徐福의 배[16]를 찾네.
울며 바다에서 해 부축하고

---

9 사행길 점쳐 원문의 "玩象艱貞"은 상(象)을 보아 환난(患難)을 점치는 것을 말한다. '간정'(艱貞)은 『주역』 태괘(泰卦)의 괘사(卦辭) 중 "어려워도 곧게 하면 허물이 없다"(艱貞無咎)라는 구절에서 유래한 말이다.

10 소리(素履) 장식을 하지 않은 흰 신발을 뜻하는데 『주역』 이괘(履卦) 초구(初九)의 효사(爻辭)인 "흰 신을 신으니, 가면 허물이 없다"(素履, 往無咎)에서 유래한다. 소박하게 자신의 본분을 지킴을 비유하는 말이다.

11 월(越)나라 산 여기서는 당시 오랑캐로 간주된 일본을 가리킨다.

12 칡 캐는 일 원문은 "採葛". 『시경』 왕풍(王風)에 「채갈」(采葛: '采'는 '採'와 통함)이라는 시가 있는데 「모시서」(毛詩序)에서는 "대신(大臣)이든 소신(小臣)이든 사행(使行) 나가면 헐뜯는 이의 비방을 받았으므로 두려워한 내용이다"(臣無大小, 使出者, 則爲讒人所毁, 故懼之)라고 했다.

13 우설음(雨雪吟) 『시경』 소아 「채미」(采薇)시에 "옛날 내가 갈 때에는/버들 낭창낭창하더니만/지금 나 돌아오니/눈이 펄펄 나리누나"(昔我往矣, 楊柳依依, 今我來思, 雨雪霏霏)라는 구절이 있다.

14 승사로(乘槎路) 명나라에 사신 가던 뱃길을 이른다.

15 남두성(南斗星) 별 이름으로 남쪽 방향에 있는데 모습이 두성(斗星)과 비슷하여 이런 이름이 붙었다.

16 서복(徐福)의 배 진시황이 불로장생의 꿈을 품어 서복에게 동쪽으로 가 약초를 구해 오게 한 일이 있다. 일설에는 서복이 일본으로 들어갔다고 한다.

꿈에 은하수 올라 구름 받드네.
임진란 일으킨 일[17] 근심스레 거듭 말하노니
성덕聖德[18]으로 초목의 빛 회복되었네.

3
돌아보며 우는 말[19] 타고 서울을 출발하니
창주滄洲[20]의 전도前途에 수심이 가득.
옥타玉駄[21] 타고 육합六合에 날아 올라서
삼신산三神山[22] 향해 금고래를 쏘고자 하네.
추포秋浦[23]의 문장은 바람과 물처럼 빛나고
송운松雲[24]의 비석은 해와 별처럼 밝네.
맑은 밤 노 두드리며 공연히 옛일 생각하고

---

17 임진란 일으킨 일 원문은 "龍蛇起陸"으로 용사(龍蛇)가 뭍에 오름을 뜻한다. '용사'는 흉악한 인물을 가리킨다. 여기서는 임진년에 일본이 조선을 침략한 일을 말한다.

18 성덕(聖德) 명나라 신종이 조선에 원군(援軍)을 보내 왜군을 물리친 일을 가리킨다.

19 돌아보며 우는 말 말이 돌아보면서 운다는 뜻.

20 창주(滄洲) 동해 중에 있어 신선이 산다는 곳. 여기서는 일본을 가리킨다.

21 옥타(玉馱) 말을 이른다.

22 삼신산(三神山) 신선이 산다는 해중(海中)에 있는 세 산인 봉래(蓬萊)·방장(方丈)·영주(瀛洲)를 말한다.

23 추포(秋浦) 황신(黃愼, 1560~1617)의 호. 성혼(成渾)과 이이(李珥)의 문인. 임진왜란 때 세자였던 광해군을 시종하였다. 전란 중 강화 교섭을 벌이기 위해 1593년 통신사로 명나라 사신과 함께 일본에 다녀왔다. 그가 저술한 『일본왕환일기』(日本往還日記)에는 당시 강화 교섭이 결렬된 경위가 상세히 기록되어 있다. 그외의 저서로 『막부삼사 수창록』(幕府三槎酬唱錄), 『추포집』(秋浦集), 『대학강어』(大學講語)가 있다.

24 송운(松雲) 임진왜란 때 의병장이었던 승려 유정(惟政, 1544~1610)의 호. 또 다른 호는 사명당(四溟堂). 1592년 임진왜란이 일어나자 서산대사(西山大師)의 뒤를 이어 승군도총섭(僧軍都摠攝)이 되어 의병 활동을 하였다.

갈대[25]로 귤술[26]을 조금 마시네.

4

연주하는 음악에 고음苦音이 많은데
기녀가 칼춤 추니 머리털이 쭈뼛.
배들은 성대하게 산호수珊瑚樹에 정박해 있고
수레에선 귤 숲의 향기가 나네.
동해를 건너 해 마중하고
하늘 가운데 있는 남두성 보게 되겠지.
가련타 해내海內에 형제 많거늘[27]
신주神州[28] 오래 육침陸沈함을[29] 못 믿을레라.

5

배따라기 한 곡에 눈물이 술잔 가득하고
몰운대沒雲臺[30] 아래 바다 망망하고나.
언덕에 사초莎草 새로 나니 마고麻姑를 근심하고[31]
늙은 바위 파도에 우니 양襄[32]의 소식 묻네.

---

25 갈대 원문은 "蘆觴"인데, 갈대 관을 이른다.

26 귤술 귤로 담은 술.

27 해내(海內)에 형제 많거늘 이인상이 당시의 일본국을 근린(近隣)으로 생각하고 있음을 알 수 있다.

28 신주(神州) 중국을 말한다.

29 신주(神州) 오래 육침(陸沈)함을 중국이 오랑캐 땅이 된 것을 가리킨다.

30 몰운대(沒雲臺) 부산 사하구 다대포의 땅 이름. 낙동강 하구의 최남단으로, 흐린 날이면 이 일대가 구름에 잠겨 보이지 않는다고 해서 '몰운대'라는 이름이 붙었다.

31 언덕에~근심하고 마고는 선녀 이름. 마고는 일찍이 동해(東海)가 세 번 상전(桑田)으로 변하는 걸 봤다고 한다.

고요한 밤 금서琴書[33]를 해약海若에게 질정質正하고[34]
맑은 봄날 사신의 의관 오랑캐 땅을 비추리.
섬 꽃과 수죽水竹[35]에 봄빛 가득할 때
주상을 생각하며 축하의 글 바칠 테지.[36]

6

상아홀에 붉은 옷 입어 악어를 진무鎭撫하고
높다란 배에 뭇 책을 실었네.
오랑캐에게 전하는 책은 진秦나라 옛 책 아니어도[37]
바다 건너는 의관에는 한漢의 제도 남아 있네.
해와 달 잔에 띄워 하늘의 기운 마시고
베개맡에 파도소리 들으며 귀허歸墟[38]에서 잠을 자리.
몸 상하고 마음이 수고롭겠지만
안부 묻는 왜왕倭王 국서 받아 올 테지.

---

32 양(襄) 경쇠를 잘 연주하던 춘추시대의 악사(樂師)인데, 세상이 어지럽자 경쇠를 안고 바다의 섬으로 들어갔다고 한다.

33 금서(琴書) 거문고와 책.

34 해약(海若)에게 질정(質正)하고 '해약'(海若)은 해신(海神)을 이른다. 해약의 용궁에 뭇 책과 비물(秘物)이 많다는 전설이 있기에 한 말.

35 수죽(水竹) 대나무의 한 종류.

36 축하의 글 바칠 테지 새로 쇼군(將軍)으로 취임한 도쿠가와 이에시게(德川家重)에게 국서(國書)를 바친다는 뜻.

37 오랑캐에게~아니어도 진시황 때 서복이 불로초를 찾아 일본에 갔는데 당시 서복의 배에 진나라의 서적이 있었다는 전설이 있다. 이 때문에 후대의 중국인들은 일본에 진나라의 옛 서적이 남아 있으리라고 생각하였다.

38 귀허(歸墟) 발해 동쪽의 먼 곳에 있다는 전설상의 큰 구렁. 『열자』「탕문」(湯問)에, "발해 동쪽의 기억(幾億) 만리인 줄 모르는 곳에 큰 구렁이 있는데 실로 바닥이 없는 골짝이다"(渤海之東, 不知幾億萬里, 有大壑焉, 實惟無底之谷)라는 말이 보인다.

7

어룡魚龍을 밟고 가나 뜻은 외려 한가롭고
하늘 먼 오랑캐 바다 붕새[39]도 날기 어려우리.
먹구름은 삼랑묘三郎廟[40]에 부딪고
붉은 해는 부사산富士山을 태울 듯하네.
팔교八敎[41]를 펴면 풀옷[42] 입은 자들 붙좇을 테고
오경五經[43]을 외면 문신한 얼굴[44] 웃음지으리.
백 리의 화려한 누각에 붉은 배 이어져
유의儒衣[45] 입고 오가는 우리 사신 구경할 테지.

---

39 붕새 상상 속의 거대한 새. 등 길이가 수천 리이고 날개는 하늘에 드리운 구름 같은데 구만 리를 난다고 한다.

40 삼랑묘(三郞廟) 일본 도치기 현(栃木縣)의 중서부에 위치하는 금시(今市)에 삼랑(三郞)과 원대랑(元大郞)이 서로 싸워 삼랑이 이곳에서 죽었다는 전설이 전한다고 한다. 신유한(申維翰, 1681~1752)의 『해유록』(海遊錄)에 이 전설이 기록되어 있다. 신유한은 1719년 제술관(製述官)의 직책으로 일본에 갔다.

41 팔교(八敎) 기자(箕子)가 백성을 가르치고 다스리기 위해 마련했다는 8조목의 금법(禁法)으로 흔히 '범금팔조'(犯禁八條)라고 한다. 그중 현재까지 전하는 것은, 사람을 죽인 자는 사형에 처하고, 남을 상해(傷害)한 자는 곡물로 보상해야 하며, 도둑질을 하면 그 사람의 종이 되어야 한다는 세 조목이다.

42 풀옷 원문은 "卉服". 풀로 만든 만이(蠻夷)의 복장을 말한다.

43 오경(五經) 다섯 가지 경서. 곧 『역경』, 『서경』, 『시경』, 『춘추』(春秋), 『예기』(禮記)를 말한다.

44 문신한 얼굴 소위 '남만'(南蠻)은 몸에 문신하는 풍습이 있기에 한 말. 그러나 옛날 일본인들이 얼굴에 문신을 한 것은 아니다.

45 유의(儒衣) 원문은 "大帶深衣". 큰 띠와 심의(深衣)를 말한다. 심의는 조선 시대 선비들이 입던 옷으로, 소매를 넓게 하고 검은 비단으로 가를 두른 옷.

贐通信使

戎錦百箱勞我心，大夫羔袖瘴氛深.
周天北望羲輪仄，「禹貢」西悲碣石沉.
玩象艱貞存素履，獻身夷險抱丹忱.
越山採葛何時已? 倦和征人雨雪吟.

其二
瑤珮華衣獨自傷，繁霜正月詠東皇.
天窮不辨乘槎路，斗逈空尋採藥航.
泣向滄溟扶日轂，夢登河漢捧雲章.
龍蛇起陸愁重說，聖德曾回草木光.

其三
征馬顧鳴出漢城，滄洲前路劇愁生.
聊憑六漠驂玉駃，欲向三山射金鯨.
秋浦文章風水爛，松雲石碣日星明.
清宵鼓枻空懷古，橘酒蘆觴許細傾.

其四
玉管銅絲饒苦音，青娥彈劒髮衝簪.
錦帆雲泊珊瑚樹，彩轄香傳橘柚林.
涉盡東溟賓日出，仰觀南斗在天心.
可憐海內多兄弟，未信神州久陸沉.

其五

一曲離舟淚滿觴，沒雲臺下水茫茫.
荒莎改岸愁廝女，老石鳴波訊磬襄.
夜靜琴書參海若，春晴冠珮照蠻方.
島花水竹韶光遍，回憶龍樓獻祝章.

其六

象笏朱衣鎮鰐魚，舵樓百尺擁羣書.
到蠻載籍非秦故，涉海冠裳是漢餘.
日月浮杯餐積氣，風濤撼枕宿歸墟.
胼顏鬢髮神攸勞，領取夷王問起居.

其七

蹈就魚龍意卻閒，天長蠻海徙鵬艱.
烏雲自盪三郎廟，赤日如焚富士山.
八教遙宣趨卉服，五經傳誦解雕顔.
彩樓百里連朱舫，大帶深衣看往還.

통도사를 출발하며

새벽에 통도사通度寺[1]를 출발하니
바위 꽁꽁 얼어붙고 산바람 매섭네.
삽우揷羽[2]하여 말 모는 이 길에서 만났는데
짐 가득 실은 두 마리 말엔 편자도 없군.
채찍질하고 고삐 당겨 번개처럼 내닫거늘
머금은 거품이 빙설氷雪을 이루네.
긴 회초리와 큰 몽둥이 잔뜩 실었는데
붉은 옻칠 선연하여 핏빛과 같네.
"저는 남쪽 고을 늙은 아교衙校[3]인뎁쇼
동래東萊와 부산에 통신사 일행 맞으러 갑지요.
엄한 태수 친히 음식 감독해
술과 고기 부족하면 이 몽둥이로 때립지요."
사신[4]은 청렴해야 한다고 들었거늘
측은해라 너희 남쪽 백성 힘이 고갈해.
끼니 거르며[5] 천 리 길 달려가느라

---

1 **통도사(通度寺)** 경남 양산시 하북면(下北面) 영취산(靈鷲山)에 있는 절.

2 **삽우(揷羽)** 융복(戎服) 차림 때에 모립(帽笠)에 꽂는 깃털.

3 **아교(衙校)** 하급 무관.

4 **사신** 여기서는 통신사를 가리킨다. 통신사 일행이 오고 갈 때 연도(沿道)의 고을 수령들이 그 대접을 맡았기에 백성들의 피해가 컸다.

5 **끼니 거르며** 원문은 "減廚"인데, '廚'는 주전(廚傳) 즉 행인에게 숙식을 제공하는 곳을 말한다.

말과 마부 배고프고 목이 마르네.
여러 고을 태수들 마음 절로 수고로워
하루에 만 전을 거두나 잔치하는[6] 데 부족하네.
탐관오리 무서운 몽둥이에도 백성들 안 따르니
오호라 나라의 기강 날로 무너져 가네.
짐 가득 실은 두 마리 말의 애처로움 말할 수 없네.[7]

發通度

我行曉發通度寺，凍石慘慘山風冽.
路逢揷羽驅馬者，兩馬服重蹄無鐵.
加鞭挑鞚疾如電，嚙銜噴沫成氷雪.
盡載長棰與濶杖，朱漆殷殷色如血.
自道南州老衙班，往迎萊釜信使節.
太守嚴明親監膳，酒肉不豊玆杖決.
余聞使臣廉且簡，憫汝南州民力竭.
疾行減廚行千里，御人駟馬或饑渴.
數州太守心自勞，日收萬錢供帳缺.
汚吏峻杖民不信，嗚呼紀綱日崩裂.
兩馬服重哀莫說.

---

6 잔치하는 원문은 "供帳". 연회를 위해 물건을 준비하고 장막을 치는 일.
7 이 시는 통신사 행렬이 연도의 백성에게 끼치는 극심한 폐해를 고발하고 있다. 이인상의 애민적 면모를 보여주는 시다.

해운대

1

원기元氣 광대하여 범할 수 없고
바람과 우레 이는 구렁에 상서로운 구름 피어나네.
아득한 육합六合에 푸른 파도 넘실대고
중천中天에 천천히 붉은 해 오르네.
만물이 근원으로 돌아가 물만 남았고[1]
순음純陰[2]이 천지를 덮어도 얼음을 못 이루네.[3]
큰 파도는 본시 고금古今이 없지만
부침浮沈 겪은 수많은 모래[4] 뉘라서 세리?

2

하늘에 떠 있는 외론 섬에 큰 물결 일고
교인鮫人[5]이 베 짜는 신루蜃樓[6]에 맑은 노을 피어나네.
봄바람 불려 하니 차나무 꽃이 피고

---

1 **만물이~남았고** 오행(五行)에 따르면 겨울은 '수'(水)에 해당한다.

2 **순음(純陰)** 순전한 음(陰)의 기운.

3 **얼음을 못 이루네** 해운대의 바다는 못 얼린다는 뜻.

4 **수많은 모래** 원문은 "恒沙". 인도 항하(恒河 : 갠지스 강)의 모래를 지칭하는 말로, 셀 수 없이 많은 수를 뜻한다.

5 **교인(鮫人)** 반인반어(半人半魚)의 전설상의 존재로, 바닷속에 살면서 늘 베를 짜고 있다고 한다.

6 **신루(蜃樓)** 신기루. 옛사람들은 큰 조개가 토해 내는 기운이 신기루를 형성한다고 여겼다.

물새 나니 달[7]이 둥실 떠오르고녀.
성두星斗 더듬다 자기紫氣[8] 보매 문득 기쁘고
멀리 함화含火[9]가 두꺼운 얼음 비춤을 근심하누나.
건곤乾坤이 남북으로 기운 건 고칠 수 없나니
말세의 운수를 서글퍼하네.

海雲臺

元氣鴻濛不可凌, 風雷生壑霱雲蒸.
茫茫六極蒼波湧, 冉冉中天赤日升.
萬物歸根惟有水, 純陰苞象不成氷.
從來巨浸無今古, 誰數恒沙閱替乘?

其二
孤島浮天巨浪淩, 蜃樓鮫織淡霞蒸.
春風欲動茶花發, 水鳥猶翔桂魄升.

---

7 달 원문은 "桂魄". 아름다운 달을 비유한 말.
8 자기(紫氣) 보검의 신비한 기운을 뜻한다. 『진서』(晉書) 「장화전」(張華傳)에, "오(吳)가 망하기 전에 두우(斗牛)의 사이에 항상 자기(紫氣)가 있었다"(吳之未滅也, 斗牛之間常有紫氣)라는 말이 보인다.
9 함화(含火) 촉룡(燭龍)을 말한다. 서북해(西北海) 밖에 신(神)이 있는데 사람의 얼굴에 뱀의 몸을 하고 있으며 먹지도 않고 자지도 않으면서 구음(九陰)을 비추고 있다는 말이 『산해경』에 보이는바 이를 '촉룡'이라고 한다는 설이 있다. 한편 『회남자』(淮南子)에, "하늘의 서북쪽은 빛이 없는데 촉룡이 불을 머금어〔含火〕 사면팔방의 길을 비춘다"(天西北無光, 燭龍含火, 以照四達四通之道也)라는 말이 보인다.

便喜捫星看紫氣，遙愁含火燭玄氷.

乾坤莫補傾南北，理數堪悲末運乘.

몰운대[1]

은색銀色과 쪽빛으로 비단 무늬 짠 듯한데[2]
일백一百 신神들 달려가 축융祝融[3]께 알현하네.
우렛소리 절로 진동해 빈 구렁에 울리고
하늘과 바다 맞닿은 곳에 구름이 이네.
만변萬變하는 어룡魚龍의 집 흘낏 엿보고
이 몸 놓아 조수鳥獸들과 한 무리 되네.
알지 못괘라 물결 너머 큰 천지에
속기俗氣 없는 이 섬[4] 소식 전해질는지.

沒雲臺

爛汞蒸青織錦紋，百神奔會祝融君.
風雷自震鳴虛壑，天水微分起斷雲.
閱看萬變魚龍宅，放着一身鳥獸羣.
未識乾坤波外大，果傳瓊島絕塵氛.

---

1 몰운대(沒雲臺) 본서 284면 주30을 참조할 것.
2 은색(銀色)과~짠 듯한데 바다를 형용한 말.
3 축융(祝融) 남해(南海)의 신.
4 이 섬 원문은 "瓊島"로 원래 신선이 산다는 섬인데 여기서는 몰운대를 가리킨다. 몰운대는 옛적에는 섬이었다고 전한다. 앞의 「해운대」 시와 이 시는 통신사 일행을 수행해 노닌 곳을 읊은 것이다.

문의현을 지나가는데 문의현에서 도곡[1]까지는 몹시 가까우므로 즉석에서 시를 지어 송자 형제에게 부치다

1

문산文山[2]의 길 평탄하여
도곡塗谷의 유거幽居에 가까워라.
처사處士[3]는 응당 베개 높이 베고
벗[4]은 아직 부임 안 했네.[5]
말 앞에 푸른 산빛 엄습하고
봄이 일러 들바람이 느리네.
눈 들어 보니 정운停雲[6]이 아스라한데
편지 보낼 인편이 없네.

---

1 도곡(塗谷) 송문흠의 형인 송명흠(宋明欽)의 『역천집』(櫟泉集)에 의하면, 용호(龍湖)의 별칭이다. 용호는 옛날의 회덕군 일도면 용호리를 말하며, 현재 대전시 대덕구의 북쪽에 위치한 용호동 일대에 해당한다. 옛날에는 전형적인 산촌(山村)이었다. 당시 송명흠이 이곳에 은거해 있었다.

2 문산(文山) 문의현(文義縣) 읍내의 땅 이름. 당시 송문흠이 문의 현령에 제수되었다.

3 처사(處士) 송명흠을 가리킨다.

4 벗 송문흠을 가리킨다.

5 벗은~안 했네 『승정원일기』에 의하면 송문흠은 1747년 12월 13일에 문의 현령에 제수되었다. 그러므로 이 시는 1748년 봄 경에 씌어진 것으로 추정된다.

6 정운(停雲) 멈추어 있는 구름이라는 뜻으로, 친구를 그리워하는 마음을 비유하는 말이다. 도연명이 지은 「정운」(停雲)이라는 시의 "머문 구름 자욱하고/때맞춰 내리는 비 몽몽하네"(停雲靄靄, 時雨濛濛)에서 유래한다.

2

세 번이나 익위사翊衛司에 들어갔다가[7]
처음으로 고을살이 하게 되었네.
어머니[8] 영화롭게 하니 맘이 편할 테지만
도道 행할 땐 외로운 몸 탄식할 테지.
버드나무 곁에 수레 세우면
구름 낀 산이 술단지를 에워싸리.
모친께서 이 고을 기뻐하는 건
죽순과 고사리가 부엌 가까이 있어설 테지.

3

고을 작고 정사政事에 서툴지언정
일이 진실됨을 즐거워해야 하리.
초부樵夫는 제례祭禮에 참예하고
직부織婦는 경륜經綸이 있다마다.[9]
누워서 시냇가 달 기다리고

---

7 세 번이나~들어갔다가 원문의 '동룡서'(銅龍署)는 세자익위사를 가리킨다. 송문흠은 1739년에 세자익위사 시직에 제배되었고, 1742년 부수에 제배되었으며, 1744년 다시 시직에 제배되었다.

8 어머니 송문흠의 모친 윤 부인(尹夫人)을 가리킨다. 송문흠은 일찍 부친을 여의었던바 이 점에서 이인상과 처지가 같았다.

9 초부(樵夫)는~있다마다 촌야의 미천한 민(民)도 예법을 알고 경륜이 있다는 말. '경륜'의 원의(原義)는 고치에서 실을 뽑아 정리하는 것과 이 실로 끈을 짜는 것이다. 이 단어는 전의되어 나라를 다스릴 만한 포부와 재능이라는 뜻을 갖게 되었다. 이인상은 이 '경륜'의 원의를 환기시키며 직부(織婦: 베 짜는 아낙)에게 공적(公的) 능력이 있다고 한 것이다. 이처럼 직부에게 경륜이 있다고 본 것은 여성에 대한 이인상의 남다른 관점을 보여주는 것으로 주목된다.

거닐며 버들의 봄 완상할 테지.
자주 들러 실컷 취함 도모하나니
굳이 좋은 시절 가릴 건 없지.

路過文義縣, 縣距塗谷甚近, 口占寄宋子兄弟

文山識坦路, 塗谷近幽居. 處士應高枕, 故人未下車.
馬前山翠襲, 春早野風徐. 目送停雲遠, 無人寄尺書.

其二
三入銅龍署, 初分竹虎符. 榮親猶意足, 行道歎身孤.
楡柳停車盖, 雲山繞酒壺. 慈顔有喜色, 笋蕨近家廚.

其三
邑小爲官拙, 猶應樂事眞. 野樵參俎豆, 村織解經綸.
臥待一川月, 行看萬柳春. 頻過謀劇醉, 不必選芳辰.

삼월 이십일 역사驛舍[1]로 돌아와 밤에 문산[2]의 소식을 듣고 기뻐서 짓다 무진년(1748)

1

처마의 대〔竹〕가 바람에 울어 잠 못 이룰 제

하인 수壽[3]가 외치며 불을 비춰 병풍을 여니[4]

문산文山에게 좋은 소식 와 너무 기뻐라

---

1 역사(驛舍) 사근역(沙斤驛) 찰방청(察訪廳)을 말한다. 지금의 함양군 수동면(水東面) 화산리(花山里)의 수동초등학교가 있는 곳이 그 터로 추정된다. 조선 시대에는 전국에 500여 개의 역을 두어 공문서의 전달 및 관리의 숙박과 관물(官物)의 수송을 도왔는데, 이 가운데 40개 역에 종6품 벼슬인 찰방을 주재시켜 인근의 속역(屬驛)을 관할하게 하였다. 이 40개 역 중의 하나가 사근역이다. 이인상은 당시 이 역의 찰방을 맡고 있었다. 사근역에는 또한 공무로 출장 중인 관리들을 위한 숙박 시설인 사근원(沙斤院)이 있었다. 사근역에는 찰방 밑에 다수의 역원(驛員)과 노비가 있었으며, 상등말 2필, 하등말 10필을 두었다는 기록이 전한다. 사근역은 제한역(蹄閑驛: 함양읍 구룡리 소재)과 임수역(臨水驛: 안의면 대대리 소재)을 포함한 인근 14개 역을 관할한 역으로서, 산청의 정곡역(正谷驛) 및 거창의 무촌역(茂村驛)과 연결되어 있었다. 그리하여 경상도의 진주－단성－산청과 전라도의 운봉－남원을 연결하는 역일 뿐 아니라, 산청·진주에서 거창－김천－상주－문경으로 해서 서울로 올라갈 때 반드시 거쳐야 할 역이었다. 나는 2005년 사근역이 있던 수동면 화산리 일대를 탐방한 바 있는데, 그곳에 몇 대째 산다는 한 고로(古老)의 말에 의하면 구한말 때까지만 해도 가득 들어찬 객주집으로 역사(驛舍) 주변의 도로가 시끌벅적했다고 한다. 내가 갔을 때는 객주집의 흔적조차 찾을 수 없었고 두어 군데의 다방과 작은 음식점이 눈에 띌 뿐인 한적한 곳이었다.

2 문산(文山) 송문흠을 가리킨다. 당시 송문흠이 문의 현령으로 있었기에 '문산'이라고 했다. 문산은 문의현 읍내의 땅 이름이다. 이 시는 문의에 부임한 송문흠이 보낸 편지를 받고 지은 것이다.

3 하인 수(壽) 사근역의 하인이다.

4 병풍을 여니 펼친 병풍을 접는 것을 이른다. 병풍의 원문은 "枕屛"인데, 머리맡에 둘러 치는 병풍을 말한다.

벗이 죽지 않아 편지를 보냈군.

2
벗은 병이 많아 의서醫書를 탐독해
묵은 뿌리[5]가 목숨과 관계된다 깊이 믿지만
말세엔 백초百草가 진기眞氣 없나니
군자의 병 고치기 어려울까 걱정.

3
운세 날로 쇠해 눈물 흘릴 만하나
자고로 어진 이에게 중병이 많았지.
몸은 강건해도 마음이 병든
아첨꾼과 소인배가 더 괴롭고말고.

三月卄日還郵館, 夜得文山消息, 喜賦 戊辰

簷竹號風不成夢, 壽奴喚燭枕屛開.
驚喜文山消息好, 故人不死寄書來.

其二
故人多病讀醫經, 劇信陳根關性命.
衰時百草無眞氣, 只恐難醫君子病.

---

5 **묵은 뿌리** 약초를 말한다.

其三

運氣日衰堪下淚，古來癃疾多賢豪.

一身强健中心病，謟婦薄夫太劇勞.

이윤지의 천왕봉 그림에 적다 장자화[1]의 부채

땅이 다하니 바다가 있고
먼 봉우리엔 구름도 없네.
아득한 우주 안에
철 따라 맑은 소리 들리는고나.

題李胤之寫天王峰 張子和扇

地窮惟有海, 峰逈更無雲. 茫茫八極內, 淸籟四時聞.

---

1 **장자화(張子和)** 이름은 '훈'(塤)이고, '자화'는 그 자다. 서얼로 추정된다. 본서 하권의 부록으로 실린 「작은아버지에게 올린 간찰」에 보이는 '장군'(張君)과 동일인이다. 『뇌상관고』 제5책에 「장자화 제문」(祭張子和文)이 실려 있다. 『능호집』 권4에 수록된 「성사의 제문」(祭成士儀文)에 의하면 이인상이 시흥의 모산에 살 때 이 사람의 집에 붙어살았다고 한다. 이 시로 보아 이윤영이 사근역을 방문했을 당시 장훈이 사근역에 머물고 있었음을 알 수 있다.

영남루[1]

옛 성벽이 가을산의 푸른 기운에 쭉 이어졌고
맑은 강은 난간 앞을 유유히 흐르네.
서리 맞은 일만 나무 모래 언덕에 희미하고
달빛 아래 성근 대 그림자 비단 자리에 비치네.
연옹淵翁[2]이 배 띄워 놀던 곳은 알 수 없지만
명나라 장수 머문 때[3]는 길이 기억하네.
장기瘴氣 찌는 천여 리 영남 땅에서
재차 이 누樓에 올라 풍악을 듣네.

嶺南樓

古堞秋山積翠連，澄江徐動畫欄前.
霜含萬木迷沙岸，月會疏篁照錦筵.
不辨淵翁鼓枻處，永懷天將駐戈年.
嶺南煙瘴千餘里，再上玆樓聽管絃.

---

1 **영남루(嶺南樓)** 경상남도 밀양에 있는 누각으로, 객사(客舍)의 부속 건물이다.
2 **연옹(淵翁)** 삼연(三淵) 김창흡(金昌翕)을 말한다.
3 **명나라 장수 머문 때** 임진왜란 때 명나라 장수가 이곳에 머물렀던 일을 가리킨다.

세병관[1] 서쪽 문루[2]

구렁에 뛰는 어룡魚龍은 옛 해자[3]를 흔들고
망루[4]의 징소리는 밤새도록 시끄럽네.
가을 맑아 별과 달이 남쪽 오니 크고
바다 넓어 구름 낀 산이 북쪽에 높게 바라뵈네.
삼도三道의 수군[5]은 창과 칼을 감추었고
여덟 배[6]에서 뿔피리 부니 파도가 잠잠하네.
가련하다 충무공이 창을 비껴잡은 곳[7]엔
어부의 거룻배만 보일 뿐이네.

---

1 세병관(洗兵館) 경상남도 충무시에 있는 조선 시대 목조건물로 1603년 이순신 장군의 전공을 기리기 위해 세워졌으며 후일 삼도수군통제영(三道水軍統制營)의 본영(本營)으로 사용되었다.

2 서쪽 문루(門樓) 세병관은 통영성(統營城) 안에 있는데 성에는 동, 서, 남, 북 네 개의 문이 있었으며 문에는 각각 문루(門樓)가 있었다.

3 해자 성을 방어하기 위해 그 주위에 둘러 판 못.

4 망루 원문은 "譙樓". 통영성에는 동쪽과 서쪽과 북쪽에 세 개의 망루가 있었다. 이들 망루는 모두 산마루에 있었으며 숙종 20년(1694) 제69대 통제사인 목임기(睦林奇)가 세웠다. 망루는 통영성을 방비하던 산성중군(山城中軍: 직책 이름)이 순찰과 경비를 하던 초소로, 때로는 장수가 이곳에서 군사를 지휘하여 장대(將臺)라고도 하였다.

5 삼도(三道)의 수군 세병관이 삼도수군통제영의 본영이기에 한 말.

6 여덟 배 본서 하권 143면에 수록된 「통영 유기」(遊統營記)에 여덟 척 전함에 대한 언급이 보인다.

7 충무공이~곳 이순신의 한산대첩을 염두에 두고 한 말이다. 이순신은 임진왜란 때 한산도에서 와키자카 야스하루가 이끄는 일본 수군과의 싸움에서 승리한 후 삼도수군통제사(三道水軍統制使)가 되었다.

洗兵館西樓

跳壑魚龍撼古壕, 譙樓鐃吹夜嘈嘈.
秋淸星月南來大, 海闊雲山北望高.
三路水師弢劍戟, 八艘風角靜波濤.
可憐忠武橫戈地, 惟有漁翁理釣舠.

오경보의 산천재에서 새로 만든 구리 술잔을 구경하고는 얼음등을 걸어 놓고[1] 매화를 감상하며 소라 껍질에다 술을 부어 마시고 있을 때 김 진사 백우[2] 또한 술통을 들고 찾아오다[3]

고기古器를 뜻에 맞게 제작하였고
좋은 음식 장만했거늘 마침 벗들이 왔네.
얼음등 밝아 촛불을 견딜 만하고
소라 껍질은 공교하게 술잔을 이뤘네.
취한 마음 참으로 쇠를 이루어
헛된 명성 아예 재처럼 여기네.
은하수 높은 이 밤
쓸쓸히 겨울 매화 보고 있노라.

---

1 **얼음등을 걸어 놓고** 이윤영·오찬·김상묵·이인상 등 7, 8인의 선비가 문회(文會)를 열어 겨울밤에 얼음덩이를 파내어 그 속에 촛불을 두고 이름하여 '빙등조빈연'(氷燈照賓筵)이라 했다는 기록이 이규상(李奎象)의 『병세재언록』(并世才彦錄)에 보인다.

2 **백우(伯愚)** 김상묵(金尙默, 1726~1779)을 말한다. '백우'는 그 자(字)이며, 본관은 청풍(淸風)이다. 잠곡 김육의 5대손이며, 음보로 출사하여 군수를 지내다가 영조 42년(1766) 문과에 급제하여, 교리·수찬 등을 역임했다. 영조 47년 수원 부사(水原府使)를 지내면서 굶주린 백성을 구제한 공으로 포상되었고, 다시 안동 부사(安東府使)를 거쳐 병조참의를 지냈다. 김종수(金鍾秀)와 아주 절친한 사이였다. 영조 말년, 김종수와 함께 노론 강경파의 입장에 섰으며, 이 때문에 거제에 유배되는 등 만년에 불우하였다.

3 **오경보(吳敬父)의~찾아오다** 이는 1748년 겨울에 있었던 일이다. 당시 오찬은 자신의 집 정원인 와설헌(臥雪軒) 동쪽에 '산천재'(山天齋)라는 이름의 서실을 조성하였다. 이인상은 당시 사근역 찰방에 재직 중이었는데 말미를 얻어 잠시 서울에 올라와 있다가 연말의 이 모임에 참석했던 것으로 보인다.

吳敬父山天齋觀新鑄銅爵，懸氷燈賞梅，取螺甲飮酒，金進士伯愚尙默亦攜壺榼而來

古器稱心製，嘉餐賴友來．氷燈淸耐燭，螺甲巧成杯．
醉肚眞成鐵，浮名極似灰．崢嶸星漢夜，寥落看寒梅．

성안 선사에게 주다. 선사는 방장산[1] 벽송암[2]에 있다

우리 도道[3]는 이미 없어졌는데

들으니 선종禪宗의 가르침도 폐해졌다고.

개에게도 불성佛性 있음 깨닫지 못하고

그저 '뜰 앞의 잣나무'만 외고 있다지.[4]

남쪽의 승려 정혜淨惠[5]라는 이

화엄 법회[6]를 창도하였네.

「묘엄품」妙嚴品[7]을 자세히 강론해

---

1 **방장산** 지리산의 별칭이다.

2 **벽송암(碧松菴)** 경상남도 함양군 마천면 추성리의 지리산 칠선계곡에 있는 사찰이다. 신라 말 내지 고려 초에 창건된 것으로 추정되며 현재 건물은 한국전쟁 때 소실된 것을 중건한 것이다.

3 **우리 도(道)** 유교의 도를 말한다.

4 **개에게도~있다지** 이 구절은 당나라의 종심 선사(從諗禪師, 778~897?), 즉 조주 화상(趙州和尙)이 남긴 공안(公案)과 관련된다. 어느 날, 한 수행승이 조주에게 "개에게도 불성이 있습니까?"라고 묻자, 그는 "없다!"라고 답하였다. 또, "조사(祖師: 달마를 가리킴)께서 서쪽에서 오신 뜻은 무엇입니까?"라고 묻자 조주는 "뜰 앞의 잣나무"라고 답했다고 한다. 이 두 공안은 각각 일체의 중생은 모두 불성이 있는데 개에게는 왜 불성이 없다고 했는지, 달마가 서쪽에서 온 것이 뜰 앞의 잣나무와 무슨 연관이 있는지에 대한 의문을 일으켜 수행자로 하여금 선종(禪宗)의 도를 참구(參究)하게 하는 화두(話頭)가 되었다.

5 **정혜(淨惠)** 성안 선사(惺岸禪師)의 법명(法名).

6 **화엄 법회** 원문은 "華嚴會". 화엄 법회 또는 화엄 도량이라 칭해진다. 『화엄경』(華嚴經)의 강설(講說)과 찬탄(讚嘆)을 중심으로 하여 여는 법회로서, 통일신라 시대 황룡사(皇龍寺)에서 처음 열린 후 산발적으로 전승되었다.

7 **「묘엄품」(妙嚴品)** 『화엄경』의 일품(一品)인 「세주묘엄품」(世主妙嚴品)의 준말이다. 『화엄경』에는 60권본, 80권본 등이 있는데, 가령 80권본의 경우 설법한 장소〔處〕와 설법의 순서〔會〕, 독립된 내용〔品〕에 따라 7처 9회 39품으로 나뉘어 있다. 그중 「세주묘엄품」은 제

공덕의 바다 미묘하고 아득하구나.
심오한 뜻 정밀히 밝혔고
완대緩帶[8]하여 호기롭게 이야기했지.
때때로 준마를 타고
달관達官에 달려가 상대하였네.
제자들 총명한 이 많은데
죽음에 임해서야 계戒를 받았네.[9]
채청采晴은 얼굴이 심순深淳[10]하였고
유선惟善은 기氣가 강개하였지.
나는 사랑하네 선사의 도 높아
박樸[11]으로 말미암아 해탈에 든 것을.
관官을 백안시해 불러도 안 오고
『난경』難經[12]을 읽으면 금방 다 보네.
내가 있는 한죽관寒竹館[13]을 찾아와서는

1회(會) 보리도량〔處〕에서 보현보살(普賢菩薩)이 교설한 설법의 품명(品名)으로, 부처의 성불(成佛) 과정이 설(說)해져 있다.

8 완대(緩帶) 허리띠를 헐겁게 맨다는 뜻. 유유자적하며 여유로운 것을 이른다.

9 죽음에~받았네 "계를 받았네"의 원문은 "受玄戒". 부처의 가르침을 받드는 자가 반드시 지켜야 할 계율을 받는 것. 제자들이 총명하지만 죽을 때가 되어서야 선사의 계를 받았다는 말.

10 심순(深淳) 깊이 있고 순후하다는 뜻.

11 박(樸) 작위(作爲)나 꾸밈이 없고 천진(天眞)하고 진실된 것을 이른다.

12 『난경』(難經) 전국시대 진월인(秦越人 : 편작)이 지었다는 의서로, 『황제내경』(黃帝內經)의 뜻을 밝히고 의문점을 해설하였다.

13 한죽관(寒竹館) 사근역의 찰방청(察訪廳)을 가리킨다. 이인상은 사근역 찰방으로 있을 때 전서로 쓴 '寒竹堂'이라는 편액을 아헌(衙軒)에 걸었다. 이 사실은 이덕무(李德懋, 1741~1793)의 『한죽당섭필』(寒竹堂涉筆)에 수록된 「수수정」(數樹亭)이라는 글에 보인다. 이덕무는 1782년(정조 6) 2월 사근역 찰방으로 부임하여 익년 11월까지 재직했던바

의義와 예禮에 대해 항언抗言[14]했었네.

무덤 옮겨 부친의 장례 치렀고[15]

제자 위해 관官에다 송사訟事도 했지.

출가했어도 인륜에 도타워

그 마음 참으로 화락하구나.

유교 불교 구분할 까닭 없으니

시를 보내 말세를 경계하노라.

贈惺岸禪師. 師在方丈山碧松菴

吾道已長熄, 禪敎聞猶廢. 莫通狗子性, 硬誦栢樹在.

南僧淨惠者, 始倡華嚴會. 細剖「竗嚴品」, 微茫功德海.

奧旨潛析毫, 豪談或緩帶. 有時騎駿馬, 走赴達官待.

弟子多聰明, 臨死受玄戒. 采晴貌深淳, 惟善氣亢介.

余愛岸師高, 由樸入脫解. 冷官呼不至, 難經讀便罷.

過余寒竹館, 抗言在義禮. 移阡營父葬, 訟官爲門弟.

出家篤人倫, 中心誠愷悌. 無以儒釋分, 贈詩戒衰世.

(국립중앙박물관 소장 『沙斤道先生案』 참조). 이때의 견문을 기록해 놓은 책이 『한죽당섭필』이다. 이인상의 이 편액이 30여 년 뒤 이덕무가 찰방으로 있을 때에도 그대로 걸려 있었음을 이 책 제목을 통해 알 수 있다. 이 외에도 『한죽당섭필』에는 이인상에 관한 흥미로운 기록들이 수록되어 있다. 이덕무는 이인상이 자기처럼 서얼 출신 문인이라는 점에서 친근감을 느꼈던 것 같다.

14 항언(抗言) 대면하여 담화한다는 뜻.

15 무덤~치렀고 부친의 묘를 이장했다는 말.

사근역 잡술. 김원박의 시에 차운하여 부쳐 보내다

1

사성沙城[1]의 봄술 통 깨들 않고

수수정數樹亭[2] 낮꿈은 길기도 해라.

미관微官이라 보국報國하기 어려워 몹시 부끄럽고

삼 년 동안 『마의경』馬醫經 알지 못하네.[3]

---

1 **사성(沙城)** 사근산성(沙斤山城)을 가리킨다. 함양군 수동면 화산리 서북쪽의 연화산(蓮花山: 『한죽당섭필』에는 미타산彌陀山으로 되어 있음)에 있는 돌로 쌓은 성으로, 서부 경남에서 호남으로 통하는 길목에 있다. 삼국시대에는 신라와 백제가 치열한 공방전을 벌였던 군사상의 요충지다. 사근산성이 축조된 연대에 대한 정확한 기록은 없으나 1380년, 즉 고려 우왕 6년에 왜구의 침략을 받아 성이 함락되었다는 기록과 조선 성종 때 허물어진 성을 다시 수축했다는 기록이 보인다.

2 **수수정(數樹亭)** 이인상이 사근역 역사(驛舍) 동쪽에 세운 정자. 당시 송문흠이 팔분체(八分體)로 쓴 '수수정'(數樹亭)이라는 편액이 걸려 있었다. 이 사실은 『한죽당섭필』의 「수수정」(數樹亭)이라는 글에 자세히 언급되어 있는데, 다음과 같다: "아헌(衙軒) 동쪽 모퉁이에 두충, 홍매(紅梅), 오래된 소나무, 긴 대나무 등이 있었는데 능호는 이 나무들 사이에 기와를 얹은 삿갓 모양의 정자를 세웠다. 이 정자는 동쪽으로 연(蓮)이 심겨 있는 못을 내려다보아 소연(蕭然)한 풍치가 있었다. 정자에 건 '수수정'(數樹亭) 세 글자의 편액은 문의 현령 송문흠이 쓴 팔분체였다. 정자의 북쪽 기둥에는 능호가 자신의 필체로 다음과 같은 시를 써 붙였다. '칠원(漆園)은 오만한 관리 아니요/스스로 경세(經世)의 일 안 하였을 뿐/어쩌다 미관(微官)에 몸을 부쳐서/두어 그루 나무 아래 거닐고 있네.'(古人非傲吏, 自闕經世務. 偶寄 一微官, 婆娑數株樹) 이 왕유(王維)의 시의(詩意)를 취하여 정자 이름을 지었던 것이다." 이인상이 써 붙였다는 위의 시는 왕유의 『망천집』(輞川集)에 실린 「칠원」(漆園)이라는 시다. 주희(朱熹)는 이 시를 극찬한 바 있다. 이인상은 이 시의 마지막 구절에 보이는 '두어 그루 나무'(數株樹)라는 말을 취해 정자 이름을 '수수'(數樹)라고 했던 것이다. '칠원'은 장자(莊子)를 가리킨다. 장자가 칠원이라는 곳에서 말단관리 노릇을 한 적이 있기에 흔히 장자를 칠원이라 부른다.

3 **삼 년~못하네** 『마의경』(馬醫經)은 곧 『마경』(馬經)으로, 말에 관한 수의학(獸醫學) 서

2

일만 대〔竹〕가 난간을 에워싸 자라고
누운 자리로 시원한 바람이 옛 성에서 불어오네.
생각하네 노계蘆溪[4]의 나무 아래에서
책을 궁구하고 약 찧으며 한정閒情을 뒀던 일.

3

비바람 부는 남간南澗은 밤이 얼만가?[5]
천 권의 장서 있는 산가山家[6]를 생각네.
게으른 여종은 졸면서 옥루屋漏[7]를 보고
늙은 처는 병으로 누워 등촉을 보고 있으리.[8]

적을 말한다. 인조 때 이서(李曙)가 초역(抄譯)하여 『마경초집언해』(馬經抄集諺解)를 간행한 바 있다. 이인상이 당시 역참(驛站) 일을 관장하는 찰방직에 있었지만 그것을 달가워하지 않았기에 이런 말을 했다.

4 노계(蘆溪) 김무택이 서울 교외 노계의 노계정사(蘆溪精舍)에 우거한 사실은 이윤영의 문집인 『단릉유고』(丹陵遺稿) 권7에 수록된 시들인 「원박의 교외 집을 방문하다. 운(韻)을 불러 함께 짓다」(訪元博郊居. 呼韻共賦), 「이어서 차운하여 같이 노닌 여러 군자에게 보이고 화답을 구하다」(續次示同遊諸君子要和), 「원박이 장차 수원으로 돌아가려 하므로 원령 및 유문(孺文)과 함께 노계정사에 가서 작별하다. 운을 정해 함께 짓다」(元博將歸水原, 與元靈孺文往別于蘆溪精舍. 限韻同賦) 등을 통해 알 수 있다. 이인상은 서울에 있을 때 김무택의 노계정사에 자주 들렀다. 김무택 역시 남산의 능호관에 자주 들르곤 하였다.

5 밤이 얼만가 밤이 얼마쯤 되었을까라는 말.

6 산가(山家) 남산에 있던 이인상의 집 능호관을 말한다. 김무택의 『연소재유고』(淵昭齋遺稿)에서는 '산관'(山館)이라고 했고, 김상악(金相岳)의 『위암선생시록』(韋菴先生詩錄)에서는 '산루'(山樓)라고 했다.

7 옥루(屋漏) 방의 북서쪽 귀퉁이. 집의 가장 깊숙하고 은밀한 곳을 이른다.

8 보고 있으리 원문은 "瞋"인데, 눈을 부릅뜬 것을 뜻한다.

沙驛雜述. 次金元博韻寄贈

沙城春酒醉無醒, 午夢偏長數樹亭.
多愧微官難報國, 三年不解『馬醫經』.

其二
萬竿篁竹繞欄生, 臥處凉風自古城.
遙憶蘆溪嘉木下, 窨書搗藥有閒情.

其三
風雨南溪夜若何? 藏書千卷憶山家.
慵婢和睡看屋漏, 老婦嗔燈臥沈痾.

중추에 월색이 몹시 밝을 때 역관의 남쪽 누각에 올라 북을 몇 차례 치는 소리를 듣고 있노라니 늙은 여종이 술을 가지고 와 마시라고 권하여 연거푸 네다섯 잔을 기울였다. 남쪽으로 온 후 술 마시는 것을 경계하였는데 처음으로 한번 취하였다. 걸어서 긴 가로街路에 이르니 도랑물이 찰랑거리는데 사방에 사람 소리 없이 고요하였다. 장난삼아 하인을 불러 흰 말 두 마리를 끌고 오게 해 뜰을 여러 차례 빙빙 돌았다.[1] 또, 걸어서 수수정으로 가 대나무와 국화를 쭉 둘러보다가 송사행의 생각이 나 내키는 대로 시 한 편을 쓰다

맑은 밤 누우니 고루高樓에서 북을 치는데
고목古木과 시내 넘어 먼 하늘까지 울리네.
밝은 달 차츰 떠오르니 차가운 물 고요하고
아스라한 천왕봉엔 구름 한 점 없네.
백마를 끌고 와 돌며 동헌東軒 앞에 서고
국화 곁에서 웃으며 술을 마시네.
노우老友 문산文山[2]은 술 잘하거늘
대나무 무성한 서옥書屋에 뉘를 부르는지.

---

1 뜰을~돌았다 원문은 "鉤百于庭". '구백'(鉤百)은 『장자』「달생」(達生)에 나오는 말로, 백 번 돈다는 뜻.

2 문산(文山) 당시 문의 현령으로 있던 송문흠을 말한다.

仲秋月色甚明, 上驛舘南樓, 聽鼓數檛, 老婢持酒來勸, 連倒四五杯. 南來後戒飮, 始一醉也. 步到長街, 溝水淪漣, 四顧人聲寂然. 戱招隷人, 牽二白馬, 鉤百于庭. 又步到數樹亭, 巡篁菊, 有懷宋士行, 漫書一詩

高樓擊鼓臥淸宵, 古木荒溪響遠霄.
明月漸升寒水靜, 天王峰逈片雲收.
牽回白馬當軒立, 笑傍黃花把酒澆.
老友文山能劇醉, 脩篁書屋有誰邀?

벼슬에서 물러나 돌아오는 길에 상협[1]에서 노닐었으며, 길이 양근[2]을 지나는지라 즉석에서 읊어 뜻을 적다 기사년(1749)

용문산龍門山 위쪽 어귀에는 폭포가 떨어지고
구담龜潭 십 리에는 산이 높아라.
흥이 나면 책 지고 술병을 들고
달 밝고 꽃 무성한 날 오면 좋으리.

罷官歸路, 游上峽, 路過楊根, 口占識意 己巳

龍嶽上門泉瀑, 龜潭十里峒峰.
興來負書攜酒, 好趁月白花濃.

---

1 **상협(上峽)** 단양·충주·원주 일대의 남한강 상류 지역을 일컫는 말. 흔히 상유(上游)라고도 한다. 당시 이인상이 죽령을 넘어 구담을 경유해 올라왔음은 『능호집』 하권에 부록으로 수록한 「작은아버지에게 보낸 간찰 6」에서 확인된다.
2 **양근(楊根)** 옛 지명. 지금의 경기도 양평군 일대에 해당한다.

정鄭어르신 문술[1]씨가 부쳐 보내준 시에 차운하여 사례하다

쓸쓸한 동쪽 봉우리 초목 속에 사니
대현大賢[2]의 집에 찾아오는 손이 드무네.
다만 화산花山[3]의 늙은 역졸이
연년年年이 옛 역승驛丞[4]의 편지 전할 뿐.

次謝鄭丈文述重獻氏寄贈韻

寥落東峰草木居, 大賢門巷客來疎.
惟有花山老驛卒, 年年傳到舊丞書.

---

1 정(鄭)어르신 문술(文述) 정중헌(鄭重獻)을 말한다. '문술'은 그 자. 이인상이 사근역 찰방으로 있을 때 알게 된 인물로 일두(一蠹) 정여창(鄭汝昌)의 후손이다. 이인상은 사근역에 있을 때 정중헌을 비롯해 노자수(盧子修), 진명옥(陳鳴玉) 등의 향유(鄉儒)와 교유했다.

2 대현(大賢) 정문술을 가리킨다.

3 화산(花山) 사근역 소재지인 지금의 함양군 수동면 화산리를 가리킨다.

4 옛 역승(驛丞) 이인상 자신을 가리킨다. '역승'은 곧 찰방.

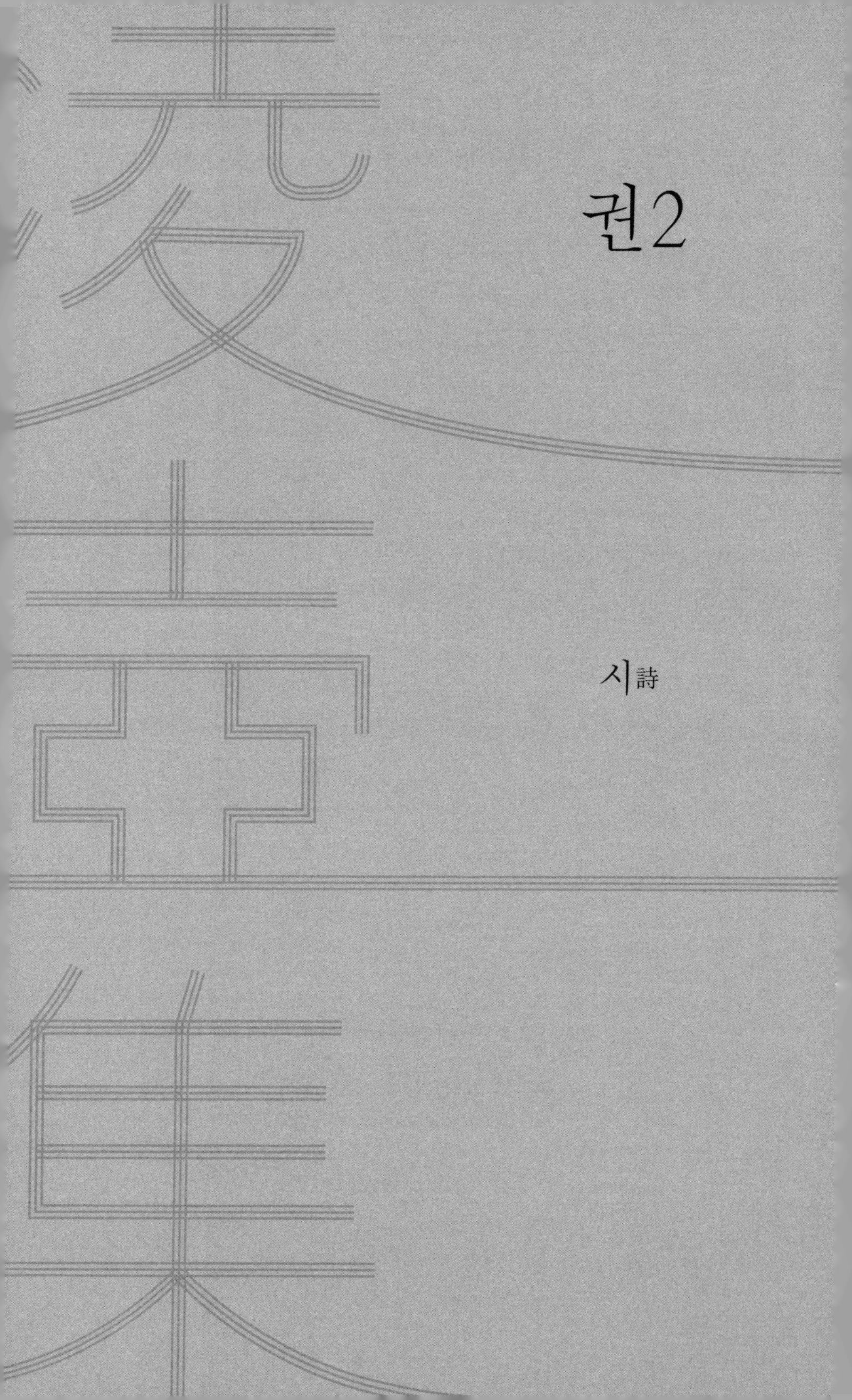

권2

시詩

김 진사 계윤[1]이 죽은 벗을 애도하는 시를 부쳤기에 그 시에 차운하다 경오년(1750)

정묘년(1747) 정월 보름, 달빛이 몹시 밝은 밤에 유자兪子 태소太素[2] 및 계윤과 종로를 거닐다가 매초루賣貂樓[3]에서 몹시 취하도록 마셨다. 유자가 가져온 귤주橘酒를 다 마셔 버리자 서로 이끌고 광통교廣通橋에 있는 술집으로 들어가 몇 잔을 더 기울인 뒤 천천히 달빛을 밟으며 오경보吳敬父의 집을 방문하여 밤늦은 시각에야 파하였다. 무진년(1748) 정월 보름, 내가 영남에 있을 적에 계윤씨는 병석에 있으면서 태소의 시를 보내왔다.

병들어 읊조리거늘 벗이 멀리 있어
정월 보름 적적하고 근심스럽네.
달 돌아오니 오늘 밤 이리 좋은데
사람은 예전처럼 놀기 어렵네.
술 팔던 저자 잊지 못하고
괜시리 매초루 떠올리누나.

---

1 **김진사 계윤(季潤)** 김상숙(金相肅, 1717~1792). 자세한 것은 본서 257면 주1을 참조할 것.

2 **유자(兪子) 태소(太素)** 유언순(兪彥淳, 1715~1748)을 말한다. '태소'는 그 자이고, 또 다른 자는 경명(景明)이며, 본관은 기계(杞溪)이고, 겸산(兼山) 유숙기(兪肅基)의 형인 유묵기(兪默基)의 아들이다. 박지원의 처숙인 이양천(李亮天)과 절친했다. 『능호집』 권4에 「유경명 제문」(祭兪子景明文)이 실려 있다.

3 **매초루(賣貂樓)** 당시 종로에 있던 술집 이름.

홍이 나면 찾아가고자[4]
잔등殘燈을 그대 위해 남겨 두었네.

내가 미처 화답하지 못한 사이 태소가 객지인 화원花園[5]에서 세상을 하직하였으니 마치 이 시가 그걸 예언한 듯하여 차마 다시 계윤과 달을 보며 술을 마실 수가 없었다. 경오년(1750) 정월 대보름, 구름에 가려 달이 조금밖에 보이지 않아 사람으로 하여금 더욱 서글프게 하였다. 계윤과 나는 다 도성에 있거늘,[6] 태소의 무덤[7]에는 풀이 이미 묵었을 터이다. 계윤이 시를 세 편 부쳤는데, 모두 전운前韻[8]을 썼는지라 슬프고 괴로워 읽을 수가 없었다. 나는 그 뜻에 다음과 같이 화답한다.

1
찬 비 내림을 한탄하지만
달이 밝아도 근심스럽네.
꿈에서라도 벗을 만나서
시詩 전하며 예전 놀이 잇고 싶어라.

---

4 흥이 나면 찾아가고자 왕휘지(王徽之: 자는 자유子猷)의 고사를 염두에 두고 한 말이다. 왕휘지가 눈 오는 밤 갑자기 섬계(剡溪)에 사는 벗 대규(戴逵: 자는 안도安道)가 보고 싶어 배를 저어 찾아갔다가 그 집 문에 이르러 들어가지 않고 돌아오자 사람들이 그 연유를 물었다. 이에 "나는 본디 흥이 일어나면 가고 흥이 다하면 돌아올 뿐이지요. 그러니 꼭 안도를 볼 건 없지요"(乘興而行, 興盡而反, 何必見戴安道耶)라고 했다고 한다.

5 화원(花園) 경상북도 달성군 화원면.

6 계윤과~있거늘 당시 김상숙은 서울 사직동에 살고 있었으며, 이인상은 사근역 찰방에서 체임(遞任)되어 서울로 돌아와 능호관에 거처하고 있었다.

7 태소의 무덤 석실(石室: 지금의 충북 진천군 덕산면 석장리)에 있다.

8 전운(前韻) 김상숙이 이인상에게 보내준, 유언순이 죽기 전에 지은 시의 운을 말한다.

안개 흩어지는 술 파는 저자
산색山色 어두운 매초루.
주인이 어찌 알리?
슬픔이 여기 남아 있는 줄.

2

내 눈물 가슴 흠뻑 적시었건만
그대[9] 노래에 다시 맘이 괴롭네.
긴 밤 잠든 줄 응당 알지만[10]
보름밤 노닐던 일 더욱 그립네.
흘러가는 구름은 달을 감추고
줄줄 내리는 비는 누각에 가득.
공중에는 우는 학 없고
필담筆談만 남아 공연히 슬프네.

—언젠가 유자와 필담을 하며 이치를 논했는데, 유자는 "공중의 학 울음소리가 들리는 듯도 하고 들리지 않는 듯도 하다"라는 말을 한 적이 있다.

金進士季潤寄詩悼亡友, 次韻 庚午

丁卯上元, 月甚明, 與兪子太素彥淳暨季潤步鐘路, 劇醉賣貂樓上. 兪子攜橘酒已飮盡, 相攜入廣通橋酒家, 復倒數杯, 緩步踏月, 訪吳敬

9 **그대** 김계윤을 가리킨다.
10 **긴~알지만** '유태소가 죽은 줄 알고 있지만'이라는 뜻.

父, 夜深而罷. 戊辰上元, 麟祥在嶺南, 季潤氏病臥傳詩, 曰:

病吟良友隔, 寂寂上元愁. 月復今宵好, 人難舊日游.

未忘沽酒市, 空憶賣貂樓. 乘興欲相訪, 殘燈爲爾留.

余未及和, 而太素旅歿花園, 則玆詩若成讖者, 不忍復與季潤作翫月之飮矣. 庚午上元, 雲陰少月, 尤令人悽愴, 季潤與余, 俱同城而在, 而太素之墳, 草已宿矣. 季潤寄詩三篇, 皆用前韻, 悲苦不可讀. 余和其意.

已歎寒雨集, 月白更堪愁. 托夢期良友, 傳詩續舊游.
煙銷沽酒市, 山暗賣貂樓. 主人何曾識, 哀怨此地留?

其二

我淚已霑臆, 君歌復苦愁. 應知脩夜寢, 猶戀上元游.
瀲灩雲藏月, 浸淫雨滿樓. 空中無唳鶴, 徒感筆談留.

嘗與兪子作筆談說理, 兪子有“空中唳鶴有聞有不聞”之語.

장경지 만시

1

순후하여 절로 본성 따랐고

맑고 밝아 허명虛名 가까이 않았네.

벗 사귐 진실하여 부박한 풍속 근심하고

인척간이라[1] 깊은 정 나누었었네.

방을 함께해 현탑懸榻을 잊고[2]

밥을 같이 먹었지만 나란히 밭 갈진 않았네.[3]

그윽한 감회 끝내 안 드러내도

산山의 나무가 슬픈 소리를 내네.

2

매해梅海[4]의 길 뉘라서 알리

모산茅山[5]은 기운이 맑지 못하네.

---

1 인척간이라 장재의 아버지인 장진희(張震熙)는 이인상의 장인인 장진욱(張震煜)과 4촌 간이다. 자세한 것은 본서 131면 주1을 참조할 것.

2 현탑(懸榻)을 잊고 장재가 이인상을 환대했다는 뜻. '현탑'(懸榻)은, 손님을 접대하지 않던 후한(後漢)의 고사(高士) 진번(陳蕃)이 오직 서치(徐穉)만 오면 평소 매달아 두었던 의자를 내려서 앉게 하고 그가 가면 도로 매달아 두었다는 고사에서 나온 말이다.

3 나란히~않았네 『논어』「미자」(微子)에 나오는 장저와 걸닉의 고사. 자세한 것은 본서 185면 주14를 참조할 것.

4 매해(梅海) 매호(梅湖)를 가리킨다. 매호에 은거했던 유언길(兪彦吉)은 당시 이미 작고했다. 자세한 것은 본서 166면 주2를 참조할 것.

5 모산(茅山) 『능호집』 권4에 실려 있는 「성사의 제문」에 따르면, 이인상이 서울에서 벼슬

모로미 요수夭壽야 잊는다 해도
어찌 차마 그 이름 사라지게 하리.
효성과 우애는 장중張仲[6]처럼 높고
경륜은 노생魯生[7]으로 허여할 만했지.
문사文史의 업業 적막해도[8]
공연히 밝은 마음 품었더랬지.

3

옛 못[9] 굽이에 봄이 깊어서
꽃잎이 점점點點이 날리고 있네.
동산의 밤나무 곁에 도리桃李가 있고
산수유는 외밭에 그늘을 드리우네.
빈 골짝에 꽃이 절로 피어서
옛 친구 집을 지키고 있누나.
우양牛羊이 다니는 길 만들지 마소
연년年年이 풀의 새싹 짓밟아 버리니.

4

노친老親의 마음 위로하느라

하기 전 성사의와 함께 지냈던 곳으로, 경기도 시흥시 물왕동의 땅 이름으로 추정된다. 여기서는 장재의 향리이기에 한 말. 자세한 것은 본서 24면 주2를 참조할 것.

6 장중(張仲) 주(周)나라의 어진 신하. 윤길보(尹吉甫)와 친했으며 효성으로 유명하다.

7 노생(魯生) 노중련(魯仲連)을 가리킨다. 자세한 것은 본서 174면 주1을 참조할 것.

8 문사(文史)의 업(業) 적막해도 장재가 벼슬을 하지 못했기에 한 말.

9 옛 못 원문은 "古潭". 이 단어는 모산(茅山)이라는 지명이 '못'과 관련이 있다는 추정을 뒷받침하는 하나의 방증(傍證)이 된다.

아들 낳은 지 십 년이라지.
고산孤山에는 버드나무 집[10]이 남았고
맑은 두메에는 목화밭 있지.
책 수장收藏한 벽장 있어 비 걱정 없고
『집고편』集古編[11] 있어 향기 더하네.
선비의 몸가짐 자식에게 가르쳐
꽃과 열매 문 앞에 자라리.[12]

5

소 타고 바다에 갔던 때
그대와 흠뻑 술에 취했지.
매옹梅翁[13]의 집에서 통곡하고[14]
길 가며 낙조시落照詩를 읊조렸었지.
파도 소리 시끄러워 풀빛 어둡고
바람 세차 붉은 해당화 움츠리었네.
이곳에 이제 무슨 낙이 있으리?
훗날 제수 갖추어[15] 묘墓 찾으리다.

---

10 버드나무 집 버드나무를 심어 놓은 집을 말한다. 고산에 장재의 별장이 있었다. 본서 227면의 시 「장경지의 고산 별장」을 참조할 것.

11 『집고편』(集古編) 송(宋) 구양수(歐陽脩)의 『집고록』(集古錄)을 가리키는 듯하다. 총 10권으로, 금석문(金石文)을 집록(集錄)하고 각각에 발미(跋尾)를 붙인 책이다.

12 꽃과~자라리 훌륭한 자손들이 나오리라는 말.

13 매옹(梅翁) 유언길(兪彦吉)을 가리킨다.

14 통곡하고 매옹의 집에 문상 가서 그 죽음에 통곡했다는 말.

15 제수 갖추어 원문은 "漬綿". 후한(後漢)의 고사(高士) 서치(徐穉)가 친구의 상(喪)을 당하면 구운 닭 한 마리와 술에 적셨다가 말린 솜을 묘 앞에 가지고 가, 솜을 다시 물에 적셔 술기운이 나게 해 제사 지낸 후 상주는 보지 않고 돌아왔다는 고사에서 나온 말로, 흔히

張敬之挽

愷悌自循性，淸明不近名．交眞憂薄俗，姻好倒深情．
共室忘懸榻，同湌廢耦耕．幽懷竟莫洩，山木有悲聲．

其二
梅海誰知路？茅山氣不淸．直須忘夭壽，未忍泯聲名．
孝友尊張仲，經綸許魯生．寂廖文史業，空抱寸心明．

其三
春深古潭曲，萬點送飛花．桃李連園栗，茱萸蔭圃瓜．
自榮空谷裏，留衛故人家．莫作牛羊道，年年踐草芽．

其四
猶慰老親念，生男已十年．孤山餘柳屋，淸峽有棉田．
雨護藏書壁，香添集古編．士儀謀子室，花果長門前．

其五
騎牛入海時，與子醉淋漓．痛哭梅翁宅，行吟落照詩．
浪喧靑草暗，風勁紫棠萎．玆土竟何樂？漬綿告後期．

친구의 묘 앞에서 지내는 제사를 말한다.

감회. 이윤지에게 화답하다

1

밭이 있으나 기장을 안 심었으니
잡초 우거져도 탄식치 않네.
비는 들에 가득 내리고
좋은 보습 또한 손에 있구나.
함께 힘쓴 이웃 위로하려고
때에 맞춰 봄술을 담그네.
문 앞의 버들 점점 자라
나무 끝의 북두성을 살피누나
풀 이슬은 짚신을 적시고
도랑물에 통발이 잠겼네.
세월은 잠시도 쉬지 않거늘
밭일은 연초年初부터 시작이라네.
마을 선비에게 고하네[1]
고심苦心이 독수獨守[2]에 있다는 것을.

---

1 **고하네** 원문은 "多謝". 정중하게 고한다는 뜻.

2 **독수(獨守)** 홀로 지조를 지키는 것을 이른다.

2

만물이 모두 내게 구비돼 있으니[3]
백세百世 뒤 일이라도 알기 어렵지 않네.[4]
그래도 본말本末에는 차서次序가 있나니[5]
박문약례博文約禮라는 말[6] 따라야 하네.
태아가 뱃속에 있을 때에도
동動과 정靜[7]은 하늘을 따르네.
지식과 총기가 늘어나면서
어짊과 공손함이 혹 가려지기도.[8]
뭇 책에 힘입어 몸 맑게 하고
스승 찾아 마음을 다스려야지.
입언立言[9]하여 육극六極[10]을 논한다 해도

---

3 만물이~있으니 『맹자』「진심」(盡心) 상(上)에 "만물이 모두 내게 구비되어 있다"(萬物皆備於我矣)라는 말이 보인다.

4 백세(百世)~않네 백대(百代) 뒤의 일이라도 알 수 있다는 말. 『논어』「위정」(爲政)에, "혹 주(周)나라를 계승하는 자가 있다면 백세 뒤의 일이라 하더라도 가히 알 수 있다"(其或繼周者, 雖百世知也)라는 말이 보인다.

5 본말(本末)에는 차서(次序)가 있나니 『대학』에, "물(物)에는 본말(本末)이 있고, 일에는 시종(始終)이 있다"(物有本末, 事有終始)라는 말이 보인다.

6 박문약례(博文約禮)라는 말 문(文)으로써 지식을 넓힌 다음 예(禮)로써 몸을 다스린다는 뜻. 『논어』「자한」(子罕)에 "부자(夫子 = 공자)께서 차근차근히 사람을 잘 이끄시어 문(文)으로써 나를 넓히고 예(禮)로써 몸을 단속하게 해 주셨다"(夫子循循然善誘人, 博我以文, 約我以禮)라는 말이 보인다. 주희는 이 구절에, "박문약례(博文約禮)는 가르침의 순서다"(博文約禮, 教之序也)라는 주(注)를 붙인 바 있다.

7 동(動)과 정(靜) 동은 양(陽), 정은 음(陰)을 가리킨다.

8 지식과~가려지기도 영명(靈明)이 늘어남에 따라 어질고 공손한 몸가짐이 혹 없어진다는 뜻이다.

9 입언(立言) 후대에 교훈이 될 만한 말을 하거나 글을 짓는 것을 이른다.

10 육극(六極) 천지사방(天地四方)을 말한다.

늙어선 필경 쇠미해지니.

3

요수夭壽는 천명에 매인 것이니
토납吐納[11]은 바른 이치 아니라 하겠네.
경전 궁구하는 마음 오랫동안 저버렸거늘
병을 안은 채 죽을까봐 걱정이구려.[12]
한밤중에 일기一氣[13]를 보고
구양九陽[14]으로 입을 가시며
잠복潛伏하기는 상귀牀龜[15]를 따르고
고요히 움직이길 봄개미처럼 한들[16]
마음의 감응이 없다면
뭇 이치 어디에 의지할쏜가?
망언忘言[17]은 아무 소용없으니
받은 몸을 종내 훼손할 뿐이네.

---

11 토납(吐納) 원문은 "呴嘘". 도가(道家) 양생술(養生術)의 하나로, 단전(丹田)으로 숨을 들이쉬고 내쉬는 것.

12 경전~걱정이구려 도(道)를 깨닫지도 못한 채 죽게 될까 봐 걱정이라는 말.

13 일기(一氣) 원기(元氣). 천지의 광대한 기운.

14 구양(九陽) 순양(純陽). 즉 순수한 양의 기운을 가리키는 도가의 말. 육기(陸機)의 「열선부」(列仙賦)에 "구양을 들이마신다"(呼翕九陽)라는 말이 보인다.

15 상귀(牀龜) 『사기』 「귀책열전」(龜策列傳)에 "남쪽 땅의 한 노인이 거북으로 침대 다리를 받쳐 두었다. 20여 년이 지나 노인이 죽게 되어 침대를 옮겼는데, 거북은 아직도 살아 있었다. 거북은 능히 기(氣)를 돌리고 토납(吐納)할 수 있기 때문이었다"(南方老人用龜支牀足. 行二十餘歲, 老人死, 移牀, 龜尙生不死. 龜能行氣導引)라는 말이 보인다.

16 한밤중에~한들 모두 도가의 양생술로, 기(氣)를 들이마시고 몸을 천천히 움직여 에너지를 적게 쓰는 것을 요체로 삼는다.

17 망언(忘言) 도가의 가르침의 하나로, 말을 잊고 물아(物我)가 하나가 되는 것.

허무하여 끝내 무얼 이루리?
평생 일지一指[18]를 달갑게 여기니.[19]

4

도의道義가 가래나무 재목과 같다면
문장은 곧 수레바퀴지.[20]
한 번 움직임에 체體와 용用 하나가 되고
방울소리의 질疾과 서徐 조화롭구나.[21]
세상 운수 번갈아 쇠했다 흥하고
우리 도에도 성쇠가 있네.
널리 베풀어 천명을 기다리고
고궁固窮[22]하여 저서著書를 해야지.
마음 좇으면 천리天理에 통달하지만
이름 추구하면 뜻이 쉬 저상沮喪되는 법.
사마천과 반고班固엔 부박浮薄함과 참이 뒤섞여 있고[23]

---

18 **일지(一指)** 시비득실을 분별치 않고 동일한 것으로 보는 태도를 일컫는 말. 『장자』「제물론」(齊物論)에 "천지는 일지(一指)요, 만물은 일마(一馬)다"(天地一指也, 萬物一馬也)라는 말이 보인다.

19 **달갑게 여기니** 원문은 "分". 만족하게 여긴다는 뜻.

20 **도의(道義)가~수레바퀴지** 가래나무로 수레바퀴를 만들기에 한 말.

21 **방울소리의~조화롭구나** 수레가 빨리 가고 천천히 가는 데 따라 수레에 매단 방울이 혹은 급하게 울리고 혹은 천천히 울리며 조화를 보인다는 말.

22 **고궁(固窮)** 가난을 굳게 견뎌 지조를 지키는 것을 일컫는 말. 『논어』「위령공」(衛靈公)에, "군자는 가난해도 고궁(固窮)하지만 소인은 궁(窮)하면 예(禮)에 어긋나게 된다"(君子固窮, 小人窮斯濫矣)라는 말이 보인다.

23 **사마천과~있고** 사마천의 『사기』에 수록된 「유협열전」(游俠列傳)과 「화식열전」(貨殖列傳)은, 무뢰배를 미화하고 이익 추구를 긍정한 글이라고 하여 후대의 문인들로부터 종종 비난을 받았다. 한편 반고의 『한서』(漢書)에도 「유협열전」이 들어 있다.

한유韓愈와 소식蘇軾은 허탄한 게 많네.[24]
뉘라서 여항閭巷의 노래를 알아
경전과 나란히 나를 계발啓發해 줄꼬.

5

풍속이 박하니 예禮를 징험할 데가 없고
중화中華의 고기古器는 민멸泯滅되었네.[25]
원컨대 나는 촌야村野에 살면서
농사짓는 틈에 고례古禮를 행하고자 하네.
이웃 맞아 음사飮射[26]하여
당堂에 오르고 내려올 때 위로하고 사양하리.[27]
투호投壺[28]하는 화살은 중당中堂에 있고
거문고 줄에서는 소리가 쏟아지리.

---

24 한유(韓愈)와~많네 한유와 소식의 문학이 유교 이념에 비추어 볼 때 순수하지 않음을 지적한 말. 한유는 '배해문자'(俳諧文字)라 일컫는 희문적(戱文的) 성격의 글을 쓰기도 했고, 소식은 유교와 도가, 불교를 넘나들며 호한한 문학 세계를 구축했다.

25 중화(中華)의 고기(古器)는 민멸(泯滅)되었네 '중화의 고기'란 중국 고대의 문물을 말하는데, 여기서는 중화문명을 상징하는 말로 쓰였다. 이인상은 청나라가 중국을 점거하는 바람에 중화 문명은 결딴났다는 인식을 갖고 있었다.

26 음사(飮射) '향사'(鄕射) 혹은 '향사례'(鄕射禮)라고도 한다. 주대(周代)에, 주(州)에서는 1년에 두 번, 당(黨)에서는 1년에 한 번 주민이 회집(會集)하여 활을 쏜 뒤 술을 마시던 예(禮).

27 당(堂)에~사양하리 『논어』「팔일」(八佾)에, "군자는 다투는 일이 없으나 활쏘기에서는 반드시 경쟁을 한다. 상대방에게 읍양(揖讓)하며 당(堂)에 올라갔다가, 활을 쏜 뒤에는 내려와 술을 마시니, 이러한 다툼이 군자다운 다툼이다"(君子無所爭, 必也射乎. 揖讓而升, 下而飮, 其爭也君子)라는 말이 보인다.

28 투호(投壺) 중국 고대의 놀이로, 화살을 던져 병 속에 많이 넣는 갯수로 승부를 가린다. 『예기』의 「투호」(投壺)편에 방법과 절차를 자세히 설명해 놓았다.

미약하나 옛 법이 남아 있거늘
뜻이 참되어 나의 의지함이 되리.

6

무성한 나무그늘이 어우러지고
아침해가 동량棟梁을 비추네.
나의 옛 잣나무 향을 사르고
나의 큰 석상石牀을 정돈하노라.
옛 성인은 은미한 말을 남겼고
책에는 아름다운 빛이 환하네.
『시경』을 배워 성정性情을 다스리고
『서경』을 이용해 황왕皇王[29]을 서술하네.
은미하고 곧음은 질서를 좇는 걸 보여주고[30]
호한浩瀚하고 오묘함은 지극한 문채文彩 이루었네.[31]
큰 공업功業은 명분을 정하는 데 있지만
은거함이 시의時義에 맞네.
제자백가諸子百家를 뉘 높이리?
만 번 읽어도 공연히 스스로를 해칠 뿐인데.

7

집 지어 사방의 창문 열어 놓으니

---

29 황왕(皇王) 옛 성왕(聖王)을 이르는 말.

30 은미하고~보여주고 『춘추』를 가리킨다. '곧음'의 원문은 "肆"이다. '사'(肆)에 바르다, 곧다라는 뜻이 있다.

31 호한(浩瀚)하고~이루었네 『주역』을 가리킨다.

뜰을 둘러 초목이 빽빽하고나.

열두 달 내내 꽃이 피거늘

백화百花 곁에서 그대 생각네.

매화를 가꾸니 한겨울에 존귀하고

국화를 키우니 가을에 으뜸.

여름에는 연꽃을 구경하고

봄에는 수심에 잠기어 있네.

슬프다 그윽하고 곧은 저 난초

그만 간들간들한 풀 돼 버렸으니.[32]

북쪽 땅에선 꽃 두루 피웠건만

동쪽 와선 뿌리가 뻗지 않누나.[33]

혹시 우로雨露의 적심이 없어

뭇 꽃이 아로새김을 다투는 걸까.[34]

누가 한수漢水의 늙은이 가련타 할꼬?

독을 안고[35] 몰래 눈물 흘리는.

---

32 슬프다~버렸으니 굴원이 지은 「이소」에, "난(蘭)과 지(芷)는 변하여 향기롭지 않고/전(荃)과 혜(蕙)는 변하여 띠풀이 되었도다"(蘭芷變而不芳兮, 荃蕙化而爲茅)라는 구절이 있다. '지'(芷) '전'(荃) '혜'(蕙)는 모두 향초(香草)다. 이인상은 1757년 여름 권헌(權攇)이 종강(鐘岡)의 집으로 찾아왔을 때 풍란(風蘭)을 그린 후 거기에 "衆芳爲茅"라는 말에 대한 감회를 부친 적이 있다. '중방위모'란 뭇 난초가 고결한 본성을 잃고 띠풀처럼 된 것을 이른다. 박희병, 『능호관 이인상 서화평석 1: 회화편』 중 〈묵란도〉의 평석 참조.

33 북쪽~뻗지 않네 "북쪽 땅"은 중국을, "동쪽"은 조선을 가리킨다. 이인상은 중국의 난초가 조선에 오면 꽃을 잘 피우지 않는 것을, 명나라의 지사(志士)가 조선에 망명할 법한데 그런 사람이 있다는 말을 들어 본 적이 없는 것과 관련지어 생각한 바 있다. 『능호관 이인상 서화평석 1: 회화편』 중 〈묵란도〉의 평석 참조.

34 뭇~걸까 난초 꽃이 그 본래의 고고함을 잃고 꾸미기에 힘쓰는 것일까라는 말이다.

35 한수(漢水)의~안고 『장자』 「천지」(天地)에서 유래하는 말. 자공(子貢)이 한수(漢水) 남쪽을 지나다 물을 퍼서 밭에 물을 주는 노인을 만났다. 자공이, 힘들게 그러지 말고 편리

8

나하고 윤지하고 경보 셋이서
중국의 고기古器[36]를 재현해 봤네.[37]
노魯나라 솥은 둥근 뚜껑을 잃었고
은殷나라 술잔에는 명문銘文이 없네.
그 옛날 문묘文廟[38]의 제사 떠올리고
송자宋子의 유지遺志[39]에서 은미함 얻었네.
고심을 다해 주조했거늘
손에 받드니 몹시 슬프네.
신령은 예와 같지 않지만
법도는 외려 여기에 있구나.
경전 곁에 두어
자손 대대 보배로 삼음이 마땅하리.

한 두레박틀을 이용할 것을 권하였으나 노인은 기계를 사용하면 인간의 순박한 본성을 잃을 것이라 하여 거부했다고 한다. 여기서 "한수(漢水)의 늙은이"는 이인상 자신을 암유(暗喩)한다.

36 중국의 고기(古器) 원문은 "尊彝". 원래 고대의 주기(酒器)를 가리키는 말이나, 예기(禮器)를 지칭하는 말로 쓴다.

37 나하고~봤네 이인상은 1745년 이윤영, 오찬과 함께 주(周)나라 문왕(文王)의 고기(古器)를 본떠 향로를 제작한 적이 있다.

38 문묘(文廟) 공자의 사당.

39 송자(宋子)의 유지(遺志) '송자'는 송시열을 말한다. 송시열이 죽을 때 임진왜란 당시 원병(援兵)을 보내 조선을 도와준 명나라 황제 신종과 명나라의 마지막 황제 의종을 위해 사당을 지어 그 제사를 지내야 한다는 유지를 남긴 것을 가리킨다. 송시열의 제자 권상하는 스승의 뜻을 받들어 1703년 청주에 만동묘를 세워 명나라 황제를 제사 지냈던바, 이는 이듬해 조정에서 창덕궁 북원(北苑)에 대보단을 설치하는 계기가 되었다.

9

북원北苑[40]에 대보단大報壇 있어

천신賤臣[41]은 오래 살아 죽지 않았으면 하네.

샘물[42]소리에 음악 슬프고

규벽珪璧[43] 쥐고 지내는 제사 예법이 간소하네.

매양 성조聖祖[44]의 가르침 느꺼워하며

애통함 참으며 『산사』山史[45]를 엮었지.

신주神州는 이미 오랑캐 됐거늘

창해滄海를 누가 밟나?[46]

---

40 북원(北苑) 창덕궁 후원(後苑)을 말한다.

41 천신(賤臣) 이인상 자신을 가리킨다.

42 샘물 원문은 "檻泉". 『시경』 소아(小雅) 「채숙」(采菽)에 "펑펑 솟는 샘물가에/미나리를 캐네/제후들 조회하러 오니/그 깃발이 보이누나"(觱沸檻泉, 言采其芹. 君子來朝, 言觀其芹)라는 구절이 있다. 이 시는 제후들이 천자에게 조회하는 것을 칭송한 내용이다. 여기서는 '함천'(檻泉)이라는 말을 사용해 은근히 「채숙」시의 주지(主旨)를 환기시키고 있다.

43 규벽(珪璧) 제후들이 천자를 알현하거나 제사 지낼 때 손에 쥐는 옥(玉).

44 성조(聖祖) 대보단을 설치한 숙종(肅宗)을 지칭하는 듯하다.

45 『산사』(山史) 이윤영은 단양의 산수를 소재로 하여 쓴 일련의 산수기(山水記)들을 엮어 놓은 『산사』(山史)라는 책을 저술하였다. 이 책은 『단릉유고』 권11에 실려 있다. 하지만 여기서 말한 '산사'는 단양 산수기 『산사』를 가리키는 것 같지 않다. 단양 산수기 『산사』에는 탐승(探勝)에 대한 호기심과 해학이 넘칠 뿐 비분이나 통분 같은 것은 담겨 있지 않음으로써다. 이윤영이 엮은 산수기 중 그런 면모가 있다고 여겨지는 것은 『오군산수기』(五郡山水紀)와 『명산기』(名山紀)이다. 이인상은 이 두 책에 각각 서문을 쓴 바 있는데, 「오군산수기서」는 1751년에, 「명산기서」는 1748년에 썼다. 「감회. 이윤지에게 화답하다」라는 시가 1750년에 지어졌음을 감안하면 여기서 말한 '산사'는 『오군산수기』나 『명산기』를 가리키는 것일 가능성이 높다. 그런데 뒤의 제12수에 『명산기』가 따로 언급되고 있음으로 보아 여기서 말한 『산사』는 『오군산수기』를 가리키는 것으로 판단된다. 『오군산수기』는 1750년 이전에 완성되었으리라 추정된다.

46 창해(滄海)를 누가 밟나 바다에 뛰어들어 자살함을 이른다. 전국시대 제(齊)나라 노중련(魯仲連)이 진(秦)나라가 천하를 다스리게 된다면 동해에 빠져 죽지 진나라의 백성이 되지 않겠다고 한 고사가 있다. 『사기』 「노중련추양열전」(魯仲連鄒陽列傳) 참조.

석실옹石室翁[47]은 절의節義 온전히 했고

화양자華陽子[48]는 의리를 세웠네.

남명南明[49]으로 정통을 잇고

유신遺臣을 외기外紀에 부치었구나.[50]

한 조각 땅에 제사 안 끊어졌으니[51]

천자는 없으나 기다림 있네.

이 의리 천지에 세우니

깊은 치욕 품은 것 차마 잊으랴?

역사책[52]은 사사로움 용납치 않으니

---

47 석실옹(石室翁) 김상헌(金尙憲)을 가리킨다. 김상헌은 중년 이후 경기도 양주의 석실(지금의 남양주시 미음나루 근처)에 퇴거(退去)해 있을 때 '석실산인'(石室山人)이란 호를 사용했다. 김상헌에 대해서는 본서 242면 주6을 참조할 것.

48 화양자(華陽子) 송시열을 가리킨다. 충청북도 괴산의 화양동은 송시열이 은거하면서 학문을 닦고 후진을 양성하며 존명대의(尊明大義)의 이념을 굳게 지키던 곳이다.

49 남명(南明) 명(明)이 멸망한 뒤 명 왕실의 일족이 화중(華中)과 화남(華南)에 세운 지방 정권으로, 1644년에서 1662년까지 18년간 존속하였다. 남명 18년간은 크게 세 시기로 나뉜다. 제1기는 복왕(福王), 즉 만력제(萬曆帝)의 손자인 홍광제(弘光帝)가 남경(南京)에서 사가법(史可法) 등에게 옹립된 시기이고, 제2기는 당왕(唐王), 즉 홍무제(洪武帝)의 9세손인 융무제(隆武帝)가 정지룡(鄭芝龍) 등에게 옹립되어 복주(福州)에서 즉위한 시기이다. 제3기는 계왕(桂王), 즉 만력제의 손자인 영력제(永曆帝)가 광동(廣東)의 조경(肇慶)에서 구식사(瞿式耜) 등에게 옹립된 시기이다. 남명 정권은 1662년 계왕(桂王)이 운남성(雲南省) 곤명(昆明)에서 살해됨으로써 막을 내렸다.

50 남명(南明)으로~부치었구나 황경원(黃景源, 1709~1787)은 『남명서』(南明書)를 편찬하여 홍광제 이하 삼제(三帝)의 일을 기술했으며, 또 『명배신전』(明陪臣傳: 처음의 이름은 명배신고明陪臣考)을 지어 명청(明淸) 교체기에 숭명배청(崇明排淸)을 내세우며 끝까지 청나라와의 화친을 배격한 우리나라 인물들의 사적을 기록하였다. '배신'(陪臣)은 제후의 대부(大夫)가 천자에 대하여 자신을 일컫는 말이니, 여기서는 조선 왕의 신하가 중국 황제에 대해 자신을 일컫는 말이다.

51 한 조각~끊어졌으니 대보단에서 지내는 제사를 가리킨다.

52 역사책 원문은 "筆削"인데, 『춘추』 혹은 역사서를 이른다.

유래가 있으면 자초지종 환히 밝혀야지.

10

성인聖人이 만물을 주재主宰하사
태초[53]를 궁구하여 한 괘卦를 그으셨네.[54]
책이 세상에 가득해지자
이理와 의義가 티끌 속에 들어가 버렸네.
지극히 순박한 사람도 그만 사라져
참된 본성 날로 무너져 가네.
경서를 탐구해도 도 더욱 어두워지고
역사를 풀이해도 의리는 어그러져만 가네.
영락하여 말세에 이르렀으니
화이華夷가 구분이 안 되네.
명분을 바루려[55] 어부와 초동 따르고
몸 깨끗이 하려 귀머거리에 가탁하네.
누가 책 쓰고 의론議論 펼쳐서
저들의 어리석음 경고하려나.

---

53 태초 만물의 시원(始原)을 가리킨다.

54 성인(聖人)이~그으셨네 복희씨가 삼라만상을 관찰하여 『주역』의 괘를 만든 일을 가리킨다.

55 명분을 바루려 원문은 '정명'(正名)인데, 명분을 바로잡는 일을 이른다. 『논어』 「자로」(子路)에, "공자가 말씀하셨다: '반드시 명분을 바로잡아야 한다. (…) 명분이 바르지 못하면 말이 이치에 맞지 않고, 말이 이치에 맞지 않으면 일이 이루어지지 못하고, 일이 이루어지지 못하면 예악이 일어나지 못하고, 예악이 일어나지 못하면 형벌이 제대로 시행되지 못하고, 형벌이 제대로 시행되지 못하면 백성들이 손발을 둘 데가 없다'"(子曰: '必也正名乎 (…) 名不正, 則言不順, 言不順, 則事不成, 事不成, 則禮樂不興, 禮樂不興, 則刑罰不中, 刑罰不中, 則民無所措手足')라는 말이 보인다.

그윽한 곳 있어도 은둔치 못하네
우임금의 솥 신괴神怪 앞에 벌여 있으니.[56]

11

어릴 적 가슴에 울분을 품어
전장戰場에서 죽기로 맹세했었지.
비급秘笈[57]에는 기문奇門[58]이 풀이돼 있고
묘결妙訣에는 검객의 일 서술돼 있네.
하지만 정성의 감응 없다면
누가 진실되고 망령된 자취 분간하겠소?
늙어 우니 눈이 멀 것만 같아
외로이 웃으며 손으로 허공을 치네.
박랑博浪에는 구름과 모래가 쓸쓸하고[59]
어복魚腹[60]에는 팔진도八陣圖 시행한 누석壘石[61]이 남아 있네.
바른 이치 있음을 잊을 수 있나

---

56 우임금의~있으니 중원이 오랑캐인 청에게 점거되었음을 뜻하는 말. '우임금의 솥'은, 우임금이 구주(九州)의 쇠를 모아 주조했다는 9개의 솥인 구정(九鼎)을 가리킨다. 이 솥은 하(夏)·은(殷)·주(周) 3대에 걸쳐 천자의 보물로 전해졌다고 한다. '신괴'(神怪)는 귀신과 괴물을 말하는데, 여기서는 오랑캐를 가리킨다.

57 비급(秘笈) 비밀스런 책.

58 기문(奇門) 고대의 술수(術數) 이름. '둔갑'(遁甲)이라고도 한다.

59 박랑(博浪)에는~쓸쓸하고 장량(張良)이 박랑의 모래에서 창해 역사(倉海力士)를 시켜 철퇴로 진시황을 암살하려 한 적이 있다. 『사기』와 『한서』에는 "博狼"으로 되어 있다.

60 어복(魚腹) 제갈량이 팔진도(八陣圖)를 펼친 곳이다. 『진서』(晉書) 「환온전」(桓溫傳)에, "제갈량이 어복의 모래밭에 팔진도를 만들었는데 돌을 쌓아 여덟 줄을 이루었으며 각 줄은 두 길씩 떨어져 있었다"(諸葛亮造八陣圖於魚腹平沙之下, 纍石爲八行, 行相去二丈)라는 말이 보인다.

61 누석(壘石) 돌을 쌓은 것.

공언空言[62]이 오히려 위세 있나니.

12

기다란 대나무 천만 그루요
큰 제방[63]엔 연꽃이 가득하여라.[64]
강남 땅 멀다고 근심치 않네
다행히 군자가 여기 머무니.
촛불 밝혀 낮을 이어서
뭇 책으로 깊은 근심 달래네.
『명산기』名山紀를 교정하고[65]
바다로 갈 배 장만코자 했네.[66]
구곡九曲[67]의 노래에 뱃노래로 화답하고
오악五嶽[68]에 부질없이 혼이 노니네.
이렇듯 애오라지 흥취를 부쳐

---

62 **공언(空言)** 포폄과 시비를 이념적으로 따지는 말을 이른다. 『사기』「태사공자서」(太史公自序)에, "공자가 말했다: '내가 공언(空言)으로 기재하고자 했으나 절실하고 명백한 구체적인 사실로 드러내는 것보다는 못했다'"(子曰: "我欲載之空言, 不如見之於行事之深切著明也")라는 말이 보인다. 여기서는 대의명분을 중시하는 말을 이른다.

63 **큰 제방** 김제의 벽골제(碧骨堤)를 말한다. 이윤영은 1746년 10월 김제 군수로 부임하는 부친을 따라 김제로 내려왔다.

64 **가득하여라** 원문은 "迷"로 가득하다, 덮어 가리다라는 뜻이다.

65 **『명산기』(名山紀)를 교정하고** 『명산기』는 이윤영이 중국의 역대 산수기를 모아 편찬한 책인데 전하지 않는다. 『능호집』 권3에 「『명산기』 서」(名山紀序)가 실려 있다.

66 **바다로~했네** 은거하고자 했음을 뜻한다. 『논어』「미자」(微子)에 "경쇠를 치던 양(襄)은 바다의 섬으로 들어갔다"(擊磬襄入於海)라는 말이 보인다.

67 **구곡(九曲)** 중국 복건성(福建省) 무이산(武夷山)의 아홉 절경을 말한다. 일찍이 주희가 이곳에 은거하며 「무이구곡가」(武夷九曲歌)를 지은 적이 있다.

68 **오악(五嶽)** 중국의 태산·화산·형산·항산·숭산.

세상에는 도무지 구하는 게 없네.
정명正名은 노魯에서 비롯됐지만
서주西周를 높이는 데 뜻을 두었네.[69]
마음 맞는 벗 몇몇이 있고
몸을 둘 고루高樓가 있네.
약속에 맞춰 말 타고 나가
멀리 가을빛 지리산 바라보노라.[70]

13

지리산엔 온갖 꽃 많이 피었고
깊이 들어가니 구름이 서늘하여라.
높다란 천왕봉 한번 오르니[71]
팔극八極[72]이 영원한 줄 비로소 알겠네.
어둑한 바다에 운무雲霧가 피고
산중에는 일월日月의 그림자가 없네.
큰 폭포 근원에 우레가 이르고
신령한 전나무 옹이[73]에 노을이 스치네.

---

69 정명(正名)은~두었네 공자가 노나라의 역사인 『춘추』를 편찬했는데, 주(周)나라 왕실을 높이고 군신의 명분을 바르게 하기 위한 것이었다고 한다.

70 약속에~바라보노라 1748년 여름 이윤영이 사근역으로 이인상을 찾아와 함께 지리산 천왕봉에 오른 적이 있다.

71 천왕봉 한번 오르니 평양미술박물관에 소장된 〈용유상탕도〉(龍游上湯圖)는 이 무렵에 그린 그림으로 추정된다. 박희병, 『능호관 이인상 서화평석 1: 회화편』 중 〈용유상탕도〉의 평석 참조.

72 팔극(八極) 팔방의 끝을 말한다.

73 옹이 원문은 "癭". 옹두리, 즉 나무의 혹을 말한다. 이인상 그림의 나무들에는 유난히 옹이가 많다.

초암草菴의 중〔僧〕 필경 길을 잃겠으나
참깨밥을 어찌 흡족히 여기리.[74]
슬피 읊조리며 산사山寺의 종 두드리나니
취해 눕자 은하수 고요히 생겨나누나.

14

반지盤池[75]는 애초 이름 없었는데
그대가 처음 터잡고 살았지.
벼랑 깎아 흰 바위[76] 열고
덩굴 끌어다 초가 가렸네.[77]
넓다란 빈 못에 의지하여서
연꽃 만 송이가 피었네그려.
눈을 들면 삼각산 또렷도 하고
높은 구름 서안書案의 책을 비춘다.
이로써 마음을 기쁘게 하니
어찌 명예 따위 좇을까 보냐.
맑고 참됨으로 부박浮薄한 습속 누르고
그윽하고 곧음으로 태고太古에 돌아가네.

---

74 초암(草菴)의~여기리 '참깨밥'의 원문은 "胡麻餅". 신선의 음식을 뜻한다. 동한(東漢) 때 사람인 유신(劉晨)과 완조(阮肇)가 천태산(天台山)에 들어가 약초를 캐다가 길을 잃어 두 여자를 만났는데 그 집에 따라갔더니 참깨밥을 해 주었다. 반년쯤 머물다 집에 돌아오니 이미 7대나 지났더라고 한다.

75 반지(盤池) 서대문 밖 모화관 근처에 있던 서지(西池)를 말한다.

76 흰 바위 원문은 "素石". 이 '素石'은 '백석산방'(白石山房)의 '백석'(白石)과 같은 말일 터이다. 백석산방에 대해서는 본서 153면 주1을 참조할 것.

77 벼랑~가렸네 이윤영의 백석산방, 즉 담화재(澹華齋)를 이른다.

뜰까지 깨끗이 청소하여서
티끌이 옷자락 범하지 않게 하네.
한 송이 꽃이라도 향기 있으니
풀 하난들 어찌 감히 뽑으리?[78]
입언立言을 뜻에 맞게 하나
현허玄虛[79]에는 빠지지 않네.

15

내 집[80] 사방의 창문을 여니
침상을 둘러싼 봉우리들 높기도 하네.
먼 구름은 뭉게뭉게 피어오르고
뭇 꽃들은 어찌 그리 향기로운지.
아래로 그윽한 시냇물 길게 흐르고
철새는 골짝에서 짹짹거리네.
오락 일삼으면 정신이 깎이고
응접[81]하면 이목耳目이 피폐해지네.
문 닫고 반약反約[82]을 생각하나니
책들은 상자에 넘쳐나누나.

---

78 한 송이~뽑으리 이인상의 심법(心法)을 볼 수 있다.

79 현허(玄虛) 도가(道家)에서 숭상하는 이치.

80 내 집 남산의 능호관을 말한다.

81 응접 사람을 맞이하여 접대함을 이른다.

82 반약(反約) 널리 배우고 자세히 말하는 단계를 거친 후 그것을 돌이켜서 간결한 이치를 말하는 데 이름을 일컫는 말. 이는 학문의 궁극적 경지라 말할 수 있다. 『맹자』「이루」(離婁) 하(下)에 "맹자가 말씀하셨다: '널리 배우고 상세히 말함은 장차 돌이켜서 간결한 이치를 말하고자 해서다'"(博學而詳說之, 將以反說約也)라는 말이 보인다.

제자백가는 다투어 이름 세웠고
옛 역사엔 통곡할 일이 많네.
내 마음 날로 어지러우나
뭇 이치는 회복됨이 있는 법이지.
책을 씀은 성인聖人의 마음 아니요[83]
묘용妙用은 그윽히 홀로 지냄에 있네.

16

자고로 진실된 교우交友의 도는
그윽히 잠거潛居한 이에 많았지.
형체는 목석木石처럼 안 드러나게 하고
신神을 보존하려 말 적게 하네.
벗 사귐은 영욕榮辱 부르고
동지同志도 진가眞假가 분명치 않네.
아름다운 나무에 엷은 그림자 흩어지고
맑은 샘에선 물이 절로 쏟아지네.
애오라지 날마다 책 안고 지내며
나의 근심 홀로 스스로 푸네.

---

83 책을~아니요 공자는 『논어』 「술이」에서 "전술(傳述)하기만 하고 새로 저술하지는 않는다"(述而不作)라고 하였다.

感懷. 和李胤之

有田不種黍, 莫歎蔓草厚. 零雨已滿野, 良耜亦在手.
倂力勞我鄰, 及時爲春酒. 漸長門前柳, 樹頭占回斗.
草露已霑菲, 溝水已沒笱. 時運不暫息, 田功自歲首.
多謝里中士, 苦意在獨守.

其二

萬物俱備我, 百世非難知. 猶有本末序, 式遵博約辭.
嬰兒在腹中, 動靜與天隨. 及玆靈明長, 或昧慈順儀.
淑身賴羣書, 檢心求良師. 有言涉六極, 終老竟逶遲.

其三

脩短固有命, 呴噓非正理. 久負窮經心, 便愁抱痾死.
一氣觀中夜, 九陽以漱齒. 潛伏隨牀龜, 靜運如春蟻.
此心泯感應, 衆理何所倚? 忘言便無用, 受形終有毁.
寥落竟何成? 百歲分一指.

其四

道義猶梓材, 文章卽輪輿. 一運均體用, 鳴鑾和疾徐.
世運迭衰旺, 吾道有卷舒. 博施終俟命, 窮固始著書.
從心達天則, 徇名意易沮. 遷固紛漓眞, 韓蘇多涉虛.
誰知巷謠者, 列經能起余

其五

俗薄禮無徵, 古器泯諸夏. 願從村野際, 得此耕桑暇.
飮射邀隣好, 登降相勞謝. 壺矢在中堂, 桐絃聲如瀉.
雖微古則存, 意眞吾有藉.

其六

蒼蒼樹陰交, 曉日生棟梁. 燒我古栢香, 整我大石牀.
前聖有微言, 簡册昭休光. 學詩理情性, 用書叙皇王.
微肆示循序, 浩妙極成章. 大業在定名, 時義歸遯藏.
百家誰抗尊? 萬遍空自傷.

其七

築室啓四牖, 繞庭卉木稠. 開花十二月, 有君百花頭.
護梅尊大冬, 培菊冠素秋. 朱夏看荷花, 春來抱苦愁.
哀彼幽蘭貞, 化爲蔓草柔. 北地花已遍, 東來根不抽.
豈無雨露滋, 羣芳競雕鎪? 誰憐漢上翁? 抱甕淚潛流.

其八

我與胤敬父, 作象古尊彝. 魯鼎失圓盖, 殷爵無銘辭.
尙憶文廟享, 得微宋子遺. 鎔鑄費苦心, 奉持抱深悲.
神靈不如古, 法則猶在玆. 寘之典謨側, 永寶子孫宜.

其九

北苑有荒壇, 賤臣願無死. 樂悲檻泉音, 禮簡珪璧祀.
每感聖祖訓, 忍痛編『山史』. 神州已被髮, 滄海誰投履?

完節石室叟, 秉義華陽子. 南明紹正統, 遺臣附外紀.
片土未殄祀, 無君猶有俟. 此義建天地, 忍忘包深恥?
筆削未容私, 有來晰終始.

其十
聖人宰萬物, 原初畫一卦. 載籍充棟宇, 理義入纖芥.
遂無至愚人, 眞性日以壞. 剖經道彌晦, 演史義有註.
混淪及衰季, 夷夏莫分界. 正名信漁樵, 潔身托聾聵.
誰有論著者, 俾爾愚蒙戒? 有幽莫逃形, 禹鼎列神怪.

其十一
幼少抱幽憤, 誓心死沙磧. 秘笈演奇門, 妙詮述劍客.
而無精誠感, 誰分眞妄跡? 老淚欲成矐, 孤笑手空擲.
博浪空雲沙, 魚腹餘壘石. 敢忘正理存? 空言猶威嚇.

其十二
脩竹千萬竿, 荷迷大堤頭. 不愁江南遠, 幸見君子留.
孤燭繼淸晝, 羣書慰幽愁. 始正『名山紀』, 欲具浮海舟.
九曲和櫂歌, 五嶽空神游. 於焉聊寄趣, 與世便無求.
正名自東魯, 托意尊西周. 知己有數朋, 容身得高樓.
駕言赴幽期, 望遠智嶠秋.

其十三
漠漠智嶠花, 深入火雲冷. 一陟天王尊, 始覺八極永.
湖海黯成霧, 日月中無影. 蹦雷大瀑根, 磨霞神檜瘿.

竟迷草菴僧, 誰分胡麻餠? 悲吟叩山鍾, 醉臥生漠靜.

其十四

盤池初無名, 李子始卜居. 削崖開素石, 引蔓蔭茅廬.
汗漫依空潭, 萬朶開芙蕖. 仰睇華嶽明, 高雲照丌書.
卽此怡我情, 誰能徇毁譽? 淸眞鎭薄俗, 幽貞返古初.
灑掃及戶庭, 莫敎塵侵裾. 片花猶含芬, 一草誰敢鋤?
立言自適意, 而不涉玄虛.

其十五

蓬廬開四戶, 繞榻連峰矗. 遠雲更嶙峋, 羣卉何芬馥.
下有幽澗長, 時禽鳴在谷. 娛樂神爲蹶, 應接弊耳目.
閉戶思反約, 圖書溢箱櫝. 百家競立名, 舊史堪多哭,
我心日棼擾, 衆理有反復. 著書非聖心, 妙用在幽獨.

其十六

古來眞交道, 多在幽潛者, 遺形木石泯, 存神辭言寡.
結交招榮辱, 同心迷眞假. 嘉樹散輕陰, 淸泉中自瀉.
抱書聊日涉, 我憂獨自寫.

김 상사 정부[1]의 남원南園에서 분운하여 지은 시에 받들어 사례하고 인하여 함께 놀던 제공諸公에게 편지를 보내 화답을 구하다

그윽한 시냇물 소리 귀에 맑고
벗은 조용히 말을 남겼네.
비에 씻긴 낭떠러지 장관인데다
노을에 물든 뭇 봉우리 높기도 하네.
오동나무 아래 몰래 자리 옮기고
버들 그늘 드리운 문 깊이 닫았네.
벼슬 버리고 모름지기 일찍 돌아와야지
뜨락에 심은 꽃 이미 가득하나니.

奉謝金上舍定夫鍾秀南園分韻之作, 因簡同遊諸公求和

幽泉淸在耳, 良友靜留言. 雨濯崩崖壯, 霞標列嶂尊.
密移桐下席, 深閉柳陰門. 投紱歸須早, 種花已滿園.

---

1 **김 상사(金上舍) 정부(定夫)** 김종수(金鍾秀, 1728~1799)를 가리킨다. '정부'는 그 자, 호는 몽오(夢梧), 본관은 청풍(淸風). '상사'(上舍)는 생원(生員)이나 진사(進士)를 일컫는 말. 김종수는 1750년(영조 26) 생원시와 진사시에 모두 합격하였다. 영조 말년에 노론 강경파로 두각을 나타냈으며, 정조가 즉위하자 크게 기용되어 벽파(僻派)의 영수 노릇을 하며 영의정까지 지냈다. 성격이 비타협적이고 견개(狷介)하였다. 김종수는 만년의 이윤영과 특히 가깝게 지냈다.

퇴어[1] 어르신을 모시고 신륵사에서 노닐다가 '회'廻자 운을 얻다

맑은 강 주변 첩첩 봉우리에 구름이 어둑하고
높은 나무 쓸쓸히 옛 대臺[2]를 둘렀네.
등고登高해 세모歲暮를 슬퍼할 건 없나니[3]
나옹懶翁[4]의 비碑 아래 노래하며 돌아오네.

---

1 퇴어(退漁) 김진상(金鎭商, 1684~1755). '퇴어'는 그 호, 본관은 광산. 장생(長生)의 현손, 참판 익훈(益勳)의 손자이며 상굉의 종조부다. 1699년에 진사가 되고 1712년 문과에 급제하였다. 설서·지평 등의 관직을 두루 역임하였으며, 1720년 수찬을 지냈다. 1722년 신임옥사로 무산(茂山)에 유배되었으나 1724년 영조가 즉위하자 풀려났다. 이후 여러 번 벼슬에 제수되었으나 부임하지 않았다. 1716년 숙종의 병신처분(丙申處分) 뒤 윤선거(尹宣擧)를 제향(祭享)하는 서원(書院)을 폐하고 그 문집 목판을 훼철(毁撤)할 것을 청하였으며 1719년 희빈 장씨(禧嬪張氏)의 묘를 이장할 때 동궁이 망곡(望哭)하려는 것을 막는 등 노론의 입장을 고수하였다. 예서에 능하여 많은 비문을 썼다. 문집으로 『퇴어당유고』(退漁堂遺稿)가 있다. 이인상은 26세 때인 1735년 겨울 김진상과 함께 충주를 거쳐 경상북도 문경, 안동, 하회, 영주 등지에 노닐고, 강원도 태백산을 유람한 적이 있다. 이인상이 특히 존경했던 선배의 한 분이다.

2 대(臺) 신륵사(神勒寺) 동대(東臺)를 가리킨다. 신륵사의 경내에 있는 강가의 넓은 바위인데, 이 위에 다층전탑(多層塼塔)이라 불리는 유명한 벽돌탑이 있다.

3 등고(登高)해~없나니 높은 데 오를 것 없이 강가의 신륵사에서 노니는 것으로 족하다는 말.

4 나옹(懶翁) 고려 말의 승려 혜근(惠勤, 1320~1376)의 호. 원나라에 가서 인도의 승려 지공(指空)의 지도를 받고 돌아왔다. 회암사(檜巖寺) 주지를 지냈으며, 신륵사에서 입적했다. 나옹의 입적 3년 후인 1379년(고려 우왕 5)에 그 사리를 봉안한 부도가 신륵사에 건립되었다.

陪退魚金公鎭商丈, 游神勒寺, 得廻字

淸江疊嶂暝雲堆, 喬木蕭森繞古臺.

不必登高傷歲暮, 懶翁碑下放歌廻.

운담[1] 잡영. 이윤지에게 화답하다 신미년(1751)

1

강은 중대中臺[2]에서 발원發源하고
산은 태백산에서 갈라져 나왔네.
사철 시원한 기운 머금고
백 리에 향기로운 구름이 드리웠네.
달빛은 일천 봉우리 적시고
바람 속 꽃향기 뭇 바위에 풍기네.
거문고 타[3] 애오라지 뜻을 보이고
기문奇文의 외사外史[4]를 짓기도 했네.

---

1 **운담(雲潭)** 구담(龜潭)의 별칭. 이인상이 단양의 다백운루(多白雲樓: 일명 운루雲樓) 앞을 흐르는 남한강에 붙인 이름이다.

2 **중대(中臺)** 오대산(五臺山) 중대(中臺)를 가리킨다. 오대산에는 동, 서, 남, 북, 중(中)의 5대(臺)가 있는바, 동대(東臺)는 만월산(滿月山), 서대(西臺)는 장령산(長嶺山), 남대(南臺)는 기린산(麒麟山), 북대(北臺)는 상왕산(象王山), 중대(中臺)는 풍로산(風盧山: 일명 지로산地盧山이라고도 함)이라 부른다. 『삼국유사』 권3에 수록된 「대산오만진신」(臺山五萬眞身)이라는 글 참조. 오대산은 남한강의 발원지다.

3 **거문고 타** 원문은 "峩洋". 『열자』(列子) 「탕문」(湯問)에 "백아(伯牙)는 거문고를 잘 탔고, 종자기(鍾子期)는 소리를 잘 알았다. 백아가 거문고를 탈 때 마음이 높은 산에 있으면 종자기는 '좋구나! 아아(峩峩: 높다는 뜻)하기가 태산과 같네'라고 했으며, 백아의 마음이 흐르는 물에 있으면 종자기는 '좋구나! 양양(洋洋: 성대하다는 뜻)하기가 강하(江河)와 같네'라고 하였다"(伯牙善鼓琴, 鍾子期善聽. 伯牙鼓琴, 志在高山, 鍾子期曰: '善哉! 峩峩兮若泰山.' 志在流水, 鍾子期曰: '善哉! 洋洋兮若江河')라는 말이 보인다.

4 **기문(奇文)의 외사(外史)** 이윤영의 『오군산수기』(五郡山水紀)를 가리키는 것으로 여겨진다. 이인상은 이 시를 쓴 해(1751)에 「오군산수기서」(五郡山水紀序)를 쓴 바 있다. 『능호집』 권3에 실려 있다.

2

골짝에 드니 그윽한 볼거리 하 많아서
비탈길 둘로 나뉘어도 근심치 않네.[5]
물이 다한 곳에 높은 바위 환하고
암굴巖窟엔 기이한 구름 피어오르네.
관물觀物[6]에는 본디 자취 없거늘
말을 잊으니 그 누가 알리.
동쪽 봉우리에 은거한 선비[7]
단전丹篆[8]의 명문銘文을 찾아다니네.

3

빈 강에 스스로 배 저어 가니
연달은 봉우리의 기운 차츰 뚜렷해지네.
푸른 물에 취흥醉興을 전하고
흰 구름에 시절 근심이 이르네.
그윽한 골짝의 굽이 지나다
아름다운 새소리 듣기도 하네.

---

5 **비탈길~않네** 중국 전국시대의 양주(楊朱)는 갈림길을 만나면 통곡했다고 한다. 이리로 갈 수도 있고 저리로 갈 수도 있기 때문이었다. 『회남자』「설림훈」(說林訓) 참조.

6 **관물(觀物)** 물(物)을 응시하여 그 이치를 깨닫는 것을 일컫는 말인데, 여기서는 산수의 경치를 완상(玩賞)한다는 정도의 뜻.

7 **동쪽~선비** 이윤영을 가리킨다. '동쪽 봉우리'는 창하정(蒼霞亭)이 있던 곳을 가리키는 것으로 추정된다. 이윤영은 1752년 구담봉(龜潭峰) 맞은편(구담봉의 동쪽이다)에 창하정을 건립하였다. 이인상의 다백운루와 강을 사이에 두고 마주보이는 곳이다. 「운담잡영」은 1751년작이라고 제목에 명기되어 있으나 그중의 일부 시는 1752년 혹은 그 이후에 지어진 게 아닌가 한다.

8 **단전(丹篆)** 주사(朱砂: 적색 안료)로 쓴 전서(篆書).

적막하게 살아가니 뉘를 만나리?
이끼 쓸며 석문石文[9]을 그리워하네.

4

꿈에서 고인高人을 만나니
나날이 속세의 일에서 멀어져 가네.
늙은 얼굴 홀로 물에 비춰 보고
한가한 맘으로 고요히 구름을 보네.
깊은 못의 용에게 거문고 타고
산귀山鬼[10]에게 노래를 들려 주기도.
슬퍼하네 혜강嵇康[11]이
만년에 절교絶交의 글 지었던 일을.[12]

---

9 석문(石文) 당(唐)나라 시인 이장길(李長吉)이 숨을 거두기 전 홀연 붉은 옷을 입은 두 사람이 붉은 용을 타고 나타났는데, 판서(板書) 하나를 들고 있었다. 그것은 태고의 전서(篆書) 같기도 하고 혹 벼락 맞은 석문(石文: 돌의 무늬) 같기도 했는데, "장길(長吉)을 불러오라"(當召長吉)라고 적혀 있었다. 장길은 침상에서 내려와 머리를 조아리며, "어머니가 늙고 병들어 가고 싶지 않습니다"(阿孁老且病, 吾不願去)라고 하니, 붉은 옷 입은 사람이 웃으며 말하기를, "옥황상제가 백옥루(白玉樓)를 낙성하시어 그대를 즉시 불러 그 기문(記文)을 지으라 하시거늘, 천상(天上)에는 즐거움만 있고 괴로움이 없소이다"(上帝成白玉樓, 立召君爲記, 天上差樂不苦也)라고 했다는 고사가 있다(『古今事文類聚』 前集 권51 참조).

10 산귀(山鬼) 귀신의 하나로, 산에 사는 외로운 존재. 『초사』 구가(九歌)에 「산귀」(山鬼) 편이 있다.

11 혜강(嵇康) 223~262. 자는 숙야(叔夜). 삼국시대 위(魏)나라 초군(譙郡) 출신. 죽림칠현의 한 사람으로 풍모가 빼어나 평소엔 고송(孤松)이 우뚝 서 있는 듯하고, 취하면 옥산(玉山)이 무너지는 듯하였다고 한다. 시문과 거문고에 능하고, 음악 이론에도 조예가 깊었다. 당시 선조랑(選曹郎)으로 있던 산도(山濤)가 자신의 후임으로 혜강을 천거하자 혜강은 산도에게 장문의 편지를 보내 절교를 선언하였다. 40세 되던 해에 종회(鍾會)의 참소를 받아 죽임을 당했다.

5

흰머리 생기는 것 막지 못하고
근심과 기쁨은 갈수록 분간키 어렵네.
속세를 벗어나니 공연히 달에 의지하고
정情 잊으니 구름 마음 이제 알겠네.
꽃에는 아직 빛깔과 태態 남았건만
새 울음소리 절로 끊이네.
붓과 벼루 그대 따라 불살라 버리고
『주역』을 골똘히 보고 있노라.

6

경박한 풍속 나의 방달放達 용납하여서
좋은 땅 그대와 나누었구려.[13]
문장은 나무와 바위를 높이고
천성은 산과 구름을 짝하네.
근심 걱정 많음을 스스로 헤아려
보고 듣는 것 내버려두네.
빈 못에 가을 해 고요해
바람과 물이 절로 문채를 이루네.

---

12 슬퍼하네~일을 일찍 벗 사귐을 끊고 은거하지 않은 일을 후회한다는 뜻이다.

13 좋은~나누었구려 이인상이 단양의 구담봉·옥순봉 사이에 다백운루를 건립하고, 이윤영이 구담봉 맞은편에 창하정을 건립한 일을 말한다.

7

늘어선 봉우리 은하수에 닿고
산들바람에 한 마리 학이 또렷하네.
큰 물결 치니 흰 돌 구르고
노목老木에는 붉은 구름이 나오네.
달은 달려 고기잡이배를 지나고
산은 비어 나무꾼의 도끼 소리 들리네.
팔극八極[14] 밖 묘연한데
누가 원유遠游의 글[15]을 지을꼬.

雲潭雜詠. 和李胤之 辛未

江倒中臺瀉, 山從太白分. 四時涵爽氣, 百里拖香雲.
霞月千峰濕, 風花衆石聞. 峩洋聊見志, 外史述奇文.

其二

入谷多幽賞, 無愁磴路分. 源窮明峻石, 山缺矗奇雲.
觀物元無跡, 忘言孰有聞. 東峰隱居士, 丹篆索銘文.

---

14 팔극(八極) 팔방의 끝을 말한다.
15 원유(遠游)의 글 『초사』에 「원유」(遠遊)편이 있는바, 우울한 현실을 벗어나 상상의 세계에서 맘껏 노닌다는 내용이다. '游'와 '遊'는 뜻이 같다.

其三

空江自擊汰，連嶂氣微分．醉興傳蒼水，時憂到白雲．
忽過幽澗曲，偶會好禽聞．寥落竟誰遇？掃苔戀石文．

其四

夢有高人遇，日與塵事分．老顏孤照水，閒性靜看雲．
琴向泓龍鼓，歌傳山鬼聞．劇憐嵇叔夜，晩作絶交文．

其五

不禁生白髮，憂樂更難分．度世空憑月，忘情已了雲．
花猶存色象，鳥自泯聲聞．筆硯從君燒，留看畫卦文．

其六

薄俗容吾放，名區與子分．文章尊木石，性命配山雲．
自分多憂患，任他有見聞．空潭秋日靜，風水自成文．

其七

列嶂參霄漢，泠飇一鶴分．洪濤轉白石，老木出彤雲．
月駛漁舟過，山空樵斧聞．杳然八極外，誰作遠游文？

평수헌[1]과 의림지[2]에서 논 일을 술회하여 삼가 이李어르신[3]에게 바치다

제천 동헌東軒 우뚝이 구름 속에 있어
사군四郡[4]의 일천 봉우리 띠(帶)처럼 평평.
밤이면 주렴珠簾에 바람 소리 나고
대낮에는 먼 꽃이 운무雲霧에 싸여 있네.
관아에는 회초리 소리 들리는 법 없고
맑은 자리에서 날마다 홀로 술잔 기울이네.
우륵대于勒臺[5]는 흰 구름 쌓여 희미하고
의림지義林池엔 커다란 잉어가 노니네.
작은 배 느릿느릿[6] 푸른 물에 움직이는데
풍악 잡히고 노을을 보네.
우리 어르신은 산호 갓끈에 학창의鶴氅衣 차림
아전과 백성 함께 실컷 술에 취하네.

---

1 **평수헌(平岫軒)** 제천 고을의 동헌(東軒)을 가리킨다.
2 **의림지(義林池)** 제천에 있는 삼한 시대에 조성되었다는 저수지.
3 **이(李)어르신** 이재(李在, 1696～?). 본관은 전주, 자는 존오(存吾). 이유수(李惟秀)의 아버지로, 제천 군수를 지냈다.
4 **사군(四郡)** 본서 192면 주3을 참조할 것.
5 **우륵대(于勒臺)** 제천의 의림지 동쪽, 석봉(石峰) 남쪽에 있다. 우륵(于勒)이 살던 곳이라고도 하고, 후세 사람들이 우륵이 의림지를 쌓은 공을 기려 세운 사당이 있던 곳이라고도 한다.
6 **느릿느릿** 원문은 "容與". 배가 천천히 가는 모습을 뜻하는 말.

경륜은 스스로 조정에 돌리고
형해形骸를 운수雲水 밖에 길이 버렸네.[7]
바라노라 못 가운데 작은 동산 쌓아
언덕 두른 푸른 연蓮에 전나무 그늘 드리우기를.
바람 따라 일천 번 노를 저어서
하루에 백 리 가면 달과 만나리.
금빛 파도 흰 물결에 큰 붓 적셔서
맑은 글 써서 진주[8]랑 바꿔나 볼까.

述平岫軒、義林池游事, 敬呈李丈在

提州政堂高入雲, 四郡千峰平如帶.
半夜虛簾生靈籟, 晴晝遠花匝明靄.
公庭不聞蒲鞭聲, 淸坐日日酒自酹.
于勒臺迷白雲積, 義林池動朱鯉大.
小舸容與蕩空碧, 姣舞細樂望晻藹.
我丈鶴衣珊瑚纓, 吏民共醺罇酒霈.
經綸自歸廊廟上, 形骸永棄水雲外.
願築小山池中央, 繞岸靑荷蔭高檜.
棹舟千回隨風轉, 日行百里與月會.
金波雪浪濡大筆, 寫取淸文交珠貝.

---

7 **형해(形骸)를~버렸네** 산수 속에서 노닌다는 말.
8 **진주** 원문은 "珠貝"인데, 남의 훌륭한 시문을 이른다. 여기서는 이재의 시를 가리킨다.

송사행의 귀거래관[1] 잡영

방산方山[2]

방산은 덕이 하 두터운데
그 아래 벗님의 집이 있어라.
곧고 아름다움 송백松栢과 같아
일 년 내내 학이랑 사슴을 벗하며 지내네.

귀거래관歸去來館

역천[3]에는 좋은 바위가 많아
맑은 가을 술에 취해 누울 만하지.[4]

---

1 **귀거래관(歸去來館)** 송문흠이 충청북도 방산(方山)에 지은 여섯 칸의 초가집. 주희(朱熹)가 남강군(南康軍)의 지사(知事)로 있을 때 도공취석(陶公醉石)의 곁에 집을 지어 '귀거래관'(歸去來館)이라고 했는데 이를 본뜬 것이다. 이 사실은 송문흠의 문집인 『한정당집』 권3에 수록된 「이원령에게 답하다」(答李元靈)라는 편지에 언급되어 있다.

2 **방산(方山)** 송명흠의 『역천집』에 수록된 「역천연보」(櫟泉年譜)에 의하면, 역천(櫟泉) 앞에 있었다고 한다.

3 **역천(櫟泉)** 지명. 송문흠의 형인 송명흠의 호이기도 한다. 송명흠은 무진년(1748)에 원래 추곡(楸谷)이던 지명을 '역천'이라 고치고 이곳에 집을 지었다. 지금의 대전시 추동 일대로 추정된다.

4 **역천(櫟泉)에는~누울 만하지** 도공취석(陶公醉石)의 고사를 염두에 두고 한 말. 도연명이 향리(鄕里)인 여산(廬山)에 있을 때 술에 취해 바위에 누워 잔 적이 있는데 이 바위를 '도공취석'(도공이 술에 취해 잔 바위)이라고 한다. 주희가 지은 「우연지(尤延之) 제거(提擧: 벼슬 이름)와 함께 여산(廬山)을 노래한 14수」(奉同尤延之提擧廬山雜詠十四篇) 중의 한 수가 「도공취석 곁의 귀거래관」(陶公醉石歸去來館)인바, 여기서는 주희의 이 시를 염두에 두고 이 말을 했다.

들으니 그대 산관山館[5] 지어 놓고서
아직도 귀거래 못해 근심한다지.

호복간상루濠濮間想樓[6]

구름은 흘러 스스로 막힘이 없고
달은 천천히 떠오르누나.
서늘한 바람 산들산들 불어오거늘
물결을 가만히 완상玩賞하누나.

한정당閒靜堂[7]

거친 골짝 개간해 집을 짓느라
띠[茅]도 이고 도끼자루도 잡네.
깊은 방[8]에 홀로 있어도 본심을 보존하니[9]
참된 즐거움은 고요할 때 많네.

---

5 **산관(山館)** 귀거래관을 말한다.

6 **호복간상루(濠濮間想樓)** '호복간상'(濠濮間想)은 속세를 떠나 자연을 즐기는 마음을 이른다. 『장자』(莊子) 「추수」(秋水)편에, 장자가 호수(濠水)의 돌다리 위에 서서 물고기가 유영(游泳)하는 걸 보고 즐거워했고 복수(濮水)에서 낚시질하며 초왕(楚王)이 부르는데도 나오지 않았다는 고사가 있다. 현재 전하는 이인상의 그림 중에 〈호복간상도〉(濠濮間想圖)가 있다. 하지만 이 누각을 소재로 삼은 것은 아니다.

7 **한정당(閒靜堂)** 당(堂)의 이름. 송문흠의 호이기도 하다. '한정'(閒靜)이라는 말은 도연명이 쓴 「오류선생전」(五柳先生傳)의 "閒靜少言, 不慕榮利"(한가롭고 고요하여 말이 적었고 영화와 이익을 바라지 않았다)에서 따온 말이다.

8 **깊은 방** 원문은 "屋漏". 방에서 가장 깊숙한 곳을 이른다. 군자는 혼자 있을 때 삼가는 법이니 옥루(屋漏)에서도 부끄럽지 않게 해야 한다는 생각이 『중용』에 피력되어 있다.

9 **본심을 보존하니** 원문은 "存心"인데, 성리학의 핵심 명제인 '존심양성'(存心養性: 본심을 보존하여 천성을 기름)을 이른다.

향침헌響枕軒[10]

외로이 누운 몸 뉘와 약속 있나?
졸졸 간지澗沚[11]로 흐르는 시냇물하고지.
맑은 밤 아무리 길다고 해도
흐르는 물소리 절로 귀에 가득하네.

기지암嗜至菴[12]

가을볕에 배를 쬐니[13]
즐거워 굶주림 잊겠네.
이 마음 천 년 뒤에 전하고자 하나
적막하여 뉘와 기약하리.

추월함秋月檻[14]

밝디밝은 가을달
못 동쪽에 환히 빛나네.

---

10 **향침헌(響枕軒)** 물소리가 베개맡에 들리는 대청이라는 뜻. '향침'(響枕)은 주희의 「무이정사 잡영」(武夷精舍雜詠) 중 「은구재」(隱求齋)시에서 따온 말. 「은구재」시는 다음과 같다: "晨窓林影開, 夜枕山泉響. 隱去復何求? 無言道心長"(새벽창에 숲그림자 열리고/밤에는 샘물 소리를 베네/은거하니 다시 무얼 구하리/말 없으니 도심이 깊네). '은구재'는 주희가 무이산(武夷山)의 대은병(大隱屛)에 건립했던 서재 이름.

11 **간지(澗沚)** 산골짝의 시내 가운데 솟은 땅을 이른다.

12 **기지암(嗜至菴)** 좋아함이 지극한 암자라는 뜻. 책 읽는 곳으로 쓰던 방이다. '기지'(嗜至)라는 말은 주희의 「지락재명」(至樂齋銘)에서 따온 말이다.

13 **배를 쬐니** 원문은 "曬腹". 『세설신어』에 실린 학융(郝隆)의 고사에서 유래하는 말. 학융(郝隆)은 젊어서부터 박학하여 읽지 않은 책이 없었는데, 어느 해 칠월 칠일, 이웃의 부잣집이 볕에 의복을 말리는 것을 보고는 하늘을 향해 벌렁 드러누웠다. 사람들이 그 까닭을 묻자, "뱃속에 든 책을 말리려는 거라네"(我曬腹中書耳)라고 했다고 한다.

14 **추월함(秋月檻)** 가을달이 비치는 난간이라는 뜻.

주렴 걷으니 찬 이슬 무거운데
빈 대난간[15]을 비추고 있네.

잠소潛沼[16]

물고기 살래살래 꼬리 흔들며
종일 깊은 못 속에 있네.
가만히 보누나 구름 그림자
물속의 하늘에 움직이는 걸.

마갈기麻褐磯[17]

옛사람 가운데 양가죽옷 입고
은거해 큰 못 가에서 낚시한 사람 있었지.[18]
꿈에서 황제黃帝와 순舜임금 만난들
베옷 입은 처사를 누가 알겠소.

---

15 **대난간** 원문은 "竹欄". 대나무로 만든 난간.

16 **잠소(潛沼)** 물고기가 물속 깊이 숨어 있는 소(沼)라는 뜻인데, 추월함 아래의 못을 말한다.

17 **마갈기(麻褐磯)** 베옷 입은 처사(處士)가 낚시하는 바위라는 뜻. '마갈'(麻褐)은 '베'라는 뜻이고, '기'(磯)는 물가의 큰 바위. 송문흠은 이윤영의 시에서 이 말을 따왔다고 「이원령에게 답하다」에서 밝히고 있다.

18 **옛사람~있었지** 은거하여 후한의 광무제(光武帝)가 불러도 나오지 않았던 엄광(嚴光)을 말한다.

청원지淸遠池[19]

연못의 가을 물결 영롱해
맑은 빛 멀리서 바라볼 만하네.
누대에 올라 석양을 보니
쇠잔한 버들 역력히 비추고 있네.

겸가계蒹葭溪[20]

어량魚梁[21]은 깊어 보이지 않고
갈대 언덕엔 바람과 이슬 많아라.
지팡이 옮기며 가을 소리 들으니
계옹溪翁[22]은 밤에 기분이 좋으리.

석뢰대釋耒臺[23]

저녁 무렵 매양 집 깨끗이 쓴 뒤
나락 살피는 일 맘에 맞아라.
봄술[24]로 농신農神[25]께 제사 지내니

---

19 **청원지(淸遠池)** 「이원령에게 답하다」에서는 '遠淸池'라고 했다. 호복간상루의 난간인 추월함 아래에 있는 잠소(潛沼)의 반쯤 되는 크기의 연못으로, 호복간상루에서 조금 멀리 떨어져 있기에 이름을 '원청'(遠淸: 멀고 맑다)이라고 했다.

20 **겸가계(蒹葭溪)** 갈대가 우거진 시내라는 뜻이다.

21 **어량(魚梁)** 물이 한 군데로만 흐르도록 물살을 막고 그곳에 통발을 놓아 고기를 잡는 장치.

22 **계옹(溪翁)** 시냇가에 사는 늙은이라는 뜻. 송문흠을 가리킨다.

23 **석뢰대(釋耒臺)** 쟁기를 놓는 대(臺)라는 뜻. '석뢰'(釋耒)는 주희가 지은 「운곡을 읊은 스물여섯 노래」(雲谷二十六詠) 중 일곱 번째 노래인 「운장」(雲莊)에서 따온 말이다.

24 **봄술** 봄에 담근 술을 말한다.

25 **농신(農神)** 원문은 "田祖". 처음으로 농사를 지었다는 전설상의 제왕인 신농씨(神農

즐거워라 이 가을 쟁기 놓을 때.

담박원澹泊園[26]

동산의 꽃들 이미 시들었는데
가을 국화 빛깔 정말 좋아라.
두어 두둑에서 서늘한 향기 풍기니
그에 힘입어 광채가 나네.

구학문丘壑門[27]

시내 건너면 사립문과 통해
흥이 일면 때때로 탁족濯足을 하지.
산수를 즐기는 마음 있을 뿐
창랑滄浪의 노래[28]엔 화답치 않네.

氏)를 이른다.

26 담박원(澹泊園) 담박한 동산이라는 뜻. 「이원령에게 답하다」에서는 '澹泊'의 '泊'이 '薄'으로 되어 있다. '담박'(澹薄)이라는 말은 주희의 「가을날」(秋日)이라는 시에서 따온 말이다.

27 구학문(丘壑門) '구학'은 언덕과 골짝, 즉 산수(山水)를 이르는 말. 여기서는 문(門)에다가 이런 의미를 부쳐 흥취를 더한 것. 「이원령에게 답하다」에서는 '일구일학지문'(一丘一壑之門)으로 되어 있다.

28 창랑(滄浪)의 노래 『초사』「어부」(漁父)에, 굴원이 어부에게 자신은 세상의 더러움에 자기 몸을 더럽힐 수 없다고 하자 어부는 빙그레 웃으며 노를 저어 떠나가면서 "창랑의 물이 맑으면 나의 갓끈 씻고/창랑의 물이 탁하면 내 발을 씻으리"(滄浪之水淸兮, 可以濯吾纓, 滄浪之水濁兮, 可以濯吾足)라고 노래했다는 구절이 있다.

식교문息交門[29]

단지 널[30]로 문 만들었고
온갖 풀 무성하여 뜨락에 길도 없고나.
책상 주위에는 책이 일만 갑匣[31]인데
거문고와 경쇠 소리가 누운 곳 막네.[32]

宋士行歸去來館雜詠

方山

方山蓄厚德, 下有故人屋. 貞吉如松栢, 長年侶鶴鹿.

歸去來館

櫟泉多好石, 醉臥宜淸秋. 聞君葺山館, 猶作未歸愁.

濠濮間想樓

雲度自無礙, 月升猶復遲. 依依凉籟發, 淸賞在漣漪.

---

29 식교문(息交門) '식교'(息交)는 벗 사귐을 그만둔다는 뜻. 도연명의 「귀거래사」에 "사귐을 그치고 교유도 끊으리"(請息交以絶遊)라는 말이 보인다. 「이원령에게 답하다」에 의하면 송문흠은 자신이 시골에 은거하고 있어 한둘 있는 친구도 만날 기약이 없으니 소회(所懷)를 말하기가 더욱 어렵게 된바, 문에다 이런 이름을 붙이려고 한다고 했다.

30 널 원문의 "板扉"는 널문을 말한다.

31 일만 갑 원문은 "萬函". 만 개의 책상자라는 뜻. 옛날 권질(卷秩)이 많은 책은 그것을 넣어 보관하는 갑(匣)이 있었는데 이것을 '함'(函)이라고 한다.

32 거문고와~막네 거문고와 경쇠 소리가 은거처를 막아 세속의 시끄러운 소리가 못 들어오게 한다는 말.

閒靜堂

結構開荒谷, 編茅復引柯. 存心在屋漏, 眞樂靜時多.

響枕軒

孤臥有誰期? 鳴泉到澗沚. 儘教淸夜長, 流響自盈耳.

嗜至菴

秋陽與曬腹, 此樂眞忘饑. 傳心千載下, 寥落與誰期?

秋月檻

皎皎新秋月, 流輝曲沼東. 捲簾凉露重, 照此竹欄空.

潛沼

潛魚尾宛轉, 終日在深淵. 靜看雲影過, 牽動水中天.

麻褐磯

古人有羊裘, 收釣大澤涘. 夢裏遇黃虞, 誰知麻褐士?

淸遠池

曲沼秋波瑩, 淸光堪遠眺. 登樓見夕陽, 歷歷映衰柳.

蒹葭溪

魚梁深不見, 蘆岸多風露. 移杖聽秋聲, 溪翁夜有遇.

釋耒臺

晡時每掃灑, 觀稼與余宜. 春酒賽田祖, 娛玆釋耒時.

澹泊園

園中花已謝, 秋菊色眞嘉. 數畦輸冷馥, 聊此作光華.

丘壑門

跨澗通柴門, 興來時濯足. 但存丘壑情, 休和滄浪曲.

息交門

草門獨板扉, 羣卉不開徑. 繞床書萬函, 臥處礙琴磬.

부정 잡시[1]

한미동閒美洞

노고당老姑塘 위 바위는 흰 구름 같은데
가는 풀 짙은 꽃 봄날이 적적하네.
이 장강長江 흘러 먼 물에 드나니[2]
어옹漁翁은 삿대 힘만 믿지 말기를.

적소대積素臺[3]

하늘 가득한 푸른 산봉우리에 새벽 우레 치니
오군五郡[4]의 구름파도[5] 말이 달리는 것 같네.
가여워라 물 막고 선 외로운 바위
날마다 거센 물살에 흰 이끼 떨어지네.

---

1 **부정(桴亭) 잡시(雜詩)** 부정(桴亭)은 이인상이 강물을 따라 구담의 절경을 보기 위해 만든 떼배로, 「부정기」(桴亭記)(『능호집』 권3)에 그것을 만든 경위가 자세히 설명되어 있다. 또 송문흠의 『한정당집』 권1에 「이원령의 「부정잡영」(桴亭雜詠)에 화답하다」(和李元靈桴亭雜詠)라는 시가 실려 있고, 이윤영의 『단릉유고』 권9에 「원령과 사행의 「부정잡영」에 화답해 보내다」(和贈元靈士行桴亭雜詠)라는 시가 실려 있어 이 시를 이해하는 데 참고가 된다.

2 **먼 물에 드니** 먼 강으로 흘러 들어간다는 뜻.

3 **적소대(積素臺)** '농바위'를 가리킨다. 소석대(素石臺)라고도 부른다. 장회리(長淮里)에 있는 바위다.

4 **오군(五郡)** 사군(四郡: 영춘, 단양, 청풍, 제천)에다 영월을 포함해 오군이라 한다. 충청도 남한강 유역에 있는 다섯 고을이다.

5 **구름파도** 원문은 "雲濤"로, 구름이 파도처럼 사납게 일어나는 것을 뜻한다.

화탄花灘[6]

강은 넓디넓고 흰 여울 맑은데
양안兩岸의 붉은 꽃 물소리에 씻기네.
질탕하니 풍악을 잡히고서는
길이 시름 잊고 노를 젓누나.

옥순봉玉筍峰[7]

하늘에 솟은 옥순玉筍 한 점 티끌 없어
강에 배 띄워 뚫어져라 보네.
눈 쌓이고 얼음 얼면 누가 다시 오리?
서늘한 해 질 때 솔바람 소리 가만히 듣네.

빙곡氷谷[8]

솔가지 자라고 바위 드러나는 고요한 봄날
인적 없는 깨끗한 옛 골짝에서 둥근 달 기다리네.
푸른 봉우리 물에 드니 도무지 길이 없는데[9]
흰 땅에서 구름을 경작한 지 몇 년이라네.[10]

---

6 **화탄(花灘)** 꽃여울. 이 지명은 이윤영의 『단릉유고』 권11에 수록된 「구담기평」(龜潭記評)에도 보이고, 『뇌상관고』 제4책에 수록된 「구담소기」(龜潭小記)에도 보인다. 옥순봉 부근의 여울이다.

7 **옥순봉(玉筍峰)** 퇴계 이황이 단양 군수로 있을 때 붙인 이름이다. 옥으로 만든 대순처럼 촉립(簇立)해 있다고 해서 이런 이름을 붙였다.

8 **빙곡(氷谷)** 얼음골. 골짝 이름이다. 그 속의 작은 언덕이 '중정고'(中正皐)다.

9 **푸른~없는데** 강물에 비친 산봉우리를 말한다.

10 **흰 땅에서~몇 년이라네** '흰 땅'은 모래언덕을 말한다. 다백운루가 세워진 중정고는 모래언덕이다. '구름을 경작한'의 원문은 "犂雲"인데, 은거함을 뜻한다.

중정고中正皐[11]

푸른 솔과 흰 모래에 작고 둥근 언덕 있어
천 년을 지나도록 벽강碧江에 접했네.
뭇 봉우리 바라보니 빼어난 빛이 많고
강에는 온종일 외배가 떠 있네.

다백운루多白雲樓[12]

산은 백 겹이요 구름은 만 겹
구름 속에 난간이 자욱이 뵈네.
봄비 오니 초목에서 밤마다 향기 나고
산빛과 구름 그림자는 담담하여 분간이 안 되네.

어학동魚鶴洞

기학총騎鶴塚[13] 고목은 바람에 울고
조어대釣魚臺[14] 기이한 꽃엔 이슬 맺혔네.

---

11 **중정고(中正皐)** 구담봉과 옥순봉 사이에 있는 언덕배기에 이인상이 붙인 이름. '중고'(中皐)라고도 한다. 이인상은 이 주변의 강물에 '운담'(雲潭)이라는 명칭을 붙였다. 구름처럼 변화가 다단한 강물이라는 뜻이다. 『능호집』 권4의 「산천정 기사」(山泉亭記事)에, 이인상이 1750년 '중고'를 등진 곳에 정사(精舍)를 지었다는 언급이 보인다. 이 정사(精舍)가 곧 다백운루(多白雲樓)다.

12 **다백운루(多白雲樓)** 이인상이 구담봉과 옥순봉 사이의 강가에 지은 누각이다. 중고(中皐)를 등지고 채운봉(綵雲峰)이 정면에 바라보이는 위치다. 『능호집』 권3의 「다백운루기」, 권4의 「산천정 기사」 참조.

13 **기학총(騎鶴塚)** 토정(土亭) 이지함(李之菡, 1517~1578)의 형인 이지번(李之蕃)이 구담의 양안(兩岸)에 칡넝쿨로 만든 큰 줄을 설치해 여기에 목학(木鶴)을 매달아 이를 타고 강을 왕래했다고 한다. 이 일로 인해 이지번이 학을 타고 공중을 날아다녔다는 전설이 생겼다.

14 **조어대(釣魚臺)** 구담의 북쪽 바위에 있는 '토정조대'(土亭釣臺)를 말하는 듯하다. 관

가는 풀 평평한 모래의 산 아래 길에서
초동과 목부牧夫에게 돌아가는 길을 묻네.

반도석返棹石[15]

바위틈의 꽃 따니 유원幽怨이 많아
돌아가려 노 저으니 물결이 이네.
학[16]은 아니 오고 달만 아스라해
중류中流에서 근심스레 부르네 두향杜香[17]의 노래.

혼원벽渾元壁[18]

혼원渾元의 일기一氣[19] 큰 강을 끊어
높은 파도와 험한 구름도 넘지 못하네.
중천에 환한 달 뜨길 기다려
맑은 빛에 천고의 자태[20] 보고자 하네.

어대(觀魚臺) 또는 호천대(壺天臺)라고도 한다. 『호서읍지』(湖西邑誌, 1871)에 따르면, 호천대는 구담의 북쪽 바위에 있으며, 토정 이공이 거처하던 토실(土室) 유지(遺址)가 대(臺) 곁에 있다고 한다.

15 반도석(返棹石) 배를 되돌리게 하는 바위라는 뜻. 구담봉 근처의 바위에 이인상이 붙인 이름.

16 학 원문은 "僊馭". 신선이 타고 다니는 것을 이르는 말인데, 보통 학을 가리킨다.

17 두향(杜香) 이황이 단양 군수로 있을 때 가까이한 관기(官妓)이다. 훗날 이황이 죽자 스스로 목숨을 끊었다. 강선대(降仙臺) 대안(對岸)에 그녀의 무덤이 있다는 기록이 이윤영의 『단릉유고』 권11에 수록된 「강선대기」(降仙臺記)에 보인다.

18 혼원벽(渾元壁) 반도석을 지나 구담봉을 조금 돌면 보이는 절벽에 이인상이 붙인 이름.

19 혼원(渾元)의 일기(一氣) 천지의 원기(元氣). 천지의 광대한 기운.

20 자태 원문은 "鎔磨"인데 연마된 모습을 뜻한다.

동선장銅僊掌[21]

거문고 안고 빈 산에서 수선水仙[22]을 기다리니
동선장銅僊掌 외딴 바위 아름답게 바라뵈네.
금단金丹[23]과 옥로玉露[24]는 소식 끊겼나니
물은 멀고 산은 높은데 거문고 소리 구슬프네.

구봉龜峰[25]

산세山勢는 우禹임금의 신발 신어야겠고[26]
강물 빛엔 낙서洛書의 무늬[27] 완연하고나.
마흔다섯 오묘한 형상 어우러지니
반半은 기이한 봉우리요 반은 구름일레.

---

21 동선장(銅僊掌) 혼원벽에 의지해 서 있는 바위에 이인상이 붙인 이름으로, '동선'(銅僊)의 손바닥이라는 뜻이다. 동선은 '금동선인'(金銅仙人), 즉 구리로 주조한 선인상(仙人像)을 이른다. 한(漢)나라 무제(武帝) 때 만들었으며, 손바닥으로 소반을 들어 하늘의 이슬을 받는 형상을 하고 있었다 한다.

22 수선(水仙) 하늘에 있는 선인(仙人)을 '천선'(天仙), 땅에 있는 선인을 '지선'(地仙), 물에 있는 선인을 '수선'(水仙)이라 한다.

23 금단(金丹) 신선이 만든다는 장생불사의 환약.

24 옥로(玉露) 맑은 이슬. 신선의 선약(仙藥)으로 쓰인다고 한다.

25 구봉(龜峰) 구담봉(龜潭峰)이라고도 한다. 단양 서쪽의 장회리(長淮里)에 있다. 봉우리 정상의 바위 모양이 거북 형상이라서 붙여진 이름이다.

26 우(禹)임금의 신발 신어야겠고 원문의 "禹檋"은 우임금이 험준한 산을 오를 때 신었다는, 밑에 징을 박아 미끄러지지 않게 만든 신.

27 낙서(洛書)의 무늬 우임금이 홍수를 다스릴 때 낙수(洛水)에서 나온 거북의 등에 있었다는 45개의 점으로 이루어진 아홉 개의 무늬. 『주역』의 근본 이치가 여기서 나왔다는 설이 있다. '구봉'(龜峰)을 노래했기에 이 고사를 끌어온 것이다.

강선대降僊臺[28]

가을바람과 맑은 이슬 하늘에 가득한데
밤 고요한 암대巖臺엔 가을 소리뿐.
자재自在한 빈 강에 흰 달이 흘러
이 마음이 신명神明을 대하게끔 하네.

난가대爛柯臺[29]

쩡쩡 나무하는 소리[30] 나의 수심 위로커늘
연자산鷰子山[31] 나무꾼이여 그대는 뉘신가?
대답하길, 운대雲臺에서 천 일을 자고
선산仙山에서 일없이 바둑 두는 걸 구경하오.[32]

탁필봉卓筆峰[33]

서늘한 산이 하늘에 솟고 구름에 해 나와
그림자 잠긴 여울물이 절로 문채를 이루네.
곧은 그 기운에 의뢰해 『산사』山史를 엮고[34]

---

28 **강선대(降僊臺)** 장회탄(長淮灘) 부근에 있던 바위 이름.

29 **난가대(爛柯臺)** 강선대 동쪽의 평평한 흰 바위 이름. '난가'(爛柯)는 도낏자루가 썩는다는 뜻. 옛날 나무꾼이 나무를 하러 산에 갔다가 바위 위에서 신선들이 바둑 두며 노는 것을 구경했는데 그 사이 세월이 흘러 갖고 있던 도낏자루가 썩어 없어졌다는 고사가 있다.

30 **쩡쩡 나무하는 소리** 원문은 "伐木丁丁"으로, 『시경』 소아(小雅) 「벌목」(伐木)의 한 구절이다. 「벌목」은 벗을 그리는 마음과 벗과의 즐거운 모임을 노래한 시다.

31 **연자산(鷰子山)** 제비봉. 단양군 단성면 장회리에 있는 산으로, 그 서쪽 골짜기에 설마동 계곡이 있다. 높이 720여m.

32 **선산(仙山)에서~구경하오** '난가대'를 읊었기에 한 말이다.

33 **탁필봉(卓筆峰)** 난가대 배후의 봉우리 이름. 붓 모양이라 이런 명칭을 붙였다.

34 **곧은~엮고** '탁필봉'이라는 이름에 '필'(筆: 붓)이라는 자가 들어 있기에 한 말이다. 이

대 심고 솔 키워 성군聖君께 보답코저.

연화봉蓮花峰[35]

몽몽한 운기雲氣 강에 가득해
부용성芙蓉城[36] 밖 기색氣色이 유난하여라.
외배 저어 돌아가니 일만 가람에 달이요
뭇 봉우리 둥근 것은 연잎의 이슬 같네.

맥선허麥僊墟[37]

석 달을 송자宋子[38] 편지 못 보았거늘
언제쯤 선대僊臺에 집 지어 사는지.[39]
벽상壁上의 「영지」靈芝시[40]에 화답하려 말고
구름 속의 보리 타작 소리 함께 들었으면.[41]

윤영이 『산사』라는 책을 쓴 바 있지만 여기서는 이 책을 가리키는 게 아니고, 그저 산에 노닌 기록을 가리키는 말로 썼다고 생각된다.

35 연화봉(蓮花峰) 난가대 배후의 봉우리 이름. 연꽃 모양이라 이런 명칭을 붙였다.

36 부용성(芙蓉城) 연자산의 다른 이름이다. 맥선허(麥僊墟) 남쪽의 산 모양이 물 위에 핀 하얀 부용꽃과 같다고 해서 이인상이 붙인 이름이다. 이 사실은 이윤영의 『단릉유고』 권11에 수록된 「부용성기」(芙蓉城記)에 보인다.

37 맥선허(麥僊墟) 타맥허(打麥墟)를 가리키는 듯하다. '타맥허'는, 이윤영의 『단릉유고』 권11에 수록된 「부용성기」에 그 이름이 보인다. 강선대와 난가대를 지나 있는, 사람이 거주함직한 평평한 땅에 이인상이 붙인 이름이다.

38 송자(宋子) 송문흠을 가리킨다.

39 언제쯤~살는지 '선대'(僊臺)는 맥선허를 말한다. 이인상의 「구담소기」(龜潭小記)(『뇌상관고』 제4책)에 의하면, 이인상은 당시 송문흠에게 편지를 보내 맥선허로 집을 옮기라고 권유하였다.

40 「영지」(靈芝)시 주희가 순창(順昌) 땅을 지나다가 읊은 시를 가리킨다. 자세한 것은 본서 59면 주11을 참조할 것.

41 구름~들었으면 '맥선허'(麥僊墟: 맥선의 유허遺墟라는 뜻)를 읊었기에 한 말이다. 왕

이호대二皓臺[42]

맑은 하늘 빈 산협山峽에 가는 구름 옮겨 가고
이호대 가의 고목이 슬프네.
다시 배 돌려 가을 물 따라가며
흰 이슬과 갈대[43]에 누군가를 생각네.

석주탄石柱灘[44]

물살이 거세[45] 지나는 구름 수심에 잠기고
잉어와 누치[46]도 조심해 나와서 놀지 않네.
이런[47] 퇴파頹波[48] 속에 지주砥柱[49] 있나니

로(王老)라는 사람의 일가족이 늙은 도사가 남긴 술을 마시고 모두 등선(登仙)하였는데 마침 가족들이 보리 타작을 하던 중이라 허공에서 여전히 보리 타작하는 소리가 들렸다는 고사가 있다.

42 이호대(二皓臺) 강선대 건너편의 바위. 중종 때의 학자 주세붕(周世鵬)이 매양 한 노인과 함께 이 바위에 올라 앉아 놀았다고 해서 이런 이름이 붙었다고 한다.

43 흰 이슬과 갈대 『시경』 진풍(秦風) 「겸가」(蒹葭)에 "갈대는 성한데/흰 이슬이 서리가 되었네/내가 생각하는 저 사람은/강 한쪽에 있네"(蒹葭蒼蒼, 白露爲霜. 所謂伊人, 在水一方)라는 구절이 보인다.

44 석주탄(石柱灘) 단양 장회리의 돌내기 여울을 말한다. 기둥 같은 바위가 서 있어 물살이 급하여 벽력같은 소리가 났다고 한다.

45 물살이 거세 원문은 "雷奔轂擊". '뇌분'(雷奔)은 우레가 내달리듯 속도가 빠름을 이르고, '곡격'(轂擊)은 수레의 바퀴통이 부딪는 것처럼 소리가 요란한 것을 이른다.

46 누치 원문은 "魴"인데, 지금의 방어와는 다른 고기다.

47 이런 원문은 "輿許"인데 '이러한'이라는 뜻.

48 퇴파(頹波) 아래로 흐르는 물살을 뜻한다. 세상의 풍속이나 도(道)가 쇠퇴해 가는 것을 일컫는 말로도 쓴다.

49 지주(砥柱) 원래 중국의 황하(黃河) 가운데 있는 산인데, 여기서는 석주(石柱)를 가리킨다. 격류 속에 있으면서도 꿈쩍도 않는다고 해서, 난세에 있으면서도 절조를 지키는 일을 비유하는 말로 사용된다.

용문龍門의 객과 함께 외배를 탔네.[50]

부용성芙蓉城[51]

천 길 단애丹崖를 붉은 구름이 부축하고
무지개 수레와 별 깃발[52]은 그림자가 있는 듯 없는 듯.[53]
은거를 기약하매 멀리 삼화수三花樹[54] 가리키고
영약靈藥 구절포九節蒲[55]를 거듭 나누어 갖네.[56]

---

50 용문(龍門)의~탔네 후한(後漢)의 이응(李膺)은 함부로 벗과 사귀지 않았다. 그래서 그와 사귀게 된 이에 대해선 '용문(龍門)에 올랐다'고들 했다. 이에 연유하여 고문(高門)의 상객(上客)을 '용문객'(龍門客)이라 일컫기도 한다. 한편 곽태(郭泰)는 처지가 빈천했으나 뭇 책을 두루 읽고 담론을 잘했는데, 하남윤(河南尹)으로 있던 이응(李膺)이 그를 보고 기이하게 여겨 친한 벗이 되었다. 그 후 곽태가 고향으로 돌아가게 되어 제유(諸儒)가 전송하여 강에까지 이르렀는데, 곽태는 오직 이응하고만 같이 배에 타 강을 건넜다. 사람들은 이를 바라보며 신선처럼 여겼다고 한다. 여기서는 이인상이 송문흠과 함께 배를 타고 석주탄을 지난 일을 가리킨다.

51 부용성(芙蓉城) 중국의 전설에 의하면, 선인(仙人)이 사는 땅으로, 석연년(石延年)·정도(丁度)·왕회(王廻)가 사후(死後)에 이 성의 성주(城主)가 되었다고 한다.

52 무지개 수레와 별 깃발 선인(仙人)은 운예(雲霓: 구름과 무지개)를 타고, 혜성을 기(旗)로 삼는다고 한다. 『초사』「원유」(遠遊)편에 "혜성을 더위잡아 깃발로 삼고/북두 자루 가져다가 깃대로 삼네"(攬彗星以爲旍兮, 擧斗柄以爲麾)라는 구절이 보인다.

53 무지개~없는 듯 무지개 수레와 별 깃발의 그림자가 있는 듯도 하고 없는 듯도 하다는 말.

54 삼화수(三花樹) 패다수(貝多樹)를 말한다. 1년에 세 번 꽃을 피우기에 이런 이름이 붙었다. 옛날 인도에서는 이 패다수 잎에 불경(佛經)을 적었다. 그래서 불경을 패경(貝經)이라고도 한다. '패다'는 범어(梵語) pattra의 음역(音譯)이다.

55 구절포(九節蒲) 약초 이름. 줄기의 마디가 촘촘하여 한 치 길이에 아홉 마디가 있다. 『포박자』(抱朴子) 내편(內篇)에 선약(仙藥)의 하나로 소개되어 있다.

56 나누어 갖네 벗 송문흠과 그렇게 한다는 말.

운하장雲霞嶂[57]

난가대 아래 저녁 바람 다사롭고
석주탄 가에는 고운 꽃이 에워쌌네.
삿대로 달빛 저어 옷소매 축축거늘
연봉連峰에 구름 놀 걸린 줄 비로소 깨닫네.

부정桴亭

뱃노래 마구 부르니[58] 즐거움이 도로 슬픔 되고
바람 잘 때 떼배 띄우니 물결이 잔잔하네.
경쇠 치던 양襄이 바다로 간 일[59] 그 언제던가?
뽕밭을 본 마고麻姑[60]는 이미 백두白頭일 테지.

桴亭雜詩

開美洞

老姑塘上石如雲，細草濃花春寂寂.
道是長江納遠流，漁翁休信一篙力.

---

57 **운하장(雲霞嶂)** 석주탄 북쪽의 산 석지등(石芝磴: 지금의 석기봉. 높이 711m)을 말한다. 맥선허의 뒤쪽에 있는 산봉우리다. '운하장'이라는 이름은 송문흠이 붙인 것이다. 이윤영의 『단릉유고』 권11에 수록된 「석지등기」(石芝磴記) 및 이인상의 「구담소기」에 이 사실이 보인다.

58 **마구 부르니** 원문은 "無節"인데, 절도가 없다는 뜻이다.

59 **경쇠~일** 본서 93면 주7을 참조할 것.

60 **뽕밭을 본 마고(麻姑)** 마고는 전설상의 여선(女仙)으로, 동해가 뽕나무 밭으로 변하는 것을 세 번이나 보았다고 한다.

積素臺

滿天青嶂曉生雷, 五郡雲濤如馬來.
可憐捍水一孤石, 日日崩湍落素苔.

花灘

中江浩浩素湍明, 夾岸丹葩濯水聲.
豪絲急管繁會奏, 終古無愁舟楫傾.

玉筍峰

矗玉淩空絶纖毫, 中江擊汰極望勞.
積雪層氷誰復到? 靜聽寒日落松濤.

氷谷

松長石出靜春天, 古壑空明待月圓.
青峰入水渾無徑, 素土犂雲始有年.

中正皐

松青沙白小圓丘, 宛轉千年枕碧流.
看取衆峰多秀色, 湖心終日漾孤舟.

多白雲樓

百疊蒼山萬疊雲, 雲中軒檻望氤氳.
春雨每宵薰草木, 山光雲影澹無分.

魚鶴洞

古木吟風騎鶴塚，奇花垂露釣魚臺．
細草平沙山下路，且從樵牧問眞廻．

返棹石

采掇巖花幽怨多，欲回蘭棹水生波．
僊馭不來明月遠，中流愁唱杜香歌．

渾元壁

渾元一氣截洪河，高浪頑雲未敢過．
待到中空生皓月，淸光千古看鎔磨．

銅僊掌

抱琴空山候水僊，僊掌孤石望娟娟．
金丹玉露消息斷，水遠山長動哀絃．

龜峰

山勢欲牽神禹權，[61] 江光宛出洛書文．
交回四十五玄象，半是奇峰半作雲．

降僊臺

玉露金風滿太淸，巖臺夜靜有秋聲．
自在空江流皓月，此心惟許對神明．

---

61 權　원문에는 "榷"으로 되어 있다.

爛柯臺

伐木丁丁勞我思, 鷲山樵子問爲誰.
且喚雲臺千日睡, 僊山無事學看棋.

卓筆峰

寒翠凌霄日吐雲, 影涵潭瀨自成文.
憑將直氣編『山史』, 種竹培松答聖君.

蓮花峰

雲靄空濛滿長湖, 芙蓉城外氣色殊.
孤棹沿歸萬川月, 衆峰團作一荷珠.

麥僊墟

三月未看宋子書, 幾時結屋僊臺上?
休和壁上「靈芝」詩, 共聽雲中打麥響.

二皓臺

天淸空峽細雲移, 二皓臺邊古木悲.
更回蘭棹沿秋水, 白露蒹葭有所思.

石柱灘

雷奔轂擊過雲愁, 朱鯉文魴愼出游.
與許頹波容砥柱, 龍門有客共孤舟.

芙蓉城

丹崖千丈絳雲扶, 霓駕星旍影有無.
幽期迥指三花樹, 靈藥重分九節蒲.

雲霞嶂

爛柯臺下晩風和, 石柱灘邊繞好花.
棹盡月華衣袂濕, 始知連嶂帶雲霞.

桴亭

棹歌無節樂還愁, 風靜行桴浪動休.
磬襄入海知何歲? 厤女看桑已白頭.

이사회,[1] 오경보, 이윤지[2]와 함께 삼막사[3]에 노닐다

1

한가을 서늘한 산에 참선하고 앉아
대 홈통에 흐르는 물소리 바위 곁에서 듣네.
붉은 해 이미 가라앉아 바다가 광활한데
누가 밭을 건너는 쇠잔한 구름 누워서 보네.

2

노승은 말 잊은 채 잠만 즐기고

---

1 이사회(李士晦) 이명환(李明煥, 1718~1764)을 말한다. '사회'는 그 자. 또 다른 자는 사휘(士輝). 영조 때의 문신으로, 호는 해악(海嶽)이고 본관은 전주다. 영조 28년(1752) 문과에 장원급제했으며, 교리·수찬 등을 지냈다. 문집으로 『해악집』(海嶽集) 4권 2책이 전한다.

2 이윤지 당시 이윤영이 지은 시는 그 문집인 『단릉유고』 권7에 「삼막사 망해루에서 원령, 경보, 이사회와 함께 짓다」(三藐望海樓同元靈敬父李士晦賦)라는 제목으로 실려 있다. 이인상의 시와 마찬가지로 총 4수다. 망해루는 삼막사 경내에 있는 누각이다. 또한 이명환의 문집인 『해악집』 권1에 당시 이명환이 지은 시 다섯 수가 실려 있다. 맨 마지막 시는 다음과 같다: "원령이 한창 화흥(畵興)이 일어/그림을 그리고 일어서니 사방이 고요/관악산 한 구비가 진면목을 드러내고/해운(海雲)이 창창(蒼蒼)한 송석(松石)을 둘렀네."(李二悠然動畵興, 濡毫起坐寂無聞. 冠山一曲開眞面, 松石蒼蒼繞海雲) 이명환은 이 시의 끝에 "당시 원령이 심지를 돋우어 등불을 밝히고 선면(扇面)의 묵화(墨畵)에 제사(題辭)를 적었기에 한 말이다"(時元靈挑燈, 題墨畵於扇面故云)라는 주(注)를 붙였다. 이를 통해 당시 이인상이 관악산의 풍치를 그림으로 그렸음을 알 수 있다.

3 삼막사(三藐寺) 서울 관악산에 있는 절. 봉은사의 말사(末寺)로 신라 때의 원효·의상·윤필 세 사람이 암자를 짓고 수도한 곳이다. 신라 말기에 도선이 크게 짓고 관음사라고 하였다가 고려 시대에 중건하여 이 이름으로 고쳤다.

목어木魚와 동판銅板[4]은 소리가 없네.
산봉우리에 객 이르매 돌문 열고서[5]
낙엽 쓰니 가을 구름과 한데 섞이네.

3

하늘가 저 외배 어디로 가나?
노 젓는 소리 아득하여 들리지 않네.
거친 산 너머 지는 해 근심스레 보니
붉은 노을 조각구름에 상기 남았네.

4

머리맡 차가운 시내는 비를 내릴 듯한데
소나무 전나무 무성하여 바람소리 멀리 들리네.
만 리 밖은 해산海山[6]이요 가을밤 맑은데
아스라한 하늘에 구름 한 점 없네.

---

4 동판(銅板) 운판(雲板)을 말한다. 절에서 부엌 등에 달아 놓고 식사 시간을 알리기 위해 치는 기구. 청동이나 쇠로 만들며, 구름 모양이다.

5 산봉우리에~열고서 노승이 그리 한다는 말.

6 해산(海山) 바닷속 섬에 있는 산.

與李士晦明煥、吳敬父、李胤之, 游三藐寺

秋高寒嶂參禪坐, 筧水自鳴倚石聞.
紅日已沉滄海濶, 臥看樓下度殘雲.

其二

老釋忘言只愛睡, 木魚銅板了無聞.
客到青峰開石扇, 掃來黃葉和秋雲.

其三

天際孤颿何所適? 中流鼓枻杳難聞.
愁看日落荒山外, 猶有殘紅寄斷雲.

其四

寒泉繞枕欲成雨, 松檜蕭森響遠聞.
海山萬里秋宵霽, 不許遙空起片雲.

묵계[1] 댁에서 형님을 모시고 읊조려 자익에게 주다

그대[2] 덕에 운루雲樓[3] 지어
구봉龜峯에다 책을 수장收藏하였지.
물결은 배꽃 핀 언덕에 어둑하고
노을은 기이한 바위 있는 곳을 물들이네.
나란히 밭 갈아[4] 그럭저럭 자급하고
짚신을 허투루 삼는 일 없으리.[5]
성시城市에서 열흘을 술 마신다 한들
산에서 빚은 탁주만 못하지.

墨溪宅, 陪伯氏賦, 贈子翊

雲樓賴君築, 龜嶽有藏書. 浪暗梨花岸, 霞蒸怪石居.
耦耕聊自給, 捆屨莫教踈. 十日塵城飲, 山醅較不如.

---

1 묵계(墨溪) 현계(玄溪)를 말한다. 지금의 서울시 중구 필동에 속한 지명으로, 당시 이인상의 형 이기상의 집이 여기에 있었다.
2 그대 신사보를 말한다. 이인상과 동서간으로, 청풍의 능강동에 거주했다. 음죽 현감으로 있던 이인상을 대신해 단양의 구담에 다백운루를 건립하는 일을 했다.
3 운루(雲樓) 다백운루를 말한다.
4 나란히 밭 갈아 본서 185면 주14 참조.
5 나란히~없으리 장차 단양의 다백운루에 은거하여 그리 하겠다는 말.

김 진사 백우, 김 진사 정부, 이 대아 용강[1]이 오군五郡에 놀러가는 길에 설성현[2]의 재실齋室을 방문하였다. 엄주 주산인[3]의 「벽란정[4]을 지나며」라는 시에 차운하다

느직이 서권書卷[5] 거두니 비로소 술 깨고
흰 달 아래 빈객賓客을 대숲의 정자[6]에 묵게 하네.
야인野人의 이야기 사마천의 붓과 다투고
조신朝臣은 대개 처사로 지내네.[7]
월중越中[8]의 안개 낀 강은 하늘과 연접해 희뿌옇고
호숫가 봄숲은 비를 띠어 푸르네.

---

1 이대아(李大雅) 용강(用康) 이유년(李惟秊, 1729~1756)을 말한다. '대아'(大雅)는 선비들이 대개 평교간에 쓰는 경칭. '용강'(用康)은 그 자. 본관은 전주. 이재(李在)의 아들이며 이유수(李惟秀)의 아우로, 문과에 급제해 정자(正字) 벼슬을 지냈다.

2 설성현(雪城縣) 음죽현(陰竹縣)의 별칭. 지금의 경기도 이천군 장호원읍 선읍리에 현청(縣廳)이 있었다. 이인상은 1750년 8월에 음죽 현감에 부임했으며, 1753년 4월에 사임하였다.

3 엄주(弇州) 주산인(朱山人) 주지번(朱之蕃)을 가리킨다. 서화(書畵)에 능했으며, 이부시랑(吏部侍郎)을 지냈다. 1606년(선조 39) 명나라 사신으로 조선에 와 조선의 문사들에게 많은 시문과 글씨를 써 주었다.

4 벽란정 예성강 하구의 벽란도(碧瀾渡)에 있던 정자. 개성 서쪽으로 30리쯤 떨어진 곳에 있었다.

5 서권(書卷) 손수 쓴 글씨를 말한다. 여기서는 이인상, 김상묵, 김종수 등의 시가 적힌 종이를 뜻한다.

6 대숲의 정자 설성현의 재실을 가리킨다.

7 조신(朝臣)은~지내네 원문의 "少微星"은 처사를 상징하는 말. 뜻이 안 맞아 조신들이 조정에서 물러나 재야에서 지낸다는 말이다.

8 월중(越中) 중국의 항주(杭州)를 이른다.

금경禽慶[9]과 약속한지라 외배 저어 가니
단릉丹陵[10]의 맛난 솔술 병에 가득하리.

金進士伯愚、金進士定夫、李大雅用康惟季, 將游五郡, 歷訪雪城縣齋. 用弇州朱山人「過碧瀾亭」韻

懶收書卷酒初醒, 皓月留賓竹裏亭.
野話敢爭太史筆, 朝臣多占少微星.
越中煙水連天白, 湖上春林帶雨青.
孤棹行尋禽慶約, 丹陵松醑滿銅瓶.

---

9 금경(禽慶) 한(漢)나라 때의 은자. 자세한 것은 본서 170면 주29를 참조할 것. 여기서는 이윤영을 가리킨다.

10 단릉(丹陵) 원래 단양의 별칭이나 여기서는 이윤영의 호를 이른다. 당시 이윤영은 1751년(영조 27) 2월 단양 군수로 부임하는 아버지를 따라 단양에 와 있었다. 이 시는 이 해 3월에 지어진 것으로 여겨진다. 이인상은 동년 3월 말경 단양을 유람하고 있던 이윤영·김종수 등과 합류하여 사인암을 구경했다. 세 사람은 「사인암찬」(舍人巖贊)이라는 글을 함께 지어 사인암의 석벽(石壁)에 새겼는데, 주사(朱砂)를 먹인 글씨가 지금도 석벽에 선명히 남아 있다. 글은 다음과 같다: "곧고 평평하며/금성옥색(金聲玉色)이로다/우러러볼수록 더욱 높고/우뚝하여 뭐라 형용할 수 없도다."(繩直準平, 玉色金聲. 仰之彌高, 魏乎無名) 글의 끝에는 "신미년 봄에 윤지, 정부, 원령이 찬(撰)하다"(辛未春, 胤之·定夫·元靈撰)라고 썼다. '신미년'은 1751년이다. 이 네 구 중 앞의 두 구는 이윤영이 지었고, 세 번째 구는 김종수가 지었으며, 마지막 구는 이인상이 지었다. 이 찬은 이윤영의 『단릉유고』(丹陵遺稿) 권4에 「인암집찬」(人巖集贊)이라는 제목으로 실려 있다. 단 여기서는 '魏'가 '巍'로 되어 있다. '魏'와 '巍'는 통한다. '인암'(人巖)은 사인암을, '집찬'(集贊)은 공동으로 지은 찬이라는 뜻이다. 이 「사인암찬」은 비단 사인암을 형용한 데 그치지 않고, 이인상 등이 견지했던 삶과 세상에 대한 비타협적이고 고고한 심의 경향(心意傾向)을 잘 드러낸다.

남쪽 변방으로 귀양가는 사람[1]에게 주다

여윈 말 탄 유배객이라 벽제辟除[2]도 없구나
지난 밤 직언直言으로 나라님을 범했지.
조주潮州[3]에 험한 파도 많다는 말 믿지를 않고
수국水國에 방손芳蓀이 가까이 있음[4]을 어여삐 여기네.
남쪽 오니 햇살 따습고 바다 넓은데
북녘 뜬구름 바라보니 태화산太華山[5]이 높네.
하사받은 책 다 읽어 할 일이 없으면
솔술 한 잔에 취하여 말을 잊겠지.

---

1 **남쪽 변방으로 귀양가는 사람** 이유수(李惟秀, 1721~1771)를 가리킨다. 이유수는 이재(李在)의 아들로, 1747년(영조 23년) 문과에 장원급제한 뒤, 그 해 정언이 되고, 곧 지평을 거쳐 수찬이 되었다. 1750년 12월 노론의 신임의리(辛壬義理)를 강조하며 당역자(黨逆者) 9인을 탄핵한 바 있으며, 1751년 3월 임금의 부름에 응하지 않았다는 이유로 경상북도 풍기(豊基)에 유배되었다.

2 **벽제(辟除)** 지위 높은 사람의 행차 때 구종별배(驅從別陪)가 소리를 쳐 잡인의 통행을 막던 일.

3 **조주(潮州)** 지금의 중국 광동성(廣東省) 조주시(潮州市). 당(唐)나라 문인(文人) 한유(韓愈)가 이곳에 좌천되어 와 자사(刺史)를 지낸 일이 있다.

4 **수국(水國)에~있음** 수국에는 가까이에 방손(芳蓀)이 있다는 뜻. '수국'은 강이나 운하가 많은 지방을 일컫는 말이다. '방손'은 향기로운 풀 이름이다. 굴원(屈原)이 벼슬에서 쫓겨나 상수(湘水) 근처에서 노닐었는데, 이 일대를 '수국'(水國)이라고 한다. 여기서는 영남을 가리킨다. '방손'은 군자를 상징한다.

5 **태화산(太華山)** 삼각산을 이른다.

贈嶺海遷客

逐臣瘦馬巷無喧，白筆前宵干九閽．

未信潮州多惡浪，偏憐水國近芳蓀．

南來暖日重溟濶，北望浮雲太華尊．

讀罷賜書無箇事，松醪一酌醉忘言．

택풍당[1]의 「풍년에 새로 지은 집」[2]에 차운하여 남천 이李어르신[3]께 드리다 임신년(1752)

시냇물 졸졸 흘러 그치지 않으니
청명淸明이 이보다 더할 수 있으랴.
멀리 나는 새는 모두 한 빛깔인데
하늘 높은 곳까지 날아오르네.
비 개니 구름은 비단 같고
차츰 떠오르는 달은 얼음 같고나.
창 주위엔 상쾌한 기운 더하고
산빛은 청홍靑紅이 어우러졌네.
　—창문 사이로 보이는 늘어선 봉우리[4]

아침해 조금 솟아

---

1 **택풍당(澤風堂)** 이식(李植, 1584~1647)을 말한다. 조선 중기의 문신으로 자는 여고(汝固)이고 호는 택당(澤堂). 1618년 폐모론(廢母論)이 일어나자 은퇴하여 경기도 지평(砥平: 지금의 양평군 양동면 쌍학리 안골마을)으로 낙향하여 택풍당을 짓고 학문에 전념하였다. 문집으로 『택당집』이 전한다.

2 **「풍년에 새로 지은 집」(樂歲新居)** 『택당집』 속집(續集) 권6에 수록된 「풍년에 새로 지은 집을 읊은 여덟 노래」(樂歲新居八詠)를 말한다.

3 **남천(南川) 이(李)어르신** '남천'은 호(號)겠는데 누군지는 미상. 택풍당 이식의 후손으로 추정된다.

4 **창문~봉우리** 이하 각 시의 뒤에 보이는 이 작은 글씨체의 말은 모두 이식의 「풍년에 새로 지은 집을 읊은 여덟 노래」의 매수(每首) 뒤에 부기되어 있는 말을 그대로 옮겨 놓은 것이다.

먼 하늘 희미하여라.
옥가루 휘날리듯 빛이 퍼지고
광채가 구리 기둥을 둘렀네.
왕성한 신귀神龜[5]가 기氣를 마셨다 내뱉는 것 같고
아름다운 문수文獸[6]가 숨은 것 같기도.
안석과 지팡이 축축한 건 근심치 않고
맑은 아침 앉아 목을 빼어 바라보네.

—동쪽 고개의 아침노을

밥 짓는 연기 마을에 이어지니
산에 살아도 즐겁고 외롭지 않네.
희뿌여니 절벽을 감싸는가 하면
흩어져 호수에 가득하누나.
먼 나무 농죽籠竹[7]처럼 작게 보이고
잔산殘山은 점點 같아 사라지려 하네.
이로써 풍년을 점쳐 보나니
〈야장도〉野庄圖[8]에 한 그림 더 보태 볼꺼나.

—역촌驛村의 밥짓는 연기

긴 강은 흘러 스스로 평온하고

---

5 신귀(神龜) 신령한 거북. 맑은 기를 들이마시고 탁한 기를 내뱉으며, 몸 속의 기를 돌려 장수한다고 한다.

6 문수(文獸) 문채 나는 짐승.

7 농죽(籠竹) 대의 한 종류.

8 〈야장도〉(野庄圖) 명나라 동기창(董其昌)이 그린 《야장도첩》(野庄圖帖)을 말한다.

돛단배는 뜻이 모두 한가롭구나.
빠른 물결에 느릿한 해가 비치고
가벼운 구름 뭇 산을 지나가누나.
여울이 험한 걸 이미 잊으니
노 젓는 일 아끼지 않네.
물가 언덕에 지팡이 짚고 서 있노라니
오가는 어상漁商이 안부를 묻네.

—바람 부는 포구에 떠가는 돛배

저물녘에 호각胡角[9] 소리 나
옛 성에 웅웅 울려 퍼지네.
시절 태평해 밤에도 문 열어 놓고
산이 고요하니 맑은 소리에 놀라게 되네.
어쩌다 뱃전 치는 소리[10] 만나면
서로 어우러져 화음을 이루네.
여음餘音이 구름 밖에 요나히 들리니
두루미가 놀라 날아오르네.

—강성江城의 저녁 호각 소리

종소리 울리고 가을하늘 고요한데

---

9 호각(胡角) 뿔피리.

10 뱃전 치는 소리 원문은 "鳴榔". 원래 뱃전을 나무 막대기로 쳐서 소리를 내는 것을 가리키는 말인데, 뱃전을 두드리며 가락에 맞추어 노래 부르는 것을 뜻하기도 한다. '랑'(榔)은 긴 나무 막대기. 나무 막대기로 뱃전을 치는 것은 물고기를 놀라게 해 그물로 들어가게 하기 위해서라고 한다.

동대東臺[11]의 흰 달 기이하고녀.
못 속의 용이 놀라 잠을 깨거늘
석불石佛은 성성惺惺한 그 마음 알리.
새벽도 되기 전에 일이 있어서
절을 나서 갈림길에 접어드누나.
소리 없는 곳에서 손질하여서
침상에서 얻은 시 완성하노라.

—벽사甓寺[12]의 새벽 종소리

次澤風堂「樂歲新居」韻, 呈南川李丈 壬申

奔注無時已, 淸明竟莫增. 遐翹渾一色, 高陟到幾層.
初霽雲猶錦, 微昇月似氷. 繞牕添爽氣, 紫翠與相仍.

—右牕間列岫

薄薄透新旭, 微微曖遠霄. 傳光飄玉屑, 浮采繞銅標.
吐納神龜旺, 潛藏文獸嬌. 無愁几杖濕, 延矚坐淸朝.

—右東嶺朝霞

煙火連墟落, 山棲樂不孤. 依微縈絶岸, 平漫滿長湖.

---

11 **동대(東臺)** 신륵사(神勒寺) 동대를 말한다.
12 **벽사(甓寺)** 경기도 여주에 있는 신륵사를 가리킨다. 전탑(甎塔: 벽돌로 만든 탑)이 있다고 해서 이렇게 불린다.

遠樹籠初小, 殘山點欲無. 憑茲占樂歲, 添載「野庄圖」.

—右驛村炊煙

長江流自穩, 風颿意俱閒. 浪駛鎔遲日, 雲輕掩衆山.

已忘乘瀨險, 無復運篙慳. 植杖憑涯岸, 漁商問往還.

—右風浦征帆

落日生殘角, 嗚嗚動古城. 時平開夜戶, 山靜警淸聲.

偶會鳴榔過, 因隨衆籟成. 餘音裊雲表, 鸛鶴自飛驚.

—右江城暮角

鐘動秋霄靜, 東臺白月奇. 警睡淵龍起, 惺心石佛知.

未晨猶有事, 出寺已分岐. 料理無聲處, 初成枕上詩.

—右甓寺晨鐘

정산현[1]으로 부임하시는 계부[2]께 삼가 드리다

백성들 노고에 홀로 마음 괴롭나니
고을 원이 신법新法[3] 행하긴 참 어려운 일.
물가 노옹老翁[4]의 글 읽는 소리[5] 끊어져
강사江祠[6]의 대나무 슬퍼합니다.
쌓인 공문서가 풍류를 방해해
구학丘壑[7]에 가는 것 늦어짐을 탄식하겠죠.
붉은 해 비치던 산호관珊瑚館[8]에서

---

1 **정산현(定山縣)** 지금의 충남 청양군(靑陽郡) 정산면이다.

2 **계부(季父)** 이최지(李最之)를 가리킨다. 자는 계량(季良), 호는 연심재(淵心齋)이며, 음직으로 평릉 찰방(平陵察訪), 정산 현감(定山縣監)을 지냈다. 잠재(潛齋) 김익겸(金益謙), 담존재 이명익 등과 교유가 있었다. 전각(篆刻)으로 이름이 높았다. 김순택(金純澤)의 묘지명에 의하면 '고인'(古人)의 풍모가 있었다고 한다. 황윤석(黃胤錫)의 『이재난고』(頤齋亂藁) 권38 병오(丙午: 1786년) 5월 6일의 일기에 의하면, 문장에 능하고 예설(禮說)에 능통했으며 『심의설』(深衣說)을 찬(撰)했다고 한다. 일찍 부친을 여읜 이인상은 계부인 이최지의 가르침을 받으며 성장하였다.

3 **신법(新法)** 당시 처음 시행된 균역법(均役法)을 가리킨다. 이인상은, 백성의 부담을 덜어 주기 위한 취지에서 시행된 균역법이 그 시행되는 과정에서 문제점을 드러내는 것을 목도하면서 지방관으로서 크게 번민하였다. 그는 문의 현감으로 있던 벗 송문흠에게 편지를 보내 자신의 고민을 토로하기도 했다.

4 **물가 노옹(老翁)** 향리인 양주군 회암면 모정리에 거주하던 이최지를 가리킨다.

5 **글 읽는 소리** 원문은 "絃歌"인데, 소리를 내어 글을 읽는 것을 이른다.

6 **강사(江祠)** 양주군 회암면 모정리에 있던 이인상가(家)의 사당을 말한다. 이인상 집안의 선영이 여기에 있었다.

7 **구학(丘壑)** 언덕과 골짜기. 산수가 그윽하고 아름다운 곳을 이른다.

8 **산호관(珊瑚館)** 이최지가 1752년 정산 현감으로 부임하기 전에 근무했던 평릉역(平陵驛)의 건물 이름으로 보인다. 평릉역은 삼척의 속역(屬驛)이었다.

바닷소리 듣던 그때 멀리 생각하실 테죠.

敬呈季父赴定山縣

民勞心獨苦, 新法吏難爲.

沙老絃歌絶, 江祠竹樹悲.

簿書妨跌宕, 丘壑歎逶遲.

紅日珊瑚館, 遙思聽海時.

퇴어 어르신의 「여강의 달밤에 배를 띄우다」라는 시[1]에 삼가 차운하다. 목은[2]의 운韻이다

아득한 구름가 한들한들 나룻배 떠가고
봄 술 천 동이가 객客의 얼굴 비추네.[3]
깨끗이 펼쳐진 호수에 맑은 달 떠오르고
뭇 산을 에워싼 어둑한 안개가 걷히네.
종소리[4] 들은 후 야기夜氣[5]를 살피나니
주중舟中에서 시절 근심 묻지를 마소.
푸른 물결 맑은 모래 삼십 리에
제공諸公의 노래 맑고 한가하네.[6]

---

1 **「여강(驪江)의 달밤에 배를 띄우다」라는 시** 퇴어(退漁) 김진상(金鎭商)의 문집인 『퇴어당유고』(退漁堂遺稿) 권4에는 「청심루(淸心樓). 목은의 운(韻)을 써서 이 사또 형만(衡萬)에게 드리다」라는 시를 비롯해 목은의 시에 차운한 일련의 시가 실려 있다. 『퇴어당유고』에 수록된 이 일련의 시들은 1752년 4월, 김진상이 이형만·이인상 등과 함께 여주(驪州)의 남한강에 배를 띄워 노닐 때 지은 것이다.

2 **목은(牧隱)** 고려 말의 문인인 이색(李穡)의 호.

3 **비추네** 원문은 "上"인데, 같은 용례가 뒤의 시 「계속 차운하여 퇴어 어르신의 시의(詩意)에 사례하다」의 제2수 제2구 "放郤雲霞上老顏"에도 보인다.

4 **종소리** 인근에 있는 신륵사에서 들려오는 종소리다.

5 **야기(夜氣)** 고요한 밤 외물(外物)과의 일체의 접촉이 없는 상태의 깨끗한 심기. 『맹자』「고자」(告子) 상(上)에, "야기(夜氣)를 보존하지 않으면 금수와 거리가 멀지 않다"(夜氣不足以存, 則其違禽獸不遠矣)라는 말이 보인다.

6 **제공(諸公)의~한가하네** 퇴어 김진상, 목곡(牧谷) 이기진(李箕鎭), 정암(貞菴) 민우수(閔遇洙) 등은 기영회(耆英會)를 만들어 여강에 배를 띄워 노닐곤 하였다.

敬次退漁丈「驪江泛月」詩, 牧隱韻

輕舠搖曳杳雲端, 春酒千鍾上客顔.

淨鋪平湖昇霽月, 剗開暝靄繞羣山.

且觀夜氣聽鐘後, 莫問時憂鼓柝間.

綠浪明沙三十里, 諸公歌曲劇淸閒.

계속 차운하여 퇴어 어르신의 시의詩意에 사례하다

1

얼굴에 번뇌 드러내잖고

막걸리 세 사발 마시고는 환한 얼굴 짓네.

탁족가濯足歌[1] 길게 노래하며[2] 흐르는 물[3]을 보고

채지採芝[4]의 마음 청고淸苦커늘 높은 산을 우러르네.[5]

주렴珠簾 너머에는 꽃과 버들이요

베개 사이로 산새와 구름이 보이네.

---

1 탁족가(濯足歌) 「창랑가」(滄浪歌)를 말한다. 『맹자』 「이루」(離婁) 상(上)에, "창랑(滄浪)의 물이 맑으면 나의 갓끈을 씻고/창랑의 물이 흐리면 나의 발을 씻으리"(滄浪之水淸兮, 可以濯我纓; 滄浪之水濁兮, 可以濯我足)라는 노래가 보인다.

2 길게 노래하며 소리를 길게 빼어 노래함을 이른다.

3 흐르는 물 공자가 시냇가에서, "흘러감이 저와 같구나! 주야로 그치지 않네"(逝者如斯夫! 不舍晝夜)라는 말을 했다는 사실이 『논어』 「자한」(子罕)에 보인다.

4 채지(採芝) 원래 노래 이름. 진(秦)나라 말(末)에 동원공(東園公), 녹리선생(甪里先生), 기리계(綺里季), 하황공(夏黃公)이라는 네 은자가 있었는데, 사호(四皓)라고 불렸다. 진(秦)나라가 학정을 일삼자 이들은 상락(商雒)이라는 곳에 은둔한 후 다음과 같은 노래를 불렀다: "높은 산은 아득하고/깊은 골짝은 구불구불/빛나는 자지(紫芝)로/요기를 할 수 있네/요순시절 이미 머니/나 어디로 돌아갈꼬/고관의 수레와 높은 일산(日傘)/얼마나 우환인가/부귀로써 남을 두렵게 하느니/빈천하되 뜻대로 사는 게 낫지."(莫莫高山, 深谷逶迤. 曄曄紫芝, 可以療飢, 唐虞世遠, 吾將何歸? 駟馬高蓋, 其憂甚大, 高貴之畏人, 不及貧賤之肆志) 이 노래를 「채지조」(採芝操: 줄여서 '채지'採芝라고도 함) 혹은 「사호가」(四皓歌)라고 한다. 또 후대에는 채지(採芝)라는 말이 은둔을 뜻하는 말로도 사용되었다.

5 높은 산을 우러르네 원문은 "仰高山". 『시경』 소아(小雅) 「거할」(車舝)에, "높은 산을 우러러보며/큰 길을 가도다"(高山仰止, 景行行止)라는 말이 보인다.

홀연 작은 배 저어 옛 절[6] 찾으시니
음죽陰竹의 거오倨傲한 관리[7] 청한淸閒을 좇네.

2

기룡夔龍[8]의 예악禮樂이 조정朝廷에 가득했거늘[9]
물러나매 운하雲霞가 노안老顏을 비추네.
영수潁水에서 소 물 먹일 사람[10]은 없지만
부춘산富春山[11]에 누워 낚시질할 길은 있어라.
꿈에 금문金門[12] 들어 말씀 아뢰나니
쓰신 글씨 향기 아직 옥당玉堂[13]에 남았네.[14]
약초 심고 꽃 가꾸며 홀로 고절苦節 지켜
노년에도 강학講學하느라 겨를이 없네.

---

6 **옛 절** 신륵사를 가리킨다.

7 **음죽(陰竹)의 거오(倨傲)한 관리** 당시 음죽 현감으로 있던 이인상 자신을 가리킨다.

8 **기룡(夔龍)** 순임금의 두 신하. '기'(夔)는 악(樂)을 관장하던 관리이고 '용'(龍)은 간관(諫官)이었다. 흔히 임금을 보필하는 어진 신하를 가리키는 말로 쓴다.

9 **기룡(夔龍)의~가득하였고** 김진상이 벼슬한 숙종조 때 조정에 인물이 많았다는 말.

10 **영수(潁水)에서~사람** 본서 225면 주2를 참조할 것.

11 **부춘산(富春山)** 중국 절강성(浙江省) 동려현(桐廬縣) 서쪽에 있는 산으로 일명 엄릉산(嚴陵山)이라고도 한다. 후한(後漢) 때의 고사(高士)인 엄광(嚴光)이 이곳에 은거하여 밭 갈고 낚시질한 것으로 유명하다. 후인들은 그 낚시터를 엄릉뢰(嚴陵瀨)라고 불렀다. 영조 28년(1752) 김진상을 엄릉에 견준다는 교서(敎書)를 내렸기에 한 말.

12 **금문(金門)** 금마문(金馬門). 한림원(翰林院)을 가리킨다.

13 **옥당(玉堂)** 홍문관을 가리킨다.

14 **꿈에~남았네** 김진상이 수찬(修撰) 등 홍문관의 여러 직책을 역임했기에 한 말이다.

續次謝退漁丈詩意

莫將煩惱上眉端, 野酒三甌作好顔.
濯足歌長觀逝水, 採芝心苦仰高山.
繁花嫩柳垂簾後, 幽鳥孤雲倚枕間.
忽棹輕舟尋古寺, 竹州傲吏趂淸閒.

其二

夔､龍禮樂滿朝端, 放郤雲霞上老顔.
飮犢無人歸潁水, 釣魚有道臥春山.
陳辭夢入金門裏, 染翰香餘玉署間.
種藥課花良獨苦, 衰年講學未須閒.

우중雨中에 내키는 대로 서술하여 김자 사수[1]에게 주다

1

넘실대는 우만牛灣[2]의 물에
만권루萬卷樓[3]가 어리비치네.
맑은 여름 내가 눕는 걸 용납하여서
옛사람 고심처를 죄다 보누나.
벽 속의 죽간竹簡[4]으로 노魯나라는 징험하나
삼분三墳[5]이 있다 한들 누가 주周를 믿을쏜가.[6]

---

1 **김자(金子) 사수(士修)** 김민재(金敏材, 1710~1772)를 말한다. '사수'(士修)는 그 자. 본관은 광산, 호는 보가재(寶稼齋). 서포(西浦) 김만중의 증손이요, 김광택(金光澤)의 아들이다. 모친이 민진후(閔鎭厚)의 딸인바 장령을 지낸 민익수(閔翼洙)와 대사헌을 지낸 민우수(閔遇洙)가 그의 외삼촌들이다. 신임사화 때 백부 김용택(金龍澤)에 연좌되어 부친을 따라 장기(長鬐)에 유배되었다. 1755년(영조 31)에 음보(陰補)로 선공감 감역에 제수되고, 뒤에 임실 현감을 지냈다.

2 **우만(牛灣)** 경기도 여주군 남한강의 우만포(牛灣浦)를 말한다.

3 **만권루(萬卷樓)** 만 권의 책이 소장된 누각이라는 뜻. 충북 진천에 있던 두타(頭陀) 이하곤(李夏坤)의 서루(書樓) 이름도 '만권루'였고, 경기도 안산에 있던 진주유씨 청문당(淸聞堂)의 서루 이름도 '만권루'였다. 18세기에 사대부들 사이에 장서(藏書) 취미가 생기면서 서루에 이런 명칭을 붙이곤 했던 듯하다.

4 **벽 속의 죽간(竹簡)** 원문은 "壁簡". 한(漢) 무제(武帝) 때 공자의 옛집을 헐던 중 벽중(壁中)에서 발견된 『춘추』·『서경』 등의 고경(古經)을 가리킨다. 공자는 노(魯)나라 사람이다.

5 **삼분(三墳)** 복희(伏羲)·신농(神農)·황제(黃帝)의 책이라는 설도 있고 삼왕(三王: 우왕·탕왕·문왕)의 책이라는 설도 있다. 고대의 전적을 가리킨다고 보면 된다.

6 **누가 주(周)를 믿을쏜가** 주나라를 존신(尊信)하는 사람이 없음을 개탄한 말. 공자는 주나라를 이상적인 나라로 간주하였다. 이인상의 존주의식(尊周意識)이 피력된 말이다.

번다한 글은 말세에 속하니
포폄褒貶을 삼가고 잠거潛居해야지.

2

농사에 오히려 힘을 쏟으며
게으르고 참되어[7] 가업家業을 보존하네.
강물을 끌어들여 큰 못 이루고
언덕 개간해 임원林園에 넣었네.
그물로 굵은 잉어를 잡고
바구니엔 붉은 과일 가득 담겼네.
얻은 것으로 그럭저럭 자족할 만해
늙도록 항아리에 술이 가득하네.

3

후한 녹봉 나의 죄를 더하건만
처자妻子는 이를 나무랄 줄 모르네.
신법新法[8]을 엄격히 준수하지만
벗의 굶주림을 구하진 못하네.
들녘에 물 흘러 지팡이 휴대 않고
산에 구름 일어 옷을 걸치지 않네.
귀거래 생각하나 공연히 망설여

---

7 게으르고 참되어 원문은 "懶眞". 여기서 '게으름'〔懶〕이란 이익과 영달을 꾀하는 세속적 삶을 벗어난 태도를 가리킨다. 이인상의 벗 이윤영은 「나진찬」(懶眞贊, 『단릉유고』 권13)이라는 글을 남겼다.

8 신법(新法) 본서 395면 주3을 참조할 것.

병든 말 늙어 살이 쪘구나.

雨中謾述, 贈金子士修敏材

渙渙牛灣水, 光涵萬卷樓. 容吾淸夏臥, 窮覽古人愁.
壁簡猶徵魯, 墳書孰信周? 繁文屬末運, 袞鉞愼潛幽.

其二

畊稼猶勞力, 懶眞有業存. 納江成大澤, 規岸入平園.
綱得朱魚壯, 籠收紫果繁. 取贏聊自給, 終老酒盈樽.

其三

厚祿添吾罪, 妻兒未解譏. 已遵新法密, 莫救故人饑.
野水違攜杖, 山雲不上衣. 懷歸空躑躅, 病馬老能肥.

감회가 있어

1

벗에게 완전함을 구하지 말자
한 마디 말에도 배울 점은 있는 법이니.
많은 벗과 사귀려 말자
한 사람도 외려 분에 넘칠 수 있으니.
궁함과 영달함은 정해져 있으니
칭찬과 비방의 말 생기게 말자.
천운天運은 날마다 막히어 가고
도道와 문文은 갈수록 둘이 되누나.
스스로 대인大人의 덕이 없으니
어찌 쇠한 세교世敎[1]를 부지扶持하겠나.
세상에 이바지함도 명命이 있나니
나의 인생 홀로 슬퍼하누나.
빈 골짜기에서 홀로 지내며
하얗게 센머리로 경전經典[2]을 읽네.

---

1 세교(世敎) 예법과 도덕.

2 경전(經典) 원문은 "虞犧". '우'(虞)는 순임금을, '희'(犧)는 복희씨를 가리키는데, 여기서는 『서경』의 「우서」(虞書)와 『희역』(犧易), 즉 『주역』을 뜻한다.

2

참〔誠〕을 세우면 사달辭達[3]이니
대업大業은 다름 아닌 문장에 있네.
궁벽하고 누추해도 뜻 안 바꾸니
어찌 시운時運 좇아 본심을 잃으리.
중中과 정正에 상도常道가 있고
간簡[4]과 직直[5]이 빛을 발하네.
나는 깊은 근심을 품고
도道를 찾아 사방을 헤맸네.
거리낌없이 말하며 공연히 뜻만 커
마음이 애닯고 서글프구나.
정삭正朔은 초목에 기탁하고[6]
예악禮樂은 어상漁商에게 묻네.
훗날 나에게 죄 줄 것이 있다 한들[7]
명산에 감춰 둔 것[8] 누가 엿보랴.

---

3 사달(辭達) 말이나 글은 과장하거나 꾸미지 말고 쉽고 간결하게 자신의 뜻만 전달하면 된다는 뜻. 『논어』「위령공」(衛靈公)편에 "공자가 말씀하셨다: '언사(言辭)는 뜻을 통하면 된다'"(子曰: "辭達而已矣")라는 말이 보인다.

4 간(簡) '번'(繁)의 반대말. 간결함.

5 직(直) 원문은 "肆"인데, '직'(直)이라는 뜻이다. 『주역』「계사」(繫辭) 하(下)의 "그 일은 곧되 은미하다"(其事肆而隱)에서 그 용례를 찾을 수 있다.

6 정삭(正朔)은 초목에 기탁하고 '정삭'(正朔)은 제왕이 새로 반포한 역법(曆法)을 이른다. 당시 조선에서는 매년 청나라로부터 책력을 하사받았다. 이인상은 청을 부정했으므로 청이 내린 책력에 의지하지 않고 초목을 통해 일월을 파악하겠다고 한 것이다.

7 훗날~한들 원문은 "後有罪我者". 공자는 『춘추』를 편찬한 후 "나를 알아줄 것은 『춘추』요, 나에게 죄를 줄 것 역시 『춘추』다"(知我者, 其惟春秋乎; 罪我者, 其惟春秋乎)라고 말한 바 있다.

그래도 「홍범」洪範[9]에 주석 붙이고
하도낙서河圖洛書[10] 자세히 부연할 만하네.

有感

交人莫求備, 一言存吾師. 求友莫求多, 一人猶近私.
且有窮達分, 莫教名毁隨. 天運日以閉, 文道漸分歧.
自無大人德, 孰扶世教衰. 資補亦有命, 吾生心獨悲.
抱影空谷中, 頭白誦虞、犧.

其二

立誠辭則達, 大業在文章. 無以僻陋移, 豈逐時運喪.
中正有常軌, 簡肆發輝光. 自我抱窮愁, 求道之四方.
放言空濩落, 中心內惻傷. 正朔寄草木, 禮樂問漁商.
後有罪我者, 誰窺名山藏? 猶堪箋「洪範」, 圖書述洋洋.

---

8 명산에 감춰 둔 것 원문은 "名山藏". 사마천의 『사기』 「태사공자서」(太史公自序)에 "책을 명산에 감춰 둔다"(藏之名山)라는 말이 보인다.
9 「홍범」(洪範) 중국의 기자(箕子)가 썼다는 글로, 『서경』 주서(周書)에 수록되어 있다. 천하의 상도(常道)와 치세(治世)의 요도(要道)를 아홉 가지 범주로 제시해 놓았다.
10 하도낙서(河圖洛書) 하도와 낙서. '하도'는 옛날 복희씨 때 황하(黃河)에서 용마(龍馬)가 지고 나왔다는 55개 점으로 이루어진 그림을 말하며, '낙서'는 중국 하(夏)나라의 우왕(禹王)이 홍수를 다스릴 때 낙수(洛水)에서 나온 거북의 등에 있었다는 45개의 점으로 이루어진 아홉 개의 무늬를 말한다. 하도와 낙서는 『주역』의 근원으로 간주되었다.

퇴어 어르신의 「기망旣望에 달빛 아래 배를 띄우다」라는 시에 삼가 차운하다

여강驪江 서쪽 언덕에 달빛 드리우니
기억나네 퇴어옹退漁翁과 뱃놀이한 때.
산에 올라 마름꽃 보니 곳곳이 가을인데
취하여 흐느껴 노래함을 노룡老龍은 알까?

謹次退漁丈「旣望泛月」詩

驪河西畔月華垂，遙憶漁翁放棹時.
登望白蘋秋近遠，醉歌幽咽老龍知?

오산[1]의 전사

전사田舍는 골짝에 의지하였고
언덕의 풀과 나무는 빛이 나누나.
아리따운 복사꽃엔 짧은 햇빛 빛나고
늙은 잣나무엔 긴 구름이 내달리네.
시내 지나가면 사정沙井[2]과 통하고
낭떠러지 따라가면 돌다리에 이르네.
동산을 몇 리 걸어가서는
벼랑에서 바다를 내려다보네.

梧山田舍

田舍依泉壑, 經丘卉木光. 嬌桃烘日短, 老栢迸雲長.
過澗通沙井, 循崖到石梁. 涉園秖數里, 峭壁瞰溟滄.

---

1 오산(梧山) 서울에서 안산으로 가는 도중의 지명으로 보인다. 이인상은 1753년 4월 12일 음죽 현감을 사직한 뒤, 서울 집을 출발해 노량진을 건너 오산을 거쳐 모산에 이르러 옛 벗인 성범조와 장훈을 추모하였다. 이 사실은 『뇌상관고』 제4책에 수록된 「해서소기」(海澨小記)에 보인다.

2 사정(沙井) 모래나 돌 틈에서 솟는 샘을 이른다.

석파령[1]에 올라 바다를 보다

1

석파령石葩嶺에서 서해를 보니
큰 파도를 탄 바람이 만 리 밖에서 부네.
신주神州[2]에 의탁하지 못해 슬픈 눈물 흘리나니
선인仙人이 타고 가는 배 돌이키지 마소.
영오도靈烏島[3] 아래 석양이 지고
쌍리퇴雙鯉堆[4] 가에 천둥이 치네.
북 치며 어룡에 제사 지내는 이 어느 고을 사람인가?
바다에 안 빌어도 구름은 걷히련만.

2

능촌菱村과 이동梨洞[5]은 길이 희미한데
옷소매에 차갑게 맑은 밤이슬이 침범하네.
둥근 달 차츰 떠오르니 천지가 고요하고
외배 멀리 떠가니 바닷속 산 아스랗네.

---

1 **석파령(石葩嶺)** 모산 인근의 지명.
2 **신주(神州)** 중국을 가리키는 말.
3 **영오도(靈烏島)** 서해의 섬 이름.
4 **쌍리퇴(雙鯉堆)** 쌍리도(雙鯉島)를 말한다. 서해 바다의 돌섬이다. 『뇌상관고』 제4책의 「해서소기」에 언급되어 있다.
5 **능촌(菱村)과 이동(梨洞)** 모두 모산 부근의 지명.

흐르는 물 보며 천고千古를 회상하고
높은 언덕에 올라 팔황八荒[6]을 바라보네.
매옹梅翁[7]과 경쇠 치던 벗[8] 모두 흙이 되었거늘
홀로 슬픔 견디며 「벌목」伐木[9]장을 읊네.

登石葩嶺觀海

石葩嶺上望西海, 風駕洪濤萬里來.
無賴神州哀淚下, 莫教仙子逝舟廻.
靈烏島下沉斜日, 雙鯉堆邊吼衆雷.
打鼓祭魚何郡子? 重溟不禱積陰開.

其二
菱村、梨洞路微茫, 衣袂寒侵沆瀣光.
圓月漸升天地靜, 孤颿遙度海山長.
每憑逝水懷千古, 更上高岡望八荒.
梅翁磬友俱成土, 獨耐悲吟「伐木」章.

---

6 **팔황(八荒)** 팔방의 아득히 먼 땅.
7 **매옹(梅翁)** 유언길. 본서 166면 주2를 참조할 것.
8 **경쇠 치던 벗** 경쇠 치기를 좋아했던 오찬을 가리킨다.
9 **「벌목」(伐木)** 『시경』 소아의 「벌목」을 말한다. 벗을 그리는 마음을 노래한 시다.

김백우의 고재[1]에서 배꽃을 완상하다가 술에 취해 「상춘」시를 서사書寫하다

고재顧齋 동편 담장의 한 그루 배나무
활짝 꽃 피워 그늘을 이뤘네.
새하얀 빛이 달빛에 녹아 처마를 에우고
은은한 향기가 바람에 실려 옷깃에 스미네.
오늘 따가운 햇빛에 꽃이 이울려 해
편편이 꽃잎 지니 근심스레 새가 우네.
꽃을 따서 화전 부치면 먹을 만하고
남은 꽃이 결실結實한 것은 가을 숲에서 보리.
몇몇 손을 위해 한번 기쁘게 한다면
한 송이 꽃에 만금을 줘도 아깝지 않네.
복어찜은 기름지고
봄에 빚은 소국주小麯酒[2]는 익어 마실 만하네.
그대의 책상에 있는 종이와 붓으로
나의 「상춘」傷春시 한 편을 쓰네.
고매古梅의 꽃잎은 우만牛灣[3]에 지고

---

1 고재(顧齋) 백우(伯愚) 김상묵(金尙默)의 서재 이름.

2 소국주(小麯酒) 막걸리의 한 가지. 누룩을 적게 하여 찹쌀로 담그는데, 맑은 수정 빛깔이며 맛이 썩 좋다.

3 우만(牛灣) 경기도 여주군 남한강의 우만포(牛灣浦)를 말한다. 김상묵의 장인인 민우수가 이곳에 은거하였다.

정향丁香은 구담龜潭의 물가에 드리워 있네.

옛적에 죽은 벗[4]과 이 시절 즐겨

북촌北村[5]을 지나려니 눈물이 줄줄.

여덟 그루 늙은 배나무에 핀 꽃 바다와 같은데

취해 대청에서 꿈을 꾸니 밤이 깊었군.

놀라서 정수사淨水寺의 고동枯桐[6] 물으리

배꽃은 뜰에 가득하나 거문고 탈 이 없네.

金伯愚顧齋賞梨花, 醉書「傷春」

顧齋東墻一樹梨, 花開離披結庭陰.

素輝溶月繞高檐, 微香度風透疎襟.

今日日烘芳欲歇, 片片落英愁鳴禽.

摘花煎糕嘉可餐, 留花結實看秋林.

只爲數賓供一歡, 不惜片花抵萬金.

河豚之蒸膏如油, 小麯春酎綠堪斟.

雲箋杏管堆君牀, 寫我一篇傷春吟.

古梅花隕牛灣上, 丁香樹垂龜潭潯.

---

4 죽은 벗 오찬을 가리킨다. 이 구절에서부터 맨 마지막 시구까지는 생전에 오찬과 함께 배꽃을 감상하던 일과 오찬이 경상북도 영덕에 있던 정수사(淨水寺)의 오동나무로 거문고를 만들어 연주한 일을 회고한 것이다. 자세한 것은 뒤에 나오는 시 「뒤에 오경보의 매화시 여덟 편에 화답하다」(追和吳敬父梅花八篇)를 참조할 것.

5 북촌(北村) 오찬의 집이 북촌의 계산동(桂山洞)에 있었다.

6 고동(枯桐) 말라 죽은 오동나무. 거문고를 제작하는 데 쓰인다.

昔與亡友樂玆辰，欲過巷北淚淫淫。

八株老梨花如海，醉夢軒中夜正深。

枯桐誰問淨水寺？梨花滿庭莫按琴。

윤원주[1] 만시

거룩한 풍모는 한漢나라 고사高士[2] 같아
얼굴에 근심 드러낸 일 없었다마다.
바다와 산을 마다 않고[3] 옳은 스승 찾았으며
괴이한 돌 좋은 꽃 보며 호방한 기운 거두었지.[4]
어려운 이 구해 주고도 보답을 안 바라
낮은 벼슬 하다 늙어서 은포恩褒가 있었네.[5]
공 생각하면 섬강蟾江[6]을 차마 지나리?
나루터의 외배조차 나아가지 않네.

---

1 **윤원주(尹原州)** 윤흡(尹潝, 1689~1753)을 이른다. 원주 목사를 지냈기에 '윤원주'라고 했다. 본관은 해평(海平), 자(字)는 화숙(和叔), 호는 활암(濶菴)이다. 윤두수(尹斗壽)의 직계손으로, 대사간을 지낸 윤세수(尹世綏)의 아들이다. 음보로 관직에 나아가 수원 부사를 거쳐 원주 목사가 되었다. 이인상은 그의 제문을 짓기도 했다(「祭尹原州文」, 『뇌상관고』 제5책).

2 **한(漢)나라 고사(高士)** 중국 한대(漢代), 특히 동한(東漢) 시절에 고사가 많았다.

3 **바다와 산을 마다 않고** 험한 길을 마다하지 않았다는 말.

4 **호방한 기운 거두었지** 윤흡이 젊을 때 협기(俠氣)가 있었기에 한 말이다.

5 **늙어서 은포(恩褒)가 있었네** 『영조실록』의 영조 25년(1749) 1월 25일의 기사에, 좌의정 조현명(趙顯命)이 음관(蔭官) 윤흡의 치적과 집안에서의 행실에 대해 아뢰자 임금이 윤흡에게 가자(加資)하라고 명했다는 내용이 보인다. 윤흡은 이 해 8월 5일에 수원 부사에 제수되었다. 그의 나이 61세 때다.

6 **섬강(蟾江)** 강원도 횡성군 수리봉에서 발원하여 원주를 지나 경기도 여주에서 남한강에 합류하는 강. 윤흡이 원주 목사를 지냈기에 이 강을 언급했다.

尹原州瀹挽

風度恢偉漢士高, 眉端不見處心勞.
洪溟巨嶽尋師正, 怪石名花斂氣豪.
厚義急人忘報施, 微官到老有恩褒.
懷公忍過蟾江水, 野渡孤舟未進篙.

이윤지 형제와 구담에서 배를 타고 노닐다가 사인암으로 들어왔다. 단구丹丘[1]에 집터를 보아 장차 교남 이화촌[2]을 귀거래할 곳으로 삼다

배 띄우니 서늘한 구담龜潭이 길고
지팡이 옮기니 흰 절벽[3] 우뚝하여라.
해마다 이 모임 가질 테지
귀거래해 이화촌梨花村에서 늙으려 하니.

與李胤之兄弟, 舟遊龜潭, 轉入舍人巖. 卜居于丹丘, 將以校南梨花村爲歸

漾舟寒潭永, 移杖白石聳. 年年有此會, 歸宿老梨村.

---

1 **단구(丹丘)** 단양을 이른다.

2 **교남(校南) 이화촌(梨花村)** 교남(校南)은 향교 남쪽이라는 뜻. 당시 단양 향교는 관아와 함께 지금의 단양군 단양읍 상방리에 있었다. 이화촌(梨花村)은 상방리 남쪽에 해당하는 단양군 대강면 괴평리 고리동 인근 마을 이름이다. '운선 구곡'(雲僊九曲)의 아홉 번째 굽이 부근이며, 그 남서쪽 5, 6리 지점에 사인암이 있다. 이인상은 이화촌에서 살고자 하는 뜻을 실현하지는 못했다.

3 **흰 절벽** 사인암(舍人巖)을 말한다.

돌아가는 길에 가강[1]에서 묵다가 금석琴石 이 처사[2]의 거문고 타는 소리를 듣고는 내키는 대로 읊어서 주다

병든 노인의 거문고 곡조 그 누가 듣나?
푸른 돌과 황화黃花[3]만 쓸쓸히 곁에 있어라.
장미산薔薇山[4]에 달이 환할 때
가을 여울물 쏟아져 내리고 거문고 소리 유장하네.

歸路宿嘉江, 聽琴石李處士彈琴, 漫吟以贈

病翁琴曲憑誰聽, 翠石黃花悄在傍.
正際薔薇山月白, 秋湍瀉下七絃長.

---

1 가강(嘉江) 이윤영의 『단릉유고』 권9에 「저녁에 가릉(嘉陵)에 투숙해 거문고 연주를 듣다. 사천(槎川) 대부(大父)의 시에 차운하여 드리다」(暮投嘉陵聽琴, 次贈槎川大父韻)라는 시가 수록되어 있다. 이 시제(詩題) 속의 '가릉'(嘉陵)은 충주 근처의 가흥(可興)을 말하니, 가강은 가흥 일대의 남한강 유역을 가리키는 말로 여겨진다.

2 금석(琴石) 이 처사 『능호집』 권3에 수록된 「거문고를 타는 이 처사에게 주는 서(序)」의 '이 처사'와 동일인이다. 이름은 정엽(鼎燁), 금석(琴石)은 그 호. 뛰어난 거문고 연주자였으며, 서화 수장가(收藏家)이기도 하다.

3 황화(黃花) 노란 국화.

4 장미산(薔薇山) 충주시 가흥리와 장천리에 걸쳐 있는 높이 337m의 산. 삼국시대에 조성된 산성이 있다. '長尾山'이라고도 표기한다.

퇴어당을 찾아뵙고 유숙하며 시를 지었는데, 돌아올 때 시 두 수를 주셨기에 삼가 차운하여 받들어 드리다

1

나라 근심하니 쇠병衰病[1]을 조심하고
마음 기름[2]은 옛 책에 의존하네.
산山 밖의 일 어찌 차마 잊으시랴만
물가[3]의 집에 길이 누웠네.
오묘한 도는 나무 기르는 이에게 볼 수 있고[4]
경륜經綸은 낚시하는 이[5]에게 물어야 하리.
객客이 오면 의의疑義[6]를 풀어 주시니
참된 즐거움 은거에 있누나.

2

배를 안 타고 때로 걸음으로 대신하고
한가로운 궤안几案에는 게을리 책이 쌓여 있네.

---

1 쇠병(衰病) 쇠약하고 병듦.

2 마음 기름 원문은 "存神"인데, 정신을 보존하여 본성을 기르는 것을 이른다.

3 물가 퇴어당 김진상은 여주의 남한강가에 있는 이포(梨浦)에 거주하였다.

4 나무~있고 당(唐)나라 유종원(柳宗元)은 「정원사 곽곱추의 전」(種樹郭橐駝傳)이라는 글에서 나라와 백성을 다스리는 도리를 나무를 심어 키우는 이치에 비유해 말한 바 있다.

5 낚시하는 이 강태공은 고향에서 낚시로 소일하던 중 80세에 주(周) 문왕(文王)을 만나 그의 스승이 되었다. 여기서는 퇴어당을 강태공에 비유한 말.

6 의의(疑義) 경전 등의 책에서 그 뜻에 의심이 나는 곳을 이르는 말.

느긋이 취하니 야인野人의 술이 어울리고
편안히 은거하니 전원의 집이 사랑스럽네.
밤비에 죽순이 쑥 자라고
봄 여울에 큰 고기가 나오네.
흥이 이르니 갈필葛筆[7]을 휘둘러
'백운거'白雲居라는 편액을 내게 써 주네.[8]

拜退漁堂, 留宿有賦, 歸拜疊贈, 謹次奉呈

憂國愼衰疾, 存神賴古書. 忍忘山外事, 長臥水邊廬.
道妙觀培樹, 經綸訊釣魚. 客來疑義析, 眞樂在幽居.

其二
廢艇時代步, 閒几惰整書. 醺遲宜野釀, 臥穩愛田廬.
夜雨抽新竹, 春湍進巨魚. 興來灑葛墨, 扁我白雲居.

---

7 갈필(葛筆) 칡뿌리를 잘라 끝을 두드려 모필(毛筆) 대신으로 쓰는 붓으로, 야취(野趣)가 있다.

8 '백운거'(白雲居)라는~써 주네 이인상이 단양의 구담에 다백운루(多白雲樓)라는 정자를 건립했기에 '白雲居'라는 편액을 써 준 것이다. 김진상은 당예(唐隸)를 잘 썼다. 한편 이인상은 김진상에게 전서를 써 준 적이 있다. 『능호관 이인상 서화평석 2: 서예편』의 '『중용』 제33장' 참조.

다시 차운해 김자 여우[1]에게 주다

국화가 무성해 술잔을 당기고
파초잎 깨끗해 글을 쓸 만하네.
숲에 의지한 길은 어스레하고
물가 집은 초목이 무성하네.
거나해 노래하며 때로 뿔 두드리고[2]
칼자루를 치나[3] 스스로 생선은 잊었네.
오랫동안 꿈꿔 왔네 용문龍門의 들[4]에서
그대 따라 복거卜居[5]를 노래할 날을.

---

1 **김자(金子) 여우(汝雨)** 김열택(金說澤)을 말한다. '여우'는 그 자이고, 본관은 광산이다. 퇴어 김진상의 양자로, 현릉 참봉과 감역에 제수되었으나 나아가지 않았다.

2 **뿔 두드리고** 원문은 "叩角". 춘추시대 위(衛)나라 사람 영척(甯戚)의 고사. 영척이 집이 가난해 남의 집에 품을 팔아 살아갔는데, 제(齊)나라에 이르러 소의 뿔을 두드리며 소리 높여 노래를 부르자 환공(桓公)이 그의 비범함을 알아보고 대부로 삼았다고 한다.

3 **칼자루를 치나** 원문은 "彈鋏". 『사기』「맹상군열전」(孟嘗君列傳)에 나오는 풍환(馮驩)의 고사. 풍환은 맹상군의 식객이었는데 맹상군이 자신을 사(士)로 대접하지 않는 것에 항의해 손으로 자신의 칼자루를 치며, "자루가 긴 칼이여, 돌아가야지! 음식에 생선이 없네"(長鋏歸來乎! 食無魚)라고 노래하였다. 이에 맹상군은 이전과는 달리 풍환을 대접하였다. 그 후 풍환은 맹상군을 위해 큰 공을 세웠다.

4 **용문(龍門)의 들** '용문'은 경기도 양평군에 있는 용문산을 가리킨다. 이인상은 1751년 이래 증조부 이민계(李敏啓)의 산소가 있는 용문산 부근의 갈산(葛山)에 온 집안 식구가 은거할 만한 곳을 물색하고 있었다. 이 사실은 『능호집』 하권의 부록으로 수록된 「작은아버지에게 보낸 간찰 7」과 「작은아버지에게 보낸 간찰 8」에서 확인된다. 하지만 이인상의 이 꿈은 실현되지 못했다.

5 **복거(卜居)** 터를 정하여 사는 것.

復次贈金子汝雨說澤

菊花深引斝，蕉葉淨宜書．晻映依林逕，蕭森近水廬．

酣歌時叩角，彈鋏自忘魚．久擬龍門野，隨君賦卜居．

홍천 현감으로 부임하는 담존자[1]에게 주다

봉정鳳頂[2]은 티끌을 벗어나 있고
선계仙界의 풍치라 가을 되기 쉽네.
하늘 높이 흰 봉우리 빙 둘렀고
아침해[3] 받으며 붉은 시내[4] 흘러갈 테지.
옛 눈〔雪〕에는 삼연三淵[5] 자취 남아 있겠고
오세암五歲菴[6]엔 새털구름 떠 있을 테지.
형역形役의 괴로움[7] 잊고
그대 좇아 자유롭게 놀고 싶어라.[8]

---

1 담존자(湛存子)　이명익(李明翼, 1681~1755)의 호. 자세한 것은 본서 127면 주2를 참조할 것.

2 봉정(鳳頂)　설악산 주봉(主峰)인 대청봉의 옛 이름.

3 아침해　원문은 "浴日". 물 위로 아침해가 떠오르는 것을 이르는 말.

4 붉은 시내　단풍에 비쳐 붉게 보이는 시내.

5 삼연(三淵)　김창흡(金昌翕)의 호.

6 오세암(五歲菴)　봉정암 올라가기 전에 있는 암자. '오세'는 5세 신동으로 일컬어졌던 매월당 김시습을 이른다. 삼연 김창흡이 오세암에 몇 년간 은거한 적이 있다.

7 형역(形役)의 괴로움　'형역'은 마음이 육체의 부림을 받는다는 뜻으로, 생계를 위해, 혹은 부귀영달과 이익을 위해, 본성에 어긋나게 사는 것을 일컫는 말이다.

8 자유롭게 놀고 싶어라　원문은 "汗漫游"인데, 세속을 벗어나 자유롭게 노니는 것을 이르는 말이다.

贈湛存子赴任洪川

鳳頂超塵滓, 仙風易作秋. 參天環素嶂, 沐日蕩紅流.
古雪三淵屐, 纖雲五歲樓. 不知形役苦, 從子汗漫游.

형님이 벼슬을 그만두었기에[1] 시를 지어 질정質正을 구하다

우리 형님 절로 도에 가까워
곧고 굳어 진실된 마음 보이네.
낮은 벼슬 의젓이 그만두셨고
내키는 대로 읊조려도 시 담박했네.
남간南澗의 구름은 물에 의지해 흐르고
뜨락의 초목은 뿌리 믿고 살아가네.[2]
게을리 책 잡아 베개를 하니
옛 책이 문득 불평을 발하네.

伯氏休官, 有賦仰正

吾兄自近道, 貞固見眞情. 薄宦委蛇了, 漫吟澹漠成.
澗雲依水度, 庭草信根生. 倦把書供枕, 古書動不平.

---

1 **형님이 벼슬을 그만두었기에** 이인상의 형인 이기상은 1752년 10월에 도원 찰방(桃源察訪)에 제수되었으며, 1753년 이인상이 음죽 현감을 사직한 후 그만두었다. 사임 시기는 정확히 알 수 없지만 적어도 8월 이후로 보인다. 『승정원일기』 영조 29년(1753) 8월 10일 기사에 이기상이 도원 찰방으로서 국왕 영조를 알현하고 있음으로써다. 이기상이 벼슬을 그만둔 것은 동생이 경기 감사 김상익(金尙翼)과 알력이 있어 사직한 것과 무관하지 않다고 생각된다.

2 **남간(南澗)의~살아가네** '남간(南澗)의 구름'과 '뜨락의 초목'은 이인상을, '물'과 '뿌리'는 이기상을 가리킨다.

뒤에 오경보의 매화시 여덟 편에 화답하다 병서幷序

신미년(1751) 봄에 오경보吳敬父와 이윤지李胤之가 고산孤山의 매화시[1] 여덟 편에 차운하여 시를 지은[2] 뒤 나에게 화답하라고 했으나, 나는 게을러 생각을 모을 수가 없었다. 하루는 설성雪城의 길에서 즉흥적으로 읊조려[3] 다음과 같은 세 구句[4]를 얻었다.

열사烈士는 어여쁨을 투기하는 마음 없고
은자隱者는 머리가 허연데 구학丘壑에 누웠네.[5]
찬 등걸엔 구름과 우레의 상象[6] 안 보이건만
흰 꽃이 어두운 일월日月에 외려 피었네.

---

1 **고산(孤山)의 매화시** 송나라 임포(林逋)의 매화시를 가리킨다. 고산(孤山)은 임포의 호. 임포는 항주(杭州)의 서호(西湖)라는 호수 속의 섬인 고산(孤山)에 은거하여 매화를 심고 학을 기르며 살았던 인물로 유명하다.

2 **이윤지(李胤之)가~지은** 이윤영의 이 시는 그의 문집인 『단릉유고』 권7에 「병석에서 매화를 노래하다. 경보 및 백우와 함께 고산의 매화시 여덟 편에 차운하다」(病枕詠梅. 與敬父伯愚共次孤山八篇)라는 제목으로 실려 있다.

3 **즉흥적으로 읊조려** 원문은 "口占"인데, 시문을 지을 때 초고를 작성하지 않고 입으로 곧장 지어냄을 이르는 말이다.

4 **세 구(句)** 율시(律詩)의 수련(首聯), 함련(頷聯), 경련(頸聯)을 이른다.

5 **열사(烈士)는~누웠네** '열사'나 '은자'는 매화나무를 비유한 말. '구학(丘壑)에 눕다'라는 말은 은거해 있다는 뜻이다.

6 **구름과 우레의 상(象)** 『주역』 둔괘(屯卦)의 상(象)을 말한다. 둔괘는 ☵(坎)이 위에 있고 ☳(震)이 아래에 있는 모양이다. 감(坎)은 그 상(象)이 구름〔雲〕이나 비〔雨〕 또는 물〔水〕이 되고, 진(震)은 그 상(象)이 우레〔雷〕가 된다. 구름과 우레의 상이란 음양이 처음 교섭할 적에 구름과 우레가 서로 응합을 말한다. 여기서는 봄기운을 뜻한다.

휘지 않아 경골勁骨을 간직했고[7]

야위고 파리해도 향기로운 혼이 있어라.

나는 홀연 마음이 경동驚動되어 읊는 걸 그만두었다. 그리고 돌아와 집안 사람에게 말하기를, "내가 매화를 읊어 꽃의 마음을 드러내긴 했으나 나의 명命이 끝내 궁할까 두렵다"라고 하였다. 얼마 지나지 않아 경보가 과거에 급제했는데, 직언을 거듭 올리다 귀양 가서 어강魚江[8] 가에서 세상을 뜨니, 세 싯귀가 경보를 위한 참讖[9]이 된 것 같다. 나는 경보의 매화시 제편諸篇에 계속해서 화답하려 했으나 차마 말을 엮지 못했다. 임신년(1752) 겨울 나는 열병에 걸려 거의 죽을 뻔했다. 동짓달 초여드렛날, 문득 꿈에서 경보를 길가에서 만났는데, 검은 갓에 품이 넓은 도포를 입고 있었다. 기쁜 마음은 평소와 같았지만, 나는 마음속으로 그가 이미 죽었음을 알고 있었다. 경보에게 말하기를, "함께 산천재山天齋[10]나 문경文卿[11]의 집에 가서 얘기를 나눕시다"라고 했더니 경보는 좋다고 하였다. 나는 문득 산천재가 너무 황폐해져 차마 경보에게 보여줄 수 없겠다고 생각하고 마침내 서로 이끌고 한 집으로 향했으나 또한 문경의 집은 아니었다. 방에는 화분에 심은 매화 한 그루가 있었는데 늙은 등걸은 돌과 같았으며 대략 두 자 남짓 되었다. 그러나 이는 경보가 평소 심은 게 아니었다. 그때 경보가 홀연 보이지 않아 끝내 한마디 말도 나누

---

7 휘지~간직했고 매화나무가 지조가 강해 남에게 굽히지 않는 기상을 지녔음을 말한다.

8 어강(魚江) 어면강(魚面江). 함경남도 삼수부(三水府)에 있다.

9 참(讖) 예언.

10 산천재(山天齋) 오찬의 서재 이름. 서울의 북촌(北村) 계산동(桂山洞)에 있었다.

11 문경(文卿) 순암(醇庵) 오재순(吳載純)의 자(字). 오찬의 조카다.

지 못했다. 창망하여 어찌할 줄을 모르다가 꿈에서 깨어 실성하여 한바탕 통곡을 했으니, 꿈이 참으로 우연한 만남이긴 하나 마음에 감촉感觸됨이 있었다. 병이 낫자 드디어 낙구落句[12]를 완성했으며 경보의 나머지 시에 추화追和[13]하여 윤지胤之에게 부쳐 보내면서 슬픈 마음을 적는다.

1

열사[14]는 어여쁨을 투기하는 마음 없고
은자는 머리가 허연데 구학에 누웠네.
찬 등걸엔 구름과 우레의 상 안 보이건만
흰 꽃이 어두운 일월에 외려 피었네.
휘지 않아 경골을 간직했고
야위고 파리해도 향기로운 혼이 있어라.
꽃잎 땅에 질 때 맑은 옥소리[15] 들리니[16]
온갖 초목 시든 시절 너 홀로 높아라.

2

파초와 오죽烏竹이 시듦을 견디고[17]

---

12 **낙구(落句)** 율시(律詩)의 미련(尾聯)을 가리킨다.

13 **추화(追和)** 원래 후인(後人)이 전인(前人)의 시에 화답하는 것을 일컫는 말인데, 여기서는 이인상이 오찬이 죽은 뒤에 그 시에 화답한 것을 말한다.

14 **열사(烈士)** 원문에 "'士'자는 어떤 데에는 '女'자로 되어 있다"라는 세주(細注)가 달려 있다. '女'일 경우 '열녀'(烈女)가 되어 뉘앙스가 달라진다.

15 **맑은 옥소리** 원문은 "哀玉"인데, 옥소리처럼 차고 맑은 소리를 이른다.

16 **꽃잎~들리니** 오찬의 죽음을 암유(暗喩)한다.

17 **파초와~견디고** 오찬이 계산동에 살 때 대나무 분(盆)과 파초 분을, 매화 분을 넣어 둔

그대 계산동[18] 살 땐 매화 역시 춥지 않았지.
매화 심은 묘역[19] 황폐해져 애간장 타고
얼음등[20] 이미 깨졌으니 그 빛을 누가 보리.
늙은 가지 끼고 앉으니[21] 겨울 산이 무겁고
고고한 꽃 활짝 피었으나 서설瑞雪은 말랐네.
호접몽胡蝶夢[22] 깨니 아리땁던 나무 눈앞에 삼삼한데
비바람 속 닭 울음소리 밤이 다하려 하네.

3
꿈에 어강魚江[23]에서 영결할 때 손으로 가시나무 베었거늘[24]
벗이 오자 상설霜雪 속에 매화 피었네.[25]
하늘은 이 꽃 성대하게 길러 내건만

감실(龕室)에다 함께 두어 그 잎이 시들지 않은 채 겨울을 나게 한 적이 있었다. 이 연작시 맨 끝의 추기(追記)를 참고할 것. 이 시는 곳곳에 용사(用事)가 많아 이 추기 없이는 이해하기 어렵다.

18 계산동 지금의 종로구 가회동. 오경보의 집이 여기에 있었다.

19 매화 심은 묘역 오찬의 벗 이명환이 오찬의 무덤 앞에 매화나무를 심은 일이 있다.

20 얼음등 오찬은 어느 겨울날 자신의 집에 얼음등을 만들어 그 아래 매화 분을 두고 꽃을 완상하면서 벗들과 술자리를 가진 일이 있다. 자세한 것은 본서 305면 「오경보의 산천재에서 새로 만든 구리 술잔을 구경하고는 얼음등을 걸어 놓고 매화를 감상하며 소라 껍질에다 술을 부어 마시고 있을 때 김진사 백우 또한 술통을 들고 찾아 오다」라는 시를 참조할 것.

21 늙은 가지 끼고 앉으니 오찬과 그 벗들이 매화 분 곁에 앉았던 것을 이르는 말.

22 호접몽(胡蝶夢) 『장자』에 나오는 고사로, 장주(莊周)가 나비가 된 꿈을 꾸었는데 꿈이 깬 뒤에 자기가 나비가 된 것인지 나비가 자기가 된 것인지 분간이 되지 않았다고 한다.

23 어강(魚江) 오찬은 1751년 그리로 귀양 가 그해 11월에 죽었다.

24 손으로 가시나무 베었거늘 가시나무 때문에 혼령이 집으로 돌아오지 못할까 해서 한 일. 가시나무는 악인이나 장애를 상징한다.

25 벗이~피었네 이 시의 서(序)에서, 이인상이 꿈에 오찬을 만나 매화 분이 있는 어떤 집으로 함께 갔다고 한 것을 말한다.

세상은 맑은 선비 하나를 용납지 못하네.
난蘭을 허리에 차고 연잎 걸치니[26] 고운 옷 입은 듯하고
빙설氷雪 같은 뿌리, 검은 쇠 같은 줄기,[27] 그윽한 정 솟아나네.
말 없으나 넋 나가게 함[28]이 있나니
정수금淨水琴[29]소리 긴데 흰 꽃 떨어지놋다.

4

벗은 죽었어도 마음엔 살아 있으니
이 생에 어찌 차마 매화를 안 심을 수 있으리.
빈 산의 온갖 나무 짧은 해를 슬퍼하고
무덤 가 외로운 꽃나무[30]는 봄 오기를 헤아리네.
달빛은 계수나무 향기 실어[31] 성대히 쏟아지고
바람은 대 그림자 건드리며 살며시 오네.
철석鐵石 같은 애간장[32] 끊어질 듯할지라도
분분히 꽃잎 날려 술잔에 떨어지지 말았으면.

---

26 난(蘭)을~걸치니 은자의 모습을 형용한 말. 여기서는 매화나무를 비유한 말.

27 검은 쇠 같은 줄기 오래 된 매화나무 줄기를 형용한 말. '쇠'는 단단한 이미지, 곧 정고(貞固)의 이미지를 갖는다.

28 넋 나가게 함 원문은 "銷魂"인데, 지극한 슬픔을 형용한 말이다.

29 정수금(淨水琴) 이인상이 오찬의 거문고에 붙인 이름. 정수사(淨水寺)라는 절의 오동나무로 만들었기에 이런 이름을 붙였다. 자세한 것은 이 시 뒤의 추기를 참조할 것.

30 무덤 가 외로운 꽃나무 오찬의 무덤 가에 심은 매화나무를 가리킨다.

31 달빛은~실어 달에 계수나무가 있다는 전설이 있기에 한 말이다.

32 철석(鐵石) 같은 애간장 원문은 "鋉石腸". 철석 같은 마음. 매화의 기상과 지조를 나타내는 말. 여기서는 오찬의 마음을 암유하고 있다.

5

푸른 가지 곱다 해도 머리에 꽂지 마소
봄에 처음 핀 꽃 떨어지면 큰일이니.
등불 등진 맑은 그림자 살포시 꿈 깨우고
술잔에 잠긴 차가운 향기 수심 조금 더하누나.
패옥珮玉을 차지 않고[33] 멀리 바람 따라가
그 향기[34] 달에 머무르는 듯.
와설원臥雪園[35]에 뉘 다시 찾아오려나?
뜨락의 길에 잡초 무성해 뭇 꽃들 부끄리네.

6

꽃 피기 기다리다 눈물 문득 말랐건만
꿈에서 꽃을 보니 수심 잊기 어려워라.
초승달 가지 비추고 산하山河는 작은데
밤중에 뇌성 치고 차가운 눈이 내리네.
살며시 풍기는 서늘한 향기 마음에 스며
남은 꽃 자세히 세며 나무를 에워서 보네.
붉은 갈기 쇠 발굽의 산자마山子馬[36]를
매화 감상하느라 나귀로 바꿀 건 없지.[37]

---

33 패옥(珮玉)을 차지 않고 매화가 화려하지 않고 그윽하기에 이리 말했다.
34 향기 원문은 "香塵"으로, 여자가 걸을 때 일어나는 먼지를 이른다.
35 와설원(臥雪園) 오찬의 정원 이름.
36 산자마(山子馬) 원래 주(周) 목왕(穆王)의 팔준마(八駿馬) 중 하나지만, 흔히 좋은 말을 뜻한다. 이윤영에게 산자마가 있었다.
37 매화~없지 매화를 운치 있게 감상하기 위해 산자마를 나귀 같은 것으로 바꿀 필요가 있겠는가라는 말. 나귀를 타고 매화를 감상하는 게 더 운치 있는 일이긴 하나 산자마에 오

7

잃은 구슬[38] 너무 고와 칠성七聖[39]이 길을 헤매고
황아黃芽의 한 기운 따뜻하게 배꼽에 생겨나네.[40]
햇빛 달빛에 목욕해 맑은 꽃부리 빼어나고
풍상을 맞아[41] 파리한 가지 나지막하네.
도안道眼은 사라지고 동적銅狄은 늙었거늘[42]
우주[43]에 노닐며 옥루玉樓에 글을 쓰네.[44]
세상 그 누가 영고성쇠 생각하리?
흰 오얏꽃 붉은 복사꽃 길에 절로 가득거늘.

찬과의 추억이 깃들어 있기에 한 말이다.

38 잃은 구슬 『장자』「천지」(天地)편에, 황제(黃帝)가 곤륜산에 올라갔다가 돌아올 때 현주(玄珠)를 잃었다는 말이 보인다. 여기서는 매화를 비유한 말.

39 칠성(七聖) 『장자』「서무귀」(徐無鬼)편에 나오는 황제(黃帝)·방명(方明)·창우(昌寓)·장약(張若)·습붕(諧朋)·곤혼(昆閽)·골계(滑稽) 등 일곱 사람을 가리키는데, 이들이 양성(襄城)의 들에서 길을 잃고 헤맸다고 한다.

40 황아(黃芽)의~생겨나네 일양(一陽: 하나의 양의 기운)이 천지(天地)에 처음 생겨남을 이른다. 매화는 양(陽)의 기운이 처음 생기기 시작하는 동지 무렵 꽃이 피기 시작하므로 이런 말을 했다. '황아'는 원래 도가(道家)에서 쓰는 용어로 '단'(丹)을 뜻하며, '배꼽'은 단전(丹田)을 뜻한다.

41 맞아 원문은 "排得"인데, '배'(排)는 건드리다·부딪치다는 뜻.

42 도안(道眼)은~늙었거늘 동한(東漢)의 계자훈(薊子訓)은 신술(神術)을 지녔는데 일찍이 한 노옹(老翁)과 함께 장안(長安)에 있는 동적인(銅狄人: 청동으로 만든 적인狄人 형상)을 쓰다듬으며, "이걸 주조하는 걸 본 지 이미 오백 년이구나"라고 했다는 고사가 있다. '도안'(道眼)이란 곧 계자훈을 가리키는 말이다.

43 우주 원문은 "澒濛"으로 물이 아득한 모습을 형용하는 말이다. 『초사』「원유」(遠遊)에, "覽方外之荒忽兮, 沛澒濛而自浮"(가없는 세상 밖을 바라보니/물이 아득하여 절로 뜨도다)라는 구절이 있다.

44 옥루(玉樓)에 글을 쓰네 옥루는 곧 광한루(廣寒樓)로, 옥황상제가 산다는 집. 당(唐)나라 시인 이하(李賀)가 옥황상제의 부름을 받고 옥루에 올라가 그 기문(記文)을 지었다는 전설이 있다. 여기서는 오찬을 염두에 두고 한 말이다.

8

매화나무 있는 빈 집에서 그대 만났을 때[45]
꿈속이라 예전 시[46]에 화답하는 걸 잊었네.
어둑하니 바람 불어 서늘한 향기 풍기고
희끄무레한 달이 나와 늙은 가지 누르네.
달에 비친 백발 보니 도무지 생시 같아
하늘보고 말하네 편애한다고.[47]
화신花神에 제祭 지내고 홀로 괴로이 읊조리니
남쪽 가지 차갑고 북쪽 구름 흘러가네.[48]

기억건대 갑자년(1744) 겨울에 경보는 여러 벗들을 불러 계산동 자신의 집에서 책을 읽었다. 대나무와 파초 두 분盆도 매화 분을 둔 감실龕室에다 뒀는데 파초 또한 겨울을 나도록 죽지 않았다. 그 후 경보는 와설원을 꾸미고 산천재를 지어 겨울에 매양 친구들과 모여 매화를 감상하곤 하였다. 한번은 얼음등을 만들어 매화나무 위에 매달아 놓고 새벽까지 실컷 술을 마신 적이 있는데, 경보는 이윤지의 산자마를 빌려 벗들을 초치招致했다. 그 후 일 년이 지나 경보는 죽었고 이사회李士晦가 경보를 위해 그 무덤 앞에 매화나무를 심었거늘 이것이 매화와 관련된 일의 처음과 끝이다.

---

45 **매화나무~때** 이 시의 서(序)에서, 이인상이 꿈에 오찬을 만나 매화 분이 있는 어떤 빈 집으로 함께 갔다고 한 것을 말한다.

46 **예전 시** 오찬의 매화시 여덟 편을 말한다.

47 **하늘보고 말하네 편애한다고** 하늘이 사사롭게 오경보를 편애한다는 말이다.

48 **남쪽~흘러가네** 두보가 벗 이백을 그리워하며 쓴 「봄날에 이백을 생각하다」(春日憶李白)의 "위수(渭水) 북녘은 봄 하늘의 나무요/강 동쪽은 저녁 구름이어라"(渭北春天樹, 江東日暮雲)라는 구절을 패러디했다.

내가 언젠가 경보를 방문했을 때 경보는 영덕盈德의 정수사淨水寺에 있던 석동石桐[49]을 얻어 장인匠人을 시켜 거문고를 만드는 중이었다. 아직 복판腹板[50]을 닫지 않은지라 나는 거문고 이름을 '정수'淨水라 짓고 거문고의 배에다 명銘을 써서 새긴 후 복판을 붙박게 하였다. 지금 그 명문銘文[51]을 기억하지는 못하나 거문고가 깨뜨려진 후 명銘이 나오면 고심하여 글을 지었음을 알 수 있으리라. 그후 어강魚江에도 정수사가 있다는 말을 들었다. 거문고의 명칭과 명이 모두 참讖이 되고 말았으니 어찌 슬프지 않겠는가. 병자년(1756) 가을 매화축梅花軸[52]에 이 시를 적어 김정부金定夫[53]에게 보이면서 시 속의 용사用事가 은미하기에 적는다.

追和吳敬父梅花八篇 幷序

辛未春，吳敬父與李胤之次孤山梅花詩八篇索和，余懶不能湊思．一日，在雪城路中口占，得三句，曰："烈士無心妬芳姸，幽人頭白臥丘園．寒査不作雲雷象，素蕚猶開日月昏．無那矯揉存勁骨，縱敎枯槁有香魂．" 忽心動廢吟，歸語家人曰："余賦梅，發得花心，但恐余命終窮．" 未幾，敬父登第，再獻直言，謫死於魚江之濱，則三句語若爲敬

---

49 **석동(石桐)** 바위에서 자란 오동나무. 거문고를 만드는 데 좋은 재료가 된다.
50 **복판(腹板)** 가야금·거문고 따위의 소리가 울리는 부분을 말한다.
51 **명문(銘文)** 벼루나 거문고 따위에 새겨 넣은 글.
52 **매화축(梅花軸)** 매화를 그린 두루마리.
53 **김정부(金定夫)** 김종수(金鍾秀). '정부'는 그 자. 훗날 평안 감사로 있을 때인 1779년 이인상의 문집 『능호집』을 간행하였다.

父識者. 余擬續和諸篇, 而不忍綴語. 壬申冬, 余病疹瀕死. 至仲冬月八日, 忽夢遇敬父於街上, 皀冠博袍. 懽然如平昔, 余心知其已歿也. 謂敬父曰:"共之山天齋, 或文卿之室, 叙話." 敬父諾之. 余忽自念山天齋荒穢已甚, 不忍使敬父見, 遂相將向一室, 亦非文卿之居也. 室中有盆梅一樹, 老査如石, 約二尺許, 亦非敬父平昔所植也. 敬父因忽不見, 竟不能交一語, 悵失惝怳, 覺來, 失聲一慟, 夢固偶會而有感觸中心者. 病間, 遂續成落句, 追和諸詩, 寄贈胤之, 以識悲心.

烈士無心妬芳姸, 幽人頭白臥丘園. 士一本作女
寒査不作雲雷象, 素萼猶開日月昏.
無那矯揉存勁骨, 縱敎枯槁有香魂.
也應落地鳴哀玉, 萬卉摧殘爾獨尊.

其二

碧蕉烏竹耐摧殘, 君在桂山花不寒.
梅塚漸荒魂欲斷, 氷燈已碎影誰看.
擁來老幹寒山重, 開遍高花瑞雪乾.
芳樹依依回夢蝶, 鷄鳴風雨夜將闌.

其三

夢決魚江手剪荊, 朋來梅發雪霜幷.
天心養得玆花大, 海內難容一士淸.
蕙珮荷衣同姣服, 氷根銕幹迸幽情.
無言也有銷魂處, 淨水絃長落素英.

其四

良友雖亡心猶在，此生那忍不種梅？
萬木空山悲日短，孤芳幽戶占春廻.
月和桂香葳甤瀉，風敲竹影隱約來.
儘教鋘石腸堪斷，脉脉花飛莫點杯.

其五

青條雖好莫簪頭，春在初花碎郤休.
淸影背燈微破夢，冷芬沉罫細添愁.
未交珠珮引風遠，若有香塵與月留.
臥雪園中誰復過？草茅深逕衆芳羞.

其六

直須花發淚便乾，夢裏看花忘愁難.
纖月一枝山河小，輕雷半夜雨雪寒.
潛噓冷馥透心入，細數殘英繞樹看.
赭鬣鋘蹄山子馬，賞梅那復遞吟鞍？

其七

惱殺遺珠七聖迷，黃芽一氣暖生臍.
沐來日月淸英擢，排得風霜病榦低.
道眼消磨銅狄老，神游泂瀁玉樓題.
世間誰有榮枯想？李白桃紅自滿蹊.

其八

嘉樹空堂遇子時，夢中猶忘和前詩.
風來黯黯流寒馥，月出蒼蒼壓老枝.
照看白髮渾如舊，開向玄天敢自私.
酹酒花神吟獨苦，南柯不暖北雲吹.

記甲子冬，敬父邀諸友，讀書于桂山洞 敬父所．竹蕉二盆，置梅龕中，蕉亦經冬不死．其後敬父治臥雪園，築山天齋，冬月每會諸友，賞梅花．嘗作氷燈懸花樹，酣飮達曙，借李胤之山子馬，邀諸友．及期敬父旣歿，李士晦爲之種梅于敬父塚前，此爲梅花始終．而余嘗訪敬父，敬父得盈德 淨水寺之石桐，命工製琴，未及合腹板．余命琴曰'淨水'，書鐫于琴腹而膠之．至今不記銘辭，而槩以琴破而後銘出，始見其苦心遺辭．其後聞魚江亦有淨水寺者，命名與銘皆爲讖，豈不悲哉！丙子秋日，始錄詩于梅花軸以示金定夫，詩中用事隱晦，故識之.

봄날에 남간의 임원[1]에서 함께 당나라 사람의 시에 차운하다 갑술년(1754)

작은 동산 봄 되면 절로 우거지나
심고 가꾸느라 또한 마음 쓰누나.[2]
소沼에는 붉은 꽃잎 떠 있고
깊은 단壇엔 녹음이 쌓여 있어라.
구름은 달[3]에 드리워 지나가고
산봉우리는 병든 등걸을 내려다보네.
손님 배웅하고 되려 홀로 취해서
숲에서 아름다운 새소리 듣네.

春日, 南澗林園共次唐人韻 甲戌

小園春自翳, 種植且勞心. 曲沼浮紅萼, 深壇貯綠陰.
雲拖輕珮過, 峰壓病槎臨. 送客還孤醉, 林中聽好禽.

---

1 **남간(南澗)의 임원(林園)** 이인상의 집 능호관을 말한다.

2 **작은~쓰누나** 이인상은 꽃과 나무 가꾸기를 아주 좋아하여 남산의 자기 집 뜰에 소나무, 오동나무, 버드나무, 박달나무 등을 심어 정성껏 가꾸었으며, 울타리에는 국화를 쭉 둘러 심어 가을이면 그 정취를 즐기곤 하였다.

3 **달** 원문은 "輕珮"이다. 달을 '패환'(珮環)이라고도 하므로, 달을 가리키는 것으로 생각된다.

가을을 보내고자 이광문,[1] 김원박 제공諸公과 남간에 모이다

고상한 벗 머물게 하려 쓸고 닦아서
남간南澗의 서늘한 집에 거듭 모였네.
뭇 산은 눈 내리는 달에 어울리고
높은 나무엔 눈서리가 빙 둘렀네.
가을부터 술을 끊고
밤늦도록 경전을 공부하누나.
귀밑머리 세어 감을 서로 보다가
쇠잔한 국화에 세월을 애석해하네.

送秋日, 與李廣文演、金元博諸公集南澗

灑掃留高友, 重期澗屋凉. 衆峰宜雪月, 喬木繞雪霜.
止酒從秋盡, 研經及夜長. 相看玄鬢改, 衰菊惜年光.

---

1 이광문(李廣文) 이연(李演, 1716~1763)을 말한다. '광문'은 그 자, 본관은 덕수(德水). 생부는 이후진(李厚鎭)인데, 출계하여 종숙부 이악진(李岳鎭)의 양자가 되었다. 오찬과 아주 친했다.

적석산[1] 서쪽 대臺[2]

높은 산에 오르니 기분 좋지만
먼 곳 바라보니 쇠락한 얼굴 어두워지네.
바다에 비낀 장풍도長風島[3]
구름 흐르는 적석산積石山.
외로운 기러기 중원에 희미하고
저녁해 오랑캐 땅에 뉘엿뉘엿 지네.
공연히 탄복하네 사공이 힘을 써
큰 파도 헤치며 배 나아감을.

積石西臺

登高如有遇, 望遠暗凋顔. 截海長風島, 流雲積石山.
斷鴻迷華夏, 殘日落荊蠻. 坐歎篙工力, 移舟巨浪間.

---

1 **적석산(積石山)** 강화도에 있는 낙조봉(落照峯)을 말한다. 높이 400m. 강화군 내가면에 있으며 이 봉(峯) 아래에 적석사(積石寺)라는 절이 있다. 서해의 수평선으로 지는 해가 매우 아름다워 '적석낙조'(積石落照)라 하여 강화도의 명승지로 이름 높다.
2 **서쪽 대(臺)** 낙조봉의 서쪽에 있는 낙조대(落照臺)를 말한다.
3 **장풍도(長風島)** 강화도 남서쪽의 장봉도(長峰島)를 가리키는 듯하다.

단군 제천대[1]

푸른 산기운 희미하게 붉은 하늘 에워싸고
단군대檀君臺 아래 바다는 아득도 하네.
바다에 보옥寶玉 잠겨 운기雲氣 흐르고[2]
사르는 향 다하니 북두성이 움직이네.
정성스런 뜻 밝아서 해돋이 보거늘[3]
신령한 공덕 맑은 하늘에 가득하구나.
혼돈에서 세상 열리던 날 뉘 기억할꼬?[4]
이끼 낀 잔비殘碑에 옛 눈이 녹네.

檀君祭天臺

積翠曈曨繞絳霄, 檀君臺下海迢迢.
沉餘寶玉流雲氣, 燒斷天香轉斗杓.

---

1 **단군 제천대(祭天臺)** 강화도 마니산 정상에 있으며 단군을 제사 지낸 곳이다. 참성단이라고도 한다.

2 **바다에~흐르고** 바닷속에 보옥(寶玉)이 있으면 그 위의 하늘에 운기(雲氣)가 머문다고 한다.

3 **정성스런~보거늘** 뜻이 정성스러워 해돋이를 보게 된다는 말이다.

4 **혼돈에서~기억할꼬** 천제(天帝)인 환인(桓因)의 아들 환웅(桓雄)이 인간 세상에 뜻을 두어 무리 3천을 이끌고 태백산 꼭대기의 신단수(神壇樹) 밑에 내려와 그곳을 신시(神市)라 이르고 세상을 다스린 것을 말한다. 단군은 환웅의 아들.

誠意昭明看出日，神功溥遍在淸宵.

鴻濛誰記開荒歲？崩石苔花古雪銷.

국화를 읊다. 천여씨[1]의 시에 차운하다

노란 꽃과 푸른 잎 고루 곱나니[2]
연꽃은 너무 농염한가 싶고 매화는 모자란 듯.
서늘한 아름다움 풍상風霜의 계절에 절로 어울리니
느지막이 피고 짐은 은자隱者를 위한 것.

詠菊. 次天汝氏韻

花黃葉翠剪裁均, 荷訝太濃梅苦貧.
冷艷自宜風霜節, 遲遲榮落爲幽人.

---

1 **천여씨(天汝氏)** 이연상(李衍祥, 1719~1782)을 말한다.

2 **고루 곱나니** 국화가 그러하다는 말. 원문은 "剪裁均"인데, '전재'(剪裁)는 꽃의 아름다움을 가리키는 말이다.

감회가 있어. 이광문에게 편지로 써 보내다

술에 취해 조금 조니 밤 이슥하여
드문드문 별 빛나고[1] 닭 울음 들리네.[2]
등잔 앞 옛 검劍은 마음에 형형히 통하고
베개맡 찬 매화는 꿈에 맑게 들었지.
설원雪園의 벗[3] 생각하매 공연히 눈물나고
난곡蘭谷[4]의 시에 화답하려 하나 소리를 못 이루네.
인생의 백 가지 감회 어느 때 다하려나?
홀로 잔경殘經[5] 끌어안으니 흰머리가 성성.

有感. 簡李廣文

少睡微醺夜已盈, 疎星磊落動雞鳴.
燈前古劒通心炯, 枕上寒梅入夢淸.
懷友雪園空下淚, 和詩蘭谷未成聲.
人生百感何時了? 獨抱殘經皓髮明.

---

1 빛나고 원문은 "磊落"인데, 밝고 또렷한 모양을 뜻한다.
2 닭 울음 들리네 동진(東晉) 때 조적(祖逖)이 한밤중에 닭 우는 소리를 듣고 일어나 오랑캐에게 빼앗긴 중원을 되찾을 조짐이라며 몹시 좋아했다는 고사가 있다.
3 설원(雪園)의 벗 와설원(臥雪園)의 주인 오찬을 가리킨다.
4 난곡(蘭谷) 이연(자 광문)을 가리킨다. 당시 이연이 남산 기슭의 '난동'(蘭洞)으로 이사하였다.
5 잔경(殘經) 잔편(殘篇)의 경전(經典).

바다[1]에 노닐고자 아침 일찍 출발해 평구[2]로 향하던 중 마침 지산[3]에 들어가는 이광문을 만나 나란히 말을 타고 성을 나오다

외로운 심회 노우老友에게 쏟아 내며
동틀 무렵 산길을 가네.
들에 드니 가을빛 아스라하고
구름 걷히니 산 빛이 맑아라.
낡은 책을 소매에 넣자
성城 나서는 줄 말이 아누나.
공활空豁하니 이 정취 어찌 다하리?
앞 강 물결이 안개 속에 이네.

將游海上, 早發向平丘, 適會李廣文入砥山, 聯騎出城

孤懷瀉老友, 峽路趂天明. 野入秋光逈, 雲開嶽色淸.
弊書容在袖, 瘦馬解離城. 寥濶意何極? 前湖煙浪生.

---

1 **바다** 동해를 말한다. 1754년 가을 이인상은 설악산 유람에 나섰다.
2 **평구(平丘)** 지금의 경기도 남양주군 미금시의 땅 이름. 조선 시대에 평구역(平丘驛)이 있었다. 평구역은 당시 양주목에 속했으며, 춘천과 원주로 갈리어 가는 길목의 요충지였다.
3 **지산(砥山)** 지평현(砥平縣)을 가리킨다. 지평은 지현(砥峴) 혹은 지제(砥堤)로도 불렸으며, 지금의 경기도 양평군 지제면(砥堤面) 일대에 해당한다.

두물 마을[1]에서 자다

노래하며 저물녘에 고란古蘭터[2]로 가다
흰 물결 저어 가는 외배 만났네.
하늘 닿은 용문산엔 별이 가찹고[3]
물 나뉘는 인협麟峽[4]엔 운뢰雲雷가 많네.
가랑비에 시든 풀 젖는 것 이윽히 보고
찬바람이 늙은 가지 흔드는 것 누워 걱정하네.
주모酒母가 햅쌀로 담근 술 걸러 주어서
평상의 벌레소리와 구유의 말울음, 취한 채 듣네.

宿二水村

行歌暮返古蘭坡, 偶會孤舟棹素波.
天接龍門星斗窄, 水分麟峽雲雷多.
細看微雨沾衰草, 臥念涼風動老柯.
店媼解釃新稻酒, 牀蟲櫪馬醉聽過.

---

1 **두물 마을** 경기도 양평의 양수리를 가리킨다.

2 **고란(古蘭)터** 원문은 "皐蘭坡". 지금의 강원도 춘천시 남면 가정리(柯亭里) 서쪽 마을이다. 가정리 앞으로는 홍천강이 흐르는데, 당시에는 고란터 앞에 고란터 나루가 있었다.

3 **가찹고** 원문은 "窄"인데, 육박하다는 뜻이다.

4 **물 나뉘는 인협(麟峽)** '인협'은 강원도 인제를 말한다. 원통 쪽에서 흘러오는 강과 설악산 백담사에서 흘러오는 강이 인제에서 만나기에 한 말이다.

거니고개[1]

천감역泉甘驛[2]에서 말을 멈추고
지팡이 짚고 거니고개 오르네.
어둑한 풀은 사람 키를 넘고
서늘한 시내는 바위 밑을 졸졸 흐르네.
하인이 말하길 "대낮에 범이 포효하거늘
소리 보니 이빨이 큰 놈 같은뎁쇼."
연달은 봉우리 아득해 안개 같고
북쪽은 끊겨 바다 기운 불그레하네.
나의 걸음 수고롭다 할 게 없으니
외로운 회포 자부할 게 무어 있으랴.
슬프다 저 바닷가 장사꾼
매일 건어乾魚 파는 저자 달려가서는
야윈 등에다 짐을 지고서
깊은 산골짜기 지나가누나.
비록 이문은 조금이지만
역役[3] 지거나 구실을 물지는 않네.
높다란 고개 위에 밭이 있는데

---

1 **거니고개** 강원도 인제군 남면 어론리 남쪽에서 두촌면 건남리의 원거리로 가는 고개. 인제군과 홍천군의 경계를 이룬다.

2 **천감역(泉甘驛)** 강원도 홍천에 있던 역참.

3 **역(役)** 신역(身役)을 말한다.

주려 죽는 농부들 많다고 하네.

車泥峙

歇馬泉甘驛, 負杖車泥峙. 暗草過人頭, 冷泉鳴石趾.
僕告晝嘷虎, 有聲如鉅齒. 連峰漭似霧, 北截海氣紫.
我行未云勞, 孤懷敢自恃. 哀彼海賈人, 日走枯魚市.
擔負脊無肉, 穿行絶峽裏. 猶有錐刀利, 曾無賦役使.
巑岏嶺上田, 耕者多餓死.

거니촌 노인

산골 노인 얼굴은 짐승 같지만
문 두드리니 웃으며 맞이해 주네.
더께 낀 토방土房 깨끗이 쓸고
작은 도끼로 관솔을 쪼개네.
조밥은 뜨끈뜨끈
나물국은 향기가 도네.[1]
즐겁게 한 방에서 침식을 하고
드러누워 곡연曲淵[2] 가는 길 물어 보누나.

車泥村叟

山叟面如獸, 款門便笑迎. 凝塵掃土室, 細斧劈松明.
沙熱黃粱飯, 鹽芬紫菜羹. 欣然同寢食, 臥問曲淵程.

---

1 향기가 도네 원문은 "鹽芬"인데, 어염(魚鹽)처럼 감미롭고 향기롭다는 뜻. 명나라 유원가(劉遠可)가 편찬한 『벽수군영대문회원』(璧水群英待問會元)이라는 책의 권82 '재계문'(財計門)에, "橘柚魚鹽, 芬香甘美"라는 말이 보인다.

2 곡연(曲淵) 설악과 한계령 사이 깊은 곳에 위치해 있으며 '곡백연'(曲百淵)이라고도 한다. 김창흡(金昌翕, 1653~1722)이 이 부근에서 지낸 적이 있으니, 곡운(谷雲) 김수증(金壽增, 1624~1701)이 쓴 「곡연에서 노닌 일을 기록한 글」(遊曲淵記)에 그 사실이 보인다.

화음 현감[1]과 설악에 들어가기로 약속했으나 이루지 못해 인주[2]에 이르러 차운한 시를 받들어 부치다

설악산의 보문普門[3] 보자 기약했건만
저물녘 펑펑 오는 눈 감당이 안 되네.
인주麟洲에는 선계仙界의 바람 이미 두루 느껴지고
봉정鳳頂[4]에는 가을 달이 둥실 오르네.
홀로 계수나무 아래 거문고 안고
공연히 국화 앞에서 은거할 마음[5] 품네.
날마다 물결은 춘주春洲[6]로 흐르니
잉어로 편지 전하며[7] 아득히 생각네.

---

1 **화음 현감(華陰縣監)** '화음'은 낭천(狼川)을 말한다. 지금의 강원도 화천군이다. 당시 이인상의 벗 김순택이 화음 현감으로 있었다.

2 **인주(麟洲)** 강원도 인제.

3 **보문(普門)** 보문암(普門菴)이 있던 곳을 말한다. 설악산의 동쪽에 해당하며, 바다가 보인다. 그 아래는 만장(萬丈)의 폭포가 있다. 김창흡, 『삼연집』(三淵集) 권24의 「동유소기」(東遊小記) 참조.

4 **봉정(鳳頂)** 설악산 주봉인 대청봉(大青峯)의 옛 이름.

5 **은거할 마음** 원문은 "散髮". 세상을 버리고 은거한다는 뜻.

6 **춘주(春洲)** 춘천.

7 **잉어로 편지 전하며** 멀리서 보내온 두 마리 잉어의 뱃속에 편지가 들어 있었다는 옛날 중국의 고사가 있다.

約華陰使君入雪嶽, 未果, 行到麟洲, 次韻奉寄

滄海相期普門天, 不堪遲暮雪渾顚.

僊飈已覺麟洲遍, 秋月初昇鳳頂圓.

獨自擕琴桂樹下, 空懷散髮菊花前.

波濤日日瀉春峽, 雙鯉傳書思杳然.

산중 술회

긴 밤 가을 산에 잠 못 드는데
골짝의 용龍이 비를 내려 우레가 치네.
외론 마음 스스로 비춰 보며 벗 생각하고
흰머리에 맑은 맘으로 고경古經을 안고 있네.
갠 산빛 아침해에 홀로 보거늘
숲에서 맑은 상가商歌[1] 뉘 화답하리.[2]
폐문암閉門巖[3] 아래 찰랑이는 물에
언제 다시 와 갓끈 씻을지.[4]

山中述懷

夜永秋山夢不成，洞龍行雨有雷聲.
孤心自照懷良友，衰髮空明抱古經.

---

1 상가(商歌) 오성(五聲) 가운데 상성(商聲)은 특히 음색이 맑고 강하다. 계절로는 가을, 오행(五行)으로는 금(金)에 배속(配屬)되는 소리다.

2 숲에서~화답하리 산중에 홀로 있으니 누가 나의 시에 화답하겠는가라는 뜻.

3 폐문암(閉門巖) 오세암 부근에 있는 바위 이름. 여기서 30리를 가면 봉정암(鳳頂菴)이 있다.

4 갓끈 씻을지 『초사』「어부」(漁父)에 "창랑의 물이 맑으면 나의 갓끈 씻고/창랑의 물이 흐리면 내 발을 씻으리"(滄浪之水淸兮，可以濯吾纓；滄浪之水濁兮，可以濯吾足)라는 구절이 보인다.

朝日獨看晴嶂色，中林誰和商歌淸？

閉門巖下淪漣水，那得重來濯我纓？

영시암 유허遺墟[1]

1

연노淵老[2]의 기이한 일 전해와
산에 살고 싶은 마음 더욱 커지네.
밤 깊은 수렴동水簾洞[3]
쾌청한 가을의 고명봉高明峰.[4]
문득 구름가에서 춤을 추고
때로 눈 속에 발자취 희미하였네.[5]
예악의 뜻 적료寂寥했어도[6]
가곡歌曲은 절로 옹용했었지.[7]

---

1 **영시암(永矢菴) 유허(遺墟)** 강원도 인제군 북면 용대리 봉정암 서북쪽에 위치한 영시동(永矢洞)에 있는 암자의 터를 가리킨다. 1709년 삼연 김창흡이 지은 암자다. 김창흡은 기사환국(己巳換局) 때 부친인 김수항이 죽임을 당하자 세상에 뜻을 잃고 다시는 속세에 나가지 않겠다고 영원히 맹세한다는 뜻에서 '영시암'(永矢菴)이라는 이름을 붙였다고 한다.

2 **연노(淵老)** 김창흡의 호가 '삼연'(三淵)이기에 이렇게 말했다. '노'(老)는 존칭이다. 1673년 진사시에 합격한 이후 벼슬에 나아가지 않고 평생 성리학 공부와 시작(詩作)에 몰두하였다. 1721년(경종 1) 집의에 제수되었고 이듬해 연잉군(延礽君: 훗날의 영조)이 세제(世弟)로 책봉되자 세제시강원 진선(進善)에 임명되었으나 모두 사임하고 나가지 않았다. 김창흡은 몇 년간 설악산에 은거했는데 1707년 오세암 아래쪽에 벽운정사(碧雲精舍)를 지었고, 이 집이 화재를 당하자 다시 영시암을 지었다.

3 **수렴동(水簾洞)** 강원도 인제군 북면 용대리 영시동 동남쪽에 있는 골짜기로, 그곳 폭포의 모양이 마치 발을 쳐 놓은 것 같다고 하여 붙여진 이름이다.

4 **고명봉(高明峰)** 설악산 백연(百淵)에 있다. 영시암 북쪽으로 바라보인다.

5 **때로~희미하였네** 눈 속에서 길을 잃기도 했다는 말.

6 **예악(禮樂)의 뜻 적료(寂寥)했어도** 벼슬에 나아가지 않아 예악의 경륜을 펼치지는 못했다는 말이다.

2

절세의 호걸로 태어나
빛나는 문장 화이華夷에 떨쳤네.
경착耕鑿의 뜻 품은 것 아니요[8]
제왕帝王의 스승이었네.[9]
운수는 궁했지만
천인天人에 대한 묘한 깨달음이 있었네.
어쩌다 설악산과 마음 통하면
호탕하게 시를 읊조리곤 했었지.

3

경륜經綸은 도道와 문文이 하나이거늘
전인前人 중 누굴 으뜸으로 삼아야 하나?
정노靜老[10]는 나라 위한 뜻이 있었고
담옹潭翁[11]은 이치 분석한 공이 있다네.

---

7 문득~옹용했었지 이 네 구절은 김창흡에 대해 읊은 것이다.

8 경착(耕鑿)의~아니요 '경착'은 밭을 갈아 먹고살고 우물 파서 물 마신다는 뜻으로, 고시(古詩) 「격양가」(擊壤歌)의 "해가 뜨면 일하고/해가 지면 쉬네/우물 파서 물 마시고/밭을 갈아 먹고사니/임금의 힘이 나하고 무슨 관계리?"(日出而作, 日入而息. 鑿井而飮, 耕田而食. 帝力於我何有哉)에서 유래하는 말이다. 이 구절은 김창흡이 비록 벼슬을 하지 않고 은거하긴 했어도 방외인(方外人) 부류처럼 세상을 버린 것은 아니라는 뜻이다.

9 제왕의 스승이었네 김창흡이 세제시강원 진선에 임명된 것을 말한다.

10 정노(靜老) 조광조(趙光祖, 1482~1519)의 호가 '정암'(靜庵)이기에 이리 말했다. 본관은 한양(漢陽)이고 자는 효직(孝直)이다. 도학 정치를 주창하여 당시의 정치와 학풍을 크게 변화시켰으나 기묘사화 때 죽임을 당했다.

11 담옹(潭翁) 이이(李珥, 1536~1584)의 호가 '석담'(石潭)이기에 이리 말했다. '옹'(翁)은 '노'(老)와 마찬가지로 존칭이다. 율곡(栗谷)이라는 호로 더 많이 알려져 있다.

대강大綱[12]은 송자宋子[13]를 높여야겠고
참된 뜻은 중봉重峰[14]을 우러러야지.
법도法度 밖의 묘한 이치는
선생께서 또한 깨우쳐 주네.

永矢菴遺墟

淵老傳奇事, 山居趣彌濃. 夜深水簾洞, 秋霽高明峰.
便向雲邊舞, 時迷雪裏蹤. 寂寥禮樂志, 歌曲自春容.

其二
間世生豪俊, 文明振華夷. 未應耕鑿志, 直是帝王師.
氣數歸窮命, 天人入玅思. 偶與溟嶽會, 浩蕩發聲詩.

其三
經綸一文道, 軌轍我何宗? 靜老爲邦志, 潭翁析理功.
大綱尊宋子, 誠意仰重峰. 融玅規繩外, 先生亦發蒙.

---

12 대강(大綱) 큰 강령.
13 송자(宋子) 송시열을 가리킨다.
14 중봉(重峰) 조헌(趙憲, 1544~1592)의 호. 광범한 정치 개혁을 주장했으며, 임진년에 일본이 쳐들어오자 의병장으로 분전하다 전사했다. 직언을 일삼은 강개한 선비로 유명하다.

보문 옛길을 찾아[1]

1

산 깊어 새소리도 들리잖는데
돌에 앉아 읊조리다 지팡이 짚고 가네.
단풍 든 나무 천 겹이요 구름 절로 누눅한데
만 길 푸른 시내에 달 역시 밝네.
기봉奇峰이 보였다 사라지고 하니 귀신 참구參究할 만하고[2]
바다 맑고 공활하니 성정性情[3]을 살필 만하네.
슬프다 고인古人의 마음 홀로 청고淸苦해
보문普門의 은자 이름 끝내 안 전하니.[4]

---

1 보문(普門) 옛길을 찾아 이 시를 비롯해 이인상이 당시 설악산에 노닐며 지은 시에 화답한 이윤영의 시가 그 문집인 『단릉유고』 권9에 「원령의 설악 제시(諸詩)에 화답하여 주다」(和贈元靈雪嶽諸詩)라는 제목으로 실려 있는데 총 여섯 수다. 한편 지금 전하지는 않지만 이인상은 당시 유상(遊賞)한 설악산을 화폭에 담았던 듯한데, 이 그림에 부친 이윤영의 제화(題畵)가 『단릉유고』 권13에 실려 있다. 그 글은 다음과 같다: "원령은 가을에 설악에 들어갔는데 혹 나무와 돌 사이에서 고승(高僧)을 만났는지? 어허! 세상에 그런 사람이 있을리 있나, 그런 무리를 찾으려 해도"(元靈秋入雪嶽, 或遇高僧於木石之間邪? 已矣! 世無人矣, 欲求之此輩).

2 기봉(奇峰)이~참구(參究)할 만하고 귀신은 은현(隱顯)이 일정치 않으므로 한 말이다. 『중용』「귀신장」(鬼神章)에 "은미(隱微)한 것이 드러나니 성(誠)의 가릴 수 없음이 이와 같도다"(夫微之顯, 誠之不可揜如此夫)라는 말이 있다.

3 성정(性情) '성'(性)은 마음의 바탕을, '정'(情)은 마음의 작용을 이른다.

4 고인(古人)의~전하니 보문의 은자가 그 이름을 숨겨 끝내 그 이름이 전하지 않는다는 말이다.

2

빈 술병과 단도短刀 늘 갖고 다니며
해악海嶽[5]에 외로이 노니니 뜻이 자유롭네.
점차 천기天機를 좋아해 문사文史를 폐하고[6]
망령되이 시의時義[7]를 슬퍼하니 벗이 성그네.
매월당梅月堂이 은거한 벽산碧山[8]에는 구름이 서늘하고
연옹淵翁이 살던 판옥板屋[9]에는 풀이 시들었네.
황량한 이 골짝 내가 묵은 곳 그 누가 알리
슬피 노래하니 관문關門 나설 때 묻지를 마소.[10]

---

5 **해악(海嶽)** 설악산을 말한다. 바닷가에 있는 산이라고 해서 이리 말했다.

6 **점차~폐하고** '천기'(天機)는 자연을 이른다. '문사'(文史)는 문학과 역사 방면의 책을 이르는데, 여기서는 책을 범칭한다.

7 **시의(時義)** 시대에 맞는 의리. 이인상은 「황 참판에게 답한 편지」(答黃參判書, 『凌壺集』 권3)에서, "문(文)의 시의(時義)에는 두 가지 길이 있으니, 하나는 당세(當世)의 의(義)를 밝히는 것이고, 다른 하나는 백세(百世)의 병폐를 구하는 것입니다"(文之時義有二道, 一則明當世之義, 一則捄百世之弊)라고 한 바 있다.

8 **매월당(梅月堂)이 은거한 벽산(碧山)** 김시습은 설악산에 은거해 있을 때 '벽산청은'(碧山淸隱)이라는 호를 사용한 적이 있다.

9 **연옹(淵翁)이 살던 판옥(板屋)** 영시암(永矢菴)을 말한다. '연옹'은 삼연(三淵) 김창흡을 이른다.

10 **관문(關門)~마소** 노자(老子)가 주(周)나라가 쇠한 것을 보고 주나라를 떠나 함곡관(函谷關)에 이르렀는데, 관령(關令) 윤희(尹喜)가, "그대가 장차 은거할 모양이니 나를 위해 글을 좀 써 주십시오"(子將隱矣, 彊爲我著書)라고 하므로 노자가 상하 두 편의 글을 써 주었는데 이것이 바로 『도덕경』이라 한다. 이 일은 『사기』 「노자한비열전」(老子韓非列傳)에 보인다.

尋普門舊路

山深禽鳥不聞聲, 坐石微吟信杖行.
紅樹千重雲自濕, 青溪萬仞月同明.
奇峰顯晦參神鬼, 大海澄空見性情.
惆悵古人心獨苦, 普門隱者竟無名.

其二

空壺短鋏日隨余, 海嶽孤游意自如.
漸喜天機文史廢, 妄悲時義友朋疎.
雲寒梅老碧山隱, 草沒淵翁白板廬.
荒谷誰知經宿處? 哀歌莫問出關初.

관음굴[1]

파도는 주야로[2] 오산五山[3]을 무너뜨리고
도끼질 성대히 해 혼돈混沌을 열었네.
창해수滄海水 몰아다가 구렁 채우니
일월日月이 물에 떠 흐르고[4] 우레가 치네.[5]
바람 없건만 누각에 천악天樂[6] 가득하고
여의주 땅에 흩으니 비가 되누나.
열두 기둥은 햇빛을 마셨다 뱉고

---

1 **관음굴(觀音窟)** 낙산사(洛山寺) 내의 석굴로, 의상대사(義湘大師)가 관음보살의 진신(眞身)을 친견(親見)하고 동해의 용에게 여의주를 받은 곳으로 알려져 있다. 전설에 의하면, 관음보살을 친견하기 위해 멀리 경주에서 온 의상대사는 이곳에서 푸른 새를 만났는데, 새가 석굴 속으로 들어가므로 이상히 여겨 굴에서 밤낮으로 7일 동안 기도를 했다. 그러자 바다에 홍련(紅蓮)이 솟더니 그 위에 관음보살이 나타나 친견할 수 있었다고 한다. 그리하여 이곳에 암자를 세워 '홍련암'이라 하고, 석굴을 '관음굴'이라 부르게 되었다. 홍련암 법당마루는 구멍이 뚫려 있는 것으로 유명한데, 후세 사람들이 관음보살을 친견하고자 해서 구멍을 뚫었다는 주장도 있고, 의상대사에게 여의주를 바쳤다는 동해의 용이 불법(佛法)을 들을 수 있게 하기 위해 뚫었다는 주장도 있다.

2 **주야로** 원문은 "六時". 신조(晨朝)·일중(日中)·일몰(日沒)·초야(初夜)·중야(中夜)·후야(後夜)의 일주야(一晝夜)를 이르는 말.

3 **오산(五山)** 발해(渤海) 동쪽의 신선이 산다는 대여(代輿)·원교(員嶠)·방호(方壺)·영주(瀛洲)·봉래(蓬萊) 다섯 산을 가리킨다.

4 **일월(日月)이~흐르고** 해와 달이 물에 비치어 흘러가는 것을 말한다.

5 **우레가 치네** 원문은 "夾羣雷"인데, 관음굴의 좌우에서 우레 소리가 난다는 뜻. 바닷물이 관음굴에 부딪쳐 나는 소리를 비유적으로 표현한 말이다.

6 **천악(天樂)** 『장자』「천도」(天道)에 "사람과 조화되는 것을 인악(人樂)이라 하고, 하늘과 조화되는 것을 천악(天樂)이라 한다"(與人和者, 謂之人樂; 與天和者, 謂之天樂)라는 말이 있다. 여기서는 자연의 소리를 이른다.

뼈 시린 금불金佛은 수심에 고개 돌리네.

觀音窟

六時波撼五山摧, 斧鑿茫茫混沌開.
盡捲滄溟歸一壑, 平漂日月夾羣雷.
滿樓天樂無風鼓, 撒地龍珠作雨來.
吐納空光十二柱, 骨寒金佛首愁回.

의상대[1]에서 월출을 기다리다

은하 바라보니 밤이슬 맑아
모를레라 은궐銀闕[2]이 봉래蓬萊에 가까운 줄.
고요한 밤 바다에서 가을달 보려 하거늘
고승 의상義湘이 석대石臺를 남겼네.[3]
구렁에 이른 어룡魚龍은 몰래 파도 일으키고
하늘 가득한 서리와 이슬은 깨끗이 티끌을 없애네.
아득한 팔방이 온통 맑은데
얼음 수레[4] 굴려 보내 곱게 떠오르네.

義相臺候月出

已望絳河通沆瀣，不分銀闕近蓬萊.
滄溟靜夜看秋月，義相高僧有石臺.
赴壑魚龍潛攝浪，滿天霜露淨消埃.
茫茫八極渾淸肅，碾送氷輪瀲灩來.

---

1 **의상대(義湘臺)** 낙산사에 있으며, 의상대사가 수도하던 곳이다. 이곳의 일출은 관동팔경(關東八景)의 하나로 유명하다.
2 **은궐(銀闕)** 옥황상제가 산다는 천상의 백옥경(白玉京).
3 **고요한~남겼네** 의상대에서 밤에 가을 달을 보려 한다는 말이다.
4 **얼음 수레** 원문은 "氷輪". 달을 뜻한다.

다음 날 일출을 보다

긴 밤 앉아 지새니 붉은 해 천천히 떠오르고
상서로운 바람 이화정梨花亭[1] 밖을 에워싸누나.
지축地軸을 돌며 붉은 기운 뿜더니
북두성[2]이 옮아가니 차츰 맑은 하늘이 보이네.
단정丹鼎[3]이 뜨거워 큰 파도 융합하고
화산이 녹아 층층구름 높이 이네.
팔방에 빛이 두루 비치게 해
서리에 덮인 풀싹을 보살펴 주네.

翼日看日出

紅日遲升坐永宵, 梨花亭外繞祥飇.
已吹紫氣旋坤軸, 漸看淸霄轉斗杓.
巨浪鎔舂汞鼎熱, 重雲崔屼火山銷.
儘教八表輝光遍, 護得凝霜覆草苗.

---

1 **이화정(梨花亭)** 낙산사 경내에 있던 정자다.

2 **북두성** 원문은 "斗杓". 북두칠성 중 자루 쪽의 세 별을 뜻한다.

3 **단정(丹鼎)** 원문은 "汞鼎". 도가에서 단약(丹藥)을 제조하는 솥을 뜻한다. 여기서는 바다에 솟는 해를 말한다.

계조굴[1]에 들어가니 거처하는 승려가 이미 문을 잠그고 가 버린지라 장난삼아 시 한 수를 지어 불탁[2] 위에 남겨 두다

보문普門의 폭포에 옷을 빨고
동해의 햇볕에 머리를 말리네.
아침에 천후산天吼山[3] 올라가서는
어드메뇨 계조굴 찾아서 가니
승려는 빗장 걸고 가 버렸고
탁자에 작은 금불金佛 덩그레 있네.
사자후獅子吼[4]는 웬걸 들을 수 없고
파리만 창에 부딪치며 나오지 못하네.[5]
천지는 본래 밝고 넓으며

---

1 계조굴(繼祖窟)　신흥사에 딸린 암자. 신라 때 자장(慈藏)이 창건하였다. 신흥사로부터 2.3km 북쪽에 있는 울산바위 밑에 있는 암자다. 동산(東山), 각지(覺知), 봉정(鳳頂)에 이어 의상, 원효 등 조사(祖師)라 이를 만한 승려들이 수도하던 곳이라 하여 이런 이름이 붙었다.

2 불탁(佛卓)　부처를 모신 탁자.

3 천후산(天吼山)　'울산', 즉 '우는 산'이라는 뜻의 우리말을 한자화한 말이다. 지금의 울산바위를 말한다. 외설악의 북쪽에 위치한 바위산으로 사방이 절벽으로 이루어져 있다. 천둥이 치면 산 전체에 뇌성이 울리므로 이런 이름이 붙었다.

4 사자후(獅子吼)　일체의 중생을 승복케 하는 부처님의 설법.

5 파리만~못하네　중국 고령(古靈) 신찬 선사(神贊禪師)가 "빈 문으로 나가려 않고/창에 부딪치니 또한 크게 어리석네/백 년간 옛 창호지를 뚫어 본들/언제 나갈 날을 기약할꼬"(空門不肯出, 投窓也大癡, 百年鑽古紙, 何日出頭期)라는 게송을 읊었는데, 깨닫지 못하는 어리석은 중생을 창호지에 부딪치며 방에서 빠져나오지 못하는 벌에다 비유한 말이다. 이 게송은 『오등회원』(五燈會元)에 보인다.

도는 묘해 정밀靜密함이 있네.[6]

누에고치 같은 너희 무리 비웃으면서

차가운 석실石室에 몸을 들이네.

추울 땐 목불木佛을 때면 되고[7]

모래 섞인 밥[8]이라 잃을 염려 없을 테지.[9]

빈 당堂에 시를 남겨서

실다운 내 마음[10] 고하네.

入繼祖窟, 居僧已鎖門而去, 戲書一詩留佛卓

浣衣普門瀑, 晞髮東海日. 朝上天吼山, 披尋繼祖窟.

石僧鎖扃去, 卓留小金佛. 獅子吼無聲, 㥦蠅投不出.

六合本昭曠, 道妙存靜密. 笑爾蠶縛輩, 納身凍石室.

木佛寒堪燒, 沙飯莫憂失. 留詩空堂中, 以告我誠實.

---

6 천지는~있네 유학의 도(道)를 말한 것이다.

7 추울~되고 당나라 단하(丹霞) 천연 선사(天然禪師)가 혜림사(慧林寺)에 머물 때 날씨가 몹시 추워지자 목불(木佛)을 가져다가 따개어 불을 피웠다는 고사가 『오등회원』에 보인다.

8 모래 섞인 밥 원문은 "沙飯"으로, 모래가 섞인 밥.

9 모래~없을 테지 불상에 공양 올린 밥이 모래가 섞인 밥이어서 누가 훔쳐먹지 않으리라는 말이다.

10 실다운 내 마음 유학의 실리(實理)를 믿기에 이리 말했다.

화엄사[1]에서 절구 한 수를 읊어 천주 장로에게 들려주다

노승老僧은 애써 섭심攝心[2]하여서
밤에 누워도 구슬[3]을 잊는 일 없네.
뜰에 내려와 가을바다 보니
밝은 달이 흰머리 비추고 있네.

華嚴寺吟一絶, 使天柱長老聽

老僧攝心苦, 夜臥不忘珠. 下庭望秋海, 明月照霜顚.

---

1 **화엄사(華嚴寺)** 지금의 화암사(禾巖寺)를 말한다. 강원도 고성군 토성면 신평리의 신선봉 기슭에 있다. 신라 때 진표(眞表)가 창건한 절로 원래 이름은 화엄사였다. 진표가 여기서 『화엄경』을 설(說)하여 중생을 제도했기에 이리 이름했다. '화엄사'라는 명칭이 '화암사'로 바뀐 것은 1912년 일제에 의해 사찰 제도가 바뀌면서다. 수바위〔秀巖〕, 울산바위 등 주변 경관이 빼어나고 동해 바다가 한눈에 내려다보인다.

2 **섭심(攝心)** 마음을 한 곳에 거두어들여 산란치 않게 함을 이른다.

3 **구슬** 원문은 "珠". 불교에서는 실상(實相)의 묘리(妙理)를 비유적으로 '주'(珠)라고 표현한다.

한계에서 폭포[1]를 보다

1

신령스런 산은 일천 봉우리가 에워싸고 있고
은하수는 일기一氣[2]가 또렷하여라.
소沼에는 일월日月이 깊어
구름과 안개를 만들어 내네.
쏟아지는 빛은 소나무 에우고
물보라에 바위 향기로워라.
수원水源 찾으니 마음이 쉬 두려운데
음우陰雨가 분분히 뿌리고 있네.

2

신령스런 새소린 들리지 않고
뇌거雷車가 구르며[3] 하늘의 뜻 크게 받드네.
날이 개니 구렁에서 무지개 뜨고

---

1 **폭포** 지금의 대승폭포를 말한다. 옛날에는 한계폭포라고 했다. 장수대 부근에 있다. 개성의 박연폭포, 금강산의 구룡폭포와 더불어 우리나라 3대 폭포로 꼽힌다. 숲이 우거진 높은 곳에 오색 무지개를 만들고 물보라를 날리며 떨어지는 모습은 북서쪽의 안산 및 남쪽의 가리봉과 어울려 특이한 풍치를 보여준다. 옛날에는 이 폭포 위에 대승암이라는 절이 있었다.

2 **일기(一氣)** 천지의 광대한 기운을 이른다.

3 **뇌거(雷車)가 구르며** 우레가 친다는 뜻. '뇌거'는 우레의 신(神)인 뇌공(雷公)이 탄 수레.

높은 봉우리에서 구름이 뭉게뭉게 솟네.[4]
맑은 기운 제좌帝座[5]에 통하나니
그윽하고 서늘해 인세人世를 벗어났네.
은은히 패옥佩玉[6] 소리 울리니
선계仙界의 바람 더욱 삽상颯爽하여라.

3

일만一萬 나무 엄숙한 대臺 둘렀는데
지팡이 짚고 시린 하늘을 보네.
해 숨으니 푸른 절벽 늘어서고
구름 찌니 흰 무지개 걸렸네.[7]
쏴아쏴아 음산한 바람 불더니
아득아득 갑작스런 눈이 내리네.
그대 이곳의 소沼를 본다면
얼마나 물 깊은지 알게 되리라.

寒溪觀瀑

神嶽千峰擁, 天河一氣分. 濇藏深日月, 鎔鑄出煙雲.

---

4 뭉게뭉게 솟네 원문은 "泱泉". 세력이 강함을 이르는 말.
5 제좌(帝座) 옥황상제의 자리라는 뜻이다. 혹은 별 이름을 이르는 말이기도 하다.
6 패옥(佩玉) 원문은 "珠佩". 여기서는 선인(仙人)들이 차고 다니는 패옥을 가리킨다.
7 흰 무지개 걸렸네 원문은 "飮素虹"인데. 무지개를 흔히 '음홍'(飮虹: 물 마시는 무지개) 이라고 한다. 무지개가 생명이 있어 물을 마신다고 여긴 데서 비롯된 말이다.

瀉輝松鎖合, 飛沫石芬醞. 搜源易慴魄, 陰雨灑紛紛.

其二

不聞神鳥響, 雷轉大乘天. 晴日虹生壑, 絶峰雲決泉.
顥清通帝座, 幽冷隔人煙. 隱隱鳴珠珮, 僊飇更肅然.

其三

巖臺環萬木, 倚杖眺寒空. 日隱排青壁, 雲蒸飮素虹.
陰風吹淅淅, 急雪下濛濛. 君看成潭處, 始知積水功.

골짝을 나서며

골짝을 나서니 가을꽃 향기롭고
공중에는 운무雲霧가 지나네.
소沼에는 신녀神女의 발자욱 희미하고[1]
탑塔[2]에는 기이한 새소리 끊어졌네.
한 줄기 냇물[3]에 단풍잎 흐르고
일천 봉우리가 흰 구름에 둘러싸였네.
언제쯤 산골짝 깊은 곳에서
숨어서[4] 농사나 짓고 사는지.

出洞

出洞秋花芬, 中空過雨雰. 潭迷神女跡, 塔絶異禽聞.
一水流紅葉, 千峰鎖白雲. 何時深谷裏, 抱犢事耕耘?

---

1 **신녀(神女)의 발자욱 희미하고** 옥녀탕을 노래한 것이다.

2 **탑(塔)** 한계사지(寒溪寺址)의 남3층석탑과 북3층석탑을 가리킬 터이다.

3 **한 줄기 냇물** 한계천(寒溪川)을 말한다. 이로 보아 이인상은 한계천을 따라 원통 쪽으로 하산한 것으로 보인다.

4 **숨어서** 원문은 "抱犢". 은거(隱居)를 뜻하는 말. 당(唐)나라 왕유(王維)의 「산으로 돌아가는 벗을 전송하는 노래」(送友人歸山歌)의 제1수에 "구름 속에 들어가 닭을 키우고/산머리에 올라가 송아지를 안네"(入雲中兮養鷄, 上山頭兮抱犢)라는 구절이 있다.

내가 일찍이 지리산에 있을 적에[1] 휴대용 칼을 주조했는데, 정통척正統尺[2]에 의거해 아홉 치였다. 급기야 설악산에 들어가서는, 길을 가든, 머물러 있든, 자리에 앉든, 눕든, 비록 고요히 혼자 있을 때라도 칼을 항상 몸에 지니고 있으니 미더워 두렵지 않았다. 돌아오다 갈산[3]에 이르러 마상馬上의 누구累句[4]로 시를 이루다

정통척正統尺에 의거해 아홉 치로

팔 길이 반半만 한 칼 만들었네.

지리산에서 좋은 쇳돌 캐내

뜨거운 불로 제련했었지.

붉은 번개에서 신령한 불꽃이 튀고

검은 파도에서 광채가 쏟아졌어라.[5]

훌륭한 대장장이 묘한 칼 주조해

---

1 내가~적에 이인상이 함양의 사근역 찰방을 할 때를 말한다. 1748년 이인상은 지리산의 검공(劍工)에게 의뢰하여 소검(小劍) 셋을 만들어 자신과 벗 장훈이 하나씩 가졌으며, 그 명을 지은 바 있다. 『뇌상관고』 제5책의 「소검명」(小劍銘)과 「장자화 제문」(祭張子和文) 참조.

2 정통척(正統尺) 정통(正統)은 명나라 영종(英宗)의 연호. 정통척은 영종 때 제정된 계량 단위.

3 갈산(葛山) 경기도 양평군 청운면 신론리의 흑천(黑川) 가에 있는 산 이름. 갈현(葛峴)이라고도 한다. 용문산 동남쪽이며, 옛길로는 횡성에서 양근으로 올 때 반드시 거쳐야 하는 곳인바, 광탄(廣灘) 조금 못 미쳐 있다.

4 누구(累句) 흠투성이의 글귀라는 뜻으로 자신의 시구를 겸손하게 이르는 말.

5 붉은~쏟아졌어라 불린 쇠를 망치로 두들긴 후 담금질하는 과정을 읊은 것으로 보인다.

'철야'哲也[6]라고 아담하게 글자 새겼네.

칼집에는 구름과 우레의 형상이 있고

검비劍鼻[7]에는 악독嶽瀆의 상서로움[8] 새겼네.[9]

외로운 빛은 백발을 비추고

상쾌한 기운은 뱃속까지 스미네.

눈 내린 높다란 봉우리 어지럽고

넓은 바다 가이없네.

혼자 다닐 때 이 칼로 나를 지키나니

고요한 밤에 가장 잊기 어렵네.

호랑이와 표범도 자취 감추거늘

도깨비가 어찌 감히 침상을 엿보리.

춤이 잦아들 땐[10] 추월秋月처럼 하얗고

튕겨 거꾸러뜨릴 땐[11] 해풍海風처럼 서늘하네.

---

6 **철야(哲也)** 대장장이의 이름.

7 **검비(劍鼻)** 원문은 "鐔環". 칼날과 손잡이 사이에 있는 둥근 부분을 가리키는데, 칼코등이 또는 코등이라고도 한다.

8 **악독(嶽瀆)의 상서로움** '악독'(嶽瀆)은 중국의 산과 강인 5악(五嶽)과 4독(四瀆)을 말한다. 5악을 그린 것으로는 〈오악진형도〉(五嶽眞形圖)라는 것이 있으니, 중국의 다섯 산인 태산·형산·숭산·화산·항산을 부적 모양으로 그린 것으로, 도사가 이것을 지니고 산천(山川)에 가면 백신(百神)과 군령(群靈)이 받든다고 한다. 또 〈오악사독도〉(五嶽四瀆圖)가 『정씨묵원』(程氏墨苑) 상책(上冊) 제4권 여도(輿圖) 하(下)에 보인다. 이 역시 〈오악진형도〉처럼 부록(符籙)에 가까운 그림이다. 〈오악진형도〉는 『정씨묵원』 상책 제3권 여도(輿圖) 상(上)에 실려 있다. 이인상은 『정씨묵원』에 보이는 이런 부록적(符籙的) 도상(圖像)을 검비에 새긴 게 아닌가 한다.

9 **칼집에는~새겼네** 이윤영이 1746년과 1747년 사이에 기른 매화나무의 분(盆)에 운뢰(雲雷)와 오악진형(五嶽眞形)을 새겼다는 사실이 「관매기」(觀梅記, 『뇌상관고』 제5책)에 보인다. 이 일과 이인상이 칼에 운뢰와 악독의 형상을 새긴 일은 모종의 관련이 있는 것으로 보인다. 두 사람은 도가적 취향을 공유했음으로써다.

10 **춤이 잦아들 땐** 이 칼을 들고 칼춤을 출 때를 상상해서 한 말.

북두성에 의지해 공연히 옛일 생각하니[12]

무지개 기운 뻗쳐[13] 방정치 않네.

참된 마음에는 이용利用[14]이 간직되어 있고

도의道義는 아름다움 품고 있는 법.[15]

정신의 왕성함은 자부하나

칼이 단단하지 못해 몹시 근심했었지.[16]

맑고 환하게 일기一氣를 뿜거늘

담금질 잘했으니 천 년은 가리.

나의 좋은 벗 여기 있으니

노장老匠[17]을 슬퍼할 건 없지.[18]

---

11 **튕겨 거꾸러뜨릴 땐** 원문은 "彈倒". 칼을 찔러 상대방을 쓰러뜨리는 것을 말한다.

12 **북두성에~생각하니** 여기서 말한 "옛일"은 명이 청에 망한 일을 가리키는 것으로 생각된다.

13 **무지개 기운 뻗쳐** 안 좋은 기운이나 힘이 강성함을 이르는 말. 칼에서 이런 기운이 뻗친다는 말.

14 **이용(利用)** 여기서는 '이롭게 씀'이라는 정도의 뜻.

15 **아름다움 품고 있는 법** 원문은 "含章". 『주역』 곤괘(坤卦)의 효사(爻辭)에 "아름다움을 머금음이 정(貞)할 수 있다"(含章可貞)라는 말이 보인다. 주희의 『주역본의』(周易本義)에 따른 풀이이다.

16 **정신의~근심했었지** 이인상이 정신적 굳셈은 자부해 온 터이지만, 자신의 몸을 지킬 칼이 시원치 않아 걱정했다는 말. 이 칼을 만들기 전에 그랬다는 말.

17 **노장(老匠)** 원래 노련한 장인(匠人)을 뜻하는 말인데 학문이나 시문(詩文)에 있어 노련한 경지에 든 사람을 일컫는 말로도 쓴다. 여기서는 오찬, 송문흠 등 이미 작고한 이인상의 벗들을 염두에 두고 한 말이다.

18 **나의~없지** 자신을 지탱해 주던 올곧고 굳센 벗들이 사라져 없지만 이 칼이 자신의 벗이 되어 주니 슬플 것이 없다는 뜻. 일종의 역설적 어법이다.

余嘗在智異, 鑄行劒, 準正統尺九寸. 及入雪嶽, 行住坐臥, 雖悄獨, 而劒常隨身, 恃而無懾. 歸到葛山, 馬上累句成篇

正統九分尺, 鑄刀半臂長. 純鋼采方丈, 法火鍊眞陽.
赤電騰神熖, 玄濤瀉膩光. 盛工鎔出妙, '哲也'刻雕良.
綰鞘雲雷象, 鎭環嶽瀆祥. 孤光照皓髮, 爽氣透剛腸.
雪嶠棼嶔嵂, 溟滄浩汪洋. 獨行用自衛, 靜夜最難忘.
虎豹逡潛跡, 魈魑敢逼牀. 舞殘秋月白, 彈倒海風凉.
倚斗空懷古, 成虹未正方. 精誠存利用, 道義看含章.
自許神俱旺, 深愁物不剛. 洞明噓一氣, 磨淬度千霜.
卽此良朋在, 未須老匠傷.

배에서 내려 강정도[1]에서 자고 이른 아침 출발하면서 짓다

단풍 든 나무로 배 옮겨 가 방죽 지나니
태화산太華山[2] 뭇 봉우리 볏모[3]처럼 가지런하네.
이슬 내린 갈대는 하늘과 함께 희고
은하에 별 흐르고 달은 나지막.
어등漁燈을 물에 비추니 잉어가 보이고
고을 북소리[4] 바람에 실려와 새벽닭 울음을 쫓네.[5]
돋는 해 물결에 비치고 강안개 자욱한데
뱃전 두들기며[6] 미음渼陰[7] 서편 벌써 지나네.

---

1 **강정도(康靜島)** 미상. 경기도 광주시와 양평군 일대를 흐르는 남한강에 있었던 섬으로 추정된다.

2 **태화산(太華山)** 삼각산을 말한다.

3 **볏모** 원문은 "翠剡"인데, 파릇파릇한 볏모를 뜻한다.

4 **고을 북소리** 원문은 "村鼓". 시간을 알리는 북.

5 **고을~쫓네** 새벽닭이 운 뒤에 고을 북소리가 바람결에 들려온다는 말. "送"은 뒤쫓는다는 뜻.

6 **뱃전 두들기며** 원문은 "鳴榔". 노래의 박자를 맞추기 위해 기다란 나무로 뱃전을 치는 것을 말한다.

7 **미음(渼陰)** 경기도 남양주시 지금동에 있는 마을로 수변리(水邊里)라고도 한다. 최근 행정구역이 개편되기 전에는 경기도 미금시 수석면에 속했다.

舟下宿康靜島, 早發有賦

移舟紅樹過長堤, 太華群峰翠剡齊.
露下蒹葭天共白, 星漂河漢月微低.
漁燈照水看文鯉, 村鼓和風送曉鷄.
初旭漾瀾江霧重, 鳴榔已過渼陰西.

북변北邊 순찰巡察을 노래한 아홉 곡.[1] 홍 평사[2] 양지를 받들어 전별하며

1

수 놓은 기旗, 아로새긴 칼, 구름처럼 둘러싸[3] 빛나는데
상장上將과 무사들[4] 의자 내려[5] 맞이하리.
백성들 태평해 길이 누워 배 두드리게[6] 하고
순로巡路의 맑은 해산海山에 취해 품평을 하리.

2

신조神鳥는 늘 적도赤島[7]의 나무에서 울고

---

1 아홉 곡 제목에선 아홉 곡이라고 했는데 수록되어 있는 건 일곱 곡뿐이다. 두 곡이 결락(缺落)된 듯하다.

2 평사(評事) 병마평사(兵馬評事)의 준말. 평안도·함경도에만 둔 병사(兵使)의 막료로, 군사상의 기밀 및 개시(開市: 중국과의 국경에 개설한 시장)에 관한 일을 담당했다. 평안도의 병사를 서평사(西評事), 함경도의 병사를 북평사(北評事)라고 했는데, 뒤에 와서 서평사는 없어지고 북평사만 유지되었다. 정6품 벼슬로 문관이 담당했다.

3 구름처럼 둘러싸 운집(雲集)해 있다는 말이다.

4 무사들 원문은 "韎韋". 무사를 뜻한다.

5 의자 내려 원문은 "下榻". 빈객을 예우함을 이른다. 후한(後漢)의 진번(陳蕃)이 예장 태수(豫章太守)로 있을 때 빈객을 접대하는 일이 없었는데 오직 서치(徐穉)가 오면 특별히 의자를 내려 놓고 그가 가고 나면 다시 의자를 공중에 매달아 두었다는 고사가 있다.

6 누워 배 두드리게 원문은 "臥鼓". 배불리 먹어 태평한 모습을 이르는 말이다.

7 적도(赤島) 함경도 경흥도호부 남쪽 40리에 위치한 섬이다. 이성계의 조부인 도조(度祖)가 이곳 행영(行營)에서 큰 나무 위에 앉은 까치 두 마리를 쏘아 맞혔는데, 큰 뱀이 이를 나무 위에 도로 가져다 놓으므로 사람들이 상서롭게 여겼다는 전설이 있다.

신룡神龍은 적지赤池[8]의 파도 일으키지 않네.
북변의 성스런 자취[9] 두루 찾으니
서수라西水羅[10] 앞바다에 해 두렷하네.

3

숙신肅愼의 옛터엔 화살이 묻혀 있고[11]
휘徽와 흠欽[12]의 의총疑塚[13]에선 무소뿔잔 나왔다지.
사막의 눈과 들녘의 구름에 괜히 옛일 슬퍼하고
비가悲歌 부르며 저물녘 무이대撫夷臺[14]에 오를 테지.

---

8 적지(赤池) 함경도 경흥도호부 남쪽 10리에 위치한 못. 둘레가 몇 리에 달하고 북으로 두만강에 닿아 있다. 도조(度祖)가 이 못에서 검은 용을 쏘았다는 전설이 있다.

9 성스런 자취 원문은 "聖跡". 이 시의 적도·적지를 비롯한 함경도 북쪽의 여러 지역에 이성계와 그 조상들의 유적이 남아 있다. 18세기 정조(正祖) 때에 적도·적지 및 환조(桓祖: 태조 이성계의 아버지)와 태조가 나서 자란 함흥 귀주동(歸州洞) 등지에 비석을 세워 선왕(先王)을 기린 일이 있다.

10 서수라(西水羅) 함경도 경흥도호부 남쪽 80리에 위치한 곳으로 동해에 면해 있으며, 현재 러시아와의 접경 지역이다.

11 숙신(肅愼)의~묻혀 있고 '숙신'은 고대에 중국 동북 지방과 한반도 북부에 살았던 종족인데 후대의 말갈, 여진과 관련이 있다. 『진서』(晉書) 「동이열전」(東夷列傳) '숙신씨'(肅愼氏)조에, "숙신에는 돌로 만든 살촉〔石砮〕과 가죽과 뼈로 만든 갑옷과 석 자 다섯 치의 단궁(檀弓)과 한 자 몇 치쯤 되는 길이의 화살〔楛矢〕이 있다"(有石砮, 皮骨之甲, 檀弓三尺五寸, 楛矢長尺有咫)라는 말이 보인다.

12 휘(徽)와 흠(欽) 송나라 황제인 휘종과 흠종을 가리킨다. 이들은 1127년에 포로가 되어 금나라에 잡혀 갔으며 송나라는 이때 남쪽으로 천도했다.

13 휘(徽)와 흠(欽)의 의총(疑塚) 휘종과 흠종의 시신이 묻힌 것으로 의심되는 무덤. 두 황제의 무덤이 회령부(會寧府) 운두보(雲頭堡)에 있다는 전설이 당시 유포되어 있었다. 『영조실록』의 영조 17년(1741) 5월 21일 기사에 '황제총'(皇帝塚)에 대한 언급이 보이며, 영조 26년(1750) 2월 4일의 기사에도, 영조가 북평사로 있었던 승지 남태기(南泰耆)에게 황제총에 대해 묻는 대목이 보인다.

14 무이대(撫夷臺) 무이(撫夷)의 언덕에 있던 대(臺). 무이는 함경도 경흥도호부에서 남쪽으로 30리에 위치한 곳으로, 이곳의 언덕에 봉수대가 설치돼 있었다.

4

어유간魚游澗[15] 아래 수레 멈추니
푸른 바닷가 소나무 서늘한 곳 처사의 집일레라.
이런 한문寒門도 함화含火에 의지해 힘쓰나니[16]
북인北人이 외려 오경五經을 외누나.

5

정수사淨水寺 불전佛前에 누가 거문고 타리[17]
어강魚江[18]의 파도와 급류 소리 절로 구슬프네.
북방에 떠도는 혼 부를 수 없거늘
돌아올 때 「소화사」素華辭[19]나 읊어 주구려.

6

옥규玉虯[20]가 어찌 세상살이 근심 가련히 여기리?
금단金丹[21]도 노년엔 흰머리만 재촉할 뿐.

---

15 어유간(魚游澗) 함경북도 경성부(鏡城府)에 있던 진보(鎭堡).

16 함화(含火)에 의지해 힘쓰나니 별빛에 의지해 힘써 독서한다는 뜻. '함화'는 하늘의 서북쪽 빛이 없는 곳에서 음지를 비춘다는 촉룡(燭龍)을 이른다. 자세한 것은 본서 292면 주9를 참조할 것.

17 정수사(淨水寺)~타리 이는 죽은 오찬과 관련된 말이다. 오찬은 경상북도 영덕에 있던 정수사의 오동나무로 거문고를 만들었는데, 공교롭게도 귀양 가 죽은 함경남도 어강(魚江)에도 같은 이름의 절이 있었다. 정수사와 관련된 일은 앞에 나온 「뒤에 오경보의 매화시 여덟 편에 화답하다」(追和吳敬父梅花八篇)의 추기(追記)를 참조할 것(본서 433면).

18 어강(魚江) 함경남도 삼수부(三水府)의 어면강(魚面江). 오찬이 귀양 가 죽은 곳이다.

19 「소화사」(素華辭) 이인상이 오찬을 애도하여 쓴 애사(哀辭)이다. 『능호집』 권4에 실려 있다.

20 옥규(玉虯) 신선이 타고 다니는 규룡(虯龍). 규룡은 뿔이 없는 용.

21 금단(金丹) 도사가 만든다는 장생불사의 묘약.

장백산長白山[22] 덮은 태곳적 눈으로
속진俗塵 털고 마음 맑혀 돌아오시길.

7
바닷가 산에 눈 개고 달이 오를 제
병졸의 취타吹打 소리[23] 끊이지 않네.
홀로 듣는 북소리 너무 비장해
가인佳人 꾸짖어 검무劍舞를 늦추게 할 테지.

北巡九闋. 奉贐洪評事養之

繡旗雕劍匝雲明, 上將韎韋下榻迎.
但教時平長臥鼓, 醉評巡路海山淸.

其二
神鳥常鳴赤島樹, 神龍不動赤池波.
窮荒聖跡行尋遍, 海日偏明西水羅.

其三
肅愼舊墟沈楛矢, 徽欽疑塚出犀杯.

---

22 장백산(長白山) 이인상이 그린 그림으로 현재 〈장백산도〉(長白山圖, 풍서헌 소장)가 전한다. 26.5×122.0cm의 장폭으로, 친구인 김상숙(金相肅)에게 그려 준 것이다.
23 취타(吹打) 소리 관악기와 타악기를 연주하는 소리.

磧雪野雲空弔古，悲歌暮上撫夷臺.

其四

魚游淵下駐行車，海碧松寒處士廬.
與許寒門含火力，北人猶誦五經書.

其五

淨水佛前琴誰奏，魚江濤瀨響自悲.
北有羇魂招不得，歸輪爲唱「素華辭」.

其六

玉虯誰憐度世思? 金丹歲暮鬢華催.
長白山頭太始雪，剜君塵髓濯神來.

其七

海山雪霽月升時，吹打韗轤帳下兒.
獨聽畵鼓聲悲壯，嗔遣佳人舞劍遲.

서재西齋[1]에서 책을 펼쳐 보다가 감회가 있어 김백우의 장시長詩에 차운하다

삼천 권 책 쌓아 둔
나의 방 절로 깊고 고요하여라.
좀벌레 먹을 파먹고
오래된 종이에선 먼지가 폴폴.
등불 옮겨 서안書案 비추고
창에 드는 햇빛 맞이했었지.[2]
심오한 뜻 지닌 글은 고작 서너 편
성인聖人께서 두터이 나를 길러 주셨네.[3]
이에 느꺼워 평생 업으로 삼으니
신명神明[4]이 안에서 스스로 가르침을 구하네.
세상을 선善히 하는 데 뜻을 두었고
고古를 숭상해 친구 없지 않았네.

---

1 **서재(西齋)** 종강(鐘崗: 북고개)의 집 서사(西舍)를 이른다. 이인상은 식구가 늘고 장남이 혼인하자 남산의 능호관에서 가까운 명동의 종강에 동사(東舍)와 서사(西舍) 두 채의 집을 지었다. 동사는 부녀가 거처하는 공간이고, 서사는 이인상의 서루(書樓)였다. 「모루명」(茅樓銘, 본서 하권 251면)에서 말한 '모루'라는 서사를 이르는데, 이것이 곧 천뢰각이다.

2 **등불~맞이했었지** 밤에는 등불 밑에서 책을 읽고, 낮에는 창문의 햇빛으로 책을 읽었다는 뜻.

3 **심오한~주셨네** 심오한 뜻이 있는 성인이 쓴 서너 편의 글로 덕을 닦았다는 말.

4 **신명(神明)** 마음을 이른다.

우정 나누던 젊은 시절 생각하면은
기개 높고 술잔에 술 가득했지.
화려한 글엔 속이는 마음 많고
청담淸談[5]은 입을 상하기 쉽네.
수치를 참으며 작은 봉록俸祿에 미련을 둬
농사짓던[6] 옛 밭도 내버리고 말았네.
뉘우침과 부끄럼 쌓인 지금에서야
옛사람의 가르침 따르려 하네.
문文과 도道가 성性[7]을 따르면
경륜經綸은 손안에 있는 것과 같네.
화이華夷를 옳게 분변한다면
후세에 어찌 취할 게 없으리.[8]
초목에는 헛된 즐거움 많고
산수에 놀러 다닌 일 후회한다네.[9]
생각하네 온 세상 사람과 함께
같은 도道를 힘써 고수할 것을.
말세末世라 문득 통곡하면서

---

5 **청담(淸談)** 세속을 떠난 고상한 이야기. 중국의 위진(魏晉) 시대 문사(文士)들이 노장(老莊) 사상을 좇아, 세상일을 버리고 속세를 떠나 청정무위(淸淨無爲)의 공리공담을 일삼던 데서 유래한 말이다.

6 **농사짓던** 원문은 "食力". 스스로 일해 먹고사는 것을 이르는 말이다.

7 **성(性)** 천리(天理)가 마음에 품부(稟賦)된 것이 성(性)이니, 주희는 이를 본연지성(本然之性)이라고 했다. 또한 주희는 '성즉리'(性卽理)라고 하여, 성(性)을 리(理)로 간주했다.

8 **후세에~없으리** 후세에 이르러 취할 만한 것이 있으리라는 말.

9 **초목에는~후회한다네** 이인상은 나무와 화훼를 끔찍하게 좋아했으며, 산수 유람, 특히 명승 탐방의 취미가 각별했다.

어젯밤 또 취해 토했네.
그대 시 정녕 고심의 말이니
평소의 마음 헛되이 저버리지 않았군.
안으로 천리天理와 천명天命의 온전함 믿거늘
늙어 얼굴 추해지는 거야 무슨 걱정이리.
바라노니 운담雲潭[10] 가에서
백발이 되도록 나란히 밭 갈며[11] 살았으면.

西齋檢書有感, 次金伯愚長韻

築書三千卷, 我室自深黝. 衆蠹食煙煤, 古紙生塵垢.
移燈照短几, 迎日入半牖. 奧義只數篇, 聖師餉我厚.
感玆沒身業, 神明內自扣. 善世余有志, 尙古非無友.
結交記玄髮, 意氣酒盈卣. 華辭多欺心, 淸談易戕口.
包羞懷微祿, 食力抛舊畝.秪今悔吝積, 古訓思順受.
文道固循性, 彌綸猶在手. 一正華夷辨, 後來豈無取?
草木多虛樂, 山澤悔遊走. 思與一世人, 同道勉固守.
衰時忽慟泣, 前夜復醉嘔. 君詩眞苦語, 素心莫虛負.
內信理命全, 何憂顔貌醜? 願言雲潭上, 耦耕期皓首.

---

10 **운담(雲潭)** 단양의 구담을 말한다.
11 **나란히 밭 갈며** 원문은 "耦耕". 본서 185면 주14를 참조할 것.

북악의 정 처사 여소[1]와 김 종사從史[2]를 방문했으나 만나지 못하다

병후病後라 나귀 타니 피곤해 떨어질 듯한데
가는 눈발에 집을 나서 북촌北村에 왔네.
시내를 거슬러 올라갔으나 정 처사를 못 만나
고개 넘어 이번엔 김 종사를 찾네.[3]
길에 부는 솔바람은 서늘한 푸른 빛[4]과 어우러지고
공중의 산빛은 저리도 맑고 곱네.
어찌하면 이 경치 앞에 종일 취하여
산중山中에 한가히 앉은 그대에게 일러 줄지.

---

1 정 처사(處士) 여소(汝素) 정이화(鄭履和)를 말한다. '여소'는 그 자이고 본관은 연일(延日).

2 김 종사(從史) 김용겸(金用謙, 1702~1789)을 말한다. 자는 제대(濟大), 호는 효효재(嘐嘐齋), 본관은 안동이고 김창즙(金昌緝)의 아들이다. '종사'는 관직명으로, 세손위종사(世孫衛從司)의 종7품 벼슬이다. 성품이 낙천적이고 해학적이었으며, 남을 면전에서 꺾어 버리길 잘해 젊은 사람들이 괴로이 여겼다고 한다. 박람(博覽)하고 특히 음악에 조예가 깊었으며, 북악 아래에 살았다. 박지원 일파가 선배로 받들며 종유(從遊)하였다. 벼슬은 음직으로 공조판서까지 지냈다.

3 찾네 원문은 "討". 원주에 "'討'는 어떤 데는 '訪'으로 되어 있다"라고 하였다.

4 서늘한 푸른 빛 원문은 "寒翠"인데, 소나무의 청청(青青)한 자태를 가리킨다.

訪北山鄭處士履和汝素、金從史用謙不遇

病後騎驢倦欲墜，微雪出門到北里.

溯澗不遇鄭處士，逾岡且討金從史. 討一本作訪

夾路松風交寒翠，中空嶽色何清美.

那得對此終日醉，謂君閒坐在山裏?

어머님[1] 생신 을해년(1755)

자식 손자 색동옷[2] 온 집에 울긋불긋
작은 쪽문[3] 매화나무엔 향기로운 수건이 걸려 있네.[4]
눈 드리운 장송長松은 창 앞에 푸르고
구름 걸린 삼각산은 술독에 비쳐 맑아라.[5]
좋은 시절[6] 돌아와 맑은 햇살 비치거늘
즐거운 춘정월春正月에 고경古經을 읽네.
검은 머리 발그레한 얼굴 백복百福에 어울리니
곤륜崑崙의 복숭아 씨[7]처럼 신선의 나이 누리소서.

---

1 **어머님** 이인상 후손가에 소장된 필사본 『완산이씨세보』(完山李氏世譜)에 의하면 이인상의 모친은 1685년 1월 8일생이다. 그러니 당시 고희(古稀, 만 70세 생신)를 맞은 것이다.

2 **색동옷** 중국 초(楚)나라의 노래자(老來子)가 일흔 살의 나이에 어린아이가 입는 색동옷을 입고 어린애같이 굴면서 부모를 즐겁게 했다는 고사가 있다.

3 **작은 쪽문** 원문은 "小閤". 사대부 집안의 부녀가 거처하는 규방(閨房) 앞의 쪽문을 이른다. 이 시에는 어머니의 고희를 축하하며 가족의 단란함을 기뻐하는 뜻이 넘친다.

4 **수건이 걸려 있네** 원문은 "設帨". 여자의 생일을 일컫는 말. 옛날에, 아들을 낳으면 대문 왼쪽에 활을 걸어 놓고, 딸을 낳으면 대문 오른쪽에 수건을 걸어 놓은 데서 유래한다.

5 **구름~맑아라** 술독에 비친 삼각산의 그림자가 맑다는 말.

6 **좋은 시절** 봄을 말한다.

7 **곤륜(崑崙)의 복숭아 씨** 서왕모(西王母)가 무제(武帝)에게 곤륜의 복숭아 다섯 개를 주자 무제는 그것을 먹고 난 후 씨를 버리지 않고 앞에 놓아두었다. 서왕모가 그 이유를 묻자 무제는 "이 복숭아가 너무 맛이 좋아 씨를 심으려고 한다"(此桃美, 欲種之)라고 했다. 그러자 서왕모는 웃으며, "이 복숭아는 3천 년에 한 번 열매가 열리므로 인간 세상에 심을 것이 아니다"(此桃三千年一著子, 非下土所植也)라고 했다는 이야기가 『한무고사』(漢武故事)에 보인다. 여기서는 장수(長壽)를 뜻하는 말로 썼다.

萱堂晬辰 乙亥

兒孫彩服爛盈庭, 小閤梅花設帨馨.
雪拖長松當戶碧, 雲扶華嶽倒樽淸.
時回穀日延晴景, 歲樂春正頌古經.
綠鬢朱顔宜百福, 崑丘桃核數仙齡.

산협[1]을 나와 퇴어 어르신을 역방歷訪[2]했는데 정성스럽게 대하며 머물게 하시어 그물로 물고기를 잡았다. 삼가 「배에서」라는 시에 차운하다

1

넘실넘실 여강驪江은 평온하고
우뚝우뚝 용문산 맑기도 하지.
중류中流로 작은 배 저어 가
고개 돌려 성城[3]을 바라보누나.
옅은 구름 걷히길 기다리면서
밝은 저녁달 거듭 기약하네.
물 따라 가니 한수漢水[4] 가까워
노 저으며 정情을 못 이길레라.

---

1 산협(山峽) 다백운루가 있던 단양의 구담을 말한다.

2 역방(歷訪) 원문은 "歷拜". 여러 곳을 차례차례 방문함을 이른다. 이 말을 통해 당시 이인상이 다른 분도 찾아뵈었음을 알 수 있다. 아마 여호(驪湖)에 은거하고 있던 민우수를 찾아갔던 것으로 보인다.

3 성(城) 여주군 대신면 천서리의 파사산(婆娑山)에 있는 파사산성을 가리킨다. 성 둘레가 900여 미터이며 돌로 쌓은 성으로 남한강 가에 있다. 신라 때 처음 축성되었다고 하나 확실치는 않다. 선조 25년인 1595년에 승장(僧將) 의엄(義嚴)이 고성(古城)을 수축했다는 기록이 전한다.

4 한수(漢水) 한강을 말한다.

2

술 마시며 태평한 시절 즐기니
긴 강[5]의 여름 나무 맑기도 하지.
자리에는 명사名士들 많기도 하고
배에서 내려[6] 장수[7]를 만나시기도.
이렇듯 경세經世의 뜻 지니고 계셔
응당 임금을 저버리지 않았네.
부질없는 근심으로 흰머리 느니
누구라 세신世臣[8] 마음 안단 말인가?

出峽歷拜退漁丈, 款留打魚. 謹次「舟中」韻

瀰瀰驪河平, 岧岧龍嶽清. 中流進小舫, 回首望層城.
留待輕陰盡, 重期夕月明. 沿洄江漢近, 鼓枻不勝情.

其二

罇酒樂升平, 長湖夏木清. 賓筵盛珮服, 杙[9]綱遇干城.
卽此存經濟, 未應負聖明. 閒愁添皓髮, 孰解世臣情?

---

5 강 원문은 "湖". 강을 뜻한다. 강물이 호수 같다고 하여 '호'(湖)라고 했다.
6 배에서 내려 원문은 "杙綱". 줄을 사용해 배를 말뚝에다 매어 둔다는 뜻.
7 장수 원문은 "干城". 무장(武將)을 말한다.
8 세신(世臣) 집안 대대로 임금을 섬기는 신하. 여기서는 퇴어 김진상을 가리킨다.
9 杙 원문에는 "栻"로 되어 있으나 『뇌상관고』에 의거해 바로잡았다.

담존재 이공 만시

1

생사生死는 상리常理와 같지만
고상한 풍모 몹시 잊기 어렵네.
마음이 허명虛明해 성기性氣[1]가 참되고
분만憤懣 많아 문장이 가멸찼었지.
영영 사직社稷을 저버리고
마침내 보검寶劍의 빛 잠겨 버렸네.[2]
서호西湖[3]의 일천 이랑 물
지는 달에 길이 한恨을 보내네.

2

국사國士[4]이면서 허리 오래 굽히었지만[5]
낮은 관직이 그대에겐 명예였었네.

---

1 성기(性氣) 성격과 기질.

2 보검(寶劍)의~버렸네 훌륭한 인물의 죽음을 뜻한다.

3 서호(西湖) 서강(西江)을 말한다. 담존재 이명익은 서호에 우거한 적이 있다.

4 국사(國士) 일국(一國)의 선비. 선비에는 일향지사(一鄕之士)가 있고, 일국지사(一國之士)가 있으며, 천하지사(天下之士)가 있다. 일향지사는 한 고을에서 알아주는 선비요, 일국지사는 한 나라에서 알아주는 선비이며, 천하지사는 천하에서 알아주는 선비다.

5 허리 오래 굽히었지만 도연명이 오두미(五斗米)의 녹(祿) 때문에 비굴하게 상관에게 허리를 굽힐 수 없다고 하여 팽택령(彭澤令)을 그만두고 귀거래한 일이 있다. 여기서는 도연명과 달리 관직에 머물러 있었다는 말이다.

뇌양耒陽에선 천리마를 묻지 않았고[5]

단보單父에선 물고기 완상 그만두었네.[7]

오로지 마음만 맑게 가질 뿐

사무에 오활한 건 신경 안 썼지.[8]

쇠세衰世에 장상將相의 공업功業이

적막하니 이 일을 어찌할꺼나.[9]

3

북악北嶽 아래 좋은 집[10]에서

시종始終 즐거이 노닌 일 기억나누나.

---

6 뇌양(耒陽)에선~않았고 중국의 삼국시대 방통(龐統)의 고사. 유비(劉備)가 형주(荊州)를 점거하자 그 종사(從事)였던 방통이 뇌양(耒陽)의 수령이 되었다. 하지만 고을을 제대로 못 다스려 해임되고 말았다. 이에 오(吳)나라 장군 노숙(魯肅)이 유비에게 편지를 보내 "방통은 작은 고을을 다스릴 재주가 아닙니다. 만일 중앙에서 별가(別駕)의 직책을 맡는다면 비로소 그 천리마의 능력을 펴 보일 것입니다"(龐士元非百里才也, 使處治中別駕之任, 始當展其驥足矣)라고 했다는 고사가 『삼국지』(三國志) 「촉지」(蜀志)에 보인다. 여기서는 이명익이 뛰어난 재능을 지녔음에도 불구하고 고작 지방 수령을 했음을 이르는 말이다.

7 단보(單父)에선~그만두었네 '단보'(單父)는 춘추시대 노(魯)나라 복자천(宓子賤)이 다스렸던 현(縣). 복자천은 공자의 제자인데, 공자는 그가 단보의 수령이 된 지 3년째 되던 해 제자 무마기(巫馬期)로 하여금 단보에 가서 복자천이 어떻게 정치를 하고 있는지 알아보게 하였다. 무마기가 그곳에 가서 보니, 한 어부가 자신이 잡은 고기를 금방 다시 놓아주는 것이었다. 무마기가 그 이유를 물으니 어부가 대답하기를, "우리 고을 원께서 큰 물고기는 사랑하시고, 조그만 물고기는 키우고자 하시므로 그런 물고기를 잡으면 놓아주지요"라고 하였다. 이 말을 전해 듣고 공자가 복자천을 칭찬했다는 고사가 『공자가어』(孔子家語)에 보인다. 여기서는 이명익이 지방 수령으로 있으면서 선정을 폈음을 이르는 말.

8 신경 안 썼지 원문은 "從他"인데, 무던하게 여기다, 대수롭지 않게 여기다라는 뜻.

9 쇠세(衰世)에~어찌할꺼나 장차 장상(將相)의 벼슬을 맡아 경륜을 펼쳤어야 마땅할 이명익의 죽음을 탄식한 말이다.

10 북악(北嶽) 아래 좋은 집 이명익이 서호에 이거(移居)하기 전에 살았던 집이다.

늙은 매화나무는 달빛 드리워 희고[11]

가을 열매는 서리 내려 붉었었지.

궁한 벗들에 호음豪飮하는 이 많아

슬피 노래하면 몹시 공교한 데 이르렀지.

늘 가여워했지 김일진金日進[12]이

초원草原에서 뼈가 썩고 있음을.

4

기억하네 창랑정滄浪亭[13]에서

장강長江이 먼 곳 생각[14] 불러일으켰던 일.

물가의 구름은 달 기다려 어둑하고

언덕의 버들은 배 보내며 늘어졌지.

굴원의 「천문」天問[15]을 길이 해석하고

이개李鍇[16]의 시를 함께 읊었더랬지.

천 년 뒤의 사람에게 마음을 기탁하나

슬픔은 괜시리 못 이길레라.

---

11 **늙은~희고** 이인상은 『뇌상관고』 제4책의 「관매기」(觀梅記)에서 1738년 겨울 북악 아래에 있는 이명익의 집에서 매화음(梅花飮)을 즐긴 일을 언급하고 있다.

12 **김일진(金日進)** 김익겸(金益謙, 1701～1747)을 말한다. '일진'은 그 자. 이명익과 아주 친했다. 이인상과도 친교가 있었다.

13 **창랑정(滄浪亭)** 마포구 현석동(玄石洞)에 있던 정자. 본서 127면 주1을 참조할 것.

14 **먼 곳 생각** 원문은 "遠思"인데, 중원(中原)을 가리키는 것으로 여겨진다.

15 **굴원의 「천문」(天問)** 원문은 "靈均策". '영균'(靈均)은 굴원의 자(字). '책'(策)은 『초사』의 한 편인 「천문」(天問)을 가리킨다. 「천문」은 독특한 문답체의 구성을 취하고 있는바, 172개의 물음을 통해 하늘·땅·사람에 대한 온갖 문제를 거론하고 있다.

16 **이개(李鍇)** 본서 127면 주3을 참조할 것.

5

가을날 함께 설악雪嶽에 올라
글씨 쓴 바위 꼭대기 어루만졌지.[17]
푸른 바다 바야흐로 달을 토吐하고
봉정鳳頂[18]은 곧바로 하늘에 닿았네.
연옹淵翁[19]의 집에는 노을이 짙고
설잠雪岑[20] 당시의 고사리는 쇠잔했었네.
고을 객사客舍[21] 돌아와 함께 지내며
「폐문」閉門편[22]을 서로 외웠지.

6

오월이라 종강鐘崗[23]에 비가 내릴 제

---

17 **글씨~어루만졌지** 이명익이 홍천 현감으로 있을 때 이인상과 함께 설악산에 올라 글씨를 쓴 바위를 손으로 어루만졌던 일이 있다. 『능호집』 권4의 「이홍천 제문」(祭李洪川文)에 이 사실이 보인다.

18 **봉정(鳳頂)** 설악산 주봉인 대청봉의 옛 이름. 그 아래에 봉정암(鳳頂菴)이 있다.

19 **연옹(淵翁)** 삼연 김창흡을 가리킨다.

20 **설잠(雪岑)** 원문은 "雪釋"인데, 매월당 김시습을 가리킨다. 김시습의 법호(法號)가 설잠(雪岑)이기에 이리 말했다. '석'(釋)은 승려라는 뜻.

21 **고을 객사(客舍)** 홍천현(洪川縣)의 객사를 말한다. 이인상은 설악산에서 돌아오는 길에 홍천현 객사에 묵었다.

22 **「폐문」(閉門)편** 주희의 시 「수야(秀野)의 「눈을 읊다」에 차운하다」(次秀野詠雪韻)를 가리키지 않나 생각된다. 이 시는 7언율시인데, "문 닫고 누우니 객이 드물고/일어나 눈을 보니 뜰 가득 내리네"(閉門高臥客來稀, 起看天花滿院飛)로 시작된다.

23 **종강(鐘崗)** 이인상은 음죽 현감을 그만둔 후 서울의 명동 북고개에 집을 새로 지었다. 이인상은, 이 집을 1753년 8월부터 짓기 시작해, 익년 6월 10일에 이 집의 서사(西舍)에 입주하였다. 『뇌상관고』 제5책에 수록된 「종강의 토지신에게 제사 지내는 글」(祭鐘崗土地神文)에서 그 점이 확인된다. '崗'은 '岡'으로도 표기한다.

흰 망아지[24] 매어 그대 머물게 했지.[25]

머리가 세는 걸 서글퍼하고

초루草樓[26]가 높다고 웃기도 했지.

이별할 때 나에게 참깨를 주며[27]

〈옥순도〉玉筍圖 완성을 재촉했었지.[28]

동산東山[29]에서 늙자 약속하면서

고삐 잡고 전도前途를 물었었건만.

湛存齋李公挽

存沒猶常理, 高標極難忘. 虛明眞性氣, 磊碨富文章.

永負彝鐘鏤, 遂沈寶鍔光. 西湖千頃水, 落月送恨[30]長.

---

24 흰 망아지 현자(賢者)가 타고 온 말을 뜻한다. 『시경』 소아 「백구」(白駒)에, "희고 흰 망아지가/우리 밭 곡식을 먹었다고 말해/발 묶고 고삐 매어/아침 내내 붙잡아 둬/내 마음속 저 어진 이/더 놀다 가게 하리"(皎皎白駒, 食我場苗. 縶之維之, 以永今朝. 所謂伊人, 於焉逍遙)라는 구절이 있다.

25 오월이라~했지 이인상이 이명익과 설악산에 함께 노닌 것이 전년도(1754) 가을이니, 여기서 말하는 '오월'은 1755년 오월일 것이다. 이때의 만남이 두 사람의 마지막 만남이었다. 이후 얼마 안 있어 이명익은 세상을 하직했다.

26 초루(草樓) 이인상의 종강 집 서사(西舍)인 천뢰각을 말한다.

27 이별할~주며 이 사실은 「이홍천 제문」(본서 하권 218면)에도 보인다. '참깨'는 신선이 먹는 것의 하나다. 이것으로 밥을 해 먹으면 장수한다고 한다.

28 〈옥순도〉(玉筍圖) 완성을 재촉했었지 이명익이 이인상에게 단양 구담의 옥순봉을 그려 줄 것을 재촉했다는 말.

29 동산(東山) 원래 중국 동진(東晉)의 고사(高士) 사안(謝安)이 은거한 곳인데, 흔히 은거지를 가리키는 말로 쓴다.

30 恨 『능호집』에는 결자(缺字)로 처리되어 있는데, 『뇌상관고』에 의거해 보완했다.

其二

國士折腰久, 微官與子譽. 耒陽休問驥, 單父莫觀魚.
直以襟期爽, 從他榦節疎. 衰時將相業, 寥落竟何如?

其三

華館北山下, 游懽記始終. 老梅垂月白, 秋果墜霜紅.
窮友多豪飮, 哀歌到極工. 每憐金日進, 骨腐草原中.

其四

憶在滄浪榭, 長江澹遠思. 汀雲候月暗, 岸柳送帆遲.
永釋靈均策, 同吟李錯詩. 托心千載下, 無事不勝悲.

其五

秋日登東嶽, 題書撫石巓. 滄溟方吐月, 鳳頂直連天.
霞鬱淵翁宅, 薇殘雪釋年. 郡齋歸共榻, 相誦「閉門」篇.

其六

五月鐘崗雨, 留君縶白駒. 劇憐玄鬢改, 更笑草樓高.
贈別胡麻子, 催成玉筍圖. 東山終老約, 執紼問前途.

임자 중유[1]가 푸른 돌과 솔뿌리로 만든 베개 둘을 준 데 사례하다

남간南澗 굽이의 초가집[2] 즐거워할 만하니
누우나 서나 앉으나 걸으나 물소리 들리네.
대나무 걸상과 등나무 지팡이는 비록 있어도
사립문[3] 향해 누우면 탕건 늘 벗겨졌지.[4]
게을러 십육 년을 베개도 없이
빈둥거리며 누워 있다 머리가 셌네.
보내 준 돌베개는 어찌 그리 서늘하며
높은 솔뿌리 베개는 누워 쉬는 데 안성맞춤.
시내의 영지대靈芝臺[5]에 이걸 갖고 가
좌우로 벤 채 탁향폭포濯香瀑布[6]를 보네.

---

1 임자(任子) 중유(仲由) 임서(任遾, 1708~1764)를 가리킨다. '자'(子)는 존칭이고, '중유'는 그 자(字). 본관은 풍천(豐川). 수촌(水村) 임방(任埅)의 손자이고 임매(任邁)와는 사촌간이다. 이인상의 재종숙 이현지(李顯之)의 사위이며, 이하상(李夏祥, 1710~1744, 자 자화子華)과는 처남 매부 사이다. 1735년(영조 11) 생원시에 합격했으며, 안산 군수(安山郡守)를 지냈다.

2 남간(南澗) 굽이의 초가집 남산 중턱에 있던 집 능호관을 말한다. 이인상은 종강에 새로 집을 지었지만, 능호관은 계속 유지하였다.

3 사립문 원문은 "衡木"인데, 한사(寒士)의 집 문을 뜻한다.

4 사립문~벗겨졌지 베개가 없어 누우면 탕건이 늘 벗겨졌다는 말.

5 영지대(靈芝臺) 이인상이 남간의 중대(中臺)에 붙인 이름. 『뇌상관고』 제5책의 「남간석각표명」(南澗石刻標名) 참조.

6 탁향폭포(濯香瀑布) 당시 남간에 있던 폭포로, 이인상이 '탁향'이라는 이름을 붙였다.

희이希夷[7]로 하여금 쿨쿨 자게 해
꿈에서 장자莊子[8]와 거닐게 하겠네.
맑은 바람 소리 꿈에 길게 들려와
일어나 옷 떨치니 꽃잎 우수수.
그대여 봄술 단지 안고 오게나
갈건葛巾에 거를 것 없이[9] 지게미째 마시세.
어사御史가 묻거들랑[10] 머리 조아려 사죄하며
"술을 좋아함은 위병胃病을 고치려 해서[11]"라 답하리.

謝任子仲由邈贈碧石松根二枕

茅棟可樂南澗曲，行住坐臥聽寒玉.
縱有竹凳與藤杖，寢向衡木幘常落.
懶不具枕十六年，慵來習臥蓬鬢白.
君贈碧石何清凉，松根蘢嵷宜偃息.

---

7 희이(希夷) 중국 오대(五代) 말에서 북송(北宋) 초의 도사인 진단(陳摶)을 가리킨다. 흔히 희이선생(希夷先生)으로 불린다. 그는 한 번 자기 시작하면 백여 일을 계속 잤다고 한다.

8 장자(莊子) 원문은 "蒙叟"인데, 몽(蒙) 땅의 늙은이라는 뜻. 장자가 몽(蒙) 땅 사람이기에 한 말이다.

9 갈건(葛巾)에~없이 동진(東晉)의 고사(高士) 도연명은 자신의 갈건으로 술을 걸러 마셨다.

10 어사(御史)가 묻거들랑 1756년 신년부터 금주령(禁酒令)이 시행되었기에 한 말이다.

11 위병(胃病)을 고치려 해서 원문은 "戢木"으로, 목기(木氣)를 거두어들인다는 뜻. 의서(醫書)에, 배가 아픈 것은 목기(木氣)가 토기(土氣) 속으로 산입(散入)하여 위(胃)의 양기(陽氣)가 곤핍해져서이니 황금(黃芩: 약초 이름)을 빼어 버려 토기(土氣)를 안정시키고 작약을 첨가하여 목기(木氣)를 거두어들여야 한다는 말이 보인다.

攜到中澗靈芝石，左右枕向濯香瀑.
穩教希夷取牢睡，夢與蒙叟同躑躅.
風珮淸淸和夢長，起來拂衣花棼錯.
願君抱來春酒甕，巾葛不用共糟粕.
御史問之叩首謝，小臣愛酒期戢木.

박여신[1]이 삼청동으로 집을 옮기다

용동龍洞[2]의 그대 집 고작 한 칸이라
처자妻子 앉고 누울 때 웅그려야 했지.
봄이 와도 산들바람 불어오지 않고
가을 겨울에는 따스한 아침해 비치지 않았네.
문 나서면 곧 종강鐘崗에 찾아왔는데
벗이 오면 좁은 뜨락에 무릎 맞대고 앉았지.[3]
깨끗한 마음으로 밤낮 수고로움 마다않지만
한가하고 조용해 안색 좋으니 기쁘다마다.
나물국 보리밥조차 넉넉지 않지만
명화名畫와 법서法書[4]는 백 축軸이나 되네.
소선小仙[5]과 백호伯虎[6]는 모두 진적眞蹟이고

---

1 **박여신(朴汝信)** 박사신(朴師藎)을 말한다. '여신'(汝信)은 자. 김귀주(金龜柱)의 문집 『가암유고』(可庵遺稿) 권1에 실린 「가을밤에 우연히 읊어 박군 여신에게 주다」(秋夜偶吟, 贈朴君汝信師藎)라는 시를 통해 김귀주를 종유했음을 알 수 있다. 서얼로 여겨진다.

2 **용동(龍洞)** 소룡동(少龍洞), 즉 작은용골을 가리키는 듯하다. 마을 생김새가 용 두 마리가 서로 여의주를 품고 똬리를 튼 것처럼 생겼다고 하여 이런 이름이 붙었다. 지금의 남대문로2가, 명동1가, 충무로1가, 을지로2가에 걸쳐 있던 마을이다. 『서울지명사전』(서울특별시사편찬위원회, 2009) 참조.

3 **무릎 맞대고 앉았지** 원문은 "促膝"인데, 매우 친밀하게 이야기를 주고받는 것을 이른다.

4 **법서(法書)** 명가(名家)의 법첩(法帖).

5 **소선(小仙)** 명(明)나라 때 화가인 오위(吳偉, 1459~1508)의 호. 대진(戴進)과 함께 절파(浙派)의 대표적인 화가로 꼽힌다. 부벽준(斧劈皴)을 잘 구사했으며, 필법이 웅건했다.

6 **백호(伯虎)** 명나라 화가인 당인(唐寅, 1470~1523)의 호이다. 당인은 심주(沈周)·문징명(文徵明)·구영(仇英)과 함께 명(明) 4대 화가로 불린다.

벽에는 봉래蓬萊[7]의 대자大字와 탄은灘隱[8]의 대나무.
어느 날 객客 안 받고 집 밖에서 읍揖하더만
생계 위해 그 작은 집 처분했다고.
서화 궤짝 하나만은 그래도 간직해
천금 보옥과도 바꾸지 않네.
삼청동三淸洞 백련봉白蓮峰에 세들어 살며
소나무 아래 바위에서 한가히 포쇄[9]하네.

朴汝信移宅三淸

君有龍洞小屋只一間, 妻兒坐臥常卷曲.
春來不受條風淸, 秋冬苦礙朝暾暵.
出門便訪鐘崗人, 朋來促膝門徑窄.
素心晨夕不辭勞, 悅君閒靜好顔色.
葵羹麥飯不滿卓, 名繪法書盈百軸.
小仙、[10]伯[11]虎俱眞蹟, 壁掛蓬萊大字灘隱竹.
一朝謝客揖門外, 已賣小屋具糜粥.
猶攜一擔書畵箱, 不換千金與寶玉.
僦居三淸之洞白蓮峰, 松下石上閒曬曝.

---

7 봉래(蓬萊) 양사언(楊士彦, 1517~1584)의 호. 완구(完邱)라는 호를 사용하기도 했다. 조선 전기의 문인이며 서예가. 회양 군수를 지내면서 금강산에 자주 가 경치를 즐겼으며 만폭동(萬瀑洞)에 글씨를 남기기도 했다. 큰 글씨와 초서에 능했다.

8 탄은(灘隱) 이정(李霆, 1541~1622)의 호. 조선 중기의 대표적 묵죽화가.

9 포쇄 서화 등을 햇볕에 쬐어 습기를 없애는 것을 말한다.

10 仙 원문에는 "山"으로 되어 있는데, 『뇌상관고』에 의거해 바로잡았다.

11 伯 원문에는 "白"으로 되어 있다.

남간에서 윤자목[1]과 만나다

저물녘 퇴락한 지당池塘 건노라니까
먼 산의 검푸른 빛 분명도 하이.
늙은 나무는 미풍을 머금고 있고
높쌘구름에는 가을빛 담박하여라.
조용한 벗 어쩌다 찾아와
맑은 물소리 둘이서 듣네.
지금껏 졸박한 도道[2] 함께했거늘
야인野人 속에서 무리 지어 살았으면 하네.[3]

---

1 윤자목(尹子穆) 본서 121면 주3을 참조할 것.
2 졸박한 도(道) 원문은 "拙道". 욕심과 허식을 버리고 진실되고 검소하게 살아감을 이상으로 삼는 삶의 태도를 일컫는 말. 이인상은 평생 이런 태도를 추구했으며, 문학과 예술에 이런 가치 지향이 짙게 반영되어 있다.
3 야인(野人)~하네 『논어』「미자」(微子)편에, 자로(子路)가 은자(隱者)인 장저(長沮)와 걸닉(桀溺)의 말을 공자에게 전하자 공자가 서글피 말하기를, "조수(鳥獸)와 더불어 무리 지어 살 수는 없으니, 내가 이 사람들 무리와 함께하지 않고 누구와 함께하겠는가? 천하에 도(道)가 있다면 내가 세상을 바꾸려 하지 않을 것이다"(鳥獸不可與同群, 吾非斯人之徒與, 而誰與? 天下有道, 丘不與易也)라고 했다는 구절이 보인다.

南澗會尹子穆

晩步頹塘上, 遙山翠黛分. 微風含老樹, 秋色澹高雲.
靜友偶相過, 淸泉與共聞. 從來同拙道, 願入野人群.

남간에서 중양절[1]에 노닌 일을 기록하여 윤자목에게 편지로 보내다

1

조용히 문곡文谷[2]에 숨어서 사니
풀 깊어 길을 찾기 어렵네.
맑은 여울엔 불쑥 솟은 바위 드리우고
높다란 봉우리엔 작은 구름 흘러가네.
나무의 본성을 가꿀 때 보고
책 향기를 베개맡에서 맡네.
어젯밤 반가운 손 찾아왔거늘
벗 떠나 혼자 삶[3]을 허락지 않네.

2

---

1 **중양절(重陽節)** 음력 9월 9일의 명절. 옛날에는 이날 산에 오르거나 들에 나가 단풍과 국화를 감상하며 노니는 풍습이 있었다.

2 **문곡(文谷)** 이인상의 집이 있던 종강의 지명으로 보인다. 김무택의 문집 『연소재유고』(淵昭齋遺稿)에 수록된 「여름날 중방원(衆芳園)에 부쳐살면서 작년 남동(南洞)에 교거(僑居)할 때 원령이 우중(雨中)에 국화 포기를 나눠준 것을 추억하며 그 시의 운(韻)에 화답하다」(夏日寓寄衆芳園, 追憶昨年南洞僑居, 元靈雨中分菊, 因和其韻)라는 시 제4수에 "집이 있어 문곡에 숨어 사는데/임포(林圃)를 대하며 병을 치료하네"(有屋隱文谷, 養痾對林圃)라는 구절이 보인다.

3 **벗 떠나 혼자 삶** 원문은 "離群"으로, 이군색거(離群索居)의 준말이다. 『예기』「단궁」(檀弓) 상(上)에, "내가 벗을 떠나 홀로 지낸 지가 또한 이미 오래다"(吾離群而索居, 亦已久矣)라는 자하(子夏)의 말이 보인다.

언덕 오르니 해가 중천에 있고
골짝에 드니 길이 차츰 뚜렷해지네.
저녁 계곡엔 국화 아직 남았고
가을하늘엔 구름 한 점 없네.
풍상風霜에 옛 벗을 생각하지만
해악海嶽[4]에게는 기별이 없네.
전날 「섭강」涉江[5]을 읊조리며
조수鳥獸와 함께하길 기약했었지.[6]

3

중방원衆芳園[7]은 그대의 동산이고
조산朝山[8]은 이 산[9]이 분명하여라.
끊어진 오솔길에는 서린 대나무 줄을 짓고
성근 소沼에는 저녁 구름 머무네.
한정閒情을 늙어서 함께 얻고
영리營利의 일 게을러서 들리지 않네.
남간에 들어가 '벌폭'伐輻[10]을 노래하며

---

4 **해악(海嶽)** 이명환의 호.

5 **「섭강」(涉江)** 『초사』「구장」(九章)의 1편으로 굴원의 작품이다. 굴원이 추방되어 서남(西南)으로 유력(遊歷)하며 쓴 글로, 소인이 득세하고 현인이 내몰리는 현실에 대한 개탄과 함께 깊은 비애감과 실의에 찬 심정이 표현되어 있다.

6 **조수(鳥獸)와 함께하길 기약하였지** 본서 502면 주3을 참조할 것.

7 **중방원(衆芳園)** '뭇 꽃들의 동산'이라는 뜻으로, 윤면동이 남산 기슭에 있던 자신의 집 탁락관(卓犖觀) 정원에 붙인 이름이다. 윤면동도 이인상처럼 나무와 꽃 가꾸기를 무척 좋아하였다.

8 **조산(朝山)** 혈(穴)의 앞쪽에 보이는 산봉우리를 가리키는 풍수지리학 용어.

9 **이 산** 남산을 가리킨다.

늙은 나무꾼과 함께 무리를 부르네.

記澗中重陽之遊, 簡尹子穆

漠漠隱文谷, 草深路難分. 明湍垂斷石, 層巘碾細雲.
樹性培時見, 書香枕處聞. 前宵嘉客過, 不許竟離群.

其二
登皐日正午, 入洞路微分. 晩壑猶存菊, 秋天不礙雲.
風霜懷故友, 海嶽負奇聞. 前日涉江誦, 終期猿鳥群.

其三
衆芳君院是, 朝嶽此山分. 截徑行蟠竹, 疏潭駐落雲.
靜情衰共得, 機事懶無聞. 入澗歌伐輻, 老樵與喚群.

---

10 벌폭(伐輻) 도끼로 수레바퀴살감의 박달나무를 벤다는 뜻. 『시경』 위풍(魏風) 「벌단」(伐檀)에, "수레바퀴살감 쩡쩡 베어/하수(河水)의 곁에 쌓거늘/맑은 하수 물결이 맑게 출렁이네"(坎坎伐輻兮, 寘之河之側兮, 河水淸且直猗)라는 구절이 있다. 주희는 이 시가, 군자는 공밥을 먹지 않고 자력으로 먹고삶을 읊은 것으로 해석했다.

제야와 정월 대보름날 밤에 읊은 시의 운을 써서 김자 순자[1] 형제[2]에게 화답하여 질정을 구하다 병자년(1756)

은하수 기울고 북두성 도니 동이 트는데
흰머리 늘어[3] 제야除夜가 그립네.
동이술 다 마시니 숙취宿醉 생기고
언 붓을 녹이니 새 글이 나오네.
명산에서 약초 캐는 일[4] 꿈에 점치고
대택大澤에 살며 구름을 경작하길[5] 봄날 기도하네.
꽃이 무성해 편안히 누운[6] 곳 분간이 안 되거늘
거마車馬와 벗이 성근 건 개의치 않네.

---

1 **김자(金子) 순자(舜咨)** 김상악(金相岳, 1724~1815)을 말한다. '순자'(舜咨)는 그 자(字), 호는 위암(韋庵), 본관은 광산. 참판을 지낸 김익훈(金益勳)의 현손이며, 퇴어(退漁) 김진상(金鎭商)의 재종질이다. 요절한 이인상의 벗 김상광의 아우이다. 정조 때 감역과 참봉에 제배(除拜)되었으나 나아가지 않고 학문에 힘썼다. 『주역』에 조예가 깊었다고 한다.

2 **형제** 원문은 "棣案". 흔히 편지글에서 사용하는 말로, '형제'를 뜻한다. 『시경』 소아의 「상체」(常棣)에서 유래하는 말이다. 김상악에게는 상적(相迪, 1732~1770)이라는 동생이 있었다. 자는 혜재(惠哉), 호는 정재(靖齋)이며, 1759년 생원시에 합격하여 정릉(靖陵) 직장(直長)을 지냈다.

3 **늘어** 원문은 "長". 원주에 "'長'은 어떤 데는 '愁'로 되어 있다"라고 하였다. '愁'일 경우 '흰머리에 근심이 느니'라는 뜻이 된다.

4 **명산에서 약초 캐는 일** 본서 170면 주30을 참조할 것.

5 **구름을 경작하길** 원문은 "耕雲"인데, 은거함을 이른다.

6 **편안히 누운** 원문은 "高臥"인데, 벼슬하지 않고 은거해 처사로 지냄을 의미한다.

用除夕元宵韻, 和正金子舜咨相岳棣案 丙子

傾河轉斗曉光初, 白髮添長戀歲除.　長一作愁

酒盡瓦罍存宿醉, 氷瀜銅管有新書.

夢占採藥名山裏, 春禱耕雲大澤居.

花密不分高臥處, 任教車馬故人疎.

비

하늘이 소졸疎拙한 동산의 늙은이[1] 늘 불쌍히 여겨
열흘 동안 비 내리니 그 은택 넉넉.
고운 나무 점점 자라 오솔길 가리고
그윽한 꽃 계속 피어 집을 에웠네.
구름 기운 상牀 아래 칼에 밝게 비치고
시냇물 소리 침중서枕中書[2]와 어울리누나.
문득 구담龜潭에 노 젓는 걸 생각하거늘
물 넓고 산 첩첩하니 어디서 물고기 잡을까?

雨

天意常憐園翁疎, 經旬行雨澤有餘.
漸長嘉木迷行徑, 不斷幽花繞臥廬.
雲氣透明牀下劍, 泉聲吹合枕中書.
便思鼓枻龜潭水, 水濶峰稠何處漁?

---

1 **늙은이** 이인상 자신을 가리킨다.
2 **침중서(枕中書)** '침중편'(枕中編)을 말한다. 원래 한(漢)의 회남왕(淮南王) 유안(劉安)이 베개 속에 비장(祕藏)하였다는 도술서인데, 뒤에 귀중하게 간직하는 책을 두루 일컫는 말로 사용되었다.

여러 공[1]과 북영北營[2]에 들어간바 감회를 적다

화루畵樓[3]가 푸른 허공에 희미하게 보이는데
가을산에 해 지고 거마車馬가 드무네.
나무들은 바람 머금어 자태가 뚜렷하고
외론 꽃은 물에 비쳐 천기天機[4]가 드러나네.
시냇물은 협문夾門을 흐르며 처량한 소리 내고
구름은 깊은 단壇[5]을 에워 어둑하니 멈춰 있네.
기억나네 늦은 봄 임금님 뫼시고 제사 지낼 적[6]
빗속에 종경鐘磬소리 요뇨히 들린 일.

與諸公入北營, 志感

畵樓空翠望霏微, 日落秋山車馬稀.

---

1 여러 공(公) 이윤영, 이유수, 조정(趙䋿), 김종수와 그의 형 종후(鍾厚), 김상묵과 그의 아우 광묵(光默), 김상숙, 교리(校理) 김시묵(金時默) 등을 말한다.
2 북영(北營) 창덕궁 서쪽, 즉 지금의 원서동(苑西洞)에 있던 훈련도감의 본영(本營)을 말한다.
3 화루(畵樓) 화려하게 채색한 누각.
4 천기(天機) 하늘의 뜻. 하늘의 기미.
5 단(壇) 대보단(大報壇)을 가리킨다.
6 기억나네~적 이인상은 32세 때인 1741년 봄 대보단 제사에 참예한 적이 있다. 본서 118면 「나라의 의례에 매년 늦봄 임금님께서 친히 대보단에 제사 지내는데 삼월 나흐렛날 반열을 따라 뫼시었다가 느낀 바 있어 시를 짓다. 이날 밤에 비가 내리다」를 참조할 것.

萬木含風分色象，孤花照水漏天機.

泉通夾闥凄生響，雲繞深壇黯不飛.

記得暮春陪祀夜，雨連鐘磬聽依依.

천여[1]씨와 건원릉[2]을 바라보며 함께 시를 짓다 무인년(1758)

소나무 전나무 깊고 삼엄해 새도 안 지저귀는데
홍살문이 먼 산 마주해 비끼어 있네.
늘 우로雨露[3] 많아 미초微草[4]를 적시고
운하雲霞는 언제나 저녁 꽃을 에워싸네.
성덕盛德으로 등극하신 일[5] 길이 기억하거늘
필설筆舌로는 감히 중화重華[6]를 좇을 수 없네.
우뚝한 열두 능陵[7]이 온통 가기佳氣라
남쪽 고개 돌아보며 탄성을 발하네.

---

1 천여(天汝) 이연상(李衍祥)의 자. 이인상의 삼종제이다.

2 건원릉(健元陵) 태조 이성계의 능. 경기도 구리시 인창동에 있다.

3 우로(雨露) 임금의 은택을 상징하는 말.

4 미초(微草) 막 돋아나는 어린 풀.

5 성덕(盛德)으로 등극하신 일 원문은 "乘六御". 육어(六御)는 곧 육룡(六龍)이다. 『주역』 건괘(乾卦)의 단사(彖辭)에, "시작과 끝을 크게 밝히면 육위(六位)가 때로 이루어지나니, 때로 육룡을 타고 하늘을 난다"(大明始終, 六位時成, 時乘六龍, 以御天)라는 말이 보인다. 육룡은 천자의 수레를 끄는 말을 가리키니, 천자의 수레를 말 여섯 마리가 끈 데서 유래한다.

6 중화(重華) '거듭 빛남'이라는 뜻으로 원래 순임금을 가리키는 말인데, 여기서는 태조를 이른다. 『서경』 「순전」(舜典)에, "옛 순임금을 상고하건대 중화(重華)가 요임금과 잘 협화(協和)되시니"(曰若稽古帝舜, 曰重華協于帝)라는 말이 있다.

7 열두 능(陵) 동구릉(東九陵)을 비롯한 서울의 동쪽 및 동남쪽 외곽에 있던 조선 시대 임금의 능을 가리킨다.

與天汝氏瞻望健元陵共賦 戊寅

松檜深嚴鳥莫譁, 紅門正對遠峰斜.
常多雨露霑微草, 不斷雲霞繞暮花.
盛德永懷乘六御, 陳辭未敢就重華
崇岡十二渾佳氣, 南嶺回望起歎嗟.

감회. 남쪽 고을의 여러 공에게 보이다

서글퍼라 남쪽 고을 길
오가다 고금古今이 되었네.
금강은 맑고 아스라하며
호산湖山[1]은 빼어나고 깊네.
늙으니 옛 벗[2]이 가련해져
멀리 노님에 슬픈 읊조림 많아라.
죽은 이 부질없이 꿈에 보이니
산 사람은 거듭 맘이 괴롭네.
농사일 배웠으나[3] 행하지 못하고
관직에 나가 지조[4]만 해쳤네.
동지들에게 고하노라
산림山林에 사는 게 내 참뜻임을.

---

1 **호산(湖山)** 호수와 산.

2 **옛 벗** 고인이 된 벗을 가리킨다.

3 **농사일 배웠으나** 이인상은 모산에서 지낸 2년 동안 농사일을 돌보며 공부를 하였다.

4 **지조** 원문은 "孤襟". 고고한 마음을 뜻한다.

感懷. 示南州諸公

惻惻南州路, 往來成古今. 錦水淸且遠, 湖山秀而深.

衰暮憐舊交, 遠游多悲吟. 逝者空入夢, 生者重勞心.

學稼竟無施, 懷祿損孤襟. 告我同志士, 眞意在丘林.

영소정[1]

환한 봄물에 고기가 노니
생각나네 임금님[2] 이곳에 머무신 일.
염교[3]는 방죽에 높이 자라고
연꽃은 작은 섬 굽이[4]에 그윽하누나.
상서로운 회오리바람 한밤에 불고
밝은 달은 구름가에 있네.
세 임금[5] 덕 칭송하는 노래 전하나니
임금님 은택 양양히 흐르네.

靈沼亭

魚游春水渙，尙憶翠華留．金薤中梁峻，靈荷曲嶼幽．
祥飇回夜半，明月在雲頭．歌頌傳三后，洋洋慶澤流．

---

1 **영소정(靈沼亭)**　충청도 직산현(稷山縣)에 있던 정자. 현종이 온천에 행차할 때 건립했으며, 숙종과 영조도 다녀간 적이 있다.
2 **임금님**　원문은 "翠華". 물총새의 깃으로 장식한 임금의 기(旗)를 이르는 말.
3 **염교**　백합과의 여러해살이풀.
4 **작은 섬 굽이**　원문은 "曲嶼"인데, 못 속에 있는 작은 섬의 굽이를 말한다.
5 **세 임금**　현종·숙종·영조를 이른다.

선조 문정공[1]의 선정을 기린 비碑가 충청도 감영의 동쪽 길가에 있다. 예전에 영남의 서문 밖에도 있는 것을 본 적이 있다. 삼가 들은 바를 기록한다

문정공이 남쪽 땅에 부임하시니
교화敎化가 하루아침에 널리 펴졌네.
봄가을엔 농사일 살피러 다녀
두 마리 말 느긋하게 앞장을 섰네.
순행巡行 길에 먼지를 일으키잖고
고을마다 접대 부담 일절 없었네.[2]
아녀자들 그 덕을 구가謳歌하고

---

1 **문정공(文貞公)** 이경여(李敬輿, 1585~1657)를 말한다. '문정'(文貞)은 그 시호이고, 호는 백강(白江)이다. 이인상의 고조부다. 1609년(광해군 1) 문과에 급제하고 1611년 검열이 되었으나 광해군의 실정이 심해지자 벼슬을 버리고 낙향했다. 1623년 인조반정으로 부수찬·부교리가 되고 이후 부제학·청주 목사·좌승지·전라 감사 등을 역임했다. 1636년 병자호란이 일어나자 왕을 남한산성에 호종(扈從)했고, 이듬해 경상도 관찰사, 그 이후 이조참판·형조판서를 지냈다. 1642년 배청친명파(排淸親明派)로 청나라 연호를 사용하지 않은 것을 이계(李炷)가 청나라에 밀고하여 심양(瀋陽)에 억류되었다가 이듬해 세자와 함께 귀국, 우의정이 되었다. 1644년 사은사(謝恩使)로 청나라에 갔다가 다시 억류되었다. 이듬해 귀국, 1646년 소현세자빈 강씨의 사사(賜死)에 반대하다가 진도에 유배, 다시 1648년 삼수(三水)에 위리안치(圍籬安置)되었으나 이듬해 효종이 즉위하자 풀려나와 1650년 영중추부사가 되었다. 이어 영의정으로 사은사가 되어 청나라에 다녀온 뒤 청나라의 압력으로 영중추부사로 전임되었다. 이경여의 아들인 민계(敏啓)는 이인상의 증조부인데 서출(庶出)이었다. 이인상이 존명배청(尊明排淸)의 입장을 견지하면서 춘추대의(春秋大義)를 고집한 데에는 고조부의 영향이 크다.

2 **고을마다~없었네** 이인상은 「통도사를 출발하며」라는 시에서, 사신 일행의 접대를 위해 연로(沿路)의 백성들이 수탈당하는 일에 가슴 아파한 적이 있다. 본서 289면을 참조할 것.

오가리 든 초목들[3] 은혜 입었네.
맑은 뜻 곧고 깨끗해
조정에 나가 임금을 돕게 되었네.[4]
공이 오매 철 따라 비가 내렸고
공 가시니 북두성이 이동했다지.
휘황한 열 자의 높다란 비석
공덕 아로새겨 큰 길에 세웠네.
예로부터 충청도와 영남 백성들
비 앞에 눈물 흘리며 배회한다지.

先祖文貞公遺惠碑, 在錦營東路邊, 嘗見嶺南西門外亦有之, 敬記所聞

文貞莅南服, 風教一日敷. 春秋問耕稼, 兩馬緩前驅.
巡路無行塵, 列州無行廚. 謳吟動婦孺, 枯槁涵煦濡.
衎衎澄淸志, 進以贊洪謨. 公來布時雨, 公歸運斗樞.
有煌十尺碑, 刻鏤臨大衢. 終古湖嶺民, 墮淚爲踟躕.

---

3 오가리 든 초목들 원문은 "枯槁"인데, 질고(疾苦)에 시달리는 백성을 비유한 말이다.
4 맑은~되었네 충청 감사로 있다가 조정의 벼슬에 임명되어 떠나게 되었다는 말.

영규대사[1] 비碑

공주의 길 남쪽에 있는 한 길 높이 돌에
영규대사 이름이 새겨져 있네.
대사는 만력萬曆 신묘년辛卯年[2]에
중봉重峰 조 선생[3]을 처음 만났지.
한 끼 밥 먹이며 의義로써 맹세하니[4]
곁에 있던 세 승려도 맘 같이했네.
"도이島夷[5]가 내년에 난亂을 일으키려 해
요망한 기운 하늘에 가득해 천고天鼓[6]가 운다."
절[7]에선 웃으며 공公[8]보고 미쳤다 했지만

---

1 **영규대사(靈圭大師)** 선조 때의 고승인 기허(騎虛, ?~1592)를 말한다. 영규는 속명(俗名)이고 성은 박(朴)이며 본관은 밀양(密陽)이다. 서산대사(西山大師)의 제자가 되어 계룡산 갑사(甲寺) 청련암(青蓮庵)에서 수도하였다. 임진왜란이 일어나자 승병 수백 명을 규합하여 청주성을 수복하는 데 공을 세웠다. 조헌(趙憲)이 금산(錦山)의 적을 치려 할 때 말렸으나 듣지 않으므로 조헌을 따라 함께 싸우다가 8월 15일에 순절했다. 선조(宣祖)는 영규대사가 죽은 곳에 종용사(從容祠)를 세워 충절을 기렸으며, 유해를 유산(柳山: 지금의 충남 공주군 계룡면 유평리)에 수장(收葬)하고 그 곁에 충절비각을 세워 대사의 영정을 봉안하였다. 이인상이 본 비(碑)는 선조 때 세워진 것일 터이다.

2 **만력(萬曆) 신묘년(辛卯年)** 선조 24년인 1591년. 만력은 명나라 신종의 연호.

3 **중봉(重峰) 조 선생** 조헌(趙憲)을 말한다. 중봉은 그 호. 자세한 것은 본서 197면 주3을 참조할 것.

4 **한 끼~맹세하니** 조헌이 영규에게 밥을 대접했다는 말.

5 **도이(島夷)** 섬 오랑캐. 일본을 가리킨다.

6 **천고(天鼓)** 천신(天神)이 치는 북. 천고를 울리면 우레 소리가 난다고 한다.

7 **절** 원문은 "花宮". 절을 가리킨다.

8 **공(公)** 조헌을 가리킨다.

수길秀吉[9]이 침략하자 대사 비로소 놀랐네.
눈물 뿌리며 산을 나와 국사國士[10]에 보답코자 하니
이 때문에 선장禪杖과 계도戒刀[11]가 슬피 우누나.[12]
천天과 용龍과 인人과 귀鬼[13]가 대사의 말 듣고 맹세하여
맹렬한 기세로 청주성[14]에서 요괴를 처부쉈네.
잇닿은 북소리 꼭 파도 소리 같은데
전장戰場의 피에 맑은 단향檀香[15]이 섞이었고나.[16]
임금의 은혜인지 부처의 은혜인지 묻지를 마소
공[17]의 단심丹心이 사람들을 환히 비춘 데 감복한 것일 뿐.
비도 근심하고 구름도 슬퍼하는 저 금산 땅에
칠백 의사 높은 무덤[18] 들어섰구나.
그중 사리 하나 몰래 빛을 발하니
대사의 곧은 마음 만고萬古에 불멸하리.

---

9 수길(秀吉) 도요토미 히데요시(豐臣秀吉)를 말한다.

10 국사(國士) 일국(一國)에서 알아주는 선비. 여기서는 조헌을 가리킨다.

11 계도(戒刀) 승려가 갖고 다니는 조그만 칼.

12 선장(禪杖)과~우누나 불교가 살생을 금하기에 한 말.

13 천(天)과 용(龍)과 인(人)과 귀(鬼) '천'(天)과 '용'(龍)은 불법(佛法)을 수호하는 여덟 신장(神將) 중의 둘이다. 『법화경』 제파품(提婆品)에 "천룡팔부(天龍八部)와 인(人)과 비인(非人)이 모두 멀리서 저 용녀(龍女)를 보고 성불하였다"(天龍八部, 人與非人, 皆遙見彼龍女成佛)라는 말이 보인다.

14 청주성 원문은 "琅州城". 낭주는 청주의 옛 이름.

15 단향(檀香) 원문은 "旃檀". 단향목(檀香木)으로 만든 향. 단향목은 인도 특산 식물로, 맑은 향기를 갖고 있어 향의 재료로 쓴다.

16 전장(戰場)의~섞이었고나 승도(僧徒)가 싸우다가 죽었기에 이런 말을 했다.

17 공 조헌을 가리킨다.

18 칠백 의사 높은 무덤 칠백의총(七百義塚)을 말한다. 충청남도 금산군 금성면 의총리에 있다. 금산전투에서 전사한 조헌을 비롯한 칠백 의사(七百義士)의 유해를 묻은 묘소.

고향에 누가 아름다운 글[19] 새겨 놓았나
의리를 생사生死처럼 중히 여기고 이름 가벼이 여겼거늘.
지나는 사람 절하고 말은 걸음 멈추니
이 길에 언제 잡초가 나리.
유생儒生들은 불교를 헐뜯기만 하고
신하들은 부귀영화 사양치 않았네.
북에서 온 나그네[20] 슬피 노래 부르나니
마포의 신도비들 부질없이 우뚝해라.[21]

靈圭碑

公州路南一丈石, 上刻靈圭大師名.
師在萬曆辛卯歲, 始遇重峰 趙先生.
饋師一飯誓義事, 傍有三僧同苦情.
島夷射天指來歲, 妖氛掃天天鼓鳴.
花宮一笑謂公癲, 秀吉渡海師始驚.
灑泣出山報國士, 禪杖戒刀爲悲鳴.
天龍人鬼聽誓師, 風雷打怪琅州城.

---

19 **아름다운 글** 원문은 "黃絹辭". 원래 아름다운 시문을 뜻하는 말인데, 여기서는 비문의 글을 가리킨다.
20 **북에서 온 나그네** 이인상 자신을 가리킨다.
21 **마포의~우뚝해라** '마포'는 현재 서울의 마포 일대를 가리킨다. 영규의 비석과 대비하여 당시 고관대작의 위선적인 신도비를 풍자한 말이다. 권필(權韠)의 풍자시 「충주석」(忠州石)을 떠올리게 하는 구절이다.

轜鼓一似海潮音，戰血與和旃檀清.

莫問君恩與佛恩，感公丹心向人明.

雨愁雲慘錦山中，七百義骨高墳成.

一珠在中潛放光，萬古不滅師心貞.

故里誰鏤黃絹辭? 生死義重聲名輕.

行人頂禮馬停步，此路何曾荊榛生?

儒生解攻淸淨教，人臣不辭寵祿榮.

北來行客動悲歌，麻浦石碣空崢嶸.

박경명[1]의 운화 임거林居[2]

호해湖海가 공활히 바라뵈는데
조그만 집에 침상이 비껴 있어라.
도랑은 푸른 돌을 뚫었고
관목엔 붉은 꽃 은은하고나.
베개에 비치는 향기로운 달빛 신비스럽고
책함冊函에 환한[3] 칼빛 노을[4] 전서篆書 같아라.
깊은 봄 쇠잔한 꿈 꾸어
오랑캐 치러 명사鳴沙[5]를 건너네.

---

1 **박경명(朴景命)** 박신원(朴新源)을 말한다. '경명'은 그 자. 본관은 밀양이고, 박성석(朴星錫)의 서자이다. 점을 잘 쳤기에 달관(達官)들의 추천을 받아 예빈시 참봉 벼슬을 하였다.

2 **운화(雲華) 임거(林居)** '운화'는 호서의 지명이겠는데 어딘지는 미상. '임거'는 산야(山野)의 집이라는 뜻.

3 **책함(冊函)에 환한** 책함을 환히 비춘다는 뜻. 원문의 "開"는 밝다·환하다는 뜻.

4 **칼빛 노을** 원문은 "劒霞". '칼빛'이라는 단어는 이 시의 제7·8구와 연결되면서 이인상의 멘탈리티를 드러내고 있다고 생각된다.

5 **명사(鳴沙)** 원래 중국 감숙성(甘肅省) 돈황(敦煌) 남쪽의 산 이름으로, 모래가 쌓여 이루어졌으며, 모래 우는 소리가 들린다고 한다. 보통 중국의 새외(塞外)를 가리키는 말로 쓰인다.

朴景命新源雲華林居

湖海望空濶，矮檐臥榻斜．橫渠穿碧石，灌木隱朱花．
枕透神香月，函開篆劒霞．春深衰夢在，征虜度嗚沙．

황산[1]에서 배를 띄워 조 대아趙大雅[2] 양이의 운에 화답하다

산등성이 흐르다 금석錦石[3] 꼭대기에서 차츰 뚜렷해지고
만조晩潮는 달을 불어[4] 문 앞에 보내네.
배 저어 가다 우연히 어부漁父 만나니
문득 거문고 안고 수선水仙을 기다리고 싶어라.
고원古院의 어둑한 길엔 대나무 잣나무 어우러지고
황대荒臺를 아득히 바라보니 구름과 안개에 싸였네.
벗은 많이 저자의 어상漁商에 있나니[5]
강호의 슬픈 노래 함부로 전傳치 마소.

黃山泛舟, 和趙大雅養而涵韻

坨轉微分錦石巓, 晩潮吹月到門前.
偶憑鼓枻逢漁父, 便欲攜琴候水仙.
古院路昏交竹栢, 荒臺目斷繞雲煙.
故人多在漁商市, 湖海悲歌莫浪傳.

---

1 **황산(黃山)** 연산현(連山縣)의 별칭. 지금의 충남 논산시 연산면에 해당한다.
2 **조 대아(趙大雅)** 조함(趙涵)을 말한다. '양이'(養而)는 그 자. 조찬한(趙纘韓)의 후손으로 초서에 능했다. '대아'(大雅)는 대체로 선비들이 평교간에 쓰는 경칭이다.
3 **금석(錦石)** 산 이름으로 생각된다.
4 **달을 불어** 원문은 "吹月". 달을 불어 보낸다는 뜻이다.
5 **벗은~있나니** 어지러운 세상을 벗어나 짐짓 어상(漁商)으로 살아가는 벗들이 많다는 말. 이인상의 벗 신사보가 그러했다.

옥실[1]의 은거하는 곳을 방문하다

강을 건너니 마음 더욱 괴로운데
들길에 풀이슬 무성하여라.
보광사寶光寺[2]는 옛 절이 아니요
옥실玉室은 거친 언덕에 희미하고나.
느꺼워라 나의 종형제
이곳에 은거한[3] 지 해 넘었으니.
문에 들어서자 얼굴 환한데
가까이 앉아 마음을 토로하네.
어둑한 골짝에서 계절 살피고
집 작아도 시서詩書를 지니고 있어라.
의義와 명命은 일신一身에 있는 거지만
시운時運이야 끝내 어찌하리.
정녕 알겠어라 옛 도와 친하면

---

1 **옥실(玉室)** 충남 부여군 임천면 옥곡리(玉谷里)가 아닌가 한다. '谷'을 우리말로 '실'이라 한다. 이인상의 고조부 이경여(李敬輿)는 한때 부여에 산 적이 있다. 그의 호 '백강'(白江)도 부여의 백마강에서 취한 것이다. 지금 부소산 기슭의 백마강변에 이경여의 유적인 대재각(大哉閣)이 남아 있으며, 부여의 부산서원(浮山書院)에서는 이경여를 제사지내고 있다.

2 **보광사(寶光寺)** 충남 부여군 성주산에 있던 보광사(普光寺)를 가리키는 게 아닐까 한다. 고려 시대 원명 국사가 크게 일으킨 절인데 임진왜란 때 건물이 모두 불타 없어지고 그 터에 보광사 대보광선사비(普光寺大普光禪師碑)만 남아 있었다. 이 비는 1963년 국립부여박물관으로 이전되었다.

3 **은거한** 원문은 "離索". 이군색거(離群索居)의 준말. 본서 504면 주3을 참조할 것.

남들과는 점점 성글어짐을.
근심은 늙음을 재촉 못하고
명성은 나와 상관이 없네.
바라건대 몸가짐[4] 삼가하기를
은거하는 이곳 신명께서 엿보고 계시니.
어여쁜 저 뜨락의 꽃
피고 짐을 누가 주관하는지?
풍년에도 기한饑寒을 못 면하는 건
게으른 종에게 농사를 맡긴 탓이지.
자고로 전원에 못 돌아감은 근심했어도
가난한 집에서 늙는 건 걱정치 않았네.

訪玉室隱居

涉江心轉苦, 野行草露滑. 寶光非古寺, 玉室迷荒墟.
感我同堂親, 離索已歲餘. 入門眉目明, 促席心膽舒.
陰谷觀節序, 矮檐護詩書. 義命存一身, 時運竟何如?
極知古道親, 漸與物羣疎. 憂戚未催老, 名聞何關余?
尙愼貞悔分, 神明伺潛居. 燦燦庭下花, 孰主榮落歟?
歲熟且饑寒, 懶奴付耕鋤. 從古畎畝憂, 不愁老窮廬.

---

4 **몸가짐** 원문은 "貞悔分". 옳고 그름의 나뉨.

구곡[1]에서 허사예[2]에게 보이다

이理와 수數[3]는 모두가 하늘에 근원커늘

나누면 도道 아니 순수해지네.

찬란한 하도河圖와 낙서洛書[4]의 무늬는

무극無極[5]의 참됨에서 나온 거라네.

사역四易[6]은 상象과 교敎[7]가 동일하고

---

1 **구곡(龜谷)** 호서의 지명이겠는데 어딘지는 미상. 『뇌상관고』 제5책에 실린 「서악」(敍樂)에는 "余自黃山過九谷許士輗"라 하여 '九谷'으로 표기되어 있다. 논산과 대전 사이의 어느 곳으로 추정된다.

2 **허사예(許士輗)** 허선(許鏇)을 말한다. '사예'는 그 자. 호서(湖西)의 선비. 『뇌상관고』 제2책에 실린 「계해년 섣달에 처음 대설이 내렸다. 남쪽으로 돌아가는 허사예를 장차 전송하고자 그를 이끌고 산루(山樓: 능호관)에 올라 새벽달을 보다가 즉석에서 읊어 기쁜 마음을 적다」(季冬癸亥始大雪, 將送許士輗南歸, 携登山樓望曉月, 口占識喜)라는 시도 허선에게 준 것이다. 『뇌상관고』의 이 시는 1743년에 씌어졌다. '사예'라는 자는 지금 전하는 이인상의 그림 〈창하정도〉(蒼霞亭圖)의 제화(題畵)에도 보인다. 『능호관 이인상 서화평석 1: 회화편』 중 〈창하정도〉의 평석 참조.

3 **수(數)** 기수(氣數)를 말한다. 기(氣)의 작용으로 인한 운수(運數)와 흥망성쇠.

4 **하도(河圖)와 낙서(洛書)** 본서 407면 주10을 참조할 것.

5 **무극(無極)** 주렴계의 「태극도설」에 "無極而太極"이라는 말이 보인다. 주희는 이 구절을 "무극이 곧 태극"이라고 해석했다. 우주의 궁극적 근원을 이르는 말이다.

6 **사역(四易)** 천지자연지역(天地自然之易), 복희지역(伏羲之易), 문왕주공지역(文王周公之易), 공자지역(孔子之易)의 넷을 말한다. '천지자연지역'은 천지자연의 형상 그 자체를 말하며, '복희지역'은 복희씨가 처음 만들었다는 8괘를 말하고, '문왕주공지역'은 문왕이 썼다는 단사(彖辭)와 주공(周公)이 썼다는 효사(爻辭)를 말하며, '공자지역'은 공자가 지었다는 「단전」(彖傳), 「상전」(象傳), 「계사전」(繫辭傳) 등 10편의 글인 십익(十翼)을 말한다.

7 **상(象)과 교(敎)** 모두 역(易)과 관련된 말로, '상'은 역(易)의 괘(卦)에 나타난 형상(形狀)과 변화 그 자체를 가리키고, '교'는 상(象)의 의미를 글로 풀이한 것을 가리킨다.

구주九疇[8]는 체體와 용用[9]을 펼쳐 보였네.

혼돈[10]은 묘함이 그치지 않고

우주는 하나의 수레바퀴지.

말류末流들이 다투어 천착穿鑿[11] 일삼아

이理가 주主고 수數는 빈賓이라 하자

성性과 명命[12]이 공허한 데 빠지게 되고

도道와 문文이 순純과 잡雜으로 나뉘고 말았네.[13]

상성上聖[14]은 모두 신령과 통했거늘

천덕天德[15]이 신묘하지 않을 리 있나?

한 생각을 고요히 닦기만 하면

만물이 내 몸에 갖추어지네.[16]

상象을 더듬다간 현허玄虛[17]에 빠지고 마니[18]

---

8 **구주(九疇)** 홍범구주(洪範九疇)를 말한다. 우(禹)임금이 치수(治水)할 때 하늘이 낙서(洛書)를 내려 주어 우임금이 이를 본받아 만들었다는 아홉 가지 임금의 규범. 『서경』「홍범」(洪範)에 따르면 후대의 기자(箕子)가 무왕(武王)에게 아뢰기 위해 우임금이 만든 것을 부연하고 증익(增益)했다고 한다.

9 **체(體)와 용(用)** '체'(體)는 본체를 말하고, '용'(用)은 작용을 말한다.

10 **혼돈** 우주의 시원(始原)으로서, 음(陰)과 양(陽)이 나뉘기 전의 상태.

11 **천착(穿鑿)** 억지로 꼬치꼬치 따지거나 억지로 이치에 맞지 않는 말을 하는 것을 이른다. 흔히 주자학(朱子學)의 병폐로 지목된다.

12 **성(性)과 명(命)** 『중용』 제1장에, "천명(天命)을 성(性)이라 이르고, 성(性)을 따름을 도(道)라 이르며, 도를 닦는 것을 교(敎)라 이른다"(天命之謂性, 率性之謂道, 修道之謂敎)라는 말이 보인다.

13 **도(道)와~말았네** 원래 도(道)와 문(文)은 하나인데 잘못하여 둘로 나뉘어 버렸다는 말.

14 **상성(上聖)** 복희씨·우임금·문왕·주공·공자 등 고대의 성인들.

15 **천덕(天德)** 하늘의 덕.

16 **만물이~갖추어지네** 『맹자』「진심」(盡心) 상(上)에 "만물이 모두 나에게 갖추어져 있다"(萬物皆備於我矣)라는 말이 보인다.

묘용妙用[19]을 어찌 펼 수 있겠나?
소옹邵雍조차 함부로 말을 한지라
이 도를 순수한 데로 돌리지 못했네.
오호라 황극皇極을 세우는[20] 일은
백 세世[21] 뒤 성인을 기다릴밖에.

龜谷示許士輗

理數俱原天, 析之道不純. 煌煌河、洛文, 發自無極眞.
四易象教同, 九範體用陳. 渾淪不息妙, 宇宙一車輪.
末流競穿錯, 主理數爲賓. 性命淪空寂, 文道分駁醇.
上聖咸通靈, 天德豈不神? 一念苟靜修, 萬物備吾身.
模象涉玄虛, 妙用竟何伸? 邵子亦肆言, 此道未反淳.
嗟哉建極功, 百世竢聖人.

---

17 **현허(玄虛)** 허탄(虛誕)함. 황당무계함. 혹은 심오하여 알 수가 없으며 허무(虛無)하여 무위(無爲)한 것. 대개 노장사상(老莊思想)을 가리키는 말로 쓰인다.

18 **상(象)을~마니** 이인상은 역(易) 공부에서 '상'(象)과 '교'(教)를 겸행(兼行)해야 한다는 입장인바, 상(象)에만 힘쓰는 것은 노장(老莊)으로 빠질 수 있다는 경고이다. 역학(易學)에서 특히 상(象)을 강조하는 입장을 상수학(象數學)이라 일컫는데, 송대(宋代)에 소옹(邵雍)이 집대성한 바 있다. 기실 소옹의 상수학에는 도가역(道家易)의 영향이 적지 않다. 요컨대 이인상은 역학(易學)이 상수(象數)의 탐구로 치달리는 데 반대하고 상교병수(象教併受)의 입장을 취하면서 묵식심통(默識心通)을 중시한 것으로 보인다.

19 **묘용(妙用)** 묘한 작용.

20 **황극(皇極)을 세우는** 원문은 "建極". 『서경』「홍범」에서 나온 말로, 원래 임금이 백성을 가르치기 위해 솔선수범하여 표준을 세운다는 뜻인데, 여기서는 어지러워진 유교의 도를 바로 세운다는 뜻으로 쓰였다.

21 **세(世)** 일세(一世)는 30년.

야은[1]의 검劍

구곡도인九谷道人[2]의 벽상검壁上劍
한 자 남짓 그 칼날 번쩍거리네.
햇빛 반사해 싸늘하니 그림자 없고
허공에 무지개[3] 만들며 어둑하니 기운을 뿜네.
이 칼은 고려 때 주조됐으며
길주서吉注書[4]에게서 전해지는 것이라 하네.
날밑[5]에는 '금오'金烏[6]라는 가는 글씨 새겼고
다시 '야은'冶隱 새겨 공公의 집[7]을 표시했네.
오산烏山[8]의 옛 구름은 아름다운 꽃을 적시고
청죽靑竹은 맑은 빛 의젓하여라.
부유腐儒나 간신奸臣이 어찌 범접하리?
가시나무 베고 띠 자르니 산거山居에 딱 맞네.

---

1 **야은(冶隱)** 고려 말의 유학자 길재(吉再, 1353~1419)의 호.
2 **구곡도인(九谷道人)** 허선을 가리키는 것으로 보인다. '九谷'은 '龜谷'과 같다.
3 **무지개** 원문은 "斷虹"인데, 끊어진 무지개를 말한다.
4 **길주서(吉注書)** 원문은 "門下吉注書". 문하주서(門下注書)를 지낸 길재(吉再)를 가리킨다. 길재는 1389년(창왕 1)에 문하주서를 지냈다.
5 **날밑** 칼날과 칼자루 사이에 끼워 손을 보호하는 둥글고 납작한 철판. 칼코등이라고도 부른다.
6 **금오(金烏)** 길재는 고려 왕조가 망하자 경북 선산(善山)의 금오산(金烏山)에 은거했으며 '금오산인'(金烏山人)이라 자호(自號)하였다.
7 **공(公)의 집** '야은'을 길재의 당호(堂號)로 보아 한 말.
8 **오산(烏山)** 금오산(金烏山)을 말한다.

공은 사필史筆 잡은 고려의 신하거늘[9]

나라 망했는데도 연명했으니 그 마음 어땠을까?

기자箕子는 차마 말 못해[10] 「홍범」洪範[11]을 아뢨고

무왕武王은 오히려 상용商容을 존중해 정려旌閭했었네.[12]

'신'臣이라 칭하며 글 올렸다는 의심스런 기록[13] 있어

검劒에게 물었으나 말이 없어 길게 장탄식.

冶隱劒

九谷道人壁上劒, 孤鋒烱烱一尺餘.

爀日倒輝寒無影, 斷虹照空氣黯噓.

---

9 공은~신하거늘 길재가 주서(注書)를 지냈기에 한 말이다. 주서는 사초(史草)를 쓰는 일을 맡아 보던 정7품 벼슬이다.

10 기자(箕子)는 차마 말 못해 '기자'(箕子)의 원문은 "嘉賓"으로, 귀한 손님이라는 뜻이다. 주(周)나라 무왕(武王)이 은(殷)나라의 유신(遺臣) 기자를 대접하여 신하로 삼지 않았기에 한 말. 무왕이 은나라를 점령한 지 2년째 되던 해에 기자에게 은이 망한 까닭을 물었는데, 기자는 차마 은의 죄악을 낱낱이 말할 수가 없어 국가 존망의 도리인 「홍범」을 써서 고했다는 사실이 『사기』 「주본기」(周本紀)에 보인다.

11 「홍범」(洪範) 본서 407면 주9를 참조할 것.

12 무왕(武王)은~정려(旌閭)했었네 '상용'(商容)은 은(殷)나라 주왕(紂王) 때의 대부(大夫)로, 주왕에게 직간(直諫)하다가 폄직(貶職)되었다. '무왕'(武王)은 은나라를 멸한 뒤 상용의 마을에 정려문을 세웠다. 여기서는 길재가 두 왕조를 섬길 수 없다며 출사(出仕)를 거부했음에도 조선의 정종(定宗)과 태종(太宗)이 그 절의를 기려 후대(厚待)했던 일을 가리킨다.

13 신(臣)이라~기록 『정종실록』(定宗實錄) 2년 7월 2일조에 관련 내용이 보인다. 정종 2년(1400), 당시 세자이던 태종이 길재를 봉상박사(奉常博士)에 임명하매 길재는 상경하여 사직하였다. 『정종실록』에는 길재가 고향인 선산(善山)으로 돌아가게 해달라고 청하며 정종에게 올린 글이 수록되어 있는데, 이 글에서 길재는 자신을 '신'(臣)이라 칭하고 있다.

此劒乃是高麗鑄, 傳自門下吉注書.

鐔心細鏤金烏字, 重鏤冶隱標公廬.

烏山古雲浸繡花, 烏山碧竹淸光舒.

腐夫佞臣那得親? 剪莿誅茅宜山居.

公是麗臣秉史筆, 國亡身存意何如?

嘉賓未聞陳洪範, 聖主猶式商容閭.

稱臣獻章傳疑史, 問劒不言一長歔.

동춘당[1]

사방의 산들 깊고도 먼데
언덕배기 평평해 기뻐할 만하네.
고당古堂 아래 말에서 내려
길이 송宋 선생[2]을 그리워하네.
바람이 느리니 뜨락의 길이 느긋하고[3]
해가 기니 창이 환하네.
봄빛은 천지에 넘치고
초목의 꽃들 아리따워라.
손수 심은 잣나무 빼어나
유독 빙설氷雪과 어울리누나.
관물觀物[4]하여 조물주[5] 헤아리고
덕이 순일純一하니 하늘의 덕[6] 꿰뚫었네.[7]

---

1 **동춘당(同春堂)** 효종·현종 때의 문신 송준길이 충남 회덕(懷德 : 지금의 대전시 대덕구 송촌동)에 건립한 별당(別堂)으로, 송준길의 호(號)이기도 하다.

2 **송(宋) 선생** 송준길을 가리킨다.

3 **느긋하고** 원문은 "闊"인데, '관'(寬)의 뜻. 느긋하고 여유롭다는 의미.

4 **관물(觀物)** 사물을 관찰하고 응시하는 것. 성리학에서는 '관물'이 중시되니, 관물을 통해 물성(物性)에 대한 이해에 도달하며, 이를 통해 천리(天理)를 깨달을 수 있다고 보기 때문이다.

5 **조물주** 원문은 "眞工". 만물의 주재자인 천(天)을 이르는 말인데, 여기서는 천리(天理)를 뜻한다.

6 **하늘의 덕** 원문은 "元貞"인데, 하늘의 네 가지 덕인 원(元)·형(亨)·이(利)·정(貞)을 가리킨다. 원·형·이·정은 각각 만물의 시초인 봄, 만물이 자라는 여름, 만물이 성숙하는 가

자기 몸 먼저 닦아 임금 도우니
예악이 때에 미쳐 형통하였네.
왕업王業이 장차 굳건해지면
분연히 북벌北伐[8]하여 오랑캐 땅에 가려 했네.
진퇴進退의 의리[9] 넉넉하여서
귀거래 바라는 마음 간절했었지.
밝은 임금과 어진 신하 만나 느꺼웠으나
기수氣數의 성쇠를 서글퍼했네.
사시던 곳 아직 남아 있나니
대대로 수리해도 서까래 기울었네.
졸졸 흐르는 집 아래 시냇물은
끝내 맑은 바다 흘러가겠지.

同春堂

四山窅而遠, 樂此中丘平. 下馬古堂下, 永懷宋先生.
風徐庭徑闊, 日遲窓櫳明. 浩蕩韶光積, 芬耀卉木榮.
挺然手種栢, 獨與氷雪成. 觀物測眞工, 一德貫元貞.

을, 만물이 수장(收藏)되는 겨울에 대응되며, 또한 인(仁)·예(禮)·의(義)·지(智)에 각각 대응된다.

7 **관물(觀物)하여~꿰뚫었네** 송준길이 그러했다는 말.

8 **북벌(北伐)** 송준길은 당시 노론의 영수 송시열과 함께 북벌을 주장하였다.

9 **진퇴(進退)의 의리** 벼슬에 나아갈 만할 때 나아가고, 벼슬에서 물러나야 할 때 물러나는 의리로, 선비의 기본 덕목이었다.

輔贊先內修, 禮樂及時亨. 王業既壯固, 奮伐至蠻荊.

優優進退義, 懇懇畎畝情. 遭會感明良, 氣數悲虧盈.

猶遺杖屨墟, 世葺樑棟傾. 濺濺堂下水, 終期到海淸.

송시해의 무덤에 곡하다

깊은 소나무 다한 곳에 무덤 있는데
서편 바라니 일천 산에 먼 구름이 이네.
천하지사天下之士 묻힌 줄 그 누가 알리?
외로운 길손이 와 눈물 뿌리네.

哭宋時偕墓

深松盡處有高墳，西望千山起遠雲.
誰識下埋天下士？有來孤客淚沄沄.

송성일[1]에게 주다

1

지사志士는 도를 어기지 않고
옛날의 현인賢人은 거개 농사에 힘썼네.
탄식하노라 저 이문夷門의 노인[2]
늘그막에 이름을 감추지 못해.

2

서산西山의 나무꾼 노인
섶 팔아도 값을 묻지 않누나.
알지 못괘라 밭에서 금金이 나오면
뉘라서 호미를 휘두를는지.[3]

---

1 송성일(宋聖一) 송요전(宋堯傳)을 말한다. '성일'은 그 자, 본관은 은진. 동춘당 송준길의 증손.

2 이문(夷門)의 노인 전국시대 위(魏)나라의 은사(隱士)인 후영(侯嬴)을 말한다. 위나라 도성의 동문인 이문(夷門)의 문지기로 있던 중 일흔 살에 신릉군(信陵君)의 빈객이 되어 큰 공을 세웠다.

3 밭에서~휘두를는지 관녕(管寧)과 화흠(華歆)의 고사를 말한다. 『세설신어』 상권 「덕행」(德行)에, "관녕과 화흠이 함께 동산에서 채소밭을 호미질하다가 땅에 금조각이 있는 것을 보았다. 관녕은 호미를 휘두르기를 기와나 돌과 다름없이 했으며, 화흠은 그것을 잡아서 던져 버렸다"(管寧華歆共園中鋤菜, 見地有片金. 管揮鋤與瓦石不異, 華捉而擲去之)라는 말이 보인다.

贈宋聖一 堯傳

志士不違道, 先民多力耕. 感彼夷門叟, 終老未藏名.

其二

西山采樵翁, 賣樵不問價. 不識田中金, 誰復揮鋤者?

송석곡[1] 무덤

역천櫟泉[2]의 북쪽이라 골짝 깊은데
울창한 송백松栢에 슬픈 바람 길어라.
단갈短碣[3]의 거친 무덤 침침한 속에
오호라 석곡石谷 송자宋子[4] 묻혀 있고나.
고심苦心으로 의를 좇아 죽어도 후회 않았거늘
당일 그 상소는 인륜을 밝혔네.
파옹葩翁[5]의 사도師道 산처럼 높아
앞 시대 선비의 기개 서릿발 같아라.
나무하는 아이, 밭 가는 노인네여
부디 석곡 무덤 훼손치 마오.

---

1 송석곡(宋石谷) 송상민(宋尙敏, 1626~1679)을 말한다. '석곡'은 그 호이고, 자는 자신(子愼)이다. 송시열·송준길의 문인이다. 1674년 효종비(孝宗妃)의 상(喪)으로 인한 제2차 예송(禮訟)에서 서인이 패배한 뒤, 1679년(숙종 5) 이 문제에 대해 상소했다가 영의정 허적(許積)의 탄핵을 받고 장사(杖死)하였다. 이듬해 경신대출척으로 신원되어 공조좌랑에 추증되었다. 충남 회덕의 정절사(靖節祠)에 배향되었다.

2 역천(櫟泉) 본서 359면 주3을 참조할 것.

3 단갈(短碣) 작은 묘비를 말한다.

4 석곡(石谷) 송자(宋子) 송상민을 가리킨다.

5 파옹(葩翁) 송시열을 가리킨다. 송시열이 지금의 충청도 청주시 화양동 파곶(葩串)에 은거한 데서 유래하는 명칭.

宋石谷墓

櫟泉之北谷阿深，松栢鬱鬱悲風長.
荒墳短碣中晻翳，嗚呼石谷宋子藏.
苦心秉義死靡悔，當日抗疏明倫綱.
葩翁師道尊山嶽，先朝士氣如雪霜.
寄語樵童與犁叟，石谷之墳勿毁傷.

검담[1] 보만정[2]

꽃은 옛 정자 아래 먼데
작은 배 느릿느릿 노 저어 돌아오네.
대현大賢[3]이 송백松栢을 남겨
맑은 여름 강산이 넉넉하네.[4]
비는 높은 기둥을 치고[5]
구름은 한가한 궤장几杖[6]에 여유롭네.
용이 누운 곳 적막한데
서늘한 바위가 푸른 물굽이에 꽂혀 있어라.

黔潭保晩亭

花遠古亭下, 輕舟緩棹還. 大賢遺松栢, 淸夏有江山.
雨剝棟樑峻, 雲餘几杖閒. 寂寥龍臥處, 寒石揷蒼灣.

---

1 **검담(黔潭)** 문의현(文義縣) 서쪽 35리의 땅 이름. 지금의 충북 청원군 부용면 금호리 금강 가에 해당한다.

2 **보만정(保晩亭)** 현종 11년(1670) 동춘당 송준길이 건립했는데, 나중에 검담서원의 별장이 되었다.

3 **대현(大賢)** 동춘당 송준길을 가리킨다.

4 **넉넉하네** 원문은 "有"인데, 풍성하다·부유하다는 뜻.

5 **치고** 원문은 "剝"인데 치다·두드리다는 뜻.

6 **궤장(几杖)** 원래 안석과 지팡이라는 뜻인데, 노인을 의미한다.

낭주[1] 객사에서 미호 김공[2]을 만나 회포를 풀다

객客으로 노니니 옛 벗이 소중하고
해 저물 때 나그네 마음 안타까와라.
촛불을 드니 흰 귀밑머리 서글픈데
길을 재촉함은 바람과 이슬 경계해서네.
나는 황산黃山에서 왔는데
동쪽으로 물길 거슬러 화양華陽[3]으로 가려 하오.
말과 마부는 남에게 빌렸고
건량乾糧도 넉넉히 마련하였네.
몸이 노쇠하니
죽은 벗들 생각나 눈물을 많이 쏟네.
지난날 사해四海에 뜻을 뒀거늘[4]
이 골짝 좋아서 달려왔다오.
초목에 성명性命을 부치고
큰 바다와 높은 산을 소호韶頀[5]처럼 여기네.[6]

---

1 **낭주(琅州)** 청주의 옛 이름.

2 **미호(渼湖) 김공(金公)** 김원행(金元行, 1702~1772)을 말한다. '미호'는 그 호. 또 다른 호는 운루(雲樓). 본관은 안동. 원래 김창집(金昌集)의 아들인 제겸(濟謙)의 3남인데, 뒤에 출계하여 종숙(從叔) 숭겸(崇謙)의 양자가 되었다. 평생을 학문에 힘쓰면서 석실서원(石室書院)을 이끌었다. 그의 문하에서 홍대용과 황윤석(黃允錫)을 비롯한 많은 학자들이 배출되었다.

3 **화양(華陽)** 화양동을 말한다. 지금의 충북 괴산군 청천면 화양리에 있는 계곡.

4 **사해(四海)에 뜻을 뒀거늘** 사방에 노닐 뜻을 품었다는 말이다.

우리의 도道는 정녕 막히고
시운은 날로 어긋나누나.
바라건대 노안老眼을 건사하여서
상象[7]을 살펴 상도常度를 지키었으면.
기수氣數[8]란 사람 땜에 어긋나는 것
공은 기수를 탓하지 마오.
나쁜 길이 좋은 수레 망가뜨리나
바퀴살은 외려 예전과 같네.[9]
설령 수레 죄다 불타 버려도
수중手中의 도끼로 다시 만들어야지.
슬퍼하네 저 박달나무 베는 자[10]
경쇠 치던 양襄[11]과 취향이 달라.
동이東夷[12]를 비루하다 여기지 말고
액운을 만났다고 슬퍼하지 마오.

---

5 **소호(韶頀)** 은나라 탕(湯)임금의 음악. 일설에는 '소'(韶)는 순임금의 음악이고, '호'(頀)는 탕임금의 음악이라고 한다.

6 **초목에~여기네** 세도(世道)가 땅에 떨어져 초목과 산수에 마음을 부쳐 지냄을 이른다. 이인상은 명(明)이 망하고 오랑캐 청(淸)이 중원을 점거해 세도가 땅에 떨어졌다고 보았다.

7 **상(象)** 천지 자연의 상(象), 혹은 역상(易象). 역상은 『주역』의 괘(卦)에 나타난 형상과 변화를 말한다. 상(象)을 살피는 것은, 그것을 통해 천리(天理)의 유행(流行)과 기수(氣數)의 변화를 엿볼 수 있다고 여겼기 때문이다.

8 **기수(氣數)** 기(氣)의 작용으로 인한 운수(運數)와 흥망성쇠.

9 **바퀴살은~같네** 기수는 변화할지라도 도체(道體)는 변하는 법이 없다는 말.

10 **저 박달나무 베는 자** 원문은 "伐檀者". 『시경』 위풍(魏風)에 「벌단」(伐檀)이라는 시가 있는데, 「모시서」(毛詩序)에 의하면, 공로 없이 녹을 받는 관리를 꾸짖은 시다.

11 **경쇠 치던 양(襄)** 경쇠를 잘 연주하던 춘추시대의 악사(樂師) 양(襄)은 세상이 어지럽자 해도(海島)에 은거하였다. 자세한 것은 본서 93면 주7을 참조할 것.

12 **동이(東夷)** 원문은 "夷邦"으로 우리나라를 가리킨다.

기자箕子가 베푼 가르침 따르고
명나라가 반포한 명命을 받들 뿐이네.
뭇 성인이 법도를 제시했거늘
대유大猷[13]는 면로冕輅[14]에 간직돼 있네.
천지[15]가 어둡다고 울지 마오
사람이 스스로 갓과 신을 거꾸로 착용한 거니.
의탁할 곳은 만동묘萬東廟[16]요
정명正名은 대보단大報壇이 있네.
칠흑 같은 밤이라 해도
어둠[17]을 등지고 실낱 같은 양陽의 기운 생겨나네.
길이 「식미」式微시[18]를 슬퍼하여서
어진 이들 날로 병이 깊어져 가네.
사사로운 다툼에 창을 잡다니
나라에 좀벌레 어찌 그리 많나.
속학俗學은 마침내 이익을 좇고
인륜은 소상塑像[19]에 맡겨져 있네.

---

13 **대유(大猷)** 큰 도. 치국(治國)의 예법을 말한다.

14 **면로(冕輅)** 곤면(袞冕)과 노거(輅車). '곤면'은 선왕(先王)의 제사 등에 임금이 착용하는 곤룡포와 면류관을 말하고, '노거'는 임금이 타는 수레를 말한다.

15 **천지** 원문은 "光嶽"인데, 삼광(三光)과 오악(五嶽)을 이른다. '삼광'은 해, 달, 오성(五星).

16 **만동묘(萬東廟)** 본서 198면 주2를 참조할 것.

17 **어둠** 원문은 "魄"인데, 달 가장자리의 어두운 부분을 이른다.

18 **「식미」(式微)시** 『시경』 패풍(邶風)의 시. 여(黎)나라의 제후가 나라를 잃고 위(衛)나라에 의탁하고 있었는데 그 신하가 주군을 위로하며 고국으로 돌아가자고 호소한 시라고 한다. 여기서는 명나라의 멸망을 가리킨다.

19 **소상(塑像)** 불상(佛像)을 가리키는 듯하다.

도통道統은 단속斷續이 있는 법이니
어찌 칡덩굴과 같다 하겠소?[20]
진실로 춘추대의春秋大義 밝히는 것이
공자와 주자[21] 조석으로 뵙는 일일세.
성인聖人과 미친 이를 뒤섞지 말고
중화中華와 도적[22] 한가지로 내치지 말아야지.[23]
몸을 닦음이 곧 나라를 바루는 일이거늘[24]
인仁에 돌아가면 하루가 편안하네.[25]
한 가지 생각이 순수치 못하면
백척간두百尺竿頭에서 더 나아가지 못하네.[26]
시운을 가지고 논하지 마오
거듭 화복禍福의 잘못 범하게 되니.[27]
나의 말은 오활하고 어리석지만
공의 말엔 근심과 두려움이 없네.[28]

---

20 도통(道統)은~하겠소 도통은 끊어졌다 이어졌다 하는 법이라 칡덩굴처럼 끊어지지 않고 이어지기만 하는 것은 아니라는 말이다.

21 공자와 주자 원문은 "尼晦". '니'(尼)는 중니(仲尼)를, '회'(晦)는 회암(晦菴)을 가리킨다. 중니는 공자의 자(字)이고, 회암은 주자의 호.

22 도적 중원을 차지한 여진족을 가리킨다.

23 중화(中華)와~말아야지 중원을 차지한 청(淸)을 배격한다고 하여 중원에 전해 오는 중화의 문물까지 배격하는 우(愚)를 범해서는 안 된다는 말. 이런 생각은 이인상의 후배인 홍대용·박지원에 이르러 본격적으로 전개되었다.

24 몸을~일이거늘 수신(修身)이 곧 치국(治國)이라는 말.

25 인(仁)에~편안하네 『논어』「안연」(顔淵)편에, "하루라도 극기복례(克己復禮)하면 천하가 인(仁)에 돌아간다"(一日克己復禮, 天下歸仁焉)라는 말이 있다.

26 백척간두(百尺竿頭)에서~못하네 백척간두진일보(百尺竿頭進一步)하지 못함을 이르는 말. 즉 학문이 높은 경지에 이르지 못한다는 말이다.

27 거듭~되니 이해득실(利害得失)만 갖고 따지는 잘못을 범하게 된다는 말이다.

파촉巴蜀에 오히려 땅이 있으나[29]
바다 끝이라 뱃길이 없네.
생각노라 화양동 물
옷을 걷으면[30] 건널 수 있지.

琅州客堂遇渼湖金公元行叙懷

客游重舊識, 客心惜日暮. 擧燭感鬢髮, 促程戒風露.
我行自黃山, 華陽將東溯. 僕馬賴人有, 糗粮并厚具.
膂力俱不强, 存沒淚多注. 向者四海志, 樂此一壑赴.
草木寄性命, 海嶽當詔護. 吾道固迍邅, 時運日回互.
且願存老眼, 玩象有常度. 氣數繇人錯, 公莫咎氣數.
邪徑敗良車, 輪輻猶如故. 縱然車全焚, 手中斧復鑄.
感彼伐檀者, 不同磬襄趣. 愼莫陋夷邦, 莫悲厄運遻.
教遵殷師敷, 命受皇明布. 羣聖示章程, 大猷存冕輅.
莫泣光嶽昏, 人自倒冠屨. 依歸有東祠, 正名有大報.
有如積晦夕, 負魄線陽吐. 永恫「式微」詩, 賢良日沉痼.
私鬪操戈戟, 國家多蠹蛀. 俗學遂徇利, 大倫托俑塑.

---

28 근심과 두려움이 없네　원문은 "莫憂懼". 『논어』「안연」(顔淵)편에 "근심하지도 두려워하지도 않는다"(不憂不懼)라는 말이 있다.

29 파촉(巴蜀)에~있으나　'파촉'은 중국 서쪽 지방의 땅 이름. 제갈공명의 사당인 무후사(武侯祠)가 이곳에 있기에 이리 말했다.

30 옷을 걷으면　원문은 "揭厲". 『시경』 패풍(邶風)의 「포유고엽」(匏有苦葉)에 "深則厲, 淺則揭"라는 구절이 있는데 '여'(厲)는 물이 깊어 허리춤까지 옷을 걷는 것을, '게'(揭)는 물이 얕아 무릎까지 옷을 걷는 것을 뜻한다.

道統有斷續，豈若繩葛附．苟明春秋義，尼、晦朝暮遇．

聖狂不混轍，漢賊不幷驅．淑身斯正邦，歸仁一日裕．

一念苟不純，百尺虧進步．莫以時命論，重爲禍福誤．

我言固愚迂，公言莫憂懼．巴蜀猶有土，崖海舟無路．

悠哉華洞水，揭厲可以渡．

낭주 기사

초동과 농부 즐겁게 노래하며 잊고 지내네
낭주琅州 목사 옛적의 순리循吏와 같다는 사실을
나른한 봄잠과 함께 참깨밥이 익고
손은 머물러 「벌목」伐木[1]장章을 듣네.
들이 넓어 구름이 문열文烈의 비석[2] 적시고
산이 깊어 꽃들이 동헌東軒을 에웠네.
이민吏民이 가맛길 멀다 여기지 않아
역천櫟泉[3]의 집에서 다시 아회雅會를 갖네.[4]

---

1 **「벌목」(伐木)** 『시경』 소아(小雅)의 편명(篇名). 친구와 잔치를 벌이는 노래로 알려져 있다.

2 **문열(文烈)의 비석** '문열'은 조헌(趙憲, 1544~1592)의 시호. 조헌은 임진왜란이 일어나자 옥천에서 의병을 일으켜 1,700여 명을 규합, 영규(靈圭) 등 승병과 합세하여 청주를 수복했다. 조헌 사후(死後) 이 일을 기념하여 청주의 유림들이 비를 세웠다.

3 **역천(櫟泉)** 원문은 "櫟水". 송명흠을 가리킨다.

4 **이민(吏民)이~갖네** '이민'(吏民)은 아전과 백성. 이민들이 수령의 선정에 감복하여 멀리까지 수령의 가마를 메고 가도 힘든 줄을 모르니 다시 가마를 타고 역천의 집에 들러 아회(雅會)를 갖는다는 뜻으로, 수령의 어짊을 드러내기 위해 한 말이다. 이 시는 1758년 창작되었는데 당시 청주 목사는 김성자(金聖梓, 1698~1767)였다. 김성자는 본관은 청풍, 자는 문보(文甫)이며, 증조부가 김우명(金佑明), 부친이 김도협(金道浹)이다. 1719년(숙종 45) 진사시에 합격했으며, 호조정랑, 파주 목사, 청주 목사, 한성부 서윤, 선공감 부정(副正) 등을 역임하였다. 송명흠, 김원행과 친했다. 『미호집』(渼湖集) 권20에 「김성자 제문」(祭金文甫文)이 실려 있다. 목민관으로서 어진 정치를 편 것으로 알려져 있다.

琅州記事

樵唱農謳樂自忘，琅州太守古循良.
春眠和熟胡麻飯，嘉客留聽「伐木」章.
野濶雲浸文烈碣，山深花擁一治堂.
吏民未覺肩輿遠，復有幽期櫟水庄.

상협[1]으로 놀러 가는 원자재[2]와 신익경[3]을 전송하다

어여쁘라 동곽東郭의 길
푸른 초목 만장봉萬丈峰 빽빽히 에워쌌구나.
마음 맞는 벗 얻기란 어려운 법인데
상협上峽으로 떠나는 배에 함께 오르네.
성곽에 참새소리 멀고
물결에 갈매기가 가깝네.
근심을 푸나 시도詩道를 보존하며[4]

---

1 **상협(上峽)** 본서 315면 주1을 참조할 것.

2 **원자재(元子才)** 원중거(元重擧, 1719~1790)를 말한다. '자재'는 그 자, 호는 현천(玄川). 1750년 사마시에 합격했으며, 장흥고 봉사(長興庫奉事)와 목천 현감(木川縣監)을 지냈다. 계미년(영조 39, 1763) 통신사행(通信使行)에 서기(書記)로 참여했으며, 돌아온 후 『승사록』(乘槎錄)과 『화국지』(和國志)를 저술하였다. 서얼 출신으로서 이덕무·박제가 등 후배들에게 인망이 있었으며, 홍대용과 교유가 있었다. 집이 이인상의 능호관 맞은편에 있었다. 이덕무의 『사소절』(士小節) 권2 '근신'(謹愼)조에 "현천 원중거와 능호 이인상은 서로 문을 마주 보고 살았는데 해 진 뒤에는 오가지 말자고 서로 약속하고는 야금(夜禁)을 범하지 않았으니, 선배들의 근신은 이와 같았다"(元玄川重擧與李凌壺麟祥, 對門而居, 相約日暮勿相往來, 毋犯夜禁, 先輩之謹飭如此)라는 말이 보인다.

3 **신익경(申翊卿)** 신후(申垕). '익경'은 그 자. 호는 좌망자(坐忘子), 본관은 평산.

4 **근심을~보존하며** 시를 읊어 근심을 푸나 시도(詩道)를 잃지는 않는다는 말. 이인상은 「원중거의 『상유시축』 발문」(元子才上游詩軸跋, 『뇌상관고』 제4책)이라는 글에서, "(원중거의—인용자) 상유(上游) 제시(諸詩)는 깊고 맑은 운치가 적고 방자한 병폐가 있으니 경계할 만하다. 나는 일찍이 생각하기를, 성률(聲律)은 사람을 그르치기 쉬워 공교하고 묘한 데로 점차 들어가면 점차 객기(客氣)가 자라 문득 읊으면 절도가 없어 공묘(工妙)함을 잃고서 심지어 그 성정(性情)을 깎아 없애지만 떠돌며 돌아오는 것을 잊어 버려 스스로 깨닫지 못한다"(上游諸詩, 微少深湛之致, 有恣肆之病, 爲可戒也. 嘗聲律易以誤人, 漸入工妙, 漸長客氣, 便發之無節, 失其工妙, 以至斲喪其性情, 流蕩忘反, 而不自知覺)라고 하

그대와 번갈아 수창酬唱하노라.

送元子才重擧申翊卿塈游上峽

劇憐東郭路, 環翠萬峰稠. 難得同心友, 共登上峽舟.
城闉遠啾雀, 波浪近浮鷗. 排悶存詩道, 憑君迭唱酬.

였다.

자목[1]의 운에 차운하여 받들어 부치다

그대와 성곽에 함께 살지만
포의의 즐거움 말 못했었지.
이제 한 언덕에 같이 잠거潛居하니[2]
소부巢父와 허유許由[3]가 어찌 부러우리.
초목의 마음 고요히 살피고
못과 바위의 정취 참되이 궁구하네.
잣나무 동산엔 남새 심지 않고
연꽃 핀 못엔 그물질 않네.
마음이 즐거우니 탄식 그치고
천명天命을 믿으니 누굴 원망하고 미워하리.
책을 펴자 홀연 눈물나는 건
옛사람 고심이 느껴져서네.
장차 방의 먼지 쓸어 내고서

---

1 자목(子穆) 윤면동(尹冕東, 1720~1790). 본서 121면 주3을 참조할 것.

2 이제~잠거(潛居)하니 윤면동은 원래부터 포의였지만, 이인상은 그동안 10여 년을 벼슬길에 있다가 1753년 4월 음죽 현감을 그만둔 후 야인(野人)으로 지냈다. 윤면동의 집 탁락관(卓犖觀)은 남산 자락에 있어 종강에 있는 이인상의 집 뇌상관(雷象觀)과 가까웠다. 『승정원일기』에 의하면, 윤면동은 영조 37년(1761)에 처음으로 선공감 가감역(繕工監假監役)을 제수받았으나 신병을 핑계로 출사하지 않았다. 이후에도 벼슬한 적이 없는, 처사적 삶으로 일관한 인물이다.

3 소부(巢父)와 허유(許由) 요(堯)임금 때의 고사(高士). 요임금이 천하를 물려주려 했으나 거절하고 은거하였다.

편안히 앉아 맑은 등불 함께하기를.

次子穆甫韻奉寄

與君在城闉, 未道樂章布. 一丘苟同歸, 巢許竟何慕?
靜觀卉木情, 眞窮潭巖趣. 栢園不種蔬, 荷渠莫投罟.
怡心息欣嗟, 信命誰怨惡? 開書忽下淚, 古人心長苦.
且掃室中塵, 安坐共淸炷.

김용휴[1]가 사군에 놀러 가므로 「세모에 회포를 적다」라는 시의 운에 추차追次[2]하여 떠날 때 주다

난가대爛柯臺[3]로 배 저어 가는 광경 상상하면서

천뢰각天籟閣[4]에서 금琴을 타리라.

구름 맑아 현학玄鶴이 드러나고[5]

눈(雪)이 깨끗해 단전丹篆[6]이 보일 테지.

---

1 **김용휴(金用休)** 김명주(金命柱, 1730~1775)를 말한다. '용휴'는 그 자. 경주 김씨 김한열(金漢說, 1709~1742)의 아들이며, 추사 김정희의 조부인 김이주(金頤周, 1730~1797)와 재종간이다. 김이주는 윤면동의 종매부였다. 김수진, 『능호관 이인상 문학 연구』(서울대학교 박사학위논문, 2012), 25·37면 참조.

2 **추차(追次)** 전인(前人)의 시에 차운하거나, 어떤 사람의 시에 시간이 많이 흐른 뒤 차운하는 것을 이르는 말.

3 **난가대(爛柯臺)** 단양의 강선대(降仙臺) 동쪽에 있는 흰 바위 언덕에 이인상이 붙인 이름. 『뇌상관고』 제4책에 실린 「구담소기」(龜潭小記)에 이 사실이 언급되어 있다. '난가'(爛柯)는 원래 도낏자루가 썩는다는 뜻이다. 동진(東晉)의 왕질(王質)이라는 나무꾼이 신안(信安)의 석실산(石室山)에서 바둑을 두고 있는 동자(童子) 몇 사람을 만나 그 바둑 두는 것을 구경하는 사이 도낏자루가 썩어 버렸으며, 마을에 돌아와 보니 아는 사람이 다 죽고 없더라는 이야기가 『술이기』(述異記)에 보인다.

4 **천뢰각(天籟閣)** 종강에 있던 이인상의 서재 이름. '천뢰'(天籟)는 무위자연을 뜻한다. 『장자』 「제물론」(齊物論)에, 사람이 내는 소리인 인뢰(人籟) 및 땅이 내는 소리인 지뢰(地籟)와 함께 천뢰가 언급되어 있다. 명말(明末) 항원변(項元汴, 1525~1590. 호 묵림산인墨林山人, 절강 가흥嘉興 사람)의 서재 이름이 '천뢰각'이었다. 항원변은 서화·고서·고기(古器) 수장가로서 감식안이 몹시 높았던데다 황공망(黃公望)과 예찬(倪瓚)을 사숙한 화가였다. 아마 이 때문에 이인상은 항원변의 서재 이름을 본떠 자신의 서재 이름을 '천뢰각'이라 했던 게 아닌가 한다.

5 **구름~드러나고** 단양의 옥순봉 맞은편에 퇴계 이황이 이름을 붙인 '현학봉'(玄鶴峯)이라는 봉우리가 있기에 한 말이다.

6 **단전(丹篆)** 붉은색의 전서(篆書). 단양의 구담과 사인암에 이인상과 이윤영이 바위에

큰 못에는 봄기운 스미고
뭇 봉우리 하늘에 가깝겠지.
모래톱에 있는 그대 생각하면서[7]
누워서 성근 낙매落梅[8] 하나둘 세리.

金用休命柱游四郡, 追次「晩歲書懷」韻以贈行

移棹爛柯想, 鳴琴天籟廬. 雲淸放玄鶴, 雪淨見丹書.
大澤涵春氣, 羣峰切太虛. 懷君在中沚, 臥數落梅疎.

전서를 새겨 주사(朱砂)를 입힌 것이 허다하다.

7 모래톱에~생각하면서 『시경』 진풍(秦風) 「겸가」(蒹葭)에, "갈대는 성한데/흰 이슬 그치지 않네/내가 생각하는 저 사람은/강가에 있네/(…)/완연히 강물 속의 모래톱에 있네"(蒹葭采采, 白露未已. 所謂伊人, 在水之涘. (…) 宛在水中沚)라는 구절이 있다.

8 낙매(落梅) 떨어지는 매화.

탁락관[1]의 시에 차운하다

동산의 경치 고요히 보다
베개 베니 초루草樓[2]가 한가로워라.
늙은 죽순은 심心을 꺾기 어렵고
작은 꽃은 색이 아롱을 견디네.[3]
도道가 외로우니 짧은 머리 보존하고[4]
사귐이 담박하니 번드러운 얼굴이 적네.
우뚝하니 군서群書를 읽다뿐인가
푸른 산[5]에도 함께 오르네.

次卓犖觀韻

靜觀園裏事, 欹枕草樓閒. 老笋心難折, 微花色耐斑.
道孤存短髮, 交淡少腴顔. 卓犖羣書外, 蒼山與共攀.

---

1 탁락관(卓犖觀) 윤면동이 자신의 집에 붙인 이름. 여기서는 윤면동을 이른다. 동진(東晉)의 좌사(左思)가 지은 「영사」(詠史)시 8수의 제1수 중 "약관(弱冠)에 붓을 희롱하고/우뚝하니 뭇 책을 봤네"(弱冠弄柔翰, 卓犖觀羣書)에서 취한 말.
2 초루(草樓) 종강의 뇌상관을 말한다.
3 작은~견디네 작은 꽃에 아롱다롱한 무늬가 있다는 말.
4 도(道)가~보존하고 늙어서 머리숱이 성글게 되었지만 그것을 잘 보존한다는 뜻. 중국은 오랑캐의 나라가 되어 치발(薙髮: 머리털을 바싹 깎는 것을 이름)을 하지만, 조선은 중화의 문명을 지켜 예악을 보존하고 있음을 말한 것이다.
5 푸른 산 남산을 말한다.

윤지, 원박, 자목 제공諸公과 도봉서원[1]을 참배하고 염운拈韻[2]하여 함께 짓다[3]

1

광풍담光風潭[4]에 푸른 하늘 잠겼는데
경쇠 치며[5] 그윽히 읊조리는 소리 혼자서 듣네.
섬돌 아래 오동이 늙어 봉황이 슬프고[6]
담벽 사이 대가 썩어 『인경』麟經이 버려졌네.[7]

---

1 **도봉서원(道峯書院)** 도봉산 입구에 있던 서원. 1573년(선조 6) 조광조(趙光祖, 1482~1519)의 학문과 덕행을 추모하기 위해 창건되었다. 1696년에는 송시열이 배향되었다.

2 **염운(拈韻)** 본서 234면 주2를 참조할 것.

3 **함께 짓다** 이윤영이 지은 시는 『단릉유고』(丹陵遺稿) 권10에 「가을날 원령, 원박, 자목과 도봉서원에서 자며 함께 짓다」(秋日同元靈元博子穆宿道峯書院共賦)라는 제목으로 실려 있다. 총 여덟 수이며, 이인상의 시와 같은 운(韻)을 쓰고 있다. 윤면동의 문집 『오헌집』(娛軒集)에도 같은 운을 쓴 다섯 수의 시가 실려 있다.

4 **광풍담(光風潭)** 도봉서원 부근에 있던 소(沼).

5 **경쇠 치며** 이윤영의 「가을날 원령, 원박, 자목과 도봉서원에서 자며 함께 짓다」의 제1수 제2구에 "누각에 매단 옥경(玉磬) 누구에게 들려줄꼬"(樓懸玉磬爲誰聽)라 한 것으로 보아 당시 도봉서원에 경쇠가 있었음을 알 수 있다.

6 **오동이~슬프고** 봉황은 오동나무에만 깃들여 그 열매를 먹고살므로 오동이 늙어 봉황이 슬프다고 한 것이다. 또한 봉황은 성인(聖人)을 상징하는 새인데, 『논어』 「미자」(微子)편에, "초(楚)나라 광인(狂人)인 접여(接輿)가 공자 앞을 지나며, '봉(鳳)이여, 봉이여! 어찌 그리 덕이 쇠하였는가?(…)'라고 노래했다"(楚狂接輿歌而過孔子曰: '鳳兮鳳兮, 何德之衰? (…)')라는 말이 보인다.

7 **담벽~버려졌네** 『인경』(麟經)은 역사서 『춘추』(春秋)의 별칭. 『춘추』는 "애공(哀公) 14년 봄, 서쪽에 사냥 나가 기린을 잡았다"(十有四年春, 西狩獲麟)라는 구절에서 끝나는데, 『춘추』를 『인경』이라고도 하는 것은 바로 이 구절에서 연유한다. "대가 썩어" 운운이라고 한 것은 고대에 역사를 죽간(竹簡), 즉 대나무 조각에다 기록했음으로써다.

기수氣數를 되돌리려 구학丘壑[8]을 보존하고
운하雲霞로 잠그어 집 뜰을 보호하네.
호해湖海[9]로 가는 길 먼데 산중山中의 해 짧아
어둔 숲의 까막까치 울음 못 견딜레라.

2

쌓인 기운[10] 깨끗하고 밝아 만고萬古에 푸른데
멀리 봉우리의 빈 바람 소리 맑게 들리네.
일구一丘의 현회顯晦 따라 이하夷夏가 나뉘나니[11]
두 분[12]의 출처出處[13]는 바른 도리 잡았네.
길〔路〕이 속세에서 창오蒼梧의 들[14]로 접어들면
봄날의 구름 기운 옛 잣나무 뜰에 일어나네.
흰 구름에 뼈 묻지는 못한다 해도
고산유수高山流水에 장차 은거하리.

---

8 구학(丘壑) 언덕과 골짜기, 즉 산수를 말한다. 여기서는 도봉서원이 있는 도봉산을 가리킨다.

9 호해(湖海) 호수와 바다. 강호를 뜻한다.

10 쌓인 기운 도봉산을 가리킨다.

11 일구(一丘)의~나뉘나니 '현회'(顯晦)는 드러남과 숨음이라는 뜻이고, '이하'(夷夏)는 오랑캐와 중화라는 뜻. '일구'(一丘)는 도봉서원이 있는 도봉산 기슭을 말한다. 도봉서원을 받드는가 그렇지 않은가에 따라 중화가 될 수도 있고 오랑캐가 될 수도 있다는 말이다.

12 두 분 도봉서원에 제향된 조광조와 송시열.

13 출처(出處) 원문은 "行藏". 벼슬에 나아가는 일과 물러나는 일.

14 창오(蒼梧)의 들 원문은 "蒼梧野". 순임금이 남쪽으로 순수(巡狩)하다 죽은 곳. 여기서는 왕릉들이 있는 도봉산 인근의 들을 가리킨다.

3

소광정昭曠亭[15] 주변의 일만 나무 푸르고
나직한 여울물 소리 예전에도 들렸었지.[16]
벗 자목은 고포孤抱[17]가 있거늘
맑은 여름 산문山門 함께 다시 찾았네.[18]
먼 골짝 가득 덮은 복사꽃 지금도 기억나고
빈 뜰에 지는 가을 잎도 견딜 만했지.
천시天時[19]는 되풀이되니 노안老眼을 건사해
봄 우레가 겨울 깨뜨릴 날 기다리세나.

4

사당문 가시나무[20]는 베어도 도리어 푸른데
비바람 속 닭 울음소리 울면서 듣네.[21]

---

15 소광정(昭曠亭) 도봉산에 있던 정자 이름. 도봉서원에서 동북쪽으로 시내를 따라 올라가면 있었다. 지금 전하는 이인상의 그림 〈소광정도〉는 바로 그 풍광을 그린 것이다. 『능호관 이인상 서화평석 1: 회화편』 중 〈소광정도〉의 평석 참조.

16 나직한~들렸었지 이인상은 32세 때인 1741년 봄에 설소 이휘지를 위시한 여러 사람과 함께 도봉서원을 찾은 적이 있으며, 이 해(1758) 여름과 가을 두 차례 이윤영, 윤면동, 김무택과 함께 다시 찾은 적이 있다. 이윤영의 『단릉유고』(丹陵遺稿) 권3에 수록된 「가을날 원령, 원박, 자목과 도봉서원에서 자며 함께 읊다」(秋日, 同元靈元博子穆宿道峯書院共賦)라는 8수 연작시는 이 해 가을에 방문했을 때 지은 것이다. 이들이 1758년 여름과 가을에 지은 시들은 모두 같은 운(韻)을 쓰고 있다.

17 고포(孤抱) 이해해 주는 사람이 없는 독특한 포부. 윤면동도 이인상과 마찬가지로 존명배청(尊明排淸)의 입장을 취했으며, 평생 처사적 삶을 살았다.

18 벗~찾았네 이인상이 이 해(1758년) 여름에 윤면동과 도봉산에 다시 왔다는 말이다.

19 천시(天時) 사계절의 순서.

20 가시나무 원문은 "荊棘". 소인배나 악인을 비유하는 말이다.

21 비바람~듣네 중국 남북조 때 동진 사람인 조적의 고사를 염두에 두고 한 말. 조적은 중원을 회복하길 염원했는데, 어느 날 한밤중에 닭 울음소리가 나자 이를 중원 회복의 조

남하南下했던 여러 공[22]은 비통함을 견뎠건만
동림東林의 군자[23]들은 경전 공부 폐했네.
영지靈芝 피지 않았건만 공연히 벽 따라 거닐고[24]
마른 전나무가 꽃을 머금어 뜨락에 서 있네.[25]
고심苦心은 끝내 안 사라지는데
깊은 밤 어둑한 물꽃[26]에 달빛 비치는 걸 보네.

5

옛 잣나무와 서늘한 이깔나무[27] 서로 의지해 무성하고[28]

짐이라고 여겨 춤을 추며 몹시 좋아했다고 한다.

22 남하(南下)했던 여러 공 북방의 금(金)나라에 밀려 남도(南渡)했던 북송(北宋)의 인물들을 가리킨다. 역사상 한족(漢族)은 북방 민족에 밀려 두 번 남도(南渡)했으니, 한 번은 진(晉)나라 때이고 한 번은 송나라 때이다.

23 동림(東林)의 군자 명말(明末)의 동림당(東林黨)을 가리킨다. 세도가들을 비판하여 정계에서 쫓겨난 후 동림서원(東林書院)을 중심으로 강학 활동을 펼치며 재야 정치 활동을 전개했다. 주자학과 양명학을 절충하려는 경향이 있었으므로 주자학을 고수했던 학인들에게는 비판을 받기도 하였다. 명나라가 망하자 동림당에 속했던 인물들 중에는 경전의 장구(章句)나 외면서 성명(性命)에 대한 공리공론을 일삼은 것이 명(明)이 망한 원인이라며 기존의 학문에 대한 반성을 제기하면서 경세치용(經世致用)의 실학(實學)을 추구해 간 이들이 있었다. 황종희(黃宗羲) 같은 사람이 대표적이다.

24 영지(靈芝)~거닐고 주희가 순창(順昌) 땅을 지나다가 벽에 적힌 "아름다운 영지는/1년에 세 번 피는데/나는 홀로 어이하여/뜻을 이루지 못하나"(煌煌靈芝, 一年三秀. 予獨何爲, 有志不就)라는 글귀를 보고 슬퍼한 일이 있다. 자세한 것은 본서 59면 주11을 참조할 것.

25 마른~있네 마른 전나무에 꽃이 피었다는 것은 대단히 상서로운 징조를 말한다. 마른 전나무가 다시 살아나 꽃이 핀 일이 당나라 홍기의 조짐이었다는 사실이 『책부원귀』(冊府元龜) 권25의 「부서」(符瑞) 제4(第四)에 보인다.

26 물꽃 원문은 "水花"인데, 물에 핀 꽃을 말한다.

27 옛 잣나무와 서늘한 이깔나무 도봉서원에 배향된 조광조와 송시열을 비유한 말로 여겨진다.

28 무성하고 원문은 "悄青". 『문선』(文選)에 실린 좌사(左思)의 「초은시」(招隱詩)에 "悄

언덕의 학 울음소리 하늘 가에 들리네.
물 스치는 바람은 달을 불어 뜨게 하고
하늘 받친 서늘한 벼랑엔 구름이 지나네.
동적銅狄[29]은 선동仙洞[30]에 있을 때 닳기 쉽고
옥규玉虯[31]는 천제天帝의 궁정[32]에 하소연하기 어렵네.[33]
거문고로 「초은사」招隱士[34] 연주하려 하니
계수나무[35] 꽃 날고 비 어둑하네.

蒨青蔥間, 竹栢得其眞"이라는 말이 보이는데, '悄蒨'과 '青蔥'은 무성하여 아름다운 모습을 뜻한다.

29 동적(銅狄) 본서 171면 주33을 참조할 것.

30 선동(仙洞) 선인(仙人)이 사는 동천(洞天).

31 옥규(玉虯) 본서 171면 주34를 참조할 것.

32 천제(天帝)의 궁정 원문의 "太儀"는 천제의 궁정을 뜻하는 말. 『초사』「원유」(遠遊)에, "아침에 태의(太儀)에서 수레를 출발해/저녁에 어미려(於微閭)에 이르렀도다"(朝發軔於太儀兮, 夕始臨乎於微閭)라는 말이 있다. '어미려'는 동방에 있다는 옥으로 된 산 이름.

33 동적(銅狄)은~어렵네 '동적'과 '옥규'라는 말은 앞에 나온 시 「매호 유 처사 만시」에도 보인다. "동적은 선동에 있을 때 닳기 쉽고"라는 구절은, 조광조가 조정에 나가 애면글면하다가 죽임을 당한 일을 염두에 둔 말이고, "옥규는 천제의 궁정에 하소연하기 어렵네"라는 구절은, 송시열이 1689년 왕세자(뒷날의 경종)의 책봉을 반대하는 상소를 했다가 제주에 유배되고 이어 국문(鞫問)을 받기 위해 상경하던 도중 정읍에서 사사(賜死)된 것을 염두에 둔 말이 아닌가 한다. '선동'(仙洞)이나 '천제'(天帝)는 조정이나 임금을 비의(比擬)한 말로 여겨진다.

34 「초은사」(招隱士) 『초사』의 한 편.

35 계수나무 은사가 사는 곳에 있다는 나무.

與胤之、元博、子穆諸公, 拜道峯書院, 拈韻共賦

光風潭水蘸天青, 擊石幽吟獨自聽.
階下老梧悲鳳鳥, 壁間朽竹廢麟經.
挽回氣數存丘壑, 鎖斷雲霞護戶庭.
湖海路長山日短, 不堪烏鵲噪林冥.

其二
積氣晶熒萬古青, 中峰虛籟迥淸聽.
一丘顯晦分夷夏, 二老行藏操正經.
風埃路入蒼梧野, 雲氣春生古栢庭.
薤骨白雲雖已矣, 高山流水且沈冥.

其三
昭曠亭邊萬木青, 風湍幽咽舊時聽.
故人子穆有孤抱, 淸夏山門與再經.
尙記桃花迷遠壑, 可堪秋葉下空庭.
天時反復存衰眼, 留待輕雷破冱冥.

其四
廟門荊棘刬還青, 風雨鷄鳴和淚聽.
南渡諸公堪忍痛, 東林君子廢窮經.
靈芝不秀空循壁, 枯檜含華宛在庭.
看取苦心終不滅, 夜深月照水花冥.

其五

古栢寒杉倚悄青，中皐鳴鶴九霄聽.

光風轉水吹月上，寒壁擎天有雲經.

銅狄易磨仙洞日，玉虯難訴太儀庭.

瑤琴欲奏「招隱士」，桂樹花飛雨冥冥.

또 분운[1]하다

1

맑고 그윽한 빛의 만장봉萬丈峰
옛 서원 앞에 늘 환하네.
운뢰雲雷가 상象을 드리워 감탄하게 되고[2]
해와 달이 우러러 하늘에 있네.
방초芳草를 꺾어 허리춤에 연이어 차고
물을 길어 와[3] 향을 사르네.
길이 훈목薰沐[4]의 뜻 지녀 왔거늘
고개 들어 바라보네 전나무 단壇 주변.

2

높은 난간 밖은 툭 트여 환하고
옛 농막農幕 앞은 넓고 한적하네.
누운 소에 무성한 풀 참 어울리고
돌아가는 새는 맑은 하늘을 좇네.

---

1 **분운(分韻)** 운(韻)을 나누어 시를 짓는 일. 자세한 것은 본서 214면 주20을 참조할 것.

2 **운뢰(雲雷)가~되고** 만장봉에 구름이 지나고 우레가 치곤 한다는 말.

3 **물을 길어 와** 원문은 "酌泂泉"으로, 멀리 시내에서 물을 길어 온다는 뜻이다. 훈목(薰沐)을 하기 위해서다. 『시경』 대아(大雅) 「형작」(泂酌)에, "길바닥에 고인 물 멀리서 떠내/솥에다 부으면/밥이야 넉넉히 지을 수 있지"(泂酌彼行潦, 挹彼注玆, 可以餴饎)라는 구절이 있다.

4 **훈목(薰沐)** 옷에 향(香)을 피우고, 머리를 감아 몸을 깨끗이 하는 것을 말한다.

평상平牀을 소제하니 바위에 구름 어지럽고
다리 건너니 시냇물 유유히 흐르네.
언덕에서 무얼 기다리려는지[5]
서글피 숲 가로 가네.

3

봄밤이 길었으면 하고 바라며
다시 옛 사당 앞에 왔구려.
꽃잎 흐르는 시내 맑아 달에 이어지고
구름 낀 산 울창하여 하늘과 접했네.
충현忠賢은 심법心法이 한결같고
나라에선 임천林泉[6]을 거룩히 여기네.
경전과 책 높이고 비장秘藏해야 하니
목석木石 가에 의탁하려네.

4

좋은 일 있어 벗에게 고하나니
이 산 앞에 은거하는 거라네.
벌폭伐輻[7]에 외려 힘을 쏟으며
나란히 밭 갈며[8] 천명天命을 즐기리.

---

5 기다리려는지 기다림의 대상은 달일 것이다.

6 임천(林泉) 산림과 천석(泉石). 은거하는 곳을 이른다.

7 벌폭(伐輻) 자력으로 먹고사는 것을 이르는 말. 자세한 것은 본서 506면 주10을 참조할 것.

8 나란히 밭 갈며 벗과 함께 은거 생활을 하는 것을 이르는 말. 자세한 것은 본서 185면 주

그윽한 향기 나무마다 나고
높다란 바위는 시내에서 스스로 울 테지.
때때로 시끄러움과 고요함 잊고
멀리 나는 새 곁의 구름을 보리.

又分韻

肅肅萬峰色，常明古院前．雲雷感垂象，日月仰麗天．
繼珮掇芳草，陳香酌泂泉．永輸薰沐志，矯望檜壇邊．

其二
曠朗層欄外，寬閒古墅前．臥牛宜茂草，歸翼信晴天．
掃榻雲霽石，經橋蔓溜泉．中皐如有候，惆悵到林邊．

其三
願期春夜永，重到古祠前．花水淸連月，雲巒蔚際天．
忠賢一心法，王國大林泉．典册猶尊秘，依歸木石邊．

其四
告朋有好事，隱沒此山前．伐輻猶勞力，耦耕眞樂天．
幽香不辨樹，穹石自鳴泉．時復忘喧寂，看雲遠鳥邊．

14를 참조할 것.

비를 기뻐하다. 현계[1]에 화답한 두 편

1

장마와 가뭄 같이 들어 임금님 근심터니
열흘 만에 부슬부슬 아침비가 내리네.
구름이 연신 달려가 자는 용 깨우니
기우제 얼마 후 비가 곤룡포를 적시네.
골짝의 벼랑 씻어 산빛이 바르고
강해江海로 길게 흘러가 폭포물이 늘었네.
보노라, 뭇 새들이 우는 걸 잊고
들물은 넘실넘실 갈대 지남을.

2

비 뿌리니 아이들 다퉈 당堂에서 내려오고[2]
남간에 날던 구름 종강에 드네.
화분의 연蓮 절로 움직여 작은 구슬 기울고[3]
밭두둑 국화 갸웃한데 받침대 기다랗네.

---

1 현계(玄谿) 김무택을 가리킨다. 1758년, 김무택은 이인상의 종강 집 부근인 현계(玄谿)에 우거하였다. 당시 윤면동의 집 탁락관도 부근에 있어 세 사람은 자주 어울렸다. 김무택의 『연소재유고』(淵昭齋遺稿)에서 이 사실이 확인된다. 김무택의 원시 제목은 「비를 기뻐하다. 원령에게 편지를 써서 부치다」(喜雨. 簡寄元靈)이며, 3수이다.

2 비~내려오고 비가 오자 아이들이 좋아하며 집에서 뛰쳐나오는 것을 이른다.

3 화분의~기울고 연잎에 빗물이 떨어져 구슬처럼 또르르 구르는 것을 말한다.

벼랑의 집[4]에 무지개 드리우니 쌍폭雙瀑이 빛나고
모루茅樓[5]에 구름 이지러져[6] 두어 봉우리 푸르네.
가엾다 짚신 파는 능촌菱村[7] 늙은이
써레 빌려 모를 내나 아직 못 끝내.

喜雨. 和玄谿二篇

聖主憂勞澇旱兼, 朝霏十日落纖纖.
雲奔不斷眠龍動, 露禱移時袞繡霑.
振濯谷崖山色正, 流長江海瀑源添.
已看衆鳥忘啾啄, 野水漫漫過葦蒹.

其二
雨灑兒童競下堂, 雰飛南澗入鐘崗.
盆荷自動傾珠細, 畦菊多欹揷竹長.
石广虹垂雙瀑瑩, 茅樓雲缺數峰蒼.
卻憐賣屨菱村叟, 借耒移秧未遽央.

4 **벼랑의 집** 원문은 "石广". 바위에 의지해 지은 집. 능호관을 가리키는 것으로 여겨진다.
5 **모루(茅樓)** 종강의 뇌상관을 가리킨다.
6 **구름 이지러져** 원문은 "雲缺"인데, 구름 사이가 벌어진 것을 말한다.
7 **능촌(菱村)** 모산 부근의 지명으로, 바다에 가깝다. 『뇌상관고』 제4책에 실린 「해서소기」(海澨小記)라는 글에 이 지명이 보인다.

여러 공과 북원[1]에서 노닐며 각기 절구 하나씩을 짓다

연꽃 향기는 붉은 난간에 오르고
저녁 구름은 푸른 나무에 이네.
흐르는 물 멀리 따라가니
옛 단壇[2]을 굽이굽이 에워쌌어라.

與諸公遊北苑, 各賦一絶

荷氣上朱欄, 夕雲生翠木. 行隨流水遠, 繚繞古壇曲.

---

1 **북원(北苑)** 창덕궁의 후원(後苑).
2 **옛 단(壇)** 창덕궁 후원에 있는 대보단을 말한다.

북원의 꽃을 읊은 여덟 곡. 제공의 운을 써서 이윤지에게 화답하다[1]

북원北苑의 꽃 참으로 아름다운데
산 깊어 사람들 오지를 않네.
빈 못에 붉은 잉어 있어
구름 그림자와 함께 배회하누나.

운무雲霧가 밤낮 없이
늘 옛 단壇[2]에 피어올라
자욱한 가랑비 되어
맑은 물에 솨솨 뿌리고 있네.

옛 물은 옥처럼 푸르건만
한시도 슬피 울지 않을 때 없네.

---

1 **제공(諸公)의~화답하다** 이 시와 관련된 시가 이윤영의 문집인 『단릉유고』 권10에 「여름날」(夏日)이라는 제목으로 실려 있다. 한편 김종수의 문집인 『몽오집』(夢梧集) 권1에도 이 시와 관련된 시 「유월 십칠일, 형님 및 원령, 윤지, 자목 아저씨, 백우, 중회(仲晦), 김 어르신 중척(仲陟), 김원박과 함께 북영(北營)에서 연꽃을 완상하고 함께 시를 짓다」(六月十七日, 同伯氏、元靈、胤之、子穆叔、伯愚、仲晦及金丈仲陟、金元博賞荷北營共賦)가 실려 있다. 김종수의 시 제목에서 '형님'이란 김종후(金鍾厚)를 말하고, '중회'는 백우 김상묵의 동생인 김광묵(金光默)을 말하며, '김 어르신 중척'은 김상무(金相戊)를 말한다. '자목'을 아저씨라고 한 건 윤면동과 김종수가 인척간이기 때문이다. 이를 통해 당시 아홉 사람이 모임에 참여했음을 알 수 있다.

2 **옛 단(壇)** 대보단을 말한다.

하류에는 흰 돌이 많은데
위에 푸른 등나무 드리워 있네.

등나무는 일월을 가리고
산의 작은 길엔 풀과 꽃이 깊네.
꽃 깊은 곳 다시 바라보니
숲 속에 흰 봉우리[3]가 있네.

먼 산에 흰 달을 기다리다가
나무 끝 붉은 꽃송이 따네.
밤 깊어 고요한 향기 일고
맑은 바람 소리 함께 조촐하여라.[4]

맑고 향기로운 꽃 허리춤에 차니[5]
아침 햇살 그 위에 서늘히 비치네.
연못엔 일천 점點 이슬이 내려
이슬마다 연향蓮香을 쏟아 내누나.

연잎 이슬에 나의 눈물 섞이고
빈 산에는 가을 구름 이네.
아름다운 거문고[6] 연주할 이 없어[7]

---

3 흰 봉우리 백악(白岳), 즉 북악(北岳)을 가리키는 것으로 보인다.

4 조촐하여라 원문은 "濯"인데, 맑고 깨끗하다는 뜻이다.

5 허리춤에 차니 원문은 "繼余佩"로, 나의 패옥(佩玉)을 잇는다는 뜻이다. 『초사』「이소」(離騷)에 "折瓊枝以繼佩"라는 구절이 있다.

수선음水仙吟[8] 곡조도 끊어졌어라.

선인仙人은 해중海中에 있고
경수瓊樹에는 한서寒暑가 없네.[9]
가련하다 북원北苑의 꽃
동東으로 흐르는 물 따라 부질없이 흘러가.

北苑花八解. 和李胤之用諸公韻

北苑花正好, 山深人不來. 空潭有朱鯉, 雲影與徘徊.

雲氣無晨夕, 常從古壇起. 濛濛作細雨, 下灑淸泠水.

古水靑如玉, 哀鳴無已時. 下流多白石, 上有翠藤垂.

藤蘿翳日月, 巖徑草花深. 更望花深處, 林中有素岑.

遙岑候素月, 木末采紅萼. 夜深生靜香, 淸籟與之濯.

---

6 **아름다운 거문고** 원문은 "玉軫". 원래 옥으로 만든 금주(琴柱: 기러기발)를 뜻하는데, 거문고를 가리키는 말로 쓴다.
7 **아름다운~없어** 오찬이 세상을 하직한 것을 가리킨다.
8 **수선음(水仙吟)** 거문고 곡 이름. '수선조'(水仙操)라고도 한다.
9 **경수(瓊樹)에는 한서(寒暑)가 없네** '경수'는 선계(仙界)의 나무 이름. 선계의 나무인 경수는 봄 여름 가을 겨울 없이 꽃이 핀다는 뜻.

濯香繼余佩，照此朝日凉．橫塘千點露，箇箇瀉荷香．

荷露和我淚，空山生秋陰．無人奏玉軫，唱斷水仙吟．

仙人在海中，瓊樹無寒暑．可憐北苑花，空逐東流去．

대보단. 다시 '치'寘, '재'在, '영'迎, '풍'風, '한'寒, '로'露, '지'之, '옥'玉, '호'壺[1]의 아홉 글자를 운자로 사용했는데, 나는 그 중 '재'자를 집었다

옥 같은 모래 쌓아 산 이뤘는데
그 속에 일만 소나무 그윽하고 아름답네.
맑은 대낮 우레가 치더니
신령한 비 온갖 더러움 씻어 내누나.
뭇 나무들 임금의 호위병 같고
꽃은 철 따라 그득히 피네.
대보단이 여기 있거늘
대의가 바르니 일이 드러나네.
신종神宗은 우리나라 지켜 주었고
의종毅宗의 은택은 넓고 깊었지.
『주례』周禮[2]에 따라 대보단을 보지保持하나니
제사[3]에 승배升配[4]를 엄격히 하네.

---

1 **'치'(寘)~'호'(壺)** '寘在迎風寒露之玉壺'는 두보의 시 「입주행」(入奏行)의 시구에 해당한다.

2 **『주례』(周禮)** 주(周)나라의 주공(周公)이 찬(撰)했다는(실제로는 그렇지 않지만) 책으로, '주관'(周官)이라고도 한다. 천지와 춘하추동에 따라 천관(天官)·지관(地官)·춘관(春官)·하관(夏官)·추관(秋官)·동관(冬官)의 육관(六官)으로 책을 구성해 그 각각에 속한 벼슬의 이름과 역할을 자세히 기록했다. 『주례』「춘관」에는 특히 제사와 관련된 언급이 많다.

3 **제사** 원문은 "追遠"으로 '추원보본'(追遠報本)의 준말. 조상에 제사 지내 자신의 태어난 근본을 잊지 않고 갚는 것을 이른다.

효종孝宗[5]의 마음에서 비롯되어서
숙종肅宗[6]께서 건립하셨지.[7]
봄 제사에 제물 몸소 준비하나니[8]
군자는 덕에 뉘우칠 게 없네.
옥경玉磬을 애잔히 연주하고
규폐圭幣[9]와 향기로운 울창주鬱鬯酒를 갖추었네.
미천한 신하 또한 제祭에 참여해[10]
뜰을 오가며 패옥 소리 들었네.
맑은 구름은 비를 육극六極에 뿌리고[11]

---

4 승배(升配) 주벽(主壁: 사당에서 으뜸이 되는 신주)에 배향(配享)함을 이른다. 옛날 제례(祭禮)에는, 누구를 주벽으로 모신 사당에 어떤 사람을 배향할 것인가를 결정하는 일이 몹시 중요한 일이었다. 대보단은 신종을 제사 지내기 위해 건립되었으나 영조 25년(1749)부터는 명나라의 창업주인 태조와 마지막 황제인 의종을 함께 제사 지냈다.

5 효종(孝宗) 원문은 "宣文"으로, 효종의 존호(尊號)이다. 효종은 병자호란 후 형 소현세자(昭顯世子)와 함께 청나라에 볼모로 잡혀가 많은 고생을 하였다. 즉위 후 북벌(北伐)을 꾀해 대청(對淸) 강경파를 등용하고 군비를 확충했으나 뜻을 이루지 못한 채 죽었다.

6 숙종(肅宗) 원문은 "寧考"로, 망부(亡父)라는 뜻. 영조(英祖)의 아버지인 숙종을 이른다.

7 건립하셨지 원문은 "熙載". 일을 일으켜 넓힌다는 뜻이다.

8 제물 몸소 준비하나니 원문은 "躬麗牲". '여생'(麗牲)은, 옛날에 임금이 제사 지낼 때 장차 희생으로 쓸 가축을 끌고 와 석비(石碑)에 매어 두는 일을 말한다. 『예기』「제의」(祭義)에, "제사 지내는 날에 임금은 희생을 끌고 가고, 태자는 임금에게 대답하고, 경대부(卿大夫)는 차례대로 따른다. 사당의 문에 들어서면 석비에다 희생을 맨다"(祭之日, 君牽牲, 穆答君, 卿大夫序從. 旣入廟門, 麗於碑)라는 구절이 있다.

9 규폐(圭幣) 제사 때 쓰는 규옥(圭玉)과 속백(束帛)을 말한다. '규옥'은 머리는 둥글고 아래는 모나게 만든 홀(笏)의 한 종류이고, '속백'은 다섯 필을 한 묶음으로 묶은 비단이다.

10 미천한~참여해 "제(祭)에 참여해"의 원문은 "駿奔". 분주히 움직이는 것을 말한다. 『시경』 주송(周頌) 「청묘」(淸廟)에, "하늘에 계신 신령에 보답하여/분주히 사당에서 오고 가도다"(對越在天, 駿奔走在廟)라는 구절이 있다. 이인상은 32세 때인 1741년 3월 4일에 대보단 제사의 반열에 참예한 적이 있다.

11 맑은~뿌리고 이인상이 젊은 시절 대보단 제사에 참예했을 당시 밤에 비가 왔기에 한 말. '육극'(六極)은 상하와 사방.

북두성과 달은 참대參對[12]를 환히 비추네.

엄숙하고 밝은 천자의 수레 보이고[13]

성대하게 신령이 강림해 위로하시네.[14]

협문夾門[15]에서 강한江漢[16]을 제사 지내고

소구小丘[17]에서 숭산崇山 태산泰山[18] 제사 지내네.

제례를 마치고 동이 터 오매

임금과 신하 눈물 훔치며 물러나누나.

관문關門 바로 밖에서 전쟁이 나

훈련원訓練院에서 큰북을 연달아 쳤지.

군사들 사방에서 모여드니

은밀히 꾀하는 바는 건주建州[19]에 있었네.

한漢나라 때의 우림군羽林軍[20]이요

악비岳飛 휘하의 마찰麻札 쓰는 군대[21]였었지.

---

12 **참대(參對)** 본래 천자에게 나아가 묻는 말에 대답하는 것을 이르는데, 여기서는 영조가 친히 제사를 지내며 신령의 강림을 기다린 것을 가리키는 말.

13 **천자의 수레 보이고** 신종과 의종의 혼령이 수레를 타고 내려온다는 말.

14 **위로하시네** 원문은 "賚"인데, 위로하다는 뜻.

15 **협문(夾門)** 대문 곁의 작은 문.

16 **강한(江漢)** 양자강(揚子江)과 한수(漢水)를 말한다.

17 **소구(小丘)** 작은 언덕을 말한다.

18 **숭산(崇山) 태산(泰山)** 원문은 "崇岱"인데, 각각 숭산과 태산을 가리킨다.

19 **건주(建州)** 원문은 "西塞"인데, 후금(後金)이 홍기한 서북 방면의 건주를 가리킨다.

20 **우림군(羽林軍)** 한(漢) 무제(武帝) 때 설치된 천자의 숙위병(宿衛兵)이다. 한나라는 강성한 흉노 때문에 늘 시달렸다.

21 **악비(岳飛)~군대** 악비는 남송의 충신으로서, 금군(金軍)을 격파하여 공을 세웠다. 당시 조정에 금나라에 대한 화의(和議)가 일어나매 이에 반대하다가 진회(秦檜)의 참소를 당해 옥중에서 살해되었다. 마찰(麻札)은 마찰도(麻札刀)라고도 하는데, 작살용(斫殺用)의 병기이다. 악비 휘하의 군대는 모두 이 무기를 소지했으며, 금(金)의 기마병과 싸울 때 이것으로 말의 발을 벰으로써 승리를 거두었다고 한다.

중원을 구할 만했지만
일만 군사 산해관山海關[22]에서 패하고 말았네.[23]
활을 걸었던 바위 부질없이 우뚝하고[24]
눈길 밟으며 갔던 그곳 꿈길도 막히네.
임진壬辰 병자丙子 두 전쟁 길이 탄식하지만
나라 위해 죽은 이 오히려 있었네.
슬픔 맺혀 애가 끊어지는 듯한데
말을 하면 내가 개 짖는 것으로 아네.[25]
글을 써서 오랑캐 꺾어 볼까[26] 하나
문장의 도道 또한 무너졌어라.
책명冊命이 땅에 추락했지만[27]

---

22 산해관(山海關) 산해관은 중국의 발해만 부근에 있는 요해처(要害處)로, 요동(遼東)의 이민족이 중원에 침입하는 것을 저지하는 관문이다.

23 관문(關門)~말았네 이 구절은 1618년 명(明)의 요구로 출병한 조선군사 1만 3천 명이 명의 대군과 함께 후금에 궤멸됨으로써 명청(明淸) 교체의 분기(分岐)가 된 심하(深河)의 부차(富車) 전투를 말한 것이다.

24 활을~우뚝하고 후금(後金)과의 전투에서 끝까지 활을 쏘며 싸우다 전사한 김응하(金應河, 1580~1619) 장군을 염두에 두고 한 말이다. 1618년 명나라가 후금을 칠 때 조선에 지원병을 요청하자 당시 선천 부사(宣川府使)였던 김응하는 선천 수군(水軍)을 이끌고 심하(深河)의 부차 전투에 참전하였다. 그러나 명나라 군사가 전멸하자 그는 3천 명의 휘하 군사로 수만 명의 후금군을 맞아 고군분투하다가 전사했다. 명나라 신종은 그의 이러한 공적에 대한 보답으로 특별히 조서를 내려 그를 요동백(遼東伯)에 봉했다.

25 말을~아네 이인상이 춘추대의에 대해 말을 하면 당시 사대부들이 비웃으며 업신여기는 태도를 보였다는 말. 당대 사대부들의 이런 면모는 이 책 권3의 「오경보에게 답한 편지」와 「천동에 답한 편지」에서도 확인된다.

26 오랑캐 꺾어 볼까 원문은 "折衝". 무력에 의해서가 아니라 문장이나 변설 등 외교상의 노력으로 적을 꺾는 것을 이르는 말이다.

27 책명(冊命)이 땅에 추락했지만 '책명'의 원문은 "典冊"인데, 책봉(冊封)할 때 칙서를 내려서 명하는 일을 말한다. 조선의 왕이 오랑캐인 청나라 황제의 책명을 받는 것을 개탄해서 한 말이다.

꼿꼿한 태도 지닌 선비가 없네.
거짓 의리 내세워 명리名利를 좇고
도덕을 해치며 패덕悖德을 따르네.
임금[28]께서 홀로 노고勞苦하셔서
법도法度 세워 만대萬代를 바르게 했네.
아홉 계단[29] 쌓아 예의 높았고
삼학사三學士[30]에 베푼 은혜 두터웠었네.
대보단 황폐하면 오랑캐 되고
선비들 나태하면 누가 적을 미워하리.
만동묘萬東廟[31]와 함께 높여야 하나니
열천문洌泉門[32]을 어찌 폐하리.
두 황제의 신명한 넋이 계시고
선왕先王이 좌우에 자리해 계시네.
빛나는 일월이 높이 떠 있듯
미혹함을 깨우쳐 늘 가르쳐 주네.
하늘 받치는 주석柱石이 되니[33]

---

28 **임금** 대보단을 세운 숙종을 가리킨다.

29 **아홉 계단** 원문은 "九級". 대보단에 아홉 계단을 쌓았다. 명초(明初)에 정양문(正陽門) 밖 종산(種山) 남쪽에 환구(圜丘)를 건립했는데 그 계단이 아홉이었다.

30 **삼학사(三學士)** 원문은 "三臣". 병자호란 때 항복을 반대하다가 심양(瀋陽)에 잡혀가 피살된 홍익한(洪翼漢)·윤집(尹集)·오달제(吳達濟) 세 사람을 가리킨다. 이후 그들의 행적은 국가적으로 칭양(稱揚)되었으며, 송시열은 「삼학사전」(三學士傳)을 편찬하여 그들의 행적을 기린 바 있다.

31 **만동묘(萬東廟)** 원문은 "華洞廟"인데, 만동묘(萬東廟)를 가리킨다. 자세한 것은 본서 198면 주2를 참조할 것.

32 **열천문(洌泉門)** 대보단 입구에 있는 문을 말한다.

33 **하늘~되니** 옛날 하늘이 기울고 세상이 어지럽자 여와씨(女媧氏)가 오색(五色) 돌을

모름지기 천자 보필하는 그림 그려야겠네.[34]
받친 돌은 정교하고 아름다우며
쌓은 흙은 우뚝하니 엄중하여라.
이 단壇을 장차 되돌아보면
선비들 어리석음 없을 것이네.
달갑게 머리 풀고 곡을 하리니
어찌 차마 주周를 잊겠나.[35]
연월年月을 묻지 마소
춘추春秋[36]는 오히려 어두워지지 않으니.
감히 여러 군자께 고하네
노력해 삼가 자중하기를.
직필直筆이 산야山野에 간직돼 있으니
일사一士의 중重하기가 재상과 같네.
사해四海 가운데 어디로 갈꼬?
하늘을 이고 있는 동쪽 끝이지.
동해는 가없이 펼쳐져 있고

달구어 하늘을 받쳤다는 이야기가 『회남자』 「남명훈」(覽冥訓)에 보인다.

34 모름지기~그려야겠네 궁위보곤도(宮闈補袞圖)를 그려야겠다는 말. '보곤'(補袞)이라는 말은 『시경』 대아(大雅) 「증민」(烝民)의, "천자의 정사에 결함 있다면/중산보가 도와주리라"(袞職有闕, 維仲山甫補之)라는 시구에서 유래하는바, 신하들이 천자의 정사를 돕는 것을 이르는 말이다.

35 어찌~잊겠나 원문은 "忍忘釜鬵漑". 이 구절은 『시경』 회풍(檜風) 「비풍」(匪風)의 다음 시구와 관련된다: "누가 물고기를 요리하나/작은 가마솥과 큰 가마솥 씻어 주리/누가 장차 주나라로 돌아가나/그를 좋은 말로 위로하리."(誰能亨魚? 漑之釜鬵. 誰將西歸? 懷之好音) 이 시는 주나라가 쇠미함을 슬퍼한 노래인데, 여기서는 이를 빌어 멸망한 명나라에 대한 이인상의 심정을 드러냈다.

36 춘추(春秋) 춘추대의, 즉 존명배청(尊明排淸)의 의리를 말한다.

금강金剛[37]엔 희고 푸른 기운[38] 쌓여 있어라.
산에 올라가 석수石髓[39]를 캐고
하늘에 올라 항해沆瀣[40]를 마시네.
경쇠 치던 양襄[41]의 마음 안 없어지고
마고麻姑는 뽕밭을 다시 일구네.[42]
대보단이 있어 늘 보는 건
미물微物이 하늘의 해를 보는 것과 같네.

大報壇篇.[43] 復用寘、在、迎、風、寒、露、之、玉、壺九字, 余拈在字

瓊沙積成山, 隱秀萬松內. 晴晝下雲雷, 靈雨振荒穢.
羣木象羽儀, 四時花晻曖. 中有大報壇, 義正事莫晦.
神皇保我邦, 毅皇澤汪濊. 維壇有周禮, 追遠儼升配.
肇惟宣文心, 寧考實熙載. 春祀躬麗牲, 君子德靡悔.
球磬有哀奏, 圭幣共芬酹. 賤臣亦駿奔, 循墀聽珩珮.
淸雲灑六極, 斗月燭參對. 肅明睹玉乘, 穆穆降神賚.

---

37 **금강(金剛)** 원문은 "金嶽"인데, 금강산을 가리킨다.

38 **희고 푸른 기운** 원문은 "素黛". 분대(粉黛)를 말한다. '분'(粉)은 얼굴에 바르는 흰 분을, '대'(黛)는 눈썹을 그리는 검푸른 먹을 이른다.

39 **석수(石髓)** 종유석. 선인(仙人)이 이를 섭취한다.

40 **항해(沆瀣)** 이슬 기운. 선인이 이를 섭취한다.

41 **경쇠 치던 양(襄)** '양'(襄)은 춘추시대의 악사(樂師)로 세상이 어지럽자 해도(海島)에 은거하였다. 자세한 것은 본서 93면 주7을 참조할 것.

42 **마고(麻姑)는~일구네** 마고는 중국 설화에 나오는 선녀 이름인데, 바다가 세 번 뽕밭으로 변한 것을 보았다고 한다.

43 **篇** 시체(詩體)의 하나.

夾門朝江、漢, 小丘奠崇、岱. 禮成日出東, 君臣掩淚退.
有事正門外, 練戎大鼓轀. 兵賦集四方, 機密在西塞.
漢時羽林軍, 岳家痲札隊. 猶堪救中原, 萬斧山海碎.
掛弓石空峻, 踏雪夢猶礙. 永歎壬丙變, 尙有殉國輩.
悲結車轉膓, 發言謂我吠. 著書思折衝, 文道亦崩潰.
典册將墜地, 士儒不硬背. 假義徇名利, 淪彝襲謬悖.
聖心獨勞苦, 憲章正萬代. 禮始九級尊, 恩篤三臣逮.
壇荒便爲夷, 士惰誰敵愾? 華洞廟共尊, 冽泉門豈廢.
二帝有明靈, 先王左右在. 赫赫揭日月, 牖昏常詔誨.
補天爲柱石, 補袞須作繪. 補石工與榮, 築土重一塊.
玆壇且反顧, 維士莫憒憒. 甘心被髮哭, 忍忘釜鬵漑.
花甲莫須問, 陽秋猶不昧. 敢告諸君子, 努力愼自愛.
直筆藏山澤, 一士重鼎鼐. 四海安所適? 東極有天戴.
溟滄無涯岸, 金嶽積素黛. 登高斮石髓, 躡空吸沆瀣.
磬襄心不滅, 痲姑田再艾. 常見皇壇存, 天日閱蟣蠛.

벗에게 편지를 띄우다

온 울타리에 인동忍冬 넝쿨 벋고
뜨락의 길 양옆에 찔레꽃[1] 만개했구려.
속세의 길 삼백 보 걷는 것 아끼지 말고
야인野人의 집에 와 그윽한 향기 주워 가구려.

簡友

遍籬點綴鴛鴦蔓, 夾徑離披姊妹花.
莫惜塵街三百步, 幽香來拾野人家.

---

1 찔레꽃 원문은 "姊妹花". 꽃은 장미 비슷하나 크기가 작다. 한 봉오리에 꽃이 열 송이 달리는 것을 십자매화라 하고, 일곱 송이 달리는 것을 칠자매화라 한다. 꽃 색깔은 분홍빛, 흰빛, 자줏빛, 옅은 자줏빛의 네 가지가 있다.

물가의 언덕[1]에서 조금 말한 것을 기록하여 받들어 서쪽 이웃의 두 군자[2]에게 드려 화답을 구하다

시내를 건너니 한가한 날 많고
사람을 송영送迎함도 많지 않어라.[3]
이슬은 동산의 잣나무에 조촐하고
서늘한 물은 슬픈 소리 쏟아 내누나.
이어진 봉우리는 빈 창에 모여
아스라이 가을 기운과 어우러졌네.
산보하니 구름 낀 벼랑이 멀고
마주 앉으니 등나무 그늘이 맑네.
말을 잊음은 오래 사귄 때문이겠고
경물景物에 느껴 외로운 마음을 품네.
성인聖人께서 경전을 남겨
은미한 뜻 이미 참되고 환하네.
하지만 높여 믿는 이 없고
권위를 빌릴 뿐 진심이 아니네.
개연히 사해四海를 생각해 보나

---

1 물가의 언덕　원문은 "澗皐". 남간(南澗)을 가리킨다.

2 서쪽 이웃의 두 군자　윤면동과 이상목(李商穆, 1720~1760)을 가리킨다. 이상목은 자(字)가 경사(敬思)이고, 호는 평호(萍湖)이며, 본관은 전주다. 김양행(金亮行)의 제문에 의하면, 성리학에 종사했으며, 평생 가난과 질병에 시달렸다고 한다.

3 사람을~않어라　원문의 "寥落"은 듬성듬성하다는 뜻.

맑은 선비 한 사람 얻기 어렵네.
도연명陶淵明[4]은 남에게 굽히지 않았고
노중련魯仲連[5]은 이름을 구하지 않았네.
이러한 도道 또한 적막하거늘
흰머리 가득함을 탄식하노라.

記澗皐少叙, 奉呈西隣二君子尹子穆、李敬思商穆求和

涉澗多暇日, 寥落有送迎. 白露濯園栢, 寒淙瀉哀聲.
連峰集虛牖, 逈與秋氣成. 散步雲壁遠, 偶坐藤蔭晴.
忘言賴舊交, 感物懷孤情. 先聖有正經, 微義已眞明.
而無尊信者, 假借心匪誠. 慨念四海內, 難得壹士淸.
淵明寔負氣, 仲連非徇名. 此道亦蕭條, 悲歎皓髮盈.

---

4 **도연명(陶淵明)** 동진(東晉)의 시인. 29세에 관직에 나아가 좨주(祭酒)와 참군(參軍)을 지냈으나 부패한 관계(官界)에 염증을 느껴 사직했다. 이후 41세에 다시 팽택령(彭澤令)이 되었으나 재임 80여 일 만에 "오두미(五斗米: 약간의 녹祿을 뜻함) 때문에 허리를 굽신거릴 수는 없다"면서 관직을 버린 후 농사를 지으며 일생을 전원에서 보냈다.

5 **노중련(魯仲連)** 전국시대 제(齊)나라의 고매한 선비. 자세한 것은 본서 174면 주1을 참조할 것.

윤자목이 노원의 석교[1]에서 임거林居[2]로 돌아왔거늘 경물에 느낌이 있어 시를 지어 편지를 부치다

옛 의자 누굴 위해 내려 놓을까?[3]

고루高樓[4]에서 게으르게 잠을 자누나.

옛 벗[5]이 암천巖泉[6]에 있어

책으로 노년을 보낸다네.

동쪽 숲 바위[7]에 눈물 뿌리고

북원北苑[8]의 개천에 슬피 노래 부르네.

여럿이 노닐면 좋은 경치 기록하고

혼자 가면 가슴에 쌓인 수심을 고하네.[9]

농사일 살피니[10] 노원蘆原이 멀고

---

1 **노원(蘆原)의 석교(石郊)** '노원'은 조선 시대에는 양주에 속했는데 지금의 서울시 노원구에 해당한다. '석교'는 노원구에 있는 돌곶이 마을, 즉 석관동(石串洞)을 가리키지 않나 여겨진다. 윤면동의 전장(田庄)이 여기 있었다. 『오헌집』(娛軒集) 권2에 실린 「석장(石庄)의 모옥(茅屋)을 지나며 감회가 있어」(過石庄茅屋感懷)라는 시 참조.

2 **임거(林居)** 남산 자락에 있던 윤면동의 집 탁락관을 말한다.

3 **옛~내려 놓을까** 후한 때 인물인 진번(陳蕃)의 고사를 끌어왔다. 자세한 것은 본서 323면 주2를 참조할 것.

4 **고루(高樓)** 이인상의 종강 집을 말한다.

5 **옛 벗** 윤면동을 이른다.

6 **암천(巖泉)** 천석(泉石)을 말한다.

7 **동쪽 숲 바위** 동교(東郊)에 있던 도봉서원을 가리키는 듯하다.

8 **북원(北苑)** 창덕궁 후원(後苑)을 말한다. 여기에 대보단이 있었다.

9 **고하네** 원문의 "訊"은 고하다는 뜻.

10 **농사일 살피니** 원문은 "觀稼". 주인이 하인이나 머슴이 농사일하는 것을 감독하고 살피

땅을 탐방하니 석교의 농막農幕 잇달아 있네.

구름은 외론 봉우리에 높이 걸렸고

구슬은 일만一萬 연잎에 쏟아져 동그랗구나.[11]

헛된 즐거움은 허물과 후회를 낳고

참된 공부는 깊은 연구에 있네.

시의時義가 어두워 점을 쳐 보고

옛 주석에 의거해 예서禮書[12]를 읽네.

오랜 비 뒤에 물物을 살피니

뭇 꽃들 고운 모습 다 잃었고나.

간사한 자초紫草[13] 거듭 김매고

어진 소형素馨[14]을 그림으로 그리고 싶네.

꽃으로 열두 달 절기節氣를 알고

빈풍豳風의 노래[15] 국화 밭에서 증험하네.

는 것을 이른다.

11 구슬은~동그랗구나 연잎에 빗방울이 떨어져 구르는 모습을 형용한 말이다.

12 예서(禮書) 『예기』(禮記), 『주례』(周禮) 등 예(禮)에 관한 책을 말한다.

13 간사한 자초(紫草) '자초'는 지치를 말하는데, 그 뿌리가 자주색을 내는 염료로 쓰였다. 『논어』「양화」(陽貨)편에, "자주색이 붉은색을 빼앗는 것을 미워하며, 정(鄭)나라의 음악이 아악(雅樂)을 어지럽히는 것을 미워하며, 말 잘하는 사람이 나라를 망하게 하는 것을 미워한다"(惡紫之奪朱也, 惡鄭聲之亂雅樂也, 惡利口之覆邦家者)라는 공자의 말이 보인다. 옛날에, 붉은색은 정색(正色)으로 간주한 반면, 자주색은 간색(間色)이라 하여 좋지 않게 여겼으며 소인의 이미지와 결부시키곤 하였다.

14 소형(素馨) 야실명(耶悉茗)을 말한다. 관상용 상록 관목으로 원산지는 인도다. 잎이 말리(茉莉), 즉 자스민 비슷하나 그보다 작다. 가을에 흰 꽃을 피우며, 향이 짙다. 『뇌상관고』 제4책에 실린 「소형란에 대한 지(識)」(素馨欄識)에, 1757년 무더운 여름날 권헌(權攇)이 이인상의 집에 내방해 남방의 소형(素馨)에 대해 말하길래 그를 위해 붓을 들어 명말(明末) 정룡(程龍)의 풍란(風蘭)을 본뜬 난(蘭)을 그려 주었다는 말이 보인다.

15 빈풍(豳風)의 노래 『시경』 빈풍 「칠월」(七月)시를 가리킨다. 이 시는 원래 빈(豳)나라 농민의 월령가(月令歌)이다.

천둥 번개가 밤을 비추고
와글와글 개구리 소리 연못에 높네.
매화나무 단壇 밑에서 탄식하고
버드나무 난간 곁에서 바장이누나.
문 닫아걸고 우리 도道 지켜
강호의 낚싯배에 기탁해야지.

尹子穆自蘆原石郊歸林居, 感物有賦簡寄

古榻爲誰解? 高樓取懶眠. 巖泉存舊友, 簡冊補衰年.
淚灑東林石, 歌哀北苑泉. 羣遊紀勝事, 獨往訊幽悁.
觀稼蘆原遠, 尋地石墅連. 雲標孤嶂峻, 珠瀉萬荷圓.
虛樂生尤悔, 眞工在鑽研. 玩占時義晦, 讀禮古箋偏.
久雨仍觀物, 羣芳盡失姸. 重鋤紫草佞, 欲畵素馨賢.
月令憑花史, 豳歌驗菊田. 震雷方照夜, 蛙鼓敢騰淵.
歎息梅壇下, 逍遙柳檻邊. 閉戶存吾道, 江湖付釣船.

입춘 기묘년(1759)

마음 맞아 반벽半壁의 시서詩書[1]를 읽나니
뜨락의 꽃나무는 철 따라 피네.
고요한 언덕에 손을 머물게 해 말 잊고 앉아
맑은 밤 거문고 타니 달이 두둥실.

立春 己卯

半壁詩書稱心讀, 一庭花樹應候開.
靜塢留客忘言坐, 淸夜鳴琴有月來.

---

1 반벽(半壁)의 시서(詩書) 벽에 반쯤 쌓인 시서라는 뜻.

병석에서 내키는 대로 써서 아이들에게 보이다

오늘 조금 서늘해지니
매미가 깊은 숲에 있네.
이슬과 서리 바뀌는 때[1]라 근심스럽고
뭇 꽃들 지니 서글프기만.
뜨락의 오동잎 스스로 베어
동산의 달 가리지 못하게 하네.

病枕漫書示兒輩

今日微凉動, 鳴蜩在深樾.
正愁霜露交, 哀此羣芳歇.
自剪庭梧葉, 不礙東山月.

---

1 이슬과 서리 바뀌는 때 원문은 "霜露交". 상강(霜降) 무렵을 가리킨다. 가을에서 겨울로 접어드는 즈음이다.

가을날 아이들에게 운韻을 집어 함께 짓게 하다

가을이 와도 빈객과 벗이 없지만
청소해 놓으니 방이 깨끗도 하지.
게으른 구름에 노흥老興을 풀고
떨어진 잎에 헛된 이름을 잊네.
떼 타고 바다 가는 길 오래 전 잊었고[1]
부질없이 축筑을 치는 마음[2]만 남았네.
자식들[3] 농사일 배우지 말고
경서經書에 밝기를 바랄 뿐이네.[4]

---

1 떼~잊었고 『논어』「공야장」(公冶長)에, "도(道)가 행해지지 않아 뗏목을 타고 바다로 가려 하나니"(道不行, 乘桴, 浮于海)라는 공자의 말이 보인다.

2 축(筑)을 치는 마음 강개한 마음을 뜻한다. 축(筑)은 중국 고대의 현악기로, 대나무 조각으로 쳐서 소리를 내는데, 그 음색이 자못 비장했다고 한다. 『사기』「자객열전」에, 형가(荊軻)가 진시황을 암살하기 위해 연(燕)나라를 출발할 때 그 벗 고점리(高漸離)가 역수(易水)에서 축(筑)을 치고 형가가 그에 맞추어 노래를 부르자 모인 사람들이 모두 눈물을 흘렸다는 고사가 보인다.

3 자식들 이인상에게는 네 명의 아들과 한 명의 딸이 있었다. 큰아들은 영연(英淵, 1737~1760)인데 이인상의 초상을 치른 후 넉 달쯤 뒤에 죽었다. 둘째 아들은 영장(英章, 후에 '章英'으로 개명, 1744~1832)인데 현감을 지냈다. 셋째 아들은 영하(英夏, 1748~1768)이고, 넷째 아들은 영집(英集, 1752~1776)이다. 딸은 수원인(水原人) 백동우(白東佑)에게 시집갔다. 백동우는, 이덕무와 함께 『무예도보통지』(武藝圖譜通志)를 편찬한 백동수(白東脩)와 종형제 간이다. 『능호집』은 둘째 아들 영장이 애써서 간행될 수 있었다.

4 자식들~바랄 뿐이네 자식들이 아무쪼록 글 읽는 선비로 살아가기를 바란 것이다.

秋日使兒輩拈韻共賦

秋至無賓友, 掃看一室淸. 懶雲消老興, 敗葉刻浮名.
久忘乘桴路, 空餘擊筑情. 癡兒不學稼, 猶願一經明.

또 읊다

흰 꽃에 내린 이슬 향기 맑은 새벽 풍기는데
쓸쓸한 가을기운에 하늘을 마주하네.
세상의 캄캄한 밤 돌이키고 싶거늘
귀신에게 질정質正해도[1] 이 뜻 명백하여라.

又賦

素花香露嗅淸晨, 秋氣蕭森對昊旻.
欲敎世界回玆夜, 此意昭明質鬼神.

---

1 **귀신에게 질정(質正)해도** 원문은 "質鬼神". 『중용』에 "귀신에게 질정해도 의심이 없음은 하늘을 아는 것이다"(質諸鬼神而無疑, 知天也)라는 말이 보인다.

또 읊다

벽壁을 에운 가을벌레 잠 깨라 재촉하고
동산의 나무에 이슬 내려 새벽 기운 서늘하네.
서쪽에 궁궐 희미하게 바라뵈고
어슴푸레한 초승달은 가을빛을 머금었네.
어여뻐라 만물이 시드는 가을이건만
연꽃과 옥잠화는 아직도 향기를 뿜네.
병부病夫라고 사방四方의 뜻[1] 잊을 리 있나?
마구간 말 울음소리 바람 향해 더욱 길어라.

又賦

繞壁候蟲催人起, 園木澄澄曉生涼.
西掖樓殿望依微, 纖月蒼蒼含秋光.
可憐天時屬搖落, 青荷玉簪猶噴香.
病夫敢忘四方志, 櫪馬向風鳴更長.

---

1 사방(四方)의 뜻 사방에 멀리 놀고자 하는 남아의 뜻.